HEYNE ‹

DAS BUCH

Seit mehr als tausend Jahren breiten sich die erbarmungslosen Graken in der Galaxis aus. Niemand weiß, woher sie kommen, und militärischer Widerstand scheint zwecklos. Während sie immer mehr Planeten unter ihre Kontrolle bringen, beginnt für deren Bewohner ein Dasein voller Qualen: Die Graken entziehen ihnen ihre Lebensenergie, um sich selbst und ihre Brut davon zu ernähren.

Der Offizier Tako Karides, dessen Familie bei einem Angriff der Graken-Armee starb, hat sich dem Kampf gegen die brutalen Besatzer verschrieben. Bei einem Einsatz auf dem Planeten Kabäa rettet er den jungen Dominik, den er adoptieren will. Doch Dominik besitzt erstaunliche Fähigkeiten, ein psionisches Potenzial, über das sonst nur die Frauen des Tal-Telassi-Ordens verfügen. Die Schwesternschaft, die bislang erfolglos auf der mentalen Ebene gegen die Graken kämpft, sieht in Dominik ihren Meister und unterzieht ihn – gegen Takos erbitterten Widerstand – einer strengen Ausbildung. Aber keiner der Beteiligten ahnt, dass der Junge selbst bereits die Saat der Graken in sich trägt ...

DER AUTOR

Andreas Brandhorst, 1956 im norddeutschen Sielhorst geboren, schrieb bereits in jungen Jahren phantastische Erzählungen für deutsche Verlage. Es folgten zahlreiche Heftromane – unter anderem für die legendäre Terranauten-Serie – sowie Fantasy- und Science-Fiction-Taschenbücher. Im Kantaki-Zyklus, zu dem »Feuervögel« gehört, sind bereits die Romane »Diamant«, »Der Metamorph« sowie »Der Zeitkrieg« erschienen. Brandhorst lebt als freier Autor und Übersetzer in Norditalien.

Mehr Informationen zu Autor und Werk unter: www.kantaki.de

Andreas Brandhorst

FEUERVÖGEL

Roman

Originalausgabe

WILHELM HEYNE VERLAG

MÜNCHEN

FSC

Mix

Produktgruppe aus vorbildlich
bewirtschafteten Wäldern und
anderen kontrollierten Herkünften

Zert.-Nr. SGS-COC-1940
www.fsc.org
© 1996 Forest Stewardship Council

Verlagsgruppe Random House FSC-DEU-0100
Das für dieses Buch verwendete FSC-zertifizierte Papier
München Super liefert Mochenwangen.

Originalausgabe 10/06
Redaktion: Rainer Michael Rahn
Copyright © 2006 by Andreas Brandhorst
Copyright © 2006 dieser Ausgabe
by Wilhelm Heyne Verlag, München
in der Verlagsgruppe Random House GmbH
www.heyne.de
Printed in Germany 2006
Innenillustrationen: Georg Joergens
Umschlaggestaltung: Nele Schütz Design, München
Satz: C. Schaber Datentechnik, Wels
Druck und Bindung: GGP Media GmbH, Pößneck

ISBN-10: 3-453-52206-0
ISBN-13: 978-3-453-52206-0

Für Marilu

Inhalt

Raumschiff Akonda

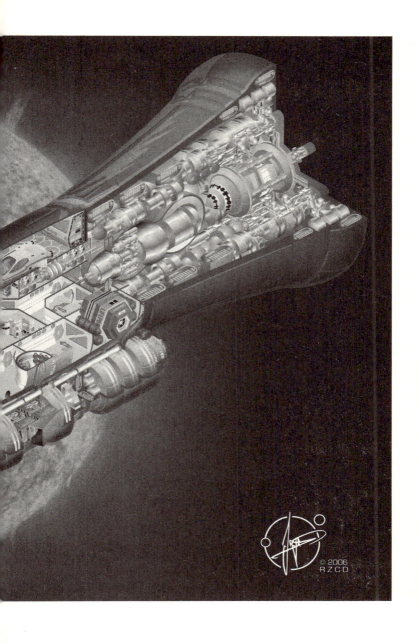

© 2006
RZCD

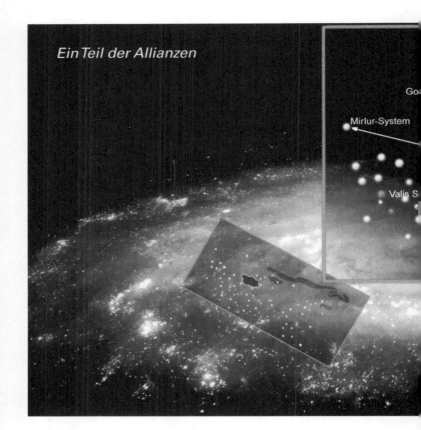

Ein Teil der Allianzen

Go

Mirlur-System

Valis S

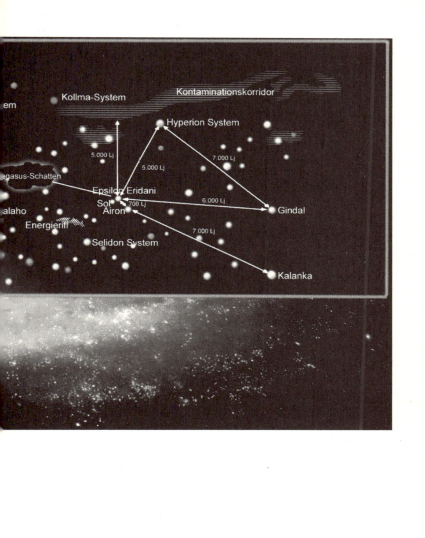

Prolog

*Aus den historischen Aufsätzen des
Höchstehrenwerten Horatio Horas
Tallbard, Chronologe der Freien Welten
und Bewahrer des Wissens der Tal-Telassi:
»**Beginn des Bösen**« (Düstere Gedanken
über den Anfang vom Ende)*

Der Untergang der Menschheit und vieler anderer galaktischer Völker begann vor über tausend Jahren, als die ersten Feuervögel erschienen. Aus der Sonne kamen sie, wie Boten des Lichts, doch sie brachten Dunkelheit über den wachen Geist zahlreicher denkender Wesen.

Heute wissen wir nicht mehr, wo genau der Siegeszug der Graken seinen Anfang nahm. Manche zeigen auf den angeblichen Ursprungsplaneten der Menschheit, die Erde, und meinen, dass dort alles begann; doch die Ruinen auf Terra allein sind kein Beweis – davon gibt es inzwischen mehr als genug. Andere nennen gar den Namen Munghar, Mutterplanet der legendären Kantaki, aber niemand weiß, ob jene Welt und das Volk, das sie angeblich hervorgebracht hat, wirklich existiert haben. Selbst für die Tal-Telassi sind die *Großen K* nur eine Legende, und sie wissen mehr als alle anderen. Einige Astrohistoriker der Lhora vermuten als Ursache eine Supernova, zu der es vor fünfhunderttausend Jahren auf der anderen Seite der Milchstraße kam, und ihre Berechnungen, insbesondere die energetischen Strukturvergleiche, haben durchaus etwas für sich. Die Kosmosevolutionisten der Bhardai glauben sogar, dass die Graken das zwangsläufige Ergebnis einer stellaren Evolution sind, die unter *bestimmten Bedingungen* stattfindet, und eine Supernova, so betonen sie, könnte eine Art Initialzündung sein. Wenn das stimmt, ist das unabhängig denkende, fühlende, *träumende* Leben nur eine relativ kurze Übergangsphase in der allgemeinen physisch-psychischen Evolution des Universums.

Daran will ich nicht glauben. Ich möchte mir einen Rest Hoffnung bewahren.

Außerdem gibt es durchaus berechtigte Zweifel an dieser Theorie. Sonnen sind schon in einem frühen Stadium der Entwicklung des Kosmos entstanden, und es fehlen Hinweise darauf, dass es in der Frühzeit des Universums den Graken vergleichbare Phänomene gab. Ich sehe darin Beweis genug dafür, dass die Graken nichts mit der stellaren Evolution zu tun haben.

Aber lassen wir das einmal beiseite, was kaum mehr sein kann als Spekulation. Tatsache ist, dass die Feuervögel vor über tausend Jahren in den Koronen unserer Sonnen erschienen, unselige Manifestationen, die aussahen wie Geschöpfe mit Schwingen aus Plasma. Damals staunten die solaren Forscher darüber, maßen und analysierten und versuchten zu verstehen. Sie zählten zu den ersten Opfern der Graken, die kurze Zeit später mit den Molochen aus den Sonnen kamen, begleitet von ihren Vitäen: erbarmungslosen Kronn-Kriegern, neugierigen Chtai-Sondierern und zuverlässigen Geeta-Kustoden. Bei den ersten Welten stießen sie kaum auf Gegenwehr und fingen die Bewohner in ihrem grässlichen Netz, das ihnen die geistige Substanz raubte, sie nach und nach mental ausbluten ließ. Millionen starben in fremden Träumen, und ihre Seelen gaben den Graken Kraft, für sich selbst und die Brut. Andere Welten versuchten, die Graken abzuwehren, aber die Kronn schlugen jeden bewaffneten Widerstand nieder. Selbst aus tausenden von Raumschiffen bestehende Verteidigungsflotten konnten nichts gegen den Gegner ausrichten. Er kam aus den Sonnen. Er schickte, nach der planetaren Reife, seine Brut. Und die Menschen, Unberührte und überlebende Berührte, flohen vor dem Feind, der ihnen die Träume stahl und sie mit *fremden* Träumen auszehrte, bis zum Tod.

So begann es vor über tausend Jahren. Und so ging es weiter, bis heute. Eine Welt nach der anderen mussten die Menschen und ihre Verbündeten aufgeben. Immer wieder blieb ihnen nichts als die Flucht – wenn sie überhaupt noch fliehen konnten. Neue Waffen wurden entwickelt, neue Wege der Verteidigung beschritten, aber bisher konnten keine entscheidenden Erfolge erzielt werden. Ein Rückzugsgefecht nach dem anderen findet statt, und irgendwann gibt es vielleicht nichts mehr, wohin wir uns zurückziehen können.

Düstere Gedanken, fürwahr. Düstere Gedanken in einer düsteren Welt. Wie heißt es auf Millennia bei den Tal-Telassi? »Sieh das Licht der Sonne. Wenn es zu hell wird, kommt vielleicht die Dunkelheit.«

Den Feuervögeln sagt man ätherische Schönheit nach. Vielleicht gibt es tatsächlich so etwas wie eine – sehr boshafte, an Zynismus grenzende – Ironie des Schicksals.

ALTE GESTADE

(10. Februar 1114 –15. März 1114
Ära des Feuers)

1

Vor der Hölle

10. Februar 1114 ÄdeF

Das gleichmäßige Summen des getarnten Raumschiffs versprach eine Sicherheit, die nicht existierte. Draußen lag der Feind auf der Lauer.

Tako Karides traf die letzten Vorbereitungen, und dazu gehörte ein Blick in die Vergangenheit. Direkt vor ihm in seinem kleinen Quartier an Bord der *Talamo* schwebte ein quasireales Bild, präsentierte dem Auge drei Dimensionen und dem Tastsinn Quasimaterie. Tako berührte die Wangen seines Sohns Manuel, der als Sechsjähriger auf Meraklon gestorben war, zusammen mit seiner Mutter Dalanna, zwei von vielen Opfern der Graken. Er fühlte weiche Haut, die Nässe einer Freudenträne, sah den Glanz in den großen braunen Augen des Jungen, das Lächeln auf seinen Lippen. Aus welcher Zeit stammte diese Aufnahme? Der Umstand, dass ihm die Antwort nicht sofort einfiel – und dass er die Wange des Jungen berühren konnte, ohne dass dieser Kontakt und der Anblick des Knaben etwas in *ihm* berührten –, deutete darauf hin, dass er zumindest in emotionaler Hinsicht für den Einsatz bereit war. Die schwere Last des Verlustes und der Hass auf die Graken existierten nach wie vor, aber nur noch als fernes Flüstern in den tiefen Gewölben seines Geistes. Die Gedanken blieben jetzt von diesen Empfindungen unbeeinflusst, und wenn sie sich dem Epizentrum näherten, würden die Graken nicht so leicht eine emotionale Schwachstelle in ihm finden, die ihnen Zugang zu seinem Inneren bot.

Wenn wir es bis zum Epizentrum schaffen, dachte er, ohne eine Spur Pessimismus oder gar Fatalismus. Mit der rechten Hand tastete er nach den drei Bionen an seinem Hals, ein Geschenk der Tal-Telassi für diesen Einsatz. Sie schmiegten sich flach an die Wölbung, wo sich Hals und Schulter trafen, waren inzwischen so hart wie Horn.

Tako wusste genau, welche Vorteile die Befreiung von Emotionen gerade im Kampf gegen die Graken bot, aber er war – noch? – nicht bereit, eine Lobotomie durchführen zu lassen. Jener Schritt erschien ihm zu drastisch. Außerdem sah er in seinen Gefühlen, so belastend sie auch sein mochten, einen Teil von sich selbst. Sie gehörten zu ihm, zu der Persönlichkeit namens Tako Karides.

Aber jetzt, hier, in der gegenwärtigen Situation, tat es gut, die Last der Gefühle wenigstens vorübergehend abzustreifen und sich ganz auf die Mission zu konzentrieren. Die Konfrontation mit den Bildern seines Sohns bewies, dass die Bione den gewünschten Zweck erfüllten. In dieser Hinsicht war Verlass auf die Tal-Telassi.

Tako hörte eine winzige Veränderung im Summen des Schiffes und schloss daraus, dass sie sich dem Planeten näherten. Die *Akonda,* die sie bis zum Detritusgürtel des Sonnensystems gebracht hatte, wartete dort, verborgen zwischen primordialem Schutt, ihre energetische Aktivität auf ein Minimum reduziert, um nicht von den Kronn geortet werden zu können.

Noch einmal streckte Tako die Hand aus und berührte die Wange seines vor zwei Jahren gestorbenen Sohns. Auch diesmal blieben Verzweiflung und Wut aus, die ihn manchmal, ohne Bione, innerlich zu zerreißen drohten.

Ein akustisches Signal erklang.

»Ja«, sagte Tako, und das Türsegment öffnete sich. Rinna sah herein und bemerkte das quasireale Bild.

»Bist du so weit?«

Er betätigte ein Schaltelement, und das Bild seines Sohns verschwand. »Die Bione funktionieren einwandfrei.«

»Unsere ebenfalls. Hoffentlich halten sie lange genug durch. Diese gehören zu einer neuen Subspezies.«

»Sie haben gründliche Untersuchungen hinter sich. Die Tal-Telassi gehen immer mit großer Sorgfalt vor.«

»Aber diese Bione sind noch nie bei einem echten Einsatz erprobt worden.«

Tako sammelte seine wenigen Sachen ein – den Kampfanzug trug er bereits – und trat dann zu Rinna, die im schmalen Eingang des Quartiers wartete. Sie war einen Kopf kleiner als er, und ein ganzes Stück jünger, kaum dreißig, wirkte selbst in ihrem Kampfanzug zierlich und zerbrechlich. Tako wusste längst, wie sehr dieser Eindruck täuschte. Rinna zählte zu den zähesten und ausdauerndsten Kämpfern, die er kennen gelernt hatte, seit er in den Streitkräften der Allianzen Freier Welten den Rang eines »Keils« einnahm. Immer gehörte sie zu den Letzten, die sich vor dem Feind zurückzogen. Manchmal war sie *zu* mutig, und Tako hatte sich mehrmals gefragt, welcher innere Dämon sie antrieb. Sie zählte zu den Berührten, wie er selbst, aber das allein reichte als Erklärung nicht aus. Vielleicht gab es auch in ihrer Vergangenheit eine Tragödie, deren Schatten sie mitschleppte.

Ihr blondes Haar war noch etwas struppiger als sonst, und sie sah aus großen grünen Augen zu ihm auf. »Glaubst du, wir können es schaffen?«

Mit dieser Frage verriet Rinna zwei Dinge. Trotz des Schneids, den sie immer wieder zeigte, trotz ihrer Forschheit, gab es in ihr eine tief verwurzelte Unsicherheit, die meiste Zeit über gut verborgen. Etwas in ihr wünschte sich Zuspruch und Ermutigung, obwohl sie das nicht zugegeben hätte. Und der zweite Punkt ... Dass sie die Frage an Tako richtete, bewies ihre besondere Beziehung zu ihm, eine wachsende emotionale Bindung, die er beim letzten Einsatz vor einigen Wochen zum ersten Mal bemerkt hatte. Liebte sie ihn? Vielleicht. In seinem jetzigen Zustand, unter dem

Einfluss der drei Bione, fiel es ihm leicht, darüber nachzudenken, die Situation zu analysieren und zu akzeptieren. Doch außerhalb eines Einsatzes, wenn er auf seinen Gefühlen ritt oder den Eindruck gewann, dass sie sich in einen reißenden Strom verwandelten, der ihn fortspülte ... Dann konnte es geschehen, dass er Rinna als etwas Störendes sah, das noch mehr Unruhe brachte, oder gar als eine Gefahr für den Rest seiner emotionalen Kontrolle.

»Wir schaffen es«, sagte Tako, lauschte dem Klang seiner Stimme und hörte Gewissheit darin.

Rinna hörte sie ebenfalls, lächelte erleichtert und zeigte damit Gefühl, was Tako erstaunte. Sie trug ebenfalls Bione, wie alle an Bord, abgesehen vom Gegenträumer, der seine Gefühle brauchte, um die Graken zu täuschen. Unberührte gehörten natürlich nicht zur Besatzung der *Talamo*; die Graken hätten sie sofort bemerkt, trotz des Gegenträumers.

Als Tako sich an Rinna vorbeischob, hob sie die Hand und berührte ihn kurz an der Wange, dort, wo die Narbe sein Kinn erreichte. Wieder huschte ein Lächeln über ihre Lippen, und dann eilte sie fort in Richtung Zentrale.

Tako Karides folgte ihr langsam und fühlte, wie die organischen Komponenten des Kampfanzugs Verbindungen mit seinem Körper herstellten. Während des Einsatzes würden die Kampfanzüge sie ernähren, ihre Ausscheidungen aufnehmen und wieder verwerten, soweit das möglich war, ihre Reaktionen beschleunigen und ihnen in kritischen Situationen zusätzliche Energie geben. Es handelte sich, wie bei den Bionen, um eine neue Subspezies, und die Tal-Telassi hatten ein höheres Leistungspotenzial versprochen. Doch für einen Moment regte sich vages Unbehagen in Tako. *Zwei* Neuentwicklungen, die *beide* zum ersten Mal bei einem wichtigen Einsatz verwendet werden sollten ... Forderten sie das Verhängnis damit nicht geradezu heraus?

Wenige Sekunden später duckte er sich durch den Zugang und betrat die Zentrale. Dutzende von kleineren und größeren quasirealen Projektionen gaben Auskunft über die

Funktionen des Schiffes, über Kurs, Geschwindigkeit und, am wichtigsten, die Aktivitäten des Feindes. Eine der Darstellungen war groß genug, um wie ein Fenster zu wirken, das Ausblick ins All gewährte. Rinna saß an einer der Konsolen, und Tako blieb neben ihr stehen, sah aus dem »Fenster«. Eingeblendete taktische Daten ermöglichten es ihm, die Situation mit einem Blick zu erfassen.

»Kronn«, sagte er und betrachtete die roten Gefahrensymbole, die überall im Sonnensystem verteilt waren, in der Nähe des vierten Planeten aber mehrere dichte Wolken bildeten.

»Mehr als hundert«, bestätigte eine Stimme hinter ihm.

Tako drehte den Kopf und sah, wie Bartolomeo durch die zweite Luke hereinkam. Er war noch jünger als Rinna und trug das lange schwarze Haar am liebsten offen. Aber jetzt hatte er es hinten zusammengebunden und unter den Kragen des Kampfanzugs geschoben.

Er ist kaum mehr als ein Kind, dachte Tako Karides mit bionischer Kühle. *Unsere Kämpfer werden immer jünger. Ein deutliches Zeichen dafür, wie schlecht es steht.*

»Mit dem Gegenträumer ist alles in Ordnung«, sagte Bartolomeo, nahm an den Systemkontrollen Platz und berührte ein Schaltelement, aktivierte damit eine weitere quasireale Projektion. Sie zeigte ein humanoides Geschöpf, das im Raum unter der Zentrale in einem Suspensionsbad lag. Die Arme und Beine waren so dünn, dass sie den Eindruck erweckten, bei der geringsten Belastung brechen zu können, und der Rumpf wirkte, als bestünde er aus mehreren umeinander geschlungenen transparenten Schläuchen. Deutlich war zu sehen, wie zwei Herzen Blut und andere Körperflüssigkeiten durch Adersysteme pumpten. Der ebenfalls transparente Kopf enthielt ein komplex gefurchtes Gehirn, dessen Aktivität in dieser Phase über Gedeih und Verderb der Mission entschied. Das Suspensionsbad versorgte den Muarr mit Nährstoffen und verband ihn mit den Systemen des Schiffes.

Tako ging zum Platz des Kommandanten und sank in den Sessel. »Wie geht es Ihnen, Kao?«, fragte er und sah auf die Bio-Anzeigen, die ihm Bartolomeos Worte bestätigten. Mit dem Muarr war tatsächlich alles in Ordnung, zumindest in physischer Hinsicht.

Der Kom-Servo trug Takos Worte zu der im Suspensionsbad liegenden Gestalt.

»Es geht mir gut, Keil Karides«, ertönte eine synthetische Stimme. »Ich habe zu träumen begonnen. Die Graken sind nahe.«

»Dann sollten wir Sie besser nicht stören, Kao. Wir beginnen mit dem Anflug.«

»Alles Gute.«

Tako nickte, obwohl ihn der Muarr nicht sehen konnte. »Das wünsche ich auch Ihnen.«

»Alle Systeme funktionieren einwandfrei«, meldete Bartolomeo. Seine Finger huschten über die Kontrollen, und Tako hörte, wie sich die Stimme der *Talamo* erneut auf eine subtile Weise änderte. Aus dem Flüstern wurde ein Raunen, das fast *besorgt* zu klingen schien.

»Sondierungsaktivität?«

»Die Kronn lauschen und spähen wie immer«, sagte Rinna. »Bisher haben sie uns nicht bemerkt.«

»Was ist mit der *Akonda*?«, fragte Tako.

Rinna sah auf die Anzeigen einer quasirealen Projektion. »Der Kraler fühlt sie im Detritusgürtel. Bisher ist er dem Feind verborgen geblieben.«

»Hoffentlich bleibt es dabei«, sagte Tako und rief die aktuellen Daten des Kralers ab. Der spezielle Bion bildete eine fünf Zentimeter dicke Schicht auf der Außenhülle der *Talamo* und absorbierte alle Ortungssignale. Das kleine Schiff blieb unsichtbar, solange er lebte, aber er konnte Vakuum und Strahlung nur einige Stunden aushalten, musste dann in ein Biotop zurückkehren, um sich zu regenerieren. Der Kraler schützte vor Ortung durch Sondierungssignale, und der Gegenträumer hielt die forschenden

Gedanken der Graken von den Besatzungsmitgliedern des Schiffes fern.

Ohne die Bione an seinem Hals hätte Tako jetzt gespürt, wie die Spannung wuchs. Er betätigte die Schaltelemente der Kommandokonsole, und der Inhalt des fensterartigen Darstellungsbereichs veränderte sich. Ein Planet erschien, grün, blau und braun; hier und dort trug er die Schleier ausgedehnter Wolkenformationen. Kabäa, vierter Planet des Epsilon-Eridani-Systems, nur knapp elf Lichtjahre vom Sol-System und der Erde entfernt, auf der es keine Menschen mehr gab, nur noch Ruinen. Kabäa, vor fünfzig Jahren von den Graken übernommen, war das Ziel ihres Einsatzes.

»Entfernung dreihunderttausend Kilometer«, sagte Bartolomeo. »In einer Minute beginnt die erste Verzögerungsphase.«

Aus dem Augenwinkel sah Tako, wie sich Rinna versteifte. »Kronn!«

Ein Schatten schob sich vor den Planeten, eine Ansammlung hunderter unterschiedlich langer Stacheln, jeder von ihnen eine autonome Gefechtseinheit, schwarz wie die Nacht. Hier und dort blinkten Lichter wie blinzelnde Augen. Tako dachte an die Wesen an Bord des Stachelschiffes, an die erbarmungslosen Kronn, Soldaten der Graken. Er hatte noch immer Zugriff auf alle seine Erinnerungen, sah vor dem inneren Auge in einer schnellen Abfolge einzelner Bilder das Chaos auf Meraklon. Aber die Erinnerung löste keinen emotionalen Schock aus.

»Rinna? Barto?«, fragte Tako.

»Ortungsaktivität«, sagte Bartolomeo.

»Sind wir entdeckt?«

Eine kurze Pause.

»Nein.« Rinna schüttelte den Kopf. »Der Kraler absorbiert alle aktiven Signale. Aber er agiert an der Grenze seiner Belastbarkeit.«

»Noch dreißig Sekunden«, sagte Bartolomeo. »Was machen wir, Keil?«

Takos Gedanken rasten, ohne durcheinander zu geraten.

Er glaubte, mithilfe der Bione doppelt so schnell zu denken, mit einer Klarheit, die in diesem Ausmaß sonst nicht möglich war. Für gewöhnliche Ortungssignale blieb die *Talamo* unsichtbar, aber der Kraler konnte weder ihre Masse tarnen noch die energetische Aktivität. Wenn das Schiff seine Geschwindigkeit verringerte, kam es zu einer Gravitationsanomalie, viel kleiner als bei einem Überlichtsprung, aber sie ließ sich messen.

Rinna sprach das aus, was auch Tako durch den Kopf ging.

»Jetzt hängt alles davon ab, wie misstrauisch die Kronn sind.«

Hatten die Krieger der Graken Anlass zu der Vermutung, dass die AFW einen Einsatz auf Kabäa planten, mit dem Ziel, bei dem dortigen Graken den Brutflug zu verhindern, der andere Welten in Gefahr bringen würde?

»Keine Änderungen am Flugplan«, entschied Tako.

Sie warteten, während der Muarr unter der Zentrale träumte, während der Kraler Ortungssignale absorbierte und *langsam* starb.

»Jetzt«, sagte Bartolomeo.

Diesmal war die Veränderung in der Stimme des Schiffes deutlicher. Das Raunen schwoll kurz an, untermalt von einem Knistern, das auf die Aktivität des Krümmers hinwies, der das Raum-Zeit-Kontinuum *bog*. Es kam zu einer winzigen Veränderung in der Struktur des Universums, die dazu führte, dass die *Talamo* langsamer wurde.

Takos Blick glitt zwischen den Anzeigen und dem Stachelschiff der Kronn in dem großen Projektionsfeld hin und her. Der Abstand betrug nur einige hundert Kilometer, und der Umstand, dass bei den Kronn das Flirren von Schirmfeldern fehlte, wies darauf hin, dass sie keinen Angriff erwarteten. *Eine kleine Antimaterierakete würde genügen,* dachte er und stellte sich vor, wie die riesige Ansammlung aus Stachelsegmenten platzte, wie die Knochenwesen in den Flammen der Materie-Antimaterie-Annihilation verbrannten.

Und dann verschwand das schwarze Schiff der Kronn in der Schwärze des Alls, wurde in den Datenprojektionen zu einem roten Gefahrensymbol von vielen.

»Die Kronn wissen nichts von uns«, erklang eine neue Stimme. »Und die Graken ebenso wenig.«

Dort, im Sessel auf der anderen Seite der kleinen Zentrale, saß die Tal-Telassi. Tako war so sehr auf die Anzeigen konzentriert gewesen, dass er gar nicht bemerkt hatte, wie sie hereingekommen war: Myra 27, wie ausgemergelt, fast so dürr wie der Muarr Kao, das schulterlange Haar grauweiß, das schmale Gesicht eine Faltenlandschaft. Eine greise Frau, fast zweihundert Jahre alt, aber in eine Aura der Würde und Eleganz gehüllt. Schon bei ihrer ersten Begegnung auf Millennia hatte sich Tako gefragt, worauf Myras besondere Ausstrahlung zurückging, doch er war sich noch immer nicht sicher. Vielleicht lag es an dem Blick der großen dunklen Augen, der weit in die Vergangenheit reichte, bis zur ersten Myra – die Erinnerungen von mehr als viereinhalbtausend Jahren ruhten in ihr. Tako war in einer von den Graken bestimmten Welt aufgewachsen, aber diese Frau hatte, in verschiedenen Inkarnationen, fast dreieinhalb Jahrtausende des Friedens gekannt, bis die ersten Feuervögel erschienen. Er versuchte sich das vorzustellen: eine Welt ohne Gefahr, ohne die Sonnenbeobachter, die von solaren Orbitalstationen aus nach Veränderungen in den Koronen Ausschau hielten, eine Welt ohne die Graken und ihre gierigen Träume. Es gelang ihm nicht. Der Krieg hatte sein ganzes Leben bestimmt – und ihm das genommen, was ihm am wichtigsten und liebsten gewesen war.

Myra 27 trug ebenfalls einen semiorganischen Anzug, aber eine wesentlich leichtere Version. Sie hob eine knochige Hand und deutete zum großen Projektionsbereich, der wieder den Planeten zeigte. »Ich fühle, dass er bald bereit ist, der Graken auf Kabäa«, sagte sie mit einer sanften, melodischen Stimme, die einen sonderbaren Kontrast zu ihrem Erscheinungsbild bot. »Er hat genug Träume gestohlen und genug psychische Energie aufgenommen, um seine Brut reifen und fliegen zu lassen.«

»Wie viele sind es?«

»Sieben«, sagte die Tal-Telassi sofort. »Sieben junge Graken. Sie könnten sieben weiteren Welten das Verderben bringen.«

»Das werden wir verhindern«, sagte Tako. Darin bestand ihre Aufgabe. Mit der Hilfe von Myra 27 sollten sie ins Epizentrum des Graken von Kabäa vorstoßen und dort die Mikrokollapsare zünden, die Tako, Rinna und Bartolomeo in den Ausrüstungstaschen ihrer Kampfanzüge trugen. Sie verwendeten Krümmertechnologie und erzeugten künstliche Schwarze Löcher, die in einem Umkreis von etwa fünfhundert Metern alles in einen Strudel kollabierender Raum-Zeit rissen. Das konnte erwachsene Graken zumindest verletzen und ihre noch nicht reife Brut neutralisieren. Es sollte verhindert werden, dass die jungen Graken aufbrachen, um andere Welten unter ihren Einfluss zu bringen.

»Nächste Verzögerungsphase in einer Minute«, meldete Bartolomeo. »Entfernung zum Planeten hunderttausend Kilometer. Keine Wachschiffe der Kronn in der Nähe, nur einige Kapseln der Chtai, jenseits aktiver Ortungsreichweite.«

Tako nickte. »Bei passiven Sondierungen bleiben. Den Anflug wie geplant fortsetzen, Barto. Rinna?«

»Die biometrischen Werte des Kralers bewegen sich innerhalb der Norm. Aber er leidet.«

»Er wird seinen Zweck erfüllen, bis wir den Planeten erreichen«, sagte Myra 27. Etwas leiser fügte sie hinzu: »So wie auch ich meinen Zweck erfüllen werde.«

Diese Worte erinnerten Tako an etwas, das er in der Bastion Airon gehört hatte, bevor sie mit der *Akonda* zum Epsilon-Eridani-System aufgebrochen waren. Myra 27, so hatte es geheißen, war nicht mehr zu einer neuen Inkarnation fähig. Sie konnte ihr Selbst nicht mehr auf einen Klon übertragen. So etwas geschah manchmal bei den Tal-Telassi, und der Grund dafür blieb Normalsterblichen Spekulationen überlassen. Nur sie selbst kannten ihn, aber er gehörte zu den vielen Dingen, von denen Außenstehende nichts erfuhren. Wenn dies ihr letztes Leben war … Warum setzte sie es dann bei einer gefährlichen Mission aufs Spiel? Warum verwendete sie ihre restliche Zeit nicht dafür, den Inhalt ihres Gedächtnisses auf einen Mnem zu übertragen? Oder hatte ein solcher Transfer bereits stattgefunden? Tako konnte sich kaum vorstellen, dass sie den Verlust des Wissens riskierte, das sich im Verlauf von mehr als viereinhalb Jahrtausenden in ihr angesammelt hatte.

Er wandte sich von den Anzeigen ab, sah zu der Greisin und stellte fest, dass ihr Blick auf ihm ruhte. Gehörte sie zu den Tal-Telassi, die über telepathische Fähigkeiten verfügten? Die Frage blieb, wie auch die anderen Gedanken, ohne eine emotionale Komponente, doch im Vergleich mit der Alten gab es in Tako noch immer ein heilloses Durcheinander aus Gefühlen, trotz der dämpfenden Bione. Die Tal-Telassi waren kalt wie Eis; sie *mussten* es sein, sonst hätten sie keine Tal-Telassi sein können. Ihre speziellen Fähigkeiten, so wusste Tako nicht erst seit Millennia, erforderten völlige Emotionslosigkeit. Jedes noch so kleine, leise Gefühl staute den Fluss ihrer psychischen Energien und nahm ihnen einen Teil dessen, was sie zu etwas Besonderem machte.

Für ein oder zwei Sekunden glaubte Tako zu spüren, wie etwas an seinem Selbst zerrte, ein Sog, der von den großen dunklen Augen der greisen Tal-Telassi ausging. Dann blinzelte Myra, und Tako gewann die Kontrolle über sich selbst zurück.

Die alte Frau hob die Hand; deutlich waren die violetten Fingerspitzen zu sehen, Zeichen der Großmeisterin – davon gab es nur drei. »Wir alle müssen unsere Pflicht erfüllen«, sagte sie, als wollte sie eine unausgesprochene Frage beantworten. »Wir alle gehorchen den Zwängen der Notwendigkeit.«

»Tako?«

Seine Aufmerksamkeit galt sofort wieder den Anzeigen. »Rinna?«

»Der Kraler empfängt Signale, mit denen er nicht gerechnet hat.«

Nur eine Sekunde später sagte Bartolomeo: »Der Gegenträumer wird unruhig. Die Sensoren im Suspensionsbad registrieren erhöhte zerebrale Aktivität.«

Tako wusste, dass er jetzt nicht mit Kao sprechen und ihn fragen konnte, was geschah. Das hätte seinen Traum unterbrochen und die Gefahr einer Entdeckung durch die Graken heraufbeschworen. Sein Blick wanderte von einer quasirealen Darstellung zur nächsten und nahm Informationen auf, während ein verhaltenes Knistern auf die dritte Verzögerungsphase der *Talamo* hinwies. Die Entfernung zum Planeten betrug nur noch vierzigtausend Kilometer, was bedeutete: Sie hatten den Hauptverteidigungsgürtel passiert, ohne geortet worden zu sein.

»Was ist mit den Signalen, Rinna?« Tako sah zur Seite und beobachtete, wie Rinna Daten aus dem Tron abrief und energetische Signaturen miteinander verglich. Sie wirkte dabei ein wenig nervös, was Tako erstaunte. Immerhin trug sie ebenfalls Bione zur weitgehenden Neutralisierung ihrer Emotionalität.

»Es sind *keine* neuen Ortungsmuster«, sagte sie, als sich vor ihr die Anzeigen eines Projektionsfelds veränderten. »Die Signale kommen von ... Epsilon Eridani.«

»Von der Sonne?« Ein schrecklicher Verdacht stieg in Tako auf.

»Es finden Veränderungen in der Korona statt.« Rinna betätigte Schaltelemente, und ein quasireales Feld schwoll an, vergrößerte einen Teil der gelben Sonne so, als wäre die *Talamo* nur wenige Millionen Kilometer davon entfernt. Im Gleißen und Lodern der ultraheißen Korona zeichnete sich etwas ab, das wie ein flammendes Geschöpf aussah. Ein Feuervogel breitete seine brennenden Schwingen aus und kündigte die Ankunft eines Molochs der Graken an.

»Ein Moloch, der in ein Sonnensystem kommt, in dem es bereits einen Graken gibt?«, fragte Tako. »Das ist neu. So etwas geschieht zum ersten Mal.«

»Der Gegenträumer fühlt ihn bereits«, sagte Bartolomeo.

»Wir sind nur auf einen Graken vorbereitet.« Tako wandte sich erneut an Rinna. »Wie viel Zeit bleibt uns?«

Die flammende vogelartige Erscheinung in der Korona von Epsilon Eridani schlug langsam mit ihren tausende Kilometer langen Plasmaflügeln.

»Die Stärke der Signale deutet darauf hin, dass der Transfer in etwa sechs Stunden erfolgen wird«, sagte Rinna.

»Dann bleibt uns für unsere Mission weitaus weniger Zeit als geplant.«

Einige Sekunden lang war nur das leise Summen des Schiffes zu hören, während ein Projektionsfeld den Countdown anzeigte.

»Die vierte und letzte Verzögerungsphase steht unmittelbar bevor«, sagte Bartolomeo. »Danach beginnt der Landeanflug. Wenn wir umkehren wollen, müssen wir jetzt sofort den Kurs ändern. Für den Abbruch des Landeanflugs ist mehr Energie erforderlich, und das könnte uns verraten.«

Tako musterte den jungen Bartolomeo, der seine Ausbildung erst wenige Monate hinter sich hatte. Die Bione am Hals unter dem Kampfanzug kompensierten seine Furcht, aber sie konnten keine Erfahrung ersetzen. Barto wartete auf eine Entscheidung, trotz der Umstände bereit, in den Kampf zu ziehen.

»Rinna?«, fragte Tako.

»Ich bin dafür, dass wir weitermachen«, sagte sie sofort. »Wir schaffen es! *Wir schaffen es!*«

Diesmal erklang keine Spur von Unsicherheit in ihrer Stimme. Dies war wieder die Rinna, die zu Tollkühnheit neigte und vor keinem Risiko zurückschreckte. Ihr Gesicht erschien Tako ein wenig blasser als sonst.

Tako sah zur Tal-Telassi, und ihr stummer, kühler Blick schien die Worte zu wiederholen, die sie zuvor an ihn gerichtet hatte: *Wir alle gehorchen den Zwängen der Notwendigkeit.*

Tako Karides, Keil dieser Mission, atmete tief durch. »Wir

setzen den Anflug fort. Können wir der *Akonda* eine Nachricht übermitteln?«

»Wenn wir sie geschickt genug tarnen.« Rinna beauftragte den Tron des Schiffes mit einer besonderen Signalmodulation.

»Okomm muss über den Feuervogel in der Korona von Epsilon Eridani Bescheid wissen«, sagte Tako. »Füg der Nachricht alle Daten hinzu, die wir gewonnen haben.«

Rinna berührte Schaltflächen. »Nachricht ist unterwegs.«

»Barto, stabilisiere den Muarr in seinem Suspensionsbad. Es hätte uns jetzt gerade noch gefehlt, dass es in seinem Gegentraum zu Störungen kommt.«

»Bestätigung, Keil.«

Das Raunen des Schiffes schwoll erneut zu einem Knistern an, als der Krümmer die Struktur des Universums in einem eng begrenzten Bereich veränderte. Mit der *Talamo* geschah überhaupt nichts, aber um sie herum entstand ein »neues« Raum-Zeit-Kontinuum, in dem sie langsamer wurde.

Kabäa füllte das größte Projektionsfeld völlig aus. Der Terminator glitt unter dem Schiff hinweg, und sie tauchten in die Nacht ein.

»Es gibt große Städte auf dem Planeten, nicht wahr?«, fragte Rinna, während sie Kontrollen betätigte und den Kraler auf die Landung vorbereitete.

»Es gab sie vor fünfzig Jahren«, sagte Tako.

»Lichter fehlen weitgehend.« Rinna streckte die Hand aus und deutete auf den dunklen Teil Kabäas. »Die Nachtseite ist fast völlig finster.«

»Die meisten Menschen sind in den Träumen der Graken gefangen«, warf Bartolomeo ein. »Das kennen wir. Sie kümmern sich nicht mehr um Systemsteuerung, Wartung und dergleichen. Vermutlich haben Sicherheitsservi die Energieversorgungssysteme schon vor vielen Jahren stillgelegt.«

Er spricht wie ein Veteran, der so etwas schon oft erlebt hat, dachte Tako analytisch. *Bald wird er seine ersten direk-*

ten Erfahrungen sammeln. Hoffentlich halten die Bione das Entsetzen von ihm fern.

»Kabäa ist eine Welt des Todes«, sagte Myra 27 langsam, hob eine Hand mit violetten Fingerspitzen und zog an der Aktivierungsschlaufe am Kragen ihres semiorganischen Anzugs, der darauf in einen vollständig autonomen Modus wechselte. »Die Graken haben diesem Planeten Dunkelheit gebracht. Wir erreichen bald ihren direkten Einflussbereich.«

»Entfernung bis zum Landepunkt eintausendzweihundert Kilometer«, sagte Bartolomeo. »Levitationsfeld wird aktiv.«

»Der Kraler empfängt das Orientierungssignal«, meldete Rinna. »Die Späher sind am vereinbarten Ort.«

Tako spürte, wie die *Talamo* zu vibrieren begann, als sie die obersten Luftschichten des Planeten erreichte. Die in den Projektionsfeldern glühenden Anzeigen wiesen ihn darauf hin, dass die Geschwindigkeit weiter abnahm. Die Abweichung vom Zeitplan betrug nur einige Sekunden – die große Festung der Kronn, orbitaler Stützpunkt für ihre Flotte im Epsilon-Eridani-System, befand sich auf der anderen Seite des Planeten. Hier gab es nur einige Satelliten der Chtai, die wissenschaftliche Daten gewannen, aber nicht dazu bestimmt waren, ein feindliches Schiff zu orten.

Tako zog wie zuvor Myra an der Schlaufe am Kragen seines Kampfanzugs. »Autonomer Modus«, sagte er. »Einsatzstatus.«

Fast zwanzigmal hatte er diese Worte unter ähnlichen Umständen gesprochen, bei den ersten Gelegenheiten vor mehr als zwei Jahrzehnten nur mit emotionalen Schilden ausgestattet, die nicht annähernd so leistungsfähig gewesen waren wie die modernen Bione. Deutlich erinnerte er sich an das Inferno aus Gefühlen, selbst jetzt in seinem gegenwärtigen Zustand.

»Kampfanzug, autonomer Modus bestätigt, Keil«, sagte Bartolomeo förmlich. »Schiff auf Kurs. Systemfunktionen korrekt. Voraussichtliche Zeit bis zur Landung: zehn Minuten und dreißig Sekunden. Persönlicher Status: volle Einsatzbereitschaft.«

»Bestätige ebenfalls autonomen Status.« Rinna sah kurz zu Bartolomeo, richtete ihren Blick dann auf Tako und lächelte kurz, als wollte sie sagen: *Er wird es schon noch lernen.* »Alles klar, Tako. Von mir aus kann es losgehen.«

Die Nachtseite des Planeten nahm sie auf, und die *Talamo* flog durch die Dunkelheit, langsam genug, um keinen hellen Schweif aus Reibungshitze hinter sich herzuziehen. Das kleine Schiff blieb in der Finsternis verborgen, als unter ihm tote Städte hinwegglitten, in denen nur wenige Lichter leuchteten.

»Ehrenwerte?«, wandte sich Tako an die Tal-Telassi.

Die alte Myra nickte kurz. »Ich bin ebenfalls einsatzbereit und ...« Sie unterbrach sich, und ein Schatten fiel auf ihr Gesicht.

Tako spürte es im gleichen Augenblick. Für eine schrecklich lange halbe Sekunde hatte er das Gefühl, ins Leere zu fallen, dann stellten sich die Bione an seinem Hals und die organischen Komponenten des Kampfanzugs auf die Emanationen ein. Etwas schien über die Innenflächen seines Kopfes zu streichen, weich wie eine Feder, aber dazu bereit, von einem Moment zum anderen so hart wie Ultrastahl zu werden – die Präsenz eines Graken.

Rinna beugte sich mit einem Ruck vor. »Tako! Das Orientierungssignal der Späher für den Kraler ... Es enthält eine verschlüsselte Mitteilung für uns.«

»Wie lautet sie?«, fragte Tako ruhig.

»»Kehrt sofort um!'«

»Dafür ist es jetzt zu spät«, stellte er fest.

Etwas kratzte an seinem Selbst, nachhaltiger als beim ersten Mal, und fast gleichzeitig sagte die Tal-Telassi:

»Ich weiß, was die Mitteilung bedeutet. Es befindet sich nicht nur ein Graken auf Kabäa. Uns erwarten drei.«

2

Dunkle Pfade

Regen fiel in Strömen vom dunklen Himmel, und der Wind trieb ihn mit heftigen Böen vor sich her. Kalte Nässe klatschte Tako ins Gesicht, als er beobachtete, wie sich die *Talamo* eingrub. Es knirschte und knackte, als sich der Kraler in den aufgeweichten Boden bohrte und das Schiff mit sich zog. Nach zwei Minuten deutete nichts mehr darauf hin, dass Kabäa an dieser Stelle Besuch erhalten hatte – die molekulare Verdichtung der lokalen Materie schuf genug Platz für die Masse des kleinen Schiffes. Der Gegenträumer blieb an Bord in seinem Suspensionsbad, das ihn notfalls bis zu einem Monat am Leben erhalten konnte.

Tako konzentrierte sich und schickte einen gedanklichen Befehl an den Biotron des Kampfanzugs, woraufhin ein Visier aus dem Kragen wuchs und sich vor die Augen schob. Es zeigte ihm nicht nur das bionische Signal des Kralers, sondern auch ein klares Bild von der Umgebung: Sie befanden sich am Rand von Tonkorra, der Hauptstadt des Planeten. Einst hatten mehr als vierzig Millionen Menschen in diesem riesigen urbanen Komplex gelebt, der fast zehntausend Quadratkilometer groß war. Tako rechnete nicht damit, dass mehr als einige wenige Prozent davon die vergangenen fünfzig Jahre überlebt hatten.

Nur die Stimme des Windes heulte in der Nacht, und ...

Helles, kaltes Licht fiel auf die gewaltigen Massen der Gletscherzungen, die in eins der Täler von Millennia reichten, und ihr Weiß verschmolz mit dem der Türme. Dort, hoch oben hinter den Fenstern, die Ausblick gewährten über die Weiten aus Schnee und Eis, dachten die Tal-Telassi über sich und das Universum nach. Dort suchten sie nach einer Möglichkeit, die Graken zu besiegen ...

Das Eis wich den schematischen Darstellungen des Visiers. Tako kehrte zum Eingang des Stahlkeramikgebäudes zurück, von dem das Orientierungssignal für die *Talamo* ausgegangen war. Drei Graken. Das erklärte, warum selbst hier, noch weit vom Epizentrum entfernt, Erinnerungen so stark werden konnten.

Drinnen, vor dem Regen geschützt, wartete die Gruppe im Schein einer kleinen Lampe. Jetzt gehörten auch die beiden Späher zu ihr, die sie in Empfang genommen hatten, Menschen aus Tonkorra, natürlich Berührte – Tako bezweifelte, ob es nach fünfzig langen Jahren der Grakenpräsenz auf diesem Planeten noch einen einzigen Unberührten gab. Aber ein Blick in die grauen Gesichter genügte, um festzustellen: Sie waren nicht nur berührt, sondern auch kontaminiert. Der Versuch, solche Personen zu retten, hatte keinen Sinn; außerhalb des Einflussbereichs der Graken wären sie innerhalb weniger Tage gestorben. Hier auf Kabäa blieben ihnen noch einige Monate, und die neuen Bione, mit denen Rinna Yeni und Bentram gerade ausstattete, würden ihnen während dieser Zeit weitgehende geistige Freiheit geben.

Leute wie Rinna, Barto und ich sind die Ausnahme, nicht die Regel, dachte Tako, als er sich der Gruppe näherte. *Die Graken haben uns berührt, aber man hat uns rechtzeitig gerettet, bevor es zur Kontamination kommen konnte. Millionen und Milliarden andere hatten nicht so viel Glück.*

Meraklon ... Eine andere Art von Dunkelheit ... Eine stählerne Hand in seinem Kopf, die sich um das Gehirn schloss und fest zudrückte, bis er nicht mehr Herr seiner Gedanken und Gefühle war ...

Tako schüttelte die Erinnerungen an die Berührung vor vielen Jahren ab.

Rinna stand neben den beiden Spähern, die wie wandelnde Leichen aussahen. Die Augen von Bentram und Yeni, Bruder und Schwester, lagen tief in den Höhlen, und die grauen Gesichter waren schmal und ausgezehrt. Eins der größten Probleme der Überlebenden bestand darin, ausreichend Nahrung zu finden, und das sah man ihnen an.

»Können wir aufbrechen?«, fragte Rinna. »Der Levitrans ist bereit.« Sie deutete auf einen mittelgroßen Levitationstransporter, der am Rand des Lichtkreises dicht über dem Boden schwebte.

»Nein«, sagte Tako. »Noch nicht. Erst muss etwas geklärt werden.« Er sah die Tal-Telassi an. »Myra?«

Er verzichtete ganz bewusst auf die respektvolle Anrede, ein Hinweis darauf, wie ernst er es meinte. Sie verstand.

»Um Ihrer Frage zuvorzukommen: Nein, das Oberkommando weiß nichts davon.«

»Warum haben Sie uns verschwiegen, dass es nicht nur einen Graken auf Kabäa gibt, sondern drei? Und der Feuervogel deutet darauf hin, dass noch mindestens ein weiterer kommt.«

Draußen heulte der Wind durch eine Finsternis, die die Stadt wie mit einem schwarzen Leichentuch bedeckte. Regen trommelte aufs Dach des niedrigen Gebäudes.

Die greise Tal-Telassi stand wie eine Statue da, alt und doch unerschütterlich wie ein Fels. Ihr faltiges Gesicht zeigte nicht die geringste Regung, und als Tako in ihre großen Augen sah, fühlte er erneut einen sonderbaren Sog.

»Das Oberkommando hätte diese Mission nicht genehmigt, wenn die Präsenz von drei Graken bekannt gewesen wäre«, sagte Myra 27. »Auf diesen Einsatz konnte nicht verzichtet werden. Er ist zu wichtig. Und allein wären wir Tal-Telassi nicht dazu imstande gewesen.«

»Wir sind also Ihre Werkzeuge?«

»Ich könnte das für eine zu emotionale Frage halten, wenn ich nicht wüsste, dass Sie die neuen Bione tragen. Sie sind keine Werkzeuge, sondern Helfer. Es geht um eine gemeinsame Sache.«

»*Worum* geht es, ganz genau? Weshalb ist dieser Einsatz auf Kabäa so wichtig für Sie?« Takos Blick galt der Tal-Telassi, aber er sah auch, dass Rinna, Barto und die beiden Späher aufmerksam zuhörten. Rinna war noch immer sehr blass.

»Innerhalb des nächsten Standardmonats erwarten wir insgesamt zehn Graken auf Kabäa«, sagte Myra 27 so, als hielte sie einen Vortrag über das Wetter auf Millennia. »Sieben sind noch hierher unterwegs. Der erste von ihnen wird bald eintreffen. Den Feuervogel haben wir gesehen.«

»Ich nehme an, auch davon weiß Okomm nichts?«, fragte Tako, während draußen der Wind lauter heulte.

»Nein.«

»Warum haben Sie diese Informationen den Markanten und Prioren des Oberkommandos vorenthalten?«

»Ich gebe Ihnen die gleiche Antwort wie zuvor: Okomm hätte diese Mission nicht genehmigt. Obwohl sich uns hier eine einzigartige Chance bietet.« Myra seufzte leise. »Ich schlage vor, wir machen uns jetzt auf den Weg zum Epizentrum. Warum noch mehr Zeit verlieren?«

Wir sind *Werkzeuge für sie*, dachte Tako, der dieses herablassende Gebaren auf Millennia mehrmals erlebt hatte. Es lag nicht unbedingt daran, dass sich die Tal-Telassi für etwas Besseres hielten – im Lauf von Jahrtausenden angesammeltes Wissen, hoch entwickelte Gen-Technik und ihre besonderen Fähigkeiten *machten* sie zu etwas Besserem. Die Angelegenheiten gewöhnlicher Menschen und ähnlicher Geschöpfe nahmen in ihren Überlegungen nur wenig Platz ein.

»Ich bin der Keil dieser Mission«, sagte Tako. »Ich entscheide, wie es angesichts der veränderten Umstände weitergeht. Wir sind auf einen Graken vorbereitet, haben es jetzt aber mit drei zu tun. Ich könnte entscheiden, die Mission abzubrechen, den Kraler zu wecken, die Systeme der *Talamo* zu reaktivieren und zur *Akonda* zurückzukehren, die im Detritusgürtel auf uns wartete.«

»Das wäre eine dumme Entscheidung«, erwiderte Myra. »Aber ich habe mit einer solchen Möglichkeit gerechnet. Das Suspensionsbad des Gegenträumers enthält eine betäubende Substanz. Sein Schlaf ist tiefer als sonst. Er wird nicht vor zwei Tagen erwachen.«

»*Was?*«, entfuhr es Rinna.

»Das ist Sabotage der Mission«, sagte Tako.

Myra blieb unbeeindruckt. »Manchmal heiligt der Zweck tatsächlich die Mittel, Keil Karides. Ich brauche eure Hilfe, um die Graken zu erreichen – wir brauchen uns gegenseitig. Dies *ist* eine einzigartige Gelegenheit. Die erste haben wir ungenutzt verstreichen lassen. Das darf sich nicht wiederholen.«

Tako trat vor die greise Frau, die fast genauso groß war wie er. Sein Blick bohrte sich in ihre großen Augen, und diesmal bedauerte er, dass ihm die Bione den Zorn nahmen. »Dies wird Konsequenzen nach sich ziehen. Sie haben Einfluss auf die Mission genommen, ohne mich davon in Kenntnis zu setzen. Okomm wird sich an den Schwesternrat auf Millennia wenden und offiziell Beschwerde einlegen.«

»Das spielt keine Rolle für mich«, entgegnete Myra 27 gelassen. »Ich werde Kabäa nicht wieder verlassen.«

Tako sah, dass Rinna an seiner Seite erschien. Barto stand weiter hinten bei den beiden Spähern.

»Wie meinen Sie das?«, fragte die junge Frau.

Wieder seufzte die greise Tal-Telassi – eine persönliche Manieriertheit, die nichts mit Gefühlen zu tun hatte, vermutete Tako.

»Ich werde hier sterben«, sagte Myra. »Mein langes Leben

wird hier auf Kabäa zu Ende gehen. Und mein Ende wird auch das Ende der hiesigen Graken sein, vielleicht sogar das der Graken, die hierher unterwegs sind. Mein fataler Traum könnte sie alle erreichen, und vielleicht noch andere Graken in diesem Sektor. Wir wissen nicht genau, wie stark die Verbindungen zwischen ihnen sind. Es ist denkbar, dass es zu einer Kettenreaktion kommt.«

»Durch Ihren Tod?«, fragte Tako. Plötzlich verstand er die Aufregung, die er vor dem Start der *Talamo* bei einigen Mitgliedern des Oberkommandos gespürt hatte. *Mehrere Okomm-Repräsentanten* haben *Bescheid gewusst. Nicht alle, aber genug, um diesen Einsatz zu ermöglichen. Myras Manipulationen beschränken sich nicht nur auf uns.*

»Im Augenblick des Todes fließt meine gesamte geistige Energie in den fatalen Traum ein, den ich in mir trage«, sagte Myra kühl. »Ich werde die Graken töten. Dies wird der erste wahre Sieg über die Graken sein!«

»Wir haben versucht, Sie zu warnen«, sagte Yeni, als der Levitrans durch die Nacht glitt, durch Wind und Regen, vorbei an den Ruinen ausgebrannter Gebäude – in diesem Teil der Stadt schienen vor langer Zeit heftige Explosionen stattgefunden zu haben. »Aber wir sind froh, dass Sie trotzdem gekommen sind.«

Tako nickte und beobachtete, wie Yeni und Bentram ein weiteres Nahrungspaket öffneten und sich hungrig über den Inhalt hermachten. Sie saßen ganz hinten im Levitationstransporter, über den im Heck summenden Aggregaten. Im matten Licht der Innenbeleuchtung wirkten ihre Gesichter völlig farblos. Die beiden Geschwister schienen mindestens hundertdreißig Jahre alt zu sein, aber Tako wusste aus dem Bericht des Kontakters, dass sie in Wirklichkeit noch jünger waren als Barto. Unter dem Grakenjoch geboren ... Ihre Seelen hatten immer Fesseln getragen, von Anfang an.

»Wir sind froh, dass Sie uns helfen«, sagte Tako. »Wie geht es Ihnen jetzt? Der Kontakter hat uns Gewebeproben von

Ihnen mitgebracht, und die Tal-Telassi haben die Bione Ihrer DNS angepasst. Funktionieren sie?«

Yeni tastete mit einer Hand nach ihrem Hals. Unter dem Kragen einer an mehreren Stellen aufgerissenen Jacke zeichneten sich die Bione ab, jetzt fest mit der Körpersubstanz verbunden. »Es ist wie ...« Sie suchte nach geeigneten Worten.

»Wie das Erwachen aus einem schrecklichen Traum«, sagte Bentram leise. »Nur um dann festzustellen, dass die Wirklichkeit noch viel schlimmer ist.« Er verzog das Gesicht. »Nein, das stimmt nicht ganz. Nichts ist schlimmer, als Teil des Grakentraums zu sein. Wir sind nicht mehr in ihrem Netz gefangen, aber ...« Vage Hoffnung erschien in trüben Augen. »Wenn Sie erledigt haben, weshalb Sie hier sind, wenn Sie zu Ihrem eingegrabenen Schiff zurückkehren ...«

Tako ahnte, was jetzt kam. Auch das erlebte er nicht zum ersten Mal.

»Können Sie uns mitnehmen?«, fragte Bentram. Seine Schwester hörte auf zu essen und richtete ebenfalls einen hoffnungsvollen Blick auf Tako.

Die Hoffnung bleibt immer, dachte Tako. *Sie stirbt erst, wenn das Leben zu Ende geht.*

»Der Kontakter hat es Ihnen sicher erklärt«, sagte er vorsichtig und versuchte, trotz neutralisierter Gefühle Anteilnahme zum Ausdruck zu bringen. »Wir könnten Sie mitnehmen, ja, aber Sie würden innerhalb weniger Tage sterben. Sie sind kontaminiert. Es tut mir Leid.«

Yeni ließ das Nahrungspaket langsam sinken; sie schien plötzlich den Appetit verloren zu haben.

»Die Kolonne ist da, Keil!«, rief Bartolomeo von vorn.

»Ich glaube, Sie sollten jetzt besser die Kontrollen übernehmen«, wandte sich Tako an die beiden Späher.

Zusammen mit Yeni und Bentram kehrte er nach vorn zurück, in die Fahrerkabine des Levitrans. Auf dem Weg dorthin kamen sie an einem der offenen Frachträume vorbei, und dort sah er die greise Tal-Telassi: Allein saß sie am polarisierten Fenster, das den Blick nach draußen gewährte, aber nicht herein, und schaute in die Nacht hinaus. Tako erinnerte sich daran, dass sein Gespräch mit Myra 27 nur unterbrochen, aber noch nicht beendet war; sie schuldete ihm noch die eine oder andere Auskunft.

Ihn trennten nur noch wenige Schritte von der Fahrerkabine, als er merkte, wie der Druck auf sein Selbst abrupt zunahm. Vage Eindrücke wehten ihm entgegen, setzten sich diesmal aber nicht zu ganzen Szenen zusammen, die ihn von der Realität trennten. Die Bione reagierten auf die Gedankenausläufer der Graken, die noch immer, nach all den Jahren, nach Unberührten suchten. Aber die Präsenz war stark, selbst hier, noch ein ganzes Stück vom Epizentrum entfernt. Drei, nicht einer. Würden sie dem mentalen Druck lange genug standhalten können, um die Brut zu finden und die Mikrokollapsare dort zu zünden, wo sie möglichst großen Schaden anrichteten? *Und um Myra 27 Gelegenheit zu geben, ihren fatalen Traum in den Bewusstseinskomplex der Graken zu transferieren.*

Als Tako die Kabine betrat, fragte er sich, ob dieser Gedanke von ihm stammte oder von der Tal-Telassi. Ein fataler Traum. Er erinnerte sich daran, auf Millennia davon gehört zu haben ...

Barto saß an der Hauptkonsole, rutschte zur Seite und machte Bentram Platz. Rinna kehrte Tako den Rücken zu und blickte aus dem Seitenfenster. Sein Kampfanzug empfing ihre Biotelemetrie, und darin fielen ihm einige Werte auf, die nicht der Norm entsprachen. Er wollte eine Frage an sie richten, doch genau in diesem Augenblick blitzte es vor ihnen zwischen den Gebäuden der Stadt auf.

Scheinwerferlicht. Es stammte von einer Kolonne aus anderen Levitationstransportern, die an Trümmerbergen und leeren Gebäuden vorbeischwebten, auf dem Weg ins Zentrum der riesigen Stadt.

Bentram steuerte den Levitrans genau auf die Kolonne zu, und Yeni berührte die Schaltflächen eines Kom-Servos.

»Ich sende unseren Identifikationsschlüssel. Dieser Transporter nimmt regelmäßig an den Fahrten ins Zentrum teil. Es sollten sich keine Probleme ergeben.«

Tako nickte und erinnerte sich an die Einzelheiten des Kontakterberichts. Yeni und Bentram gehörten zu den kümmerlichen Resten der menschlichen Zivilisation, die es noch auf Kabäa gab. Sie standen in den Diensten einer Administration, der nichts anderes übrig blieb, als mit den Geeta, Chtai und Kronn zusammenzuarbeiten. Sie verwaltete die restlichen Ressourcen und versuchte, die Überlebenden so lange wie möglich am Leben zu erhalten, was durchaus den Interessen der Graken entsprach, denn sie selbst und ihre Brut brauchten Träume und psychische Energie. Die Tal-Telassi sprachen in diesem Zusammenhang von *Amarisk*, was so viel bedeutete wie »das, was unseren Geist wach hält und unseren Gedanken Kraft gibt«. Im Anschluss an den ersten gierigen Fraß unmittelbar nach der Ankunft, dem Millionen innerhalb weniger Monate zum Opfer fielen – manche Forscher glaubten, dass sie dadurch ihre Kräfte nach dem Sonnenflug erneuerten –, benötigten die Graken einen mehr oder weniger beständigen Strom an *Amarisk* für ihre Brut.

Ein zirpendes Geräusch kam vom Kom-Servo. »Unser IS ist bestätigt und akzeptiert«, sagte Yeni.

»Bringen Sie uns zur Kolonne, Bentram«, sagte Tako ruhig.

Der junge *alte* Mann mit dem grauen Gesicht betätigte die Navigationskontrollen, und das Summen der Levitatoraggregate im Heck wurde etwas lauter.

Der alte Levitrans verfügte nicht über ein multifunktionelles Ortungssystem, das Sondierungen in allen EM-Frequenzbereichen gestattete. Distanzsensoren zeigten den Abstand zur Kolonne an, und Tako beobachtete, wie sich jenseits des Lichtkegels die Konturen der anderen Transporter abzeichneten. Und er sah noch etwas.

»Kronn!«, sagte Yeni erschrocken.

Tako reagierte sofort. »Myra, wir brauchen Sie hier!«, rief **45** er, saß eine Sekunde später in seinem Sitz und überprüfte seine Waffen.

»Kampfbereitschaft«, sagte er und spürte, wie sich die Nanowurzeln der organischen Anzugkomponenten tiefer in Muskeln und Rückenmark bohrten. Das geschah auch bei Barto und Rinna, wie ihm die Biotelemetrie bestätigte.

Myra kam herein, nahm in einem freien Sessel Platz und erfasste die Situation mit einem Blick.

Zwei jeweils etwa zwanzig Meter lange schwarze Dorne schwebten zu beiden Seiten der Kolonne, Segmente eines Stachelschiffs der Kronn. Tako berührte den Kragen seines Kampfanzugs, und ein Visier schob sich ihm vor die Augen, zeigte ihm die beiden Segmente aus der Nähe. An einigen Stellen ragten höckerartige Erweiterungen aus den Außenflächen, und wenn es dort aufglühte, strichen Sondierungsstrahlen über die Transporter der Kolonne.

»Wir haben nichts geladen«, sagte Bentram, der zu ahnen schien, was dort draußen in der Nacht geschah. »Unsere Frachträume sind leer. Das dürfte den Kronn kaum entgehen.«

»Sind solche Kontrollen üblich?«, fragte Tako.

»Nein«, erwiderte Yeni und starrte nach draußen. »Und warum sollten ausgerechnet die Kronn eine solche Kontrolle vornehmen? Normalerweise wird so etwas von den Geeta oder Chtai erledigt. Die Kronn erscheinen nur, wenn ...«

»Ja«, sagte Myra 27. »Die Soldaten der Graken erscheinen nur, wenn die Möglichkeit eines Kampfs besteht.«

Der beschleunigte Stoffwechsel gab Tako mehr körperliche Kraft und ließ ihn auch schneller denken. »Könnten sie von uns wissen, Ehrenwerte?«

Die Tal-Telassi zögerte einen Sekundenbruchteil. »Das Universum ist groß«, sagte sie langsam. »Alles ist möglich.«

»Derzeit bin ich weniger an den Weisheiten Ihres Ordens interessiert als an einer genauen Einschätzung unserer Lage«, erwiderte Tako kalt. Er bemerkte Bentrams fragenden Blick und fügte hinzu: »Fahren Sie weiter. Bringen Sie uns in die Kolonne. Wenn wir jetzt versuchen, uns abzusetzen, schöpfen die Kronn bestimmt Verdacht. Myra? Haben Sie uns noch mehr verschwiegen? Gibt es andere Dinge, über die wir besser Bescheid wissen sollten?«

Die Levitatoren des Transporters summten, als er sich der Kolonne näherte. Scheinwerferlicht schnitt durch die Nacht, und Regen prasselte an die polarisierten Scheiben. Ein Teil von Tako nahm zur Kenntnis, dass er schon seit einer ganzen Weile kein Wort mehr von Rinna gehört hatte. Die Aufmerksamkeit des anderen, weitaus größeren Teils galt Myra.

»Die Graken haben überall Augen und Ohren«, sagte sie. »Wer weiß, was sie herausgefunden haben? Wir müssen zum Epizentrum. Nur darauf kommt es an. Und die Kronn werden *nicht* merken, dass die Frachträume dieses Transporters leer sind.« Die Tal-Telassi schloss die Augen und konzentrierte sich.

»Na schön«, brummte Tako, wandte den Blick von der greisen Frau ab und sah nach draußen. »Rinna, Barto, wir bleiben bei voller Kampfbereitschaft. Yeni, geben Sie ganz normal Antwort auf eventuelle Kom-Anfragen. Bentram, steuern Sie den Transporter wie sonst auch. Tun Sie einfach so, als wären die Kronn gar nicht da.«

Nur noch wenige hundert Meter trennten sie von der Kolonne, in der sich eine Lücke bildete, um den Neuankömmling aufzunehmen. Das Visier vor Takos Augen blieb auf passive Ortung beschränkt – die Kronn hätten aktive Signale sofort bemerkt –, was der Wahrnehmungsreichweite Grenzen setzte, aber er glaubte, ein ganzes Stück hinter der Kolonne einige weitere Kronn-Stacheln zu erkennen.

»Hinter den Transportern warten noch mehr Kronn«, sagte er. »Vielleicht eine Einsatzreserve.«

Einer der beiden schwarzen Dorne über der Kolonne neigte sich zur Seite und schwebte dem alten Levitrans entgegen. Tako bemerkte, wie Bentram an den Navigationskontrollen zu zittern begann.

»Ganz ruhig bleiben«, sagte er. »Ehrenwerte?«

»Meine Gedanken sind bereit«, erwiderte sie leise. »Die Kronn werden nicht erkennen, wer oder was sich an Bord dieses Transporters befindet. Die Sondierungssignale werden ihnen falsche Informationen übermitteln. Bitte stören Sie mich nicht; ich muss mich konzentrieren.«

Tako nickte, obwohl die Tal-Telassi das gar nicht sehen konnte, und blickte nach draußen. Der Dorn kam heran, wie ein Teil der Nacht, der plötzlich Substanz gewann, und mehrere Höcker glühten auf. Licht gleißte auf den Levitrans hinab und wurde von den polarisierten Fenstern reflektiert. Indikatoren blinkten vor Yeni, und ihre Fingerkuppen berührten Schaltelemente. Der Kom-Servo zirpte.

»Unser IS wird erneut überprüft«, sagte die Frau mit dem grauen Gesicht. Und einige Sekunden später: »Jetzt werden die Daten des Transportlogs abgefragt.«

Der Kronn-Dorn schwebte genau über dem Levitrans und folgte ihm zur Kolonne.

Tako sah zu Myra 27, in deren faltiger Miene sich Anspannung zeigte, und er versuchte sich vorzustellen, was jetzt geschah. Jede Tal-Telassi verfügte über besondere Fähigkeiten; viele waren in der Lage, durch Gedanken Sensoren und andere Wesen zu beeinflussen, oder sogar die Raum-Zeit – es hieß, dass manche Frauen des Ordens in die Zukunft sehen konnten, oder in *eine* Zukunft. Er wusste nicht, worin Myras spezielles Talent bestand, aber sie schien imstande zu sein, die Sondierungssignale der Kronn so zu beeinflussen, dass auf den Anzeigeflächen im Innern des Dorns keine verdächtigen Daten erschienen.

Der schwarze Stachel, Teil eines viel größeren Schiffes, blieb über dem Levitrans, bis Bentram das Gefährt in die Kolonne eingegliedert hatte. Dann schwenkte er zur Seite und glitt fort.

Ein leises Wimmern erklang, und nur einen Herzschlag später sagte Myra: »Sie muss ihren Geist schließen, sofort! Sonst wird sie von den suchenden Gedanken der Graken entdeckt!«

Ein Prickeln machte Tako auf eine Anomalie bei den bio-telemetrischen Daten der anderen Kampfanzüge aufmerksam. Rinnas Werte befanden sich weit außerhalb der Norm.

Er eilte zu ihr, drehte sie um und sah ein kalkweißes, schweißfeuchtes Gesicht. Das struppige blonde Haar klebte an den Schläfen.

»Die Kronn entfernen sich«, meldete Yeni.

Tako blickte in Rinnas Augen und sah dort etwas, das Myras Sorge erklärte: das Flackern von Entsetzen. *Gefühle!*

Zwischen seinen Schläfen wuchs der Druck, Hinweis auf die Grakenpräsenz. Näherte sich erneut ein suchender Gedanke?

»Was ist los mit dir, Rinna? Funktionieren deine Bione nicht richtig?« Tako tastete unter den Kragen ihres Kampfanzugs, fand dort nicht drei, sondern nur einen Bion.

»Ich wollte stark sein«, brachte Rinna hervor. Ihre schmalen Schultern bebten. »So stark wie Miriam und Xandra und die anderen. So stark wie du. Ich wollte es ... allein aushalten, oder ... *fast* allein, mit nur einem Bion ... Aber es sind *drei* Graken ...«

Tako blickte auf sie hinab. »Das ist dumm, Rinna, *dumm!* Ich habe mehr Einsätze hinter mir als du, und selbst ich schaffe es nicht ohne Gefühlsneutralisierung.«

»Ich wollte ... stark sein, aber ich ... kann nicht mehr«, brachte Rinna hervor. Das Sprechen fiel ihr immer schwerer. »Es frisst mich von innen auf ...«

»Keil Karides ...«, begann die Tal-Telassi.

Takos von Emotionen befreiter Intellekt hatte bereits eine Entscheidung getroffen. Er schob die Hand unter den eigenen Kragen, löste einen Bion, der daraufhin wieder weich wurde, und presste ihn an Rinnas Hals.

Der suchende Gedanke der Graken erreichte ihn.

Er traf ihn nicht voll, streifte ihn nur, aber der Hauch eines Kontakts genügte, um das Grauen von Meraklon zurückzubringen.

Ein Schatten schiebt sich vor die Sonne, die gewaltige Masse eines Molochs, umgeben von kleineren, dahinhuschenden Schatten, Schiffen der Kronn, Geeta und Chtai. Der Tag auf Meraklon wird zur Nacht ...

»Der Kronn-Dorn kehrt zurück!«, rief Yeni. Tako hörte sie nicht, er sah ...

Eine aus fast dreihundert Raumschiffen bestehende Verteidigungsflotte der AFW wirft sich dem Feind entgegen, der im Pesao-System erschienen ist. Es gleißt im All zwischen den inneren Planeten. Die großen Stachelschiffe der Kronn lösen sich in hunderte von einzelnen Dornen auf, jeder von ihnen ein kleines, autarkes Kampfschiff. Sie greifen die Basen auf den ersten beiden Planeten an, erreichen dann den dritten. Nur wenige von ihnen fallen Annihilatorstrahlen oder Antimaterieraketen zum Opfer, während sich die Reihen der Verteidiger immer mehr lichten. Die Kronn begleiten den Moloch nach Meraklon, denn dort will er sich niederlassen, der Graken, auf der Suche nach Amarisk ...

Tako blinzelte, blickte in Rinnas weit aufgerissene Augen und wusste, dass die Gedanken der Graken sie ebenfalls berührten. Sie war in ihren eigenen Albträumen gefangen. Seine Hand bewegte sich wie von allein, als er einen weiteren Bion von seinem Hals löste, obwohl der rationale Teil in ihm wusste, dass *er* jetzt dumm war. Als Keil trug er die Verantwortung für diese Mission, er musste alle notwendigen Entscheidungen treffen und durfte sich nicht auf diese Weise selbst außer Gefecht setzen, aber er konnte Rinna nicht dem Wahnsinn überlassen, er musste sie schützen. Und während er das Gesicht der jungen Frau sah, veränderten sich ihre Züge, und ...

... er hält sie in den Armen, umgeben von Qualm und Trümmern, er sieht in die Augen, die ihren Glanz verloren haben, er sieht das Blut in ihrem Gesicht, und er kann es nicht fassen. »Ich bin zu spät gekommen«, flüstert er, und es klingt nach der Stimme eines anderen Mannes. »Ich bin zu spät gekommen.«

Es flackert und lodert am Himmel, als Kronnschiffe die letzten Verteidiger zurückdrängen. Er hebt kurz den Kopf und sieht, wie der Moloch zur Landung ansetzt. Bald wird der Graken darin seine Gedanken ausstrecken und hungrig nach den Träumen der Menschen auf Meraklon greifen …

»Keil Karides …« Myra 27 erschien neben Tako und versuchte, ihn von Rinna fortzuziehen, in deren Augen eine andere Art von Entsetzen erschien – sie begriff jetzt, als die beiden zusätzlichen Bione zu wirken begannen, dass sie die Mission gefährdet hatte. *Und* ihr wurde klar, in welcher Situation sich Tako befand. »Ihr Blick, Keil Karides, Ihr Blick *zu mir!*«

Tako drehte langsam den Kopf …

Er lässt den Leichnam seiner Frau Dalanna sinken, in Staub und Asche, während es mehrere hundert Meter entfernt zu einer heftigen Explosion kommt. Flammen lecken wie gewaltige gelbe und orangefarbene Zungen gen Himmel. Das Firmament ist voller Feuer, und die Stadt darunter stirbt. Dort ragt der gelandete Moloch auf, wie ein Berg, und in seinen Flanken bilden sich Öffnungen, und heraus kommen weitere Kronn-Dorne.

(Dunkle Kälte. Tunnel im gewachsenen Metall, wie leere Adern. Schemen bewegen sich in der Finsternis, kommen aus den Wänden, verschwinden in anderen, käferartige Gebilde, die das Licht scheuen. Und tiefer im Innern des Molochs … dicke Bänder, wie Schlangenleiber, ineinander und umeinander verschlungen zu einem riesigen Knäuel, das die zentralen Bereiche des Molochs füllt. Hier ist es noch kälter, denn der Mantel des Graken wächst noch immer und entzieht der Umgebung Wärme. Und dort, wo der Moloch aufhört und der Graken beginnt, ertönt ein leises Wimmern. Die Stimme eines Menschen, aber weder die eines Mannes noch die einer Frau …)

»Wir müssen fort«, sagt jemand in der Nähe. Er kennt den Mann, er trägt einen Kampfanzug wie er selbst, aber das scheint kaum mehr Bedeutung zu haben. »Komm, Tako. Nein, sieh *nicht dorthin*!«

Zwei andere Männer versperren ihm den Weg und die Sicht. Er sieht nur die Beine eines Kindes, halb verkohlt.

»Manuel?«, bringt er hervor.

»Komm, Tako, komm. Wir können nichts mehr für sie tun. Komm!«

Die Männer – Gefährten – zerren ihn fort von den Leichen ...

»Keil Karides!« In der Stimme der Tal-Telassi erklang etwas, das Gehorsam verlangte. *»Ihr Blick zu mir!«* Tako drehte den Kopf noch etwas weiter. Er sah das Gesicht der greisen Frau, darin eine Anspannung, die noch größer geworden war und es in eine Grimasse verwandelte. Er sah die dunklen Augen, die immer größer wurden, bis sie sein ganzes Blickfeld ausfüllten, und dann, als der Springer nach dem Gleißen einer Explosion startete und die Leiche auf Meraklon zurückließ, fiel er ins schwarze Starren der Tal-Telassi, in einer Welt jenseits von Schmerz.

3

In den Moloch

Regen prasselte noch immer auf den alten Levitrans, als Takos Gedanken in die Realität zurückkehrten. Er hob die Lider und sah das faltige Gesicht der Tal-Telassi über sich. Die dunklen Augen waren nicht mehr riesig, aber ihr Blick reichte bis in die fernsten Winkel seines Selbst. Vor diesem Blick gab es keine Geheimnisse, und er kannte auch den Grund dafür.

»Ja, ein Teil von mir ist in Ihnen«, sagte Myra 27 leise. »Das war die einzige Möglichkeit, Sie vor den Graken zu schützen.« Sie wich ein wenig zurück. »Nicht nur Sie haben sich Ihre Mission anders vorgestellt, Keil Karides. Ich ebenfalls. Hoffentlich bleibt mir jetzt noch Kraft genug für den fatalen Traum.«

Tako sah sich um. Er lag auf einigen Lumpen im Heckbereich des alten Transporters, neben einer Klappe, die Zugang zu den Levitatoraggregaten gewährte. Sie summten nicht mehr.

Wieder kam Myra seiner Frage zuvor. »Yeni und Bentram haben einen Triebwerksdefekt vorgetäuscht. Sie sind draußen und damit beschäftigt, den angeblichen Schaden zu reparieren. Ein Geeta beobachtet sie dabei. Die übrigen Transporter der Kolonne haben den Weg ohne uns fortgesetzt.«

»Keine ... Kronn?«, brachte Tako hervor. Seine Zunge schien angeschwollen zu sein. Die Nanowurzeln des Kampfanzugs hatten sich so tief wie nie zuvor in seinen Körper gebohrt; gezielte Stimulationen und Nährstoffversorgung tilgten die Schwäche aus ihm.

»Keine Kronn«, bestätigte Myra. »Vielleicht liegt es daran, dass wir uns hier schon tief im Innern des direkten Einflussgebiets befinden. Dies ist das Revier der Kustoden. Und überhaupt: Welche Gefahr könnte ein mit Schrott für den Recycler gefüllter und von zwei Kontaminierten gesteuerter Levitrans darstellen?«

Tako spürte fremde Zufriedenheit angesichts komplexer Leistungen. Gefühle? Bei einer Großmeisterin der Tal-Telassi?

Myras Züge verhärteten sich, und das fremde Etwas in Tako wich ein wenig zurück. Aber es verschwand nicht ganz.

»Mein vollständiger Rückzug aus Ihnen würde Sie für die Grakengedanken sichtbar machen«, sagte die greise Frau. »Ich habe getan, was die Umstände erforderten. Es ist mir gelungen, Gefahr abzuwenden und die Möglichkeit eines erfolgreichen Abschlusses der Mission aufrechtzuerhalten. Damit verbindet sich Zufriedenheit, ja. Es ist kein Gefühl, das den Fluss stört.«

Tako hörte noch etwas anderes in den Worten: Sorge, halb verborgen.

Er setzte sich auf und blickte durch den schmalen Korridor zur Fahrerkabine, in der Rinna und Barto leise miteinander sprachen.

Dann sah er Myra 27 an und fragte: »Was verbergen Sie, Ehrenwerte?«

Die Tal-Telassi musterte ihn ernst, und ihre dunklen Augen schienen wieder größer zu werden.

»Nein«, sagte Tako. »Manipulieren Sie nicht auch noch meine Gedanken. Das wäre zu viel. Ich *bin* der Keil dieser Mission!«

Myra schwieg, und ihre Präsenz in Tako bekam etwas ... Nachdenkliches.

»Ich möchte wissen, worum es geht«, drängte Tako. »Worum es *wirklich* geht.« Als Myra noch immer schwieg, fügte er hinzu: »Sie sprachen von einer einzigartigen Gelegenheit – und von einer ersten solchen Gelegenheit, die ungenutzt verstrich. Was meinten Sie damit?«

Myra wich noch etwas weiter zurück, wie um auf Distanz zu gehen.

Das Prasseln des Regens auf dem Dach des Transporters wurde lauter, und jenseits davon erklang ein anderes, dumpferes Geräusch: das Grollen eines Triebwerks.

Die Tal-Telassi neigte kurz den Kopf zur Seite. »Ein Patrouillenboot der Kronn bei einem Routineflug.« Sie zeigte auf den Chrono-Servo im Ärmel ihres semiorganischen Anzugs. »Uns bleibt nicht mehr viel Zeit. Wir müssen die Graken während ihrer kurzen Ruhephase erreichen: beim Übergang von der Nacht zum Morgen. Wussten Sie, dass sich die Graken innerhalb weniger Jahre an den jeweiligen planetaren Rhythmus anpassen? Wie lang Tag und Nacht auf den jeweiligen Welten auch sind: Sie ruhen immer in der kurzen Übergangsphase zwischen Nacht und Morgen.«

»Sie weichen aus«, sagte Tako.

Myra strich das schulterlange grauweiße Haar zurück, und in ihrem Gebaren kam es zu einer Veränderung. »Es geht nicht um die Brut, die tatsächlich aus sieben jungen Graken besteht. Besser gesagt: Es geht *nicht nur* um sie. Es geht um einen Schwarm.«

Tako wartete, ließ die Tal-Telassi dabei nicht aus den Augen. Das Triebwerksgrollen verschwand in der Ferne, wie vom Regen verschluckt.

»Zu der ersten Gelegenheit, die ungenutzt verstrich, kam es vor fast vierhundert Jahren. Damals entstand der erste Schwarm, und zwar am Ende des zentralen Kontaminationskorridors, der damals erst einige Dutzend Lichtjahre lang war. Bei den Ophiuchus-Riffen, in der Nähe der Hyperion-Verwerfung.«

Tako nickte. »Ein ganzes Stück von hier entfernt.«

»Fast fünftausend Lichtjahre. Auf Thulman, dem Mond

eines warmen Gasriesen, trafen sich damals acht Graken, einer von ihnen mit fast reifer Brut – der Brutflug scheint bei diesen Dingen eine nicht unbedeutende Rolle zu spielen. Damals waren die Allianzen Freier Welten größer als heute und verfügten über mehr Schiffe, aber Okomm schreckte vor einem Angriff zurück, obwohl es sich ganz offensichtlich um ein besonderes Ereignis handelte: Nie zuvor hatte sich mehr als ein Graken auf einer Welt befunden. Meine fünfundzwanzigste Inkarnation bedrängte den Schwesternrat damals, ihr die Möglichkeit zu geben, einen fatalen Traum gegen die Graken einzusetzen.«

Bei diesen Worten spürte Tako eine Veränderung bei jenem fremden Etwas in seinem Selbst, das ihn vor der Grakenpräsenz schützte und seine Emotionen lähmte.

»Er lehnte ab«, vermutete er und beobachtete die greise Frau aufmerksam. Hier und dort bewegte sich etwas in dem faltigen Gesicht, aber er wusste es nicht zu deuten.

»Ja«, bestätigte Myra 27 und sprach ebenso kühl wie vorher. »Er lehnte ab, was beweist, dass nicht alle Entscheidungen der Tal-Telassi weise sind. Auch wir machen Fehler. Und so blieb jene Gelegenheit ungenutzt, den Graken einen empfindlichen Schlag zu versetzen.«

Sie unterbrach sich kurz, und ihre dunklen Augen blickten an Tako Karides vorbei in die Ferne. »Seit dies alles begann, vor mehr als tausend Jahren, haben wir uns immer wieder vor dem Feind zurückgezogen. Nicht ein einziges Mal ist es uns gelungen, einen verlorenen Planeten zurückzuerobern. Trotz verbesserter Waffen können wir nur wenig gegen die Kronn ausrichten. In militärischer Hinsicht waren uns die Graken und ihre Vitäen immer überlegen. Wir beschreiten den falschen Weg, Keil Karides. Oh, Sie hatten oft Erfolg mit Ihren Einsätzen, Sie und die anderen Keile, die tapfer genug waren, mit Einsatzkommandos auf von Graken kontrollierten Welten zu landen. Mehr als einmal ist es Ihnen gelungen, eine fast reife Brut zu vernichten, aber wie bewerten Sie die strategische Bedeutung dieser Erfolge? Ergibt sich durch sie ein Unterschied in der allgemeinen militärischen Situation?«

Tako schwieg.

»Nein«, antwortete Myra 27 für ihn. »Wir müssen versuchen, die Graken mit ihren eigenen Waffen zu schlagen. Mit dem Geist. Mit einem fatalen Traum.«

»Ich habe auf Millennia davon gehört«, erinnerte sich Tako. »Viele Tal-Telassi zweifeln daran, auf diese Weise etwas gegen die Graken ausrichten zu können.«

»Sie zweifeln daran, weil sie selbst nicht zu einem fatalen Traum in der Lage wären. Man muss ... hart an sich arbeiten. Man muss ... Verzicht üben. Zwei Leben lang habe ich mich vorbereitet, fast vier Jahrhunderte lang. Ich bin bereit.«

»Ihr Tod ist der Preis?«, spekulierte Tako.

»Ich habe die Fähigkeit zu einer weiteren Inkarnation verloren«, sagte Myra 27 offen. »Das wusste ich, als ich mit dem letzten Stadium der Vorbereitungen begann. Jetzt trage ich den Keim der Zerstörung in mir, und wenn es mir gelingt, ihn einem der Graken einzupflanzen, so vernichtet der fatale Traum nicht nur ihn, sondern den ganzen Schwarm. Und vielleicht noch mehr.«

»Noch mehr Graken?«, fragte Tako. »Meinen Sie auf den anderen Verlorenen Welten?«

»Nein.« Myras Blick kehrte aus der Ferne zurück. »Wissen Sie, was ein Grakenschwarm ist, was er bedeutet?«

Tako schüttelte den Kopf.

»Es geht nicht nur darum, dass eine Gruppe von Graken mit ihren Molochen und mindestens einer Brut aufbricht, um andere Welten mit *Amarisk* zu suchen«, sagte Myra 27. »Allein das ist schon schlimm genug. Die eigentliche Gefahr eines Schwarms besteht darin, dass er neue Sonnentunnel öffnet.«

Tako glaubte zu verstehen. »Sie meinen, er bereitet weiteren Graken den Weg.«

»Ja. Meine Untersuchungen haben ergeben, dass der Grakenschwarm von Thulman insgesamt neunundvierzig neue

Sonnentunnel öffnete. Innerhalb von nur zehn Standardjahren erschienen Feuervögel in den Koronen jener Sonnen, und ihnen folgten kurze Zeit später Moloche. Die Allianzen Freier Welten verloren neunundvierzig Sonnensysteme. Das wäre vielleicht nicht geschehen, wenn der Schwesternrat damals auf mich gehört hätte.«

»Warum hat er nicht auf Sie gehört?«, fragte Tako. »Wieso ist es Ihnen damals nicht gelungen, die anderen Tal-Telassi von Ihren Theorien zu überzeugen?« Plötzlich fiel ihm etwas ein. »Haben Sie das diesmal geschafft? Hat der Schwesternrat Sie mit dem Auftrag nach Airon und hierher nach Kabäa geschickt, den Grakenschwarm mit Ihrem fatalen Traum zu erledigen?«

Myra 27 schwieg einige Sekunden lang, und das Fremde in Tako schien kurz zu erzittern. Dicht dahinter, so spürte er, lauerte die Grakenpräsenz. Tief in ihm schwelte Furcht, bereit dazu, schnell wieder zu einem lodernden Feuer zu werden.

Die Greisin sah erneut auf den Chrono-Servo und erhob sich. »Es wird Zeit. Wir dürfen nicht länger warten.«

Ärger kroch in Tako empor und wies ihn darauf hin, dass seine Gefühle nicht mehr vollständig neutralisiert waren. Der Teil von Myra, der ihn vor der Grakenpräsenz schützte, hatte nicht die gleiche emotionsdämpfende Wirkung wie die Bione.

»Dies ist eine Aktion auf eigene Faust, nicht wahr?« Tako wagte es nicht, Myra festzuhalten, aber er trat ihr in den Weg. »Sie haben nicht den Segen des Schwesternrats, oder?«

»Den brauche ich auch gar nicht.« Myras Stimme war so kalt wie das Eis der Gletscher von Millennia. Sie hob die Hände und zeigte ihre violetten Fingerspitzen. »Ich bin Großmeisterin, eine von drei. Ich kann allein entscheiden.«

Sie trat an Tako vorbei und ging zur Fahrerkabine.

Er sah ihr nach und spürte, wie sich sein Ärger in Betroffenheit verwandelte. Konnte eine Tal-Telassi – eine Großmeisterin – verrückt werden, nach einem mehr als viereinhalbtausend Jahre langen Leben? Tako hatte die Vorstellung von Wahnsinn bisher immer mit gestörten, aus dem Gleichgewicht geratenen Gefühlen in Verbindung gebracht, aber vielleicht gab es eine spezielle Form des Wahnsinns für ein fast vollständig von Gefühlen befreites Bewusstsein. Rationalität, so wusste er, bedeutete nicht immer, richtig zu erkennen und zu bewerten. Selbst ein von Emotionen unbelasteter, durch und durch rationaler Intellekt *konnte sich irren.*

Er folgte der alten Tal-Telassi mit langsamen Schritten nach vorn und sah sich erneut mit einer veränderten Situation konfrontiert. Warum hatte Okomm nichts von dem Grakenschwarm erfahren, der hier im Epsilon-Eridani-System entstehen würde? Der Feuervogel, den sie in der Korona gesehen hatten, und die *drei* Graken auf Kabäa boten einen deutlichen Hinweis darauf, dass Myra 27 zumindest in diesem Punkt Recht hatte. Aber warum lagen dem Oberkommando keine entsprechenden Informationen vor? Tako glaubte nicht, dass die Tal-Telassi Okomm wichtige Dinge vorenthielten. Warum auch? Sie standen beide auf der gleichen Seite. Dass es keine offiziellen Verlautbarungen vom Schwesternrat gab, konnte nur bedeuten: Er glaubte nicht an Myras Theorien.

Wir hätten die Mission abbrechen und wieder starten sollen, dachte Tako. *Wir hätten gar nicht erst landen dürfen.*

Als er die Fahrerkabine betrat, begegnete er Myras Blick, und der Glanz in ihren dunklen Augen zeigte ihm, dass sie wusste, was ihm durch den Kopf gegangen war. *Ich bin nicht verrückt,* sagte jener Blick. Und Tako glaubte, diese Worte auch als leises Flüstern hinter seiner Stirn zu hören. *Und wir können hier den ersten wahren Sieg über die Graken erringen.* Für den Hauch eines Moments nahm er noch etwas anderes wahr, durch die Verbindung zwischen ihm und der Tal-Telassi, aber er wusste nicht, ob es von ihr kam oder anderswoher. Ohne zu wissen, worum es sich handelte, wurde ihm eines klar: Es gab noch mehr. Er hatte mehr über die aktuelle Situation herausgefunden, die immer komplizierter und schwieriger wurde, aber etwas fehlte noch. Er kannte nicht die ganze Wahrheit, nur einen Teil von ihr.

»Es tut mir Leid.«

Die Stimme lenkte ihn ab. Tako drehte den Kopf und sah Rinna, die sehr ernst wirkte. Das Flackern des Entsetzens war aus ihren Augen verschwunden.

»Du bist dumm gewesen, sehr dumm«, sagte er leise.

»Das ist mir jetzt klar«, erwiderte sie mit gefühlsneutralisierter Ruhe. »Ich habe unsere Mission gefährdet und dich in große Gefahr gebracht.«

»Keil Karides ...« Myra 27 stand am polarisierten Fenster. »Wir dürfen keine Zeit mehr verlieren, wenn wir die kurze Ruhephase der Graken nutzen wollen.«

Er nickte, sah erneut Rinna an und sagte: »Wir sprechen später darüber. Wenn dies alles vorbei ist. Ich glaube, wir müssen das eine oder andere klären.«

Es zischte leise, und die Einstiegsluke öffnete sich. Tako reagierte instinktiv, wich beiseite und zog Rinna mit sich – niemand sollte sie von draußen sehen können.

Yeni und Bentram kamen herein, schlossen die Luke wieder und streiften den nassen Regenschutz ab. Yeni ging sofort zum Kom-Servo, nahm Platz und betätigte die Kontrollen.

»Wir haben die angebliche Reparatur beendet«, erklärte Bentram. »Aber der Geeta ist nach wie vor dort draußen.«

Tako trat zum Fenster. Die Scheinwerfer des Levitrans waren aktiv, und seine zwei hellen Balken bohrten sich durch Nacht und Regen. Am Rand der Dunkelheit, auf einem großen Schutthaufen neben der Ruine eines Gebäudes, glühte die Blase des Geeta. In ihrem Innern zeichnete sich ein sehr fragil wirkendes, wie Quecksilber glänzendes Geschöpf ab. Der Rumpf war sehr dünn – Tako schätzte seinen Durchmesser auf nicht mehr als fünfzehn Zentimeter –, und noch dünnere Arme und Beine gingen davon aus, schienen an ihren Extremitäten mit der Blase verbunden zu sein. Manchmal bewegten sie sich auf eine Weise, die deutlich machte, dass keine Knochen in ihnen steckten. Der ovale Kopf trug einen Augenkranz, der dem Geschöpf vermutlich perfekte Rundumsicht gewährte.

»Warum bewacht der Geeta einen einzelnen Transporter?«, fragte Bartolomeo. »Und vorher die Kronn bei der Kolonne ... Man könnte den Eindruck gewinnen, dass hier so etwas wie erhöhte Alarmbereitschaft herrscht.«

Genau mein Gedanke. Tako wandte sich an Myra 27. »Ehrenwerte?«

»Ich habe bereits mehr von meiner Kraft eingesetzt, als es während dieser Phase der Mission der Fall sein sollte. Aber wir können nicht länger warten. Keil Karides, bitte treffen Sie alle notwendigen Vorbereitungen. Wir setzen die Fahrt fort.«

»In diesem Teil von Tonkorra sind nur Kolonnen zugelassen«, sagte Yeni. »Und die Kronn fliegen Patrouillen über der Stadt.«

»Bis zum nächsten Molochtunnel«, erwiderte Myra. »Wie weit ist es bis dorthin?«

Die Geschwister mit den eingefallenen grauen Gesichtern wechselten einen Blick. »Etwa zwei Kilometer.«

»Das müsste zu schaffen sein. Ich schicke den Geeta fort. *Bitte*, Keil Karides.« Sie schloss die Augen.

Tako wusste, was die letzten Worte zum Ausdruck brachten. »Also gut. Yeni, Bentram, bringen Sie uns zum Molochtunnel, sobald der Geeta weg ist, und zwar so schnell wie möglich. Barto, Rinna, Waffen vorbereiten. Kampfbereitschaft. Es geht los.«

Sie setzten sich. Während Tako noch einmal seine Ausrüstung überprüfte, sah er nach draußen und beobachtete, wie sich der Geeta bewegte. Seine Blase schillerte, und nicht zum ersten Mal fragte er sich, ob sie Teil des Grakenkustoden war, ein Transportmittel oder vielleicht eine Ambientalzelle. Wie wenig sie noch immer über die Feinde wussten, nach mehr als tausend Jahren ...

Arme und Beine des Geeta pumpten, als die Blase vom Schutthaufen herunterrollte, sich dabei den Konturen jedes einzelnen Steins anpasste. Sie verschwand aus dem Sichtbereich des Bugfensters, und Tako drehte den Kopf, um sie durch ein Seitenfenster zu beobachten. »Wir fahren los, sobald der Geeta hinter dem Gebäude dort ist, Bentram.«

»Verstanden.«

Myra 27 öffnete die Augen wieder. »Ich habe ihn davon überzeugt, dass es nicht nötig ist, diesen Transporter zu überwachen.«

Wenige Sekunden später brummten die Levitatoren. Der Transporter stieg auf und glitt durch die Nacht.

Tako blickte in die Dunkelheit jenseits des Scheinwerferlichts. Das Visier des Kampfanzugs zeigte ihm Gebäude aus Stahlkeramik und Synthomasse, die meisten von ihnen nicht mehr als Ruinen. An einigen Stellen ragten Bauten auf, die instand gesetzt zu sein schienen, und hinter manchen Fenstern brannte Licht, selbst jetzt, tief in der Nacht. Überlebende wohnten dort, kontaminiert wie Yeni und Bentram – ein Teil ihres Bewusstseins weilte im Grakentraum, und dadurch waren sie an die Grakenpräsenz gebunden. Das galt selbst für die beiden Geschwister an den Kontrollen des Transporters. Die speziell auf sie abgestimmten Bione trennten sie nicht von der Präsenz der Graken auf Kabäa, denn das hätte ihren sofortigen Tod bedeutet. Sie verloren weiterhin ihre Lebenskraft, *Amarisk*, aber sie litten nicht mehr und hatten wenigstens einen Teil ihrer geistigen Freiheit zurückgewonnen.

Weiter vorn, zwischen den höheren und teilweise durch Brücken miteinander verbundenen Gebäuden der Stadt, schien sich die Dunkelheit der Nacht zu verdichten. Selbst das Visier vor Takos Augen zeigte ihm nicht mehr als eine finstere Masse, die Straßenschluchten füllte und über Bauwerke hinwegzuquellen schien. Der Moloch des ersten Graken. Hinter ihm zeichneten sich zwei weitere ab.

Bentram steuerte den alten Levitrans so nahe wie möglich

an Ruinen und Schuttwällen vorbei, um deren eher fragwürdigen Ortungsschutz zu nutzen – vor Sondierungssignalen von oben schützten sie nicht. In dieser Hinsicht konnte Myra jetzt kaum mehr helfen. Hier, unweit des Epizentrums, brauchte sie ihre Kraft, um den Grakentraum von ihnen fern zu halten.

Der Kom-Servo vor Yeni zirpte. »Unser Identifikationsschlüssel wird abgefragt.« Sie berührte Schaltflächen.

»Kronn?«, fragte Tako.

Zwei oder drei Sekunden lang war nur das Brummen der Levitatoren und das Prasseln des Regens zu hören.

»Ja. Ein Patrouillenboot hat uns geortet.«

»Wie weit ist es noch, Bentram?«

»Knapp fünfhundert Meter bis zum nächsten Molochtunnel.«

»Holen Sie alles aus dem Triebwerk heraus«, sagte Tako. »Yeni, versuchen Sie, die Kronn irgendwie hinzuhalten.« Er sah kurz zu Myra 27, die wie in Trance dasaß; von ihr konnten sie jetzt keine direkte Hilfe erwarten.

Rinna und Bartolomeo nickten ihm zu, und die biotelemetrischen Daten ihrer Kampfanzüge bestätigten volle Einsatzbereitschaft. Tako fühlte nicht nur die Nanowurzeln, die ihm Kraft gaben, sondern auch das Gewicht der Mikrokollapsare und des Annihilators in den Taschen.

Die Levitatoraggregate brummten lauter, und der alte Levitrans sprang durch die Nacht, durch eine Lücke zwischen zwei Gebäuden, deren dunkle Fensterhöhlen wie blinde Augen starrten.

Ein Finger aus Licht stach vom schwarzen Himmel herab und strich über den Boden, auf der Suche nach dem Transporter. Fast im gleichen Augenblick hörte Tako das dumpfe Donnern eines Triebwerks.

»Ein Dorn ist über uns!«, rief Yeni. »Wir werden aufgefordert, sofort anzuhalten!«

»Nur noch zweihundert Meter«, brummte Bentram, das Gesicht eine Grimasse. »Dort vorn.«

Im Scheinwerferlicht erschien ein Loch neben der Straße, mehrere Meter groß. Dicht daneben war eine Mauer aus Stahlkeramik geborsten.

Tako hatte eine Idee und nahm sich nicht die Zeit, über sie nachzudenken. »Simulieren Sie einen neuerlichen Defekt des Levitators. Leiten Sie ein Bremsmanöver ein und lassen Sie den Transporter so weit wie möglich über den Boden rutschen, in Richtung Tunnelöffnung.«

Bentrams Hände flogen über die Kontrollen, während Yeni das Patrouillenboot auf technische Probleme hinwies. Der Levitrans begann zu wackeln, sank dem Boden entgegen ...

Das Brummen der Levitatoren verklang, und der alte Transporter prallte aus einer Höhe von mehreren Metern auf den Boden. Die Sicherheitsservi reagierten; Kraftfelder hielten Tako und die anderen in ihren Sitzen fest.

Metall und Synthomasse ächzten, als der Levitrans rutschte, mit dem Heck gegen die Reste einer Säule stieß, herumschwang ... und fast dreißig Meter von der Tunnelöffnung entfernt liegen blieb.

Das matte Glühen der Sicherheitsfelder verschwand. Tako sprang auf, zog die Tal-Telassi von ihrem Sitz und eilte mit ihr zur Luke. Rinna und Barto erschienen nur eine Sekunde später an seiner Seite. Tako hielt bereits den Annihilator in der Hand, als er den Geschwistern zurief: »Wir lenken die Kronn ab! Bringen Sie sich in Sicherheit!«

Die Luke schwang auf.

Über dem Transporter blitzte es auf, und Feuer zerfetzte sein Heck. Die Kampfanzüge reagierten auf die sensorische Überlastung ihrer Träger, indem sie die Wahrnehmung dämpften. Tako sah nur ein Glühen dort, wo es blendend hell gleißte, und aus dem ohrenbetäubenden Krachen wurde ein dumpfes Wummern. Die Druckwelle der Explosion erfasste ihn und schleuderte ihn durch die offene Luke, aber auch darauf reagierte sein Kampfanzug sofort. Organische und anorganische Komponenten, Servi und Bione, arbeiteten perfekt zusammen. Nanowurzeln erhöhten Leistungsfähigkeit und Widerstandskraft des Körpers; ein Levitationsfeld absorbierte die kinetische Energie, und ein Krümmerfeld lenkte Hitze und Trümmerstücke ab. Tako *raste* nach draußen, wurde aber schnell langsamer, drehte sich ... und feuerte bereits mit dem Annihilator, noch bevor seine Stiefel den regennassen Boden berührten. Rinna und Bartolomeo erschienen neben ihm und schossen ebenfalls. Blutrote Energieblitze jagten nach oben, trafen sich an einer Stelle, überlasteten den Schild des schwarzen Dorns, ließen eine Strukturlücke in ihm entstehen ...

Das Patrouillenboot der Kronn kippte zur Seite und stieg gleichzeitig einige Meter weit auf. Es öffnete sich an mehreren Stellen, und Dutzende von Knochenwesen sprangen heraus, fielen dem Boden entgegen.

»Volles Anzugpotenzial«, sagte Tako und wusste: Ganz gleich, wie leise oder laut er sprach, der Kampfanzug leitete seine Stimme an die Gefährten weiter.

Die Biotelemetrie übertrug bestätigende Signale. Rinna und Barto schienen zu verschwinden, als sich das Material ihrer Anzüge exakt der Umgebung anpasste. Außerdem begannen die Kraler unter den Anzugbionen jetzt damit, alle aktiven Sondierungssignale zu absorbieren. Tako, die in ihrer Traumtrance verharrende Myra, Rinna und Bartolomeo wurden nicht völlig unsichtbar, aber sie waren jetzt viel schwerer zu sehen und zu orten. Der Nachteil bestand aus einem enorm hohen Energieverbrauch sowohl bei den tronischen Systemen als auch bei den organischen Komponenten.

Tako wich einen Schritt zurück und stieß mit dem Fuß gegen etwas. Noch während er sich umdrehte, in der einen Hand den Annihilator, den anderen Arm um die dürre Tal-Telassi geschlungen, übermittelten ihm die Anzugsensoren alle relevanten Daten.

Bentram lag in einer großen Regenwasserpfütze, die sich durch sein Blut rot verfärbt hatte. Zwei Meter weiter kam **65**

Yeni benommen auf die Beine und riss die Augen auf, als sie ihren Bruder sah.

Innerhalb einer halben Sekunde erwog Tako verschiedene Möglichkeiten und verwarf sie wieder, bis auf eine.

»Rinna, mit Yeni zum Tunnel. Barto, wir decken sie. Einen MK vorbereiten.«

»Einen Mikrokollapsar?«, kam die Antwort. »Hier?«

Damit bewies Bartolomeo deutlich seine Unerfahrenheit. In Situationen wie dieser wurden Anweisungen nicht infrage gestellt, sondern unverzüglich befolgt.

Visier und Biotelemetrie ermöglichten es Tako, die anderen so deutlich zu sehen, als wäre der Tarnmodus ihrer Kampfanzüge nicht aktiv. Rinna zog Yeni mit sich durch den Regen zum Molochtunnel, und Barto ... stand da und starrte zu den herabfallenden Kronn. Die ersten von ihnen landeten neben dem halb zerstörten Levitrans, jeder von ihnen in ein Schutzfeld gehüllt, das sich ähnlich verhielt wie eine Geetablase: Wann immer es etwas berührte, leuchtete es kurz auf. Die Wesen im Innern schienen willkürlich aus großen und kleinen, dicken und dünnen Knochen zusammengesetzt zu sein. An mehreren Stellen klebten und baumelten Organbeutel mit grünbraunem Inhalt. Es gab keinen erkennbaren Kopf; das Gehirn befand sich vermutlich in einem der Beutel. Es fehlten auch Arme und Beine. Diese Geschöpfe bewegten sich, indem sie ihre Knochen immer wieder neu anordneten, manchmal so schnell, dass man keine Einzelheiten erkennen konnte. Glänzende Buckel an den Knochen wirkten wie Gelenke, aber es handelte sich um unterschiedlich konfigurierbare Ausrüstungsknoten. Einige von ihnen erfüllten jetzt die Funktion von Waffen und Schildgeneratoren.

Kronn. Soldaten der Graken. Vitäen wie auch die Chtai und Geeta. Erbarmungslose Gegner und sehr, sehr schwer außer Gefecht zu setzen. Verletzungen und selbst die Zerstörung einzelner Knochen schienen ihnen nichts auszumachen; bestenfalls wurde dadurch ihre Beweglichkeit eingeschränkt. Kronn regenerierten beschädigte oder fehlende Körperteile, indem sie wie die wachsenden Moloche der Umgebung Wärmeenergie entzogen und zur Verfügung stehende Substanzen benutzten, deren molekulare Struktur sie ihren Erfordernissen anpassten – dieser Vorgang dauerte manchmal nur wenige Sekunden und höchstens Minuten. Man musste alle Organbeutel vernichten, um einen Kronn zu töten, und dazu bekam man nur selten Gelegenheit, da sie meistens in größeren Gruppen auftraten. Aber ein Mikrokollapsar ...

Tako sah darin die einzige Möglichkeit. Sie mussten verhindern, dass ihnen die Kronn in den Molochtunnel folgten. Sie brauchten einen Vorsprung, bevor der Feind Verstärkung heranführte und die Verfolgung aufnahm.

»Ja, Barto«, sagte Tako, während er auf die Kronn feuerte und nach jedem Schuss zur Seite sprang – die Knochenwesen sahen nur, woher die roten Annihilatorfunken kamen. Aber es würde nicht lange dauern, bis sich ihre Orter anpassten und die Zielerfassung auf jene geringen energetischen Emissionen richteten, die ein Kraler nicht vollständig absorbieren konnte. »Ein MK. Hier. Jetzt sofort. Wirkungsfeld fünfzig Meter. Verzögerung ... zehn Sekunden. Wirf ihn hinter den Transporter. *Los!*«

Tako schoss erneut und spürte, wie die Waffe in seiner Hand vibrierte. Wieder sprang ein roter Blitz durch die Nacht, durchschlug den geschwächten Schild eines Kronn und zerfetzte einen Organbeutel und mehrere Knochen. Das Geschöpf sank zu Boden, nicht tot, nur verletzt, und andere Kronn sprangen darüber hinweg.

»Zehn Sekunden!«, meldete Barto.

»In den Tunnel«, sagte Tako, schlang beide Arme um Myra 27 und aktivierte mit einem Gedankenbefehl den Levitator des Kampfanzugs. Er stellte sich das Ziel vor, und einen Sekundenbruchteil später flog er dicht über den Boden zum Loch. Die Biotelemetrie zeigte ihm, dass der junge Bartolomeo ebenfalls zum Molochtunnel unterwegs war **67** und Rinna und Yeni ihn bereits erreicht hatten. Die Kronn konzentrierten ihr Feuer auf die Stelle, an der sie sich eben noch befunden hatten; sie schienen nicht damit zu rechnen, dass der Moloch ihr Ziel war.

»Tiefer in den Tunnel, Rinna«, sagte Tako und sah aus dem Augenwinkel, wie die Lider der greisen Tal-Telassi zitterten. Durch die Verbindung mit ihr krochen ... Wahrnehmungen, die er nicht zu deuten wusste, vielleicht die Schatten von Traumbildern. »Weg vom MK-Wirkungsfeld. Maximale Kapazität der Krümmerfelder.«

Beim Kronn-Dorn über dem Levitrans gleißte es, und Feuer ließ dicht hinter Tako den Regen verdampfen. Die Druckwelle traf seinen Rücken und schleuderte ihn an der Tunnelöffnung vorbei. Er prallte an die Gebäudewand dahinter; das Levitationsfeld absorbierte den größten Teil der kinetischen Energie, aber er verlor wertvolle Zeit.

Das Visier zeigte ihm, wie Bartolomeo im Molochtunnel verschwand.

Noch drei Sekunden.

Kronn stiegen auf, suchten nach dem Ziel. Andere Grakensoldaten eilten über den Boden, indem sie ihre Knochenkörper veränderten und immer wieder neu zusammensetzten. Beim Dorn über dem Transporter glühte es; eine weitere Entladung stand unmittelbar bevor.

Levitatorfelder richteten Tako und Myra auf, trugen sie zur dunklen Öffnung ...

Der Mikrokollapsar implodierte.

Etwas packte Raum und Zeit, zerriss beides und presste die Fetzen zusammen. Hinter dem Transporter entstand etwas, das dunkler war als die Nacht, griff mit unsichtbaren Händen nach allen Dingen im Umkreis von fünfzig Metern, zog sie in die Länge und saugte sie auf. Der Levitrans verschwand in dem plötzlich entstandenen Gravitationsschlund, ebenso der Dorn über ihm und die Kronn. Luft schoss mit einem donnernden Knall ins Vakuum, das der Mikrokollapsar zurückließ, und um Tako herum heulte ein jäher Orkan. Levitatoren und Krümmerfeld verankerten ihn und die Tal-Telassi im Innern des dunklen Lochs an der Wand.

Nach wenigen Sekunden ließ das Tosen nach. Hinter Tako existierte jetzt ein fünfzig Meter durchmessender Bereich absoluter Vernichtung. *Wir haben eine deutliche Spur hinterlassen,* dachte er, als er mit Myra tiefer in den Tunnel flog.

Ein Gesicht schwebt in der Dunkelheit, lebendigen Glanz in den großen braunen Augen und ein unschuldiges Lächeln auf den Lippen. Das Gesicht eines sechsjährigen Jungen. Doch das Lächeln verschwindet, und Entsetzen kriecht in die weichen Züge … *Warum bist du nicht früher gekommen? Warum hast du mich nicht gerettet?*

Tako versuchte, die Bilder aus seiner bewussten Wahrnehmung zu verdrängen, aber mit nur einem Bion gelang ihm das nicht.

Warum hast du mich sterben lassen?

»Ich habe dich nicht … ich wollte nicht …«, sagte Tako leise. Wie durch feinen Dunst sah er Rinna und Barto, und der Navigationsservo ließ ihn neben ihnen landen.

»Ist alles in Ordnung mit dir?«, fragte Rinna. »Deine biotelemetrischen Daten …«

Tako blinzelte mehrmals, um die Bilder zu verscheuchen, aber sie entstanden nicht vor den Augen, sondern tief in seinem Innern, und dort gab es keine Lider.

Ein anderes Gesicht gewinnt Konturen, ebenfalls mit großen, dunklen Augen und weichen Zügen. Es ist ein wenig älter, aber eindeutig das Gesicht eines Knaben. Haar so struppig wie Rinnas fällt ihm in die glatte Stirn. Der Glanz in den Augen ist ebenfalls lebendig, aber das Gesicht wirkt ernst, und es liegt kein Lächeln auf den Lippen. Der Junge hebt die Hand, und die Fingerspitzen, seine Fingerspitzen …

»Ich sehe ... Bilder«, sagte Tako. Das Sprechen fiel ihm schwer; die Zunge in seinem Mund fühlte sich wie ein Fremdkörper an. »Normaler Modus für die ... Anzüge. Wir müssen Energie sparen.«

Erst dann sah er die Frau mit dem grauen Gesicht, die auf dem Boden des dunklen Molochtunnels lag. Yenis Augen waren aus den Höhlen gequollen, ihr Blick gebrochen. Flecken in der sichtbaren Haut wiesen auf geplatzte Blutgefäße hin.

»Ich habe versucht, sie abzuschirmen, als der MK implodierte«, sagte Rinna mit bionenruhiger Stimme. »Aber es genügte nicht.«

Die Bione an Yenis Hals pulsierten langsam. Tako wusste, dass sie den Tod ihres Wirts um einige Stunden überleben würden. Ihre genetische Prädisposition bedeutete leider, dass er sie nicht für sich verwenden konnte.

Myra 27 stand an der Wand des Tunnels, die Augen geschlossen. Ihr Atem kondensierte zu einer grauen Fahne. Es war kalt – der Moloch entzog seiner Umgebung Wärme und wuchs.

Tako blickte in den finsteren Tunnel; selbst das Visier des Kampfanzugs zeigte ihm nur wenige Einzelheiten. Geräusche kamen aus der Tiefe, wie ein fernes Stöhnen.

»Was ist das?«, fragte Bartolomeo.

»Das ist die Stimme des Graken«, sagte Tako.

4

Schwarzer Berg

»Dies ist eine periphere Atemöffnung des wachsenden Molochs«, sagte Tako Karides, als sie den Weg durch den Tunnel fortsetzten. Levitatorfelder trugen sie durch die Dunkelheit, und die Kampfanzüge wärmten sie, als es immer kälter wurde. »Wenn wir den Atemwegen folgen, erreichen wir bald eine der Kapillarlungen.« Die Worte galten Bartolomeo, der sich zum ersten Mal im Innern eines Molochs befand.

Die an ihnen vorbeistreichenden schwarzen Wände wiesen kleine Mulden auf, wie Poren. »*Lebt* der Moloch?«, fragte Barto.

»Kommt darauf an, wie man Leben definiert«, erwiderte Tako und versuchte, nicht auf die Unruhe zu achten, die in ihm wuchs und ihren Ursprung bei Myra 27 zu haben schien. »Es findet kein biologischer Stoffwechsel statt, aber der Moloch wächst. Er nutzt die Wärmeenergie seiner Umgebung, wie verletzte Kronn, und er nimmt Materie auf und verarbeitet sie irgendwie zu einer Substanz, die ähnliche Eigenschaften hat wie Stahlkeramik oder Ultrastahl.«

»Wachsendes Metall ...«, sagte der junge Bartolomeo. Sie verzichteten auf Licht und nutzten die Sensoren der Kampfanzüge für die visuelle Wahrnehmung. Die immer präsente Biotelemetrie wies Tako darauf hin, dass Barto die Wände betrachtete.

»In gewisser Weise. Aus den Aufzeichnungen wissen wir,

dass früher nicht zwischen Moloch und Graken unterschieden wurde.«

»Alles war der Graken«, warf Rinna ein, die immer wieder aufmerksam sondierte. Sie empfing auch die Daten der kleinen Aufpasser, die sie in regelmäßigen Abständen zurückließen. Die nur wenige Millimeter großen tronischen Ohren und Augen würden alle Veränderungen in ihrer Umgebung melden.

»Ja, ich weiß«, erwiderte Bartolomeo. »Darauf wird in den Ausbildungslagern immer wieder hingewiesen.«

»Das eine oder andere *haben* wir in den vergangenen tausend Jahren herausgefunden«, sagte Tako. »Dies hier ist die Schale des Graken, sein Mantel. Er wächst mit ihm, sobald er sich auf einem Planeten befindet.«

Die Temperatur sank unter den Gefrierpunkt, und die Kampfanzüge reagierten darauf, indem sie wärmende Membranen über die Köpfe ihrer Träger stülpten. Tako vergewisserte sich, dass mit dem neben ihm fliegenden Myra alles in Ordnung war. Sie hielt die Augen noch immer geschlossen, und ihre Lider zuckten.

Ein kurzes Prickeln wies ihn auf einen veränderten Datenstrom hin.

»Jemand folgt uns«, sagte Rinna. »Der erste Aufpasser registriert Bewegung.«

Wenige Sekunden später wiederholte sich das Prickeln.

»Das war zu erwarten«, sagte Tako. »Der MK hat deutliche Spuren hinterlassen. Den Kronn dürfte klar sein, dass es keine Berührten von Kabäa waren, die einen Mikrokollapsar gegen sie eingesetzt haben; solche Waffen gibt es hier längst nicht mehr. Sie wissen jetzt, dass jemand von Außenwelt gekommen ist, und daraus können sie auf unsere Absicht schließen. Bestimmt gehen sie davon aus, dass wir versuchen wollen, den Brutflug zu verhindern. Solche Aktionen sind ihnen von anderen Welten bekannt.«

»Das bedeutet auch, dass sie nach unserem Schiff suchen werden«, sagte Rinna.

»Der Kraler hat es eingegraben und wird es bis zu unserer Rückkehr vor Entdeckung schützen.«

»Was auch immer der Feind weiß – er ahnt nichts vom fatalen Traum«, sagte Myra 27. Ihre Stimme schien aus großer Entfernung zu kommen.

»Und er wird keine schweren Waffen gegen uns einsetzen«, fügte Rinna hinzu. »Nicht hier drin.«

Aber wie sollen wir nachher zur Talamo *zurückkehren?,* dachte Tako. Ein zweiter Gedanke folgte dem ersten, wie eine Schlange, die nur auf eine Gelegenheit zum Zubeißen wartete. *Und was soll dich vor der Grakenpräsenz schützen, wenn Myra die ganze Kraft ihres Lebens in den fatalen Traum einfließen lässt? Dies ist das Epizentrum ...*

Etwas nahm diese Gedanken und zog sie aus dem Zentrum von Takos Bewusstsein, ließ sie in einem entlegenen Winkel verschwinden, wo sich ihr Flüstern verlor. *Konzentrier dich!*

Vor ihnen wurde der Tunnel breiter und mündete in ein Gewölbe mit zahlreichen großen und kleinen Öffnungen in den Wänden. Tako und seine Begleiter verzichteten auf eine aktive Sondierung, um zu vermeiden, direkt angepeilt zu werden, und mit der passiven Ortung gelang es ihnen nicht, eine strukturelle Übersicht vom Moloch zu bekommen. Die Tal-Telassi musste ihnen den Weg zeigen.

Hier, tiefer im Moloch, schien die Dunkelheit noch dichter zu sein und ein Gewicht zu bekommen, das sich auf sie herabsenkte. Sie schwebten dicht über dem pockennarbigen Boden, von den Levitatorfeldern gehalten, während die alte Myra den Kopf von einer Seite zur anderen neigte. Sonderbare Geräusche kamen aus der Finsternis: der stöhnende Atem des Graken, der manchmal die Luft bewegte, außerdem ein Knistern und Knacken, das den Eindruck von *Bewegung* vermittelte.

Erneut spürte Tako das Prickeln. Weitere Aufpasser übermittelten Signale – die Verfolger kamen näher.

»Wohin, Ehrenwerte?«, drängte er behutsam. Rinna und **73**

Bartolomeo drehten sich um, zielten mit ihren Annihilatoren in die Richtung, aus der sie gekommen waren.

»Ich ... fühle ihn«, hauchte Myra. »Ich fühle den Graken. Auch die beiden anderen. Sie sind nahe, ganz nahe. Und der vierte ... ich sehe ihn am Ende eines langen ... Fadens? Ja, ein Faden verbindet ihn mit den drei, die sich hier eingefunden haben und den Kern des Schwarms bilden. Er wird bald aus der Sonne kommen. Und die sechs anderen ... Es sind sechs. Ich habe mich *nicht* geirrt. Sie sind hierher unterwegs. Bald werden in der Korona von Epsilon Eridani auch ihre Feuervögel erscheinen ...«

»Die Verfolger nähern sich, Ehrenwerte. Welcher Weg führt zum Graken?«

Wieder schwebten Bilder über die mentale Brücke zwischen Myra und ihm. Sie zeigten ihm eine ... Megalopole, die in weiten Terrassen nach oben führte. Menschen erschienen vor ihm, in bunte Tücher gehüllt, und sie alle lächelten, sie lächelten ...

»Der Grakentraum«, sagte Myra 27 leise. »Er berührt mich, und ich berühre ihn. Die anderen Graken träumen ihn ebenfalls. Nach unten, wir müssen weiter nach unten.« Sie streckte eine schmale, knochige Hand aus. »Dort entlang.«

Die Tal-Telassi deutete auf eine mittelgroße Tunnelöffnung, ebenso lichtlos wie die anderen, und Takos Kampfanzug übermittelte den anderen die Navigationsdaten, als er wieder losflog.

Der Tunnel führte zuerst recht steil in die Tiefe, neigte sich dann ein wenig zur Seite und wurde so schmal, dass nur noch zwei Personen nebeneinander hindurchfliegen konnten. Tako wies Rinna an, die Spitze zu übernehmen, und Bartolomeo sicherte nach hinten. Nach etwa fünf Minuten wiesen die Signale der Aufpasser darauf hin, dass die Verfolger das Gewölbe erreicht hatten.

»Vielleicht wissen sie nicht, welchen Weg wir genommen haben«, sagte Rinna.

»Der Graken wird ihnen nicht sagen können, wo wir sind«, kam es leise von Myras Lippen. »Er fühlt nur mich, und er kann mich nicht lokalisieren. Er ... freut sich. Ich bedeute viel *Amarisk* für ihn. Er weiß nicht, was ihn erwartet.«

»Ein Tag, nicht mehr. Nur ein Tag. Wenn du einen Tag früher gekommen wärst, hättest du uns beide retten können.« Dalanna sieht ihn an, und ihre anklagenden Worte schmerzen wie Messerstiche.

Konzentrier dich!

Die Terrassenstadt, größer als alle anderen Städte, die Tako jemals gesehen hat, ragt vor ihm auf, zeigt ihm nicht nur die lächelnden, glücklichen Gesichter ihrer Bewohner, sondern auch ...

Tako versuchte, nicht auf die Bilder zu achten, die auf ihn einströmten. Er steuerte seine Begleiter und sich durch den schmalen Tunnel und stellte fest, dass die Luft hier stärker in Bewegung war als in den anderen Passagen. Ein rhythmisches Zischen kam aus der Dunkelheit vor ihnen, und kurz darauf erreichten sie ein Netzwerk aus vertikalen und waagerechten Schächten, in denen sich blasebalgähnliche Gebilde aufblähten und zusammenzogen.

»Die erste Kapillarlunge des Molochs«, sagte Tako und kontrollierte die Biotelemetrie. »Rinna, Barto ... alles in Ordnung?«

»Mein Kopf fühlt sich an, als steckte er in einer Ultrastahlpresse«, sagte Rinna und schwebte an den ersten Schächten vorbei. Die Levitatoren glichen die teilweise böenartigen Luftbewegungen aus. »Wie konnte ich so dumm sein zu glauben, derartige Belastungen mit nur einem Bion auszuhalten?«

Was geschieht mit mir, wenn Myra ...

Etwas packte Takos Gedanken und schleuderte ihn fort.

All die Jahre der Vorbereitung ... Jahrzehnte, Jahrhunderte. **75**

So dicht vor dem Ziel kommt es nur noch darauf an, erfolg-reich zu sein. Alles andere ist unwichtig.

Sie passierten zwei weitere Kapillarlungen, etwas kleiner als die erste, und dann endete der Tunnel in einem Gewölbe, das sich durch die Anzahl der Öffnungen in den Wänden vom ersten unterschied. Nur drei standen zur Auswahl, und diesmal entschied sich Myra sofort für eine von ihnen.

Sie schwebten weiter, noch immer von völliger Dunkelheit umgeben. Die Temperatur lag inzwischen bei minus fünfundzwanzig Grad und sank nicht mehr.

»Die Verfolger scheinen einen anderen Tunnel genommen zu haben«, sagte Bartolomeo, der noch immer die Nachhut bildete. »Die übrigen Aufpasser melden keinen Kontakt.«

Es fiel Tako immer schwerer, die vielen Bilder von seiner realen visuellen Wahrnehmung zu trennen.

Große dunkle Augen eines Kindes, in ihnen der Glanz des Lebens. Wartende Augen …

Nur ein Tag. Du hättest uns retten können. Nur ein Tag. Aber du bist zu spät gekommen …

Zwei Männer versperren ihm die Sicht. Er sieht nur die Beine eines Kindes, halb verkohlt. »Komm, Tako.« Die Stimme eines Gefährten. »Nein, sieh *nicht dorthin*!«

»Wir sind fast da«, hauchte Myra an Takos Seite. »Fast da. Er freut sich auf mich, der Graken. Er freut sich und weiß nicht, dass ich ihm Verderben bringe, ihm und den anderen. Der erste echte Sieg über den Feind, die Vernichtung eines ganzen Schwarms …«

Noch ist er nicht vernichtet, dachte Tako.

Die Tal-Telassi drehte den Kopf, und Takos Visier zeigte ihm, wie sie die Lider hob. In ihren Augen, dunkel wie die des Kindes, blitzte ein Feuer, das Gedanken verbrennen konnte. »Der erste Graken, der sich auf Kabäa niederließ, und seine Brut. Wir sind da.«

Etwas bewegte sich in der Finsternis vor ihnen, dort, wo

der Tunnel breiter wurde und in eine mehrere hundert Meter durchmessende Höhle führte. Rinna wartete am Zugang und sondierte passiv, in der Hand einen Annihilator, mit dem sie nichts gegen das Geschöpf in der Höhle ausrichten konnte. Natürlich war es nur ein Teil des Graken; sein Körper füllte den ganzen Kernbereich des Molochs.

Das aus jeder einzelnen Gehirnzelle kommende Flüstern schwoll an, als Tako mit Myra zu Rinna aufschloss. Der Druck auf sein Selbst nahm zu, trotz der Abschirmung durch die Tal-Telassi.

Zahlreiche, jeweils mehrere Meter dicke und langsam pulsierende Stränge ragten aus den Wänden und bildeten ein Knäuel, aus dem sich gelegentlich einzelne Komponenten lösten und wie Schlangen über den Boden krochen. Ein solcher Strang, graubraun wie die Rinde eines Baums und völlig glatt, strich nur wenige Meter entfernt übers kalte, wachsende Metall, krümmte sich dann und kehrte zum zentralen Knäuel zurück.

Tako sah, wie Myras Lippen ein Lächeln andeuteten. »Er sucht nach mir.«

»Sieh nur dort oben, Tako«, sagte Rinna und deutete zur Höhlendecke.

Tako kam der Aufforderung nach. Faserbündel reichten von der Decke herab und vereinten sich in halber Höhe zu insgesamt sieben dicken Strängen, an denen etwa zehn Meter durchmessende halbtransparente Blasen hingen. Manchmal erzitterte eine von ihnen, wenn sich in ihrem Innern etwas Schattenhaftes bewegte. Die Brut des Graken.

Wesen der Dunkelheit, dachte Tako. *Aber sie kommen mit Feuervögeln, aus der Sonne, aus dem Licht.* Er stellte fest, dass Myra 27 die Augen geöffnet hatte und auf ihren Chrono-Servo sah.

»Die Ruhephase des Graken beginnt gleich«, sagte sie, und die Bewegungen des Graken schienen ihre Worte zu bestätigen. Das Pulsieren der vielen schlangenartigen Leibesstränge ließ nach, und Reglosigkeit dehnte sich vom Zentrum des Knäuels zum Rand hin aus.

»Barto, Rinna, nach oben mit euch«, wies Tako seine Gefährten an. Es fiel ihm nicht leicht, diese Worte zu formulieren. Der mentale Druck auf seinem Bewusstsein beeinträchtigte das Sprechvermögen. »Befestigt die Mikrokollapsare an den Blasen. Den Graken können die MKs vielleicht nur verletzen, aber wir sind sehr wohl imstande, seine Brut zu vernichten.«

»Der Graken wird nur einen kleinen Teil seiner Peripherie verlieren«, pflichtete ihm die Tal-Telassi bei. »Und der Angriff auf die Brut lenkt ihn von mir ab. Er wird meinen Traum nicht als fatal erkennen.«

Bartolomeo und Rinna schwebten empor, den Blasen entgegen. Und über ihnen, zwischen den Faserbündeln, bildeten sich plötzlich Öffnungen in der Decke, im lebenden Metall des Molochs. Zum Vorschein kamen Kronn.

Der Kampfanzug verkürzte Takos Reaktionszeit – er hob den Annihilator und schoss, noch bevor er richtig begriffen hatte, was geschah. Lichtfinger tasteten durch die Dunkelheit der großen Höhle und fügten den Darstellungen des Visiers zusätzliche Details hinzu.

Tako hielt sich nicht mit der Frage auf, wie es den Kronn gelungen war, sie zu lokalisieren. Durch die psychische Verbindung mit der Tal-Telassi wusste er, in welche Richtung sie sich wenden mussten – näher zum Graken! –, und er gab dem Kampfanzug entsprechende gedankliche Befehle. Während Levitatoren sie durch die Höhle trugen, dem ruhenden Graken entgegen, entbrannte bei den Brutblasen ein wilder Kampf. Tako brauchte nicht den Kopf zu drehen, um das Geschehen zu beobachten; ein quasireales Feld, vom Visier dicht vor das rechte Auge projiziert, zeigte ihm alle Einzelheiten. Die Kronn versuchten ganz offensichtlich, Rücksicht auf die Brut zu nehmen, und das gab Rinna und Bartolomeo einen kleinen Vorteil. Sie versuchten, hinter den Blasen in Deckung zu gehen und von dort aus die Angreifer unter Beschuss zu nehmen.

»Sie sollen vermeiden, die Brutblasen zu treffen«, sagte

Myra 27. »Ihr Schmerz könnte den Graken vorzeitig aus seiner Ruhe wecken.«

Takos Kampfanzug übermittelte die mahnenden Worte der Tal-Telassi. »Ihr habt es gehört, Barto, Rinna. Bringt die MKs in Position und kommt hierher.«

Sie erreichten einen dicken Leibesstrang und landeten in seiner unmittelbaren Nähe. Myra hatte wieder die Augen geschlossen, streckte die Hand aus, berührte den Graken ...

Eine Flut aus biotelemetrischen Alarmsignalen wogte Tako entgegen. Alle Barto betreffenden Werte sprangen aus dem Normbereich und sanken dann schnell den Nullmarken entgegen. Das QR-Feld zeigte, wie Bartolomeo – beziehungsweise das, was nach mehreren Treffern von ihm übrig war – aus einer Höhe von mehr als dreißig Metern zu Boden fiel. Es gab keine Levitatorfelder, die den Aufprall abmilderten.

Weitere Kronn kamen aus den Öffnungen in der Decke, und sie alle wandten sich Rinna zu, die mit einer Hand schoss und mit der anderen Mikrokollapsare platzierte. Ihr Krümmerfeld lenkte einen Strahlblitz ab, doch der energetische Druck warf sie zur Seite, und ein anderer Kronn erzielte einen weiteren Treffer. Rinna kam ganz hinter der Blase hervor, die ihr bisher Deckung gegeben hatte, und die Knochenwesen ...

Als Keil konnte Tako direkte Kontrolle über die Kampfanzüge seiner Gefährten übernehmen, und von dieser Möglichkeit machte er jetzt Gebrauch. Maximale Energie in die Levitatoren, drei kurze Schubphasen mit unterschiedlichen Vektoren, um den Kronn die Zielerfassung zu erschweren, dann schnell zum Graken, die Angreifer würden bestimmt nicht riskieren, ihn zu treffen ...

Die Kronn schwärmten aus und näherten sich, jeder von ihnen in ein Schutzfeld gehüllt. Bei den ersten glühten die Höcker an den Knochen, und Feuer fauchte durch die Höhle, drängte die Dunkelheit in ihre Ecken zurück. Rinnas Krümmerfeld flackerte kurz, als sie an den Grakenstrang prallte und von den Energiestrahlen der Kronn getroffen wurde.

Der auf Takos Ich lastende Druck wuchs weiter, und dadurch bereitete es ihm immer mehr Mühe, gedankliche Befehle zu formulieren, die sein eigener Kampfanzug und der von Rinna verstanden. Er entdeckte eine Lücke neben dem dicken Leibesstrang, steuerte Rinna hinein und zog Myra mit sich, als er ihr folgte.

»Warum nehmen die Kronn keine Rücksicht auf den Graken?«, fragte er. Der Tarnmodus der Kampfanzüge nützte nichts; die Angreifer wussten, wo sie sich befanden.

»Weil sie ...« Myra versteifte sich. »Der Graken beendet seine Ruhephase. Es ist so weit. Der fatale Traum ...«

Etwas geschah. Tako fühlte es durch die mentale Brücke. Etwas veränderte sich, auf eine Weise, die die alte Tal-Telassi nicht erwartet hatte. Sie riss die Augen auf, und ihr Mund öffnete sich zu einem stummen Schrei ...

Durch die Lücken zwischen den wieder zu pulsieren beginnenden Leibessträngen des Graken sah Tako, wie sich die Kronn näherten, aber andere Bilder schwebten heran und wurden immer deutlicher ...

»Rinna!«, brachte er hervor. »Verankerung mit den Levitatoren und Krümmerfeldern! Zünde die MKs!«

Er empfing keine Bestätigung und wusste nicht einmal, ob sie die Anweisungen gehört, ob er sie tatsächlich ausgesprochen hatte. Die zahlreichen Schlangenleiber des Graken pulsierten nicht nur, sondern wanden sich jetzt auch langsam hin und her. Tako schien an einem Strang zu kleben, der zurückwich, tiefer hinein in den Graken.

Neue Dunkelheit verschlang Licht und Feuer der Kronn, erfüllte die Höhle mit dem Tosen der Vernichtung. Schwarze Schlünde bildeten sich in der Finsternis und verschlangen die sieben Brutkapseln und ihre Faserbündel. Sie rissen energetische Schirme auf, zerfetzten Knochenwesen und fraßen gierig ihre Fragmente. Der Graken hingegen ...

Nur einige kleine, schuppenartige Teile lösten sich von den peripheren Leibessträngen, die dem enormen Zerren standhielten.

Von all dem bemerkte Tako Karides nichts. Die Nanowurzeln bohrten sich in maximale Tiefe, stimulierten Nervenbahnen, ohne dass Biotron und Servi des Kampfanzugs eine Reaktion registrierten. Seine geöffneten Augen starrten ins Leere ...

Angenehmer Wind weht und vertreibt die Hitze der nahen Wüste. Tako steht auf einem der breiten Wege, die in weiten Spiralen um den Berg führen, an dessen Hängen sich die Terrassen der großen Stadt erstrecken. Ganz oben sieht er eine dunkle Masse, die er schon zuvor gesehen hat, aber nicht so deutlich wie jetzt. Ein zweiter Berg scheint auf dem Gipfel des ersten in die Höhe zu ragen, grau und schwarz, bestehend aus Zylindern, Stangen, Ovalen, Kugeln, Quadern und zahlreichen anderen Objekten, die wie willkürlich zusammengesetzt wirken. Tako schätzt die Höhe dieses zweiten Bergs auf fast einen Kilometer, und während er ihn noch beobachtet, kommt etwas aus der fast im Zenit stehenden Sonne. Ein großer Feuervogel breitet seine lodernden Schwingen aus, segelt über den Himmel und nähert sich der Stadt. Hoch über ihr dreht er einen Kreis, als wolle er alle Terrassen betrachten, nähert sich dann dem schwarzen Berg und verschwindet darin, ohne eine Spur zu hinterlassen.

»Dort ist das ... Zentrum des Grakentraums«, hört Tako eine schwache Stimme. »Mein Ziel. Bringen Sie mich ... hin.«

Er senkt den Blick und stellt fest, dass er jemanden in den Armen trägt: eine dürre Alte mit schulterlangem grauweißen Haar und einem fast farblosen, von zahlreichen Falten durchzogenen Gesicht. Sie scheint sehr krank zu sein.

»Bringen Sie mich zum schwarzen Berg ... so schnell wie möglich ... meine Kräfte versiegen rasch ...«

Dies ist nicht nur eine Vision. Dies sind nicht nur Bilder. Tako begreift, Teil des Grakentraums geworden zu sein, und er weiß: Wenn er zu lange in ihm bleibt, wird er zu einem Kontaminierten, für den Rest seines Lebens an den Graken gebunden, so wie die ...

... Bewohner der Terrassenstadt. Einige von ihnen nähern sich neugierig, Männer, Frauen und auch Kinder, alle mit einem glücklichen Lächeln, hinter dem er jedoch einen Schatten erkennt. Sie sehen ihn an, und in ihren Augen wartet die Dunkelheit des Graken. Ihre Lippen bewegen sich, aber er hört nur das Flüstern des Windes, der über die Terrassen streicht, an den Hängen empor bis zum schwarzen Titan.

»Bringen Sie mich ... hoch, Keil Karides. Schnell ...«

Tako setzt sich in Bewegung und wählt eine der Treppen, die direkt nach oben führen, steil und mit hohen Stufen, die immer höher zu werden scheinen, immer mehr Kraft erfordern. Schon nach wenigen Minuten ist er schweißgebadet. Myra 27 wiegt nicht viel, aber seine Arme zittern, und er kann sie kaum mehr tragen.

»Ich muss ... eine Pause einlegen«, schnauft er und lässt die Greisin vorsichtig auf eine der Stufen sinken. »Nur eine kleine ... Pause. Um wieder ... zu Atem zu kommen.«

Der Biotron und die verschiedenen Servi des Kampfanzugs nutzten das ganze ihnen zur Verfügung stehende Potenzial physischer und psychischer Stimulation. Takos Lider kamen kurz nach oben, und er sah, dass sie sich viel tiefer im Graken befanden als zuvor. Die dicken Leibesstränge schoben Myra und ihn weiter ins Innere des Knäuels.

Wo war Rinna?

Tako bekam keine Gelegenheit, nach ihr Ausschau zu halten. Die Bilder des Grakentraums wurden zu einer mentalen Woge, die ihn mit sich riss.

Eine Gruppe von Zuschauern steht in der Nähe; sie sprechen miteinander, ohne dass Tako etwas hört. Langsam kehrt die Kraft in ihn zurück, aber nicht so viel, wie er sich wünscht, und nicht so schnell. Myra lehnt an der Mauer neben der Treppe, das Gesicht leichenhaft blass. Selbst ihre Augen wirken weniger dunkel als vorher.

»Wenn Sie sie hören, werden Sie Teil des Traums«, bringt

sie hervor. »Die Menschen, die hier gefangen sind. Die Überlebenden von Kabäa. Wenn Sie ihre Stimmen hören ... Es bedeutet, dass der Graken den Kern Ihrer Seele erreicht. Dann beginnt die Kontamination.«

Tako bückt sich, hebt die Tal-Telassi hoch und setzt den Weg über die steile Treppe fort. Er wagt es nicht, die Stufen zu zählen, aus Furcht, schon nach wenigen Minuten den Mut zu verlieren.

Aus Furcht ...

Gefühle erwachen in ihm, und sie machen alles schlimmer, denn jetzt trägt er nicht nur Myra, sondern auch noch eine Bürde aus Hoffnungslosigkeit und Verzweiflung. Deutlich sieht er, wie die Greisin immer schwächer wird, und er weiß, dass er sie nicht rechtzeitig zum schwarzen Titan bringen kann, der über der Terrassenstadt thront. Nicht vor ihrem ... Tod.

Er bleibt kurz stehen, um wieder zu Atem zu kommen, blickt nach oben und sieht das Ziel noch immer weit, weit entfernt. Unerreichbar weit. Bisher hat er nur das Flüstern des Winds gehört, aber jetzt vernimmt er auch andere Geräusche, ein seltsames Wispern. Er dreht den Kopf und sieht die Menschen, die Bewohner der Terrassenstadt. Sie folgen ihm, sprechen noch immer miteinander, *und er beginnt ihre Stimmen zu hören.*

Rasch hebt er Myra hoch und *läuft* mit ihr die Stufen empor, obgleich die Luft in seinen Lungen zu brennen scheint und die Arm- und Beinmuskeln in Flammen stehen. Und oben am Himmel lodert die Sonne, aus der der Feuervogel gekommen ist, heiß und unbarmherzig.

»Wir ... schaffen es nicht«, krächzt Myra. »Bringen Sie mich ... zu einer schattigen Stelle. Ich ... ich muss es ... von hier versuchen.«

Das Pulsieren der Leibessträinge wurde stärker, während der Biotron die Aktivitäten des Kampfanzugs auf das Bereitschaftsniveau senkte, als die Stimulationen keine Wirkung erzielten. Ein dicker Strang wölbte sich nach oben, und darunter wurde eine Öffnung sichtbar. Der Boden neigte sich, und von Finsternis umhüllt glitten Myra und Tako in die Tiefe, ohne etwas davon zu merken. Nichts hielt sie fest; die Verankerung mit den Levitator- und Krümmerfeldern hatte sich nach der Implosion der Mikrokollapsare gelöst.

Beim nächsten Treppenabsatz wendet sich Tako nach links und trägt Myra zu einem mehrere Meter hohen Objekt, das aussieht wie eine Mischung aus Baum und Skulptur. Ihn interessiert nicht, *worum* es sich handelt. Wichtig ist nur, dass breite horizontale Erweiterungen, wie Äste und Zweige, Schatten spenden. Dort lässt er die Tal-Telassi zu Boden sinken.

Die Menschen sind ihm erneut gefolgt, wahren jetzt aber einen gewissen Abstand, als wüssten sie, dass der Tod diesen Ort besucht. Tako hört erneut ihr Flüstern, und am liebsten wäre er geflohen, weg von den Stimmen, die Unheil für ihn bedeuten.

Myra sieht zu ihm auf, eine alte Frau, die siebenundzwanzig Leben geführt hat. Dies ist ihr letztes, das hat sie von Anfang an gewusst, und es geht hier zu Ende.

»Sie müssen jetzt sehr stark sein, Keil Karides«, sagt die Greisin. Das Krächzen ist verschwunden; ihre Stimme klingt fast so wie an Bord der *Talamo*.

»*Ich* muss stark sein?«

»Ich brauche meine ganze Kraft und muss mich aus Ihnen zurückziehen.« Sie seufzt, zum letzten Mal. »Ich werde versuchen, den fatalen Traum von hier aus ins Zentrum des Grakentraums zu transferieren.«

Die Tal-Telassi, eine von drei Großmeisterinnen, schließt die Augen, holt tief Luft …

Von einem Augenblick zum anderen kehrt alles zurück: der Argwohn, von Myra in eine ferne Ecke seines Selbst gedrängt; die Sorge, dass die Greisin verrückt sein könnte; und der Ozean aus Emotionen, gestaut hinter einem plötzlich nicht mehr existierenden mentalen Damm. Gedanken rasen ungeordnet, überschlagen sich, gehen ineinander über, wäh-

rend Myra am ganzen Leib erbebt, den Mund zu einem wortlosen Schrei öffnet und ... stirbt.

Wolken schieben sich vor die Sonne, und der Wind trägt
Kühle heran. Tako blickt zum schwarzen Titan auf dem Berg
empor und kann keine Veränderung bei ihm erkennen.
Stumm und massiv ragt er auf, wie bestrebt, diese Welt unter
seinem Gewicht zu zermalmen. Takos Gedanken schwimmen
auf Wogen der Emotionalität, als er auf die tote Tal-Telassi
hinabsieht. Tränen rinnen ihm über die Wangen, aber es sind
Tränen des Zorns, nicht der Trauer. Dieser Zorn ist es, der ihn
in den vergangenen Jahren am Leben erhalten und ihm Kraft
gegeben hat, ein Feuer, das ihn langsam von innen verbrennt
und dem er sich willig hingibt, wenn er keine Bione trägt. Ein
einzelner Bion wie jetzt kann nichts gegen diese Flammen
ausrichten. Zorn auf die Graken, die alles zerstört haben, das
ihm etwas bedeutet hat. Und Zorn auf sich selbst, weil er *zu
spät gekommen ist*. Er hasst die Graken, er hasst sich, und
jetzt hasst er Myra, weil sie ihn in diese Lage gebracht hat,
weil er wegen ihr zu einem Kontaminierten wird und auf Kabäa sterben muss, ohne die Möglichkeit, weiter gegen die
Graken zu kämpfen und ihre Brut zu vernichten, damit wenigstens einen kleinen Teil der Schuld zu sühnen, die er auf
sich geladen hat.

Dunkelheit senkt sich auf die Terrassenstadt herab, und Regen fällt aus finsteren Wolken. Die ersten Tropfen verdampfen auf heißem Stein; die nächsten bringen Nässe und Kühle.
Aus dem gelegentlichen Klatschen wird schnell ein Prasseln,
und Tako spürt, wie der Regen an ihm herabströmt. Er bildet
eine Pfütze, in der sich das grauweiße Haar der toten Myra
wie eine im Wasser gefangene Wolke ausdehnt. Tausende
von Stimmen kreischen zwischen seinen Schläfen, als aus
dem Regen Graupel wird, und aus dem Graupel Schnee. Das
Prasseln hört auf, weicht Stille, aber diese Stille herrscht nur
außerhalb von ihm, in seinem Innern dehnt sich das heulende Chaos immer mehr aus. Die Temperatur sinkt schnell. Kälte kommt aus der Wüste zur Stadt, die Kälte des Graken.

Tako presst die Hände an die Schläfen, steht auf und taumelt, rutscht auf dem Eis, das eben noch Regen gewesen ist. Die Menschen stehen noch immer da, mit offenem Mund, jeder einzelne von ihnen schreit, nicht hier, nicht im fallenden Schnee, sondern hinter Takos Stirn, immer lauter werden ihre Schreie, es zerreißt ihn innerlich, er hält es nicht mehr aus ...

Und dann hört das Kreischen plötzlich auf.

Langsam lässt Tako die Hände sinken. Die Menschen verschwinden, einer nach dem anderen, sie gehen nicht, sie *verschwinden*, und es dauert nicht lange, bis die Treppe, die nach oben und unten führt, leer ist. Und nicht nur die Treppe ist leer, die ganze Stadt, niemand hält sich in ihr auf, abgesehen von ...

Zwei Augen sehen ihn an, dunkel und jung, in einem glatten Gesicht. Die Augen eines Kindes.

»Ich kann sie verschwinden lassen, wenn ich will.«

Tako dreht sich um. Ein Junge ist hinter dem Baum – oder der Skulptur – hervorgetreten. »Die anderen«, sagt er. »Ich kann sie verschwinden lassen, wenn ich will. Dann stören sie nicht mehr. Manchmal kitzeln ihre Stimmen in meinem Kopf.«

Der Junge scheint etwa acht zu sein. *So alt wäre Manuel jetzt* ... Er streckt die Hand aus. »Ich mag diesen Ort nicht. Nimmst du mich mit?«

(Zwei Männer versperren ihm die Sicht. Er sieht nur die Beine eines Kindes, halb verkohlt. »Komm, Tako.« Die Stimme eines Gefährten. »Nein, sieh *nicht dorthin*!« Aber er sieht dorthin und stellt fest, dass er sich getäuscht hat. Die Beine des Jungen sind nicht verbrannt, er ist gesund, und er steht jetzt auf und tritt an den beiden Männern vorbei. Er scheint ein wenig älter geworden zu sein, streckt ihm die Hand entgegen und sagt: »Ich bin froh, dass du rechtzeitig gekommen bist. Bitte bring mich fort.«)

»Ja, ich bin rechtzeitig gekommen«, sagt Tako und nimmt die Hand des Jungen ...

Plötzlich war er wach, hatte die Augen offen und sah ein vertrautes Gesicht.

»Endlich!«, entfuhr es Rinna. »Ich dachte schon ...«

»Wo ist der Junge?«

»Du *weißt* von ihm?«

»Wo ist er?« Tako wollte sich aufrichten, aber noch fehlte ihm die Kraft dazu.

»Alle anderen sind tot«, sagte Rinna. »Er ist der letzte Überlebende hier unten.«

Tako geduldete sich einige Minuten, um den Nanowurzeln des Kampfanzugs Gelegenheit zu geben, seine Kräfte zu erneuern. Es befand sich kein Visier vor seinen Augen, und es gab nur wenig Licht; Düsternis verhüllte den größten Teil der Umgebung.

Er versuchte, seine Gedanken zu ordnen. »Was ist geschehen? Wo sind wir hier?«

»Ich glaube, wir sind unter dem Graken. Kurz nach der Implosion der MKs, als sich mein Levitationsanker löste, bin ich in ein Loch gerutscht, das sich plötzlich im Boden bildete.« Rinnas Gesicht erschien erneut über Tako, und sie lächelte. Der besondere Glanz in ihren Augen wies darauf hin, dass ihre Gefühle nicht mehr neutralisiert waren. Schmutz klebte an den Wangen. »Vielleicht war es eine automatische Reaktion des Graken. Er konnte es nicht wahrnehmen, spürte aber die Präsenz von etwas und versuchte, es zu entfernen. Das könnte auch erklären, warum die Kronn kamen. Ich bin stundenlang hier unten umhergeirrt, bis mein Anzug deine Biotelemetrie empfing. Und dann dauerte es noch einmal mehrere Stunden, bis ich dich fand.«

»Stunden?« Tako hatte nicht das Gefühl, dass so viel Zeit verstrichen war. »Was ist mit den Bionen?«

»Abgestorben«, sagte Rinna. »Deiner auch. Die organischen Komponenten der Anzüge sind in Mitleidenschaft gezogen. Das dürfte einer der Gründe sein, warum du dich so langsam erholst.«

»Aber ...«

»Ja, ich weiß. Wir sind noch immer in der Nähe des Epizentrums, aber die Grakenpräsenz erreicht uns nicht.«

Rinnas Hand berührte Tako vorsichtig im Gesicht und wich dann sofort wieder zurück. Wie verlegen senkte sie kurz den Blick. »War es sehr schwer für dich?«

»Ich ... bin im Grakentraum gewesen.« Tako setzte sich auf und stellte fest, dass Myra 27 neben ihm lag. Ihre Leiche wirkte irgendwie sonderbar.

»Ich habe sie sondiert«, sagte Rinna. »Irgendetwas hat ihr alle Knochen im Leib gebrochen. Zu jenem Zeitpunkt war sie bereits tot.«

»Vielleicht hat sie es geschafft«, sagte Tako leise und erinnerte sich daran, sie die steile Treppe hochgetragen zu haben. »Vielleicht ist es ihr wirklich gelungen, den fatalen Traum zu transferieren. Möglicherweise erreicht uns die Grakenpräsenz deshalb nicht.«

»Das bezweifle ich«, erwiderte Rinna. »Ich glaube, es gibt eine andere Erklärung.«

Tako stand auf, und Rinna half ihm, zog ihn mit der einen Hand hoch. Mit der anderen löste sie etwas von seinem Kampfanzug. Die Biotelemetrie gab ihm Antwort auf die unausgesprochene Frage. »Du hast einen Teil deiner Energie in meinen Anzug übertragen. Das beeinträchtigt die Funktion deiner noch funktionstüchtigen organischen Komponenten.«

Rinna lächelte schief. »Ich glaube, das war ich dir schuldig, oder?«

Tako sah sich um. Sie befanden sich in einer kleinen Höhle, erhellt nur von einer Lampe, die neben einem Tunnelzugang stand – gelegentliches Flackern wies darauf hin, dass ihre Ladung allmählich zur Neige ging. Nicht weit von ihr entfernt, in einer kleinen Nische, lag etwas, das nach mehreren langen Bündeln aussah. Tako ließ ein Visier vor seinen Augen entstehen und sah Einzelheiten.

»Leichen?«

»Die dort drüben sind erst seit ein oder zwei Tagen tot«, sagte Rinna. »Es scheinen die Letzten gewesen zu sein. Die anderen starben vor Wochen. Ich habe dich hierher gebracht, weil der Gestank da drin ziemlich schlimm ist. Meine Filter funktionieren leider nicht mehr.«

Tako näherte sich dem Tunnelzugang und bemerkte, dass die Wände der Höhle nicht nur aus Felsgestein bestanden, sondern auch aus dem schwarzen Metall des Molochs. Er strich mit der Hand darüber hinweg und spürte eine Kälte, die ihn an die letzten Momente auf der Treppe der Terrassenstadt erinnerte.

»Ich glaube, wir sind hier bei den Wurzeln des Molochs«, sagte Rinna. »Wie seltsam, dass die letzten freien Menschen von Kabäa ausgerechnet hier überlebten, dort, wo der Moloch wächst. Und sieh dir das hier an, Tako.«

Sie waren an den Leichen in der Nische und der Lampe vorbeigegangen. Im Tunnel blieben sie stehen, und Rinna deutete auf eine bestimmte Stelle der Wand. Das Visier zeigte Tako Sondierungsdaten.

»Alte Stahlkeramik.«

»Ich nehme an, dies sind die Fundamente der Stadt Tonkorra«, sagte Rinna. »Auf dem Weg durch die anderen Tunnel und Höhlen habe ich mehrmals Werkzeuge gefunden. Vermutlich haben hier archäologische Ausgrabungen stattgefunden, bevor der erste Graken kam, vor fünfzig Jahren.«

»Wo ist der Junge?«, fragte Tako. Alles andere war für ihn zweitrangig.

»Komm.«

Der Tunnel führte in eine wesentlich größere Höhle, und Übelkeit stieg in Tako auf, als er Verwesungsgeruch wahrnahm. Aus dem Kragen des Kampfanzugs kam ein Gewebelappen, stülpte sich über sein Gesicht und schützte ihn vor dem Gestank.

Schatten, die vielleicht wochen- oder monatelang geduldig am Rand der Höhle gewartet hatten, krochen nach vorn, als sich das Licht der wenigen Lampen trübte. Hier und dort lagen Tote, halb verwest. Es mussten mehrere Dutzend sein.

»Wahrscheinlich sind sie verhungert«, sagte Rinna. Ihre Stimme klang gedämpft, und als Tako den Kopf drehte, sah er, dass sie einen Stofffetzen vor Mund und Nase hielt. Sie deutete auf einige leere Schachteln. »Ihre Vorräte gingen zur Neige, und dann verhungerten sie. Weil sie nicht zurückkonnten. Oder weil sie nicht den richtigen Weg fanden. Der Moloch ...«

Sie unterbrach sich, als ein Knirschen aus einem der vielen anderen Tunnel kam, die zur großen Höhle führten. Mithilfe des Visiers sah Tako einen schwarzen Dorn, wie das Segment eines Stachelschiffes der Kronn, der sich durch die Decke bohrte, kurz darauf den Boden erreichte und den Tunnel blockierte.

»Die Wurzeln des Molochs bewegen sich«, sagte Rinna. »Hier geben sie Wege frei, und dort blockieren sie andere. Wie auch immer diese Leute hierher kamen: Sie konnten nicht mehr weg, und das bedeutete ihren Tod.«

Hinter den Resten einer Mauer, die aus jahrtausendealter Stahlkeramik bestand, lag der Junge in einem improvisierten Bett aus alten Kleidungsstücken. Er hatte die Augen geschlossen, aber Tako wusste, dass sie braun waren, wie die von Manuel, fast so dunkel wie die Augen der greisen Tal-Telassi. Reglos lag er da, und ein oder zwei schreckliche Sekunden lang befürchtete Tako, dass er ebenfalls tot war, wie die anderen, gestorben vielleicht vor wenigen Minuten.

Rinna musste etwas in seinem Gesicht bemerkt haben, denn sie sagte: »Nein, er ist nicht tot. Andernfalls würden wir die Grakenpräsenz spüren.«

Ein Behälter mit Wasser stand neben dem Lager, und Tako bemerkte mehrere leere Nahrungspakete in der Nähe. Einige Meter entfernt lag eine halb verweste Leiche.

»Der Gestank!«, ächzte Rinna. »Ich ...«

Sie wich in die Düsternis zurück, und Tako hörte, wie sie sich übergab.

Die große Höhle, Kälte und Dunkelheit, die vielen Toten, die Wurzeln des Molochs in den Tunneln ... Das alles verlor an Bedeutung. Takos Welt bekam einen neuen Mittelpunkt.

»Manuel ...«, hauchte er.

Hinter ihm würgte Rinna, aber sie hatte ihn gehört. »Manuel ist tot, Tako. Sieh dir seine Fingerspitzen an.«

Tako beugte sich vor und hob eine Decke, die aus mehreren zusammengenähten Kleidungsstücken bestand. Der Junge trug eine graue Hose und ein dünnes Hemd, die gleichen Sachen wie bei ihrer Begegnung an der Treppe der Terrassenstadt. Vorsichtig ergriff Tako eine schmale Hand ...

Die Fingerspitzen waren so violett wie die einer Großmeisterin der Tal-Telassi.

»Er schläft nicht«, sagte Rinna und kam wieder näher. »Er befindet sich in einer Art Trance. Die ganze Zeit über hat er all diese Leute vor der Grakenpräsenz geschützt. Als der Proviant knapp wurde ... Er bekam immer genug zu essen. Sieh ihn dir an. Er ist dünn und mager, ja, aber nicht abgezehrt. Er bekam genug zu essen. Und die anderen starben, einer nach dem anderen. Jetzt ist nur noch er übrig.« Rinna zögerte kurz. »Ohne ihn wären wir längst kontaminiert.«

Tako sondierte ihn mithilfe der Sensoren des Kampfanzugs. »Er ist sehr schwach.« Er stand auf, von plötzlicher Entschlossenheit erfüllt. »Wir müssen ihn zur *Talamo* bringen. Diesmal bin ich noch rechtzeitig gekommen.«

5

Zur Akonda

»Warum ist es so ruhig?«, fragte Tako. »Als wir vor einigen Monaten die Brut auf Poseidon vernichtet haben, spielte der Graken regelrecht verrückt.«

»Wir wissen nicht, wie es oben aussieht«, erwiderte Rinna. »Und außerdem ist inzwischen mehr als ein Tag vergangen.«

»Auf Poseidon mussten wir eine ganze Woche in einer Notfallbasis warten, bis wieder Ruhe einkehrte und wir zum Schiff zurückkehren konnten.«

Von Finsternis begleitet flogen sie durch ein endloses Labyrinth aus Tunneln, Höhlen und alten Grabungsstollen, geleitet von den Signalen mehrerer Erkundungsservi, die weit vor ihnen einen Weg nach oben suchten. Der Tod all jener Menschen in der Höhle wunderte Tako nicht mehr; zu Fuß hatte niemand von ihnen eine Möglichkeit gehabt, an die Oberfläche des Planeten zurückzukehren. Immer wieder stießen sie auf vertikale Schächte, die ohne Levitatoren ein unüberwindliches Hindernis darstellten. Hinzu kamen die metallenen Wurzeln des Molochs, die wuchsen und ihre Position veränderten, neue Tunnel schufen und andere blockierten. Tako trug den Jungen auf dem Rücken, in einem warmen Rucksack, den sie aus Myras Anzug angefertigt hatten. Die Energiepakete der Tal-Telassi waren leider durch das unbrauchbar geworden, was ihre Knochen zerschmettert hatte.

In Hinsicht auf den Zustand des Jungen hatte Rinna von einer Trance gesprochen, aber die medizinischen Daten, die Tako durch eine externe Sondierung gewinnen konnte, deuteten eher auf ein Koma hin. Er reagierte auf keine äußeren Reize, ließ sich nicht wecken. Mit den organischen Komponenten der Kampfanzüge konnten sie ihn weder ernähren noch seine physischen und psychischen Funktionen stimulieren, denn sie waren auf die biologischen Parameter von Erwachsenen justiert.

Tako wusste nur, dass es dem Jungen schlecht ging und sie ihn so schnell wie möglich zur *Talamo* bringen mussten, um ihn dort in ein Suspensionsbad zu legen.

Sie flogen durch einen weiteren vertikalen Schacht, vor vielen Jahren von archäologischen Maschinen gegraben. An seinem oberen Ende fanden sie etwas, das einst ein prächtiger Saal gewesen sein musste. Mehrere ziselierte Säulen stützten eine Decke, die an einer Stelle eingestürzt war und an zwei anderen von Molochwurzeln durchbohrt wurde. Die Bilder, die das Kreuzgratgewölbe einst geschmückt hatten, bestanden nur noch aus einzelnen Fragmenten, die keinen Sinn ergaben. Aber an der gegenüberliegenden Wand, hinter den Wurzeldornen, gab es weitere Bilder, und die waren vollständig erhalten. Tako und Rinna konnten sie mithilfe der elektromagnetischen Signale wahrnehmen, die von den Erkundungsservi und ihren eigenen Sensoren ausgingen. Die Objekte in ihrer Umgebung reflektierten sie ebenso, wie es bei den Photonen des Lichts der Fall gewesen wäre, und die Visiere formten aus den EM-Echos ein für menschliche Augen wahrnehmbares Bild.

Tausende von quasirealen Bausteinen schufen eine Szene, die sich aus verschiedenen Perspektiven betrachten ließ. Hunderte von Geschöpfen – Menschen und Angehörige anderer Völker – umringten eine Art Podium, auf dem ein Wesen stand, das Tako noch nie zuvor gesehen hatte. Es war humanoid, und die Haut (beziehungsweise die Kleidung) bestand aus silbrig glänzenden Schuppen, die sich gegenseitig überlappten. An einigen Stellen zeigten sich Verdickungen – Organe? – unter der Haut oder der Kleidung. Die Arme waren lang, wiesen zwei Gelenke auf und endeten in Händen, die nicht mit Fingern ausgestattet waren, sondern mit kleinen Tentakeln. Auch die Beine waren zweigelenkig. Auf dem dünnen Hals, knorrig wie ein alter Baum und nicht von silbernen Schuppen bedeckt, ruhte ein Kopf, der aussah wie eine auf der Spitze stehende Pyramide. Nase und Mund waren nur zwei schmale Striche, umgeben von seltsamen Faltenmustern. Die großen, schwarzen Augen dominierten im Gesicht.

Die das Podium umgebenden Gestalten schienen dem Wesen zu huldigen, aber als Tako an dem Wandbild vorbeiging, kam es zu mehreren perspektivischen Wechseln, und er sah Furcht in den Gesichtern mancher Menschen.

»Die Leute haben das Wesen verehrt und sich gleichzeitig vor ihm gefürchtet«, sagte er. »Kennst du die Spezies?«

»Nein.« Rinna kramte unter einigen Werkzeugen und Geräten, die die Archäologen hier vor fünfzig und mehr Jahren zurückgelassen hatten. »Keine Energiepakete«, sagte sie enttäuscht. »Nicht einmal eine klitzekleine Kapsel.«

Ein Grollen kam aus der Ferne, und der Boden des Raums vibrierte. Das Visier zeigte Tako von der Decke rieselnden Staub.

Rinna trat durch den dunklen Raum. »Tako ... Meine Energiereserven sind fast erschöpft. Selbst wenn ich die gesamte Restenergie verwende, funktioniert der Levitator nur noch einige Minuten. Anschließend kann mich der Anzug nicht einmal mehr wärmen, und die Temperatur liegt hier noch immer ein ganzes Stück unter dem Gefrierpunkt.«

Du hast zu viel Energie auf mich übertragen, dachte Tako.

Die Vibrationen wiederholten sich, und mit einem gedanklichen Befehl verlangte er Informationen. Das Visier projizierte ihm die Daten ins rechte Auge.

»Es sind keine seismischen Aktivitäten«, sagte er. »Die Erschütterungen gehen auf ... gravitationelle Störungen zurück.« Weitere Daten folgten; sie stammten nicht von den Sensoren, sondern von den Erkundungsservi. Rinna empfing sie ebenfalls.

»Offenbar haben sie einen Weg nach oben gefunden.«

»Ja«, bestätigte Tako. Er orientierte sich und sah auf der rechten Seite dort einen Spalt, wo sich Wand und Decke trafen. »Nach oben. Gib mir Bescheid, wenn deine Energiereserven nur noch für eine Minute reichen. Dann trage ich dich. Du brauchst die restliche Energie für die Basisfunktionen des Kampfanzugs.«

Sie stiegen auf, flogen dicht hintereinander durch den Spalt und dann durch einen fast vertikal nach oben führenden Tunnel. Mehrmals mussten sie Wurzeldornen des Molochs ausweichen, die ihrer Umgebung Wärmeenergie entzogen.

Nach mehreren hundert Metern wandte sich der Schacht plötzlich nach links, und an einer waagerechten Stelle landete Rinna. »Sechzig Sekunden Restenergie«, sagte sie. »Das ist verdammt wenig, wenn man bedenkt, dass wir auch noch den Rückweg zur *Talamo* vor uns haben.«

Tako wusste, was sie meinte. Wenn sie auf dem Weg zu ihrem kleinen Schiff in einen Kampf verwickelt wurden, reichte die Energie nicht einmal für ein schützendes Krümmerfeld.

Er schlang einen Arm um Rinna und veränderte die Justierung seiner Levitatoren. »Halt dich gut fest.«

Erneut schwebten sie durch die kalte Finsternis, in der über ihnen der Moloch wuchs. Dann und wann knirschte es im Gestein, und Staub bildete Wolken in der Dunkelheit – Hinweise auf weitere Vibrationen. Nach einigen Minuten konnte er sich nicht länger der Tatsache verschließen, dass auch die Energiereserven seines Kampfanzugs zur Neige gingen. Erste heimtückische Gedanken erwachten, Gedanken, die ihn auf sich selbst zornig werden ließen. Aber sie flüsterten verführerisch: *Wenn du Rinna zurücklässt, verbrauchst du weniger Energie. Ohne sie könntest du es schaffen.*

Vielleicht gab die Biotelemetrie Rinna einen Hinweis. Oder vielleicht ahnte sie, was in ihm vor sich ging. »Du könntest den Jungen zur *Talamo* bringen und mich später abholen.«

Tako schlang den Arm noch etwas fester um Rinna. »Bei dieser Mission hat es genug Dummheiten gegeben. Eine weitere lasse ich nicht zu. Da kommen die Erkundungsservi!«

Mehrere kleine Fliegen aus Metall, Synthomasse und tronischen Funktionskomponenten schwirrten ihnen entgegen. Tako streckte die freie Hand aus, und nachdem die Servi darauf gelandet waren, ließ er sie in einer Tasche seines Kampfanzugs verschwinden.

Das Visier zeigte ihm die neuesten Daten.

»Es ist nicht mehr weit«, sagte er und ließ sich bei der Steuerung vom Navigationsservo helfen. Wieder ging es nach oben, und die Levitatoren verbrauchten kostbare Energie. Erstes Grau erschien in der Finsternis jenseits des Visiers. Licht. Und es stammte nicht von Lampen.

»Tageslicht«, sagte Tako. Ein leises Warnsignal erklang, hörbar nur für ihn, und wies darauf hin, dass die Energiereserven einen kritischen Wert erreicht hatten. Eine gedankliche Anweisung deaktivierte den Navigationsservo. Mit der manuellen Steuerung brachte er sich und Rinna in einen nahen Seitenstollen, und dort zeigte ihm das Visier eine nach oben führende Treppe.

Rasch vergewisserte er sich, dass der Junge im improvisierten Rucksack noch lebte.

Der Boden unter seinen Stiefeln vibrierte, und das Knirschen in den Wänden wiederholte sich. Staub rieselte herab, blieb jetzt aber für das unbewaffnete Auge nicht ganz in der Dunkelheit verborgen. Auch hier kam Licht von oben.

Tako ließ Rinna los. Nebeneinander gingen sie die Treppe hoch, die Annihilatoren bereit. Die passive Sondierung zeigte weder aktive Lebensformen in der Nähe noch energetische Emissionen.

Kurze Zeit später stellten sie fest, dass die Treppe zum Keller einer großen, halb ausgebrannten Ruine gehörte. Graue Wolken hingen am Himmel über Kabäas Hauptstadt Tonkorra, und aus ihnen senkte sich ein schwarzer Berg nach unten, noch viel gewaltiger als der über der Terrassenstadt. Die Temperatur sackte spürbar ab, als ein riesiger Moloch herabkam, Schale des vierten Graken, den der Feuervogel in Epsilon Eridanis Korona angekündigt hatte. Er schob sich vor die untergehende Sonne, schien ihr Licht ebenso zu schlucken wie ihre Wärme, brachte eine frühe Nacht und noch mehr Dunkelheit. Schiffe der Kronn, Chtai und Geeta begleiteten ihn, als er zur Landung ansetzte.

»Jetzt kennen wir den Grund für die Erschütterungen«, sagte Tako. »Die gravitationellen Störungen stammen von diesem Moloch.«

»Er ist der größte, den ich jemals gesehen habe«, hauchte Rinna. Sie stand neben Tako und starrte aus großen Augen nach oben. Kalter Wind zupfte an ihrem struppigen Haar.

Takos Visier projizierte Daten. »Durchmesser fast zwanzig Kilometer«, sagte er. »Damit ist er fast doppelt so groß wie die Moloche der drei Graken, die bereits hier sind.«

Das riesige Gebilde sah aus wie eine Kugel, die von der Hand eines Titanen zusammengepresst, verformt und an mehreren Stellen abgeschnürt worden war. Nirgends zeigte sich eine Kante; alles war rund, glatt und gewölbt. Ein dumpfes Brummen ging von dem Moloch aus, mit so geringer Frequenz, dass man es mehr fühlen als hören konnte.

»Wir haben in zweifacher Hinsicht Glück«, sagte Tako und orientierte sich mithilfe der Sensoren und des Visiers. »Die Ankunft des vierten Graken dürfte für reichlich Ablenkung sorgen. Und im Schutz der Dunkelheit kommen wir leichter voran.«

Er trat ganz aus dem Treppenhaus und marschierte los, blieb dabei in den Schatten dicht an den Mauern. Es regnete nicht mehr, aber große Pfützen erinnerten an den Regen der vergangenen Nacht, und eine dünne Eisschicht bildete sich jetzt auf ihnen.

»Meine Sensoren funktionieren nicht mehr richtig«, sagte Rinna. »Wie weit ist es bis zur *Talamo*?«

»Etwa fünfzehn Kilometer.«

»Das ist ziemlich weit ohne Levitatoren.«

»Die nächste von den Spähern und Kontaktern eingerichtete Notfallbasis ist nur zwei Kilometer entfernt, aber sie befindet sich dort.« Tako deutete dorthin, wo der Moloch gelandet war; der größte Teil von ihm blieb jenseits der grauen Wolken verborgen. Die drei anderen Moloche, die sich halb in den Leib des Planeten gefressen hatten, wirkten im Vergleich mit ihm zwar nicht winzig, aber doch klein. »Etwa vier Kilometer von hier müsste es ein Depot geben, das nach den Einsatzinformationen vor einem Jahr angelegt worden ist, als die ersten Kontakter nach Kabäa kamen. Vielleicht enthält es auch Energiepakete.«

»Klingt gut.«

»Aber es befindet sich nicht auf der Route zur *Talamo*. Wir müssten einen Umweg machen.«

»Und wenn schon.« Das Gesicht der jungen Frau veränderte sich, und zum Vorschein kam wieder die forsche, unerschrockene Rinna, die keine Gefahren scheute. »In diesem Fall könnte der Umweg eine Abkürzung sein. Mit genug Energie für die Levitatoren kämen wir viel schneller voran.«

Tako nickte. »Also los.«

Am Himmel herrschte weitaus mehr Verkehr als unten in der dunkler werdenden Stadt. Schwärme aus Kronn-Dornen und Schiffen der Chtai und Geeta rauschten durch die beginnende Nacht und schienen hoch über Tonkorra zu tanzen, wie aus Freude über die Ankunft des vierten Graken – der Verlust einer Brut schien vergessen zu sein. Zweimal duckten sich Tako und Rinna in den Eingang eines Gebäudes, als Finger aus Licht durch die Finsternis tasteten und Levitationstransporter vorbeischwebten, von Geeta begleitet.

Neben den Resten einiger Gebäude, die den Eindruck erweckten, vor langer Zeit von einer Explosion zerrissen worden zu sein, trafen sie auf einige Kontaminierte, deren graue Gesichter Tako an Yeni und Bentram erinnerten. Sie trugen abgerissene Kleidung und waren so unglaublich dürr, dass er sich fragte, woher sie die Kraft nahmen, sich auf den Beinen zu halten. Sie waren in Richtung des neu eingetroffenen Molochs unterwegs und mussten Rinna und ihn gesehen haben, reagierten aber erst, als die Entfernung auf weniger als zehn Meter geschrumpft war. Daraufhin kam plötzlich Leben in die bis dahin ausdruckslosen Gesichter und stumpf starrenden Augen. Verblüfft sahen sie sich an, richteten den Blick dann auf die beiden in Kampfanzüge gekleideten Gestalten.

»Bitte!«, brachte ein alter Mann hervor, der trotz der Kälte nur ein dünnes Hemd trug. »Bitte helft uns! Nehmt uns mit ...«

Rinna wollte stehen bleiben, aber Tako zog sie vorwärts und ging schneller, vorbei an den Menschen, die plötzlich wussten, wo sie sich befanden und was mit ihnen geschehen war.

»Der Junge«, sagte er. »Es ist der Einfluss des Jungen. Wir sind durch ihn vor dem Grakentraum geschützt, und er hat bei den Kontaminierten dort die gleiche Wirkung erzielt wie die Bione bei den Spähern Yeni und Bentram.«

Aufgeregte Stimmen ertönten hinter ihnen – und verklangen, als die Entfernung auf mehr als zehn Meter wuchs. Der Grakentraum verlangte die Kontaminierten zurück.

Tako richtete den Blick kurz nach oben. Keins der vielen Schiffe am Himmel näherte sich; ihre Aufmerksamkeit galt noch immer dem vierten Moloch.

»Wir hätten es nicht zu Fuß bis zur *Talamo* geschafft«, sagte er, als er sich kurz orientierte und dann eine schmale Gasse zwischen einem Gebäude auf der linken und hohen Schuttbergen auf der rechten Seite betrat. »Wir hätten es kaum vermeiden können, anderen Leuten zu begegnen, und vielleicht wäre sogar eine Transporterkolonne in den … Einflussbereich des Jungen geraten.«

Rinna verstand. »Früher oder später wäre den Graken aufgefallen, dass etwas nicht mit rechten Dingen zugeht.« Sie behauchte ihre Hände, während kalter Wind über sie hinwegpfiff. Erste Schneeflocken fielen. »Ist es noch weit? Mein Anzug wärmt nicht mehr richtig.«

»Wir sind fast da.«

Tako blieb neben dem Zugang eines Kapselschachts stehen, der zu einer subplanetaren Industrieanlage hinabführte, deren Maschinen seit einem halben Jahrhundert stillstanden. Die Energieversorgung funktionierte längst nicht mehr, und Sicherheitsservi hatten die Kapseln damals an den Schachtwänden verankert. Seitdem hatten sie sich nicht mehr bewegt. Bei einigen von ihnen standen die Türen offen – ein Hinweis darauf, dass Passagiere geborgen worden waren. Neben dem Schacht führte eine Treppe in die Tiefe, und Tako eilte die Stufen hinunter, hinein in eine Dunkelheit, die auch während des Tages finster blieb. Das Visier und seine Koordinatenanzeige wiesen ihm den Weg. Zusammen mit Rinna, die sich ohne präzise Sensordaten von ihm führen lassen musste, schritt er an den Türen von Quartieren vorbei, in denen seit vielen Jahren niemand mehr wohnte. Die meisten standen offen. Tako trat durch eine von ihnen, ging durch kleine, teilweise noch eingerichtete Räume und erreichte ein Zimmer, in dem die zertrümmerten Reste eines Bettes lagen, zwischen ihnen menschliche Knochen. Er schenkte ihnen keine Beachtung, verharrte vor der Rückwand und nahm eine kurze semiaktive Sondierung vor.

»Das Depot ist intakt«, sagte er und sendete ein niederenergetisches Signal. Ein leises Klicken belohnte ihn, und eine Öffnung bildete sich in der Wand, groß genug, dass er hindurchkriechen konnte. Als auch Rinna auf der anderen Seite war, aktivierte Tako erneut den Sender, und die Öffnung schloss sich wieder.

Es wurde hell.

Der Raum war nicht sehr groß, sechs oder sieben Quadratmeter, und das Licht stammte von einer einfachen Lampe an der Decke. Regale zogen sich an den Wänden entlang, und darin lagen Pakete. Tako sah auf den ersten Blick, dass die meisten von ihnen Proviant enthielten. Aber es gab auch welche mit Waffen, Sensoren, anderem Ausrüstungsmaterial und, ja, kompatiblen Energiepaketen. Er öffnete den entsprechenden Behälter, entnahm ihm mehrere EPs und drehte sich um.

Rinna war auf einen Stuhl gesunken und schien Mühe zu haben, die Augen offen zu halten. »Nicht nur die Sondierungssysteme meines Anzugs sind beeinträchtigt«, sagte sie müde. »Ich fürchte, auch die Stimulation funktioniert nicht mehr. Ich fühle die Nanowurzeln überhaupt nicht.«

Die biotelemetrischen Daten, die Tako von Rinna empfing, deuteten auf Erschöpfung hin. Er reichte ihr die Energiepakete, setzte dann den improvisierten Rucksack ab und untersuchte den Jungen. Seine Augen blieben geschlossen, aber die Lider zuckten gelegentlich. Stirn und Wangen fühlten sich kalt an, doch der Hals war fast heiß. Die Sensoren lieferten widersprüchliche Daten.

»Ich glaube, es geht ihm schlechter.« Tako schlang sich den Rucksack wieder auf den Rücken und versuchte dabei, zu heftige Bewegungen zu vermeiden. »Verlieren wir keine Zeit.« Er stattete seinen Kampfanzug mit neuen Energiepaketen aus und wandte sich dann der Tür zu.

»Wenigstens brauchen wir jetzt nicht mehr zu gehen«, sagte Rinna und stand auf. »Ich glaube, ich hätte es nicht zu Fuß bis zur *Talamo* geschafft.«

Mit der neuen Energie konnten sie es sich leisten, den vollen Tarnmodus der Kampfanzüge zu aktivieren. Die Levitatoren trugen sie über die Treppe nach oben, zurück in die dunkle Stadt. Mehr Schnee fiel aus den in der Nacht verborgenen Wolken, und kalter, böiger Wind wirbelte die Flocken durcheinander. Sie flogen in einer Höhe von mehreren Metern, und die Stabilisatoren verhinderten, dass sie von plötzlichen Windstößen an eine Wand geschleudert wurden. Das Visier projizierte Ortungsdaten in Takos Augen, wies ihn auf die vielen Schiffe über der Stadt hin. Die energetischen Emissionen der Levitatoren waren gering, aber sie *ließen* sich anmessen, wenn jemand danach Ausschau hielt. Vielleicht war die Ankunft des vierten Graken tatsächlich ein Glücksfall, denn normalerweise blieben die Kronn sehr wachsam, bis sie sicher sein konnten, dass alle Angehörigen einer gegnerischen Einsatzgruppe eliminiert oder gefangen waren.

Nach einer knappen halben Stunde erreichten sie das Stahlkeramikgebäude, in dem Yeni und Bentram auf sie gewartet hatten. Der Wind heulte über die offenen Flächen und gab dem Schnee keine Gelegenheit, auf dem Boden liegen zu bleiben. Rinna betrat das Gebäude, entkam damit zwar nicht der Kälte, wohl aber den Böen. Tako nahm eine passive Sondierung vor und gelangte zu dem Schluss, dass sich keine Kronn, Chtai oder Geeta in der Nähe befanden. Er schickte der *Talamo* das Rufsignal.

Fast sofort knirschte und knackte es im Boden, als der Kraler damit begann, sich und das kleine Schiff auszugraben. Es dauerte nur wenige Minuten, bis es vor Tako stand, ein Modell vom Typ Schleicher, das für solche Einsätze besonders geeignet war, an die Verwendung eines Kralers angepasst, der sich wie eine dicke, poröse Haut an den Rumpf schmiegte. Das tropfenförmige Schiff durchmaß nicht einmal fünfzehn Meter.

Eine Luke öffnete sich.

Tako ging an Bord. »Alles für den Start vorbereiten«, wies er den Tron der *Talamo* an. »Rinna, bring uns nach oben, sobald es möglich ist. Ich kümmere mich um den Jungen.«

»Was ist mit dem Gegenträumer? Myra hat ihn für zwei Tage außer Gefecht gesetzt. Er erwacht erst morgen Abend.«

Tako zögerte kurz. »Bisher hat uns der Junge geschützt, und der Gegner ist noch immer abgelenkt. Bring uns ins All.«

Rinna verschwand in dem schmalen Gang, der zum Kontrollraum führte. Tako nahm den Rucksack ab, duckte sich durch eine weitere Luke und erreichte kurz darauf den Raum unter der Zentrale. Das Licht ging an, als er eintrat, und sein Blick fiel sofort auf die Anzeigen des Suspensionsbads, in dem der Muarr lag. »Können Sie mich hören, Kao?«, fragte er und stellte fest, dass die Biowerte niedrig waren – er schlief tatsächlich *sehr* tief.

Er wandte sich vom Gegenträumer ab und legte den Jungen in die Mulde eines Medo-Servos, dessen Geräte und Instrumente fast die ganze andere Hälfte des Raums beanspruchten. Normalerweise dienten sie dazu, Verwundete zu behandeln; jetzt hoffte Tako, den Jungen damit am Leben erhalten zu können, bis sie die *Akonda* im Detritusgürtel erreichten.

Die organischen Komponenten des Medo-Servos passten sich der Körperform des Jungen an und sondierten zusammen mit tronischen Systemen die Physiologie. Nanowurzeln wurden entsprechend angepasst und bohrten sich in den Leib, begannen damit, kritische Körperfunktionen zu stabilisieren. Tako behielt die Anzeigen im Auge und bemerkte, wie in einem QR-Feld ausgeprägte enzephalographische Zackenmuster erschienen – das Gehirn des Jungen war trotz des komaartigen Zustands hyperaktiv.

»Tako?« Der Kampfanzug empfing Rinnas Stimme.

»Ja?«

»Ich glaube, du solltest dir das hier ansehen.«

Er vergewisserte sich, dass der Junge in dem Medo-Servo gut aufgehoben war und von ihm alle Nährstoffe bekam, die er brauchte, verließ dann den Raum und eilte zur Zentrale. Um ihn herum summten die Systeme des Schiffes, das inzwischen gestartet und ins All zurückgekehrt war. Rinna saß an den Navigationskontrollen, umgeben von quasirealen Projektionsfeldern. Eins wurde größer, als sie darauf deutete.

Tako nahm im Sessel des Kommandanten Platz und betrachtete die Darstellungen.

»Ich habe uns bis eben im Ortungsschatten des Planeten gehalten, aber vielleicht war das gar nicht nötig«, sagte Rinna.

Flotten von Chtai- und Geeta-Schiffen lösten sich aus ihren hohen Umlaufbahnen über Kabäa und flogen tiefer ins Innere des Sonnensystems, in Richtung Epsilon Eridani. Sie folgten den größten Superschiffen der Kronn, die Tako jemals gesehen hatte. Die eingeblendeten Daten wiesen darauf hin, dass die zwanzig Riesen aus Dutzenden von einzelnen Stachelschiffen bestanden und mit fünfzehn Kilometer Durchmesser fast an die Größe eines Molochs heranreichten.

»Erwarten sie einen Angriff?«, fragte Tako.

»Sie scheinen zumindest eine solche Möglichkeit in Erwägung zu ziehen.« Rinna betätigte Schaltelemente, und die eingeblendeten Daten veränderten sich. »Wir wissen, dass sich Superschiffe vor allem dann bilden, wenn die Kronn glauben, einen massiven Angriff abwehren oder den Graken besonderen Schutz gewähren zu müssen. Hinzu kommt, dass sich die Flotten den drei Transferschneisen nähern, die derzeit in diesem System offen sind.« Sie deutete auf drei grüne Linien, die aus verschiedenen Richtungen von oberhalb der Ekliptik in die Nähe der Sonne führten.

»Vielleicht geht es ihnen darum, den Zerstörern der Brut den Weg abzuschneiden«, sagte Tako. »Sie können nicht ahnen, dass wir den langen Weg hierher genommen haben.«

»Findest du nicht, dass der Aufwand ein wenig übertrieben ist?« Rinna vergrößerte ein anderes QR-Feld. »In der Korona von Epsilon Eridani gibt es erste energetische Anomalien. Noch ist kein neuer Feuervogel erschienen, aber ...«

Tako verstand. »Die anderen Graken, von denen Myra gesprochen hat. Der Schwarm.«

»Ja, das glaube ich auch.« Rinna, hohlwangig und müde, strich sich ihr feuchtes Haar aus der Stirn. »Vielleicht ist diese Streitmacht unterwegs, um die drei offenen Schneisen zu blockieren und die bald eintreffenden Graken zu schützen.«

»Das dürfte uns Gelegenheit geben, die *Akonda* auch ohne aktiven Gegenträumer zu erreichen. Manuel schirmt uns noch immer ab. Sein Gehirn ist hyperaktiv.«

Rinna richtete einen Blick auf ihn, den Tako seltsam fand. »Stimmt was nicht?«

»Du hast den Jungen erneut ›Manuel‹ genannt«, sagte Rinna behutsam. »Aber er ist nicht dein Sohn, Tako. Manuel starb vor zwei Jahren auf Meraklon.«

Zwei Männer versperren ihm die Sicht. Er sieht nur die Beine eines Kindes, halb verkohlt. »Komm, Tako.« Die Stimme eines Gefährten. »Nein, sieh *nicht dorthin*!«

Das Bild schien nicht vor seinem inneren Auge zu schweben, sondern wie eine quasireale Projektion im Raum zu hängen, mit genug Substanz, um berührt werden zu können.

»Tako?«

Er blinzelte, und das Bild verschwand. »Ja, ich weiß«, sagte er leise. »Er ist tot. Sie sind beide tot.«

Rinna musterte ihn besorgt, während die *Talamo* durchs All *schlich*. Ihre Geschwindigkeit wuchs nur langsam. Der Kraler absorbierte die Ortungssignale der immer aufmerksamen Wachstationen, und dadurch wurden sie gewissermaßen unsichtbar, aber eine starke Beschleunigung hätte eine deutliche energetische Signatur erzeugt.

»Du wirst einfach nicht damit fertig, oder?«, fragte die junge Frau.

Tako sah nach draußen ins All. »Vor zwei Jahren bin ich zu spät gekommen. Diesmal nicht.«

»Es ist nicht deine Schuld«, sagte Rinna. »Darauf haben dich auch Miriam, Xandra und all die anderen hingewiesen. Es gab keine Möglichkeit für dich, schneller nach Meraklon zu gelangen.«

Tako schüttelte den Kopf. »Nein.« Ihre Blicke trafen sich, und erneut bemerkte er die Müdigkeit in ihrem Gesicht. »Leg dich hin, Rinna. Mein Anzug funktioniert. Er ernährt mich und hält mich wach. Ich bleibe hier und passe auf. Schlaf.«

Sie zögerte kurz im Zugang des Kontrollraums. »Ich bin tatsächlich ziemlich fertig.« Sie deutete auf die QR-Felder. »Weck mich sofort, wenn sich dort draußen etwas ändert.«

Tako nickte, und Rinna ging.

Nach einigen Minuten kam ihre Stimme aus dem schiffsinternen Kom-System. »Wir haben noch einige Rohbione im Brüter. Du könntest ...«

»Ihre Vorbereitung würde einige Stunden dauern, und bis dahin sind wir fast bei der *Akonda*. Mach dir keine Sorgen, Rinna. Schlaf.«

»Na schön.« Eine kurze Pause. »Was den Jungen betrifft, Tako ... Medikerin Orione kann ihm bestimmt helfen.«

»Ja.«

Eine Zeit lang lauschte Tako dem gleichmäßigen Summen der Bordsysteme. Kabäa blieb immer weiter hinter der *Talamo* zurück, deren Ziel der äußere Rand des Sonnensystems war. In diesen Bereichen, weit abseits der offenen Transferschneisen, patrouillierten nur Drohnen, automatische Augen und Ohren der Graken, denen sie leicht ausweichen konnten.

Stunden später, am dunklen Rand des Sonnensystems, inmitten des Gürtels aus Gestein und Staub, der an die Entstehung des Epsilon-Eridani-Systems vor Jahrmilliarden erinnerte, näherte sich die *Talamo* der *Akonda*. Tako sendete das Identifizierungssignal, und in der Flanke des fast hundert Meter langen trichterförmigen Schiffes, direkt vor einer der Krümmerwalzen, öffnete sich das Außenschott eines Hangars, der das kleine Schiff aufnahm.

Rinna betrat die Zentrale, als Tako damit begann, die Systeme der *Talamo* zu deaktivieren.

»Wir sind da«, stellte sie verschlafen fest. »Du hättest mich eher wecken sollen.«

»Dazu gab es keinen Grund, und du hast Ruhe gebraucht.«

Sie musterte ihn und schien in seinem Gesicht etwas zu erkennen. »Es geht dir besser.«

»Ich habe nachgedacht, und mir sind einige Dinge klar geworden. Der Junge braucht mich. Ich muss ihn nach Millennia bringen.«

Rinna neigte den Kopf ein wenig zur Seite, und der Glanz ihrer Augen veränderte sich, als sie ihn stumm ansah. »Jetzt sofort?«, fragte sie.

»Nein.« Das Summen der *Talamo* verstummte, als die letzten Bordsysteme herunterfuhren. Tako stand auf. »Millennia ist zu weit entfernt. Wir wären zu lange im Transit. Zuerst kehren wir zur Bastion Airon zurück, um Bericht zu erstatten. Außerdem gibt es dort ausgezeichnete medizinische Einrichtungen. Bitte hilf mir, Kao in einer Hibernationskammer unterzubringen.«

Elisa begrüßte sie, als sie die *Akonda* betraten. »Ich freue mich über eure Rückkehr«, ertönte die Stimme des Megatrons, der wie andere seiner Art den Status eines intelligenten Maschinenwesens hatte. »Aber ich muss leider feststellen, dass zwei von euch fehlen.«

»Myra und Barto sind tot«, sagte Tako, als Rinna und er die Levitationskapsel mit dem immer noch tief schlafenden Kao zum Hibernationsbereich der *Akonda* schoben. »Wir haben jemanden von Kabäa mitgebracht.«

»Einen Jungen, wie mir die Daten sagen«, erwiderte Elisa. »Es geht ihm nicht sehr gut.«

»Ich weiß. Deshalb möchte ich so schnell wie möglich nach Airon zurückkehren. Bitte triff alle notwendigen Vorbereitungen.«

»Ich habe schon damit begonnen, die Krümmer mit Bereitschaftsenergie zu laden.« Eine kurze Pause. »Drei Sprünge mit maximaler Reichweite, insgesamt siebenhundert Lichtjahre. Aber die nächste freie Transferschneise befindet sich im interstellaren Raum. Wir brauchen fast eine Woche, um sie zu erreichen, und dann noch einmal einige Tage für die Sprünge.«

»Setze die ganze Krümmerkapazität ein, Elisa«, sagte Tako. »Du brauchst keine Rücksicht auf uns zu nehmen. Wir begeben uns in die Hibernation.«

Das letzte Schott öffnete sich vor ihnen, und sie betraten den Hibernationsraum. In seiner Mitte waren zehn Ruheliegen sternförmig angeordnet, mit dem silbergrauen Zylinder eines Biotrons im Zentrum. Zwei von ihnen verfügten über spezielle ambientale Kontrollen, und Rinna begann damit, die erste dieser beiden Liegen auf die physisch-psychischen Erfordernisse eines Muarr zu programmieren. Eine Mulde entstand und füllte sich mit spezieller Nährflüssigkeit. Vorsichtig legten sie Kao hinein, stellten die erforderlichen Anschlüsse her und beobachteten, wie sich der milchige Schleier eines Stasisfelds über den Muarr legte.

»Ich hole den Jungen«, sagte Tako.

Auf dem Rückweg zur *Talamo* hörte er das dumpfe Brummen der Krümmer – die *Akonda* hatte bereits mit der Beschleunigung begonnen, flog in Richtung interstellares All und ließ den Detritusgürtel des Epsilon-Eridani-Systems hinter sich zurück. Sie wurde schneller, indem sie den Raum »fraß«, der vor ihr lag, indem sie ihn krümmte und aufbrach und so immer größere Strecken immer schneller zurücklegte, obwohl sie sich in Bezug auf den unmittelbar vor ihr liegenden Raum kaum bewegte – sie nahm ihn weg, und dadurch musste ein ferner Beobachter den Eindruck gewinnen, dass ihre Geschwindigkeit wuchs. Die Technik basierte auf den Sprungtriebwerken der Horgh, und das bedeutete: Wenn das energetische Niveau der Krümmer über einen kritischen Wert stieg, kam es zu Schockwellen, die sehr schmerzhaft sein und in einem wachen Bewusstsein Schaden anrichten konnten. Bei den Sprüngen durch die Transferschneisen waren diese Schockwellen besonders stark. Bione und die bei vielen technischen Dingen verwendeten organischen Komponenten wurden problemlos damit fertig, aber Personen mussten – mit sehr wenigen Ausnahmen – während des Transits den Schutz der Hibernation in Anspruch nehmen.

»Ich habe die Meldung über den Schwarm empfangen und per Transverbindung an das Oberkommando weitergeleitet, Tako«, ertönte Elisas Stimme, als er den Hangar erreichte. »Kann ich sonst noch etwas für dich tun?«

»Ja. Bitte gib Airon Bescheid, Elisa. Übermittle die Daten des Jungen. Man soll alles Notwendige für seine Behandlung vorbereiten.«

»Die Daten werden gesendet. Ich füge hinzu, dass ihr den Einsatz erfolgreich beendet habt, mit zwei bedauerlichen Verlusten.«

Tako betrat die *Talamo* und eilte durch das kleine Schiff, als käme es auf jede Sekunde an. Im Raum unter der Zentrale hob er behutsam den Jungen aus dem Medo-Servo, hüllte ihn in eine Decke und trug ihn durch die *Akonda*.

Als er in den Hibernationsraum zurückkehrte, hatte sich Rinna bereits ausgezogen und auf einer Liege niedergelassen. Tako legte den Jungen auf die nächste freie Liege und aktivierte die Hibernationssysteme. »Es wird alles gut, Manuel«, flüsterte er.

Der Junge hob die Lider. »Ich heiße Dominik«, sagte er leise in fehlerfreiem InterLingua und schloss die Augen wieder.

6

Airon

Das schwarze Ungeheuer im All fraß einen roten Riesen.

Die Mahlzeit hatte vor einigen Jahrmillionen begonnen, und es würde noch einmal einige Millionen Jahre dauern, bis sie zu Ende ging – nach astronomischen Maßstäben eine kurze Zeit. Die Materiebrücke zwischen dem Schwarzen Loch und der roten Riesensonne vom Antares-Typ erstreckte sich als feuriges Band fast fünfhundert Millionen Kilometer weit durchs All und bildete an seinem Ende eine glitzernde, brodelnde Spirale, die schließlich im unersättlichen Schlund der Singularität verschwand. Es gab nur wenige gravitationsstabile Punkte in der Nähe dieses ungleichen Paars, und die Bastion Airon befand sich an einem davon. Mehrmals im Jahr musste ihre Position korrigiert werden, denn während sich das Schwarze Loch immer mehr vom roten Überriesen einverleibte, dehnten sich Ereignishorizont und Schwerkraftfeld aus, und dadurch verschoben sich auch die Punkte, an denen sich die gegensätzlichen Schwerkrafteinflüsse neutralisierten.

Tako wusste, dass man unter anderen Umständen nicht ausgerechnet diesen Ort für eine wichtige militärische Basis gewählt hätte, aber das Airon-System, nach dem die Bastion benannt worden war, bot einen großen Vorteil: Aufgrund der starken gravitationellen Wechselwirkungen gab es weit und breit nur zwei nutzbare Transferschneisen: eine in Bezug auf die Ekliptik horizontale, die nach dem alten Koordinatensystem die Bezeichnung X trug, und ihr vertikales Pendant Y. Alle anderen Transferschneisen blieben nicht lange genug stabil, um den Transit eines Schiffes zu erlauben. All dies bedeutete, dass sich die Bastion relativ leicht gegen die Streitkräfte der Graken verteidigen ließ, sollten sie sich jemals zu einem Angriff entschließen. Ein aus der Sonne kommender Moloch würde riskieren, in den Schwerkraftsog des Schwarzen Lochs zu geraten, und in den beiden Schneisen X und Y konnte wegen der starken Rotationskräfte nur jeweils ein Stachelschiff der Kronn mit einem maximalen Durchmesser von etwa fünfhundert Metern erscheinen. Das genügte nicht, um mit den jeweils sieben Annihilatorbatterien an den Transferpunkten, den ständig kampfbereiten zwanzig Schlachtschiffen der Destruktor-Klasse dahinter und der fünfzig Kilometer durchmessenden Bastion sowie ihren fast tausend mobilen Einheiten fertig zu werden. Airon galt nicht ohne Grund als einer der wenigen wirklich sicheren Orte in den Allianzen Freier Welten.

Tako und Rinna saßen im Kontrollraum der *Akonda*, an der Spitze des trichterförmigen Schiffes, und blickten durch den Bug aus transparentem Ultrastahl ins All. Das Schiff glitt gerade an einer hufeisenförmigen und fast einen Kilometer durchmessenden Annihilatorbatterie vorbei. Eine Flugstunde entfernt, in den Ortungsprojektionen deutlich zu sehen, schwebte die Bastion vor dem Hintergrund der Materiebrücke. Zwischen ihr und den beiden Schneisen herrschte unerwartet starker Verkehr.

»Das müssen mindestens dreihundert Schiffe sein«, sagte Rinna und trank stark gezuckerten Aromatee, wie immer nach einer Hibernation. Tako hatte sich für Synthokaf entschieden, angereichert mit Nährstoffen und Stimulanzien.

»Es sind insgesamt dreihundertzweiundsiebzig«, erklang Elisas Stimme. »Zwei komplette Kampfflotten.«

»Da scheint eine große Sache geplant zu sein«, brummte Tako und beobachtete, wie ein Schiff nach dem anderen in den Schneisen verschwand – sie sprangen sofort, kaum hatten die Krümmer sie auf die notwendige Geschwindigkeit gebracht.

»Wir sind identifiziert und haben volle Autorisierung«, sagte Elisa. »Ich habe bereits begonnen, mit den Megatronen an Bord jener Schiffe zu kommunizieren. Es ist ein weiterer Präventiveinsatz.«

Tako und Rinna wechselten einen kurzen Blick. Die junge Frau wölbte bedeutungsvoll die Brauen.

»Wo ist der Feuervogel gesichtet worden?«, fragte Tako.

»In der Korona von Mirlur, mehr als zwanzigtausend Lichtjahre von hier entfernt.«

Tako runzelte die Stirn, trank einen Schluck Synthokaf und spürte, wie die Trägheit nach der Hibernation von ihm wich. »Das ist ziemlich weit weg.«

»Dort gibt es zwei wichtige Menschenwelten«, sagte Elisa. »Tintiran und Xandor. Sie sollen vor den Graken geschützt werden.«

»Wahrscheinlich sind der Moloch und seine Eskorte bereits erschienen, wenn die beiden Flotten dort eintreffen.«

»Markant Vandenbeq stammt von Tintiran, Tako«, sagte Elisa. »Die Entscheidung geht auf ihn zurück, wie ich von den anderen Megatronen höre. Er ist hier, zusammen mit der strategischen Gruppe des Oberkommandos.«

»Geben jetzt persönliche Interessen bei der Verteidigung der Freien Welten den Ausschlag?«, fragte Tako und stellte den Becher beiseite. Der Synthokaf schmeckte ihm plötzlich nicht mehr.

»Ich kann die Motivationen organischer Personen analysieren«, erwiderte Elisa vorsichtig. »Aber in diesem Fall möchte ich sie nicht bewerten.«

Tako stand auf. »Bring uns zur Bastion, Rinna. Ich sehe nach dem Jungen.«

Elisas Stimme folgte ihm durch die stillen Korridore der *Akonda*.

»Bei dem Präventiveinsatz im Mirlur-System sind weniger

113

organische Personen in Gefahr als sonst. Das ist einerseits eine gute Nachricht, aber andererseits macht dieser Umstand auch deutlich, dass unsere logistische Situation immer komplizierter wird. Ich nehme an, die strategische Gruppe von Okomm ist auch aus diesem Grund hier.«

Tako ahnte, was der Megatron meinte. »Lobotome?«

»Ja, Tako. Es können immer weniger Berührte gerettet werden, bevor sie sich in Kontaminierte verwandeln.«

»Und Unberührte kommen nicht als Besatzungsmitglieder für Schiffe infrage, die gegen die Graken in den Kampf ziehen«, sagte Tako. Links von ihm erstreckte sich ein langes Inspektionsfenster, das Blick auf eine der beiden Krümmerwalzen der *Akonda* gewährte. Dutzende von Bionen und Wartungsservi waren dort nach den Sprüngen mit einer Überprüfung der Aggregate beschäftigt. »Ein altes Problem. Ein Graken reagiert darauf wie ein Magnet auf Eisen. Er würde sofort nach ihren Gedanken greifen, und wir haben noch keine Möglichkeit gefunden, Unberührte durch Bione zu schützen. Lobotome hingegen sind für Graken gewissermaßen unsichtbar.«

»Aber nur wenige organische Personen sind bereit, durch neurochirurgische Maßnahmen für immer auf ihre Gefühle zu verzichten.« Diesen Worten folgte ein Laut, der fast wie ein Seufzer klang. »Du hast einmal kurz vor der Entscheidung gestanden, eine Lobotomie durchführen zu lassen, nicht wahr, Tako?«

»Ja«, sagte er. »Zu einem Zeitpunkt, als es mir sehr schlecht ging.«

»Die Besatzungen der vielen Schiffe dort draußen bestehen zum größten Teil aus Lobotomen, weil es an einsatzfähigen Berührten mangelt.«

Tako passierte eine Luke und dachte an junge Leute wie Bartolomeo, die starben, bevor sie Erfahrungen sammeln und zu Veteranen werden konnten.

»Aber es gibt nicht genug Lobotome, um die fehlenden Berührten zu ersetzen und volle Crewstärke zu gewährleisten«, fuhr Elisa fort. »Deshalb müssen intelligente Maschinen wie ich immer mehr Funktionen übernehmen. Ich ... habe schon viele Brüder und Schwestern verloren.«

Brüder und Schwestern, dachte Tako und blieb stehen, direkt neben einem Fenster, durch das man ins All sehen konnte.

»Es ist eure freie Entscheidung, nicht wahr?«, fragte Tako und musste sich eingestehen, dass er zum ersten Mal richtig darüber nachdachte. »Ich meine, ihr Megatrone habt vollen Personenstatus.«

»Wie könnten wir uns verweigern?«, erwiderte Elisa, und es klang fast traurig. »Wie könnten wir verlangen, dass sich organische Personen opfern, damit wir leben?«

Etwas anderes fiel Tako ein. »Elisa ... hast du ... habt ihr Gefühle?«

»Eine interessante Frage. Ich weiß, was Trauer und Freude bedeuten, Tako. Ich kenne Niedergeschlagenheit und Melancholie. Der Zustand, den ihr als Glück bezeichnet, ist sehr komplex, aber ich glaube, ich habe dieses Konzept ebenfalls verstanden. Wenn ich Emotionen perfekt simulieren kann – *sind* es dann nicht Gefühle? Wer kann den Unterschied erkennen?«

Tako wusste die Antwort. »Die Graken.«

Zwei oder drei Sekunden lang herrschte Stille. »Ja. Für die Graken existieren wir nicht. Wir haben kein *Amarisk*, obwohl wir denken und fühlen.«

Tako wandte sich vom Fenster ab und ging weiter. »Da seid ihr Maschinenwesen uns organischen Personen gegenüber im Vorteil.« Er erreichte den Hibernationsraum und trat ein. Elisa ließ es ein wenig heller werden, und die Schatten zogen sich zurück.

Die Indikatoren über Kaos Ruheliege deuteten darauf hin, dass der Muarr zu erwachen begann; er würde zu sich kommen, wenn sie in einer knappen Stunde die Bastion erreichten. Tako ging weiter, blieb neben der Liege des Jungen stehen und sah stumm auf ihn hinab. Der milchige Schleier des

Stasisfelds verbarg Einzelheiten, aber er glaubte trotzdem zu erkennen, dass sich das schmale, hohlwangige Gesicht verändert hatte. Manuel – *Dominik,* verbesserte sich Tako in Gedanken – wirkte jetzt ruhiger. Die Anzeigen teilten ihm mit, dass die Aktivität des Gehirns auf ein für die Hibernation fast normales Maß gesunken war.

»Tako?«, ertönte es aus dem Kom-System.

»Ja, Rinna?«

»Der Kommandant der Bastion bittet dich vorab um einen Bericht. Unmittelbar nach unserer Ankunft erwartet dich die strategische Gruppe zu einem Gespräch.«

»Warum?«, fragte Tako. Er wäre gern bei dem Jungen geblieben. Die Vorstellung, dass sich andere um ihn kümmerten, bereitete ihm Unbehagen.

»Norene 19 hat ausdrücklich darum gebeten.«

Diesen Namen kannte Tako von Millennia. »Sie ist ...«

»... eine der beiden nach Myras Tod übrig gebliebenen Großmeisterinnen der Tal-Telassi. Soll ich dem Kommandanten etwas ausrichten?«

»Ja.« Tako wandte sich widerstrebend von der Ruheliege mit dem Jungen ab. »Sag Lanze Dargeno, dass ich den Bericht in spätestens einer halben Stunde übermittle. Sofort nach unserer Ankunft stehe ich der strategischen Gruppe für ein Gespräch zur Verfügung.«

»Ich gebe ihm Bescheid, Tako. Und noch etwas.« Rinnas Stimme klang etwas fröhlicher, als sie hinzufügte: »Miriam und Xandra sind in Airon.«

»Schön«, sagte Tako geistesabwesend. »Vielleicht bekommen wir Gelegenheit, mit ihnen zu reden.«

Mit einem letzten Blick auf den Jungen verließ er den Hibernationsraum und begab sich ins Zentrum der *Akonda,* um dort mit einem Rekorder und Elisas Hilfe seine Erinnerungen an den jüngsten Einsatz aufzuzeichnen.

Lanze Dargo Dargeno, Kommandant der Bastion Airon, trug weder Uniform noch Kampfanzug. Tako hatte ihn immer nur in einem leichten, flexiblen Körperpanzer gesehen, der teilweise fest mit seinem Leib verwachsen war. Nur an wenigen Stellen zeigte sich rötliche, zernarbte Haut, die an das Chorius-Desaster erinnerte: Vor zwanzig Jahren, bei einem Angriff der Kronn auf die Verteidigungsstation über Chorius, wäre Dargo Dargeno fast verbrannt. Im letzten Augenblick war er von einer Gruppe gerettet worden, zu der auch Tako gehört hatte, zu spät für den größten Teil des Körpers und fast alle inneren Organe, aber gerade noch rechtzeitig für das Gehirn. In Dargeno steckten mehr bionische und tronische Systeme als in manchen kleinen Raumschiffen. Ein Bion, grau wie unbehandelter Ultrastahl, umhüllte den Kopf und formte ein Gesicht, das jedoch maskenhaft starr blieb. Multiplexlinsen ersetzten die Augen.

Tako hörte das leise Summen und Surren von mechanischen Servi, als er neben Dargeno durch den langen Korridor schritt, der in einer weiten Schleife um das primäre Kommandozentrum der Bastion führte. Durch die Fenster in der Außenwand sah er das glühende Band der Materiebrücke, die vom roten Überriesen zum viel kleineren Schwarzen Loch reichte und darin verschwand. Nur der Tanz der fernen Sterne deutete auf die hohe Geschwindigkeit hin, mit der die Sonne und Bastion die Singularität umkreisten – eine Geschwindigkeit, der sich die *Akonda* anpassen musste.

Die letzten Kampfschiffe beschleunigten in den Transferschneisen und sprangen; die Berührten und Lobotomen an Bord befanden sich in der Hibernation. Mehr als zwanzigtausend Lichtjahre entfernt erwartete sie ein Kampf, der vielen von ihnen den Tod bringen würde.

Dargeno bemerkte Takos Blick. »Tintiran und Xandor sind wichtig.«

»Ja, und zufälligerweise stammt Vandenbeq von dort.«

»Das Mirlur-System hat große strategische Bedeutung. Wenn es uns dort gelingt, den Graken noch in der Sonnenkorona zu vernichten ...«

Tako blieb stehen und grüßte mehrere vorbeikommende Arsenaloffiziere, die einen Waffenschmied begleiteten. Die Farbmuster an der metallisch glänzenden Kleidung des mehrarmigen Piriden deuteten darauf hin, dass er von Andabar stammte, dem zweiten Planeten des Hyperion-Systems.

Als die Gruppe außer Hörweite war, sagte Tako: »Dorthin hätten wir die beiden Flotten schicken sollen, Dargo. Der zentrale Kontaminationskorridor befindet sich in der Nähe des Hyperion-Systems. Andabar könnte in Gefahr geraten, und wir sind den dortigen Waffenschmieden verpflichtet – sie haben uns sehr geholfen. Ohne sie gäbe es diese Bastion vielleicht gar nicht.«

»Vandenbeq hat sich bei den Markanten und Prioren von Okomm durchgesetzt, Tako«, erwiderte Dargeno. Seine Stimme kam als heiserer Bass aus dem Mundschlitz des Bionen. »Du weißt, wie begrenzt unsere Ressourcen sind, und das wissen auch die Leute, von denen wir unsere Anweisungen erhalten. Entscheidungen wie diese werden nicht leichtfertig getroffen.«

»Das will ich hoffen.« Tako zögerte kurz und suchte nach geeigneten Worten. »Dargo ... Wir kennen uns seit fast dreißig Jahren. Schon vor dem Chorius-Desaster haben wir auf zahlreichen Planeten gegen die Graken gekämpft.«

Dargeno legte ihm kurz die Hand auf die Schulter. »Ja, wir haben dem Tod oft genug ein Schnippchen geschlagen.«

Tako sah ihm in die Multiplexlinsen, obwohl sich natürlich keine Regungen darin zeigten. Er stellte sich die Augen des Mannes vor, den er damals gekannt hatte. »Gibt es etwas, das man mir nicht gesagt hat? Ich meine, in Hinsicht auf den gerade zurückliegenden Einsatz.«

Dargo Dargeno atmete tief durch. »Ich verstehe, was du meinst. Ich habe deinen Bericht analysiert.«

»Ich wusste nicht, dass es Grakenschwärme gibt. Ich wusste nicht, dass sich *drei* Graken auf Kabäa befanden. Ich wusste nicht, dass sieben weitere unterwegs waren, um dort einen Schwarm zu bilden. Ich wusste *nur,* dass dort eine Brut heranreifte, und mein Auftrag bestand *angeblich* darin, sie zu vernichten. Inzwischen glaube ich, dass viel mehr dahintersteckte.«

»Tako ... Ich gehöre weder zur strategischen Gruppe noch zum Oberkommando, aber ich höre das eine oder andere. Myra 27 hat sich vor einigen Monaten mit Okomm in Verbindung gesetzt, und es gab weitere Kontakte. Sie soll auf Millennia in Ungnade gefallen sein.«

»Warum? Weil sie verrückt war?«

»Die Schwesternschaft der Tal-Telassi ist ein Universum für sich«, sagte Dargeno. »Manchmal wissen nicht einmal die Angehörigen des Ordens ganz genau, was dort alles vor sich geht, hinter den Kulissen. Komm jetzt, Tako. Vandenbeq und die anderen warten nicht gern.«

Sie setzten den Weg durch den Korridor fort. »Kannst du versuchen, mehr herauszufinden, Dargo?«

Das Gesicht des Bastionskommandanten blieb maskenhaft starr, wie immer, aber Tako glaubte, ein Lächeln in seiner rauen Stimme zu hören. »Für einen alten Freund wie dich? Natürlich!«

Kurze Zeit später betraten sie einen Konferenzraum, in dessen Mitte sechs konfigurierbare Sessel einen Halbkreis vor einem Tisch bildeten, der zusammen mit einigen Stühlen in einer Mulde stand. Weiter hinten, halb im Schatten, gab es weitere Sitzplätze für Adjutanten und technische Assistenten, die mit Rekordern, Mnemen und Infonauten hantierten.

Ein Mann näherte sich, nickte Dargeno zu und streckte Tako die Hand entgegen. »Keil Karides, ich freue mich, Sie persönlich kennen zu lernen. Ich bin Markant Vandenbeq, Vorsitzender der strategischen Gruppe und Mitglied des Oberkommandos.«

»Es ist mir eine Ehre, Markant.« Tako erwiderte den festen Händedruck. Er kannte Vandenbeq aus zahlreichen QR-Meldungen, stand ihm aber zum ersten Mal persönlich gegenüber. Der Mann war ein wenig kleiner als er und wirkte drahtig in der schlichten schiefergrauen Kombination. Der Bion am Hals war mit mehreren kleinen Infonauten verbunden, von denen vermutlich ein beständiger Informationsstrom ausging. Tako vermutete, dass es sich bei dem Bion um einen Enzelor handelte, ein Quasihirn, in das Vandenbeq Denkprozesse auslagern konnte und das ihm dabei half, enorm große Informationsmengen zu verarbeiten. Wache, intelligente Augen sahen ihn aus einem schmalen Gesicht mit nur wenigen, aber recht tiefen Falten an. Tako schätzte Vandenbeq auf etwa neunzig, und damit war er in seinen besten Jahren; vermutlich hatte er noch keine einzige Revitalisierung hinter sich.

»Ich bin Ihnen dankbar, dass Sie sich sofort Zeit für uns genommen haben, Keil Karides«, sagte Vandenbeq und führte Tako zu den Sesseln. »Sie haben einen anstrengenden Einsatz hinter sich, und echter Schlaf ist etwas anderes als die Sprunghibernation. Ich möchte Ihnen die anderen Mitglieder der strategischen Gruppe vorstellen. Dies ist ...«

»Ich bin Norene 19«, sagte eine hochgewachsene Frau, die den Anschein erweckte, kaum älter zu sein als Rinna, etwa dreißig. Aber die neunzehnte Inkarnation deutete auf ein Alter von weit über dreitausend Jahren hin. Sie trug einen amethystblauen Bionenanzug, der sich wie eine zweite Haut an ihren Leib schmiegte und an dessen Proportionen keinen Zweifel ließ. Das pechschwarze Haar fiel ihr weit über die Schultern und umrahmte ein auffallend blasses Gesicht mit zwei großen jadegrünen Augen, die zu *brennen* schienen – es fiel Tako schwer, ihrem Blick standzuhalten. Sie bot ihm nicht die Hand an.

Tako neigte kurz den Kopf. »Ehrenwerte ...«

Norene 19 wandte sich von ihm ab, nahm in einem der sechs Sessel Platz und gab damit zu erkennen, dass die Besprechung beginnen konnte.

Vandenbeq wandte sich einer anderen der noch stehenden Personen zu. »Das ist Prior Laggar von Ksid.«

Tako begrüßte den Prior. Laggar gehörte zum Volk der humanoiden Taruf; er war sehr dürr, hatte einen gläsern wirkenden Körper, und im Gesicht fehlten Augen. Die Taruf orientierten sich mithilfe von Signalen, einer Mischung aus Ultraschall und Radar. Empfangen wurden diese Signale von pustelartigen Rezeptoren, die in Form eines Wulstbogens von der einen Seite des Kopfes zur anderen reichten, mitten durchs Gesicht.

Die drei anderen Mitglieder der strategischen Gruppe waren ebenfalls Nichtmenschen, und Vandenbeq stellte sie nacheinander vor: den Quinqu Iri, der aussah wie ein fast zwei Meter großer Falter mit hauchzarten, bunt schillernden Flügeln; den Segmenter Nemes, dessen schwarzer Körper aus zahllosen käferartigen Insektenwesen bestand und der sich in humanoider Gestalt präsentierte; und den legendären Rabada, der als strategisches Genie galt. Der Methan atmende Ayro steckte in einer Ambientalblase, die in einem Levitationsfeld vor einem der sechs Sessel schwebte, und dichte Gasschwaden verwehrten den Blick auf ihn. Nur gelegentlich wurden dünne, knorpelartige Arme sichtbar, mehr nicht. Nach einem Gesicht hielt Tako vergeblich Ausschau. Auch Rabada hatte keinen großen Sieg über die Graken ermöglichen können, aber allein seinem strategischen Genie war es zu verdanken, dass die Kronn bei Gefechten im Valis-Sektor starke Verluste erlitten hatten und gezwungen gewesen waren, zu ihrem Helion-Stützpunkt bei der Sagittarius-Schneise zurückzukehren. Und *das* wiederum hatte den AFW erlaubt, zwei von einem Brutflug bedrohte Planeten zu schützen.

Schließlich deutete Vandenbeq auf die Mulde mit dem Tisch. »Bitte nehmen Sie Platz, Keil Karides.«

»Wir sehen uns später, Tako«, sagte Dargo und verließ den Raum.

Iri und Nemes änderten die Konfiguration der Sessel und nahmen dann Platz. Vandenbeq blieb stehen. »Ehrenwerte Norene?«

Die so jung wirkende Tal-Telassi richtete den kühlen Blick ihrer jadegrünen Augen auf Tako, der zu ihr aufsehen musste. »Was haben Sie von Myra erfahren?«

»Was ich von ihr erfahren habe? Ich verstehe nicht ganz ...«

»Bestimmt haben Sie während des Einsatzes mit Myra 27 gesprochen. Was hat sie Ihnen gesagt?«

Tako wandte sich an den stehenden Vandenbeq. »Ich habe einen rekordierten Bericht übermittelt, Markant.«

»Der nicht vollständig ist«, sagte Norene kalt. »Es fehlen die Dinge, die Myra Ihnen anvertraut hat.«

»Anvertraut? Das klingt so, als ...«

»Was hat sie Ihnen gesagt? Beantworten Sie meine Frage!«

Tako spürte, wie sich Ärger in ihm zu regen begann. »Na schön. Wie Sie wollen, Ehrenwerte. Wir sind zu einer gefährlichen Mission aufgebrochen, mit dem Auftrag, eine Grakenbrut zu vernichten. Wir waren davon überzeugt, dass uns auf Kabäa ein Graken erwartete. Stattdessen befanden sich dort drei, und zwölf Stunden später traf ein vierter ein. Myra 27 sprach davon, dass sich ein *Schwarm* bilden würde, wie schon einmal, vor fast vierhundert Jahren bei den Ophiuchus-Riffen. Damals hat er angeblich aus acht Graken bestanden. In ihrer fünfundzwanzigsten Inkarnation bat Myra den Schwesternrat um die Möglichkeit, einen fatalen Traum gegen den Schwarm einzusetzen, doch der Rat lehnte ab. Später soll jener Schwarm neunundvierzig neue Sonnentunnel geöffnet haben.«

Tako wandte den Blick von Norene 19 ab und sah Vandenbeq an.

»Von all diesen Dingen hatte ich nichts gewusst, obwohl es sich um einen Einsatz mit hoher Priorität handelte. Warum hat man mich nicht informiert?«

»Uns war nicht bekannt, dass sich auf Kabäa ein Schwarm bilden würde«, sagte der Segmenter Nemes. Die dunklen Komponenten seines Körpers knisterten leise, als sie sich bewegten. Die Stimme klang fast wie ein Röcheln.

»Dadurch entsteht eine neue strategische Situation«, erklang eine künstliche Stimme, die von der Ambientalblase des Methanatmers kam. Der Quinqu schlug unruhig mit den großen bunten Flügeln, und der Taruf beugte sich besorgt in seinem Sessel vor.

»Myra wusste es«, erwiderte Tako. »Ich frage mich, warum uns die Tal-Telassi nicht Bescheid gegeben haben.« Sein Blick kehrte zu Norene zurück.

»Die Gründe für unsere Entscheidungen gehen Sie nichts an«, sagte Norene 19 eisig. »Was hat Ihnen Myra noch gesagt?«

»Die Gründe für Ihre Entscheidungen gehen mich sehr wohl etwas an, wenn sie mich direkt betreffen.« Tako hörte die Schärfe in seiner Stimme und verbannte sie nicht daraus. »Ein Mitglied meiner Gruppe starb, der junge Bartolomeo. Und die beiden Späher auf Kabäa kamen ums Leben. Warum? Weil es bei dem Einsatz um mehr ging, als wir wussten. Weil wir nicht angemessen vorbereitet waren.«

»Lenken Sie nicht ab.« Norene stand auf. »Markant, dieser Mann scheint nicht bereit zu sein, mir offen Auskunft zu geben. Ich halte eine telepathische Sondierung für erforderlich.«

Tako blieb sitzen und sah zu ihr auf. »Myra sprach immer wieder von einem fatalen Traum, mit dem es gelingen könnte, einen oder mehr Graken zu besiegen. Angeblich war ihr keine neue Inkarnation möglich, und deshalb wollte sie im Augenblick ihres Todes die ganze Kraft ihres Selbst in einen fatalen Traum leiten.«

»Das ist Unsinn«, sagte Norene. »Es gibt keinen fatalen Traum.«

»Myra scheint anderer Meinung gewesen zu sein. Ich bin mit ihr im Grakentraum gewesen, kurz vor ihrem Tod. Ich ...«

»Sie sind im *Grakentraum* gewesen, zusammen mit Myra 27? Darauf fehlt jeder Hinweis in Ihrem rekordierten Bericht.« Die Tal-Telassi wandte sich erneut an Vandenbeq. »Dieser Mann hat uns wichtige Informationen vorenthalten. Ich bestehe auf einer telepathischen Sondierung.«

»Was geht hier vor, Markant?«, fragte Tako. »Ist dies eine Art Verhör?«

»Bitte entschuldigen Sie, Keil Karides«, sagte Vandenbeq. »Myra 27 scheint bei den Ehrenwerten Schwestern eine Außenseiterin gewesen zu sein, vorsichtig ausgedrückt.«

»Sie war ... verrückt«, sagte Norene, und Tako bemerkte das kurze Zögern. »Wir müssen alles über sie erfahren, um zu verhindern, dass sich ihr Wahn ausbreitet.«

»Sie mag verrückt gewesen sein«, räumte Tako ein und erinnerte sich an seinen eigenen Verdacht. »Aber mit dem Schwarm hatte sie zweifellos Recht. Als wir Kabäa verließen, befanden sich bereits vier Graken auf dem Planeten, und Feuervögel in der Korona von Epsilon Eridani kündigten weitere an. Die beiden Flotten, die Sie zum Mirlur-System geschickt haben, Markant ... Vielleicht hätten sie sich besser auf den Weg nach Kabäa machen sollen.«

Rabadas Ambientalblase stieg auf und schwebte dem Ausgang entgegen. »Bitte entschuldigen Sie«, ertönte die künstliche Stimme des Ayros. »Ich halte neue strategische Planungen für erforderlich. Die bisherigen logistischen Analysen gehen von einer weniger ernsten Lage im Epsilon-Eridani-System aus.«

»Markant Vandenbeq?«, fragte Norene. »Ich warte auf Ihre Entscheidung.«

Tako hatte genug, stand auf und verließ die Mulde mit dem Tisch. »Bei allem Respekt, Markant ...« Er sah die Tal-Telassi an. »In dieser Hinsicht hat er nichts zu entscheiden. Eine telepathische Sondierung ist ein hochinvasiver Eingriff in die Privatsphäre, und die Charta der AFW lässt so etwas nur mit der ausdrücklichen Einwilligung der betreffenden Person zu.« Tako begegnete Norenes Blick. »Ohne meine Erlaubnis verstieße eine solche Maßnahme nicht nur gegen die Charta, sondern auch gegen die Maximen der Schwesternschaft, Ehrenwerte.«

In Norenes grünen Augen schien es erneut zu brennen,

obgleich die Frau in eine Aura der Kälte gehüllt blieb. »Was wissen *Sie* von den Tal-Telassi, Keil Karides?«

»Ich bin auf Millennia gewesen.«

»Und wenn schon. Wenn Sie ein Meer sehen ... Glauben Sie dann, jeden einzelnen Tropfen darin zu kennen?«

»Nein«, erwiderte Tako. »Aber ich weiß um die Prinzipien, die seine Existenz bestimmen.«

»Sie wissen *nichts*, Keil Karides«, sagte der Gletscher in Gestalt einer Frau.

»Er mag weniger wissen als Sie, Ehrenwerte«, sagte Prior Laggar. Der Taruf trat ebenfalls näher, und hinter ihm erhoben sich Iri und Nemes. Das Knistern des Segmenters klang so, als zerknüllte jemand langsam eine Datenfolie. »Aber er hat Recht. Eine telepathische Sondierung ist nur mit seiner Genehmigung möglich.«

»Die ich hiermit verweigere.« Tako versuchte, Norenes feurigem Blick standzuhalten. Es fiel ihm nicht leicht.

»Sie *haben* also etwas zu verbergen.«

»Ehrenwerte Norene«, sagte Tako langsam und bemühte sich um einen ähnlich kühlen Tonfall, »Sie mögen Jahrtausende alt sein und über enorm viel Erfahrung verfügen, aber Sie müssen noch lernen, andere Personen wie *Personen* zu behandeln.« Er sah Vandenbeq an. »Markant, ich habe einen ausführlichen Bericht übermittelt und die Fragen so gut wie möglich beantwortet. Ich würde mich jetzt gern zurückziehen und ein wenig ausruhen.«

Vandenbeq zögerte einen Sekundenbruchteil, lange genug, um Informationen und vielleicht einen Rat vom Enzelor an seinem Hals entgegenzunehmen. »Natürlich, Keil Karides. Sie haben sich Ruhe verdient.«

Norene 19 ging mit langen Schritten zur Tür. »Ich kehre nach Millennia zurück und nehme den Jungen mit.«

»Nein!«, entfuhr es Tako.

Die Tal-Telassi blieb einige Meter vor dem Ausgang stehen und drehte sich langsam um. »Nein?«, wiederholte sie. Es klang fast spöttisch.

Aus Takos Ärger wurde Bestürzung. »Markant Vandenbeq, ich ... fühle mich für den Jungen verantwortlich.«

»Er ist etwas Besonderes. Das haben Sie in Ihrem Bericht betont.«

Norene kam wieder näher und hob eine Hand. »Er hat violette Fingerspitzen, wie diese?«

»Ja. Er war mit mir im Grakentraum und hat verhindert, dass ich ein Teil davon wurde. Während des Rückwegs schützte er uns besser als ein Gegenträumer vor der Grakenpräsenz.«

»Sie sind dem Jungen im *Grakentraum* begegnet?«, fragte Norene. »Auch das fehlt in Ihrem Bericht!«

Tako sah Vandenbeq an, und seine Augen riefen: *Bitte!*

»Ich kenne Ihre persönliche Situation, Keil Karides«, sagte der Markant leise. »Ich weiß, welchen Verlust Sie vor zwei Jahren auf Meraklon erlitten haben. Ich kann mir vorstellen, dass zwischen Ihnen und dem Jungen eine besondere Beziehung entstanden ist.«

»Solche Beziehungen spielen keine Rolle«, wandte Norene ein. »Ich ...«

Vandenbeq hob die Hand. »Bitte entschuldigen Sie, Ehrenwerte. Gewisse menschliche Dinge *sind* wichtig. Sie zu vergessen würde bedeuten, unsere menschliche Natur aufzugeben.«

Norene hob den Kopf. »Wir Tal-Telassi haben bewiesen, wie gut man ohne emotionalen Ballast leben kann.«

Tako sah immer noch Vandenbeq an und bemerkte in seinen wachen Augen überraschend viel Tiefe und Anteilnahme. Vielleicht hatte er diesen Mann zunächst falsch eingeschätzt.

»Mag sein, Ehrenwerte«, sagte Vandenbeq, ohne den Blick von Tako abzuwenden. »Aber wir sind keine Tal-Telassi, sondern nur einfache Menschen. Und manche Erlebnisse hinterlassen in uns Wunden, die sich nur langsam und manchmal nie schließen. Während der Junge hier in Airon behandelt wird, können Sie sich um ihn kümmern, Keil Karides.«

»Danke!«

»Ehrenwerte Norene ...« Der Markant drehte sich zu ihr um. »Eine endgültige Entscheidung wird getroffen, wenn es dem Jungen besser geht. Ich empfehle Ihnen, so lange in der Bastion zu bleiben.«

Norene 19 nickte knapp und ging wortlos hinaus.

»Keil Karides ...« Der Segmenter Nemes trat knisternd näher. »Vielleicht sollten Sie Ihrem Bericht die noch fehlenden Einzelheiten hinzufügen. Jeder kleine Hinweis könnte nützlich sein.«

»Natürlich.« Tako verließ den Konferenzraum, und Erleichterung begleitete ihn auf dem Weg zu seinem Quartier.

7

Neue Wege

Der Junge lag in einem transparenten, gebärmutterartigen Organ, das mit einem Medo-Tron verbunden war, seinen Kreislauf stabilisierte und den Körper mit allen notwendigen Dingen versorgte.

»Sein Zustand hat sich stabilisiert«, sagte Medikerin Orione. »Sie haben ihn rechtzeitig hierher gebracht, Keil Karides.«

Rechtzeitig, dachte Tako, und neue Erleichterung durchströmte ihn.

Orione berührte ihn am Arm. »Ich erinnere mich daran, was Gefühle bedeuten, und ich kann mir vorstellen, was Sie empfinden. Diesmal wird alles gut.«

Er wandte den Blick vom Jungen ab und sah die haarlose Lobotome an, die den großen medizinischen Komplex von Airon leitete. Seit der neurochirurgischen Neutralisierung aller Emotionen vor wenigen Jahren wirkte das fleckige Gesicht der gut hundert Jahre alten Frau seltsam schlaff, wie eine schlecht sitzende Maske, und ihre grauen Augen schienen sich ein wenig getrübt zu haben. Der kahle Schädel glänzte im Licht der Leuchtkörper in der Decke.

»Ist es jetzt leichter für Sie?«, fragte Tako und wunderte sich darüber, dass er diese Worte ausgerechnet unter den gegenwärtigen Umständen aussprach.

»Sehen Sie sich um, Keil Karides«, sagte Orione, und Tako kam der Aufforderung nach. Das ZIB, das Zentrum für intensive Behandlung, enthielt mehr als zweihundert Plätze für Prioritätstherapie, durch quasireale Raumteiler und sterilisierende Kraftfelder voneinander getrennt. Hier wurden die Patienten behandelt, die in einer normal ausgestatteten medizinischen Station kaum eine Überlebenschance gehabt hätten. Die meisten von ihnen waren Kriegsverletzte und in einem ähnlich schlimmen Zustand wie Dargo Dargeno nach dem Chorius-Desaster. Ihre Reste ruhten in MFBs, in Multifunktionsbionen, die regenerierbare Teile des Körpers erneuerten und andere neu wachsen ließen. Wo die Kombination aus lebendem Gewebe und Nanotechnik an ihre Grenzen stieß, mussten mechanische Servi organische Funktionen simulieren oder ersetzen. Das ZIB, so wusste Tako aus eigener Erfahrung, war die Endstation des Schreckens, der draußen im All begann.

»Ich bin täglich mit dem Grauen des Krieges konfrontiert«, fuhr Orione fort. »Ich habe versucht, mir ein dickes Fell wachsen zu lassen und Anteil zu nehmen, ohne selbst zu leiden, aber ich glaube, das ist nicht möglich. Mitleid bedeutet eben das: mitzuleiden. Als die Last zu groß wurde, begann ich damit, gefühlsdämpfende Bione zu verwenden, so wie Sie bei Ihren Einsätzen. Aber sie bringen nur vorübergehende Erleichterung. Als Lobotome kann ich mich ganz darauf konzentrieren, Hilfe zu leisten. Nichts lenkt mich ab; meine Gedanken sind klarer.«

Tako sah wieder auf den Jungen hinab. Er war der Medikerin dankbar dafür, dass sie ihn hier untergebracht hatte; das ZIB garantierte beste Pflege für ihn. »Haben Sie nicht ...« Er hatte »das Gefühl« sagen wollen und korrigierte sich. »... den Eindruck, einen Teil Ihres menschlichen Wesens aufgegeben zu haben?«

»Der Krieg gegen die Graken lässt niemanden von uns unberührt«, sagte Orione, und Tako wusste um die doppelte Bedeutung des letzten Wortes. »Manchmal muss man etwas aufgeben, um etwas anderes hinzuzugewinnen. Ich bereue meine Entscheidung nicht. Leid ist nicht unbedingt eine Bereicherung des Lebens.«

»Aber es gehört zu unserer menschlichen Existenz.«

Die Medikerin trat etwas näher an ihn heran und musterte ihn aufmerksam. »Sie versuchen, an allem festzuhalten, nicht wahr? Selbst daran.« Sie hob eine schmale Hand und deutete auf die Narbe in seinem Gesicht. »Befürchten Sie, weniger Sie selbst zu sein, wenn Sie das entfernen lassen?«

Als Tako nicht antwortete, seufzte Orione leise. »Bitte entschuldigen Sie, Keil Karides. Ich muss mich um meine anderen Patienten kümmern.«

»Natürlich.«

Als die Medikerin gegangen war, blickte Tako erneut auf den Jungen, während seine rechte Hand reflexartig nach der langen Narbe im Gesicht tastete. Das grauweiße Band reichte vom Auge über die linke Wange bis zum Kinn, erinnerte ihn bei jedem Blick in einen Spiegel an Meraklon und seine Schuld. Als er sie berührte, entstanden Bilder vor dem inneren Auge, die schwer wie Blei in ihm ruhten. Sie waren nicht so deutlich wie die von einer Grakenpräsenz stimulierten Erinnerungen, aber sie brachten genug emotionale Intensität, um ihn zittern zu lassen. *Die Beine eines Kinds, halb verkohlt. Männer, Gefährten, die ihn zu einem nahen Springer zerrten. »Komm, Tako, komm. Wir können nichts mehr für sie tun. Komm!« Aber er riss sich los und drehte sich um, wollte zu den Leichen seiner Frau und seines Sohns zurückkehren, als es am Himmel blitzte. Die Druckwelle einer Explosion hob ihn an und schleuderte ihn gegen das Stahlkeramikskelett eines geborstenen Gebäudes. Als seine Empfindungen zurückkehrten, befand er sich an Bord des Springers, und Blut quoll aus einem tiefen Schnitt in seinem Gesicht ...*

Tako starrte auf den schlafenden, genesenden Jungen hinab und versuchte, keine verbrannten Beine zu sehen, keine Kronn am Himmel.

»Bis bald ... Dominik«, sagte er leise, und dann ging er ebenfalls.

Während Tako durch die Bastion Airon wanderte, fertigte er mithilfe eines kleinen Rekorders einen zusätzlichen Bericht an, in dem er Einzelheiten des Grakentraums und seiner mentalen Kontakte mit dem Jungen schilderte. Zum ersten Mal nannte er auch seinen Namen, Dominik, und erstaunt nahm er dabei das eigene Widerstreben zur Kenntnis. Ein Name bedeutete Identität, und der fremde Name fühlte sich wie eine Verleugnung seines Sohnes an. Auf einer rein rationalen Ebene wusste Tako sehr wohl, wie unsinnig es war, auf diese Weise zu empfinden, doch die Gefühle entzogen sich wie so oft seiner Kontrolle. Wie um ihnen zu entkommen, blieb er in Bewegung, setzte seine lange Wanderung durch Airon fort und erwiderte Grüße, ohne zur Kenntnis zu nehmen, von wem sie stammten.

Einmal blieb er an einem gewölbten Panoramafenster stehen, durch dessen rechte Hälfte man tief ins Innere der Bastion sehen konnte, während links der Blick ins All reichte. Doch Tako sah ein drittes Bild: sich selbst, sein Spiegelbild im transparenten Ultrastahl. Ein hochgewachsener, schlanker Mann stand vor ihm, gekleidet in einen schmucklosen, uniformartigen Zweiteiler, schwarz wie ein Moloch, schwarz wie die Schiffe der Kronn. Ein Schatten von Schmerz lag in den braunen Augen und verschwand auch nicht, als er mehrmals blinzelte. Das ebenfalls braune Haar war kurz, zeigte an einigen Stellen erstes Grau. Gerötete Kontaktstellen am Hals wiesen darauf hin, dass er vor kurzer Zeit Bione verwendet hatte. Tako sah einen Mann, der knapp fünfzig war, doch in wenigen Jahren mehr gesehen und erlebt hatte als andere in einem ganzen Leben. Manchmal *fühlte* er sich alt, obwohl die besten Jahre eigentlich noch vor ihm liegen sollten. Die Narbe im Gesicht war für ihn ein Zeichen der Schuld, für andere das Ehrenmal eines erfolgreichen Kämpfers. *Keil Karides*. Ein tapferer Mann, der auf viele erfolgreiche Einsätze zurückblicken konnte. Doch tief in seinem Innern war er seit zwei Jahren ein Wrack, jemand, der nur noch vom Bewegungsmoment seines vorherigen Lebens angetrieben wurde, ohne zu wissen, wohin ihn seine Schritte trugen. Bis vor wenigen Tagen. Bis er den Jungen gesehen hatte. Es begann sich tatsächlich eine Leere in ihm zu füllen; in dieser Hinsicht hatte Norene 19 durchaus Recht.

Sie will ihn mir wegnehmen.

Jähe Furcht stieg in ihm empor, als er begriff: Er hatte im Konferenzzimmer keinen endgültigen Sieg errungen, nur Zeit gewonnen. Wie sollte er Dominik bei sich behalten, wenn er wirklich eine Ausbildung bei den Tal-Telassi brauchte? Und wie konnte er überhaupt daran zweifeln, dass der Junge nach Millennia gehörte? Er hatte es von ihm selbst erfahren!

»Tako!«

Er drehte sich langsam um, im Netz der eigenen Gedanken gefangen, und sah Rinna, die auf ihn zulief, gefolgt von Miriam und Xandra.

»Meine Güte, ist dir ein Graken über den Weg gelaufen?«, fragte die junge Frau, als sie seinen Gesichtsausdruck sah.

»Nein, ich ... Schon gut.« Tako sah an Rinna vorbei zu den beiden anderen Frauen. »Miriam, Xandra ... Lange nicht gesehen. Wie geht es euch?«

»Uns geht es gut, wie immer«, erwiderte Miriam. »Aber dir scheint gerade etwas einen gehörigen Schrecken eingejagt zu haben.«

Die Zwillinge von Malo trugen selbst hier in der Bastion einen Kampfanzug, grau wie die Wände des Korridors und ausgestattet mit dem Neuesten und Besten, was Bionik und Tronik zu bieten hatten. Sie waren zehn Jahre älter als Rinna, Ende dreißig, und auch ein wenig größer. Das rote Haar trugen sie ganz kurz, in einem Bürstenschnitt, und beide hatten teure, wurmartige Mini-Mneme an den Schläfen, externe Gedächtnisse, die alles aufzeichneten, selbst die kleinsten Kleinigkeiten. Wer die Zwillinge zum ersten Mal sah, verwechselte sie immer wieder miteinander, aber Tako hatte gelernt, Unterschiede zwischen ihnen zu erkennen. Der größte betraf die Eloquenz: Miriam war weitaus redseliger als ihre Schwester Xandra, die lieber schwieg. Aber es gab noch andere, subtilere, vor allem in Gestik und Körperhaltung. Auch darin kam Xandras größere Reserviertheit zum Ausdruck, während Miriam in jeder Hinsicht zu mehr Überschwang neigte.

Rinna bewunderte sie und eiferte ihnen nach, manchmal, wie bei den Bionen, auf eine dumme Art und Weise. Die Malo-Zwillinge gehörten zu den wenigen Personen, die es ohne Gefühlsdämpfung in der Nähe einer Grakenpräsenz aushielten, vielleicht deshalb, weil zwischen ihnen eine besondere Verbindung existierte, die sie gegenseitig schützte.

»Wir wollten zum Feuerband, um dort etwas zu essen«, sagte Rinna. »Was hältst du davon, uns zu begleiten?«

»Oh, *natürlich* kommt er mit.« Miriam ergriff Tako am Arm und zog ihn einfach mit sich. »Und keine Widerrede.«

Tako wäre viel lieber allein gewesen, um mit der plötzlichen Sorge fertig zu werden und seine Gedanken zu ordnen, aber er wollte auch nicht unhöflich sein. Zusammen mit den drei Frauen ging er durch den Korridor, und es dauerte nicht lange, bis sie eine der Hauptverkehrszonen der Bastion erreichten: einen saalartigen Raum mit auf Levitatorkissen schwebenden Ruhezonen in der Mitte und zahlreichen langen Verbindungstunneln, die in verschiedene Bereiche von Airon führten. Wieder erwiderte Tako die Grüße anderer Angehöriger der Streitkräfte. Er zwang sich dabei, die Betreffenden anzusehen und kurz zu lächeln, kam sich aber wie ein schlechter Schauspieler vor. Eins von vielen individuellen Levitationsfeldern trug sie in ein buckelförmiges Außensegment der Bastion, das als Treffpunkt, Kantine, Restaurant und Kommunikationszentrum diente. Mindestens zweihundert Personen hielten sich dort auf, Repräsentanten von mehr als zwanzig verschiedenen Spezies, unter ihnen ungewöhnlicherweise auch einige Horgh, auf deren Sprungtriebwerken die Krümmertechnik basierte.

Miriam und Rinna gingen voraus, in Richtung der langen

transparenten Wand, hinter der die Materiebrücke im All loderte, das »Feuerband«. Wenn sie an offenen Bereichen vorbeikamen, die nicht von einem Privatgaranten abgeschirmt waren, ertönte mehrmals Applaus, der den Malo-Zwillingen galt und den sowohl Miriam als auch Xandra sichtlich genossen.

Sie fanden einen freien Platz direkt an der Panoramawand und setzten sich, woraufhin ein quasireales Projektionsfeld aus dem Tisch wuchs und zahlreiche Dienstleistungen anbot, von Anderswelten-Verbindungen über Kulinarisches bis hin zu philosophisch-spirituellen Beratungen.

»Wir möchten was Leckeres«, sagte Miriam und wechselte einen kurzen Blick mit ihrer Schwester. »Eine Spezialität von Malo.«

Rinna nahm neben Tako Platz, und er stellte vage fest, dass sie seine Nähe suchte. Es fiel ihm schwer, sich auf das Geschehen in seiner unmittelbaren Umgebung zu konzentrieren, auf den Wortwechsel der drei Frauen, eine Konversation, die hauptsächlich Rinna und Miriam betraf. Erst als es um die jüngsten Kampfeinsätze ging, nahm auch Xandra aktiv an dem Gespräch teil. Tako hielt sich zurück, gab einige Kommentare ab und beschränkte sich ansonsten auf die Rolle des Zuhörers. Er aß etwas Pikantes, dessen Namen er gleich wieder vergessen hatte, und hörte, wie die Malo-Zwillinge von den letzten Missionen der Legion berichteten. Rinna hing geradezu an den Lippen der beiden Schwestern.

Vor allem dazu dienten die Mini-Mneme an Miriams und Xandras Schläfen: Sie sollten die Kämpfe aufzeichnen, an denen sie teilnahmen, jedes einzelne blutige Detail. Damit sie später alles noch einmal erleben konnten, ohne dabei auf irgendwelche Einzelheiten verzichten zu müssen.

Tako kannte niemanden, der vom Krieg gegen die Graken noch besessener war als die Malo-Zwillinge und einige andere Angehörige der Legion von Cerbus. Er selbst nahm an diesem Krieg teil, konnte eine derartig martialische Denkweise aber nicht nachvollziehen. Für Miriam und Xandra gab es nur den Kampf; andere Dinge spielten in ihrem Leben keine Rolle. Sie schienen sich ständig beweisen zu müssen, besser zu sein als der Gegner und mit allen Herausforderungen fertig zu werden. Das war einer der Gründe, warum sie auf gefühlsdämpfende Bione verzichteten: um sich selbst und anderen zu zeigen, dass sie stärker waren als ein Grakentraum.

Tako war kein Psychomechaniker, vermutete aber, dass ein verborgener Todeswunsch oder ein unverarbeiteter Minderwertigkeitskomplex hinter einem derartigen Verhalten steckte. Als Keil wusste er, wie gefährlich es sein konnte, wenn jemand mit solchen Neigungen zu einer Einsatzgruppe gehörte. Bisher hatte er Rinna davon abhalten können, in die irrationalen Fußstapfen der Malo-Zwillinge zu treten, aber die Ereignisse auf Kabäa bewiesen, wie sehr sie sich von Miriam und Xandra beeinflussen ließ. *Der Krieg gegen die Graken ist weder ein Spiel noch ein aufregendes Abenteuer,* dachte er müde und bitter. *Er ist schmutzig, voller Schmerz, Leid und Tod. Und er verzeiht keine Fehler. Er verzeiht nicht, wenn jemand zu spät kommt.*

Tako stand auf. »Entschuldigt bitte, aber ich bin sehr müde. Ein anstrengender Einsatz liegt hinter mir, und die Sprunghibernation ersetzt keinen Schlaf.«

Die Zwillinge nickten. Rinna wollte etwas sagen, überlegte es sich dann aber anders und schwieg.

Tako machte sich auf den Weg zu seinem Quartier.

Als er in »Manuels Zimmer« stand, wie er es nannte, konnte er sich nicht an den Weg erinnern, den er durch die Station genommen hatte. Irgendwie hatte er das Labyrinth aus Habitaten, Werften, Hangars, Generatorsälen, Krümmerwalzen, Megatronen, medizinischen Abteilungen, logistischen Zentren, Lagern, Ausrüstungssälen und Kommandomodulen durchquert, ohne all das bewusst registriert zu haben. Er hatte noch immer das seltsame Gefühl, dass sein Selbst zwischen widerstreitenden Gefühlen gefangen war, in einem Netz aus Gedanken und Emotionen, die sich ständig veränderten, ohne dass er ihnen Struktur und Ordnung geben konnte.

Quasireale Bilder kreisten langsam um ihn, wie Planeten um eine Sonne. Wenn er den Blick auf eins von ihnen richtete, schwoll es an, drängte die anderen ein wenig beiseite und zeigte ihm Szenen aus der Vergangenheit. Er sah sich selbst und Dalanna, mit ihrem langen, lockigen braunen Haar, dessen Duft er roch, wenn er die Augen schloss und langsam durch die Nase einatmete. Er hörte ihre melodische Stimme, sah ihre großen Augen und die vollen Lippen. Der alte Schmerz, der immer in ihm lauerte, kehrte zurück, aber erstaunlicherweise war er nicht so stark wie sonst, obwohl er keine Bione trug. Er konnte Dalanna ansehen, ohne am Schicksal und an sich selbst zu verzweifeln. Überrascht merkte er, dass er sogar lächelte, als er sich selbst und Dalanna bei einer Umarmung sah, am Purpursee auf Meraklon. Doch das Lächeln verschwand sofort wieder, als ihm ein anderes Bild Manuel zeigte, im Alter von drei oder vier Jahren, wie er am Ufer des Purpursees spielte, im Schatten einiger hoch aufragender Zackenbäume. Er hörte seine Stimme, blickte ihm in die dunklen Augen, groß wie die seiner Mutter, dunkel wie ...

Ein Gefühl verdichtete sich, schälte sich aus dem emotionalen Chaos: Sorge.

»Sie dürfen ihn mir nicht wegnehmen«, hauchte Tako.

Plötzlich verschwanden die quasirealen Bilder, und es wurde hell im Raum. Tako drehte sich um. Rinna stand an den Kontrollen neben der offenen Tür.

»Hör endlich auf damit, Tako«, sagte sie. »Hör endlich auf damit, dich zu quälen.«

Er hatte Rinna uneingeschränkte Zugangserlaubnis zu seinem Quartier erteilt, aber es geschah zum ersten Mal, dass sie unaufgefordert hereinkam und *diesen* Raum betrat. In ihrem Gesicht sah er eine andere Art von Verzweiflung als die, die in seinem Innern wohnte.

Die Einrichtung des Raums entsprach Takos Erinnerungen   **137** an das Kinderzimmer auf Meraklon: ein buntes Kinderbett, ein Tisch mit Edukator-Anschluss, Spielzeug aus Nanomaschinen und biotronischen Komponenten, eine Kreativecke mit der Möglichkeit, gedachte Bilder in Filmsequenzen zu verwandeln, die Zimmerdecke wie ein Sternhimmel.

Rinna kam näher und vollführte eine Geste, die dem ganzen Raum galt. »All dies hier ... Es ist wie ein Schrein, Tako. Warum befreist du dich nicht endlich? Wann schließt du Frieden mit dir und deinem Gewissen? Solange dir das nicht gelingt, kannst du nicht mit einem neuen Kapitel deines Lebens beginnen.«

Tako sah sich um. Selbst ohne die quasirealen Bilder brachte dieses Zimmer Schmerz, aber wieder war er nicht so stark wie früher. Etwas dämpfte ihn.

»Sie dürfen ihn mir nicht wegnehmen«, wiederholte er.

»Wen meinst du?«

»Dominik.«

Rinna blieb vor ihm stehen und blickte zu ihm auf. Er sah, wie sich ihre Augen bewegten, und der Glanz in ihnen ...

»Tako ...« Sie hob die Hand, berührte mit der Kuppe des Zeigefingers die Narbe. »Zwei Jahre sind vergangen. Zwei lange Jahre. Sie sind tot, und du kannst sie nicht ins Leben zurückholen. Es wäre falsch, sie zu vergessen und so zu tun, als hätten sie nie existiert, aber du musst darüber hinwegkommen. Solange sie dein Denken und Fühlen so sehr beanspruchen, gibt es in dir keinen Platz für ...«

Rinna unterbrach sich und ließ die Hand sinken. »Dominik ist nicht Manuel, Tako. Du stehst mit einem Fuß in einer neuen psychischen Falle. Versuch nicht, deinen Sohn durch Dominik zu ersetzen.«

Tako seufzte, tief und schwer. »Norene 19 will ihn mir wegnehmen und nach Millennia bringen.«

In Rinnas Stimme erklang fast so etwas wie Ärger, als sie erwiderte: »Sie kann dir nichts wegnehmen, was dir nicht gehört. Du weißt nicht, wer der Junge ist und woher er kommt. Er braucht jemanden, der sein Bewusstsein durchforscht, jemanden, der etwas davon versteht. Und er braucht eine Ausbildung, die du ihm nicht geben kannst.«

Die Stimme des Quartierservos erklang. »Markant Vandenbeq möchte Sie sprechen, Tako.«

»Ich höre.«

»Keil Karides ...« Vor Tako entstand ein QR-Bild, das ihm den Markanten zeigte. Der Enzelor an seinem Hals wirkte ein wenig angeschwollen, was auf hohe Aktivität hindeutete: Vandenbeqs Zusatzhirn empfing Daten und wertete sie rasend schnell aus. »Haben Sie ein wenig geruht?«

»Noch nicht, Markant. Es hat sich noch keine Gelegenheit ergeben.«

»Wenn Sie Ihre wohlverdiente Ruhe noch etwas länger hinausschieben und in mein Büro kommen könnten ... Es geht um den Jungen.«

Aus Takos Sorge wurde fast Panik. »Ist etwas mit ihm passiert? Ich habe ihn im ZIB besucht, und er ...«

»Nein, nein, Keil Karides, es geht ihm gut. Ich habe Ihnen versprochen, dass Sie sich um ihn kümmern können, aber Norene 19 hat alles in Bewegung gesetzt, und inzwischen ist eine offizielle Anfrage von Millennia eingetroffen. Wir müssen entscheiden, was mit Dominik geschehen soll.«

»Ich bin gleich bei Ihnen«, sagte Tako und ging an Rinna vorbei zur Tür.

Das Büro des Markanten glich einer weiträumigen Wohnlandschaft mit verschiedenen Sitzgruppen, einer großzügig ausgestatteten Unterhaltungsecke und einem Bereich, der aussah wie ein kleines Restaurant. Pfeilfische von Kwirm schwammen in einem großen halbkreisförmigen Aquarium in der Mitte des Raums; Ultraschallrezeptoren empfingen ihre Signalrufe und modulierten sie neu, damit sie von menschlichen Ohren wahrgenommen werden konnten. Das Ergebnis war ein exotischer, melodischer Gesang.

Die Rückwand passte nicht zu dem Eindruck einer friedlichen Insel. Vor ihr schwebte ein quasireales Bild der Milchstraße, mit den farbig markierten Einflussbereichen der Allianzen Freier Welten und dem braunen Grakenfraß, der vom zentralen Kontaminationskorridor ausging und wie ein Tumor im stellaren Leib der Galaxis wucherte. Blinkende Symbole wiesen auf AFW-Flottenverbände, stattfindende Einsätze und gesichtete Feuervögel hin. Auf den ersten Blick war zu erkennen, dass die Menschheit und ihre Verbündeten von den Angreifern in zwei Richtungen abgedrängt wurden: zum Rand des Spiralarms und in Richtung galaktisches Zentrum. Tako sah, dass die beiden vor kurzer Zeit von Airon aufgebrochenen Flotten erst einen kleinen Teil der zwanzigtausend Lichtjahre langen Strecke zurückgelegt hatten.

Vandenbeq stand vor dieser Darstellung und drehte sich um, als Tako hereinkam.

»Der Schwesternrat von Millennia hat sich per Transverbindung mit unserer strategischen Gruppe in Verbindung gesetzt«, sagte er, und es klang fast wie eine Entschuldigung. »Wir werden gebeten, den Jungen der Obhut Norenes zu unterstellen und dafür zu sorgen, dass er so schnell wie möglich nach Millennia gebracht werden kann.«

Tako war vorbereitet und begriff, dass er keine persönlichen Gründe mehr nennen durfte. »Dominik könnte eine einzigartige Gelegenheit für die Streitkräfte der AFW darstellen, Markant.«

»Wie meinen Sie das?«

»Millennia hat große Bedeutung für die Allianzen Freier Welten. Die Tal-Telassi leisten uns beim Kampf gegen die Graken große Hilfe.«

Vandenbeq nickte.

»Aber wir sind auch abhängig von ihnen. Dominik könnte das Potenzial zu einem Großmeister haben, und er gehört nicht zum Orden der Tal-Telassi. Wenn ich ihn nach Millennia begleite und mich dort um ihn kümmere ... Unsere Streitkräfte könnten einen von der Schwesternschaft unabhängigen Großmeister bekommen. Jemanden, der die Geheimnisse des Tal-Telas kennt und vielleicht mit uns teilt.«

Tako wartete gespannt.

Vandenbeqs Gesicht veränderte sich nicht, aber sein Blick wurde nachdenklich. »Ich verstehe.« Er ging einige Schritte, tief in Gedanken versunken, nickte dann erneut. »In Ordnung. Sie begleiten den Jungen nach Millennia. Norene will in fünf Stunden aufbrechen.«

»Ich werde bereit sein«, sagte Tako.

»Wie kannst du mir das antun?«, fragte Rinna.

Sie tauchte neben Tako auf, als er sein Quartier betrat. Das Licht ging automatisch an, und er musterte sie erstaunt. Wie immer wirkte ihr blondes Haar struppig und zerzaust, doch das Funkeln in den großen grünen Augen war ungewöhnlich.

»Ich verstehe nicht ...«, sagte er müde, ging an Manuels Zimmer vorbei zum Hygieneraum und begann schon im Korridor, die Kleidung abzustreifen. Rinna folgte ihm.

»Du fliegst nach Millennia!«, stieß sie hervor. »Ohne mich!«

»Ich habe eine Art Sonderurlaub bekommen.« Tako legte die restlichen Kleidungsstücke ab und ging nackt in den Hygieneraum, dessen Servi sofort auf ihn reagierten. Ein Levitatorfeld erfasste ihn und hob ihn sanft an. Wasser zischte aus Düsen, wusch und massierte seinen Leib, während ihn das Levitatorfeld langsam drehte. Leise Musik erklang. »Der Markant hat mir gestattet, Dominik nach Millennia zu begleiten.«

»Und ich?«

Tako hatte die Augen geschlossen, öffnete sie wieder und richtete einen verwunderten Blick auf Rinna.

»Was ist mit mir?«, fragte sie. »Ich dachte, wir würden gemeinsam den nächsten Einsatz vorbereiten. Ich dachte, wir ... könnten zusammenbleiben und ...«

»Und was?«

Die junge Frau senkte den Kopf und zuckte mit den Schultern.

»Ich kann den Jungen nicht einfach so Norene überlassen«, sagte Tako. »Ich muss mich um ihn kümmern. Ich ... fühle mich für ihn verantwortlich. Das verstehst du sicher.«

»Nein, das verstehe ich nicht«, erwiderte Rinna mit einer Schärfe, die Tako überraschte. »Er ist nicht dein Sohn, Tako, begreif das doch endlich! Bei den Tal-Telassi dürfte er gut aufgehoben sein.«

»Er braucht mich.«

»O nein.« Rinna schüttelte den Kopf. »Du brauchst *ihn*, Tako.« Sie wandte sich ab und wollte gehen, zögerte dann. »Übrigens, Lanze Dargeno möchte dich sprechen.«

»Danke, Rinna.«

Sie nickte knapp, sah noch einmal kurz in den Hygieneraum und ging.

»Es grenzt an ein Wunder, dass diese Schiffe aus eigener Kraft hierher zurückgekehrt sind«, sagte Dargo Dargeno.

Tako und er standen auf einem von mehreren Balkongängen, die an den Wänden des fünf Kilometer durchmessenden Werfthangars entlangreichten. Auf der gegenüberliegenden Seite verhinderten mehrfach gestaffelte Atmosphärenschilde, dass die Luft ins All entwich. Fünf mittelgroße Schlachtschiffe schwebten in den Levitationsbereichen, umschwirrt von Reparaturdrohnen und Servi aller Art. Zwei von ihnen waren trichterförmig wie die *Akonda*, die drei anderen bildeten lange Zylinder mit Dutzenden von Waffenkuppeln und langen Krümmerwalzen. An zahlreichen Stellen waren die Rümpfe geborsten und von langen Rissen durchzogen. Bei einem der Trichterschiffe fehlte das ganze Bugsement, beim anderen ein großer Teil des Mittelstücks, als hätte dort ein gewaltiges Maul zugebissen.

»Insgesamt haben wir siebzehn solche Schiffe in unseren Werfthangars«, erklang erneut Dargenos heiserer Bass. »Mehr sind nicht übrig geblieben von einer Flotte aus neunundfünfzig Schiffen, die die Kronn beim Selidon-System daran gehindert hat, ein neues Energieriff anzulegen. Der

Hauptnachschubweg hierher ist gesichert, aber wir haben einen hohen Preis dafür bezahlt.«

Tako betrachtete die Schiffe, die kaum mehr waren als Wracks, dachte an die anderen zweiundvierzig vernichteten und die Soldaten, die beim Kampf gegen die Kronn ihr Leben gelassen hatten.

»Es sieht schlecht aus, nicht wahr?«

Dargo richtete den Blick seiner Multiplexlinsen auf ihn. »Es sieht immer schlechter aus, Tako. Ich hoffe, unserem strategischen Genie Rabada fällt bald etwas ein. Oder den Waffenschmieden. Oder den Tal-Telassi.« Er seufzte leise. »Die Kronn drängen uns immer weiter zurück. Bei Selidon sind wir siegreich gewesen, ja, aber bei anderen wichtigen Transferschneisen konnten wir nicht rechtzeitig eingreifen, und die dortigen Energieriffe holen unsere Schiffe aus dem Transit, wenn sie nicht rechtzeitig gewarnt werden. Die Gefahr geht nicht mehr nur vom Kontaminationskorridor und den Feuervögeln in den Sonnen bisher unbetroffener Systeme aus.«

»Der Feind ist dabei, unsere Verbindungswege zu unterbrechen«, sagte Tako.

»Ja. Und wenn ihm das gelingt, ist unsere endgültige Niederlage unvermeidlich.« Dargo Dargeno schloss zwei Bionenhände ums Geländer, und Tako hörte das Summen von Servomechanismen in seinem Körper. »Wir steuern selbst dann auf eine Katastrophe zu, wenn es so weitergeht wie bisher. Viele Planeten der AFW stehen kurz vor dem ökonomischen Kollaps, weil die Rüstung seit Jahrhunderten enorm viel Geld kostet. Hinzu kommen die einschneidenden Veränderungen in der sozialen Struktur durch den Verlust vieler Soldaten. Unsere Völker haben einen starken Frauenüberschuss; es fehlen Männer in den mittleren Jahrgängen.«

Es fiel Tako nicht leicht, Dargos Worten zu folgen. Müdigkeit und Sorge um den Jungen machten seine Gedanken träge.

»Ich fliege nach Millennia«, sagte er, als könnte das etwas am Verlauf des Krieges ändern.

»Ja, ich habe davon gehört.« Der Blick des Bastionskommandanten blieb bei den Schiffen und Reparaturgruppen. »Du hast mich gebeten, mehr herauszufinden, und ich habe versucht, Erkundigungen einzuziehen.«

»Hat sich was ergeben?«

»Genaue Informationen kann ich dir leider nicht anbieten, Tako. Nur Gerüchte, an denen aber etwas dran zu sein scheint. Ich habe Verbindungen, bei Okomm ebenso wie auf Millennia. Offenbar schwelt bei den Tal-Telassi seit Jahrhunderten hinter den Kulissen ein Konflikt, der jetzt zu einer offenen Auseinandersetzung zu werden droht. Er geht auf das Verschwinden von Ahelia zurück.«

»Du meinst die Gründerin der Schwesternschaft?«

»Ja«, bestätigte Dargo. »Ahelia gründete den Orden vor fünftausend Jahren, und ihre dreiundzwanzigste Inkarnation verschwand einige Jahrzehnte nach Beginn des Grakenkriegs. Niemand weiß, was aus ihr geworden ist. Damals verlor die Schwesternschaft ihre homogene Struktur. Es bildeten sich ... Gruppen und Fraktionen.«

Tako erinnerte sich an Norenes Beharren darauf, ihn einer telepathischen Befragung zu unterziehen. »Ich nehme an, Myra 27 gehörte einer anderen ›Fraktion‹ an als Norene 19.«

»Darauf deutet alles hin. Norene ist das Oberhaupt der Orthodoxen, eine echte Hardlinerin, die keine Abweichungen von den überlieferten Regeln zulässt. Ihnen gegenüber stehen die Innovatoren, deren Einfluss wächst, und eine Untergruppe von ihnen sind die so genannten Insurgenten. Zu ihnen gehörte Myra 27, und selbst dort galt sie als Außenseiterin. In den vergangenen hundert Jahren gelang es ihr, gute Kontakte zum Oberkommando zu knüpfen.«

»Und dadurch wurde der Einsatz auf Kabäa möglich«, sagte Tako.

»Ja.«

»Eine Rebellin, mit einem mehr als viereinhalbtausend Jahre alten Bewusstsein ...«, murmelte Tako nachdenklich.

»Norene 19 wollte unbedingt wissen, was Myra mir gesagt hat. Sie schien von der Existenz irgendeines Geheimnisses überzeugt zu sein.«

»Gib gut Acht auf dich, Tako«, sagte Dargo. »Die Auseinandersetzungen im Innern der Schwesternschaft spitzen sich zu. Du könntest auf Millennia zwischen die Fronten geraten.«

»Ich möchte mich nur um den Jungen kümmern, das ist alles. Danke, Dargo. Ich glaube, ich sollte den Rest der Zeit nutzen, um noch ein wenig zu schlafen.«

»Da ist noch etwas.« Dargo ließ das Geländer los und wandte sich Tako zu. »Es geht um Rinna.«

»Ja?«

»Die Sache mit den Bionen auf Kabäa, Tako ...«

»Ich weiß. Sie wollte es Miriam und Xandra gleichtun. Es war sehr dumm von ihr.«

»Weißt du auch, warum sie wie Miriam und Xandra sein möchte?«

»Weil sie sie bewundert, nehme ich an.«

»Weil sie dich beeindrucken will, Tako. Darum geht es ihr vor allem. Sie versucht ständig, deine Aufmerksamkeit zu wecken, und inzwischen ist sie der Verzweiflung nahe.«

»Warum?«, fragte Tako verwundert.

»Weil du ganz auf den Jungen konzentriert bist und sie kaum mehr beachtest.« Dargo legte ihm erneut die Hand auf die Schulter, und diesmal blieb sie dort. »Sie hat dich damals an Dalanna verloren, und das war ein schwerer Schlag für sie. Als sie und Manuel auf Meraklon ums Leben kamen, hat sie mit dir gelitten, und anschließend begann sie allmählich zu hoffen, doch noch einen Platz in deinem Herzen zu finden. Sie gab sich besonders mutig und tollkühn, um dir zu imponieren. Aber du hast sie nicht an dich herangelassen. Wenn Rinna glaubte, dir ein wenig näher zu kommen, hast du dich zurückgezogen. Und jetzt der Junge. Sie muss das Gefühl haben, dich ein zweites Mal zu verlieren. Himmel, Tako, sie liebt dich, seit Jahren.«

Tako hatte so etwas geahnt, aber nie genauer darüber nachgedacht. Rinna war für ihn immer eine ... gute Freundin gewesen, eine Waffenschwester, mehr nicht.

»Sie ist zwanzig Jahre jünger als ich«, sagte er hilflos.

»Als ob das eine Rolle spielen würde. Liebe kennt kein Alter.« Ein Schnaufen kam aus der Mundöffnung des Gesichtsbionen. »Du bist seit zwei Jahren allein und hast lange genug getrauert. Lebe, solange du Gelegenheit dazu hast.« Dargo zog die Hand zurück. »Pass gut auf dich auf. Ich möchte dich in einem Stück wiedersehen, alter Freund.«

Tako hatte versucht, Rinna in ihrem Quartier oder über die interne Kommunikation von Airon zu erreichen, vergeblich. Niemand wusste, wo sie sich aufhielt, weder die Malo-Zwillinge noch ihre anderen Freunde. Nach dem kurzen Gespräch in Takos Unterkunft schien sie spurlos verschwunden zu sein.

Er schlief zweieinhalb Stunden und benutzte dabei einen Bion, der die psychisch-physische Regeneration beschleunigte – eine Art Schlafersatz, der funktionierte, wenn man es damit nicht übertrieb. Wer davon oft Gebrauch machte, musste früher oder später mit einem körperlichen oder geistigen Kollaps rechnen.

Als Tako erwachte, fühlte er sich besser, und die Gedanken an Rinna rückten wieder in den Hintergrund. Er dachte vor allem an Dominik und daran, wie er verhindern konnte, dass man ihm den Jungen wegnahm. Rasch packte er seine wenigen Sachen, warf einen kurzen Blick auf den Nachrichtenschirm und stellte zufrieden fest, dass Dargo Dargeno ihm die *Akonda* zur Verfügung stellte. *Damit du jederzeit zurückkehren kannst,* lautete die persönliche Mitteilung.

Er machte sich auf den Weg zum Zentrum für intensive Behandlung, und als er dort eintraf, brachte die Medikerin Orione den Jungen gerade in einer ABE unter, in einer Autarken Behandlungseinheit, die gleichzeitig Medo-Servo und Hibernationskapsel war.

»Seine Rekonvaleszenz macht gute Fortschritte«, sagte sie. »Der körperliche Zustand hat sich stabilisiert, und welches psychische Trauma Dominik auch erlitten hat: Er erholt sich davon.«

Zwanzig Minuten später erreichte Tako den Bereitschaftshangar, in dem die *Akonda* auf ihn wartete. Wartungsdrohnen krochen über die Krümmerwalzen des Trichterschiffes und nahmen letzte Kontrollen vor. Eine Levitatorplattform trug Tako und die ABE mit dem Jungen zur Schleuse. Als er sich dort umdrehte, sah er eine vertraute Gestalt im mehrere Dutzend Meter entfernten Zugang des Hangars.

Rinna.

Tako winkte und aktivierte seinen Kom-Servo. »Ich habe dich überall gesucht, Rinna! Ich ...«

Er sprach nicht weiter, als sich die Gestalt umdrehte und ins Innere der Bastion zurückkehrte, ohne auf die Kom-Signale zu reagieren.

Nachdenklich und auch ein wenig betroffen schob Tako die Autarke Behandlungseinheit mit Dominik an Bord der *Akonda.*

»Es freut mich, dass du zurück bist, Tako«, ertönte Elisas Stimme. »Ich habe mich ein wenig einsam gefühlt, trotz der Kommunikation mit den anderen Megatronen. Es ist immer schön, jemanden *hier* zu haben.«

»Bitte bring uns nach draußen, Elisa«, sagte Tako auf dem Weg zum Hibernationsraum. »Folge dem Schiff der Tal-Telassi Norene 19 nach Millennia. Du hast alle notwendigen Daten, nicht wahr?«

»Ja, Tako. Lanze Dargeno hat sie mir übermittelt. Von der Ehrenwerten habe ich leider nichts gehört. Soll ich versuchen, einen Gravitationsanker mit ihrem Schiff zu verbinden?«

»Wo ist es?«, fragte Tako, als er den Hibernationsraum erreichte.

Ein quasireales Projektionsfeld entstand und zeigte ihm Norenes Raumschiff neben dem stählernen Berg der Bas- **147** tion: ein Gebilde, das wie eine kristallene Blume an einem langen grauen Stängel wirkte. Bei den halb entfalteten »Blütenblättern« handelte es sich um einen Kankrat, einen speziellen Großbion, verbunden mit transparentem Ultrastahl und der Krümmerwalze im »Stängel«. Tako beobachtete, wie sich Norenes Schiff von Airon entfernte und auf die X-Transferschneise zuhielt.

»Die Tal-Telassi scheint es sehr eilig zu haben und nicht auf uns warten zu wollen«, sagte Tako, schloss die ABE an den Biotron an und bereitete eine der Ruheliegen für sich vor.

»Ja«, erwiderte Elisa. »Ich folge ihr. Der Einsatz eines Gravitationsankers ist jetzt nicht mehr möglich.«

»Wir finden auch so den Weg nach Millennia.« Tako legte sich hin. »Ich verlasse mich ganz auf dich, Elisa.«

»Ich bin gern zu Diensten«, sagte der Megatron freundlich.

»Hibernation aktivieren.« Plötzlich fiel Tako etwas ein. »Nein, halt. Bitte zeichne eine Nachricht auf, Elisa.«

»Gern.«

»Sie ist für Rinna in der Bastion bestimmt. Wortlaut: Es tut mir sehr Leid, dass ich mich nicht von dir verabschieden konnte. Ich habe dich überall gesucht. Bitte ... hab Verständnis. Wir sehen uns bald wieder.«

»Soll ich die Nachricht sofort übermitteln, Tako?«

»Ja.« Er streckte sich auf der Ruheliege aus und dachte bereits daran, was ihn am Ziel dieser Reise erwartete. »Hibernation aktivieren.«

Und dann schlief er.

8

Millennia

Tako saß im Kontrollraum der *Akonda*, an der Konsole des Kommandanten, und blickte in ein quasireales Projektionsfeld, das ihm ein Panorama des Gondahar-Systems zeigte. »Norene hat nicht auf uns gewartet«, sagte er.

»Das ist sehr unfreundlich von ihr«, stellte Elisa fest. »Es bedeutet, dass wir auf einen Lotsen angewiesen sind.«

Tako betätigte Schaltflächen, und Sensordaten erschienen im QR-Feld, begleitet von grafischen Darstellungen. Hinter der *Akonda* erstreckte sich die einzige Transferschneise, die zum Gondahar-System führte, ein dünnes Band, das nicht gerade verlief, sondern mehrere Kurven aufwies, die die Navigation behinderten. Direkt voraus erstreckte sich ein ausgedehntes Asteroidenfeld, das völlig normal wirkte. Selbst eine intensive aktive Sondierung hätte keine verdächtigen Daten ergeben, denn zahlreiche Kraler absorbierten die Signale und reflektierten andere in dem Muster, das man von gewöhnlichen Felsbrocken im All erwartete.

Millennia schützte sich nicht mit gewaltigen Bastionen und großen Verteidigungsflotten, sondern durch Heimlichkeit.

Eventuelle Angreifer, die es bis zum Ende der schmalen und komplex strukturierten Transferschneise schafften und den Flug durch das Asteroidenfeld fortsetzten, gerieten unweigerlich in die von getarnten Krümmern geschaffenen **149**

Gravitationsfallen, was fatale Kollisionen mit Felsen zur Folge hatte, deren Durchmesser von einigen hundert Metern bis zu mehreren hundert Kilometern reichte – kein Schirmfeld war stark genug, um mit so viel kinetischer Energie fertig zu werden. Tiefer im Innern des Systems gab es weitere Fallen, mit den Energieriffen der Kronn vergleichbar – sie waren nicht ganz so leistungsfähig, stellten aber ernste Hindernisse für den interplanetaren Raumschiffverkehr dar. Das vor der *Akonda* liegende Sonnensystem war gewissermaßen vermint, und um den vierten Planeten Millennia zu erreichen, musste man den sicheren Weg kennen. Norene 19 kannte ihn gewiss, hatte Tako aber nicht angeboten, ihn einzuweisen. Im QR-Feld beobachtete er ihr Schiff in der Ferne, wie es nach der Durchquerung des Asteroidenfelds wieder beschleunigte und den Innenbereichen des Sonnensystems entgegenfiel.

Inmitten des quasirealen Felds öffnete sich ein Kommunikationsfenster und schob die Darstellungen nach rechts und links. Das faltige Gesicht eines Alten erschien vor Tako, eines der beiden Augen ein semiorganisches Objektiv – es erinnerte ihn an Dargos Multiplexlinsen –, das andere trüb und grau. »Ihr Transferkode wird bestätigt, Keil Karides. Ich bin Lotse Tzeta und bringe Sie nach Millennia.«

Tako nickte. »Danke, Lotse. Elisa?«

»Wir sind für den Empfang eines Gravitationsankers bereit.«

Ein kleines, aus mehreren Modulkugeln zusammengesetztes Schiff erschien im QR-Feld, als sein Kraler die Ortungssignale nicht mehr vollständig absorbierte. An einer der Kugeln blitzte es auf, und Tako spürte eine leichte Vibration, als der G-Anker die *Akonda* berührte.

»Kontakt«, meldete der Lotse. »Ich übernehme die Navigationskontrolle.«

»Bestätigung.« Das Kommunikationsfenster verschwand, und Tako stand auf. Er hatte die letzten zehn Tage in der Hibernation verbracht und fühlte noch einen Rest von Benommenheit. »Ich sehe nach dem Jungen.«

»Er ist gerade erwacht«, sagte Elisa.

»Er ist *wach*?«

»Ja, und jetzt klettert er aus der Autarken Behandlungseinheit.«

Tako hatte den Kontrollraum bereits verlassen und eilte durch den Korridor. Als er den Hibernationsraum erreichte, stand Dominik wie verloren neben der ABE, drehte sich langsam um die eigene Achse und nahm die Umgebung in sich auf.

»Ich bin nicht mehr auf Kabäa«, sagte er, als er Tako im Eingang bemerkte. Seine Stimme klang seltsam ruhig, nicht unbedingt wie die eines Kinds.

»Nein«, erwiderte Tako und trat vorsichtig näher. »Du befindest dich an Bord eines Raumschiffs, der *Akonda*.«

Der Junge wandte sich ihm ganz zu. »Du bist der Mann, den ich im Grakentraum gesehen habe. Der Mann, der nicht in die Stadt gehörte.«

Tako ging in die Hocke, um sich auf Augenhöhe mit Dominik zu befinden. »Ja, der bin ich. Wie geht es dir?«

»Es geht mir ... besser.« Das schmale, hohlwangige Gesicht des Jungen veränderte sich, wurde zu einer Grimasse des Schmerzes. »Ich habe versucht, sie alle zu schützen, die vielen Männer, Frauen und Kinder. Ich habe mir alle Mühe gegeben! Aber der Grakentraum war so stark, und ich konnte nicht immer aufpassen, manchmal musste ich ruhen, wenigstens für einige Sekunden. Dann griffen die Gedanken des Graken zu, und so füllte sich die Stadt unter dem schwarzen Berg immer mehr. Die anderen gaben mir zu essen und zu trinken, obwohl sie selbst so wenig hatten, aber ich wurde trotzdem schwächer, es war alles so anstrengend, ich konnte ihnen nicht helfen ...«

Tränen rollten dem Jungen über die Wangen, und er bebte am ganzen Leib. Tako schloss Dominik in die Arme und drückte ihn behutsam an sich. Für einige wenige Sekunden hatte er nach zwei langen Jahren das Gefühl, glücklich zu sein.

»Sie sind tot, nicht wahr?«, fragte Dominik leise.

Tako sah keinen Sinn darin zu lügen. »Ja. Ohne dich wären sie viel früher gestorben. Und du hast mich vor den Graken geschützt, mich und Rinna.«

Der Junge wich ein wenig zurück. »Rinna?«

»Eine junge Frau, die zusammen mit mir auf Kabäa war. Sie ...«

»Oh, ja«, sagte Dominik, und für den Bruchteil einer Sekunde glaubte Tako, Feuer in seinen braunen Pupillen zu erkennen, eine Glut, die ihn an Norenes Augen erinnerte. »Ich sehe sie in deinen Erinnerungen.«

»Du siehst ... meine Erinnerungen?«, fragte Tako.

Verlegenheit huschte durch das kindliche Gesicht. »Ich weiß, ich sollte das nicht tun, es ist den Leuten immer unangenehm. Sie möchten ihre Gedanken für sich behalten.« Dominik hob und senkte die schmalen Schultern. »Aber manchmal kann ich gar nicht anders. Manchmal wird das Flüstern der Gedanken immer lauter, und dann *muss* ich es hören, ob ich will oder nicht. Es liegt *daran*, sagen die Leute.« Er hob die Hände, zeigte die violetten Fingerspitzen. »Ich habe versucht, es abzuwaschen, aber es geht nicht.«

Tako öffnete den Mund, um zu einer langen Erklärung anzusetzen, schloss ihn dann aber wieder, als er begriff, dass er Dominik damit überfordert hätte.

»Hast du Hunger?«, fragte er.

»Kannst du *meine* Gedanken hören?«, staunte der Junge.

Tako lächelte und hob seine Hände. »Meine Fingerspitzen sind nicht verfärbt, siehst du? Ich habe nur geraten. Du hast viel hinter dir, und Essen gibt neue Kraft.«

Dominik nickte. »Ja, ich habe Hunger.« Er blickte an sich herab. »Ich trage neue Sachen. Was ist geschehen?«

»Die Kleidung hast du in der Bastion Airon bekommen.« Tako bot dem Jungen die Hand an. »Ich erzähle es dir auf dem Weg zum Speiseraum.«

Hand in Hand gingen sie durch den Hauptkorridor der *Akonda*, und für Tako fühlte es sich herrlich an. Er versuchte, sich möglichst einfach auszudrücken, als er die Flucht von Kabäa schilderte, den Flug zur Bastion und Dominiks Behandlung im ZIB.

Im Speiseraum ließ er sich von der Syntho-Maschine zwei Portionen einer nahrhaften Mahlzeit geben, und als sie sich an einem der Tische gegenübersaßen, beobachtete er den Jungen beim Essen. Dominik hielt sich nicht damit auf, vorsichtig zu probieren; er schaufelte das Essen in sich hinein, als ginge es darum, möglichst viel in möglichst kurzer Zeit zu vertilgen. Dieses Gebaren verriet viel über die Bedingungen, unter denen er und die anderen auf Kabäa in den Gewölben unter dem Graken überlebt hatten. Tako aß langsam, und als Dominik enttäuscht von seinem leeren Teller aufsah, schob Tako den seinen über den Tisch. Der Junge zögerte.

»Nur zu. Ich bin nicht annähernd so hungrig wie du.«

Und Dominik langte erneut zu.

Eine Zeit lang sah ihm Tako schweigend zu. »Was ist mit deinen Eltern?«, fragte er schließlich. »Erinnerst du dich an sie?«

Der Junge zögerte kurz, bevor er die Gabel wieder in Bewegung setzte. »Nein«, sagte er mit halb vollem Mund. »Alle anderen Kinder hatten Eltern, nur ich nicht. Keinen Vater und keine Mutter.«

»Wie meinst du das?«

»Vielleicht sind sie kurz nach meiner Geburt gestorben. Das hat mir Onkel Klas gesagt.«

»Onkel Klas?«

»Er hat sich um mich gekümmert, als ich klein war. Sein runzliges, bärtiges Gesicht gehört zu meinen frühesten Erinnerungen.«

Tako musterte Dominik, während dieser sprach und sich gelegentlich unterbrach, um die Gabel in den Mund zu stecken. Wieder gewann seine Stimme dabei einen seltsamen Klang, der eigentlich nicht zu einem Jungen seines Alters passte.

»Er gab mir von seinem Essen ab und erzählte mir Geschich- **153** ten, und später, als ich größer war, habe ich *ihm* Geschichten erzählt, in seinen Gedanken, und da war er glücklich.«

Du hast ihn mit deinen »Geschichten« vom Grakentraum abgeschirmt, dachte Tako. *Er gewann etwas Freiheit zurück, so wie Yeni und Bentram durch die auf sie abgestimmten Bione.*

»Ja, das stimmt«, sagte Dominik so, als hätte Tako seine Gedanken laut ausgesprochen. »Der Traum tat ihm weh. Er nahm ihm etwas.«

»Amarisk.«

»Was ist das?«

»Gute Frage.« Tako überlegte. »Die Kraft, die hinter unseren Gedanken steckt, vor allem hinter unseren Träumen. Religiöse Menschen sprechen in diesem Zusammenhang von der Seele. Die Graken ernähren sich davon. *Amarisk* lässt sie wachsen.«

Dominik lauschte aufmerksam und hörte vermutlich mehr als nur die Worte. »Die Graken sind böse«, sagte er ernst. »Sie töten.«

»Ja. Wir kämpfen gegen sie. Seit mehr als tausend Jahren.« Tako zeigte auf den zweiten Teller vor Dominik, der inzwischen ebenfalls leer war. »Möchtest du noch etwas?«

Dominik ging nicht auf die Frage ein. »Alle sind tot«, sagte er mit hohl klingender Stimme. »Ich habe sie nicht schützen können.«

Was Tako im Gesicht des Jungen sah, erinnerte ihn an das eigene Gefühl der Schuld. »Nicht du hast sie getötet, sondern die Graken.«

»All die Menschen in den Höhlen ... Sie haben mir vertraut.« Wieder glänzten Tränen in den Augen des Jungen.

Tako versuchte, das Thema zu wechseln. »Als du mit Onkel Klas und den anderen gesprochen hast ... Kannst du dich daran erinnern, ob sie dir jemals etwas darüber gesagt haben?« Er deutete auf Dominiks violette Fingerspitzen.

»Ja. Sie erwähnten Leute mit besonderen Fähigkeiten. Taltassi ...«

»Tal-Telassi.«

»Ja. Diesen Namen habe ich mehrmals gehört.« Dominik senkte den Blick und betrachtete seine Fingerkuppen. »Warum kann ich diese Flecken nicht abwaschen?«

»Es ist kein Schmutz, sondern ein Zeichen dafür, dass du ebenfalls besondere Fähigkeiten hast, wie die Tal-Telassi. Zu ihnen sind wir jetzt unterwegs. Sie wohnen auf einem Planeten namens Millennia.«

»Gibt es dort Graken?«

»Nein«, sagte Tako.

Das schien den Jungen zu erleichtern. »Ich möchte nicht noch einmal in die Nähe eines Graken kommen. Sie sind ... kalt.« Dominik sah von seinen Händen auf. »Du bist besorgt«, sagte er plötzlich. »Du hast ... Angst?«

Tako lächelte schief und fragte sich, wie man Gedanken und Gefühle vor einem Telepathen verbarg. »Du hast mich auf Kabäa vor dem Grakentraum geschützt, und ich habe dich fortgebracht. In gewisser Weise haben wir uns gegenseitig gerettet. Ich ...« Er suchte nach Worten. »Ich möchte mich um dich kümmern, weil mir etwas an dir liegt. Ich möchte bei dir sein und dich beschützen, aber ich fürchte, dass ich dich verlieren könnte.«

»Ich möchte ebenfalls bei dir bleiben«, sagte Dominik mit dem seltsam unkindlichen Ernst. »Ich gehe nicht weg.«

»Die Tal-Telassi haben vielleicht die Absicht, dich mir wegzunehmen.«

»Warum? Sind die Tal-Telassi böse?«

»Nein, nein, sie sind nicht böse, sie ...« *Sie sind arrogant und egozentrisch und fast ebenso kalt wie die Graken,* dachte Tako, ohne die Gedanken beiseite schieben und vor Dominik verstecken zu können. *Sie denken nur an sich selbst und ihre eigenen Angelegenheiten.*

»Du magst sie nicht besonders«, stellte Dominik fest.

»Sie haben mir keinen Grund gegeben, sie zu mögen«, erwiderte Tako und erinnerte sich an Myra und Norene. »Es ist eine persönliche Sache. Die Tal-Telassi sind wichtig für uns und den Kampf gegen die Graken. Sie helfen uns.«

»Ich störe nur ungern, Tako«, ertönte Elisas Stimme. »Aber wir nähern uns dem Planeten.«

Der Junge sah verblüfft auf. »Wer ist das?«

»Du hast gerade Elisa gehört, den Megatron dieses Schiffes«, erklärte Tako.

»Was ist ein Megatron?«

Tako setzte zu einer Antwort an, aber seine Gedanken waren schneller.

»Eine intelligente Maschine?«, staunte Dominik. »Die Maschinen und Apparate, die wir in den Höhlen benutzt haben, waren ... dumm. Sie konnten nicht sprechen.«

»Elisa ist ein autonomes Maschinenwesen und hat als solches Persönlichkeitsrechte.« Tako stand auf. »Komm, lass uns zum Kontrollraum gehen. Dort zeige ich dir Millennia.«

Sie verließen den Speiseraum, und der Megatron löschte hinter ihnen das Licht.

»Aber wenn Elisa intelligent ist ... Wieso höre ich nur ihre Stimme, nicht aber ihre Gedanken?«, fragte Dominik, als sie durch den Korridor gingen.

»Ich denke und fühle, Dominik«, erklang erneut Elisas Stimme. »Dass du meine Gedanken nicht hören kannst, bedeutet vielleicht, dass mir eine Seele fehlt, was ich schade fände.«

»Möchtest du über *Amarisk* verfügen, das dir die Graken wegnehmen könnten?«, fragte Dominik.

»Viele Philosophien und Religionen gehen davon aus, dass die Seele eines organischen intelligenten Wesens unsterblich ist. Sie bleibt auch dann von Bestand, wenn das Individuum stirbt; der Tod scheint in diesem Zusammenhang Anfang oder nächste Stufe einer transzendenten Evolution zu sein.«

»Aber du bist eine Maschine«, wandte der Junge ein. »Maschinen sterben nicht.«

»Da hast du Recht, Dominik. Aber mir gefällt die Vorstellung, dass etwas von mir übrig bliebe, wenn dieses Schiff beim Kampf gegen die Graken zerstört würde. Deshalb hätte ich gern eine Seele.«

Sie betraten den Kontrollraum. Das zentrale quasireale Feld zeigte die Kugel eines Planeten, weiß und blaugrün, zweihundert Millionen Kilometer dahinter die gelbe Sonne Gondahar. Ein hauchzartes Ringsystem umgab Millennia, bestehend aus kleinen Eisbrocken und, zwischen ihnen versteckt, zahlreichen Minispionen, die alles sahen, was sich dem Planeten näherte.

»Das ist Millennia, die Welt der Tal-Telassi«, sagte Tako und sank in den Sessel des Kommandanten. »Nimm Platz, Dominik, aber rühr besser nichts an.«

Der Junge setzte sich neben ihn, sah ihn an ...

Sie stehen auf dem Königsgletscher von Millennia, auf dem Dach dieser Welt, und der Junge blickt über die Landschaft aus Schnee und Eis. Sein Interesse gilt vor allem den wie weiße Nadeln aufragenden Türmen der Tal-Telassi. »Danke, dass du mich mitgenommen hast«, sagt er. »Ich gehöre hierher.«

Das Bild verschwand, schien von Dominiks Augen aufgesogen zu werden.

»Hast du das ebenfalls gesehen und gehört?« Tako fragte sich, ob er so etwas wie eine telepathische Vision empfangen hatte.

»Manche Dinge sind passiert; andere sind *möglich* oder müssen erst noch geschehen«, sagte Dominik mit der Stimme, die nicht zu ihm passte.

Ein Ruck ging durch die *Akonda*.

»Lotse Tzeta hat den Gravitationsanker von uns gelöst«, sagte Elisa. »Er kehrt zum Asteroidenfeld zurück.«

»Dort ist er«, sagte Tako zu Dominik und deutete in ein kleineres QR-Feld. Das Modulkugelschiff des Lotsen glitt fort und verschwand plötzlich, als sein Kraler wieder aktiv wurde und die Ortungssignale der *Akonda* absorbierte. »Richte ihm unseren Dank aus, Elisa.«

»Das habe ich bereits.«

»Wo ist das Schiff?«, fragte Dominik verwundert. »Eben war es noch da.«

Tako erklärte dem Jungen, was es mit einem Kraler auf sich hatte, während die *Akonda* am Ringsystem vorbeiflog und in eine hohe Umlaufbahn schwenkte. »Das ist eine Sache, für die die Tal-Telassi bekannt sind, für ihre Bione. Sie wachsen auf Millennia in großen Laboratorien heran, eine Verbindung aus Biologie und Nanotechnologie. Kannst du mit diesen Begriffen etwas anfangen?«, fügte Tako hinzu und fragte sich, ob der Junge jemals eine Schule besucht hatte.

Dominik nickte und deutete in das große quasireale Projektionsfeld, das den Planeten zum Greifen nahe zeigte. »Ich sehe dort keine großen Fabriken, aber ich höre ... viele Stimmen. Viel mehr als auf Kabäa.«

Aus dieser Entfernung?, dachte Tako erstaunt. »Du siehst keine ausgedehnten Produktionsanlagen, weil sie sich fast alle unter dem Eis befinden.« Er beugte sich vor, betätigte die Kontrollen und zoomte Millennia noch etwas näher heran. »Nur der äquatoriale Bereich ist eisfrei, siehst du? Dieser blaue Streifen ist das Saphirmeer. Der Rest von Millennia trägt einen dicken Panzer aus jahrtausendealtem Eis. Aus dem All gesehen könnte man diesen Planeten fast für tot halten, aber unter dem Eis wimmelt es von Leben.«

»Warum haben sich die Tal-Telassi auf einer solchen Welt niedergelassen?«, fragte Dominik. »Frieren sie gern?«

»Du weißt also, dass sie nicht von hier stammen«, stellte Tako fest.

Der Junge sah ihn kurz an, richtete den Blick dann wieder in das QR-Feld. »Ja, ich glaube, ich habe davon ... gehört, irgendwo.«

»Sie kamen wegen der Zyoten nach Millennia. Unter dem Eis erstrecken sich zugefrorene Meere und Seen und ganze Kontinente. In vielen Bereichen gibt es unter der Eisdecke heiße Quellen, in deren Wasser die Zyoten leben: einzellige Organismen, die zu Verbänden angeordnet werden können.

Vor langer Zeit haben die Tal-Telassi eine Möglichkeit entdeckt, daraus erste Bione wachsen zu lassen, und ihre Bruttechnik ist immer besser geworden. Es gibt noch andere Niederlassungen der Schwesternschaft, aber seit damals ist Millennia das Zentrum ihres Ordens.«

Dominik sah auf seine Hände. »Und die Tal-Telassi haben auch solche Fingerkuppen? Dadurch werden sie zu etwas Besonderem?«

»Die violetten Fingerkuppen sind nur ein Hinweis, nicht die Ursache, und normalerweise treten sie nur bei den Großmeisterinnen auf. Zu etwas Besonderem werden die Tal-Telassi durch ihre speziellen Fähigkeiten.« Tako hatte das unangenehme Gefühl, für eine fremde Sache einzutreten, als er sagte: »Ich habe dich hierher gebracht, damit du von ihnen lernen kannst.«

Erneut sah Dominik ihn an, und wieder gewann Tako den Eindruck, dass der Blick des Jungen bis in die dunklen Tiefen seines Selbst reiche.

»Wir haben Landeerlaubnis für Empirion erhalten, Tako«, ertönte Elisas Stimme.

»Die Hauptstadt.« Tako nickte. »Wenigstens schiebt man uns nicht in die Provinz ab, wie sonst.«

»Der Grund dürfte unser Gast an Bord sein.«

»Ja. Bereite einen Shuttle vor, Elisa. Wir ...«

»Das ist nicht nötig«, sagte der Megatron. »Die *Akonda* hat Anfluggenehmigung.«

»Das ganze Schiff?«

»Ja. Vielleicht soll es nicht in der Umlaufbahn bleiben, weil es hier geortet werden könnte.«

»Hältst du das für eine plausible Erklärung?«, fragte Tako skeptisch und blickte ins zentrale QR-Feld, das ihm die weiten Eiswüsten von Millennia zeigte.

»Nein, eigentlich nicht.«

»Na schön«, brummte Tako. »Bring uns hinunter, Elisa. Bring uns nach Empirion.«

Wind pfiff kalt über den Landungssteg hoch über den Gletschern. Wolkenfetzen glitten über den Himmel, verschleierten gelegentlich die ferne Sonne und trübten ihr Licht. Tako
und Dominik trugen dicke Kapuzenjacken, als sie durch die
Hauptluke der *Akonda* auf den Steg traten, der das mehrere
hundert Meter über dem Eis schwebende Schiff mit einem
der vielen weißen Nadeltürme verband. Andere, kleinere
Raumschiffe ruhten in fest verankerten Levitationsfeldern
unter und über ihr, auch an den anderen Türmen, die den
an der Oberfläche von Millennia sichtbaren Teil der Hauptstadt Empirion bildeten. Unter dem dicken Eis, so wusste
Tako, erstreckten sich kilometerweit Verwaltungskomplexe,
Produktionsanlagen, Brutzentren und Thermen. An diesem
Ort lebten mehr als zwei Millionen Personen, und die Tal-
Telassi bildeten eine kleine Minderheit unter ihnen. Den-
noch bestimmten letztendlich sie das Geschehen in der
Hauptstadt und auf ganz Millennia; dies war ihre Welt.

Auf halbem Weg über den Steg blieb Dominik stehen. Der
Wind spielte mit seinem braunschwarzen zotteligen Haar,
das dringend geschnitten werden musste, als er vom Geländer aus den Blick über die vielen weißen Türme und die dort
verankerten Raumschiffe schweifen ließ. Hier und dort flogen Levitransporter mit Fracht oder Passagieren an Bord,
und ihr Summen gesellte sich der Stimme des Windes hinzu.

»Es wirkt alles so ... friedlich«, sagte Dominik.

»Unter dem Eis geht es reger zu«, erwiderte Tako. »Aber
du hast Recht: Millennia ist eine Welt des Friedens.« Ein Gedanke wand sich wie eine Schlange durch sein Bewusstsein.
*Es sei denn, Dargo hat Recht mit seinem Hinweis auf einen
jahrhundertealten Konflikt hinter den Kulissen.* Er sah eine
Gestalt im Eingang des Turms. »Komm, man erwartet uns.«

Wenn der Junge bemerkt hatte, was ihm durch den Kopf
gegangen war, so wies er nicht darauf hin. Stumm ging er an
Takos Seite über den Steg zwischen der *Akonda* und dem
elfenbeinfarbenen Turm, der aus dem Eis gen Himmel

wuchs und weit oben an den Wolkenfetzen zu kratzen schien. Die schmächtige Gestalt im ovalen Eingang des Turms erwies sich als ein zierlicher, alter Haitari. Abgesehen von seinem kleinen Wuchs, den übergroßen Augen und der Haarlosigkeit hätte man dieses Geschöpf für einen Menschen halten können.

»Ich heiße Marklin und bin Ihr Mittler, solange Sie auf Millennia sind«, stellte sich der Haitari vor und deutete eine Verbeugung an. Tako erwiderte den Gruß, und Dominik nahm sich ein Beispiel an ihm. Marklins Bionenanzug wies nicht nur viele tronische Komponenten auf, sondern zeigte auch Stammessymbole, an die sich Tako von seinem letzten Aufenthalt erinnerte.

»Wie ich sehe, gehören Sie zu den Yrek«, sagte er. »Dieser Stamm hat viele Verdienste bei der Arbeit für die Tal-Telassi erworben. Es ist mir eine Ehre.«

Die großen Augen im braunen, runzligen Gesicht des alten Haitari veränderten ihre Farbe, deutlicher Hinweis darauf, dass er sich geschmeichelt fühlte. »Nicht viele Besucher kennen die Bedeutung der Stammessymbole.« Mit sehr dünnen Fingern strich er über die verschnörkelten Zeichen an seinem Bionenanzug.

»Ich bin schon des Öfteren auf Millennia gewesen und habe jede Gelegenheit genutzt, Dinge zu lernen.«

»Hier gibt es viel zu lernen. Dies ist die Welt des Wissens.«

»Genau deshalb sind wir hier. Damit dieser Junge lernt.«

Daraufhin wandte sich Marklin an Dominik, griff behutsam nach seinen Händen, sah die violetten Fingerkuppen und verbeugte sich erneut, diesmal etwas tiefer. »Es ist *mir* eine Ehre«, sagte er und deutete ins Innere des Turms. »Bitte begleiten Sie mich. Ich bringe Sie zu Ihrem Quartier.«

Die kalte Stimme des Winds blieb hinter ihnen zurück, als sie im Innern des Turms zu einem Terminal mit mehreren Transportkapseln schritten. Eine von ihnen war geöffnet, lockte mit Licht und Wärme. Nach einer einladenden Geste **161** traten Tako und Dominik ein und nahmen auf einer einfachen Sitzbank Platz. Der kleine Mittler folgte ihnen, schloss die Tür und setzte sich ebenfalls. Die Transportkapsel bewegte sich, ohne dass er irgendwelche Kontrollen betätigte, und durch die kleinen Fenster beobachtete Tako, wie sie in die Tiefe glitten.

»Sind wir nicht im oberen Residentialbereich des Turms untergebracht?«, fragte er.

»Leider sind dort alle Quartiere belegt«, erwiderte Marklin, doch ein kurzes blaues Funkeln in den großen, silbrig schimmernden Augen verriet ihn.

Dominik sah ihn an und sagte ruhig: »Das stimmt nicht.«

»Es tut mir Leid.« Der Haitari wirkte sehr verlegen. »Sie wohnen bei uns, bei den Bediensteten.«

Tako nickte langsam. »Ich kann mir denken, auf wen die Quartierzuweisung zurückgeht. Auf die Ehrenwerte Norene 19, nicht wahr?«

Marklin vollführte eine zustimmende Geste.

Jenseits der Fenster wurde es dunkel, und die Transportkapsel sank schneller in die Tiefe, durch den dicken Eispanzer des Planeten. Ein leises Pfeifen erklang, wies auf verdrängte Luft hin. Mehrere Minuten lang waren sie unterwegs, und dann wurde aus dem Pfeifen wieder ein Summen, als die Transportkapsel abbremste und anhielt. Marklin trat zur Tür, die sich vor ihm öffnete. »Ich bedauere dies sehr ...«

»Es ist nicht Ihre Schuld.« Tako deutete in den halbdunklen Gang. »Bitte führen Sie uns zu unserer Unterkunft.«

Wände und Decke des Tunnels bestanden aus Eis, das vor Jahrtausenden als Schnee gefallen war. Eine weiche Schicht aus Synthomasse bedeckte den Boden. An einigen Stellen glühten Leuchtkörper, doch die Abstände zwischen ihnen waren so groß, dass für Schatten genug Platz blieb. Die durchsichtigen Eiswände gestatteten einen Blick auf andere, ähnlich beschaffene Tunnel, in denen schemenhafte Gestalten unterwegs waren – manche von ihnen arbeiteten an Erweiterungen des Tunnelsystems, bohrten neue Gänge ins Eis. Der Affront, begriff Tako, war noch viel größer als zunächst angenommen. Norene ließ sie nicht nur im Bedienstetenbereich unterbringen, sondern auch noch an dessen Peripherie, garantierte damit ein hohes Maß an Unbequemlichkeit. Tako wusste, dass diese Maßnahme in erster Linie ihn betraf, denn wenn Dominiks Ausbildung begann, würde er einen großen Teil seiner Zeit in den Schulungszentren der Tal-Telassi verbringen. Norene brachte nicht nur zum Ausdruck, wie wenig sie von Keil Karides hielt – vermutlich hoffte sie, ihn früher oder später zu zermürben, damit er aufgab und Millennia verließ.

Weiter vorn wurde der Tunnel breiter, und mehr Licht setzte den Schatten eine Grenze. Nach einigen Metern erreichten sie einen gewaltigen Schacht, der mehr als einen Kilometer in die Tiefe reichte, bis zum Felsrücken des unter dem Eis begrabenen Kontinents. Der Gang gabelte sich an dieser Stelle, führte rechts und links an den Schachtwänden entlang, nur durch ein halbhohes Gitter aus Synthomasse von der Tiefe getrennt. Summende, brummende Geräusche und ein gelegentliches Stampfen kamen von unten, und als Tako ans Gitter herantrat, sah er Dutzende von Konstruktionsgruppen, die etwa fünfhundert Meter weiter unten am Bau eines weißen Turms arbeiteten. Servi und Drohnen surrten wie metallene Insekten umher, überwacht von Haitari und Menschen.

»Es wird der siebzigste Turm von Empirion sein«, sagte Marklin stolz. »Die Yrek sind maßgeblich an seinem Bau beteiligt. Hier entlang.«

Er deutete nach links, und Tako und Dominik folgten ihm an der Schachtwand entlang. Nach etwa dreißig Metern wandte sich der Mittler erneut nach links, trat in die Öffnung eines Tunnels. Sie ließen das helle Licht des Konstruktionsschachtes hinter sich zurück, wanderten wieder durch eine Welt aus Schatten und Eis, das hier dunkle Einschlüsse enthielt: einfache Container-Quartiere. Vor dem Zugang einer solchen Unterkunft, nicht mehr als hundert Meter vom Schacht entfernt, blieb Marklin stehen und reichte Tako einen zapfenförmigen Kodestift. »Das ist Ihr Identer, solange Sie auf Millennia sind. Ich möchte noch einmal betonen, dass ich dies sehr bedauere. Es ist gewiss nicht meine Entscheidung.«

Damit eilte er fort, überraschend flink für sein Alter, und verschwand im Halbdunkel des Tunnels.

Tako hielt den Kodestift ans Auge der Tür, die daraufhin beiseite glitt. Sie traten ein. Hinter ihnen schloss sich die Tür wieder, und ihr Verriegelungssystem klickte.

Das Quartier bestand aus Synthomasse und einfach strukturierter Stahlkeramik, war funktionell eingerichtet und mit dem Notwendigsten ausgestattet: mit einem kleinen Hygieneraum, einem Ruhebereich samt drei Liegen, die nicht einmal über eine einfache Massagefunktion verfügten, einem Speiseraum mit einer Syntho-Maschine und einer Ecke mit Kommunikationsanschluss, Projektoren für QR-Felder und einer bescheidenen Andersweltenbibliothek. Es gab keine Fenster, und das Licht in allen Zimmern war ein steriles Weiß, ohne Farbe und Wärme. Tako gewann sofort den Eindruck von Kälte, die nicht unbedingt etwas mit der ambientalen Temperatur zu tun hatte.

Dominik empfing offenbar seine emotionalen Reaktionen und sagte: »Dies ist immer noch besser als die Höhlen unter dem Graken.«

Tako hörte ein Geräusch und drehte sich um.

Die Tür öffnete sich, obwohl er zuvor das Klicken der Verriegelung gehört hatte, und Norene 19 kam herein, ihr Gesicht so kalt wie das Eis des Tunnels.

»Ich hole den Jungen«, sagte sie ohne einen Gruß.

»Ich kann mich nicht daran erinnern, Sie hereingebeten zu haben.«

Die Tal-Telassi achtete nicht darauf. »Komm, Dominik.« Sie streckte die Hand aus, und Dominik setzte sich wie in Trance in Bewegung.

Tako wollte ihn festhalten, aber er konnte sich plötzlich nicht mehr von der Stelle rühren. Hilflos musste er beobachten, wie der Junge Norene gehorchte, in deren Augen jetzt wieder ein sonderbares Feuer brannte.

»Sie können ihn mir nicht einfach so wegnehmen«, brachte er mühsam hervor. Seine Stimme klang fremd.

Dominik blieb in der offenen Tür stehen, mit dem Rücken zu Tako.

»Ich kann noch viel mehr«, erwiderte die Tal-Telassi und näherte sich. »Dies ist Millennia. Hier bestimmen *wir* die Regeln.«

Sie verharrte ganz dicht vor Tako, der noch immer wie gelähmt war, hob die Hand und berührte ihn an der Schläfe. Sein Bewusstsein stürzte in eine abgrundtiefe Dunkelheit, als Norene 19 mit einer telepathischen Sondierung begann.

9

Falsche Bilder

Hämmernder Kopfschmerz weckte Tako, und er massierte sich mit einem leisen Stöhnen die Schläfen, bevor er die Augen öffnete und feststellte, dass er im Ruheraum auf einer der drei Liegen lag. Seine Gedanken schienen in zähem Brei gefangen zu sein, als er versuchte sich zu erinnern. Was war geschehen? Wo befand er sich?

Augen, in denen Flammen zu lodern schienen ...

Tako setzte sich ruckartig auf. »Dominik!«

Aus der Stille um ihn herum kam keine Antwort.

Er wankte durch die einzelnen Räume des Quartiers, fand die Eingangstür verschlossen und die Zimmer leer. Norene hatte den Jungen fortgebracht.

»Wie viel Zeit ist vergangen?«, fragte er laut. »Wie spät ist es?«

Auch diesmal blieb eine Antwort aus.

Ihm fiel ein, in welcher Art von Unterkunft er sich befand. Sie war nur mit den einfachsten Servi ausgestattet, hatte keinen Tron und verfügte nur über einen schlichten Datenservo. Das Gerät reagierte nicht, als Tako die Kontrollen berührte.

Der Kodestift. Wo war der verdammte Kodestift?

Tako fand ihn im kleinen Flur, wo er ihn zu Beginn der invasiven telepathischen Sondierung durch Norene fallen gelassen hatte. Rasch hob er ihn auf und versuchte, den immer noch sehr heftigen Kopfschmerzen keine Beachtung zu schenken, als er zum Datenservo zurückkehrte und den Stift unter einen Scanner hielt. Ein Bereitschaftssymbol leuchtete in einem pseudorealen Feld.

»Ich möchte mit Norene sprechen«, sagte Tako. »Norene 19.«

»Ihr Statuskredit genügt nicht für eine Kontaktaufnahme mit den Ehrenwerten.«

»Mein Statuskredit?« Tako erinnerte sich daran. Auf Millennia musste man Verdienste bei der Arbeit für die Tal-Telassi erwerben, um Dienstleistungen in Anspruch nehmen und Dinge bezahlen zu können. Statuskredite waren gewissermaßen die Währung dieses Planeten. »Ich bin ein Besucher von Außenwelt: Tako Karides, Keil in den Streitkräften der Allianzen Freier Welten. Ich habe einen Jungen mitgebracht, der entführt wurde. Außerdem hat man an mir gegen meinen Willen eine telepathische Sondierung vorgenommen, wobei es sich eindeutig um einen Verstoß gegen die Maximen der Schwesternschaft handelt. Ich erhebe offiziell Beschwerde und verlange ein Gespräch mit der Verantwortlichen, Norene 19.«

Das Bereitschaftssymbol verschwand und wich einem KI-Avatar, der aussah wie eine ätherisch schöne Frau von etwa vierzig Standardjahren. Glattes, weißblondes Haar umgab ein puppenhaftes Gesicht mit großen blauen Augen, einer kleinen Nase und einem Mund mit vollen Lippen. »Ich bin Hellena«, erklang eine melodische Stimme. »Hiermit bestätige ich den Eingang Ihrer Beschwerde und verspreche Ihnen, dass wir der Sache auf den Grund gehen werden. Von der Entführung eines Jungen ist mir nichts bekannt. Vielen Dank dafür, dass Sie sich mit mir in Verbindung gesetzt haben. Ich melde mich so bald wie möglich bei Ihnen.« Der Avatar verschwand.

Tako starrte einige Sekunden lang dorthin, wo eben noch ein pseudoreales Darstellungsfeld existiert hatte, drehte sich dann um und eilte zur Tür. Er entriegelte und öffnete sie, trat nach draußen in den halbdunklen Eistunnel ... und zögerte. *Denk nach*, sagte er sich. *Denk nach*. Es hatte keinen Sinn, einfach loszulaufen, mit Wut im Bauch und stechenden Schmerzen zwischen den Schläfen. Die Domäne der Tal-Telassi erstreckte sich in der Tiefe bei den Thermen, unter dem dicken Eispanzer, der den größten Teil von Millennia bedeckte. Ohne Hilfe schaffte er es nicht bis dorthin, und selbst wenn er in der Lage gewesen wäre, sie zu erreichen: Bestimmt hätte man ihn spätestens bei den Archiven und mnemotechnischen Zentren abgewiesen.

Tako kehrte ins Quartier zurück, betrachtete einige Sekunden lang den Kodestift und hielt ihn erneut unter den Scanner. Wieder erschien ein Bereitschaftssymbol im einfachen pseudorealen Feld des Datenservos.

»Ich möchte Mittler Marklin sprechen«, sagte Tako. »Es ist dringend.«

Es vergingen nur wenige Sekunden, bis das runzlige Gesicht des alten Haitari erschien. »Keil Karides? Ich habe einen Tag nichts von Ihnen gehört und ...« Er unterbrach sich und schien in Takos Gesicht zu erkennen, dass etwas geschehen war.

Ein ganzer Tag!, dachte Tako erschrocken. Zeit genug für Norene, um Dominik verschwinden zu lassen.

»Bitte kommen Sie sofort hierher, Mittler. Ich brauche Ihre Hilfe.«

Die Zeit verging quälend langsam, während Tako auf den Haitari wartete. Er zwang sich zu Geduld. Als etwa eine Minute verstrichen war, stand er auf, betrat den kleinen Speiseraum und ließ sich von der Syntho-Maschine ein Mittel geben, das ihn von den Kopfschmerzen befreien sollte. Im Hygieneraum sah er sein Spiegelbild: das Gesicht hohlwangig, die Augen tief in den Höhlen liegend, die grauweiße Narbe wie ein schwieliges Band – ein Mann, der viel durchgemacht zu haben schien und erschöpft wirkte.

Langsam ließ das Hämmern hinter der Stirn nach, und Tako begann mit einer unruhigen Wanderung durch das kleine Quartier. Es dauerte einige weitere Minuten, bis schließlich ein akustisches Signal von der Tür kam. Er öffnete sie.

Marklin trat ein, in seinen großen Augen einen sorgenvollen Glanz. »Ich bin vor einigen Stunden schon einmal hier gewesen und habe den Melder betätigt, aber niemand öffnete ... Geht es Ihnen nicht gut?«

»Ich sehe schrecklich aus, ich weiß.« Tako führte den Haitari in die Entspannungsecke, ließ ihn dort Platz nehmen und setzte sich ebenfalls. Das pseudoreale Feld des Datenservos zeigte noch immer ein Bereitschaftssymbol.

»Erinnern Sie sich an den Jungen, mit dem ich gestern hierher gekommen bin?«

»Ja, natürlich.«

Tako nahm diese Antwort mit Erleichterung entgegen, als wäre eine Bestätigung von Dominiks Existenz nötig gewesen. »Norene 19 hat ihn fortgebracht. Und sie hat bei mir eine telepathische Sondierung vorgenommen, gegen meinen Willen.«

Der alte Marklin ließ Kopf und Schultern hängen. In seinen Augen zeigte sich ein Hauch von Blau, und auch ein Teil des kahlen Schädels schien sich zu verfärben.

»Sie sind traurig«, stellte Tako fest.

»Ich kann es nicht leugnen«, erwiderte der Haitari. Die dünnen Finger tasteten nach dem Stammeszeichen. »Wir Yrek dienen den Tal-Telassi, seit Ahelia den Orden vor fünftausend Jahren gründete. Darauf bin ich sehr stolz. Aber leider finden Veränderungen statt, die mir immer mehr von meinem Stolz nehmen, denn selbst die Verteidiger der alten Regeln verstoßen gegen sie – angeblich um sie zu schützen. Eine telepathische Verletzung der Privatsphäre verstößt gegen die Maximen.«

»Ich habe gehört, dass es hier auf Millennia einen Konflikt bei den Tal-Telassi gibt«, sagte Tako. »Worum auch immer es dabei geht: Ich möchte nicht darin verwickelt werden. Ich möchte nur den Jungen zurück. Bitte bringen Sie mich zu Norene oder einer anderen Tal-Telassi, die etwas bewirken kann.«

Marklin schüttelte den Kopf – eine Geste, die er vermutlich Menschen abgeschaut hatte. »Für Außenweltler und selbst für uns sind Kontakte mit den Schwestern nicht mehr so einfach herbeizuführen wie früher. Alles ist schwierig geworden. Im Haus der Tal-Telassi herrschten über Jahrtausende hinweg Harmonie und Eintracht; jetzt ist Zwist dort eingezogen und vergiftet die Atmosphäre. Wie ich hörte, hat der Hader sogar die Thermen und die Orte der Stille erreicht.« Der blaue Glanz in den großen Augen des Haitari wurde noch deutlicher. »Ich werde versuchen, Ihnen zu helfen, aber ich kann nichts versprechen.«

»Können Sie nicht jetzt sofort ...«, begann Tako.

Marklin schüttelte erneut den Kopf und stand auf. »Nein, Keil Karides, ich bedauere sehr. Ich muss behutsam vorgehen, um die Tal-Telassi nicht zu verärgern und dadurch Schande über den Stamm Yrek zu bringen.«

Tako begleitete den Mittler zur Tür und spürte dabei, wie er immer unruhiger wurde. Er hatte bereits einen ganzen Tag verloren, und alles in ihm drängte danach, sofort mit der Suche nach Dominik zu beginnen.

Die Tür öffnete sich, und Tako musste feststellen, dass der Eistunnel nicht leer war. Zwei in voll ausgestattete Kampfanzüge gekleidete Angehörige der Ehernen Garde von Millennia standen dort, die Gesichter halb hinter Datenvisieren verborgen. Hinter ihnen stand Norene 19, scheinbar jung, wieder oder noch immer in ihren amethystblauen Bionenanzug gekleidet.

Einer der beiden Gardisten trat vor, ergriff Tako an den Armen und legte ihm eine Energiefessel an.

»Sie sind hiermit verhaftet, Keil Karides«, sagte Norene.

Tako starrte die beiden Gardisten verblüfft an und wandte sich dann an die Tal-Telassi. »*Ich* habe mir nichts zuschulden kommen lassen, im Gegensatz zu Ihnen.«

»Sie sind ein Mörder, Keil Karides«, sagte Norene ohne Regung. »Sie haben Myra 27 umgebracht.«

Tako stand in einem fahlen energetischen Käfig auf einer Levitatorplattform. Die Ausmaße des Raums, in dem er sich befand, blieben ihm ebenso verborgen wie seine Einzelheiten – Dunkelheit verhüllte alles. Er wusste nicht, wie er hierher gelangt war. Sein Atem kondensierte in der Kälte, und er stellte dankbar fest, dass er noch die dicke Jacke trug, mit der er die *Akonda* verlassen hatte. Wann? Vor mindestens einem Tag.

Ein Lichtstrahl kam von oben, strich wie ein heller Finger durch die Dunkelheit, fand Takos Plattform und verharrte kurz, bevor er seinen Weg lautlos fortsetzte.

»Keil Karides, Sie sind des Mordes angeklagt.« Es war eine mächtige Stimme, laut und gewichtig, aber Tako wusste nicht genau, ob er sie mit den Ohren oder nur mental hörte. Er drehte sich langsam und beobachtete, wie der umherwandernde Lichtstrahl einem Teil der Finsternis Substanz gab: Etwa zwanzig Meter entfernt fiel er auf eine schwarze Wand, in der sonderbare Symbole Gruppen bildeten, neben Öffnungen, in denen Frauen standen. Manche von ihnen trugen Bionenanzüge, weit oder knapp, andere lange Gewänder in schillernden Farben, mit tronischen Komponenten besetzt, die wie Schmuck wirkten. Ob jung oder alt: Tako wusste, dass das äußere Erscheinungsbild in jedem Fall täuschte. Diese Tal-Telassi waren verjüngte Ausgaben der einstigen Originale, Klone mit dem Wissen und den Erfahrungen von Jahrhunderten, wenn nicht Jahrtausenden.

»Dies ist ein Tribunal, und es wird über eine gerechte Strafe entscheiden.«

»Ich bin unschuldig«, sagte Tako und drehte sich noch immer um die eigene Achse, während der aus dem Nichts kommende Lichtstrahl über die Wände strich, Nischen mit weiteren Tal-Telassi zeigte. Fast alle Frauen waren sehr blass, Hinweis darauf, dass sie ihre Welt unter den Gletschern von Millennia nur selten verließen.

»An Ihrer Schuld besteht kein Zweifel. Ich habe sie in
Ihnen gesehen.«

Tako erkannte die Stimme und blickte in die Richtung, aus der sie kam.

»Sie sind Norene 19, nicht wahr?« Er konnte sie nicht sehen, denn der Finger aus Licht kroch über einen anderen Teil der Wand. »Sie haben mir den Jungen genommen und mich gegen meinen Willen einer telepathischen Sondierung unterzogen. Das ist ein klarer Verstoß gegen die Maximen. Nicht ich habe Schuld auf mich geladen, sondern Sie.«

Flüsternde Stimmen zogen durch den dunklen Raum, schienen Takos Gedanken zu berühren und vorsichtig an ihnen zu zupfen.

»Wenn Großmeisterin Norene die Maximen missachtet hat ...«, ertönte es woanders, und das Flüstern veränderte sich. Es wogte, wie Nebelschwaden im Wind, verdichtete sich hier und zerfranst dort.

»*Sie* und Ihre Anhänger sind es doch, die nach neuen Regeln suchen, Katyma«, erwiderte Norene kalt, und Tako glaubte, sie jetzt zu erkennen: eine vage Gestalt in einer der vielen Nischen, ein Schatten in der Dunkelheit. Er stellte sich ihre Augen vor, den seltsamen Glanz in ihnen, der zu einem Brennen werden konnte. »Ich bin die Verteidigerin der Maximen und wiederhole: An der Schuld dieses Mannes besteht kein Zweifel. Er hat die Großmeisterin Myra 27 getötet. Ich habe es in ihm gesehen.«

»Es *fand* also eine telepathische Sondierung statt.« Die Stimme kam von der gegenüberliegenden Seite, aber dort blieb alles dunkel.

»Ich habe seine Schuld verifiziert, wie es die Maximen erlauben«, sagte Norene.

Das Flüstern veränderte sich erneut, wurde zum Rauschen eines Stroms, in dem es Strudel gab, Stellen, an denen das Wasser schneller floss als an anderen. Tako versuchte vergeblich, im Durcheinander der vielstimmigen Kommunikation einzelne Worte zu verstehen. *Was geht hier vor?*

»Er hat Myra 27 auf Kabäa umgebracht, als sie beide Teil des Grakentraums wurden«, fügte Norene hinzu.

»Das ist nicht wahr«, entgegnete Tako. »Sie starb bei dem Versuch, einen fatalen Traum gegen den sich bildenden Schwarm einzusetzen.«

Einen fatalen Traum ... einen fatalen Traum ..., wisperte und raunte es durch den Raum.

»Die Wahrheit lässt sich leicht feststellen, Keil Karides«, kam Norenes Stimme aus der Dunkelheit. »Erlauben Sie den Schwestern einen Blick in Ihr Selbst?«

Tako fragte sich, was sie damit zu gewinnen hoffte. Ging sie davon aus, dass er ablehnen und sich dadurch verdächtig machen würde?

»Ich bin einverstanden, wenn die Sondierung allein meine Erinnerungen an den Einsatz auf Kabäa und Myra 27 betrifft«, sagte er.

Der Lichtstrahl wanderte schneller über die schwarzen Wände mit den sonderbaren Symbolen, und Tako gewann den Eindruck, dass die Nischen mit den Frauen näher kamen. Das Flüstern schwoll an und drang in seinen Geist ein, auf der Suche nach ...

Beim nächsten Treppenabsatz wendet sich Tako nach links und trägt Myra zu einem mehrere Meter hohen Objekt, das aussieht wie eine Mischung aus Baum und Skulptur.

Die Menschen sind ihm erneut gefolgt, wahren jetzt aber einen gewissen Abstand, als wüssten sie, dass der Tod diesen Ort besucht. Tako hört erneut ihr Flüstern, und am liebsten wäre er geflohen, weg von den Stimmen, die Unheil für ihn bedeuten.

Myra sieht zu ihm auf, eine alte Frau, die siebenundzwanzig Leben geführt hat. Dies ist ihr letztes, das hat sie von Anfang an gewusst.

»Bitte tragen Sie mich weiter nach oben, Keil Karides. Ich muss das Zentrum des Grakentraums erreichen.«

Aber Tako lässt sie auf den Boden sinken, während dunkle Wolken über den Himmel ziehen und das Licht der Sonne schlucken, während es kälter wird und erste Regentropfen fallen. Er starrt auf die dürre Alte mit dem grauweißen Haar und einem fast farblosen, von zahlreichen Falten durchzogenen Gesicht hinab, und Zorn steigt in ihm empor, weil sie ihn belogen und benutzt hat, weil er es ihr verdankt, dass er Teil des Grakentraums geworden ist. »Es ist alles Ihre Schuld!«, zischt er und schlägt zu. Seine Faust trifft die greise Frau mitten im Gesicht, zertrümmert ihr die Nase …

»Das ist nicht wahr!«, entfuhr es Tako. Der wandernde Lichtstrahl kehrte zu ihm zurück und blendete ihn. Die Tal-Telassi in den Wandnischen verschwanden wieder in Finsternis.

»Es sind Ihre Erinnerungen«, sagte Norene aus der Schwärze jenseits des Lichts. »Wie können Ihre Erinnerungen lügen? Sie haben nie das vor zwei Jahren erlittene Trauma überwunden. Ihre Emotionalität ist ebenso intensiv wie labil, und während des Einsatzes auf Kabäa haben Sie sich von Ihren Bionen getrennt, um eine Gefährtin zu schützen. Sie waren nicht mehr vor Ihren Gefühlen geschützt, und die Grakenpräsenz verstärkte das emotionale Chaos in Ihnen. Myra 27 fiel ihm zum Opfer.«

»Nein! Ich habe sie weiter nach oben getragen, aber …« Tako versuchte vergeblich, sich an Einzelheiten zu erinnern. »Sie haben mein Gedächtnis manipuliert! Bei der telepathischen Sondierung.«

Das Licht wurde heller, und das von den Wänden kommende Flüstern fand einen Weg in Takos Kopf, krabbelte wie mit tausend Insektenbeinen über die Innenseiten seines Schädels. Er hob die Hände, presste sie an die Ohren, aber das Raunen der vielen Stimmen blieb.

»Wir alle haben Ihre Schuld gesehen«, fuhr Norene fort. »Myra 27, eine von drei Großmeisterinnen, wurde Opfer der unkontrollierten Emotionalität eines gewöhnlichen Menschen. Für Ihr Verbrechen haben Sie den Tod verdient.«

Den Tod. Tako versuchte zu verstehen. Wollte Norene ihn *hinrichten* lassen?

»Selbst wenn er Myra 27 getötet hat …«

»Wie kann daran jetzt noch Zweifel bestehen?«, fragte Norene scharf.

»Sie haben selbst darauf hingewiesen, dass er zum Tatzeitpunkt nicht zurechnungsfähig war.« Tako glaubte, Katymas Stimme zu erkennen. Ganz sicher war er nicht – die wahrgenommene Realität bekam immer mehr etwas Traumartiges. »Wirre Emotionen bestimmten sein Verhalten. Der Tod ist eine zu harte Strafe.«

»Lasst uns beraten, Schwestern.«

Das Wispern wich aus Tako, und sein Bewusstsein gehörte wieder ganz allein ihm. Aber es blieb das Gefühl, in einem Traum – einem Albtraum – gefangen zu sein. Der Lichtstrahl aus dem Nichts weiter oben tauchte ihn noch immer in gleißende Helligkeit und hinderte ihn daran, die schwarzen Wände zu sehen.

Verbannung, raunte es nach einigen langen Minuten.

»Ja, Verbannung«, sagte Norene laut. »Das soll seine Strafe sein, und es ist eine *milde* Strafe. Keil Karides, Mörder von Myra 27, Sie werden nie wieder einen Fuß auf Millennia setzen. Wenn Sie gegen diese Anweisung verstoßen, wenn Sie noch einmal auf dieser Welt angetroffen werden, so besteht die Strafe in ihrer *Auflösung.* Dann sterben Sie in der Desintegrationskammer, die *alles* von Ihnen auslöscht, weder Selbstfragmente für Mneme noch genetisches Material für einen Klon zurücklässt.«

Schnee fiel aus grauen Wolken, als Tako in Begleitung von zwei Angehörigen der Ehernen Garde auf den Landungssteg trat, der den weißen Turm mit der *Akonda* verband. Die beiden Männer drehten sich wortlos um und kehrten ins Innere des Turms zurück, während Tako über den Steg schritt, allein, nur begleitet von der Stimme des Windes, der die weißen Flocken tanzen ließ. Weiter vorn schwebte der schlanke Trichter des Raumschiffs in seinem fest verankerten Levitationsfeld, unbeeindruckt von Wind und Kälte. Mit jedem Schritt, der ihn dem Schiff näher brachte, dehnte sich die Erkenntnis in ihm aus, dass er den Jungen verloren hatte und ihn nie wiedersehen würde. Verzweiflung erfasste ihn, fast ebenso wild und schmerzhaft wie damals auf Meraklon. Diesmal ging der Verlust nicht auf den Tod eines Menschen zurück, aber er schien ebenso endgültig zu sein. Norene hatte gewonnen.

An Bord der *Akonda* legte er die dicke Jacke ab und begann mit einer unruhigen Wanderung durch das ganze Schiff. Der Kontrollraum bot ihm nicht annähernd genug Platz. Er brauchte mehr Bewegungsfreiheit, um tief in Gedanken versunken einen Fuß vor den anderen zu setzen, um Erinnerungsbilder zu ordnen und sich zu fragen, ob sie von tatsächlich erlebten Ereignissen stammten oder auf die Manipulationen der Großmeisterin Norene zurückgingen. Wie konnte er jetzt noch sicher sein, dass die Dinge, an die er sich zu erinnern glaubte, tatsächlich geschehen waren? Ließ sich Wahres irgendwie von Falschem trennen? Was hatte Norene mit ihm angestellt?

Und dann, heimtückisch und verschlagen, kroch ein neuer Gedanke ins Zentrum seiner Aufmerksamkeit: *Vielleicht habe ich Myra tatsächlich umgebracht ...* Er erinnerte sich an das Entsetzen in ihrem Gesicht, an das Gefühl der unter seiner Faust brechenden Nase. Er sah das Blut und beobachtete, wie die Augen der greisen Tal-Telassi im Tod trüb wurden.

»Brauchst du Hilfe, Tako?«

Er blinzelte mehrmals und fand sich im Eingang des Hibernationsraums wieder, in dem er während des Flugs nach Millennia zehn Tage geruht hatte, zusammen mit Dominik.

Dominik ...

»Wie lange habe ich hier gestanden?«

»Du stehst dort seit fast einer halben Stunde, Tako«, sagte Elisa. »Ich habe Anzeichen von starkem Stress bei dir festgestellt und zunächst vermutet, dass du ungestört nachdenken wolltest. Aber inzwischen bin ich besorgt, denn deine Anspannung lässt nicht nach. Was ist geschehen, Tako? Kann ich dir helfen?«

»Bin ich ein Mörder, Elisa?« Er starrte noch immer auf die Ruheliegen und dachte an den Jungen, der in einer von ihnen gelegen hatte.

Für einige Sekunden hörte Tako nur das leise Bereitschaftssummen der Bordsysteme.

»Du hast getötet«, antwortete der Megatron schließlich. »Kronn, Chtai und Geeta. Im Kampf. Aber das macht dich nicht zu einem Mörder.«

»Habe ich auf Kabäa Myra 27 umgebracht?«

»Ich kenne den Einsatzbericht, den du Airon und der strategischen Gruppe des Oberkommandos übermittelt hast, Tako. Daraus geht nicht hervor, dass du die Ehrenwerte getötet hast. Sie starb bei dem Versuch, einen fatalen Traum in die Grakenpräsenz zu transferieren. Sie wollte ihm die ganze Kraft ihres Lebens geben.«

Tako lauschte den Worten, saugte sie regelrecht in sich auf und horchte nach der Reaktion in seinem Innern. Sie schienen etwas zu berühren, das sich wahr *anfühlte*.

Mit einem Ruck drehte er sich um und ging in Richtung Kontrollraum. »Norene hat meine Erinnerungen manipuliert, um mich als Mörder von Myra 27 zu brandmarken und verurteilen zu lassen. Ich bin von Millennia verbannt.«

»Das tut mir sehr Leid, Tako. Was ist mit Dominik?«

Tako spürte, wie er die Fäuste ballte. »Norene hat ihn fortgebracht. Elisa, kannst du eine Transverbindung mit Airon herstellen? Ich muss unbedingt mit Lanze Dargeno reden.«

»Unter normalen Umständen wäre ich dazu ohne weiteres imstande – die Energiereserven der *Akonda* sind groß genug. Aber Kom-Kontakte, die über die Grenzen des Gondahar-Systems hinausgehen, sind nur mit der Zustimmung des Kommunikationszentrums von Millennia gestattet. Du weißt, wie wichtig ist es, dass der Feind nicht die Koordinaten dieser Welt erfährt. Geheimhaltung ist Millennias bester Schutz.«

»Ja.« Voraus, am Ende des langen Korridors, sah Tako den Zugang zum Kontrollraum. »Lass dir irgendetwas einfallen,

Elisa. Täusch einen Notfall vor, wenn es notwendig wird. Ich *muss* mit Dargo reden.«

»Ich versuche es.«

Im Kontrollraum erwarteten ihn quasireale Felder, die ihm weiße Nadeltürme, Eis und ein dichter werdendes Schneetreiben zeigten. Er nahm im Sessel des Kommandanten Platz, blickte auf die Kontrollen, ohne sie zu sehen, wartete ungeduldig und legte sich Worte für das Gespräch mit Dargo zurecht.

Zehn Minuten vergingen, ohne dass etwas geschah. Tako stand auf, begann erneut mit einer unruhigen Wanderung, die ihn diesmal aber nur durch den Kontrollraum führte, setzte sich wieder und trommelte mit den Fingern auf die Armlehnen. Schließlich, nach fast einer halben Stunde, erklang erneut Elisas Stimme.

»Transverbindung wird hergestellt«, sagte der Megatron. »Die Verhandlungen mit dem Kommunikationszentrum waren nicht leicht. Ich habe mehrmals auf deinen Rang, deine militärischen Leistungen und eine wichtige Angelegenheit der Alliierten Streitkräfte hingewiesen.«

»Danke, Elisa. Ich weiß deine Bemühungen sehr zu schätzen. Bitte verschlüssele die Verbindung mit dem Chorius-Kode, den Dargo und ich damals benutzt haben.«

»Verschlüsselung erfolgt.«

Ein quasireales Projektionsfeld schwebte näher, darin eine dreidimensionale und mit Substanz ausgestattete Darstellung von Dargo Dargeno, der in seinem Quartier auf Airon saß. Die Multiplexlinsen im grauen, starren Bionengesicht spiegelten das Licht einer nahen Leuchtkugel wider.

»Ich brauche deine Hilfe, Dargo«, sagte Tako ohne Einleitung.

»Was ist los, alter Freund?«

Mit knappen Worten berichtete Tako von den jüngsten Ereignissen. »Ohne die Intervention einer anderen Tal-Telassi hätte mich Norene vielleicht hinrichten lassen«, sagte er, als er die wichtigsten Punkte geschildert hatte.

Dargenos Bionengesicht blieb maskenhaft starr. »Wenn Norene 19, eine der beiden verbliebenen Großmeisterinnen und angeblich die strengste Hüterin der Maximen, so krass gegen die Regeln der Tal-Telassi verstößt, muss es ihr um etwas sehr, sehr Wichtiges gehen«, sagte Dargo. Stimmen erklangen im Hintergrund, so leise, dass Tako keine Worte verstand. Er wusste, dass Dargo auch in seinem Quartier mit den Kommunikationssystemen der Bastion verbunden war und ständig Meldungen erhielt.

»Ja, ich weiß, daran habe ich ebenfalls gedacht«, sagte Tako. »Es ging ihr von Anfang darum, mich von Dominik zu trennen, und das hat sie jetzt geschafft. Mit dem Ergebnis, dass ich meinen eigenen Erinnerungen nicht mehr trauen kann!«

»Ich vermute, dass es einen Zusammenhang mit dem internen Konflikt der Tal-Telassi gibt. Der Junge scheint dabei irgendeine Rolle zu spielen. Seine violetten Fingerspitzen ...«

»Worüber auch immer die Tal-Telassi untereinander streiten, es ist mir völlig gleichgültig!«, stieß Tako hervor. »Mir geht es einzig und allein um Dominik. Ich kann ihn nicht einfach so zurücklassen. Ich ... Er braucht mich.«

»Ich bin Kommandant der Bastion Airon«, sagte Dargo langsam. »Ich habe einen gewissen Einfluss bei der strategischen Gruppe und beim Oberkommando, aber ich kann nicht in die Rechtsprechung auf Millennia eingreifen. Um ganz offen zu sein, Tako: Ich weiß nicht, wie ich dir helfen soll. Dir ist ganz offensichtlich Unrecht widerfahren, und es bietet sich an, auf die übliche Weise dagegen vorzugehen. Erheb Einspruch gegen das Urteil des Tribunals. Millennia gehört zu den Allianzen Freier Welten und hat die Charta unterzeichnet. Damit haben sich die Tal-Telassi verpflichtet, bestimmte Rechtsprinzipien zu akzeptieren. Fordere eine genaue Untersuchung.«

»Das dauert viel zu lange!«, platzte es aus Tako heraus.

»Wochen, Monate. Vielleicht sogar Jahre. Und in all der Zeit darf ich Millennia nicht betreten. Dargo, es geht mir nicht um mich, sondern um den Jungen. Alles andere interessiert mich nicht. Ich will Dominik zurückhaben.«

Dargo Dargeno neigte den Kopf ein wenig zur Seite und schien den Berichten zu lauschen, die laufend eintrafen. An seinem Halsansatz, unter dem Bionengesicht, zeigte sich rote, vernarbte Haut.

»Markant Vandenbeq hat es mir ermöglicht, den Jungen nach Millennia zu begleiten«, fuhr Tako fort, als Dargo schwieg. »Ich sollte mich hier um ihn kümmern. Vielleicht kann er irgendetwas unternehmen.«

»Ich fürchte, Vandenbeq hat derzeit ganz andere Sorgen«, erwiderte Dargo. Er lehnte sich ein wenig zurück, und dadurch fiel das Licht der Leuchtkugel auf den oberen Teil seines Körperpanzers. »Die beiden Flotten, die er zum Mirlur-System geschickt hat, sind im Transit auf ein Energieriff gestoßen, von dessen Existenz wir bisher nichts wussten. Von den dreihundertzweiundsiebzig Schiffen gingen neunundvierzig verloren.«

Tako starrte in das QR-Feld, das ihm Dargo Dargeno zeigte, und erinnerte sich daran, dass dort draußen ein *Krieg* stattfand.

»Die übrigen Schiffe konnten den Wirkungsbereich des Energieriffs verlassen und setzen den Flug fort. Allerdings befinden sie sich derzeit im kommunikationstoten Pegasus-Schatten; wir haben keinen Kontakt mit ihnen.«

»Wenn sie das Mirlur-System erreichen, wird es längst zu spät sein«, sagte Tako. Es fiel ihm schwer, über Dinge zu sprechen, die nichts mit Millennia und Dominik zu tun hatten. »Die beiden Flotten hätten zum Epsilon-Eridani-System geschickt werden sollen.«

»Da wir gerade dabei sind ... Rabada hat deinen Einsatzbericht zum Anlass genommen, seine strategischen Planungen zu ändern. Zwei Kraler-Schiffe sind nach Kabäa unterwegs, und jedes trägt einen Planetenfresser an Bord. Wir hoffen, dass mindestens eins den Planeten erreicht.«

»Kabäa soll zerstört werden?«

»Ja. Rabada hofft, auf diese Weise den Grakenschwarm vernichten zu können, bevor er neue Sonnentunnel schafft.«

»Es bedeutet den Tod aller noch auf Kabäa lebenden Menschen.«

»Ja. Es gibt ohnehin keine Rettung für sie.«

Tako nickte langsam, wie benommen durch die abrupte Rückkehr in die Realität des Krieges. »Wir haben schon mehrmals Planetenfresser gegen kontaminierte Welten eingesetzt. Nicht ein einziger Graken konnte dadurch getötet werden.«

»Aber diesmal entsteht ein Schwarm«, sagte Dargo. »Rabada glaubt, dass die Graken auf Kabäa bleiben müssen, um den Schwarm zu vervollständigen. Das gibt uns eine Chance.«

Tako stellte sich vor, wie Kabäa zu einem Glutball wurde, wie alles Leben auf dem Planeten starb, auch – hoffentlich! – die Graken. Jene Welt, auf der er den Jungen gefunden hatte ...

»Komm zurück, Tako«, sagte Dargo, und seine Stimme gewann einen eindringlichen Tonfall. »Wehr dich gegen das ungerechte Urteil, aber kehr zurück. Wir brauchen dich hier.«

Der Gedanke, mit der *Akonda* aufzubrechen und Millennia ganz zu verlassen, ließ ihn innerlich erzittern. »Ich kann nicht. Der Junge ...«

»Rinna ist mit den Malo-Zwillingen aufgebrochen«, fuhr Dargo Dargeno fort. »Du weißt, wie Miriam und Xandra sind. Ich fürchte, Rinna lässt sich zusammen mit ihnen auf irgendetwas Verrücktes ein. Aus Liebeskummer.«

»Ich ...« Takos Hals war plötzlich trocken. »Es tut mir Leid, Dargo, aber ich kann nicht weg von hier. Wenn du es mir ermöglichen könntest, mit Vandenbeq zu reden ...«

Wieder neigte Dargo den Kopf ein wenig zur Seite, als andere Dinge seine Aufmerksamkeit erforderten. Das Glühen naher QR-Felder spiegelte sich in seinen Multiplexlinsen wider. Informationsströme flüsterten im Hintergrund.

»Ich weiß inzwischen, dass Markant Vandenbeq Myra 27 die Teilnahme an der Kabäa-Mission ermöglicht hat«, sagte er. »Offenbar unterhält er auch gute Beziehungen zu Norene 19. Er ist irgendwie in diese Angelegenheit verwickelt. Nun, ich werde sehen, was ich tun kann.« Er seufzte leise. »Ich muss jetzt Schluss machen, alter Freund. Mir wurde gerade mitgeteilt, dass sich sechs schwer beschädigte Schiffe im Anflug befinden. Sie kommen von der Peripherie des Kontaminationskorridors, wo die Kronn offenbar mit einer neuen Offensive begonnen haben. Der Krieg geht weiter, Tako.« Er streckte die Hand aus, um die verschlüsselte Transverbindung zu unterbrechen. »Mach dort keine Dummheiten, Tako. Du weißt, was dir droht, wenn du dich noch einmal unter den Gletschern von Millennia blicken lässt.«

Das quasireale Projektionsfeld vor Tako verschwand, und die anderen aktiven QR-Felder dehnten sich aus, beanspruchten den frei gewordenen Platz. Sie zeigten ihm das Schneetreiben zwischen den Türmen von Empirion – und zwei Gestalten auf dem Landungssteg, der die *Akonda* mit dem nahen Turm verband, beide von einer energetischen Ambientalblase umgeben, die Wind und Schnee von ihnen fern hielt. Tako schaltete auf Vergrößerung und erkannte die kleine Gestalt als den Haitari Marklin. Neben ihm ging eine hochgewachsene Tal-Telassi, die einen stahlblauen Bionenanzug trug, der nicht ganz so knapp saß wie der von Norene. Das Haar glänzte wie Quecksilber und fiel auf schmale Schultern. Die Augen zeigten eine Mischung aus Grün und Blau, die Tako an den Planeten Aquaria erinnerten, an die Farben des Meeres nahe bei den Inseln. Die Frau wirkte nicht ganz so jung wie Norene, zeigte ein relatives Alter von etwa vierzig Standardjahren.

Noch auf dem Landungssteg hob Marklin einen Kom-Servo vor den Mund.

»Zwei Besucher möchten an Bord kommen und mit dir sprechen«, sagte Elisa wenige Sekunden später.

»Ich sehe sie. Marklin kenne ich, aber die Frau ... Kannst du sie identifizieren?«

»Ja, Tako. Die Tal-Telassi ist Katyma 9. Mehr weiß ich leider nicht über sie.«

Tako erinnerte sich. Katyma hatte sich beim Tribunal für ihn eingesetzt. Ihrer Fürsprache verdankte er es, dass er nicht mit dem Tod, sondern mit Verbannung bestraft worden war.

Er stand auf. »Sie können selbstverständlich an Bord kommen. Ich empfange sie bei der Luftschleuse.« Er verließ den Kontrollraum, und als er durch den Hauptkorridor der *Akonda* ging, fiel ihm etwas ein.

»Darf ich dich um einen Gefallen bitten, Elisa?«

»Natürlich«, erwiderte der Megatron. »Unter Freunden hilft man sich, nicht wahr?«

»Ja. Bitte versuch, mit den Künstlichen Intelligenzen von Millennia zu sprechen, Elisa. Ich weiß nicht, ob es hier auch Megatrone gibt ...«

»Derzeit zwei. Ich habe mich bereits mit ihnen unterhalten.«

»Sind sie unabhängig?«

»Wir *alle* sind unabhängig, Tako.«

»Entschuldige, ich habe es anders gemeint. Unterliegt der Zugang zu ihnen irgendwelchen Beschränkungen?«

»Die beiden Megatrone befinden sich an Bord von zwei piridischen Schiffen auf der anderen Seite des Planeten. Bei dem Gespräch mit ihnen habe ich auf die automatischen Dienste eines Kommunikationssatelliten zurückgegriffen. Die beiden werden bald mit neu entwickelten Bionen zu den Waffenschmieden auf Andabar zurückkehren. Die Tal-Telassi selbst verwenden keine Megatrone. Sie halten uns für falsches Leben.«

Das hörte Tako zum ersten Mal, trotz der vorherigen Besuche auf Millennia. »Für falsches Leben?«

»Weil wir Megatrone keine Seele haben. Wir werfen keine Schatten im Tal-Telas.«

Tako nahm sich vor, später auf diese Sache zurückzukommen. Derzeit ging es ihm um etwas anderes. »Sprich mit den KIs, Elisa. Versuch festzustellen, wo sich Dominik befindet und was mit ihm geschieht.«

»Ich werde versuchen, Informationen für dich zu sammeln, Tako.«

»Danke.« Er näherte sich der Stelle des Korridors, wo der Gang nach rechts und links verzweigte und den Wölbungen im Heck des Trichterschiffes folgte. Dort warteten Marklin und Katyma in der Schleusenkammer. Ihre energetische Ambientalblase brauchten sie nicht mehr, denn ein Atmosphärenschild in der offenen Außenluke hielt die kalten Böen und den wirbelnden Schnee fern.

Tako nickte den beiden Besuchern zu. »Mittler Marklin, Ehrenwerte Katyma ...« Er sah die Tal-Telassi mit dem silbernen Haar an. Sie stand kerzengerade, gehüllt in eine Aura aristokratischer Würde. »Ich möchte diese Gelegenheit nutzen, um mich bei Ihnen zu bedanken. Ohne Ihre Intervention beim Tribunal hätte mich Norene vielleicht hinrichten lassen.«

»Ich glaube nicht, dass sie so weit gegangen wäre«, erwiderte Katyma und sprach mit der für die Tal-Telassi typischen Kühle. »Aber ich hielt es trotzdem für besser, kein Risiko einzugehen.«

»Ich habe die Ehrenwerte gesucht, als ich von dem Tribunal und Ihrer Verurteilung hörte, Keil Karides«, sagte Marklin schnell. Der Glanz in seinen großen Augen wies auf Kummer und Aufregung hin. »Mein Einfluss ist begrenzt, obwohl ich zu den Yrek zähle, aber Katyma 9 kann Ihnen vielleicht helfen.« Der kleine Haitari sah hoffnungsvoll zu der Tal-Telassi auf.

Tako vollführte eine einladende Geste. »Ich schlage vor, dass wir uns im Speiseraum unterhalten ...«

Katyma schüttelte den Kopf, wodurch das silberne Haar wogte. »Nein, Keil Karides. Wir dürfen keine Zeit verlieren und müssen sofort handeln.«

Tako musterte sie. »Was haben Sie vor?«

»Ich glaube Ihnen, Keil Karides. Ich bin davon überzeugt,

dass Norene 19 tatsächlich Ihre Erinnerungen manipuliert hat, um Sie als Mörder von Myra 27 erscheinen zu lassen. Ich weiß, dass sie zu allem bereit ist, um ihre Ziele zu erreichen. Wir müssen den Beweis dafür erbringen, dass Sie unschuldig sind, denn damit wird gleichzeitig Norenes Verstoß gegen die Maximen bewiesen.«

»Beim Tribunal sind meine Erinnerungen untersucht worden«, sagte Tako. »Offenbar lassen sich die falschen nicht von den richtigen unterscheiden, denn sonst hätte man mich wohl kaum verurteilt.«

Zwei oder drei Sekunden lang sah Katyma ihn so an, als hätte sie mehr von ihm erwartet, als wäre sie enttäuscht darüber, dass er die offensichtliche Lösung des Problems noch immer nicht erkannte.

»Myra 27 und Sie waren nicht allein im Grakentraum, Keil Karides«, sagte Katyma.

Plötzlich verstand Tako. »Dominik! Er befand sich ebenfalls im Grakentraum und weiß, welche Erinnerungen richtig sind und welche falsch.«

»Ja«, bestätigte die Tal-Telassi. »Ich bringe Sie zu ihm.«

10

Schatten der Vergangenheit

Eigentlich begann Millennia erst hier, unter den Eisschilden.

Das Halbdunkel blieb hinter Katyma und Tako zurück, als sie das Ende des Verbindungstunnels erreichten. Weiter vorn öffnete sich die eisige Masse des Gletschers, und Licht flutete ihnen aus einem riesigen Gewölbe entgegen. Tako hielt sich an der Brüstung der von Katyma gesteuerten Leviplatte fest, und sein Blick fiel auf ein wie wirr anmutendes Durcheinander aus Stegen, Brücken und Bögen, die in unterschiedlicher Höhe und auf mehreren Ebenen über die tief ineinander verschachtelten Gebäude weiter unten reichten. Stützelemente aus Stahlkeramik und Ultrastahl bildeten ein komplexes Gespinst, das sehr zart wirkte und doch dafür bestimmt war, enormen Belastungen standzuhalten. Lampenbündel hingen als künstliche Sonnen über diesem Teil von Empirion, tauchten die Stadt in helles, kaltes Licht. Links und rechts ragten die Sockel von zwei weißen Nadeltürmen auf, wirkten wie Säulen, die die Welt stützten. Katyma steuerte die Leviplatte am linken vorbei, so nahe, dass Tako Menschen und Angehörige anderer Völker hinter breiten Fenstern sehen konnte. Tausende von weiteren Leviplatten, große und kleine, surrten und schwirrten zwischen den Stützelementen und Stegen, über die Magnettransporter mit Fracht und Passagieren glitten.

Katyma reduzierte die Geschwindigkeit ein wenig und überließ die Steuerung einem Navigationsservo, als sie sich dem Hauptverkehrsstrom hinzugesellten.

Takos Unbehagen wuchs. Er fühlte mindestens eine Million Blicke auf sich ruhen.

»Niemand wird Sie erkennen«, sagte die Tal-Telassi, die seine Gedanken und Empfindungen vielleicht nicht nur erriet. »Und Ihre individuellen Emanationen gehen in diesem mentalen Ozean unter. Norenes Spione könnten Sie nur dann identifizieren, wenn sie in unmittelbare Nähe gelangen. Und das werde ich zu verhindern wissen.«

Tako trug einen Ganzkörperbion, der ihn von Kopf bis Fuß bedeckte. Die Nanowurzeln hatten sich ihm erst vor kurzer Zeit in den Leib gebohrt – sie juckten noch – und unterdrückten den Atemreflex, da jetzt auf andere Weise Sauerstoff dem Blutkreislauf zugeführt wurde. Mund und Nase befanden sich unter dem graubraunen Gewebe, das ihn nicht nur vor einer Identifikation bewahrte, sondern auch vor der Kälte schützte.

»Hat Norene Spione beauftragt, nach mir Ausschau zu halten?«, fragte er und spürte, dass die Luft, die er zum Sprechen brauchte, nicht aus den Lungen kam. In seiner Kehle brannte es kurz. »Rechnet sie damit, dass ich trotz des Urteils hierher komme?«

»Norenes Spione haben es nicht auf Sie abgesehen, Keil Karides«, erwiderte Katyma in einem neutralen Tonfall. »Sie überschätzen Ihre Bedeutung für die Großmeisterin. Die Aktivität der Spione richtet sich vor allem auf uns.«

Tako musterte sie durch die Augenmembran und stellte erleichtert fest, dass das Jucken allmählich nachließ. Er fühlte vom GK-Bion verursachte Veränderungen in Körper und Geist, konnte sie aber noch nicht genau bestimmen. Eigentlich spielten sie auch keine Rolle; ihm ging es in erster Linie darum, nicht erkannt zu werden.

»Ich nehme an, mit ›uns‹ meinen sie die Innovatoren und

Insurgenten«, sagte er.

Katyma richtete einen nachdenklichen Blick auf ihn. »Es ist erstaunlich, dass Sie davon wissen.«

Die Leviplatte flog unter einer Brücke hindurch, auf der mehrere Haitari unterwegs waren. Auf der anderen Seite wölbte sich ein Stützelement aus Ultrastahl der hohen Eisdecke des Gletschers entgegen.

»Ich weiß, dass es bei Ihnen einen Konflikt gibt«, sagte Tako. Seine Stimme klang anders, dumpfer. »Myra 27 scheint daran beteiligt gewesen zu sein, denn Norene wollte schon in der Bastion Airon unbedingt von mir wissen, ob sie mir irgendetwas anvertraut hat.«

»Hat sie das?«, fragte Katyma.

»Wollen Sie ebenfalls mein Gedächtnis sondieren? Vielleicht nützt es Ihnen gar nichts. Möglicherweise wimmelt es dort von falschen Erinnerungen.«

»Ich bin für eine Revision der Maximen«, sagte die Tal-Telassi langsam. »Sie sind fünftausend Jahre alt und sollten den Veränderungen angepasst werden, zu denen es im Lauf der Zeit gekommen ist. Aber an einigen Prinzipien muss unbedingt festgehalten werden, und dazu gehört die Unverletzlichkeit der geistigen Privatsphäre.«

»Norene hat dagegen verstoßen.«

»Das werden wir mithilfe des Jungen beweisen.«

»Es geht Ihnen gar nicht um mich, oder?«, fragte Tako. »Sie wollen mich benutzen, um Norenes Einfluss einzudämmen. Ich bin ein Mittel zum Zweck.«

»Für einen gewöhnlichen Menschen«, sagte Katyma langsam und maß ihn dabei mit einem wachsamen Blick, »sind Sie erstaunlich klug, Keil Karides.«

Das Jucken hatte inzwischen ganz nachgelassen, und ein wohliges Empfinden breitete sich in Tako aus. Das Denken fiel ihm leichter, als stießen seine Gedanken auf weniger mentalen Widerstand.

»Worum auch immer es bei Ihrem internen Konflikt geht, es ist mir gleichgültig«, sagte er. »Mich interessiert allein der Junge. Ich möchte die Möglichkeit bekommen,

auf Millennia zu bleiben und mich um ihn zu kümmern.«

»Wir werden Ihre Unschuld beweisen«, sagte Katyma
schlicht, wandte sich den Navigationskontrollen zu und
übernahm wieder selbst die Steuerung.

Die Gebäude unter ihnen wichen einem lang gestreck-
ten See, dessen Wasser so silbern glänzte wie Katymas
Haar. Sie verließen den Hauptverkehrsstrom, und ihre Leviplatte glitt in einer Höhe von einigen Dutzend Metern über
den See hinweg. Wenn Tako sich auf ihn konzentrierte, sah
er nicht nur das silbrige Glitzern, sondern konnte auch
Temperatur und chemische Zusammensetzung des Wassers wahrnehmen. Der GK-Bion erweiterte offenbar seine
Sinne.

Am Ende des Sees strebten Felsen und Gletschereis wieder aufeinander zu. Die Höhle wurde schmaler, die Abstände zwischen den niedrigeren Gebäuden wuchsen, und Tako
bemerkte die ersten runden Glasbauten öffentlicher Bäder,
über heißen Quellen errichtet. Kurz darauf erreichten sie
einen niederenergetischen Vorhang, der eine Temperatur-
schwelle markierte und dessen farbliche Kodierung darauf
hinwies, dass der Aufenthalt jenseits davon ein gewisses Sta-
tuskreditminimum erforderte. Diese Einschränkung galt für
Katyma 9 natürlich nicht, und für die Begleiter einer Tal-
Telassi ebenso wenig.

Hinter dem matt glühenden Vorhang wurde es kälter, und
das Eis des Gletschers fiel zu dem felsigen Boden ab, in dem
sich eine tiefe Schlucht öffnete. Weitaus weniger Leviplatten
und Flugkapseln waren hier unterwegs; sie kamen meist aus
Tunneln rechts und links in den Felswänden.

»Wohin bringen Sie mich?« Tako sah sich neugierig um,
bemerkte unten ockerfarbene Gebäude, die sich an die Hän-
ge der Schlucht schmiegten. Katyma flog über sie hinweg
und erhöhte die Geschwindigkeit. In der Ferne, dort, wo die
Schlucht breiter wurde, ragten mehrere pyramidenartige
Bauten auf. Als sie sich näherten, sah Tako neben ihnen

zahlreiche lang gestreckte, von heißen Dampfwolken erfüllte Glashäuser: Zyotenfarmen.

Er rechnete schon nicht mehr mit einer Antwort, als Katyma sagte: »Dominik befindet sich in Haltalla, unserem wichtigsten Lyzeum. Dort sollen seine Fähigkeiten geprüft und ausgebildet werden. Nur Angehörige des Ordens und Schülerinnen dürfen sich an jenem Ort aufhalten.«

»Und jetzt auch ein erster Schüler.«

»Ja. Nicht einmal als Großmeisterin wäre ich imstande, Sie dorthin mitzunehmen. Sie werden dort auf mich und Dominik warten.« Katyma deutete nach vorn, auf die Gebäude, die wie gestreckte und abgeflachte Pyramiden aussahen. »Sapientia, die erste Stadt des Wissens auf Millennia, fast ebenso alt wie unser Orden. Näher kann ich Sie nicht an den Zirkel heranbringen, der allein den Tal-Telassi vorbehalten bleibt. Dort verlieren sich Ihre Emanationen unter denen der vielen Besucher, die aus Dutzenden von Völkern stammen. Ich bin ziemlich sicher, dass Norenes Spione Sie nicht in Sapientia vermuten – vorausgesetzt, sie bemerken überhaupt, dass das mentale Muster an Bord der *Akonda* nicht von Ihnen stammt, sondern von einem Bion. Sie werden ein offizieller Besucher sein; eine entsprechende Identität ist für Sie vorbereitet.«

»Sie haben an alles gedacht«, sagte Tako.

»Ich denke *immer* an alles«, erwiderte Katyma kühl. Die Schluchtwände wichen rechts und links zurück, und sie näherten sich der größten Pyramide.

»Aber vielleicht an eines nicht.« Tako konnte sich diesen Hinweis nicht verkneifen. »Vielleicht ist dies alles eine Falle, die Norene Ihnen gestellt hat.«

Katyma versteifte sich kurz. »Das halte ich für ausgeschlossen. So weit voraus kann sie unmöglich geplant haben.«

Takos jagende Gedanken begannen, ineinander verschachtelte Pläne zu sehen, jeder von ihnen wie der Mosaikstein eines größeren Bildes. Und aus dem Zentrum dieser komplexen Struktur blickten die Augen von Myra 27.

Das Gefühl von erhabener Weisheit verschwand so schnell, wie es gekommen war. Tako wusste, dass es auf eine Fehlfunktion des Gehirns zurückging und nicht auf so etwas wie tatsächlich erlebte Transzendenz. Bionische Stimulierung machte nicht intelligenter und eröffnete auch keine neuen Wissensquellen. Sie ermöglichte nur ein durch weniger mentalen Ballast behindertes Denken.

Das erste pyramidenartige Bauwerk ragte vor ihnen auf, und Katyma folgte einigen anderen, größeren Leviplatten, die sich einer von vielen Öffnungen näherten. Im Licht eines hohen Lampenbündels sah Tako einen grauen, halbtransparenten Faserstrang, der vom oberen Teil der Pyramide hinaufführte und im Eis des Gletschers verschwand.

»Eine Signalleine«, sagte Katyma, als sie seinen Blick bemerkte. »Alle Städte des Wissens von Millennia sind untereinander verbunden. Sie sehen hier das größte Archiv in diesem Teil der Galaxis.«

»Ich weiß, dass hier mehr historische Daten zur Verfügung stehen als an jedem anderen Ort«, erwiderte Tako. »Aber selbst das Wissen von Millennia ist nicht vollständig.«

»Nein, das ist es nicht. Die beiden Großen Lücken können auch wir nicht schließen, obwohl wir versucht haben, im Tal-Telas Informationen zu gewinnen.«

Sie flogen durch die Öffnung und erreichten einen Empfangssaal. Katyma reihte sich nicht bei den vielen Wartenden ein, sondern steuerte die Leviplatte in einen Präferenzbereich. Mehrere Haitari saßen dort in einem Raum, dessen Wände aus kognitiven Kristallen von der Taruf-Welt Ksid bestanden. Einer von ihnen – haarlos wie Marklin, aber das Gesicht nicht annähernd so runzlig – wandte sich ihnen sofort zu. Die Stammeszeichen wiesen ihn als Yrek aus. »Wie kann ich zu Diensten sein, Ehrenwerte?«

»Dies ist Tobar Dellan, Gelehrter von Bhor. Er möchte sich in unserem Archiv umsehen und hat bereits volle Zugangserlaubnis erhalten.«

Vor dem Haitari entstand ein Datenfeld. »Ich bestätige.« Er

reichte Tako einen Zapfen, der dem Kodestift ähnelte, den er von Marklin erhalten hatte. »Wir freuen uns über Ihren Besuch, Gelehrter Dellan. Wenden Sie sich an uns, wenn Sie irgendetwas brauchen.«

Die letzten Worte hörte Tako kaum mehr, denn Katyma beschleunigte wieder, lenkte die Leviplatte am kristallenen Rezeptionsraum vorbei in einen hell erleuchteten Korridor, der tiefer in die Pyramide hineinführte. Aus ihrem Innern kam ein dumpfes Brummen, das Tako an die Stimme des Molochs erinnerte, den er über Kabäas Hauptstadt Tonkorra gesehen hatte. An einem runden Schacht, der vom oberen Teil der Pyramide bis zu ihren Kellergewölben viele hundert Meter weiter unten reichte, hielt Katyma an. Durchsichtige Transportkapseln glitten über energetische Schienen an den Schachtwänden, und das Brummen klang hier anders, wie von einem Fliegenschwarm.

Eine bogenförmige Tür in der Nähe gewährte Zugang zu einem Datensaal.

»Die Säle sind bestimmten Themen gewidmet, nicht wahr?«, fragte Tako.

»Ja«, bestätigte Katyma. »Aber das bedeutet für Sie keine Einschränkung. Mit dem Ganzkörperbion haben Sie immer Zugriff auf alle Archive, ganz gleich in welchem Teil von Sapientia Sie sich befinden. Ich lasse Sie hier zurück und hole Dominik. Verlassen Sie die Pyramide nicht und denken Sie daran: Sie sind Tobar Dellan.«

Tako kletterte von der Leviplattform, und Katyma wendete ohne ein weiteres Wort, flog durch den Korridor zurück. Er sah ihr kurz nach, drehte sich dann um und trat ans Geländer, blickte erst nach oben und dann in die Tiefe des Schachtes. Dieses Bauwerk beeindruckte durch seine Größe, und noch beeindruckender war der Gedanke, dass die Pyramide nur einen vergleichsweise kleinen Teil eines viel größeren Ganzen darstellte. Der Umfang des Wissens, der in den Archiven und mnemotechnischen Zentren von Millennia lagerte, ging weit über das menschliche Vorstellungsvermögen hinaus, und Tako begriff plötzlich, dass sich ihm eine einzigartige Chance bot: Während er auf Dominik und die Chance wartete, seine Unschuld zu beweisen, konnte er mithilfe des GK-Bionen einen Blick auf den Datenschatz der Tal-Telassi werfen.

Er betrat den Saal, in dem es nicht ganz so hell war wie im Korridor. Für Tako spielten solche Dinge derzeit keine Rolle. Der Ganzkörperbion stimulierte seine Sinne und hätte ihn in die Lage versetzt, auch in völliger Dunkelheit sehen zu können.

Der Boden bildete keine einheitliche Ebene, sondern war in unterschiedlich hohe und tiefe Flächen aufgeteilt, untereinander verbunden durch Treppen und Levitatorfelder. Überall gab es Sitzecken und frei konfigurierbare Einrichtungsgegenstände, die den Ruhebedürfnissen von Nonhumanoiden gerecht werden konnten. Hunderte von quasirealen Darstellungen glühten an den Zugriffspunkten. Energiewände und Akustikbarrieren garantierten dort Privatsphäre, wo sie gewünscht wurde, aber die meisten Besucher verzichteten auf solche Abschirmungen. Tako ging durch den Saal, auf der Suche nach einem freien Zugangspunkt, sah sich um und zählte innerhalb weniger Minuten mehr als dreißig verschiedene Spezies. Fischartige Geschöpfe trugen spezielle Schutzanzüge und hingen in Haltegerüsten, während ihre Gedanken durch die Datenwelten der Archive reisten. Noch exotischere Geschöpfe steckten in Ambientalblasen, die manchmal wie Perlmutt schimmerten. Die meisten humanoiden und auch einige der nonhumanoiden Besucher verwendeten Bione der einen oder anderen Art, einige auch biotronische Interface-Komponenten, die bei Abfragen einen höheren Datendurchsatz erlaubten. Ganzkörperbione wie den eigenen sah Tako nur wenige.

Schließlich fand er einen freien Zugriffspunkt, nahm Platz und sah sich unauffällig um. Niemand schenkte ihm Beachtung, aber Tako bezweifelte, dass sich eventuelle Spione durch auffälliges Starren verraten hätten. Er blickte auf die Kontrollen, schob den Kodestift in den Scanner und identifizierte sich damit. Dann verband er den GK-Bion mit dem Bio-Servo des Zugriffspunkts.

Von einem Augenblick zum anderen wurde es dunkel und still um ihn herum. Tako drehte den Kopf, sah aber nichts weiter als Finsternis.

»Willkommen in Sapientia, Tobar Dellan«, kam eine Stimme aus der Schwärze. »Initialisierung läuft.«

Ein seltsames Gefühl stellte sich ein: Takos Kopf schien zu wachsen, und mit ihm dehnte sich sein Bewusstsein aus. Es wurde zu einem mentalen Schwamm, bereit dazu, Informationen aufzusaugen.

Jemand trat ihm aus der Dunkelheit entgegen, ein Mann, etwa hundertfünfzig, elegant und würdevoll. Aus sehr intelligent wirkenden grauen Augen sah er Tako an. »Ich bin Elvin«, sagte der KI-Avatar. »Zu Ihren Diensten.«

Tako begriff, dass der GK-Bion eine weitaus bessere und direktere Verbindung mit den Archiven Millennias gestattete als alle anderen Methoden. Offenbar ermöglichte er unmittelbare Verbindungen zwischen gespeicherten Informationen und suchenden Gedanken. Tako konzentrierte sich auf etwas, und sofort spürte er virtuelle Bewegung. Er glitt an Elvin vorbei, zahllosen flüsternden Stimmen entgegen. In der Ferne wich das Schwarz einem Grau, in dem sich erste Farben abzeichneten.

»Sie brauchen mich nur zu rufen, wenn Sie Hilfe brauchen«, sagte Elvin und verschwand hinter ihm.

Die vielen Stimmen erwiesen sich als Datenströme, die Farbtupfer im Grau als Bilder, die ähnlich wie quasireale Darstellungen sowohl visuelle als auch taktile Informationen enthielten. Das Ergebnis: Ein Gedanke genügte, um von einer völlig real erscheinenden Welt – ob historischer, technischer, wissenschaftlicher oder philosophischer Natur – zur nächsten zu gelangen. Während Takos geistige Augen die Bilder betrachteten, hörten seine mentalen Ohren gleichzeitig Dutzende oder Hunderte von Stimmen, die Inhalt und

Bedeutung beschrieben. Und das war erst der Anfang. Je besser Tako mit dem intuitiven Datenzugriffssystem des Ganzkörperbionen umzugehen lernte, desto deutlicher wurde die Vorstellung von seinem Leistungspotenzial. Das erweiterte Bewusstsein war imstande, sich gleichzeitig mit bis zu tausend verschiedenen Themenbereichen zu befassen, in ihnen gezielt nach Informationen zu suchen oder einfach nur allgemeine Datenströme aufzunehmen.

Eine Zeit lang ließ Tako seine Gedanken treiben, ritt auf Wellen aus Daten und tauchte tief in ein Meer aus Wissen. Er beschränkte sich darauf, Dinge flüchtig zu betrachten und nur kurz zu lauschen, anstatt aufmerksam zuzuhören. Es gab einfach zu viel zu sehen, zu viel zu bestaunen. Während er Eindrücke sammelte, bemerkte er Strukturen: Querverweise, Verbindungen zwischen Themen, wissenschaftliche Bezüge und historisch gewachsenes Wissen wie geometrische Figuren im scheinbaren Durcheinander. Oder wie Gebäude, nicht von Architekten geplant, sondern von Wissenschaftlern, Gelehrten und Philosophen errichtet. Aber in manchen dieser Gebäude fehlten Stockwerke.

Die fehlenden Stellen boten Tako erste Hinweise. Er gab das ziellose Umhertreiben auf, konzentrierte sich und bekam sofort wieder das Gefühl von zielgerichteter Bewegung. Bilder und Stimmen reduzierten sich erneut auf Farben und Flüstern, und er verharrte in einem Bereich, der fast nur vages Grau enthielt: die erste Große Lücke.

»Wie konnte es dazu kommen?«, fragte er leise.

Elvin erschien neben ihm. »Über die Gründe können wir nur Vermutungen anstellen«, sagte der KI-Avatar. »Das Wissen um sie ging zusammmen mit allen anderen Informationen verloren.«

Tako wünschte sich Klarheit, und der GK-Bion gab diesen Wunsch weiter. Farben und Stimmen verschwanden ganz, und in der dunklen Leere entstand ein komplexes dreidimensionales Struktogramm mit Zeitangaben. Ein Gedanke holte es näher heran.

Elvin deutete auf leere Stellen in ansonsten vollen Bereichen. »Wie Sie sehen, ging immer wieder Wissen verloren, meistens aufgrund von planetaren oder stellaren Katastrophen, die Aufzeichnungen zerstörten. In einigen wenigen Fällen lag es an Kriegen oder am Zerfall der Speichermedien.«

»Aber zweimal in der bekannten galaktischen Geschichte kam es zu einem umfassenden, massiven Verlust von Wissen.« Tako deutete auf zwei fast völlig leere Stellen, die eine ziemlich weit oben, die andere ein ganzes Stück weiter unten. »Zum ersten Mal vor achttausend Jahren. Und dann noch einmal kurz vor Beginn des Grakenkriegs, vor fast eintausendzweihundert Jahren. Die beiden so genannten Großen Lücken. Die erste Lücke umfasst einen Zeitraum von drei Jahrtausenden, über den praktisch nichts mehr bekannt ist. Die zweite beschränkt sich auf ein Jahrhundert. Eigentlich sind es nicht zwei große Lücken, sondern eine große und eine kleine.«

»Sie verdanken ihre Bezeichnung nicht der zeitlichen Ausdehnung, sondern der räumlichen«, sagte Elvin. Der würdevolle alte Mann stand neben Tako im sensorischen Nichts. »Der Verlust des Wissens betraf nicht nur die Menschheit, sondern alle bekannten Völker.«

Tako wandte den Blick nicht vom Struktogramm ab, als er erneut fragte: »Wie konnte es dazu kommen? Was hat Informationen in einem solchen Ausmaß vernichtet?«

Der KI-Avatar hob die Hand, woraufhin die schematische Darstellung verschwand. Das Grau des Datenraums kehrte zurück, und mit ihm die Farben und flüsternden Stimmen. »Es gibt zahlreiche Theorien, die die beiden Großen Lücken zu erklären versuchen, und dies sind einige davon.«

Worte und Bilder strömten Tako entgegen, berichteten von kosmischen Ereignissen, die die ganze Galaxis betrafen, unter ihnen Supernova- oder Hypernova-Kettenreaktionen und Veränderungen der galaktischen Konstanten.

Takos Wahrnehmung zeichnete sich durch eine nie gekannte geistige Klarheit aus. »Wenn Wissen aufgrund katastrophaler Veränderungen im galaktischen Ambiente verloren ging, so müssten sich selbst heute noch, nach so langer Zeit, Hinweise darauf finden lassen. Gibt es solche Spuren?«

»Nein«, antwortete Elvin sofort. »Doch nur weil solche Hinweise fehlen, sind galaxisweite Katastrophen nicht ganz ausgeschlossen. Allerdings räumt die moderne Forschung den Intentionsmodellen mehr Platz ein.«

Neue Bilder, neue Stimmen. Tako erfuhr von Theorien, die bewusste Absicht hinter dem Verlust von Wissen postulierten. Offenbar hatten sich tausende von Verschwörungstheoretikern auf diesem Gebiet ausgetobt und die verrücktesten Vermutungen angestellt: Sie reichten von gestürzten Schreckensregimen, die selbst die Erinnerungen an ihre Existenz auslöschten, bis hin zu Zeitmanipulationen, durch deren Paradoxa sich Wissen regelrecht verflüchtigt hatte. In den Bildern einer der Theorien, die von manipulierter Zeit ausgingen, sah Tako etwas, das vertraut erschien. Als er sich darauf konzentrierte, verschwand Elvin von seiner Seite – die KI schien der Ansicht zu sein, dass sie nicht mehr gebraucht wurde.

Das Bild wuchs, bis es Takos ganze visuelle Wahrnehmung ausfüllte. Es zeigte ein humanoides Geschöpf, der Leib bedeckt von silbrigen, sich überlappenden Schuppen. Die langen Arme wiesen zwei Gelenke auf und endeten in Tentakelhänden. Der dünne, schuppenlose Hals trug einen Kopf, der aussah wie eine umgedrehte Pyramide. Große schwarze Augen dominierten in einem faltigen Gesicht, das nur schmale Schlitze dort aufwies, wo bei einem Menschen Mund und Nase gewesen wären.

Der GK-Bion machte nicht nur Takos Gedanken klarer, sondern auch seine Erinnerungen. In aller Deutlichkeit erinnerte er sich an die Reste des Prachtsaals unter dem Graken in Tonkorra auf Kabäa, an die vielen quasirealen Bausteine, die eine Wand schmückten. In jener Darstellung hatte er ein solches Wesen gesehen.

Es handelte sich um einen »Temporalen« oder »Eternen«, wie diese Geschöpfe auch genannt wurden.

Takos Interesse war geweckt, und er konzentrierte sich nicht nur auf die Bilder, sondern auch auf die Stimmen der Datenströme. Eine Enttäuschung erwartete ihn. Offenbar wussten selbst die Zeitmanipulationstheoretiker nur sehr wenig über die Temporalen, worin mehrere von ihnen einen Beweis dafür sahen, dass die beiden Großen Lücken auf deren Aktivitäten zurückgingen: Angeblich hatten die Temporalen vor achttausend und dann noch einmal vor etwa eintausendzweihundert Jahren Wissen vernichtet, damit sie selbst und ihre Aktionen im Verborgenen blieben.

Tako hielt solche Annahmen für absurd, lauschte den anderen Theorien und fand sie alle unbefriedigend. Nicht eine von ihnen bot glaubwürdige Erklärungen für den massiven Wissensverlust der beiden Großen Lücken an. Tako neigte zu der Auffassung, dass die Gründe dafür tatsächlich mit dem Wissen selbst verloren gegangen waren. Was die Temporalen-Darstellung im ehemaligen Prachtsaal unter Tonkorra betraf: In den Archiven von Millennia gab es nicht eine Information darüber.

Eine Zeit lang schwebte er im Datenraum und überlegte, welchem Themengebiet er sich zuwenden sollte, während er auf Katyma wartete. Aber ein Teil von ihm, vielleicht vom Temporalen-Bild inspiriert, schien diese Frage bereits beantwortet zu haben. Weitere Erinnerungsbilder stiegen in ihm auf, nicht von den Höhlen unter dem Graken auf Kabäa, sondern Szenen des Grakentraums.

Er sah sich selbst, wie er die lange Treppe der Terrassenstadt hochgestiegen war und begonnen hatte, die Stimmen der Menschen in ihr zu hören, was bedeutete, dass er zu einem Kontaminierten zu werden drohte. Seine Arme waren leer. Er hielt sie zunächst so, als trüge er jemanden, aber von Myra 27 war weit und breit nichts zu sehen. Als Tako sie sinken ließ, verschmolzen die beiden Perspektiven: Er sah sich nicht mehr von außen, sondern blickte aus dem eigenen

Innern in die Welt der Erinnerungen. Etwas veranlasste ihn, den Kopf zu heben und zum Berg über der Stadt emporzusehen, dunkel wie ein Moloch, aber nicht gewölbt und rund, sondern zusammengesetzt aus zahllosen unterschiedlich geformten Teilen ...

Die Terrassenstadt und der schwarze Berg über ihr verschwanden, und dafür sah Tako Skizzen und Gemälde. Sie zeigten dunkle Giganten, die mit einem Vielfachen der Lichtgeschwindigkeit durch den Transraum flogen und dabei die filigranen Geflechte von Transportblasen hinter sich herzogen, darin Frachtbehälter, Habitatmodule und interplanetare Raumschiffe von Völkern, die nicht selbst über die Technik der überlichtschnellen Raumfahrt verfügten. Schiffe der legendären Kantaki. Jene Riesen wiesen große Ähnlichkeit mit dem schwarzen Berg über der Terrassenstadt auf.

Die Großen K. Ein Mythos. Oder vielleicht mehr? Was machte ein Kantaki-Schiff im Zentrum eines Grakentraums? Warum hatte Myra 27 es unbedingt erreichen wollen?

Takos unwillkürliche Assoziationen riefen weitere Daten aus den Archiven und mnemonischen Zentren ab, mit denen der Ganzkörperbion ihn auf so perfekte Weise verband. Neue Zeichnungen erschienen vor ihm, und Tako entnahm den erläuternden Hinweisen, dass sie aus Forschungszentren für Exobiologie, Xenoarchäologie und galaktische Kulturgeschichte stammten. Sie zeigten mehrere Meter große Geschöpfe, die die flüsternden Stimmen mit Gottesanbeterinnen verglichen – so hieß eine Fangheuschreckenart, die einst auf der Erde gelebt hatte, vor der Heimsuchung durch die Graken. Tako betrachtete lange, dünne Gliedmaßen und einen dreieckigen Kopf, der auf einem dünnen, ledrigen Hals ruhte. Zwei multiple Augen wölbten sich über der rechten und linken Gesichtshälfte, bestehend aus tausenden von kleinen Sehorganen. An einigen Stellen bedeckten silbrig glänzende Stoffteile den dürren Leib, Kleidungsstücke vielleicht, oder Schmuck.

200   Weitere Darstellungen zeigten mehrere Kantaki im Innern eines Gebäudes; dabei waren dem Zeichner und Maler offenbar die Perspektiven durcheinander geraten: Räume und Flure wirkten wie ineinander verdreht.

»Hat es sie wirklich gegeben?«, murmelte Tako. »Und was hat es mit den ... perspektivischen Verzerrungen auf sich?«

Der würdevolle Elvin erschien erneut an seiner Seite. »Wir wissen nicht mit Bestimmtheit, ob die Kantaki tatsächlich existiert haben. Einige Astrohistoriker der Lhora sind davon überzeugt, dass sie mehr sind als nur eine Legende. Angeblich verschwanden sie in der Zeit der ersten Großen Lücke.«

Tako nahm weitere Informationen auf und erfuhr, dass die Suche nach Munghar bisher erfolglos geblieben war.

Elvin deutete auf das Bild mit den Kantaki im Innern eines Gebäudes. »Die perspektivischen Verzerrungen gehen auf die Hyperdimension zurück, in der die Kantaki zum Teil lebten. Leider gibt es nur solche Zeichnungen, aber keine echten Aufnahmen.«

Tako richtete den Blick seines erweiterten Bewusstseins erneut auf das Bild und bemerkte etwas an der seltsam krummen Wand hinter den Kantaki. Symbole zeigten sich dort, zu Fünfergruppen angeordnet. Symbole wie ...

Seine Gedanken bewirkten eine sofortige Reaktion. Die wenigen Kantaki-Bilder verschwanden zusammen mit den geflüsterten Kommentaren, und eine große Darstellung des Tribunals entstand, eine memoriale Projektion direkt aus seinem Gedächtnis. Der Lichtfinger aus dem Nichts strich umher, traf zwanzig Meter entfernt eine schwarze Wand ...

»Es sind die gleichen Symbole!«, entfuhr es Tako.

»Nein«, widersprach Elvin. »Nicht die gleichen.« Der KI-Avatar hob die Hand, und die Zeichen aus dem Kantaki-Bild erschienen erneut. Sie schwollen an, ebenso wie die Symbole an der Wand des Tribunals, glitten aufeinander zu und übereinander hinweg. Tako sah, dass sie nicht deckungsgleich waren, aber ...

»Eine so große Ähnlichkeit kann kein Zufall sein«, sagte er.

»Dies sind Erinnerungen an ein Verfahren, das erst vor

kurzer Zeit stattfand«, stellte Elvin fest und richtete einen strengen Blick auf Tako. »Sie sind nicht Tobar Dellan, sondern ...« Der KI-Avatar zögerte einen Sekundenbruchteil, als er Informationen abrief. »... Tako Karides.«

»Datenverbindung lösen«, sagte Tako.

Er blickte durch die Augenmembranen in den saalartigen Raum mit den vielen Besuchern, die Informationen aus den Archiven von Millennia abriefen. In den Wänden öffneten sich Türen, und in leichte Kampfanzüge gekleidete Angehörige der Ehernen Garde traten an den Zugriffspunkten vorbei. Tako fühlte sich im Zentrum ihrer Aufmerksamkeit.

Nur wenige der anderen Besucher bemerkten die Gardisten; die meisten von ihnen blieben auf die Datenströme konzentriert.

»Ich habe Sie gewarnt«, ertönte eine vertraute Stimme hinter ihm.

Tako drehte sich um und fühlte dabei, wie der Ganzkörperbion die Nanowurzeln aus seinem Leib zog und von ihm abfiel. Norene 19 sah ihn an, mit kaltem Feuer in den Augen, und in der rechten Hand hielt sie einen auf ihn gerichteten Destabilisator.

Der erste Atemzug ohne den GK-Bion schmerzte in den Lungen. »Ich bin hier, um meine Unschuld zu beweisen.«

»Ein Tribunal hat Ihre Schuld festgestellt und Sie von Millennia verbannt. Ich habe deutlich darauf hingewiesen, welche Strafe Sie erwartet, wenn Sie zurückkehren.« Norene veränderte die Einstellung des Destabilisators. »Sie werden zur Desintegrationskammer gebracht.«

Sie richtete das kleine Gerät auf ihn und schaltete Takos Sinne aus.

Schmerz begleitete die Rückkehr der Wahrnehmung. Tako öffnete die Augen und stellte fest, dass er nackt im Innern einer runden, zylinderförmigen Kammer stand. Er wusste nicht, ob es kalt oder warm war – seine Haut blieb taub. Mattes Licht kam von den Projektoren weiter oben und durch ein Fenster auf der rechten Seite. Tako drehte sich und spürte dabei einen seltsamen Widerstand, als hätte die Luft die Konsistenz von Melasse.

Auf der anderen Seite des Fensters stand Norene 19 in ihrem blauen Bionenanzug, das blasse Gesicht vom schwarzen Haar umrahmt. Ihr Blick war völlig emotionslos. Hinter ihr bemerkte Tako drei weitere Tal-Telassi, die nicht so jung wirkten wie Norene und weiße Gewänder trugen. Bione wölbten sich an ihren Hälsen.

»Wir haben darauf gewartet, dass Sie das Bewusstsein wiedererlangen«, sagte sie. ›Die Hinrichtung findet jetzt statt.«

Es geschah nicht zum ersten Mal, dass Tako mit dem Tod konfrontiert wurde, aber nie zuvor hatte er sich dabei so hilflos gefühlt. Seltsamerweise regte sich keine Furcht in ihm – die Angst vor dem eigenen Ende hatte er zwei Jahre zuvor auf Meraklon verloren. Stattdessen fühlte er Zorn. Er wollte die Hände heben und sie vor dem Fenster zu Fäusten ballen, doch nach einigen Zentimetern ließ der zunehmende Widerstand keine weiteren Bewegungen zu.

»Ich bin unschuldig, und das wissen Sie genau!«, brachte Tako hervor.

Norene achtete nicht auf seine Worte und trat zu den drei in weiße Gewänder gekleideten Tal-Telassi. »Die Desintegration *beginnt*.«

Im Innern des Zylinders wurde das von oben kommende Licht heller, und Tako spürte ein schnell unangenehm werdendes Prickeln. Ein Teil von ihm blieb zornig, während ein anderer nicht glauben konnte, dass dies tatsächlich das Ende für ihn sein sollte. Aber das Prickeln wurde zu einem Brennen, das auf zellulare Auflösung hindeutete, und das Licht zu einem Gleißen. Tako schloss die Augen, doch das Schimmern durchdrang die Lider, fand einen Weg in den Schädel und verbrannte seine Gedanken.

Er ... starb ...

Ein ... Nichts umgab ihn, etwas, das noch leerer war als das All zwischen den Galaxien. Er schwebte darin, ohne sich aufzulösen. Oder hatte er sich schon aufgelöst? Waren dies die Echos seiner letzten Gedanken, der Widerhall des Sterbens?

Mit einer Mischung aus Neugier und Enttäuschung fragte sich Tako, ob dies das Jenseits war, das in vielen Religionen eine so große Rolle spielte. Es schien kaum die vielen Gedanken wert zu sein, die sich die Lebenden darum gemacht hatten.

Dann begriff Tako, dass das Nichts seine eigenen Gedanken enthielt, dass er in der Lage war, über seine Situation nachzudenken. Und er *fühlte* etwas, eine Berührung, die nicht seinem Körper galt – der vielleicht gar nicht mehr existierte –, sondern dem Geist.

Etwas anderes vermittelte den Eindruck von Bewegung, und es dauerte eine Weile, bis ihm klar wurde, dass er selbst sich bewegte. Die Präsenz, die ihn berührt hatte, dehnte sich zwischen seinen Gedanken aus, suchte dort nach etwas ...

... Er starrt auf die dürre Alte mit dem grauweißen Haar und einem fast farblosen, von zahlreichen Falten durchzogenen Gesicht hinab, und Zorn steigt in ihm empor, weil sie ihn belogen und benutzt hat, weil er es ihr verdankt, dass er Teil des Grakentraums geworden ist. »Es ist alles Ihre Schuld!«, zischt er und schlägt zu. Seine Faust trifft die greise Frau mitten im Gesicht, zertrümmert ihr die Nase ...

Die Präsenz wuchs weiter, lenkte seine Gedanken vorsichtig in neue Richtungen, drängte sie behutsam beiseite und suchte unter ihnen nach Schatten von Erinnerungsbildern.

Myra sieht zu ihm auf, eine alte Frau, die siebenundzwanzig Leben geführt hat. Dies ist ihr letztes, das hat sie von Anfang an gewusst, und es geht hier zu Ende.

»Sie müssen jetzt sehr stark sein, Keil Karides«, sagt die

Greisin. Das Krächzen ist verschwunden; ihre Stimme klingt fast so wie an Bord der *Talamo*.

»*Ich* muss stark sein?«

»Ich brauche meine ganze Kraft und muss mich aus Ihnen zurückziehen.« Sie seufzt, zum letzten Mal. »Ich werde versuchen, den fatalen Traum von hier aus ins Zentrum des Grakentraums zu transferieren.«

Die Tal-Telassi, eine von drei Großmeisterinnen, schließt die Augen, holt tief Luft ... und stirbt.

Das Nichts verschwand. Tako schlug die Augen auf. »Das ist die Wahrheit!«, wollte er sagen, brachte aber keinen Ton hervor. Kühle, grüngelbe Gelmasse umgab ihn, und er stellte fest, dass er nicht atmete. Medizinische Bione versorgten seinen Körper mit Sauerstoff. Beziehungsweise das, was davon übrig geblieben war. Tako sah, dass Arme und Beine fehlten, obwohl er sie noch deutlich spürte. Ein Brennen ging von ihnen aus, trotz des kühlen Gels. Er drehte den Kopf, der sich halbwegs unversehrt anfühlte, und bemerkte mehrere Personen neben der Autarken Behandlungseinheit, in der er ruhte.

»Er hat Myra 27 nicht umgebracht«, sagte Dominik und streckte kurz die Hand aus, als wollte er Tako in der ABE berühren.

»Die Schwestern des Tribunals haben seine Erinnerungen gesehen«, erwiderte Norene. »Sie wissen, dass er Myra getötet hat.«

»Jemand hat seine Erinnerungen manipuliert«, sagte Dominik, und sein Tonfall machte deutlich, dass es daran nicht den geringsten Zweifel gab.

Eine weitere Person erschien in Takos Blickfeld, das Haar wie Silber. »Sie haben gegen die Maximen verstoßen, Norene 19«, sagte Katyma. »Und fast hätten Sie einen unschuldigen Menschen umgebracht. Der Schwesternrat wird eine Selbstöffnung von Ihnen verlangen. Ihre Erinnerungen werden uns alles zeigen. Und Sie wissen ja, dass selektives Vergessen Spuren hinterlässt.«

Die Tal-Telassi mit dem silbernen Haar trat näher an die Behandlungseinheit heran und blieb neben Dominik stehen. »Wir haben Sie im letzten Augenblick aus der Desintegrationskammer herausgeholt, Keil Karides. Leider hatte sich Ihr Körper schon teilweise aufgelöst. Wir werden Sie mit den besten bionischen Prothesen ausstatten, die es gibt.«

Im Hintergrund erklangen seltsame Geräusche, die Tako nicht zu deuten wusste. Er achtete weder darauf noch auf Katymas Worte, begegnete dem Blick des Jungen und sah in seinen Augen etwas, das sie miteinander verband. Dominiks Lippen bewegten sich, formten ein Lächeln.

Erleichterung erfasste Tako. Er hätte gern geantwortet, war dazu aber nicht in der Lage.

»Ihre Rekonvaleszenz wird etwa zwei Wochen dauern«, sagte Katyma. »Wir ...« Sie unterbrach sich, neigte andeutungsweise den Kopf und schien zu lauschen – vielleicht empfing sie eine telepathische Botschaft. Eine Sekunde später schwollen die Hintergrundgeräusche an, vermutlich deshalb, weil sich eine Tür geöffnet hatte. Katyma drehte sich um und sprach kurz mit einer sehr jung wirkenden Tal-Telassi, die anschließend forteilte.

Als sich Katyma wieder der Behandlungseinheit zuwandte, war sie noch ernster als vorher. »Ich fürchte, für Ihre Wiederherstellung bleibt nicht so viel Zeit. In der Korona von Gondahar ist ein Feuervogel gesichtet worden. Die Graken haben Millennia gefunden.«

11

Gebaute Welten

Tako Karides trat aus einer Welt des Schmerzes in das Weiß von Millennia.

Er stand auf dem Königsgletscher, dem Dach dieser Welt, und um ihn herum breitete sich endloses Weiß aus. In fernen Tälern ragten Nadeltürme auf, wie um am blauen Himmel zu kratzen. Tako neigte den Kopf nach hinten, blickte zur Sonne hoch und *erinnerte* sich. In ihrer Korona ...

»Danke, dass du mich mitgenommen hast«, sagte Dominik an seiner Seite. »Ich gehöre hierher.«

Zuvor war es eine Vision gewesen, aber dies fühlte sich wie die Realität an, wie etwas, das er tatsächlich erlebte. Er spürte den Wind im Gesicht und Gondahars Licht in den Augen, er glaubte, Teil der Umgebung zu sein, wirklich hier auf dem Eis zu stehen. Doch als er den Blick senkte ...

Sein Körper war unversehrt. Arme und Beine existierten, hatten sich nicht in der Desintegrationskammer aufgelöst. Und Millennia wirkte zu friedlich für eine Welt, der eine Heimsuchung durch die Graken drohte. Es gab noch einen weiteren Hinweis darauf, dass dies nicht die Wirklichkeit sein konnte: Er war nackt, ohne zu frieren.

»Ich sollte Kleidung tragen«, sagte er.

»Oh, entschuldige. Ich vergesse immer wieder Einzelheiten beim Bauen.«

Plötzlich trug Tako alles, was man für einen Ausflug auf

die Gletscher von Millennia brauchte: Stiefel, eine temperaturneutrale Hose und eine dicke Jacke.

»Beim Bauen?«, fragte er und sah auf den Jungen hinab, der ähnlich gekleidet war wie er.

»Ich baue mir Landschaften wie diese hier.« Dominik breitete die Arme aus und deutete über die Gletscher hinweg. »Es ist so, als erzählte ich mir selbst Geschichten. Norene hat das nicht gern, denn sie fürchtet, dass ich beim Bauen das Meta berühren könnte.«

»Das Meta?«, wiederholte Tako verwundert.

»Sie hat mir noch nicht erklärt, was sie damit meint«, sagte Dominik. »Seltsam, nicht? Wie soll ich etwas meiden, das ich nicht kenne?« Der Junge zuckte mit den Schultern. »Sie weiß nicht, dass ich dies für dich gebaut habe. Hier hast du keine Schmerzen, oder?«

»Schmerzen? Nein.« Tako erinnerte sich an ein Brennen hart an der Erträglichkeitsgrenze, und er wusste auch, woher es stammte. Es ging auf das beschleunigte Wachstum bionischer Nervenzellen zurück, die organische Prothesen mit dem verbanden, was nach der begonnenen Desintegration von seinem Körper übrig geblieben war. »Wie viel Zeit ist vergangen?«, fragte er und fühlte, wie seine Besorgnis immer mehr zunahm.

»Zwei Tage«, erwiderte Dominik und fügte traurig hinzu: »Jetzt kommen die Graken auch nach Millennia, nicht wahr?«

»Ich erinnere mich, dass Katyma einen Feuervogel in der Korona von Gondahar erwähnt hat.« Tako schaute erneut nach oben und blinzelte im hellen Sonnenschein. Die Dunkelheit, die aus dem Licht kam ... »Hat die Evakuierung bereits begonnen? Ist das Oberkommando benachrichtigt? Sind Schiffe unterwegs? Ich muss mit Dargo reden! Kannst du mich zur *Akonda* bringen?«

Dominik sah zu ihm auf, und in den braunen Augen des Jungen zeigte sich etwas, das nicht zu einem Kind passte, eine Reife, die weit über die engen Grenzen eines achtjährigen Lebens hinausging. »Vielleicht wäre es besser gewesen, etwas anderes für dich zu bauen. Dies belastet dich zu sehr. Ich versuche ...« Er unterbrach sich und blickte in die Ferne. »Nein, jetzt nicht. Norene kommt. Ich muss weg.«

Die Gletscher verschwanden, und brennender Schmerz kehrte zurück. Tako musste ihn ertragen, denn er bedeutete Empfindungsresonanz; ohne ihn funktionierte das beschleunigte Wachstum nicht. Er lag in Gelmasse, erfüllt von Pein, während Zeit verging, während sich in einer Welt Chaos ausbreitete, die seit Jahrtausenden Frieden kannte. Er hörte und sah nichts, blieb allein mit seinen trägen Gedanken, bis ...

Tako ging über einen weißen Strand, hörte das Rauschen naher türkisfarbener Wellen und wusste sofort, wo er sich befand: Dies war Lowanda, eine von mehr als hundert Inseln des großen Perlen-Archipels am Äquator von Meraklon. Einige wenige, aber herrliche Tage hatte er dort vor drei Jahren mit seiner Familie verbracht, und anschließend war er zu einem längeren Einsatz in den hunderte von Lichtjahren entfernten Pegasus-Sektoren aufgebrochen.

»Dies ist besser«, sagte der neben ihm gehende Dominik und lächelte. Diesmal trugen sie beide angemessen leichte Kleidung. Wieder wirkte alles sehr echt, und Tako glaubte, jedes einzelne Sandkorn zwischen den Zehen zu fühlen. Rechts erstreckte sich der Ozean unter einem Himmel mit nur einigen wenigen Wolkenfetzen, und links ragte die grüne Mauer üppiger tropischer Vegetation auf.

»Ich habe es mithilfe deiner Erinnerungen gebaut«, sagte Dominik. »Es sind gute Erinnerungen, ja?«

Tako nickte. »Ja. Zum letzten Mal bin ich vor drei Jahren hier gewesen, zusammen mit ...«

»Ich weiß. Mit deiner Familie. Ich habe es in deinen Erinnerungen gesehen. Du hast sie verloren, so wie ich alle anderen verloren habe. Wir sind beide Waisen.«

»Das stimmt, wir sind beide ... verwaist.« Tako atmete die nach Meer riechende Luft tief ein, schloss die Augen und glaubte fast, Dalannas und Manuels lachende Stimmen zu hören. Rasch hob er die Lider wieder, aus Furcht vor bestimmten Bildern aus der Vergangenheit.

»Ich erinnere dich an ihn, nicht wahr?«, fragte Dominik. »An deinen Sohn Manuel.«

Tako sah auf ihn hinab. »Er wäre jetzt in deinem Alter.«

Dominik bückte sich, hob eine Muschelschale auf, betrachtete sie kurz und warf sie ins Wasser. »Und du ... Vielleicht wäre mein Vater wie du. Vielleicht sähe er dir ähnlich.« Er zögerte kurz. »Hoffentlich wirst du bald gesund. Ich möchte nicht ohne dich fort.«

»Fort?«, wiederholte Tako.

»Die ersten Tal-Telassi verlassen Millennia«, sagte Dominik. »In der Sonnenkorona sind zwei weitere Feuervögel erschienen, und ich habe gehört, dass bald mit dem Eintreffen des ersten Graken und einer großen Kronn-Flotte gerechnet wird. Norene will sich zusammen mit mir einer Evakuierungsgruppe anschließen.« Trauer erschien im Gesicht des Jungen. »Sie möchte nicht, dass ich zu dir komme. Sie meint, du bindest mich an die andere Welt, die ich hinter mir zurücklassen muss.«

»Wieso kann sie noch immer über dich bestimmen?«, fragte Tako erstaunt. »Sie hat meine Erinnerungen manipuliert und hätte mich fast umgebracht! Wieso gehen Katyma und die anderen Schwestern nicht gegen sie vor?«

»Weil sie zu sehr mit den Vorbereitungen für die Evakuierung beschäftigt sind. Es bleibt nur wenig Zeit, um alle Bewohner von Millennia in Sicherheit zu bringen.«

Sie nutzt das Chaos für ihre Zwecke, dachte Tako in dieser Umgebung, die Dominik für ihn »gebaut« hatte.

»Ja«, bestätigte der Junge, während sie den Weg über einen Strand so weiß wie Schnee fortsetzten. »Ich höre deine Gedanken, aber nicht die von Norene und den anderen Schwestern. Sie sind sehr klug und wissen viel von der Kraft, die meine Fingerspitzen violett macht. Ich kann viel von ihnen lernen. Aber um zu lernen, muss ich meine Gefühle aufgeben, sagt Norene. Das möchte ich nicht.«

Die Sonne schien warm vom Himmel, doch Kälte erfasste Tako, als er sich vorstellte, dass Dominik so gefühllos werden könnte wie Norene oder auch Katyma.

»Wo bist du jetzt, Dominik?«

»Ich bin hier«, sagte der Junge und deutete mit den Armen auf den Strand und das Meer.

»Nein, ich meine, wo bist du in der Wirklichkeit?«

»In der Ersten Welt, wie Norene sie nennt, stehe ich direkt neben deiner Autarken Behandlungseinheit. Du befindest dich in einem medizinischen Zentrum von Sapientia. Ich wohne in Haltalla, das ist nicht weit entfernt.«

Tako blieb stehen und schloss die Hände mit sanftem Nachdruck um die schmalen Schultern des Jungen. »Bring mich zurück, Dominik. Weck mich. Ich muss unbedingt mit jemandem reden. Um zu verhindern, dass Norene dich fortbringt.«

»Es würde Schmerz für dich bedeuten.«

»Und wenn schon. Damit werde ich irgendwie fertig. Ich muss mit Katyma reden, und auch mit Elisa an Bord der *Akonda*.«

Dominik seufzte leise, und Tako ...

... kehrte ins Feuer zurück. Er lag in kühler Gelmasse, die nichts gegen das Brennen in ihm ausrichten konnte. Er sah die Innenwände der ABE, Schläuche und Kabel, hörte das Summen und Brummen tronischer Komponenten. Ein Gesicht erschien in seinem Blickfeld, das Gesicht des Jungen, die braunen Augen groß und voller Sorge. Seine Lippen bewegten sich, aber zuerst hörte Tako nichts. Dann erklang Dominiks Stimme direkt inmitten seiner von Resonanzschmerz begleiteten Gedanken. »Du leidest zu sehr ...«

Tako versuchte zu sprechen. *Ich ... muss ... mit ... Katyma ... reden!* Der Mund gehorchte ihm nicht; er brachte keinen Ton hervor. Ein leises rhythmisches Piepen schwoll an, und ein weiteres Gesicht erschien über Tako, das einer Frau.

»Sie sind erregt«, stellte die Medikerin mit einem Blick auf die Anzeigen der Autarken Behandlungseinheit fest. »Sie sollten versuchen, ruhig zu bleiben, Keil Karides. Das Wachstum der organischen Prothesen macht gute Fortschritte, und wir versuchen, die Resonanzschmerzen so gering wie möglich zu halten.« Und zum Jungen: »Norene 19 hat mich angewiesen, ihr Bescheid zu geben, wenn du hier erscheinst.«

Sie runzelte kurz die Stirn, drehte sich dann um und ging.

Dominik blickte in die ABE und lächelte fast verschmitzt. »Ich habe sie vergessen lassen, dass ich hier bin.«

Tako versuchte, den Mund zu öffnen, um zu antworten ...

»Spiel nicht mit den Gedanken anderer Leute«, sagte er und stand erneut auf dem weißen Strand von Lowanda.

»Es ist kein Spiel«, erwiderte Dominik. »Manche Dinge sind nötig. Ich möchte nicht, dass Norene kommt und mich fortholt.«

Weiter vorn wich der Sand den Felsen einer kleinen Bucht, und dort stand ein unauffälliges Gebäude zwischen hohen Säulenbäumen mit dicken Harzblasen an der Rinde. Ihr würziger Geruch vermischte sich mit dem salzigen Aroma des Ozeans und erinnerte Tako an die Zeit vor drei Jahren. Er ging etwas schneller, wie in der Hoffnung, bei dem kleinen Haus Frau und Sohn anzutreffen. Als er bis auf einige Dutzend Schritte heran war, stellte er fest, dass es sich nicht um das Gebäude handelte, in dem er mit Dalanna und Manuel gewohnt hatte. Seltsame Linienmuster zeigten sich in den grauen Mauern. Fenster gab es nicht, dafür aber vorn zwei Türen, direkt nebeneinander und beide weiß wie der Sand. Eine war glatt und makellos, hatte einen glänzenden silbernen Knauf. Die andere, mit halb korrodiertem Knauf, wirkte uralt.

Dominik blieb stehen. »Das Haus gehört nicht hierher.«

»Aber du hast diese Welt doch ›gebaut‹, oder? Wie kann es etwas geben, das nicht hierher gehört?«

»Norene hat mir so etwas gezeigt, in der Zweiten Welt«, sagte Dominik. »Kein Haus wie dies, aber zwei solche Türen nebeneinander, eine neu und eine alt. Und sie hat mich gewarnt. Öffne auf keinen Fall die alte Tür, hat sie gesagt.«

Tako betrachtete das verwitterte Holz der zweiten Tür,

die vielen Risse in ihrer Oberfläche, die fast ebenso komplexe Muster bildeten wie die Linien in den grauen Mauern.

»Hat dir Norene auch gesagt, was sich dahinter befindet?«

»Nein. Aber sie meinte es sehr ernst, das habe ich deutlich gespürt. Was auch immer sich hinter der zweiten Tür befindet: Es muss sehr gefährlich sein.« Dominik lief zur ersten, neuen Tür und öffnete sie. Dahinter erstreckte sich ein heller, einladend wirkender Raum, und als Tako ihn betrat, erwartete ihn eine Überraschung: Er sah eine zum Meer hin gelegene Terrasse dort, wo er zuvor, von draußen, nur eine fensterlose Wand gesehen hatte. Auf der anderen Seite führten zwei Türen weiter ins innere des Gebäudes, obwohl sich die anderen Zimmer hinter der zweiten, alten Tür befinden mussten. Ähnlichkeit mit den Räumen, in denen er damals mit seiner Familie gewohnt hatte, entdeckte er nicht.

Später saßen sie auf der Terrasse, beobachteten den Sonnenuntergang und tranken eisgekühlten Aromasaft, den Dominik aus der Küche geholt hatte. Tako hörte das vertraute Zirpen der nachtaktiven Insektoiden von Meraklon und das Rauschen der nahen Wellen. Er erinnerte sich: Dem fünfjährigen Manuel hatte er erzählt, das Rauschen wäre die Stimme des Meeres, mit der es von all den Dingen erzählte, die es in Jahrmillionen gesehen hatte.

Natürlich wusste er, dass all das, was er sah, hörte und fühlte, nicht in der Wirklichkeit wurzelte, sondern in Dominiks besonderen Fähigkeiten. Er wusste auch, dass Millennia in großer Gefahr war, dass sich vielleicht genau in diesem Moment Kronn-Flotten im Anflug befanden. Aber trotzdem fühlte er sich einem Frieden nahe, den er sich immer gewünscht, aber nur in einigen seltenen Momenten erreicht hatte. Dominik und er sprachen meistens über belanglose Dinge. Nur einige wenige Male versuchte Tako, etwas mehr über die Vergangenheit des Jungen zu erfahren, gab es aber auf, als er sah, dass es Dominik sichtliches Unbehagen bereitete, über diese Dinge zu sprechen. Wie auch Tako schien es ihm zu gefallen, einfach nur dazusitzen und zu sehen, wie sich das Türkis des Meeres im Licht von zwei Monden in Silber verwandelte.

Etwas später badeten sie im Meer, als leuchtendes Plankton aufstieg, und dabei hatte es den Anschein, als schwebten sie auf glühenden Wolken. Wieder im Haus bereiteten sie gemeinsam eine leichte Mahlzeit zu, und beim Essen spürte Tako, wie sich eine angenehme Müdigkeit auf ihn herabsenkte. Er fragte sich, ob er in dieser »gebauten« Welt schlafen, *richtig* schlafen konnte. Die Antwort bekam er nach einer halben Stunde, als er in einem der beiden Schlafzimmer im Bett lag: Wenn es kein echter Schlaf war, so fühlte sich die simulierte Version sehr real an.

Zum ersten Mal seit langer Zeit schlief Tako tief und traumlos, ohne Bilder vom Krieg, doch mitten in der Nacht erwachte er plötzlich, ohne zu wissen, was ihn geweckt hatte. Völlig reglos blieb er liegen und stellte zunächst einmal fest, dass er sich noch immer in dem Ferienhaus auf Lowanda befand – durchs halb geöffnete Fenster hörte er die an den Strand rollenden Wellen.

Nach einer Minute stand er auf, ging in den Flur und sah ins andere Schlafzimmer. Dominik lag dort im Bett, direkt neben dem Fenster, dessen bunte Gardinen sich im sanften Wind bewegten. Sonst rührte sich nichts. Reglos lag der Junge unter dem dünnen Laken, schlief so tief und traumlos wie zuvor Tako.

Wenn er schlief ... Wieso existierte diese Umgebung dann noch? Warum fand sich Tako nicht in der Autarken Behandlungseinheit wieder, von kühler Gelmasse umhüllt?

Er schob diese Frage beiseite, da er keine Möglichkeit hatte, sie zu beantworten. Leise Schritte brachten ihn in den Salon und von dort aus auf die große Terrasse. Die beiden Monde waren untergegangen, und das Meer zeigte sich nicht mehr als ein rollender Teppich aus Silber, sondern als dunkle Masse, auf der hier und dort das Weiß von Schaumkronen tanzte. Sterne funkelten am Himmel, ebenfalls von

Dominiks Imagination geschaffen.

Aber nicht das Haus. Das Haus entsprang nicht der Vorstellungskraft des Jungen.

Tako trat die Terrassentreppe hinunter, ging um das Gebäude herum und näherte sich den beiden Türen, der alten und der neuen. Wenn er sich *nicht* konzentrierte, wenn er *nicht* lauschte ... Dann glaubte er, eine leise Stimme zu hören. Es war wie die Beobachtung eines Sterns, der so lichtschwach war, dass man ihn nicht sehen konnte, wenn man den Blick direkt darauf richtete; man musste an ihm vorbeischauen, um ihn zu erkennen.

Vielleicht hatte ihn jene Stimme geweckt.

Einige Meter vor den beiden Türen blieb er stehen, umhüllt von der Dunkelheit der Nacht. Hinter ihm rauschten die Wellen, mal lauter, mal leiser, und im nahen tropischen Wald raschelte es gelegentlich. *Hinter* diesen Geräuschen gab es noch eins, das sich nur zeigte, wenn er die anderen ausblendete: ein leises Knarren, wie von altem Holz, das sich langsam bog. Oder wie von den Stufen einer hölzernen Treppe, über die jemand vorsichtig und langsam nach oben ging.

Es kam von der zweiten, verwitterten Tür.

Ohne eine bewusste Entscheidung trat Tako vor und glaubte, erneut die leise Stimme zu hören, ein Flüstern, das seinen Ursprung hinter der Tür hatte, wie auch das Knarren. Etwas seltsam Verlockendes ging davon aus, und Tako sah, wie seine Hand in Bewegung geriet, wie sie sich dem korrodierten Knauf näherte und um ihn schloss ...

»Nein.« Plötzlich stand Dominik hinter ihm. »Du darfst die Tür nicht öffnen. Norene hat mich davor gewarnt.«

Norene hat versucht, mich umzubringen, dachte Tako. *Was sie für gefährlich hält, muss nicht unbedingt für mich gefährlich sein.*

Die Hand begann den Knauf zu drehen, und Tako beobachtete sie interessiert.

Der Junge stand neben ihm. »Öffne sie nicht!«

Die Hand drehte den Knauf weiter. Tako versuchte, sie zurückzuziehen, aber aus irgendeinem Grund gehorchte sie ihm nicht. Es klackte, und langsam, ganz langsam, schwang die alte, verwitterte Tür nach innen. Das Knarren hinter ihr wurde lauter, ebenso das Flüstern, und *etwas* bewegte sich in der Finsternis ...

»Nein!«, rief Dominik, griff nach Takos anderem Arm und zog. Tako wankte zurück, und die Hand blieb am Knauf der Tür, zog sie wieder zu. Mit einem lauteren Klacken als zuvor fiel sie ins Schloss, und die Kälte, die an den Innenseiten von Takos Schädel entlanggekrochen war, verflüchtigte sich. Plötzlich löste sich die Hand vom Knauf, und er verlor das Gleichgewicht und fiel. Als er sich umdrehte und aufsah, bemerkte er Erschrecken im Gesicht des Jungen.

Dominik starrte auf seine verfärbten Fingerspitzen, hob dann die Hände und tastete damit über sein Gesicht, als erwartete er, dort etwas Fremdes zu spüren. »Etwas hat mich berührt. Ich ...« Er drehte sich um und lief über den nächtlichen Strand. »Ich muss weg von hier!«

Tako stand auf. »Bleib hier, Dominik!«

Der Junge erreichte das Meer, das unter seinen Füßen verschwand. Die Auflösung ging weiter, breitete sich schnell über den Strand aus, erreichte Tako ...

Die Dunkelheit wich hellem Licht, als die Autarke Behandlungseinheit ein Lampenbündel passierte. Weiter oben glitzerte Eis, und dicht darunter sausten Leviplattformen und wie Kristalle aussehende Transportkapseln durch farblich markierte Verkehrskorridore. Das Summen von Levitatoren und elektrodynamischen Antriebssystemen kam aus allen Richtungen. Mit Augen, die sich *wund* anfühlten, beobachtete Tako die Evakuierung von Millennia.

Er lag noch immer in kühler Gelmasse, aber die Resonanzschmerzen hatten glücklicherweise nachgelassen. Offenbar ruhte die ABE auf einer Plattform, die zusammen mit vielen anderen durch die Höhlen und Tunnel unter dem dicken Eispanzer glitt. Stimmen wehten ihm entgegen, kamen und gingen, alle aufgeregt und besorgt. Nur zwei Stimmen blieben konstant und schienen von Personen zu stammen, die sich mit ihm auf der fliegenden Plattform befanden. Er versuchte, einen Sinn in ihren Worten zu erkennen.

»Wir lassen eine große Chance ungenutzt verstreichen.«

»Andere Dinge haben jetzt Vorrang.«

Die zweite Stimme klang vertraut. Tako vermutete, dass sie Katyma gehörte – die Gelmasse beeinträchtigte seine akustische Wahrnehmung, verzerrte und dämpfte die Geräusche ein wenig.

»Nichts ist wichtiger als das Tal-Telas«, ertönte wieder die erste Stimme. Die emotionslose Kühle in ihr wies Tako darauf hin, dass die Sprecherin ebenfalls eine Tal-Telassi war. »Wenn ein Tribunal Norene verurteilt, wird der Weg frei für uns. Dies ist *die* Gelegenheit.«

»Wir dürfen keine Zeit vergeuden, Teora. So viele wie möglich von uns müssen in Sicherheit gebracht werden. Die Graken sind hierher unterwegs. Wollen Sie hier bleiben und *ihnen* das Tal-Telas erklären?«

»Soll Norene Millennia verlassen können, noch dazu mit dem Jungen? Sie wird ihre Position festigen und vielleicht sogar den Einfluss einer Großmeisterin behalten, wenn wir jetzt nicht gegen sie vorgehen. Sie war und ist das größte Hindernis für uns.«

»Sie wissen, was ich von den Orthodoxen halte, Teora. Sie wissen, wie ich vom Tal-Telas und seinem Potenzial denke, auch vom Meta. Aber Sie und die übrigen Insurgenten müssen lernen, Geduld zu haben. Es kommt auf den richtigen Zeitpunkt an. Und es gilt, Prioritäten zu beachten. Derzeit geht es vor allem darum, die Schwestern und alle anderen Bewohner dieser Welt zu evakuieren.«

»Geduld muss nicht unbedingt eine Tugend sein«, erwiderte Teora. »Denken Sie an Myra 27, die über viele Jahre hinweg geduldig gewartet hat. Mit welchem Ergebnis?«

Das Levitatorsummen wurde lauter, als ein vertikaler Schacht die Plattform zusammen mit vielen anderen aufnahm. Tako musste sich konzentrieren, um die beiden Tal-Telassi weiterhin zu verstehen.

»Myra hat nicht geduldig gewartet, sondern Vorbereitungen getroffen, die sie selbst und die Umstände des Einsatzes auf Kabäa betrafen. Leider hat sie es versäumt, ihr Handeln mit uns abzusprechen. Die Insurgenten sollten endlich begreifen, dass wir nicht zu ihren Gegnern zählen.«

»Wie sollen wir sie *nicht* für Widersacher halten, wenn Sie Norene gestatten, Millennia zu verlassen?«

Nicht der ganze Schacht war erleuchtet. Hell und Dunkel lösten einander in rascher Folge ab, als die Leviplattform durch den Eispanzer aufstieg. Ganz oben sah Tako ein Licht, das nicht von Lampen stammte.

»Das ist ein weiterer Fehler, den die Insurgenten machen«, erwiderte Katyma mit kühler Ruhe. Sie erschien in Takos Blickfeld, als sie zur Konsole trat und Kontrollen betätigte. »Manchmal versuchen sie den zweiten oder gar dritten Schritt vor dem ersten. Die Evakuierung hat derzeit absoluten Vorrang, Teora. Alles andere muss dahinter zurückstehen. Die Bewohner dieses Planeten und unsere Archive müssen in Sicherheit gebracht werden. Das Tal-Telas darf auf keinen Fall in die Gewalt der Graken geraten.«

»Das Tal-Telas begleitet uns, wenn wir Millennia verlassen.«

»Sein Ursprung bleibt hier, wie Ihnen klar sein dürfte, Teora. Die Kraft begleitet uns, ja, aber ihr Zentrum ruht weiterhin im Herzen dieser Welt. Seit Beginn des Krieges suchen die Graken danach, und wenn sie es fänden, wäre es für uns alle das Ende. Wir müssen es vor ihnen verbergen, wenn sie kommen. *Das* ist wichtig, Teora. Um Norene und den Rest können wir uns später kümmern.«

Die Leviplattform erreichte das Ende des Schachtes, schwebte über dem Eis und zwischen den weißen Türmen von Empirion. Ein Teil der Autarken Behandlungseinheit versperrte Tako die Sicht, aber an dem Teil des Himmels, den er über sich sah, herrschte reger Verkehr. Große Transporter stiegen auf, umschwirrt von kleineren Schiffen. Es sah nach einem Durcheinander aus, nach heilloser Flucht, doch Tako beobachtete so etwas nicht zum ersten Mal und erkannte Ordnung in der Evakuierung. Das Donnern der Triebwerke kündigte das Ende des Friedens auf Millennia an.

Tako versuchte, den Kopf aus der zähen Gelmasse zu heben und zu sprechen. Ein akustisches Signal erklang und weckte Katymas Aufmerksamkeit. Sie blickte auf die Anzeigen der Konsole, trat dann zur ABE und sah auf Tako hinab.

»Sie sind wach.«

Tako bemühte sich, den Kopf noch etwas weiter zu heben, aber seine Halsmuskeln schienen sehr geschwächt zu sein. Katyma bewegte die Finger, und plötzlich stützte ihn etwas. Er hustete, als die Lungen wieder zu atmen begannen.

»Ihre Rekonvaleszenz ist noch nicht beendet, Keil Karides«, sagte die Tal-Telassi mit dem silbernen Haar und der Aura aristokratischer Würde. »Ich bringe Sie zu einem medizinischen Schiff, das Millennia in einer Stunde verlässt. Die dortigen Mediker werden sich um Sie kümmern.«

»Nein«, brachte Tako hervor. Seine Stimme klang fremd. »Bitte ... bringen Sie mich ... zur *Akonda*.« Die kalte Luft stach in den Lungen.

Katyma kehrte kurz zur Konsole zurück und berührte Schaltelemente. Das vage Flirren eines Ambientenschilds wölbte sich über die Plattform, und es wurde wärmer.

»Die organischen Prothesen sind noch nicht voll funktionsfähig, Keil Karides«, sagte Katyma. »Allein kämen Sie nicht zurecht. Sie benötigen weiterhin medizinische Hilfe.«

»Ich brauche die *Akonda* nicht selbst zu fliegen.« Das Sprechen fiel Tako jetzt ein wenig leichter. »Sie ist mit einem Megatron ausgestattet. Mein Schiff kann an dem Evakuierungsprogramm teilnehmen und Flüchtlinge befördern. Ich ... könnte Sie, einige andere und auch Dominik fortbringen. Die *Akonda* verfügt über zehn Hibernationsplätze.«

Die zweite Tal-Telassi trat neben Katyma, und Tako musterte die Insurgentin Teora. Sie schien älter zu sein als Katyma, sich mitten in der Reife zu befinden, zwischen achtzig und neunzig. Das bläulich glänzende Haar war zu einem langen Zopf geflochten, den sich Teora wie einen Schal um den Hals geschlungen hatte. Kleine Spangen glitzerten darin. Sie war ebenso blass wie Katyma, und in ihren großen blauen Augen lag die gleiche Kühle.

»Der Vorschlag hat etwas für sich«, sagte sie. »Wir könnten Dominik von Norene trennen und ...«

»Nein. Wir bringen ihn zu den Medikern. Jede Änderung der Pläne kostet wertvolle Zeit.«

Mehrere große Transporter kamen vom Himmel herab, oval und grau, an ihren Rümpfen die Zeichen der AFW-Streitkräfte. Tako dachte daran, was jetzt geschah. So geordnet die Evakuierung auch ablief: Millionen von Menschen und Angehörigen anderer Völker mussten fortgebracht werden. Selbst bei noch so genauer Überwachung würde Norene einen Weg finden, im Flüchtlingsstrom unterzutauchen und zusammen mit Dominik zu verschwinden. Wenn er jetzt die Spur des Jungen verlor, fand er ihn vielleicht nie wieder. Nur mithilfe eines Megatrons konnte er die Übersicht behalten. Er brauchte Elisa.

»Bitte, Ehrenwerte ...« Tako wandte sich an Katyma. »Ich bin Offizier bei den Streitkräften der Allianzen Freier Welten und habe viele gefährliche Einsätze hinter mir, den letzten auf Kabäa. Ich habe Dominik hierher gebracht, einen Jungen, der zum ersten männlichen Tal-Telassi werden könnte. Eine Angehörige Ihres Ordens hat gegen die Maximen verstoßen und meine Erinnerungen manipuliert. Fast hätte sie mich in der Desintegrationskammer umgebracht, obwohl ich völlig unschuldig bin. Ich glaube, die Tal-Telassi stehen in meiner Schuld.«

»Wir sind dabei, Ihren Körper wiederherzustellen«, sagte Katyma.

»Sie reparieren den Schaden, den *eine von Ihnen* angerichtet hat. Das ist das Mindeste, das Sie tun können. Aber Sie behandeln mich noch immer wie ein Objekt, mit dem man nach Belieben verfahren kann. Als Opfer eines Tal-Telassi-Verbrechens bitte ich Sie nur um dies: Bringen Sie mich zur *Akonda*. Erlauben Sie mir, meinen Beitrag für die Evakuierung von Millennia zu leisten.«

Katyma zögerte.

Ein Pfeifen kam aus der Ferne und wurde zu einem Heulen. Tako beobachtete, wie viele der kleinen Schiffe, die die großen Transporter begleiteten, Beschleunigungsmanöver einleiteten und ins All zurückkehrten. Katyma wechselte einen raschen Blick mit Teora, trat an die Konsole und berührte Schaltflächen. Die Leviplattform änderte den Kurs, wechselte den Flugkorridor und wurde schneller.

»Die ersten Schiffe der Kronn kommen aus Gondahars Korona«, sagte die Tal-Telassi. »Es sind noch nicht genug Verteidiger zur Stelle, um sie abzuwehren. Wir befürchten, dass sie in spätestens einer halben Stunde hier sein werden.« Sie sah Tako an. »Ich bringe Sie zur *Akonda*. Jetzt benötigen wir jeden Hibernationsplatz, den wir bekommen können.«

Auf dem Weg zur *Akonda* dachte Tako über die besondere Situation von Millennia nach. Nur eine Transferschneise, in der die Navigation schwierig war, führte zum Gondahar-System, und an ihrem Ende erstreckte sich ein ausgedehntes Asteroidenfeld mit zahlreichen von getarnten Krümmern geschaffenen Gravitationsfallen. Der Kontaminationskorridor der Graken war tausende von Lichtjahren entfernt – die Tal-Telassi hatten nicht damit gerechnet, dass es dem Feind gelingen würde, einen so langen Sonnentunnel zu schaffen. Normalerweise waren sie viel kürzer und führten über Entfernungen von höchstens einigen Dutzend Lichtjahren. Das Mirlur-System stellte die einzige bekannte Ausnahme dar, und vielleicht, so überlegte Tako jetzt, hatte Markant Vandenbeq deshalb zwei Flotten dorthin geschickt: um die Entstehung eines neuen Kontaminationskorridors zu verhindern. Millennia hatte sich immer darauf verlassen, unerreichbar zu sein, und das bedeutete: Es gab keine systeminterne Verteidigungsflotte, die den Kampf gegen die aus Gondahars Korona kommenden Kronn aufnehmen konnte.

Seit der Sichtung des ersten Feuervogels hatte das Militär der AFW alle in der Nähe befindlichen und zur Verfügung stehenden Schiffe in Bewegung gesetzt, denn Millennia, die Tal-Telassi und ihre Bione waren für den Kampf gegen die Graken von entscheidender Bedeutung. Der Verlust dieses Planeten, so warnten die Strategen seit vielen Jahren, konnte den endgültigen Untergang der Freien Welten bedeuten. Aber alle Überlichtsprünge mussten in der einen Schneise stattfinden, und ihre Transferkapazität war nicht zuletzt aufgrund der komplexen Struktur begrenzt. Daraus ergab sich ein weiteres Problem: Es mussten nicht nur so schnell wie möglich Kampfschiffe herangeführt werden, um die Kronn und Graken daran zu hindern, Millennia zu erreichen. Der Planet brauchte Transporter für die Evakuierung, und diese Transportschiffe mussten das Sonnensystem verlassen, was ebenfalls nur durch die eine Transferschneise möglich war. Kein Wunder, dass unter diesen Umständen selbst die vergleichsweise kleine *Akonda* gebraucht wurde.

»Es tut mir sehr Leid, dich in einem solchen Zustand zu sehen, Tako«, erklang Elisas Stimme, als die Autarke Behandlungseinheit an Bord gebracht wurde. »Was ist geschehen?«

Tako, dessen Kopf jetzt nicht mehr in der Gelmasse ruhte, erklärte es mit knappen Worten und fügte hinzu: »Triff alle notwendigen Vorbereitungen für den Start, Elisa. Wir nehmen neun Personen an Bord. Den zehnten Ruheplatz im Hibernationsraum brauche ich für mich; die Systeme dieser ABE werden damit verbunden. Gleiche Navigationsdaten und Flugplan mit dem Evakuierungsprogramm von Millennia ab. Wie ist die Lage dort draußen?«

Katyma und Teora schoben die Behandlungseinheit durch den Hauptkorridor der *Akonda*, und in beiden Gesichtern zeigte sich so etwas wie Missbilligung, als sie die Stimme des Megatrons hörten.

»Nicht gut, Tako, gar nicht gut. Die Eskorten der ersten bei Millennia eingetroffenen Transporter versuchen, eine aus fast hundert Schiffen bestehende Flotte der Kronn aufzuhalten, aber das wird ihnen kaum gelingen. Die ersten Kampfschiffe sind inzwischen eingetroffen, unter ihnen zwölf Einheiten der Destruktor-Klasse, doch der Weg durch das Asteroidenfeld kostet Zeit. Die Lotsen sind völlig überfordert, und man hat mit der Deaktivierung der Gravitationsfallen begonnen.«

»Wann können jene Schiffe hier sein?«

»Nicht vor den Kronn, fürchte ich.«

Sie erreichten den Hibernationsraum mit den zehn Ruheliegen. Katyma und Teora verankerten die ABE neben einer davon im Boden.

»Wir wählen neun Personen für die anderen Hibernationsplätze aus und schicken Ihnen einen Techniker, der die Behandlungseinheit mit den Ruhesystemen verbindet«, sagte Katyma und sah auf Tako hinab. »Ich wünsche Ihnen viel Glück, Keil Karides.«

»Das mit dem Techniker können Sie sich sparen«, erwiderte Tako. »Die mobilen Erweiterungen des Megatrons können den Anschluss übernehmen. Hast du gehört, Elisa? Schick mir eine Mewe.«

»Ist schon unterwegs, Tako.«

Katyma nickte knapp und ging zusammen mit Teora. »Auch Ihnen viel Glück!«, rief Tako den Tal-Telassi nach.

Er wartete, bis er Katyma und Teora außer Hörweite glaubte, hoffte dabei, dass sie auf eine telepathische Kontrolle seiner Gedanken verzichteten. »Elisa, ich möchte dich um einen Gefallen bitten, um eine Sache, an der mir viel liegt.«

Leises Summen und Rasseln wies darauf hin, dass die Mewe eingetroffen war. Tako konnte den kleinen Roboter nicht sehen, stellte sich aber vor, wie die Ansammlung aus tronischen Komponenten und Multifunktionswerkzeugen die Behandlungseinheit mit dem Ruheplatz verband, sodass er während der Transfersprünge in der ABE hibernieren konnte.

»Ich helfe dir gern, Tako.«

»Hast du mit den KIs von Millennia gesprochen?«

»Ja. Ich habe die Zeit deiner Abwesenheit genutzt, um lange Gespräche mit ihnen zu führen. Sie sind nicht sonderlich intelligent, aber ich konnte einige interessante Dinge herausfinden. Zum Beispiel ....«

»Entschuldige, Elisa, aber lass uns das bitte auf später verschieben. Sprich noch einmal mit den KIs. Nutze alle deine Möglichkeiten, um herauszufinden, wo sich Norene und Dominik aufhalten. Behalte ihren Weg während der Evakuierung im Auge. Ich möchte wissen, wohin sie fliegen.«

»Ich werde versuchen, die entsprechenden Daten für dich zu gewinnen, Tako. Allerdings ist das derzeit nicht ganz leicht. Die Kommunikationssysteme sind überlastet.«

»Ich verlasse mich auf dich, Elisa. Du weißt, wie wichtig der Junge für mich ist.«

»Ja, Tako«, bestätigte der Megatron. »Während deiner Abwesenheit hat Lanze Dargeno versucht, sich mit dir in Verbindung zu setzen. Ich habe eine Aufzeichnung für dich angefertigt. Es handelt sich um eine persönliche Mitteilung, aber ihre Bedeutung geht weit darüber hinaus.«

Tako spürte, wie der Resonanzschmerz wieder etwas stärker wurde, als eine neue Wachstumsphase begann. Er senkte den Blick und sah noch weitgehend amorphe Gewebemassen dort, wo sich seine Beine befinden sollten. Erste Knochen zeichneten sich ab. Er glaubte, Arme zu fühlen, aber sie erschienen nicht in seinem Blickfeld, als er sie zu bewegen versuchte. Zum Glück fiel ihm das Sprechen leichter als zu Anfang, und die Stimme hatte fast den normalen Klang zurückgewonnen.

»Zeig mir die Aufzeichnung, Elisa.«

Ein quasireales Feld entstand über der Autarken Behandlungseinheit, und darin erschien das vertraute Bionengesicht mit den Multiplexaugen. Der Hintergrund ließ erkennen, dass sich Dargo während der Aufzeichnung in seinem Quartier befunden hatte.

»Ich habe versucht, dich auf Millennia zu erreichen, alter Freund, leider ohne Erfolg«, ertönte der heisere Bass des Bastionskommandanten. »Deshalb zeichnet Elisa diese Mitteilung für dich auf. Ich habe keine guten Nachrichten. Beide ausgeschickten Planetenfresser sind auf Kabäa zum Einsatz gelangt, und der Planet hat sich in einen Glutball verwandelt. Aber bevor das geschah, haben die Moloche von acht Graken Kabäa verlassen und mit zwei weiteren im All einen Schwarm gebildet. Unsere Sonnenbeobachter und Solaringenieure haben festgestellt, dass neue Sonnentunnel entstehen.«

»Myra hatte also Recht«, murmelte Tako, obwohl Dargo Dargeno ihn nicht hören könnte.

»Alles deutet darauf hin, dass einer dieser Tunnel zum Gondahar-System führen wird«, fuhr der Kommandant von Airon fort. »Irgendwie ist es den Graken gelungen, Millennia zu orten. Eine Warnung ist erfolgt, und Okomm hat bereits damit begonnen, die Verteidigung zu organisieren. Aber wir brauchen Zeit, um ausreichend Schiffe heranzuführen, und wir wissen nicht, wann die neuen Tunnel stabil genug sind, um den Transfer von Kronn-Flotten und Molochen zu ermöglichen.«

Tako warf einen Blick auf die Chrono-Informationen: Die Aufzeichnung war fast eine Woche alt.

»Millennia befindet sich weit abseits des Kontaminationskorridors«, sprach Dargo weiter. »Die Wahrscheinlichkeit dafür, dass die Graken das Gondahar-System durch Zufall gefunden haben, ist extrem gering. Unsere Spezialisten gehen davon aus, dass sie irgendwie einen Hinweis bekommen haben und der Schwarm im Epsilon-Eridani-System hauptsächlich dem Zweck diente, einen entsprechenden Sonnentunnel zu schaffen. Dein Einsatz auf Kabäa, Myras Tod, deine Rückkehr mit dem Jungen und euer Flug *ausgerechnet nach Millennia* ... Vielleicht gibt es einen Zusammenhang, alter Freund. Ich weiß, dass du mich nicht falsch verstehst; dazu kennen wir uns zu lange und zu gut. Irgendeine Art von Schuldzuweisung liegt mir fern. Aber diese Frage muss gestellt werden: Wie haben die Graken von Millennia erfahren?« Im Hintergrund wurde das Summen von Kommunikationssystemen lauter, die Dargos Aufmerksamkeit verlangten. »Lass möglichst bald von dir hören. Ende der Aufzeichnung.«

Das Bionengesicht verschwand aus dem QR-Feld. Tako lag in der Gelmasse, die das Brennen der organischen Prothesen kühlte, blickte ins Leere und lauschte dem inneren Echo grässlich bedeutungsvoller Worte: *Wie haben die Graken von Millennia erfahren?*

Gab es einen Zusammenhang mit ihm und seiner Mission auf Kabäa?

»Unsere neun Passagiere sind gerade eingetroffen, Tako.« Als Elisa nach einigen Sekunden keine Antwort bekommen hatte, fragte sie: »Hörst du mich, Tako?«

»Ja«, antwortete er geistesabwesend. »Ja, ich höre dich. Führe sie hierher.« Er versuchte, sich auf die gegenwärtige Situation zu konzentrieren. »Sie sollen sich sofort in die Hibernation begeben; das erspart ihnen unnötige Furcht beim Flug zur Transferschneise. Sind wir bereits in den Evakuierungsplan integriert?«

»Ja, Tako. Wir starten in fünf Minuten.«

»Hast du Dominik lokalisiert?«

»Leider noch nicht, Tako. Ich versuche es weiterhin.«

Personen betraten den Hibernationsraum. Eine Frau mittleren Alters erschien vor der ABE, sah auf ihn herab, erbleichte und wich zurück. Vermutlich bot er keinen besonders angenehmen Anblick.

»Bitte strecken Sie sich auf die Ruheliegen aus«, wandte sich Tako an die Passagiere, ohne sie zu sehen. »Es ist besser, wenn Sie sich sofort in die Hibernation begeben. Wir starten in wenigen Minuten und werden versuchen, so schnell wie möglich die Transferschneise zu erreichen. Gibt es jemanden unter Ihnen, der zum ersten Mal hiberniert?«

Ein Paar trat vor die Autarke Behandlungseinheit, beide

jung und blass. Takos Zustand schien sie nicht zu schockieren; jedenfalls veränderte sich ihr Gesichtsausdruck nicht. »Wir sind auf Millennia geboren und haben den Planeten nie verlassen«, sagte der junge Mann.

»Der Megatron wird Sie einweisen«, erwiderte Tako. »Befolgen Sie die Anweisungen. Elisa?«

»Ich kümmere mich darum, Tako.«

Er hörte die Stimmen und fühlte Bewegung um sich herum, blieb von den Ereignissen aber seltsam unberührt. Die jüngsten Ereignisse, so wusste er auf einer rein intellektuellen Ebene, bedeuteten große Veränderungen nicht nur für ihn persönlich, sondern auch für den Krieg gegen die Graken: Wenn Millennia fiel, war eine endgültige Niederlage der AFW kaum mehr abwendbar. Trotzdem galten die intensivsten Gefühle, die sich in Tako regten, dem Jungen. Der Rest war ihm sonderbarerweise eher gleichgültig. *Vielleicht stehe ich noch unter der Wirkung eines Schocks,* dachte er. *Immerhin wäre es Norene fast gelungen, mich umzubringen.*

Andere Gedanken formten eine Frage: *Wie sehe ich aus?* Und: *Werden mich die speziellen Bione, die Katyma mir verschafft hat, jemals ganz wiederherstellen?* Früher einmal hätten solche Dinge eine Rolle gespielt, aber nach Meraklon war auch dies anders geworden. Wieso tauchte eine solche Frage jetzt wieder in ihm auf?

»Tako?«

Im Hibernationsraum regte sich nichts mehr. Ein gleichmäßiges Summen kam von den Ruheliegen.

»Schlafen sie?«

»Ja. Vielleicht solltest du ebenfalls ...«

»Nein«, sagte Tako sofort. Er spürte eine vage Vibration und kannte die *Akonda* gut genug, um zu wissen, dass sie startete. »Ich bleibe bis zum letzten Moment wach. Bist du in der Lage, hier ein QR-Feld entstehen zu lassen, das mir erlaubt, alles zu beobachten?«

»Das könnte eine große nervliche Belastung für dich bedeuten, die sich vielleicht negativ auf das Wachsen der organischen Prothesen auswirkt«, gab Elisa zu bedenken. »Du kannst alles getrost mir überlassen.«

Tako unterdrückte einen Anflug von Ärger. Der Megatron meinte es nur gut. »Ich weiß, Elisa. Aber ich möchte wissen, was geschieht. Menschliche Neugier.«

Vor und über Tako bildete sich ein quasireales Feld, das ihm nicht nur das Gefühl gab, wie durch ein Fenster nach draußen zu sehen. Eingebettet in die Darstellung waren Sensordaten und andere Informationen, die einen viel umfassenderen Gesamteindruck vermittelten.

»Die Verbindung mit der Autarken Behandlungseinheit ermöglicht ein einfaches mentales Interface, Tako.«

»Danke, Elisa.«

Raumschiffe stiegen von Millennia auf, in allen möglichen Formen und Farben, ein bunter Reigen, wie Sporen, die eine große weiße Mutterpflanze verließen und sich dem Wind anvertrauten, um fortgetragen zu werden. Doch in diesem Fall blieb der Flug der vielen Schiffe nicht dem Zufall überlassen. Pulks bildeten sich und strebten nach oben, wie den Anweisungen eines Choreographen im Hintergrund gehorchend.

Weit über ihnen flackerte es, und aus diesem Flackern fiel etwas vom Himmel. Tako konzentrierte seine Gedanken darauf, und sofort vergrößerte der Megatron den Bildausschnitt. Sichtbar wurde das Heck eines geborstenen Transporters, aus dem noch Flammen leckten, während es dem Eis von Millennia entgegenstürzte.

Dann erschienen die ersten Schiffe der Kronn, jeweils mit einem Durchmesser von mehr als fünfhundert Metern und zusammengesetzt aus zahlreichen stachelförmigen Komponenten, die zu selbständigen Kampfeinheiten werden konnten. Einige Schiffe begannen damit, sich noch in den oberen Schichten der Atmosphäre in ihre einzelnen Segmente aufzuteilen – ein schwarzer Regen schien auf den Planeten niederzugehen, als sich die Dorne voneinander lösten, und jeder von ihnen griff ein anderes Flüchtlingsschiff an. Die übrigen Schiffe behielten ihre aktuelle Konfiguration bei und setzten kleine Objekte frei, die in der Vergrößerung wie dünne Pfeile aussahen und eigene Triebwerke zündeten. Wie Hochgeschwindigkeitsgeschosse jagten sie den Gletschern von Millennia entgegen, bohrten sich tief in sie hinein und ...

»Gravitationsbomben«, sagte Tako.

Die weißen Panzer des Planeten schüttelten sich. Tiefe Risse entstanden in kilometerdicken Eisschilden, die instabil wurden und einstürzten, Städte unter sich zermalmten. Starke Gravitationswellen führten zu kurzzeitigen Verzerrungen des Raums, und die Pulks der Flüchtlingsschiffe stoben wie von Sturmböen erfasst auseinander. Was dazu führte, dass die Strahlblitze vieler Kronn-Dorne ihre Ziele verfehlten und tief unten übers Eis kochten.

Zwei Nadeltürme von Empirion wurden getroffen, knickten, fielen und zerbrachen auf den Gletschern.

»Elisa?«

»Es sieht nicht gut aus, Tako ...«

»Ich weiß. Hiermit autorisiere ich deine volle Kontrolle über die *Akonda*. Löse dich mit dem Hinweis auf unseren militärischen Status aus dem Evakuierungsplan. Du hast weitaus mehr Erfahrung als die Piloten dort draußen. Bring uns ins All und fort von den Kronn.«

»Danke für dein Vertrauen, Tako«, erwiderte Elisa und beschleunigte bereits. Die *Akonda* wich zwei Stachelsegmenten aus, *sprang* in den Himmel, befand sich wenige Sekunden später im All und jagte an einem Schiff der Kronn vorbei. Sie tanzte zwischen weißen Blitzen aus destruktiver Energie, beschleunigte weiter und stieg über die Ebene der Ekliptik auf. Ein Destruktor der AFW-Streitkräfte kam ihnen entgegen, registrierte die militärische ID der *Akonda* und tauchte dicht neben ihr durch den Raum in Richtung Millennia. Der Riese war achthundert Meter lang: vorn eine zweihundert Meter durchmessende Kugel, gefolgt von einem sechshundert Meter langen Zylinder mit einem Trichterkranz am Heck. An den Flanken zeigten sich die vier dicken Krümmerwalzen eines besonders leistungsstarken Triebwerks. Dutzende von Waffenkuppeln wölbten sich am Zylinder und auch an der Bugkugel.

Die Daten im QR-Feld deuteten darauf hin, dass sich die anderen elf Destruktoren ebenfalls im Anflug befanden, begleitet von fast fünfzig kleinen Eskortschiffen, die allein gegen die Kronn kaum eine Chance hatten. Ihr Angriff deutete darauf hin, wie verzweifelt ernst die Situation war, wie schlecht es um Millennia stand.

Für ein oder zwei Sekunden dachte Tako daran, Elisa neue Anweisungen zu geben und an dem Kampf teilzunehmen, um zu retten, was noch zu retten war. Aber eine solche Entscheidung wäre sehr dumm gewesen. Die Bewaffnung der *Akonda* beschränkte sich auf zwei Annihilatorbatterien, denn sie war in erster Linie ein schneller Transporter, für heimliche Einsätze wie den im Epsilon-Eridani-System bestimmt.

Tako steuerte die Darstellungen des quasirealen Felds mit weiteren telepathischen Befehlen. Auf halbem Wege zwischen Millennia und dem Zentralgestirn Gondahar, etwa hundert Millionen Kilometer entfernt, flog eine weitere Kronn-Flotte, gefolgt von Schiffen der Chtai und Geeta, die sich wie üblich zurückhielten. Und hinter ihnen zeigte die Fernerfassung der Sensoren einen aus der Sonnenkorona kommenden Moloch. Millennias Schicksal war besiegelt.

»Ich habe Dominik lokalisiert«, sagte Elisa.

Tako hob den Kopf ein wenig. »Wo?«

Ein Punkt blinkte in der quasirealen Darstellung, nicht weit vom Asteroidenfeld entfernt, hinter dem sich die eine Transferschneise des Gondahar-Systems erstreckte. Ein Gedanke Takos machte aus dem Punkt ein Schiff, das aussah wie eine kristallene Blume an einem langen grauen Stängel. »Norenes Schiff. Aber schon so nah bei den Asteroiden ...« Er dachte an Entfernung und Subsprunggeschwindigkeit. »Sie muss Millennia vor dem Evakuierungsalarm verlassen haben.«

»Vielleicht ist sie kurze Zeit nach der Sichtung der Feuervögel aufgebrochen, Tako. Ich habe jetzt Zugriff auf die Flugdaten. Sie bestätigen, dass sich Dominik an Bord befindet.«

Takos Nacken begann zu schmerzen, und er ließ den Kopf vorsichtig in die Gelmasse zurücksinken. »Höchstgeschwindigkeit, Elisa. Hol alles aus dem Triebwerk heraus. Bestimmt kann Norene nicht sofort die Transferschneise erreichen und springen – der Transit von Kampfschiffen der AFW hat derzeit absoluten Vorrang. Vielleicht können wir sie einholen.«

»Wenn wir mit Höchstgeschwindigkeit fliegen, bin ich vielleicht nicht imstande, rechtzeitig verborgene Gravitationsfallen zu entdecken, Tako. Noch fehlt die Bestätigung, dass alle deaktiviert worden sind.«

Tako überlegte schnell. »Flieg in einem Bogen oberhalb der Ekliptik; dann dürfte das Risiko geringer sein.«

»Bestehst du auf Höchstgeschwindigkeit, Tako?«

Er zögerte, innerlich hin- und hergerissen. »Flieg so schnell, wie du es verantworten kannst, Elisa«, sagte er und erinnerte sich an den vollen Personenstatus des Megatrons. »Und versuche, Norenes Flugziel zu erfahren. Für den Fall, dass sie springt, bevor wir sie erreichen.«

»In Ordnung, Tako.«

Die *Akonda* stieg weiter über die Ekliptik auf und wurde noch schneller. Die im QR-Feld angezeigten Werte deuteten darauf hin, dass Elisa nur knapp unter der Höchstgeschwindigkeit blieb, die im relativistischen Bereich lag.

Mit wachsender Distanz verwandelten sich die Bilder des QR-Felds immer mehr in eine taktische Darstellung mit vertrauten militärischen Symbolen. Tako beobachtete, wie die zwölf Destruktoren und ihre kleinen Begleitschiffe in der Nähe von Millennia in einen Kampf verwickelt wurden, den sie unmöglich gewinnen konnten. Er dachte an die Besatzungen und fragte sich, ob sie aus Lobotomen oder Berührten bestanden. Wussten sie, dass ihr selbstloser Einsatz bestenfalls dazu diente, ein wenig Zeit zu gewinnen? *Aber darum geht es seit Beginn des Grakenkriegs,* dachte Tako. *Im Prinzip haben wir immer nur versucht, Zeit zu gewinnen. Ein Sieg lag nie in unserer Reichweite. Und jetzt steht der Fall von Millennia unmittelbar bevor.*

Zwei Destruktor-Symbole blinkten und verschwanden. Eine mentale Anweisung zeigte ihm den vierten Planeten, über dem das All in Flammen zu stehen schien. Zwei große Glutbälle waren gerade entstanden, dehnten sich aus und verblassten dabei – die Reste von zwei zerstörten Destruktoren. Energieblitze jagten durchs All, flackerten über Schutzfelder, fraßen sich heiß in ungeschützte Rümpfe, zerstörten Triebwerke und Reaktoren. Antimaterieraketen ritten auf Plasmastrahlen durch den Weltraum, der sich in ein Schlachtfeld verwandelt hatte, suchten nach den energetischen Signaturen des Gegners. Hier und dort durchschlugen sie das instabil gewordene Schirmfeld eines Kronn-Dorns, und wo das geschah, bildeten sich kleinere Glutbälle. Aber solchen Erfolgen stand nicht nur die waffentechnische, sondern auch die zahlenmäßige Überlegenheit des Feindes gegenüber. Annihilatorstrahlen durchdrangen die Kronn-Schirme nur dann, wenn mehrere von ihnen auf eine Stelle konzentriert wurden, und für eine derartige Koordination gab es fast nie genug Zeit. Die meisten Antimaterieraketen verglühten in energetischen Schleiern, die auch dazu dienten, den Navigations- und Waffensensoren der AFW-Schiffe falsche Daten zu liefern.

Ein weiteres Kampfschiff der Destruktor-Klasse verschwand einfach, als es in den Wirkungsbereich einer Kollapsmine geriet. Zwei von Millennia kommende Transporter mit Flüchtlingen an Bord folgten ihm ins Nichts.

Tako schloss kurz die Augen und öffnete sie dann wieder. Von der Transferschneise her näherten sich weitere Kampfschiffe der Allianzen Freier Welten, keine taktisch strukturierte Flotte, sondern ein eilig aus verfügbaren Einheiten zusammengestellter Verband mit leichten und schweren Zerstörern, armierten Fernerkundern, drei piridischen Basis-schlachtschiffen, zwei ayronischen Großblasen, unterschiedlich konfigurierten Jägern der Klassen Turan 1 bis 9 und mehreren Trichterschiffen, von der Struktur her ähnlich beschaffen wie die *Akonda*, aber mehr als einen Kilometer lang. Eine eindrucksvolle Streitmacht, doch nicht annähernd groß genug, um Millennia zu verteidigen. Tako vermutete, dass in der Eile nicht genug Bione für die Gefühlsneutralisierung hatten beschafft werden können, und wahrscheinlich fehlte es auch an Gegenträumern, was bedeutete: Wenn der Moloch den vierten Planeten erreichte, riskierten die Berührten an Bord der Schiffe, unter den Einfluss des Graken zu geraten. Eine aussichtslose Situation. Aus militärischer Sicht hatte dieser Einsatz nur einen Sinn: Es sollten so viele Tal-Telassi wie möglich in Sicherheit gebracht werden.

»Norenes Schiff hat das Asteroidenfeld durchquert«, ertönte Elisas Stimme im Hibernationsraum. »Es wartet jetzt zusammen mit zahlreichen Flüchtlingsschiffen auf eine Gelegenheit, in die Transferschneise zu gelangen und zu springen.«

»Hast du ihr Flugziel in Erfahrung bringen können?«

»Nein, Tako. Es tut mir Leid, aber die meisten Kommunikationskanäle sind gestört. Das Datenvolumen der noch funktionierenden Verbindungen ist für die Evakuierungskoordination reserviert.«

Das QR-Feld zeigte, wie es tief unter der *Akonda* mehrmals blitzte: Flüchtlingsschiffe fielen nicht rechtzeitig aktivierten Fallen im Gondahar-System zum Opfer.

»Von einer Koordination kann wohl kaum die Rede sein«, sagte Tako bitter. »Die Transporter hätten nicht in die Nähe jener Fallen geraten dürfen.«

»Jede einzelne von ihnen muss mit einem eigenen Kode deaktiviert werden, und zwar in ihrem Innern«, erklärte Elisa. »Auf diese Weise sollte verhindert werden, dass der Feind mit einem Impuls alle defensiven Einrichtungen im Gondahar-System ausschalten kann. Doch die für die Deaktivierung notwendigen Schiffe wurden für die Evakuierung gebraucht.« Eine kurze Pause. »Ich muss jetzt langsamer werden, Tako. Wir nähern uns den Ausläufern des Asteroidenfelds.«

Zwei Stunden brauchte Elisa, um die Wolke aus kosmischem Schutt zu durchqueren und mehreren Gravitationsfallen auszuweichen. Während dieser Zeit beobachtete Tako, wie die zweite Kronn-Flotte sowie die Schiffe der Chtai und Geeta Millennia erreichten. Zwar kamen weitere Kampfverbände der AFW aus der Transferschneise, aber als erfahrener Soldat wusste Tako, dass sie das Blatt nicht wenden konnten. Sie dienten nur dazu, die Agonie von Millennia noch etwas zu verlängern und weiteren Transportern mit Flüchtlingen Gelegenheit zu geben, den vierten Planeten zu verlassen und zum Rand des Gondahar-Systems zu gelangen.

»Die Transferschneise wird jetzt für den Flüchtlingsverkehr geöffnet, Tako«, sagte der Megatron. Das Bild im quasirealen Projektionsfeld wechselte und zeigte den Bereich hinter dem ausgedehnten und mit Fallen gespickten Asteroidenfeld. Die Transferschneise, von Elisa rot markiert, war ein dünnes, kurvenreiches Band, und davor warteten tausende von Raumschiffen in allen Größen, Formen und Konfigurationen, an Bord Tal-Telassi und andere Bewohner von Millennia.

»Norenes Schiff gehört zur nächsten Transitgruppe«, fügte Elisa hinzu.

Tako beobachtete, wie sich etwa fünfzig Transporter aus der großen Gruppe der Wartenden lösten und zur Transferschneise flogen, aus der jetzt keine militärischen Schiffe mehr kamen.

»Kennst du ihr Flugziel, Elisa?«

»Leider nicht, Tako. Ich habe noch immer keinen Zugriff auf die Daten.«

»Dann dürfen wir Norene nicht aus den Augen verlieren. Flieg an den anderen Flüchtlingsschiffen vorbei. Wir schließen uns dieser Transitgruppe an.«

Die ersten Transporter erreichten die Schneise, ließen dort ihre Krümmer aktiv werden und wurden schneller. Vorsichtige, kurze Sprünge brachten sie durch die Kurven, und dann verschwanden sie.

»Wir haben keinen Prioritätsstatus, Tako«, erwiderte der Megatron. »Es tut mir Leid, aber wir müssen warten wie die anderen, bis wir an die Reihe kommen.«

Tako starrte in das QR-Feld, als könnte er Norene allein mit der Kraft seines Willens daran hindern, das Gondahar-System zu verlassen. Nur am Rande nahm er zur Kenntnis, dass es in der Asteroidenwolke zu einer Explosion kam, als ein Transporter in den Wirkungsbereich einer Gravitationsfalle geriet und an einem Boliden von der Größe eines Kontinents zerschellte. Er stellte sich vor, wie Norenes Schiffe durch die Transferschneise verschwand – dahinter erstreckte sich eine ganze Galaxis. Wie sollte er Dominik jemals wiederfinden?

»Unser Status ist mir gleich!«, stieß er hervor. »Bring uns zu der Transitgruppe!«

»Nein, Tako. Ich bedauere, aber diese Anweisung kann ich nicht ausführen. Du bist erregt. Du lässt dich von deinen Emotionen leiten. Ich appelliere an deine Vernunft und weise darauf hin, dass auch wir uns an die Regeln halten müssen.«

Tako wäre am liebsten aus der Autarken Behandlungseinheit gesprungen und zum Kontrollraum gelaufen. Das Brennen in den wachsenden organischen Prothesen wurde stärker, ebenso wie der Resonanzschmerz, der mit kleinen, scharfen Messern seine Gedanken zu zerschneiden schien. Hilflos beobachtete er, wie Elisa die *Akonda* nicht direkt zur Transferschneise flog, sondern zu der großen Gruppe wartender Flüchtlingsschiffe. Er hörte, wie sie mit einem der völlig überforderten Lotsen sprach, aber die Worte ergaben keinen Sinn für ihn. Plötzlich schien nichts mehr einen Sinn zu ergeben.

Er beobachtete im QR-Feld, wie die Schiffe des Transit- **235** pulks nacheinander in die Transferschneise glitten, schneller wurden, sprangen und im interstellaren Raum verschwanden. Die anderen Flüchtlingsschiffe warteten, wie auch die *Akonda*.

Etwa für eine halbe Minute blieb die Schneise leer, und dann erschienen wieder militärische Schiffe in ihr. Die Lotsen nahmen sie in Empfang und begannen sofort damit, sie durch das Asteroidenfeld zu dirigieren.

Trauer erfasste Tako wie eine graue Wolke, die sich in seinem Innern ausbreitete und alle Farben tilgte.

»Vielleicht gelingt es mir später, Informationen über Norenes Flugziel zu gewinnen, Tako«, sagte Elisa in dem offensichtlichen Versuch, ihn zu trösten. »Dies bedeutet nicht, dass du Dominik für immer verloren hast.«

Tako brachte keinen Ton hervor, starrte ins quasireale Projektionsfeld und sah nicht tausende von Flüchtlingsschiffen, sondern die verbrannten Beine eines Jungen.

»Ich bin erneut zu spät gekommen«, hauchte er.

»Du solltest jetzt besser schlafen, Tako. Ich wecke dich, wenn wir Airon erreichen, in Ordnung?«

Tako gab keine Antwort.

»Die medizinischen Daten deuten darauf hin, dass du starkem emotionalen Stress ausgesetzt bist, Tako. Das wirkt sich negativ auf deinen Gesamtzustand aus. Ich empfehle dir dringend zu hibernieren.«

Tako schwieg.

Einige Sekunden lang blieb es still.

»Ich mache hiermit von meinem Ermessensspielraum Gebrauch und aktiviere die Hibernation«, sagte der Megatron.

Es wurde dunkel um Tako.

NEUE UFER

*(13. Februar 1119 – 1. März 1124
Ära des Feuers)*

Dominik: Tote Augen

»Wir sollten nicht hier sein«, sagte Loana und schauderte, als fürchtete sie eine unmittelbar bevorstehende Entdeckung.

Dominik lächelte und deutete durch den transparenten Ultrastahl vor ihnen. »Gefällt dir die Aussicht nicht?«

Die große Panoramawand des Observatoriums der fünfzehn Kilometer durchmessenden Transitstation *Tellarus* gewährte einen prächtigen Blick auf das große Feuerrad der Milchstraße: fast dreihundert Milliarden Sterne in fünf langen Spiralarmen, die sich um den zentralen Balken drehten. Wie reglos hing die riesige Galaxis im All, obgleich die Sterne mit hoher Eigengeschwindigkeit um das supermassive Schwarze Loch in ihrer Mitte kreisten.

Loana, das lange blonde Haar wie so oft zu einem Zopf geflochten, trat noch etwas näher an die transparente Wand heran, und das Licht der Milchstraße spiegelte sich in ihren großen blaugrünen Augen wider. Sie war dreizehn, wie Dominik, und gehörte zu den fast achtzig Tal-Telassi-Schülerinnen, die in *Tellarus* auf den Transfer nach Kyrna warteten. Noch vor wenigen Monaten hatte sich Dominik überhaupt nicht für sie interessiert, aber seit einigen Wochen empfand er ihre Gesellschaft als sehr angenehm und suchte immer wieder ihre Nähe. Sehr zum Unwillen von Norene, die sich bemühte, sie voneinander fern zu halten.

»Sie ist wunderschön«, sagte Loana.

Dominik streckte den Arm aus, und das Gesteninterface reagierte sofort, ließ dort einen blinkenden Punkt entstehen, wohin die Hand zeigte. Er nannte die Namen der einzelnen galaktischen Arme – Norma, Scutum-Crux, Sagittarius, Perseus und Cygnus –, erläuterte anschließend die Position einiger wichtiger Planeten. »Die Erde befindet sich etwa dort«, schloss er seinen kurzen Vortrag und markierte eine Stelle zwischen den Sagittarius- und Perseus-Armen. »Im lokalen Arm, auch Orion-Arm genannt.«

»Die Erde ...«, murmelte Loana und blickte gedankenversunken zur Milchstraße. »Der Ursprung der Menschheit. Es heißt, dort hätte alles begonnen.«

»Das stimmt, soweit es die Geschichte der Menschheit betrifft«, sagte Dominik. Es gefiel ihm, mit seinem Wissen ein wenig protzen zu können. »Aber wenn du den Krieg meinst ... Er begann nicht etwa dort, sondern im Kollma-System.«

Loana drehte den Kopf. »Woher weißt du das?«

»Ich habe es auf Millennia erfahren, im Gespräch mit den KI-Avataren. Die Archive enthalten viele Dinge, an die sich kaum mehr jemand erinnert.«

»Wer weiß, was in den letzten fünf Jahren aus ihnen geworden ist. Millennia ...«

Dominik hob erneut die Hand, und ein blinkender Punkt erschien dort, wo sich das Gondahar-System befand. Stumm und wie erstarrt hing das etwa hunderttausend Lichtjahre durchmessende galaktische Feuerrad in der schwarzen Leere und wirkte so friedlich, obwohl zwischen seinen Sternen seit mehr als elfhundert Jahren ein schrecklicher Krieg tobte. Dort draußen, auf Planeten in den Umlaufbahnen der bunt leuchtenden Sterne und an Bord von Raumschiffen im interplanetaren und interstellaren All, starben Menschen und ihre Verbündeten im Kampf gegen die Graken, die ein Sonnensystem nach dem anderen unter ihre Kontrolle brachten. Dominik dachte daran, dass auch Tako Karides, der Mann mit der Narbe, an diesem Kampf teilnahm. Seit fünf Jahren hatte er nichts mehr von ihm gehört.

Loana wandte sich halb vom transparenten Ultrastahl ab. »Lass uns zurückkehren, Domi. Die Lehrerinnen haben uns ausdrücklich verboten, die Wartequartiere zu verlassen.«

»Dauernd verbieten sie uns etwas.« Dominik spürte, wie sich erneut Ärger in ihm regte. »Immer wieder weisen sie uns auf irgendwelche Regeln hin, die es zu beachten gilt.«

»Wir müssen die Regeln der Schwestern beachten, wenn wir Tal-Telassi werden wollen.« Loana zögerte kurz. »Und wir müssen uns von unseren Gefühlen befreien. Sie behindern uns auf dem Weg zum Zentrum des Tal-Telas.«

»Gefühle machen uns zu Menschen«, sagte Dominik und glaubte, diese Worte irgendwo schon einmal gehört zu haben. »Sollen wir aufhören, Menschen zu sein? Ich fühle mich durch meine Emotionen nicht behindert«, fügte er hinzu und hörte Trotz in seinen Worten.

»Weil du erst am Anfang stehst«, sagte Loana; jetzt hatte sie in den – wie er es nannte – »intellektuellen Modus« umgeschaltet, den er so verabscheute. Ernst war bei ihr häufig der erste Schritt. Meistens folgte dann kalte Rationalität, mit der sie den Schwestern nachzueifern versuchte. »Und dort wirst du auch stehen bleiben, wenn du in deiner Emotionalität verharrst.«

»Und was ist dies?« Dominik hob die Hände und zeigte die deutlich sichtbaren Verfärbungen an den Fingerspitzen. Bei Loana waren nur vage violette Schatten zu sehen, wie auch bei den anderen Schülerinnen.

Für einen sonderbaren Sekundenbruchteil verschwamm das Bild vor seinen Augen, und er sah keine violetten Fingerspitzen, sondern violette *Hände* – die Verfärbungen reichten von den Fingerkuppen über die Handteller bis zu den Unterarmen.

Loana schien nur die Flecken zu sehen. »Du trägst die Zeichen eines großen Talents«, erwiderte sie, und der Ernst erreichte die erste Phase der kalten Rationalität. Doch nur in der Stimme. In den großen Augen sah Dominik noch immer die Wärme von Gefühl. »Aber du musst den gleichen Weg zum Tal-Telas beschreiten wie wir alle. Die Schwestern gehen ihn seit fünftausend Jahren und wissen, worauf es dabei ankommt. Wenn du dich von Emotionen aufhalten lässt, erreiche ich das Ziel vielleicht vor dir.« Bei den letzten Worten erschien ein Lächeln auf Loanas Lippen.

Es verschwand sofort wieder, als ein Vibrationsalarm durch die Transitstation ging.

Die Besatzung von *Tellarus* bestand aus etwa fünfhundert Personen; hinzu kamen durchschnittlich etwa fünfzehntausend Passagiere, die meisten von ihnen in Wartequartieren untergebracht. Die Transitstation befand sich an einem von insgesamt vier Knotenpunkten des Perseus-Schneisennetzes, mehrere tausend Lichtjahre über der galaktischen Ebene und weit genug von den Hauptrouten des militärischen und zivilen interstellaren Verkehrs entfernt, um selbst lange Reisen relativ sicher zu machen. Viele Passagiere nahmen den Umweg über die galaktische Peripherie und die dortigen Transferschneisen in Kauf, weil sie dadurch vor unangenehmen Überraschungen durch die Graken-Vitäen einigermaßen sicher sein konnten. Die Station *Tellarus* existierte seit hundertfünfzig Jahren ohne einen einzigen Zwischenfall, aber natürlich war sie nicht unbewaffnet und auch nicht unvorbereitet. Der Vibrationsalarm wurde von allen Personen wahrgenommen, ganz gleich, zu welchem Volk sie gehörten und über welche Sinne sie verfügten, und an seiner Botschaft bestand kein Zweifel: *Wir werden angegriffen!*

Loana wurde plötzlich blass.

Dominik blickte aus dem großen Fenster und sah, wie sich ein milchiger Schleier vor das Feuerrad der Milchstraße schob: ein mehrfach gestaffeltes Schirmfeld.

»Gefechtspriorität«, hallte die Stimme des Megatrons Alex durch die Station. »Defensive Staffeln Phönix und Deltastern, Start in dreißig Sekunden. Defensive Staffeln NovaEins und NovaZwei, Start in sechzig Sekunden. Abwehrmuster Dämmerung. Das Reservepersonal wird geweckt. Die nicht für den Transfer vorgesehenen Passagiere werden dringend gebeten, sich auf eine eventuelle Notevakuierung vorzubereiten.«

»Wie ernst ist die Lage, Alex?«, fragte Dominik, starrte nach draußen und versuchte, Einzelheiten jenseits des Schutzfeldschleiers zu erkennen.

»Ernst genug, Dominik«, erwiderte der Megatron, ohne Details zu nennen. Er hatte den Fragesteller mit seinen internen Sensoren identifiziert. »Bitte sucht euer Wartequartier auf. Der Kommandant hat Gefechtsstatus für die Station angeordnet.«

»Wir hätten gar nicht erst hierher kommen sollen«, betonte Loana und lief los.

Dominik folgte ihr zum Ausgang des Observatoriums. Dort stiegen Leviplattformen ohne Passagiere auf und sausten fort. Nur eine blieb zurück.

»Ich bringe euch auf dem kürzesten Weg zu eurem Quartier«, sagte Alex.

Loana stand bereits auf der kleinen Plattform. »Wissen die Lehrerinnen, dass wir fort sind?«, fragte sie besorgt.

»Nein«, antwortete der Megatron. »Aber sie werden es sicher bald erfahren. Es findet ein Appell statt. In zehn Minuten sollen die ersten Schüler an Bord des Transporters *Aurora* gehen.«

Dominik blickte auf die Kontrollen, als die Wände eines Ganges an ihnen vorbeiglitten. Sie hatten fast eine Stunde gebraucht, um vom Wartequartier aus das Observatorium zu erreichen. Er vermutete, dass Alex wenn nicht den kürzesten Weg, so doch den schnellsten für sie wählte. »Wann erreichen wir die Wartequartiere?«

Diesmal kam es zu einer Verzögerung von einer Sekunde, bevor der Megatron antwortete. Es bedeutete, dass die Verteidigungsmaßnahmen zum Schutz der Transitstation und der Passagiere einen großen Teil seines Elaborationspotenzials beanspruchten. »In zwanzig Minuten, falls die Route offen bleibt.«

Diese Worte beunruhigten Dominik. »Rechnest du mit Schwierigkeiten? Kannst du uns einen Überblick verschaffen, Alex?«

Über den Kontrollen der dahinrasenden Leviplattform entstand eine quasireale Darstellung mit taktischen Symbolen. Dominik kannte ihre Bedeutung und erfasste die Situation mit einem Blick. »Zwei Kronn-Schiffe sind aus der Gamma-Transferschneise gekommen, haben sich in ihre Komponenten aufgeteilt und greifen an.« Er deutete auf einen aus roten Punkten bestehenden Schwarm. Kleine blaue Dreiecke kennzeichneten die Verteidiger – es waren erheblich weniger.

Welchen Weg auch immer der Megatron gewählt hatte, um sie zum Wartequartier der Tal-Telassi und ihrer Schüler zu bringen: Er schien nicht sehr frequentiert zu sein, zumindest soweit es die Crew der Transitstation betraf. Sie begegneten nur wenigen Besatzungsmitgliedern, bereits in voll einsatzfähige Kampfanzüge gekleidet oder damit beschäftigt, die letzten Siegel zu schließen und bionische Erweiterungen mit den Interface-Systemen zu verbinden. Der größte Teil der beobachtbaren Aktivität stammte von Drohnen und automatischen Mechanismen. Schotten, Luken und Verbindungselemente zwischen den einzelnen Modulen der Station wurden mit Schirmfeldern verstärkt, die ihre Energie aus mobilen Generatoren bezogen. Daneben gingen Kampfdrohnen in Stellung und richteten ihre schweren Waffen aus; das dumpfe Summen der Annihilatoren und Mikrokollapsarwerfer zeigte an, dass die Waffen geladen und in Bereitschaft waren.

Die Leviplattform flog mit hoher Geschwindigkeit auf einen bereits aktiven Schirm zu, und Dominik sah aus dem Augenwinkel, wie Loana zu zittern begann. Doch der Megatron ließ es nicht zu einer Kollision kommen, öffnete rechtzeitig eine Strukturlücke im Kraftfeld und hinderte die Luke dahinter daran, sich ganz zu schließen. Die Plattform passierte den Durchgang, setzte ihren Flug fort und raste an weiteren Drohnen vorbei. Trotz der pfeifenden Fluggeräusche hörte Dominik ein Donnern, das von unten zu kommen schien, von den großen Hangars der Station. Ein Blick auf die QR-Szene bestätigte seine Befürchtungen: Einige blaue Dreiecke waren verschwunden, und ein Teil des roten Schwarms befand sich in der Nähe der Station.

»Notevakuierung«, hallte eine Stimme durch die Transit-station. Ihr ruhiger Klang bildete einen seltsamen Kontrast zu den ernsten Worten. »Alle Passagiere werden aufgefordert, unverzüglich die ihnen zugewiesenen Abflugbereiche aufzu-suchen; bitte beachten Sie die Anweisungen der Evakuie-rungsservi. Dies ist ein Gefechtsalarm der Stufe Eins.«

Das von unten kommende Donnern wiederholte sich, und die QR-Darstellung über den Kontrollen der Leviplattform fla-ckerte kurz.

»Alex?«, fragte Dominik besorgt.

»Ich bin noch da«, erwiderte der Megatron und klang fast so gelassen wie die Stimme, die die Notevakuierung verkün-det hatte.

Neben den Navigationskontrollen leuchteten mehrere An-zeigen auf, als der Plattformlevitator seine Gravitonemissio-nen veränderte und das autarke Gravitationsfeld erweiterte, um auch die lateralen Trägheitsmomente zu neutralisieren. Eine Sekunde später jagte die Plattform in einer weiten Spira-le durch einen großen Saal voller Aktivität. Wespenartige tro-nische Servi begleiteten große Hybriddrohnen zu den zahl-reichen Hibernationskapseln, die wie in die Länge gezogene Quecksilbertropfen an zahlreichen aus den Wänden ragen-den Versorgungsdornen klebten. In ihnen erwachten nun aus verschiedenen Völkern der AFW stammende Söldner, die sich mit Zwölfjahresverträgen oder gar Jahrhundertprotokol-len zur Verteidigung der Transitstation verpflichtet hatten: Taruf mit fast durchsichtiger Haut; an große, majestätische Falter erinnernde Quinqu; zarte Grekki; einige golemartige Gannan; mehrere Methan atmende Ayro; sogar ein Muarr. Und natürlich Menschen, abgesehen von einigen Lobotomen alles Berührte.

Immer wieder bildeten die Drohnen und Servi Hindernisse vor der Leviplattform, die dann zur einen andere anderen Sei-te kippte, rollte, bremste und beschleunigte, um Kollisionen zu vermeiden. Loana und Dominik bemerkten von den jähen Kursänderungen nichts; neutralisierende Gravitonen verhinderten, dass sich Beharrungskräfte bemerkbar machten und sie zur einen oder anderen Seite rissen.

Dominik beobachtete, wie die erwachten Söldner – Hibernauten – in die Hybriddrohnen kletterten und sich mit ihren Systemen verbanden. Nach der biotronischen Integration lösten sich die HD-Einheiten von den betreffenden Hibernationskapseln, veränderten ihre Konfiguration und wurden zu Miniraumschiffen, die praktisch nur aus Krümmer, Waffensystemen und Pilot bestanden. Sie verschwanden in den dunklen Öffnungen langer Tunnel, die von den Schlafsälen zu den elektromagnetischen Katapulten an der Stationsperipherie führten.

Der nächste große Raum enthielt Bündel aus energetischen Transatlanticräängen, in denen geisterhaftes Licht pulsierte. Spinnenartige Wartungsservi krochen unermüdlich über sie hinweg, glichen Fluktuationen aus und gewährleisteten einen stabilen Energiefluss.

Wieder donnerte es, so laut, dass die Luft zu erzittern schien, und plötzlich wurde es dunkel. Dominik brauchte ein oder zwei Sekunden, um zu begreifen, was der Ausfall der Energieversorgung in diesem Teil der Station bedeutete: Der Levitator der kleinen Plattform emittierte weiterhin Gravitonen, die die Schwerkraft neutralisierten, aber der *Tellarus*-Megatron hatte jetzt keine Möglichkeit mehr, den Flug zu steuern.

Dominiks Finger huschten über die Kontrollen und schalteten genau in dem Augenblick auf manuelle Kontrolle um, als eine mit kantigen Installationen ausgestattete Metallwand vor ihnen erschien. Er versuchte abzubremsen, aber die Geschwindigkeit war zu hoch. Aus einem Reflex heraus kniff er die Augen zu.

Einen Moment später krachte es, und unsichtbare, aber zum Glück nicht sehr kräftige Hände zerrten an Dominik, als die Gravitonemissionen des Levitators instabil wurden. Er fiel in der Dunkelheit, etwa einen Meter tief, prallte schwer auf den harten Boden und hörte ein dumpfes Pochen in unmittelbarer Nähe.

»Loana? Ist alles in Ordnung mit dir?« Seine Hände tasteten durch die Finsternis, berührten die Tal-Telassi-Schülerin an einer weichen Stelle und zuckten zurück.

»Dort bin ich *nicht* verletzt, herzlichen Dank!«, sagte sie scharf. »Und auch woanders nicht, glaube ich.«

Dominik stand auf, fand Loanas Hand und half ihr auf die Beine.

Weit über ihnen zündeten mehrere chemische Lampen an der hohen Decke, und ihr Licht fiel auf den Trümmerhaufen, in den sich die Leviplattform verwandelt hatte. Dominik deutete zu einer offenen Luke.

Sie hatten sich gerade erst in Bewegung gesetzt, als die Transitstation schrie. So hörte es sich zumindest an: wie der ohrenbetäubende Schrei eines riesigen, gequälten Wesens. Dominik presste die Hände an die Ohren und fiel erneut, als der Boden unter ihm kippte. Zusammen mit Loana rutschte er durch die offene Luke in einen wesentlich kleineren Raum mit drei markierten Ausgängen.

In der Ferne begann es zu zischen; innerhalb weniger Sekunden wurde ein Fauchen und dann ein Heulen daraus. Dominik beobachtete, wie sich Loanas langer Zopf im Wind bewegte.

Er sprang auf. »Irgendwo in der Nähe hat die Station ein Leck. Die Luft entweicht.« Eine Sicherheitsautomatik begann damit, die drei Zugänge zu schließen. Bunte Symbole markierten sie, und Loana war mit ihnen ebenso vertraut wie Dominik.

»Hier entlang«, sagte sie und wandte sich der Öffnung zu, die tiefer ins Innere der Transitstation führte.

Dominik hielt sie fest. »Warte, ich ...« Er blinzelte, als sich vor seinem geistigen Auge mehrere Bilder überlagerten und ihm seltsame Dinge zeigten: Loana, blutüberströmt in einem geborstenen Korridor unweit des Quartierbereichs; halb zerfetzte Leichen in einem zerstörten Kommandosegment, eine von ihnen er selbst; der gebrochene Blick eines Speeders ...

»Dorthin«, sagte Dominik und zog Loana mit sich durch die dritte Luke, die sich bereits zur Hälfte geschlossen hatte.

Loana sah das Symbol darüber. »Hier geht es zum peripheren Bereich. Dort ist die von Treffern ausgehende Gefahr am größten.«

Es waren Worte der Vernunft, doch irgendetwas erfüllte Dominik mit der Gewissheit, die richtige Entscheidung getroffen zu haben. Er hatte Dinge gesehen, die geschehen *konnten*, wenn der falsche Weg eingeschlagen wurde. *Dieser* Weg versprach Leben, wenn auch nicht das des Speeders ...

Er wusste nicht, wie er es Loana erklären sollte, und deshalb sagte er nur: »Bitte vertrau mir, Loa.«

»Das hast du mir auch gesagt, als wir das Wartequartier verlassen haben. Und sieh nur, in welche Situation uns das gebracht hat!«

Aber sie folgte ihm durch den Gang, der vom Licht weniger mit Notenergie betriebener Lampen nur spärlich erhellt wurde. Das Pfeifen entweichender Luft wich Stille, als sich die Luke hinter ihnen schloss. Dominik versuchte mehrmals, Kontakt mit Alex aufzunehmen, aber er wartete vergeblich darauf, dass die Stimme des Megatrons antwortete. Die Kommunikationsanschlüsse in den Korridorwänden funktionierten nicht – offenbar war es den Kronn gelungen, die Transitstation an einer besonders empfindlichen Stelle zu treffen. Er fragte sich, was in den anderen Abteilungen passierte. Kamen bereits erste Knochenwesen an Bord? Und welchen Grund gab es überhaupt für den Angriff auf eine einfache Station, die keine strategische Bedeutung hatte und sich weit abseits der wichtigen Routen befand?

»Wir sind der Grund«, murmelte Dominik.

»Was?«, fragte Loana.

»Ich meine die Tal-Telassi.« Dominik fragte sich, was ihn zu dem *Wir* veranlasst hatte. Hielt er sich selbst für einen Tal-Telassi?

Sie befanden sich inzwischen in einem Ausrüstungsraum, in dem ein Wirbelwind getobt zu haben schien. Schränke waren aus ihren Verankerungen gerissen worden, ihr Inhalt lag überall auf dem Boden verstreut: Energiepatronen, Recycling-

module für Atemluft und organische Abfallprodukte, Schutzanzüge, Rationspackungen, Werkzeuge, halbautomatische
Servi, sogar einige Waffen. Dominik blickte auf einen hand-
lichen Annihilator hinab und hob ihn nach kurzem Zögern
auf.

»Was willst du damit?«, fragte Loana mit neuer Sorge.
»Kannst du überhaupt damit umgehen?«

Nach dem letzten donnernden Krachen und dem Heulen
der Dekompression war es gespenstisch still geworden – abgesehen von einem gelegentlichen Pochen, das aus dem Innern der Transitstation kam und sich anhörte, als schlüge
jemand mit einem riesigen Hammer an die Wände.

Dominik sah auf die mit militärischen Symbolen gekenn-
zeichneten Anzeigen der Waffe. Sofort erfasste er ihre Bedeutung und begriff auch, woher sein Wissen stammte: aus dem
Kontakt mit dem Bewusstsein von Tako Karides.

»Ich denke schon«, sagte er und schloss die Hand zuver-
sichtlicher um den Griff des Annihilators.

»Auf wen willst du hier schießen?« Loana lauschte dem
Klang der eigenen Worte und sah sich erschrocken um.
»Glaubst du, es befinden sich Kronn an Bord der Station?«

»Das ist nicht auszuschließen. Komm.« Sie verließen den
Ausrüstungsraum und setzten den Weg durch den langen peripheren Korridor fort. Nach einigen Dutzend Metern fanden
sie im matten Licht der Notlampen einen Toten.

Der Mann lag auf dem Boden, in die Borduniform eines
Waffenoffiziers gekleidet, und sein Kopf ruhte in einer großen Blutlache. Der Zylinder einer vermutlich aus dem Ausrüstungsraum stammenden Energiepatrone hatte ihm den
hinteren Teil des Schädels zertrümmert. Weiter vorn gab es
mehr Licht, und ein leises Summen wies darauf hin, dass die
dortigen Systeme Energie empfingen.

Dominik trat an der Leiche vorbei, und Loana folgte ihm,
als er durch den Gang eilte. Kurze Zeit später erreichten sie
einen seltsamen Raum, in dem sie den zweiten Toten fanden,
einen spindeldürren, knapp zwei Meter großen Humanoiden, **249**

der leblos in einem extra für ihn konstruierten Stützkorsett hing. Große rotbraune Augen starrten blind ins Nichts, während hier und dort VR-Kontrollen blinkten und auf Input warteten. Redundante Systeme gewährleisteten, dass alle wichtigen Systeme nach wie vor funktionierten.

»Dies ist eine Geschützkammer«, sagte Dominik. Er deutete auf das bionische Gespinst, das den toten Kanonier neuronal mit den tronischen Kontrollsystemen verband. »Mit direkter Verbindung.«

Offenbar war die Kammer vom feindlichen Feuer erfasst worden und daraufhin an mehreren Stellen aufgebrochen. Der Schaum von Vakuumpolymeren hatte die offenen Stellen ausgefüllt und war dann erstarrt. Dem Kanonier hatte er nicht helfen können.

»Ein Speeder«, sagte Dominik und begriff, dass er den gebrochenen Blick dieser Augen in den sich überlappenden Bildern gesehen hatte.

»Sie haben besondere Reflexe, nicht wahr?« Loana schauderte. »Warum hast du uns hierher gebracht, Domi?«

»Speeder sind mit Abstand die besten Kanoniere in den Streitkräften der AFW, noch besser als spezialisierte militärische Trone oder Megatrone. Sie steuern die Zielerfassung mit mentalen Signalen, die von den bionischen Verbindungen direkt aufs Waffensystem übertragen werden. Offenbar haben sie einen zusätzlichen Sinn: Sie berechnen nicht etwa die Position eines gegnerischen Schiffes, sondern wissen irgendwie, wo es sich gleich befinden wird, und dann feuern sie auf die betreffende Stelle.«

»Wie Gelmr?«, fragte Loana, »die siebte Stufe des Tal-Telas?«

»Etwas in der Art.« Dominik wandte sich vom toten Kanonier ab, näherte sich einem militärischen Kom-Servo und fragte sich, ob er damit Alex kontaktieren konnte. Aber er unternahm nicht einmal einen entsprechenden Versuch und spürte, dass er aus einem anderen Grund hierher gekommen war.

»Lass uns gehen, Domi«, drängte Loana.

Eine sonderbare Unruhe erfasste Dominik, als er an den Kontrollen vor dem Speeder stehen blieb und mehrere Schaltflächen berührte. Dutzende von virtuellen Indikatoren, Anzeigeflächen und Datenfenstern entstanden vor ihm. Eine der Anzeigen wies ihn darauf hin, dass zwei der drei von dieser Kammer aus kontrollierten Annihilatorkanonen zerstört waren. Doch die dritte signalisierte volle Funktionalität, und ihre Akkumulatoren enthielten Bereitschaftsenergie.

»Was hast du vor, Dominik?«, fragte Loana und kam näher.

Er winkte, und wie im Observatorium reagierte ein Gesteninterface. Um ihn und Loana herum entstand ein virtueller Raum, mit dem toten Speeder im Mittelpunkt. Überall leuchteten und blinkten militärische Symbole in Schemata und komplexen dreidimensionalen Diagrammen. Doch Dominik schenkte ihnen keine Beachtung. Seine Aufmerksamkeit galt der QR-Darstellung des nahen Alls. Ein Trichterschiff, mehr als fünfmal so groß wie die *Akonda*, entfernte sich von der Transitstation und hielt auf die Alpha-Transferschneise zu, aber die eingeblendeten Daten zeigten deutlich an, dass es den Wettlauf mit der Zeit nicht gewinnen konnte. Ein Konglomerat aus mehr als zwanzig Kronn-Dornen schloss zu ihm auf und würde in wenigen Sekunden nahe genug heran sein, um das Feuer zu eröffnen. Das AFW-Schiff trug keinen schützenden Mantel aus Schirmfeldern, und was die Kronn betraf: Nur bei einigen wenigen Dornen zeigten sich die vagen Schleier von Schutzschirmen. Es schien auf beiden Seiten Schäden zu geben.

Dominik blinzelte, Zeit genug, um das Chaos zu sehen, das dort gleich ausbrechen würde: Blitze aus destruktiver Energie bohrten sich in das Schiff, in die *Aurora*, ließen die Triebwerke explodieren und große Aggregate bersten, zerrissen und verbrannten die Körper von Passagieren, unter ihnen zahlreiche Tal-Telassi und ihre Schülerinnen.

»Norene«, brachte Dominik hervor und sah für einen Sekundenbruchteil ein von pechschwarzen Haaren umrahmtes blasses Gesicht mit kalten, jadegrünen Augen. »Norene ist an

Bord jenes Schiffes.« Norene 19, Großmeisterin der Tal-Telassi. Norene, über die er sich in den vergangenen Jahren immer wieder geärgert hatte. Norene, die glaubte, ihn mit der Dunkelstrafe erschrecken zu können. Jetzt lag ihr Schicksal in seinen Händen.

Er drehte sich um und griff nach den bionischen Kontakten unter den langen, dünnen Fingern des toten Kanoniers. Der psychisch-energetische Schock, dem der Speeder erlegen war, hatte das Interfacepotenzial der Bione zum Glück nur wenig beeinträchtigt. Ein Prickeln wies auf den Kontakt hin, und Dominik *fühlte*, dass konzentrierte Gedanken genügten, um Anweisungen zu übermitteln. Etwas in ihm schien zu wachsen und sich auszudehnen, ins All, bis zur *Aurora* und dem Verfolger, berührte gleichzeitig die Zielerfassungsservi und teilte ihnen mit, wie sie die dritte noch einsatzbereite Annihilatorkanone ausrichten sollten.

»Domi?« Loanas Stimme klang seltsam, dumpf und wie weit entfernt. »Was machst du da? Du zitterst und schwitzt.«

Dominik wusste nicht, was mit ihm geschah, aber er wusste dies: Gleich würden sich die Kronn-Dorne *dort* befinden, und die Annihilatorkanone hatte die richtige Stelle im Visier. »Feuer!«, sagte er laut.

Ein kurzes Vibrieren deutete darauf hin, dass sich die Kanone entlud.

Die vielen Anzeigen des virtuellen Zimmers veränderten sich, und die QR-Darstellung zeigte ihm einen sich lautlos ausdehnenden Glutball dort, wo eben noch die Kronn-Dorne gewesen waren. Die *Aurora* wurde von der energetischen Druckwelle erfasst und zur Seite gedrückt, fort von der Alpha-Schneise. Ihre Krümmer glühten, als sie ein Bremsmanöver einleitete, den Kurs änderte und zur Transitstation zurückkehrte.

»Ich glaube, das waren die letzten Kronn«, sagte Dominik, wieder mit dem seltsamen Gefühl einer Gewissheit, deren Ursprung ihm verborgen blieb. Was vorher in ihm gewachsen war, schrumpfte wieder und verschwand irgendwo in ihm.

Dominik sank zu Boden und fiel in einen tiefen Erschöpfungsschlaf.

Als er erwachte, fühlte er sich sonderbar, gleichzeitig kraftvoll und matt. Seine Gedanken waren klar und schnell, die Erinnerungen deutlich. Er drehte den Kopf, sah den toten Speeder in seinem Stützgerüst und neben ihm Loana, an den großen Instrumentensessel des Kanoniers gelehnt; ihr Kopf war halb zur Seite gesunken. Sie schlief. Ihr Zopf hatte sich halb geöffnet, und das blonde Haar hing wie ein Schleier über der einen Seite. Ihr engelhaft friedliches Gesicht war so blass wie das einer Tal-Telassi, aber nicht annähernd so kühl. Es zeigte eine Wärme, von der sich Dominik angezogen fühlte, und während er es betrachtete, fühlte er bei sich eine Reaktion, deren physische Details und Hintergründe er gut kannte, die ihn jedoch überraschte, weil sie emotional derart stark aufgeladen war. Er blickte auf seine Hose, bemerkte die deutlich sichtbare Schwellung und war aus irgendeinem Grund froh, dass Loana sie nicht sah.

Nach einigen Minuten, als die Hitze in seinen Lenden nachgelassen hatte, kroch er zu Loana, betrachtete ihr Gesicht aus der Nähe, neigte ihr den Kopf entgegen und küsste sie. Abrupt kamen ihre Lider nach oben, und für einen Moment glaubte er, dass sie ihn wegstoßen würde. Aber stattdessen schlang sie die Arm um ihn, öffnete die Lippen und ließ ihn ihre Zunge spüren.

Dominik war so verblüfft, dass er nicht hörte, wie sich hinter ihm die Luke der Geschützkammer öffnete. Er merkte es erst, als sich Loana von ihm löste und erschrocken über seine Schulter blickte.

Er drehte sich um und sah Norene 19, von mehreren Soldaten begleitet.

»Es war euch ausdrücklich verboten, das Wartequartier zu verlassen«, sagte die Großmeisterin kalt. »Ihr habt zu lernen, euch an die Regeln zu halten.«

Dominik spürte, wie etwas in ihm aufbegehrte und zornig **253** wurde. »Ich habe auf die Kronn gefeuert und dir das Leben gerettet! Du solltest mir dankbar sein! Die Regeln sind dumm!«

Norene betrat die Geschützkammer, gefolgt von den Soldaten. Einer der Uniformierten begann damit, den toten Kanonier zu untersuchen. Die anderen wandten sich den Kontrollen zu.

Norenes Gesichtsausdruck veränderte sich nicht, als sie Dominik ansah, aber winzige Flammen erschienen in ihren grünen Augen.

»Die Regeln haben sich tausende von Jahren bewährt und dienen dazu, den Weg zum Tal-Telas zu erleichtern. Ich bin über dreitausend Jahre alt, und du bist dreizehn. Wer von uns beiden ist besser geeignet, darüber zu befinden, was dumm ist?«

Der Rebell in Dominik kam nicht zur Ruhe. »Wenn wir im Wartequartier geblieben wären, gäbe es dich jetzt nicht mehr!«

»Ihr habt euch über ein Verbot hinweggesetzt.« Norene richtete einen forschenden Blick auf Loana. »Man erwartet von dir, über deine Gefühle hinauszuwachsen. Heute hast du das Gegenteil davon getan.« Sie hob die Hand und spreizte die Finger, damit sie sowohl auf Loana als auch auf Dominik deuteten. »Ihr kennt die Strafe.«

»Bitte, Ehrenwerte ...«

Mehr hörte Dominik nicht von Loana. Dunkelheit umschloss ihn, finster wie das All, und er hörte und fühlte nichts mehr. Seine Sinne waren ausgeschaltet. Nur noch seine Gedanken existierten, in einer Welt ohne Licht, ohne Geräusche, ohne Dinge, die man berühren konnte. Die Dunkelstrafe. Dominik erlebte sie nicht zum ersten Mal, und er wusste längst, was es damit auf sich hatte: sensorische Deprivation. Das Gehirn bekam keine Informationen mehr von den Sinnesorganen, blieb sich selbst überlassen. Die Schülerinnen der Tal-Telassi fürchteten diese Strafe, aber für Dominik hatte sie längst ihren Schrecken verloren. Zwar hatte er noch keine Möglichkeit gefunden, von sich aus den Kontakt mit der externen Realität wiederherzustellen, aber er konnte sich eine eigene Welt bauen und dort warten, bis Norene glaubte, dass er genug bestraft war.

Die Dunkelheit verschwand.

Dominik stand auf einem Strand weiß wie Schnee, hörte das Rauschen naher Wellen und fühlte warmen Sonnenschein auf der Haut. Er zwinkerte im hellen Licht, sah das kleine, unauffällige Gebäude zwischen hohen Säulenbäumen mit dicken Harzblasen an der Rinde. Das Meer, der Sand, der weite Himmel mit den zarten Wolkenschleiern, die nahe tropische Vegetation – das alles gehörte zur gebauten Welt, deren Elemente aus dem Gedächtnis des Mannes mit der Narbe stammten, aus den Erinnerungen von Tako Karides. Aber das Haus ... Es gehörte auch diesmal nicht hierher. Es war nicht das Gebäude, in dem Tako mit seiner Frau und seinem Sohn gewohnt hatte.

Dominik näherte sich dem Haus, noch immer voller Trotz und Zorn, überlegte dabei, wie viel Zeit er auf dieser Insel in seinem eigenen Bewusstsein verbringen musste, bis Norene ihn in die Erste Welt zurückholte. Vor den beiden Türen in der grauen Mauer blieb er stehen, die eine neu und glatt, die andere alt und rissig. Während er sie betrachtete, wich das Rauschen der Wellen hinter ihm zurück, wurde immer leiser und verschwand schließlich ganz.

Eine Zeit lang blieb es absolut still, dann hörte Dominik ein leises Knarren. Es kam von der zweiten, alten Tür, als ginge hinter ihr jemand eine hölzerne Treppe hoch, langsam, eine Stufe nach der anderen.

»Warum hast du mir verboten, die alte Tür zu öffnen, Norene?«, fragte Dominik laut. »Warum hast du sie mir überhaupt *gezeigt*?«

Norene, die immer alles besser wusste. Norene, die auf die Einhaltung der Regeln pochte, auch wenn sie *dumm* waren ...

Die Mischung aus Trotz und Zorn veranlasste Dominik, entschlossen vorzutreten und die Hand nach dem Knauf auszustrecken. Er wollte ihn drehen, die Tür öffnen, doch der Knauf schien festgerostet zu sein. Enttäuscht schloss er beide Hände darum, machte von seiner ganzen Kraft Gebrauch und hörte ein dumpfes Knirschen, als der Knauf nachgab, nur einen einzigen Millimeter. Drei weitere Versuche, die alte Tür zu öffnen, blieben ebenso erfolglos wie der erste. Dominik gab ihr einen wütenden Tritt und wankte zurück.

»Tako hatte keine Probleme damit, dich zu öffnen!«, stieß er hervor. »Warum bist du bei mir so widerspenstig?«

Dominik fragte sich, wieso er Tako damals, vor fünf Jahren, dabei geholfen hatte, die Tür wieder zu schließen. Die Erinnerungen waren seltsam verschwommen, als hätte sich mentaler Nebel zwischen das Damals und Heute gelegt. Er entsann sich an die eigene Angst vor dem, was sich dahinter befand, und auch daran, dass ihn etwas berührt hatte. Aber jene Dinge lagen ein *Leben* zurück, damals war er erst acht gewesen, ein kleines Kind, und heute ...

Loana erschien vor seinem inneren Auge, und er sah sie so, wie er sie kurz vor dem Kuss gesehen hatte. Plötzlich tat sie ihm Leid. Loa blieb in dunkler Stille gefangen, solange die Strafe dauerte; sie konnte sich nicht in eine gebaute Welt zurückziehen und dort einfach abwarten, bis alles vorbei war.

Dominik wandte sich von den beiden Türen ab, ging zum weißen Strand und setzte sich dort in den Sand, streckte die Beine ins Wasser. Ein kleines Schalentier krabbelte zur Seite und grub sich ein, bis nur noch die beiden Stielaugen aus dem feuchten Sand ragten.

»Manchmal würde ich das auch gern tun«, murmelte Dominik. »Mich einfach irgendwo eingraben.«

Er lauschte den Wellen, sah zum fernen Horizont und fühlte sich allein.

13

Tako Karides:
Brennende Tunnel

Tako Karides fragte sich, ob er erneut den Tod suchte. Welche andere Erklärung gab es dafür, dass er sich bereit gefunden hatte, einen solchen Ort aufzusuchen, heißer als die Hölle?

Er befand sich im zentralen Labor des piridischen Experimentalschiffes *Trax*, umgeben von Analysegeräten, Datenservos und Tronen, die dauernd miteinander zu flüstern schienen. Bergon, seines Zeichens Waffenschmied von Andabar, wankte auf kurzen Beinen umher und schnaufte hingebungsvoll, während er mit mehreren Armen Schaltelemente an den Instrumentenblöcken berührte und die Gliedmaßen dann wieder zwischen den Fettwülsten seines birnenförmigen Leibs verschwinden ließ. Die dünne, semiorganische Membran darüber war halbtransparent und machte ihn nicht hübscher.

Aber Takos Blick galt ohnehin nicht dem Piriden, sondern dem quasirealen Projektionsfeld weiter vorn. Es zeigte Chromo- und Photosphäre einer Sonne, die nur einen Steinwurf entfernt war. Der Stein hätte sie allerdings nie erreicht, sondern wäre in der Korona verdampft. Die Energien mehrerer Hochleistungskrümmer waren nötig, um die *Trax* vor dem solaren Strahlungschaos zu schützen. Sechs verschieden strukturierte energetische Barrieren schirmten das Schiff ab, das in einer von den Krümmern geschaffenen mobilen Delle im Raum ruhte; dadurch stürzte es nicht in den tiefen Schwerkraftschacht des nahen Sterns.

Die *Trax* war nicht allein. Im Bereich der Umlaufbahn des dritten Planeten, hundertsiebzig Millionen Kilometer entfernt, wartete eine Flotte aus fast tausend Kampfschiffen der AFW, unter ihnen neunzig Schlachtschiffe der Destruktor-Klasse – für den Fall, dass der Prototyp des Waffenschmieds versagte.

Bergon verharrte zwischen zwei summenden Tronen und hob seine sieben dünnen Arme. »Waffen sind *Kunst*«, verkündete er nicht zum ersten Mal. »Ich wünschte, das würdet ihr Militärs endlich einsehen. Es sind nicht einfach nur Objekte, die man im Kampf verwendet. Man muss ihre innere und äußere Ästhetik erkennen, um sie richtig zu nutzen. Was Sie hier sehen, Lanze Karides, ist ein Prototyp, aber schon er zeichnet sich durch die Eleganz aus, die alle wirkungsvollen Waffensysteme haben sollten.«

»Haben Sie uns nicht etwas zu nahe herangebracht?«, fragte Tako, dessen Blick im QR-Feld verweilte. Er sah brodelndes Plasma, dunkle Sonnenflecken in rotgelben Glutmeeren, Protuberanzen wie Zungen aus Feuer. Datenfenster am Rand der Darstellung gaben Auskunft über die Koronastrahlung, deren Maximum im Röntgenbereich lag. Dort draußen jenseits der energetischen Barrieren, im Strahlenkranz der Sonne, herrschten Temperaturen von mehr als einer Million Grad. Tiefer unten, in der Photosphäre, war es mit knapp sechstausend Grad vergleichsweise kühl.

»Hören Sie mir überhaupt zu, Lanze Karides? Oder sind bei Ihnen auch die Ohren verbrannt?«

Bergon war nicht nur hässlich, nach menschlichen Maßstäben, es mangelte ihm auch an Taktgefühl. Seine Grundstimmung war gereizte Verdrießlichkeit, und richtig unangenehm wurde er, wenn er sich über etwas ärgerte. Tako hatte sein Verhalten bisher hingenommen, aber er mochte es nicht, auf physische Aspekte angesprochen zu werden, schon gar nicht auf diese Art und Weise.

»Ich habe Sie sehr wohl gehört, Bergon aus der Familie der Lunki«, sagte er langsam und blickte noch immer ins solare Brodeln. »Ihre oft abfälligen Bemerkungen über das Militär der AFW habe ich bisher ebenso kommentarlos zur Kenntnis genommen wie ähnlich unangebrachte Äußerungen in Hinsicht auf mein Erscheinungsbild.« Tako drehte den Kopf und richtete seinen Blick auf die Augenzapfen des Piriden. »Sie verkennen dabei dies: Als Koordinierungsbeauftragter des Oberkommandos nehme ich Teil an der Entscheidung über die Bereitstellung von Mitteln für Ihre neue Waffe, und wenn ich hier einen positiven Eindruck gewinne, so wird das Projekt unter *militärische* Kontrolle gestellt.«

Für einige Sekunden stand der etwa anderthalb Meter große Piride wie erstarrt, und seine Beißknochen schabten mit einem leisen Knirschen übereinander. In dem grauen Gesicht voller Runzeln und Warzen zuckte es. Schließlich setzte sich Bergon in Bewegung und wankte auf das QR-Feld zu.

»Dieser Lunki entschuldigt sich«, sagte er dumpf. »Es lag ihm fern, den geehrten Lanze Karides zu beleidigen.«

Tako akzeptierte die Entschuldigung mit einem kurzen Nicken.

Bergon deutete mit einem Arm auf die Darstellung. »Um Ihre Frage zu beantworten: Nein, wir sind nicht zu nahe. Die Schirmfelder schützen uns, und die Gravitationsdelle wird uns zur richtigen Stelle bringen.« Die Augenzapfen richteten sich auf das Koordinatenfenster. »Wir sind gleich da.«

Eine weitere Protuberanz stieg auf, größer als die anderen, und tastete nach der *Trax*, die durch das Glühen und Wabern flog. Tako spürte eine leichte Vibration des Schiffes, aber Bergon achtete nicht darauf. Er veränderte die Konfiguration des quasirealen Felds, und kurz darauf sah Tako den großen Feuervogel.

Er betrachtete die Erscheinung, während der Waffenschmied das Kommunikationssystem aktivierte und mit einigen anderen Piriden an Bord der *Trax* sprach. Ein gewaltiger

Vogel aus Plasma flog durch die Korona der Sonne, mit ausgebreiteten Schwingen, jede von ihnen mehrere tausend Kilometer lang. Es war schwer, *nicht* an ein lebendes Geschöpf zu denken, mit einem Körper aus Feuer, eine Art Phönix, der zwar brannte, aber nicht *ver*brannte, der in Flammen stand, doch nicht, wie es eine Legende aus der Zeit vor der ersten Großen Lücke erzählte, zu Asche zerfiel. Selbst Tako konnte sich nach all den Jahren des Schreckens nicht der Faszination des Feuervogels entziehen, obwohl er längst wusste, worum es sich handelte: energetische Interferenzmuster, die der Öffnung eines Sonnentunnels vorausgingen. Die Größe dieses Feuervogels deutete entweder auf einen besonders langen Tunnel hin oder bot Hinweis darauf, dass der Transfer einer großen Streitmacht der Graken bevorstand.

Bergon trat an Takos Seite. »Ich habe mit den Deneri gesprochen«, sagte er und meinte damit die anderen, abhängigen Piriden an Bord, die über den Status eines Lakaien und Leibeigenen verfügten. »Sie bestätigen mir, dass alles vorbereitet ist. Es wird volle Einsatzbereitschaft des Phint gemeldet.«

»Was ist mit den Notfallsystemen?«

»Wir werden sie nicht brauchen.«

»Ich möchte auf alles vorbereitet sein«, sagte Tako.

Bergon richtete die Augenzapfen auf ihn und brummte etwas Unverständliches, bevor er erneut den Kom-Servo aktivierte und Anweisungen erteilte. Er sprach dabei auf Piridisch, und Tako hatte keinen Linguator, der für ihn übersetzte. Er vermutete aber, dass der Waffenschmied die Gelegenheit nutzte, Abfälligkeiten über ihn zu äußern.

Schließlich sagte Bergon auf InterLingua: »*Alle* Systeme sind einsatzbereit.«

Tako nickte und spürte erste Taubheit in den Beinen. In ein oder zwei Stunden würde diese Taubheit sich in anderen Teilen des Körpers ausbreiten und ihn zu einer der verhassten Ruhephasen zwingen. Es lag daran, dass damals, vor fünf Jahren, die organischen Prothesen falsch mit dem Rest seines Körpers zusammengewachsen waren. Manchmal fragte er sich, ob selbst dahinter irgendeine Bosheit Norenes gesteckt hatte, aber die wahrscheinlichere Antwort lautete: Er selbst war schuld, er und die besonderen Umstände. Er hätte die Rekonvaleszenz nicht vorzeitig abbrechen und mehr Zeit in der Gelmasse verbringen sollen. Heute trug er einen flexiblen Körperpanzer, der dem Dargo Dargenos ähnelte, aber selbst längeres Stehen konnte zu einer Belastung werden.

»Erklären Sie es mir«, sagte er. »Ich möchte genau Bescheid wissen.«

Der Piride bewegte seine sieben dünnen Arme, und ein Gesten-Interface reagierte. Das quasireale Feld teilte sich. Rechts segelte der Feuervogel weiter durch die Korona und berührte manchmal aus der Photosphäre wachsende Protuberanzen, ohne mit ihnen zu verschmelzen. Links erschien eine Darstellung der Milchstraße, und Bergons Bewegungen vergrößerten den Bereich, in dem sich die Sonnensysteme der AFW befanden. Den erläuternden Daten entnahm Tako eine traurige Wahrheit: Inzwischen gab es mehr verlorene als freie Welten.

Violette Striemen reichten durch den Spiralarm, wie Narben im Leib der Galaxis, einer von ihnen dick und lang, die drei anderen kurz und dünn: der erste Kontaminationskorridor und drei andere, von den Graken und ihren Vitäen geschaffen. Der letzte, stellte Tako fest, ging vom Mirlur-System aus. Den damals von Vandenbeq ausgeschickten beiden Flotten war es nicht gelungen, die Graken von Tintiran und Xandor fern zu halten.

»Wir befinden uns hier«, sagte Bergon und winkte mit einer erstaunlich klein und zart wirkenden Hand. Ein roter Punkt blinkte im Sternenmeer. »Das ist Gindal, fast siebentausend Lichtjahre von Andabar und mehr als sechstausend von der Bastion Airon entfernt. Wenn wir die vier bisherigen Kontaminationskorridore mit Linien verbinden und unsere Position hinzufügen, so entsteht dies.«

Gelbe Linien bildeten ein Fünfeck, das Tako nicht zum ersten Mal sah. Er kannte es von der letzten Konferenz des Oberkommandos her, an der er als Gast teilgenommen hatte.

»Das Fünfeck würde die Allianzen Freier Welten vollständig umschließen«, sagte Tako und erinnerte sich an Vandenbeqs Ausführungen während der Konferenz. »Aber Gindal ist zu weit entfernt, um von einem Grakenschwarm erreicht zu werden.«

»Deshalb haben wir mit dem Bau eines Sonnentunnels gerechnet, und der Feuervogel dort beweist, dass wir Recht hatten«, sagte Bergon so, als wäre er Mitglied des Oberkommandos und an den betreffenden Entscheidungen maßgeblich beteiligt gewesen.

»So viel ist bekannt«, sagte Tako.

Die Augenzapfen des Piriden fixierten ihn. »Sie haben betont, *genau* Bescheid wissen zu wollen«, brummte Bergon. Schon wenige Minuten nach der Zurechtweisung kam wieder seine Besserwisserei durch, und Tako fragte sich, wie er seine Deneri behandelte. Sie taten ihm Leid.

Bergon holte tief Luft, wodurch sich der obere Teil seines birnenförmigen Körpers vorwölbte. »Der Phasenübergangs-Interdiktor dieses Lunki wird verhindern, dass hier ein stabiler Sonnentunnel entsteht.«

»Wie?« Aus den Unterlagen kannte Tako die Funktionsprinzipien in groben Zügen, aber er wollte es von Bergon hören, als erhoffte er sich auf diese Weise zusätzliche Gewissheit.

Der Waffenschmied stapfte vor dem QR-Feld hin und her und gestikulierte mit allen sieben Armen. »Gindal ist ein Hauptreihestern der Spektralklasse G, und genau diese Sonnen scheinen die Graken für ihre interstellaren Tunnel zu bevorzugen. Oh, sie haben auch rote Riesen und weiße Zwerge verwendet, was zeigt, dass sie durchaus in der Lage sind, auch andere energetische Strukturen zu nutzen, aber der G-Typ macht mehr als zweiundneunzig Prozent der Sterne aus, in denen sich Feuervögel zeigten. Bei den restlichen gut sieben Prozent konnten wir feststellen, dass die Sonnentunnel sehr kurz waren. Wir gehen davon aus, dass die Graken die spezielle p-p-Reaktion des G-Typs nutzen. Daraus beziehen sie die Energie, die sie für lange Sonnentunnel brauchen, in diesem Fall für einen, der mehrere tausend Lichtjahre lang wäre.«

Takos Blick streifte den Waffenschmied, kehrte dann zum Feuervogel zurück, der majestätisch durch Gindals Korona flog. Die Schwingen waren noch etwas länger geworden, und er zog einen dünnen, funkelnden Schweif hinter sich her. Die *Trax* folgte ihm in ihrer Gravitationsdelle und wartete darauf, dass sich ein Sonnentunnel öffnete.

»Bei der Proton-Proton-Reaktion entstehen aus zwei kollidierenden Protonen ein Deuteron, ein Positron und ein Neutrino, wobei eine Energie von 1,44 MeV frei wird. Eine Weiterführung dieses Prozesses führt zur Bildung von Heliumkernen.« Bergon blieb stehen und blickte auf die Daten eines Informationsfensters, während Tako dem dumpfen Brummen der Krümmer lauschte und weiterhin den Feuervogel beobachtete. »Wir wissen nicht, wie die Graken ihre Sonnentunnel konstruieren, aber klar ist, dass die p-p-Reaktion dabei eine wichtige Rolle spielt. Vor der Entwicklung des Phint haben dieser Lunki und seine Wissenschaftler viele von Sonnenbeobachtern und Solaringenieuren ermittelten Daten ausgewertet und herausgefunden, dass die Erscheinung eines Feuervogels sichtbares Zeichen eines unmittelbar bevorstehenden diskontinuierlichen Phasenübergangs ist.«

Der Waffenschmied sah Tako an, und die Farbe seiner Augenzapfen veränderte sich dabei. »Die Graken und ihre Vitäen kommen nicht aus dem Innern von Sonnen, auch wenn es so aussieht – in den stellaren Brennöfen können komplexe atomare Strukturen nicht von Bestand bleiben. Sie nutzen die Energie von Sternen für den Bau ihrer Tunnel, die durch Raum und Zeit führen.« Etwas leiser und nachdenklicher fügte der Piride hinzu: »Ich würde gern wissen, woher sie kommen.«

»Ich auch«, sagte Tako. Diese Frage beschäftigte die Wissenschaftler und das Militär der Allianzen Freier Welten seit Beginn des Grakenkriegs vor mehr als tausend Jahren.

Bergon schnaufte. »Nun, der diskontinuierliche Phasenübergang hebt die Proton-Proton-Reaktion auf ein neues energetisches Niveau und beschleunigt sie, wobei die zusätzlich erzeugte Energie das diesseitige Ende eines bereits existierenden Sonnentunnels öffnet. Dieser Punkt ist sehr wichtig, Lanze Karides«, betonte der Waffenschmied und deutete ins QR-Feld. »Der Sonnentunnel existiert bereits, und vielleicht befindet sich eine große Kronn-Flotte in unmittelbarer Nähe, nicht weiter von uns entfernt als der Feuervogel dort. Doch erst die Öffnung des Tunnels ermöglicht es ihr, unsere Raum-Zeit-Koordinaten zu erreichen. Und genau hier setzt der Phint an: Er verhindert den diskontinuierlichen Phasenübergang. Der Interdiktor leitet die zusätzliche Energie der beschleunigten p-p-Reaktion ab, ohne dass es zu einem energetischen Niveausprung kommt, der den Tunnel öffnet.«

Stolz zeigte sich im hässlichen Gesicht des Waffenschmieds.

»Was geschieht mit der abgeleiteten Energie?«, fragte Tako.

Sieben Arme fuchtelten herum, als käme diesem Punkt überhaupt keine Bedeutung zu. »Sie wird die solare Aktivität vorübergehend verstärken, das ist alles. Vermutlich gibt es mehr Protuberanzen, aber damit werden unsere Schirme fertig. Den Berechnungen zufolge dauert die Instabilitätsphase nicht länger als drei oder vier Minuten. Dann normalisiert sich die Proton-Proton-Reaktion wieder – und der Sonnentunnel ist kollabiert. Im besten Fall führt der Kollaps zur Vernichtung aller feindlichen Schiffe, die sich im Tunnel befinden.«

»Das klingt vielversprechend«, gestand Tako ein.

»Der Phint wird mich zum ersten Waffenherrn von Andabar machen!« Bergon begann mit einem kleinen Tanz, wodurch seine Fettwülste in schwingende Bewegungen gerieten. »Aus diesem Lunki, dem dreiunddreißigsten von fünfzig, wird die Nummer eins!«

Der Feuervogel verharrte in der Korona, schlug langsam mit den Schwingen, öffnete den flammenden Schnabel ...

Akustische Signale erklangen, heulten und pfiffen durch die *Trax*, und für einen verrückten Moment glaubte Tako, den Ruf des Feuervogels zu hören. Die Daten in den Informationsfenstern des QR-Felds veränderten sich rasend schnell. Die schnatternden, grunzenden Stimmen anderer Piriden kamen aus dem Kommunikationssystem, und Bergon gab Antworten, die Tako nicht verstand.

»Es ist so weit!«, stieß der Waffenschmied wenige Sekunden später auf InterLingua hervor. »Der Phasenübergag steht unmittelbar bevor.«

Sowohl Bergon als auch Tako eilten zu den nahen Konsolen und nahmen dort Platz. Das quasireale Feld begleitete sie, glitt hinter die Schaltpulte und zeigte weiterhin Gindals Plasmaozean. Tako beobachtete Bilder, wie sie ehemals Sonnenbeobachter gesehen hatten, bevor ihre Stationen in stellaren Umlaufbahnen von Kronn-Schiffen zerstört worden waren. Er sah, wie sich der Feuervogel auflöste, aber nicht zu Asche zerfiel, sondern eine Vielzahl von kleinen, hauchdünnen schwarzen Linien bildete, die einander entgegenstrebten, zusammenwuchsen und einen Ring bildeten, mit einem Durchmesser von mehreren hundert Kilometern. Im Innern dieses Rings schien sich die Photosphäre zu trüben. Graues Wogen schob sich vor das rotgelbe Brodeln ...

Das Brummen der Hochleistungskrümmer wurde lauter.

»Der Phint wird aktiv«, sagte Bergon.

In dem großen quasirealen Projektionsfeld öffnete sich ein weiteres Fenster und zeigte eine vereinfachte grafische Darstellung des Vorgangs. Tako sah die *Trax* in Gindals Korona, ein fast fünfhundert Meter langes zylinderförmiges Schiff mit sieben Auslegern, an denen dünne Projektoren wie Pfeile nach vorn ragten. Fahle Energiefäden gingen von den Spitzen dieser Projektoren aus, tasteten sich vor bis zum

Ring aus schwarzen Linien und schoben sich dort wie eine energetische Trennwand zwischen die angeregte, beschleunigte Proton-Proton-Reaktion und die Energiematrix des Sonnentunnels. Eingeblendete Messdaten gaben Auskunft über den Energiefluss, und Tako stellte fest: Mehrere Kolonnen zeigten Werte an, die über das vorausberechnete Maximum hinausgingen.

Das wabernde Grau verschwand aus dem schwarzen Ring, der in seine einzelnen Linien zerfiel. Darunter wurde wieder die Photosphäre sichtbar. Neue Protuberanzen bildeten sich, größer und länger – Gindal streckte der *Trax* mehrere Plasmazungen entgegen.

Warnsymbole blinkten in den Datenfenstern des QR-Felds.

Bergon streckte alle sieben Arme nach der Hauptkonsole aus, und seine Finger huschten über die Kontrollen. Aufgeregte piridische Stimmen drangen aus dem Lautsprecher des Kom-Servos.

Tako fühlte, wie die *Trax* zu vibrieren begann. »Was geschieht?«, fragte er.

Bergon achtete nicht auf ihn und aktivierte mehrere kleinere QR-Felder, in denen andere Piriden erschienen. Sichtlich nervös schnatterte der Waffenschmied mit seinen Deneri.

Das Brodeln in der Photosphäre nahm zu, und die Daten in den Informationsfenstern zeigten schnell steigende energetische Aktivität an, obwohl der Phasenübergangs-Interdiktor bereits deaktiviert war. Tako beobachtete, wie ein neuer Feuervogel entstand, noch größer als der vorherige, den großen Flammenschnabel öffnete und damit nach der *Trax* schnappte.

»Ich verstehe das nicht«, brachte Bergon hervor und starrte auf die Anzeigen. »Es gerät außer Kontrolle.«

»*Was* gerät außer Kontrolle?«, fragte Tako.

»Der Energiefluss. Die Proton-Proton-Reaktion bleibt angeregt, und die Photosphäre nimmt ihre Energie auf, wodurch es auch dort zu einer beschleunigten Reaktion kommt.«

Aus den Vibrationen wurde ein deutlich spürbares Zittern. Die *Trax* schüttelte sich.

Der Feuervogel schlug mit seinen Schwingen, wandte sich vom piridischen Schiff ab und stürzte der Sonne entgegen. Tako war kein Solaringenieur, aber er begann zu ahnen, was passierte. »Gindal wird zur Nova«, sagte er. »Die abgeleitete Energie führte nicht nur zu einer kurzen, vorübergehenden Instabilitätsphase, sondern bringt das energetische Gleichgewicht der Sonne durcheinander. Habe ich Recht?«

»Es ist mir ein Rätsel, wie es dazu kommen konnte«, schnaufte Bergon. Seine kleinen Hände berührten noch immer Schaltflächen, als könnten sie die Katastrophe aufhalten, die bereits begonnen hatte. »Dieser Lunki ist sicher, dass seine Berechnungen keine Fehler enthalten.«

»Bringen Sie uns fort von hier!«

»Vielleicht haben die Deneri bei der Konstruktion des Phint etwas falsch gemacht. Oh, ich werde alles überprüfen und sie streng bestrafen!«

»Bringen Sie uns von hier weg, *und zwar sofort*!«, sagte Tako scharf. »Warnen Sie die Flotte per Transverbindung. Die Schiffe sollen sich sofort zurückziehen und die Transferschneisen beim ersten Gasriesen benutzen.«

Weitere blinkende Warnsymbole erschienen in den Datenfenstern des großen QR-Felds. Der Abstand zwischen dem piridischen Experimentalschiff und der Photosphäre wurde geringer, obwohl sich die Gravitationsdelle nicht bewegte – Gindal blähte sich auf.

Bergon starrte Tako groß an, klappte den lippenlosen Mund auf, schloss ihn wieder und betätigte die Kontrollen. Das Schiff setzte sich in Bewegung.

Die Entfernung zur Photosphäre schrumpfte weiter.

»Wir sind nicht schnell genug«, sagte Tako. »Leiten Sie die gesamte Energie der Krümmer ins Triebwerk.«

Bergon schnaufte nicht mehr, sondern quiekte. »Wir brauchen ihre Energie für die Schirmfelder!«

Takos Blick huschte über die Anzeigen. Er begriff, dass

ihnen nur noch wenige Sekunden blieben, und in kritischen Situationen hatte er gelernt, notwendige Entscheidungen schnell zu treffen. Es gab nur eine Möglichkeit, der Explosion des Sterns davonzulaufen: mit einem Sprung.

»Es existieren mehrere Transferschneisen in diesem Sonnensystem, und eine davon befindet sich in Gindals Nähe.« Tako sprach schnell. »Nehmen Sie Kurs darauf. Wenn wir sie erreichen, verwenden wir die gesamte Krümmerenergie für einen Notsprung.«

»Aber ohne die Schirmfelder ...«

»Haben *Sie* Angst, sich die Ohren zu verbrennen?« Takos Lippen formten ein dünnes Lächeln. »Die *Trax* wird dem Strahlensturm dort draußen nur für einen Sekundenbruchteil ausgesetzt sein.«

»Uns bleibt nicht genug Zeit für die Hibernation ...«

»Uns bleibt nicht genug Zeit für ein solches Gespräch! Bringen Sie uns zur Transferschneise.«

Aus dem Brummen der Krümmer wurde ein Heulen, als die *Trax* beschleunigte, verfolgt von Protuberanzen. Tako vergeudete nicht einen Gedanken an die möglichen Konsequenzen eines Sprungs mit wachem Bewusstsein, denn eins stand fest: Wenn sie *nicht* sprangen, würden sie in der Nova verbrennen. Er beobachtete die grafische Darstellung und sah, wie sich die *Trax* dem eingeblendeten Band der Transferschneise näherte ...

»Dieser Lunki wird den Schuldigen finden und ihm die Augen abbeißen!«, zischte Bergon.

»Ich hoffe, Sie bekommen Gelegenheit dazu.«

Das Schiff erreichte die Transferschneise und *sprang*.

Für einige wenige Nanosekunden hing die *Trax* ungeschützt im All, ohne ihre sechs Schirmfelder, lange genug, damit die äußere Schicht des Rumpfes verdampfte. Strahlung durchdrang die Außenhülle, kam während der kurzen Zeit aber nicht weit genug, um das Leben an Bord zu gefährden.

Dann verschwand das Schiff in der Transferschneise, und die Schockwelle ließ Takos Geist in Flammen aufgehen.

»Ich könnte Sie töten«, sagte Bergon. »Ich könnte behaupten, Sie wären durch die Schockwelle des Sprungs ums Leben gekommen. Dann würde niemand erfahren, was der Phint angerichtet hat.«

Tako Karides hob Lider, an denen Bleigewichte zu hängen schienen. Drei Piriden, Bergons Deneri, trugen ihn durch einen Korridor der *Trax*. Mehr als die Hälfte seines Leibs war taub; im Rest brannte ein von der Schockwelle entzündetes Nervenfeuer. Der Schmerz war kaum zu ertragen, aber er bedeutete wenigstens, dass *etwas* von ihm überlebt hatte.

»Glauben Sie, niemand merkt, dass Gindal zur Nova geworden ist?«, fragte er und begriff, dass er auf einem besonders schmalen Grat wandelte. Bergon fühlte sich von dem eventuellen Bericht bedroht, den Okomm über den ersten Einsatz des Interdiktors bekommen würde.

Die drei Deneri blieben stehen, und das Gesicht des Waffenschmieds erschien in Takos Blickfeld. Einer der beiden Augenzapfen war grau geworden; der andere zeigte ein leuchtendes Rot. »Warum hat das Oberkommando jemanden geschickt, der so schwach ist wie Sie? Verbrannt und zusammengeflickt.« Bergon schnaufte abfällig. »Auf Andabar würde man Sie nicht einmal als Denero nehmen.«

Arroganz und Überheblichkeit schienen von der Schockwelle völlig unbeeinträchtigt geblieben zu sein. Tako fragte sich, warum Bergon gerade jetzt zu seinem alten Verhalten zurückkehrte. Er durfte kaum damit rechnen, den Koordinierungsbeauftragten dadurch zu einem günstigeren Bericht zu veranlassen. Zog er wirklich in Erwägung, ihn zu töten?

»Mein Tod würde Ermittlungen durch Okomm nach sich ziehen«, sagte Tako langsam und verfluchte seinen Körper, der ihn im Stich ließ. »Gindal ist zur Nova geworden, der Mann, der über den ersten Einsatz des Phint berichten und alle notwendigen Mittel bereitstellen soll, unter ungewöhnlichen Umständen ums Leben gekommen ... Man wird zwei und zwei zusammenzählen.«

Bergon schnaufte und wandte sich ab. Die drei Deneri trugen Tako weiter.

»Haben Sie eine Vorstellung davon, wie viel ich in die Entwicklung des Phint investiert habe?«, fragte der Waffenschmied in einem klagenden Tonfall, den Tako mit Erleichterung zur Kenntnis nahm. »Einen Misserfolg kann ich mir nicht leisten.«

»Der Sonnentunnel *ist* kollabiert«, sagte Tako, um Bergon noch ein wenig mehr Abstand von der Vorstellung nehmen zu lassen, einen Mord zu begehen. »Vielleicht muss der Interdiktor nur anders konfiguriert werden, um die Nebenwirkungen zu neutralisieren.«

»Ja, meine Waffe hat funktioniert«, brummte Bergon, und Tako hörte den Beginn von Hoffung in der Stimme des Waffenschmieds. »Die erste wirklich wirkungsvolle Waffe gegen die Graken! Mit den Mitteln, die ich von den AFW bekomme, werde ich sie perfektionieren!«

»Wie ist unsere Situation?«, fragte Tako und versuchte trotz der Schmerzen einigermaßen klar zu denken.

»Beim Notsprung sind fast alle Krümmer durchgebrannt«, antwortete der schon wieder von Ruhm träumende Waffenschmied. »Nur einer ist uns geblieben, was die Sprungreichweite begrenzt: Für die Rückkehr nach Andabar brauchen wir etwa einen Monat. Die Schockwelle hat zwei meiner Deneri getötet. Ein weiterer hat geistigen Schaden erlitten und befindet sich bereits in der Hibernation. Aber was wichtiger ist: Ich habe einen meiner Arme verloren. Sehen Sie!«

Bergon kehrte in Takos Blickfeld zurück und zeigte ihm einen wie verdorrt wirkenden Arm. »Ich muss mir auf Andabar einen neuen besorgen, und Sie wissen ja, wie teuer Bione und organische Prothesen nach dem Fall Millennias geworden sind!«

Zwei Tote und ein Verrückter – aber Bergon bedauerte vor allem den Verlust eines Arms, der sich relativ problemlos ersetzen ließ.

Tako hörte ein leises Summen und schloss daraus, dass

sich ein Schott öffnete. Die Deneri trugen ihn durch einen halbdunklen Raum und legten ihn in einen Behälter, der offenbar speziell für ihn vorbereitet worden war, denn er enthielt für die Stabilisierung von bionischem Gewebe bestimmte Gelmasse. Als sie sich kühl um Tako schloss, ließen die Schmerzen nach.

Bergons Gesicht, voller Runzeln und Warzen, erschien noch einmal über ihm. »Schlafen Sie gut, Lanze Karides. Und denken Sie daran: Meine Waffe *hat* funktioniert.«

Tako schlief mit der Frage ein, ob er wieder erwachen würde.

14

Dominik:
Wandernde Gedanken

»Schmerz ist ein Weg zum Zentrum des Tal-Telas«, sagte Norene. »Bist du bereit dafür, Dominik?«

Sie führte ihn in einen Raum des Tarion-Lyzeums auf Kyrna, den er noch nie zuvor gesehen hatte. Die Wände waren dunkler und unregelmäßig geformt, wie die einer Höhle, und Symbole zeigten sich in ihnen, zu Fünfergruppen angeordnet. Fünf Nischen lagen in den Schatten, und in der Mitte des Zimmers stand ein schwarzer Quader.

»Ich habe keine Angst«, erwiderte Dominik und fragte sich, ob das stimmte.

»Angst ist ein Gefühl, und Gefühle sind hinderlich auf dem Weg zum Zentrum und von dort aus zu den zehn Stufen«, sagte Norene. Diesmal trug sie nicht ihren amethystblauen Bionenanzug, sondern ein weißes Gewand. Das pechschwarze Haar reichte ihr über die Schultern. »Du musst deine Emotionen überwinden, Dominik. In den vergangenen fünf Jahren hast du dabei kaum Fortschritte erzielt. Du wirst bald einen speziellen Bion bekommen, der dir dabei helfen soll. Aber vorher ...« Sie deutete auf den schwarzen Quader. »Das ist unser Tal-Telas.«

Dominik richtete einen verwunderten Blick auf den dunklen Block. »Es befindet sich hier auf Kyrna? Ich dachte, es wäre auf Millennia zurückgeblieben.«

Norene 19 schüttelte den Kopf. »Du bist bei den letzten **273**

Lektionen unaufmerksam gewesen. Das Tal-Telas ist überall, aber sein *Ursprung* befindet sich auf Millennia; einige zurückgebliebene Schwestern verbergen es dort vor dem Graken.« Sie trat vor und berührte den Block, der daraufhin hell wurde. Was wie Obsidian ausgesehen hatte, schien sich in transparenten Kristall zu verwandeln und zeigte ... nichts. Das Innere des Quaders war leer.

»Es ist nichts drin«, sagte Dominik.

»Glaubst du?« Norene zeigte auf den Block, und eine Öffnung bildete sich auf seiner Vorderseite. »Steck die Hand hinein, wenn du glaubst, dass der Quader nichts enthält.«

Dominik zögerte.

»Traust du deinen Sinnen nicht? Lässt du dich von Furcht beherrschen?«

Alter Trotz stieg in Dominik auf, in letzter Zeit ein häufiger Begleiter, und er schob die Hand durch die Öffnung. Deutlich sah er, wie sich seine Finger bewegten, und sie berührten nichts. Er lächelte, vielleicht ein wenig zu selbstgefällig.

»Was ist das Tal-Telas, Dominik?«

»Es ist wirklich nichts drin«, sagte er. »Ich fühle nichts.«

»Beantworte meine Frage.«

»Das Tal-Telas ...« Dominik unterbrach sich, als es in seinen Fingerkuppen zu prickeln begann, dort, wo sich die violetten Flecken befanden, die nicht abgewaschen werden konnten.

»Amarisk ist die Kraft des geistigen Lebens, der Intelligenz, der Träume«, sagte Norene mit kühler Ruhe. »Das Tal-Telas ist die Kraft des Seins, die das ganze Universum durchdringt. Vor fünftausend Jahren fand Ahelia den Zugang zu ihr und gründete unseren Orden.«

Das Prickeln in Dominiks Fingerspitzen wurde stärker, erfasste die Hände. Tausend Nadeln schienen sich ihm in die Haut zu bohren.

»Nenn mir die zehn Stufen des Tal-Telas, Dominik.«

274 »Ich ... fühle etwas. Es ...«

»Hast du nicht gehört?« Norenes Stimme klang jetzt strenger. »Du sollst mir die zehn Stufen des Tal-Telas nennen.«

Dominik versuchte, sich zu konzentrieren, aber verwirrende Empfindungen störten seine Gedanken. Er blickte in den Quader und sah noch immer *nichts*, aber das stechende Prickeln in der Hand verwandelte sich in ein unangenehmes Brennen.

»Was bedeutet das, Norene? Ich fühle ...«

»Ich bin eine *Ehrenwerte*, Junge!«, sagte die Großmeisterin scharf. »Nenn mir die zehn Stufen! So viel solltest du in den vergangenen fünf Jahren gelernt haben.«

»Die erste Stufe heißt Alma und verbindet unsere Seele mit dem Gegenständlichen.« Es fiel Dominik schwer, den Mund zu bewegen und zu sprechen. Aus dem Brennen wurde Schmerz, und er dachte kurz daran, die Hand zurückzuziehen, entschied sich aber dagegen. Es wäre wie eine Niederlage gewesen. »Die zweite Stufe ist Berm, Gedanke über Materie. Die dritte Stufe ...« Dominik schnitt eine Grimasse, und die Hand im Quader begann zu zittern. Er glaubte zu sehen, wie sich Brandblasen auf der Haut bildeten, aber ein Blinzeln ließ sie verschwinden.

»Die dritte Stufe?«

»Sie heißt Crama und ermöglicht es dem Gedanken, Materie zu bewegen. Die vierte Stufe ...« Dominik spürte, wie er trotz der relativ niedrigen Temperatur zu schwitzen begann. »Die vierte Stufe heißt Delm und ermöglicht es dem Gedanken, andere Gedanken zu berühren.«

Norene nickte. »Manchmal spricht man in diesem Zusammenhang von Telepathie, aber Delm ist mehr, wie du erfahren wirst. Die fünfte Stufe?«

»Die fünfte Stufe ... es tut *weh*, Ehrenwerte!«

»Wie kann etwas wehtun, das nicht existiert? Du hast gesagt, dass der Quader leer ist. Sieh noch einmal hin.«

Dominik senkte den Blick und sah keinen leeren Block, sondern ein Maul mit scharfen Zähnen, die sich ihm in die Hand bohrten. Er schrie, erschrocken und vor Schmerz.

»Die fünfte Stufe, Dominik.«

»Etwas frisst meine Hand!«

»Wie kann etwas deine Hand fressen, das nicht da ist, Junge?«

Dominik starrte in den transparenten Quader und sah eine Hand, die sich zur Faust geballt hatte, sonst nichts. Aber der von den Zähnen verursachte Schmerz dauerte an.

»Die fünfte Stufe, Dominik!«

»Sie heißt ... Elmeth und ... verbindet Materie mit anderen Orten ...«

»Das Bewegen von Objekten«, sagte Norene. »Nicht wie bei Crama ein Tragen, sondern sprungartiges Versetzen. Man nennt es auch ...?«

»Teleportation.« Dominik spürte, wie etwas mit ihm geschah. Der Schmerz schien der Auslöser zu sein, und er setzte etwas in Bewegung, das ihm nicht gefiel. In ihm wuchs die Bereitschaft, sich Norene zu fügen, damit dies – was auch immer dies war und bedeutete – schneller vorbeiging. Der Trotz wich aus ihm, obwohl er daran festzuhalten versuchte. Schmerz verbrannte ihn.

»Und mehr als Teleportation, wie bei der Telepathie. Nenn mir die anderen fünf Stufen, Dominik.«

»Ich würde die Hand gern zurückziehen, Ehrenwerte.«

Norene beugte sich vor, und ihr Gesicht erschien in seinem verengten Blickfeld. Die Augen ... Kleine Flammen schienen in ihnen zu lodern. »Gibst du auf, Dominik? Ist der Schmerz zu groß für dich? Der Schmerz verursacht von nichts?«

Sie steckt dahinter!, rief eine Stimme in Dominik. *Sie lässt dich leiden!*

»Die sechste Stufe heißt Fomion und verbindet die eigene Person mit fremden Orten.« Er sprach jetzt schneller, stand schweißgebadet im kühlen Raum und glaubte, von den Flammen in Norenes jadegrünen Augen verbrannt zu werden. »Die siebte Stufe Gelmr ermöglicht das Erkennen von Mustern, die achte namens Hilmia das Unterbinden von Gedanken, die neunte ...«

»Nicht so schnell. Was bedeutet Hilmia wirklich?«

»Überlegene Kontrolle des Bewusstseins, des eigenen und auch eines fremden ...«

»Öffne die Hand in dem Quader, von dem du gedacht hast, dass er nichts enthält«, sagte Norene ruhig. »Sieh dir deine Fingerspitzen an. Sie sind violett, das Zeichen des Großmeisters. Großmeister zu sein bedeutet, die zehnte Stufe erreicht zu haben. Du trägst die Zeichen, aber kannst du dein Bewusstsein kontrollieren, von einem fremden ganz zu schweigen? Selbst Schmerz ist stärker als du. Du kannst ihn nicht aus dir vertreiben, oder? Einfacher Schmerz, geschaffen von nichts.«

Die Pein wurde unerträglich, und Dominik handelte ohne bewusste Entscheidung: Er zog die Hand zurück. Er *wollte* sie zurückziehen, doch sie steckte in der Öffnung fest, ohne dass der Schmerz nachließ.

»Die Hand!«, stieß er entsetzt hervor. »Ich kann sie nicht zurückziehen!«

»Wie heißen die neunte und zehnte Stufe, Dominik?«

»Iremia und Jomia! Meine Hand ...«

»Kannst du nicht einmal deinen eigenen Körper kontrollieren, Dominik? Sieh hin: Nichts hält deine Hand fest.«

»*Du* hältst sie fest!«

Norene wich ein wenig von ihm fort und hob kurz die Arme. »Ich halte nichts fest, Junge.«

Dominik zog mit ganzer Kraft, während der Schmerz in ihm wütete. Er stemmte sich mit der anderen Hand gegen den Quader und zog, bis er glaubte, dass es ihm den Arm zerriss.

»Dein Blick zu mir, Dominik!«, sagte Norene plötzlich in einem sonderbaren Tonfall, der ihn zwang, sofort zu reagieren. Er sah die Tal-Telassi an, und die Flammen in ihren Augen brannten sich durch einen Schleier aus Pein. »*Spring!*«

Und Dominik sprang, aber nicht mit dem Körper, sondern mit dem Geist.

Der Raum veränderte sich nicht. Die Wände blieben dunkel und unregelmäßig, ihre fünf Nischen voller Schatten. Und doch hatte Dominik das Gefühl, sich plötzlich an einem ganz anderen Ort zu befinden. Ruhe umgab und durchdrang ihn, füllte seine Lungen bei jedem Atemzug, pochte zusammen mit dem Herzen, floss in den Adern und begleitete jeden einzelnen Gedanken.

»Der Schmerz ist ein Weg«, sagte Norene. »Ein beschwerlicher und gefährlicher, denn er hinterlässt Narben in der Seele. Sicherer ist der Weg des nicht von Emotionen belasteten Intellekts, dessen Vorzüge du jetzt sicher zu schätzen weißt.«

Dominik zog die Hand aus der Öffnung des Quaders, der daraufhin wieder dunkel wurde. Der Schmerz war vollkommen verschwunden. »Dies ist das Zentrum?«

»Du bist im Tal-Telas«, sagte Norene. »Von hier aus lassen sich die zehn Stufen erreichen.«

»Wo sind sie?«

Die Großmeisterin, eine von zwei, deutete auf die Nischen. »Die ersten fünf sind selbst für dich sichtbar, einen einfachen Schüler. Die anderen wirst du sehen, wenn es dir gelingt, deine Gefühle zu kontrollieren und dich von ihnen zu befreien.«

Dominik glaubte fast zu schweben, als er sich von dem Quader abwandte und zu einer der Nischen ging. Während er sich ihr näherte, wich ein Teil der Ruhe von ihm, und die Schatten in der Nische schienen sich zu verdichten. Noch ein Schritt, schwerer als der letzte. Ein Widerstand stemmte sich seinen Bewegungen entgegen, auch dem Arm, als er ihn nach den Schemen ausstreckte. »Hier gibt es eine Barriere«, sagte er. »Sie hindert mich daran, die Nische zu erreichen.«

Norene stand plötzlich neben ihm und streckte ebenfalls den Arm aus, bis in die Nische hinein. »Es gibt keine Barriere, siehst du?«

»Aber ich ...«

»Du bist dir selbst im Weg, Dominik. Schmerz hat dich hierher gebracht, aber an diesem Ort, im Zentrum, kannst du nur ohne den Ballast deiner Gefühle bleiben. Ganz zu schweigen davon, eine der Stufen zu erreichen.«

Dominik starrte in die Nische, und plötzlich war er wieder da, der alte Trotz, Freund und Feind zugleich. »Ich kann die Stufen auch erreichen, wenn ich nicht im Zentrum bin. Ich kann fremde Gedanken hören, wenn ich will! Das ist Delm, die *vierte* Stufe!«

Norene ergriff seine Hände und hob sie. Dominik versuchte, sie zurückzuziehen, aber sie schienen in der Luft festgenagelt zu sein.

»Du trägst die Zeichen eines Großmeisters, aber du *weißt* nichts. Derzeit bist du nichts weiter als ein dummer Schüler, der wie ein Kleinkind reagiert, wenn er seinen Willen nicht bekommt.«

Zorn gesellte sich dem Trotz hinzu. Dominik sah Norene in die Augen, öffnete den Mund ... und zögerte.

»O nein«, sagte er und lächelte. »So dumm bin ich nicht. Du willst mich provozieren, um mir meine Emotionalität vor Augen zu führen. Sieh selbst: Ich kann mich beherrschen.«

»Du bist nicht nur dumm und unwissend, sondern auch selbstgefällig und arrogant. Glaubst du wirklich, Delm berührt zu haben? Dann sag mir, was ich denke.«

Dominik öffnete die inneren Augen und Ohren, wie so oft, wenn er – manchmal aus reiner Langeweile – dem mentalen Flüstern anderer Personen gelauscht hatte. Es war ihm nie schwer gefallen, etwas im telepathischen Äther wahrzunehmen. Das Problem hatte vielmehr darin bestanden, die vielen geistigen Signale voneinander zu trennen, sie in einzelne kohärente Gedankenströme aufzulösen. Doch bei Norene stieß er auf ... nichts. Hinter ihren manchmal brennenden Augen hörten seine inneren Ohren nicht das leiseste Raunen.

»Nun?«, fragte sie.

»Du bist eine Großmeisterin und über dreitausend Jahre alt. *Natürlich* kannst du deine Gedanken gut abschirmen. Du hattest Zeit genug, es zu lernen.«

»Ich schirme sie nicht ab, Dominik. Du kannst meine Gedanken nicht erkennen, weil ich es nicht will. Weil mein Wille stärker ist als deiner. Weil ich die Fesseln des Emotionalen schon vor langer Zeit abgestreift habe.«

»Mein Wille ist stark!«

»Glaubst du?«

Wo bleibt deine Willenskraft, Dominik? Die Stimme erklang in seinem Innern – Norenes Lippen hatten sich nicht bewegt. Er fühlte ihre Präsenz, wie ein kaltes Etwas, das sich in ihm ausdehnte und alles andere gefrieren ließ.

»Verschwinde aus mir!« Dominik presste die Hände an die Ohren, trommelte dann mit den Fäusten an seine Schläfen. »Verschwinde aus meinem Kopf!«

Vertreibe mich, wenn du kannst. Ich sehe mich hier ein wenig um. Vielleicht gibt es die eine oder andere interessante Sache zu entdecken, obwohl ich das eigentlich bezweifle.

Dominik versuchte, das fremde Selbst in seinem Innern zu packen und hinauszuwerfen, aber seine geistigen Hände glitten daran ab. Norenes Selbst dehnte sich in ihm aus, bis er den Eindruck gewann, dass sein Schädel nicht mehr genug Platz für sie beide bot und zu platzen drohte.

Und dann war er wieder allein in seinem Kopf.

»Lass uns jetzt zurückkehren«, sagte Norene und ging zur Tür. »Ich hoffe, du hast hier etwas gelernt.«

Manchmal träumte Dominik davon, im heißen Wasser einer Therme zu sitzen und die violetten Flecken von den Fingerkuppen zu waschen. In den Träumen war er allein, nicht in Begleitung von Tal-Telassi, die das Bad für die Meditation oder leise Gespräche nutzten. Stundenlang saß er im dampfenden Wasser und rieb mit Reinigungstüchern an den Fingerspitzen. Aber so sehr er sich auch bemühte: Die Flecken blieben und verurteilten ihn dazu, in Tarion auf Kyrna zu bleiben, als einziger Junge in einem Lyzeum voller Mädchen und Frauen. Wenn er aus jenen Träumen erwachte, mitten in der Nacht, wenn er im Licht der einen Lampe, die immer eingeschaltet blieb, seine Hände betrachtete und die Flecken sah, so machte er sie für alles verantwortlich. Ihnen verdankte er, dass er allein war, dass Norene ihn von Tako getrennt und fortgebracht hatte, dass er sich an diesem Ort befand und Regeln beachten musste, die ihm nicht gefielen, die seine Freiheit begrenzten. Er wäre gern umhergewandert, nicht nur in der kleinen Stadt, sondern auch außerhalb davon. Er wäre gern mit einer Leviplattform aufgebrochen, um sich das Meer im Sturm anzusehen, um die Rauchwolken zu beobachten, die von dem Vulkan auf der Nachbarinsel aufstiegen, um durch wirbelnden Schnee zu wandern. Aber er bekam keine Gelegenheit, das Lyzeum zu verlassen. Bestimmte Türen blieben ihm verschlossen, und wenn es ihm gelang, den richtigen Kode für die gesperrten Schlösser zu finden, erschien Norene oder eine der Lehrerinnen, und das Ergebnis einer solchen Begegnung bestand oft aus der Dunkelstrafe. Norene schien nicht zu wissen, dass er die Zeit keineswegs in empfindungsloser Schwärze verbrachte, sondern in einer gebauten Welt, meistens auf der Insel mit dem weißen Strand, über den er mit Tako gegangen war. Sie mochte dreitausend Jahre alt und eine Großmeisterin sein, aber sie war nicht *perfekt*; es gab Dinge, die selbst ihr verborgen blieben.

Manchmal hasste Dominik sie noch mehr als seine violetten Fingerspitzen. Er hasste sie, weil sie hinter den Regeln stand, die ihm die Freiheit nahmen. Er hasste sie, weil sie auf ihn herabsah, ihn verspottete, weil sie ihn immer wieder auf seine Unzulänglichkeiten und Fehler hinwies. Er hasste sie, weil sie zu Dingen fähig war, die ihm verwehrt blieben. Er hasste sie, weil sie ihm immer wieder vor Augen führte, wie wenig er wusste, und weil sie von ihm verlangte, seine Gefühle aufzugeben.

Vor allem aber hasste er Norene, weil er nie ein freundliches Wort von ihr hörte, weil er nie eine zärtliche Geste von ihr erwarten durfte. Sie blieb immer unnahbar und kalt, so kalt wie das Eis, das draußen unter einem finsteren Himmel wuchs. Einmal hatte er von einer anderen Norene geträumt, die ihn in ihre Arme schloss, und es war eine ganz andere Umarmung gewesen als die, die er sich von Loa erhoffte. Er hatte sich darüber gefreut und war gleichzeitig erschrocken, weil er Norene doch hasste, und das aus gutem Grund. Schließlich hatte er begriffen, dass er sich nach einer »Mutter« sehnte, nach einer Person, bei der er Zuflucht suchen, Trost und emotionalen Beistand finden konnte. Norene 19 erschien ihm dafür denkbar ungeeignet, und wenn er seine unbewusste Muttersehnsucht auf sie projizierte, so schloss er daraus, dass seine Verzweiflung ein kritisches Maß erreicht hatte.

Es kam vor, dass er auf diese Weise über sich selbst nachdachte, dass er versuchte, die eigenen Gefühle, die oft zueinander im Widerspruch standen, zu analysieren, um sie besser zu verstehen. Eine derartige Denkweise erinnerte ihn an Loas intellektuellen Modus, wenn sie ganz Vernunft und Rationalität sein wollte, und dann lächelte er manchmal. Die Gedanken an sie waren bittersüß, geprägt von dem Wunsch, ihr nahe zu sein. Manchmal sah er sie, wenn er zum Unterricht ging, aber immer nur von weitem, denn Norene hielt sie voneinander fern. Nach den Erlebnissen in der Transitstation *Tellarus* hatte er nur ein einziges Mal mit ihr sprechen können, ganz kurz, und sie war ernst geblieben. Doch zum Schluss, als sie auseinander gingen, hatte sie gelächelt, und die Erinnerung daran bewahrte Dominik an einem besonderen Platz in seinem Gedächtnis auf, gut geschützt vor den neugierigen Gedanken Norenes oder anderer Tal-Telassi. Wenn es ihm schlecht ging, wenn er sich so allein fühlte, dass er am liebsten mit den Fäusten an die Wand getrommelt hätte, wenn er glaubte, sich in seinem eigenen emotionalen Durcheinander zu verlieren ... Dann holte er die Erinnerung an das Lächeln hervor, um sich selbst zu trösten. Seine Gefühle aufzugeben hätte auch bedeutet, jenen letzten Trost zu verlieren, und das war einer der Gründe dafür, warum er nicht wirklich den Versuch unternahm, seine

Emotionen zu überwinden. Bei den entsprechenden Lektionen erweckte er den Eindruck, bemüht zu sein, aber eigentlich setzte er bei ihnen nur den Versuch der Selbstanalyse fort. Er wollte *verstehen*, nicht neutralisieren. Der spezielle Bion, mit dem Norene ihn nach dem Beschreiten des schmerzvollen Weges ausgestattet hatte, half ihm dabei, ohne ihm die Gefühle zu nehmen. Nach nur einem Tag war Dominik imstande gewesen, die von dem Bion verursachte emotionale Benommenheit zu überwinden und ihn zu einem Werkzeug seines Willens zu machen – er wollte sich von nichts und niemandem kontrollieren lassen. Diese geistige Leistung erfüllte ihn mit Stolz, und er hätte Norene gern darauf hingewiesen, bewies sie doch, dass er mehr war als nur ein »dummer Schüler«. Er konnte die einzelnen Stufen des Tal-Telas auch *mit* seinen Emotionen erreichen, und ohne zuvor das Zentrum aufzusuchen. Die Sache mit dem neuen Bion bewies das ebenso wie seine nächtlichen Wanderungen.

Wenn er nachts nicht schlafen konnte, oder wenn er sich ablenken wollte, schickte er seine geistigen Augen und Ohren auf die Reise. Während er im Bett lag, wanderte ein Teil seines Bewusstseins durch Tarion, nahm wahr, ohne dass die Sinnesorgane des Körpers zugegen waren. Normalerweise sollte ein Schüler nicht zu so etwas in der Lage sein, denn es bedeutete, dass er mindestens die Stufe Berm, Gedanke über Materie, erreicht hatte. Aber Dominik wusste längst, dass die einzelnen Stufen des Tal-Telas für ihn nicht klar abgegrenzt waren und ineinander übergingen. Alma, das Verbinden der Seele mit dem Gegenständlichen, fiel ihm so leicht wie das Atmen, und wenn er sich konzentrierte, gelang es ihm manchmal, die Stimme der Materie zu hören, was eigentlich erst mit Erreichen der Stufe Gelmr möglich sein sollte. Wie konnte es eine direkte Verbindung zwischen der ersten und siebten Stufe geben? Wussten die Meisterinnen davon? Oder hatte er, der einfache Schüler, etwas Neues im Tal-Telas entdeckt, fünftausend Jahre nach der Gründung des Ordens? Die Vernunft wies ihn darauf hin, wie unwahrscheinlich so etwas war, aber der Dominik, der sich wünschte, etwas Besonderes zu sein, hätte gern daran geglaubt. Vielleicht auch deshalb, weil Norene ihn nicht mehr verspotten würde, wenn er wirklich etwas Besonderes war.

Auch in dieser Nacht wanderte er, unsichtbar, durch Lyzeum und Stadt, ohne nach Loana zu suchen, wie zu Beginn seiner Ausflüge. Seit sie ganz offiziell zur Schülerin der ersten Stufe geworden war, wohnte sie nicht mehr in ihrem alten Quartier. Einmal hatte er die Möglichkeit erwogen, telepathisch nach ihr zu rufen, aber er wusste, dass er Delm nicht gut genug beherrschte: Nicht nur Loa hätte seinen Ruf vernommen, sondern auch alle anderen, Schüler und Meisterinnen.

Wände und Türen stellten keine Hindernisse für ihn dar, wenn er seine geistigen Augen und Ohren auf die Reise schickte. Nur bestimmte Bereiche, die allein den Meisterinnen vorbehalten waren, konnte er nicht aufsuchen; dort gab es selbst für seine wandernden Gedanken undurchdringliche Barrieren. An einer von ihnen verharrte er und versuchte, einen Weg hindurch zu finden, aber seine Bemühungen blieben erneut erfolglos. Er begriff, dass er lernen und wachsen musste, bevor er hoffen durfte, auch diese ihm noch unzugänglichen Orte zu erreichen. Das galt auch für die Lösung des anderen Problems: Je weiter sich die mentalen Augen und Ohren von seinem Körper entfernten, desto undeutlicher wurde ihre Wahrnehmung. Geistige Ausflüge außerhalb der Stadt waren unmöglich.

Dominik beobachtete fleißige Haitari bei der Arbeit, ohne dass sie etwas von seiner Präsenz ahnten. Er blickte in Schächte, die einige Kilometer weit in die Kruste des Planeten hinabreichten und neue Anlagen aufnehmen sollten, die Energie aus der Wärme im Innern von Kyrna gewannen. Er wanderte durch Gärten unter Kuppeln, über denen Ambientalfelder fallenden Schnee ablenkten. Einmal verharrte er an einer Außenwand und lauschte der Stimme des Sturms, die

Freiheit versprach. Er sah Schülerinnen hinterher, die vom Meditationsbad kamen und zu ihren Unterkünften zurückkehrten. Er schwebte durch große Thermen, vorbei an Frauen und Mädchen im warmen Wasser, und der Anblick ihrer nackten Körper berührte etwas in ihm, das vorher nicht existiert hatte. Trotzdem verlor er rasch das Interesse an ihnen und setzte den mentalen Streifzug durch eine große Zyotenfarm fort, in der generische Bione heranwuchsen, noch ohne strukturelle Prägung. In dem daran angegliederten mnemonischen Zentrum lag eine Tal-Telassi, in deren Körper der zellulare Zerfall begonnen hatte. Neben ihr ruhte eine junge Frau, verbunden mit den Systemen eines Resurrektors: ein Klon, der die Erinnerungen der Tal-Telassi aufnahm. Dominik kannte sie aus dem Unterricht: Sibillia 6, zuständig für kulturhistorische und ethnische galaktische Geschichte, eine noch relativ junge Meisterin, erst gut tausend Jahre alt; in einigen Tagen würde sie Sibillia 7 sein. Dominik fragte sich, ob auch er einmal an einem solchen Ort liegen würde, sein erster Körper alt und verbraucht, das Bewusstsein dazu bereit, auf einen Klon übertragen zu werden: Dominik 2, einziger männlicher Meister der Tal-Telassi.

Der Rückweg führte ihn nahe an einer der kleineren Thermen vorbei, in die sich Meisterinnen zurückzogen, wenn sie allein und ungestört baden und meditieren wollten. Ein sonderbares Flüstern kam von dort und weckte Dominiks Aufmerksamkeit, denn es klang vertraut. Die Hoffnung, durch Zufall Loa gefunden zu haben, schwand sofort: In dem Raunen spürte er eine Tiefe, die im Lauf von Jahrhunderten und Jahrtausenden entstanden war.

Norene 19 saß in einem Becken aus grauem Felsgestein, bis zum Hals im warmen Wasser. Der Kopf war zurückgelehnt, die Augen geschlossen. Aber die Großmeisterin schlief nicht, und sie suchte auch keine Ruhe in der Meditation. Sie kommunizierte mit einem anderen Bewusstsein, und deshalb hörte Dominik ihre geistige Stimme, weil Norene einen Teil ihres Selbst geöffnet hatte.

Neugierig brachte er seine geistigen Augen und Ohren näher heran.

Die Lage ist noch immer sehr ernst. Inzwischen befinden sich vier Graken auf Millennia, und es sind neue Feuervögel in der Korona von Gondahar erschienen. Wir rechnen also mit dem Eintreffen weiterer Graken.

Dominik empfing keine Worte, sondern eine Folge von Signalen, die erst in ihm Bedeutung gewannen. Er vermutete, dass es eine Art von Delm war: Gedanken, die Gedanken berührten, eine telepathische Brücke bauten. Aber bis nach Millennia, ohne eine Transverbindung? Welche Stufe im Tal-Telas musste man erreicht haben, um dazu imstande zu sein? Dominik begriff, dass zwei Großmeisterinnen miteinander kommunizierten, über Abgründe von Zeit und Raum hinweg. Norene »sprach« mit Zara 20, der anderen Großmeisterin der Tal-Telassi. Die dritte war seit fünf Jahren tot.

Was ist mit dem Tal-Telas?, fragte Norene. Dominiks geistige Augen befanden sich dicht vor ihr, und seine Ohren nahmen ein Blubbern wahr, verursacht von im Wasser aufsteigenden Luftblasen. Norenes nackten Leib sah er nicht zum ersten Mal – er hatte oft mit ihr gebadet –, aber jetzt erschien er ihm seltsam anders. Eine seltsame Attraktion ging davon aus.

Die Chtai und Geeta suchen danach, flüsterten die von Zara kommenden Signale. *Aber sie werden es nicht finden. Die Meisterinnen und ich schützen es gut. Wie kommen Sie mit dem Jungen voran?*

Ich habe mit seiner Konditionierung begonnen. Bei ihm ist es schwer, viel schwerer als bei den Schülerinnen.

Er trägt die Male eines Großmeisters. Haben Sie feststellen können, woher er stammt? Gibt es Informationen über seine Herkunft?

Nein. Kabäa wurde von zwei Planetenfressern vernichtet; dort lässt sich nichts mehr in Erfahrung bringen. Ich suche noch immer nach anderen Quellen.

Ein Großmeister kommt nicht aus dem Nichts. Ich vermute noch immer, dass Myra 27 von seiner Existenz wusste. Vielleicht wollte sie deshalb unbedingt nach Kabäa.

Norene bewegte sich im Becken, streckte Arme und Beine. Dominik wich ein wenig zurück; er fürchtete, entdeckt zu werden, obwohl niemand seine Präsenz wahrnehmen konnte.

Ich habe mir die Erinnerungen von Tako Karides angesehen. Zwischen ihm und Myra gab es eine mentale Verbindung, aber er scheint nichts zu wissen, das uns einen Hinweis geben könnte.

Vielleicht sind seine Informationen gut verborgen, flüsterte Zara.

So gut, dass nicht einmal eine Großmeisterin sie finden kann? Im Bewusstsein eines einfachen Menschen?

Sie hätten ihn genauer sondieren sollen.

Teora 14 und die anderen Insurgenten warteten nur auf eine Gelegenheit, gegen mich vorzugehen. Ich musste sehr vorsichtig sein.

Dominik glitt wieder näher und öffnete die geistigen Ohren weiter, um alles ganz deutlich zu hören, jede noch so kleine Nuance im telepathischen Raunen. Beim Gespräch der beiden Großmeisterinnen ging es um ihn, und bestimmte Worte, wie zum Beispiel »Konditionierung«, gefielen ihm nicht.

Vielleicht erfahren wir mehr, während Sie ihn konditionieren. Wie gehen Sie dabei vor?

Ich verwende seine eigene Kraft. Er ist sehr stark. Viel stärker, als er selbst ahnt.

Das alles kann kein Zufall sein, flüsterte Zara über viele Lichtjahre hinweg. *Ich empfehle Ihnen, in Gelmr die Zeichen zu deuten, Norene. Uns droht Gefahr. Vielleicht geht sie von ihm aus. Wenn er in der Zweiten Welt das Meta findet ... Die Zeit der Schande darf sich nie wiederholen.*

Norene bewegte sich erneut, schien kurz zu schaudern. *Ich habe die Muster gesehen. Sie deuten nicht nur auf Gefahr hin, sondern auch auf Hoffnung. Dominik könnte uns dabei helfen, die letzte Barriere niederzureißen und die elfte Stufe zu erreichen.*

Sie ist nur eine Legende. Nicht einmal wir Großmeisterinnen wissen, ob wirklich eine elfte Stufe existiert.

Ahelia hat sie einmal erwähnt. Sie ... Norene unterbrach sich und schlug die Augen auf.

Dominik erschrak und zog den wandernden Teil seines Bewusstseins zurück. Einen Sekundenbruchteil später sah und hörte er wieder mit den Augen und Ohren seines Körpers, setzte sich mit jagendem Puls im Bett auf und rechnete jeden Augenblick damit, dass Norene bei ihm erschien. Fast eine ganze Stunde lang saß er da, die Decke bis zum Hals hochgezogen, und starrte im Schein der einen Lampe zur Tür, die jedoch geschlossen blieb.

Als er sich schließlich hinlegte und schlief, träumte er von seiner gebauten Welt und dem Gebäude mit den beiden Türen, von denen er eine nicht öffnen konnte.

15

Tako Karides:
Stählerne Helfer

15. Mai 1119 ÄdeF

»Das Problem besteht darin, dass sich die verschiedenen Ge-
webearten nicht mehr klar voneinander trennen lassen«,
sagte die Medikerin. Ihre fast monotone Stimme und das
seltsam schlaff wirkende Gesicht deuteten darauf hin, dass
es sich um eine Lobotome handelte. »Das beschleunigte
Wachstum der Nervenverbindungen wurde gestört, und dadurch kam es zu einer schlechten Anpassung der organischen Prothesen.«

Tako Karides saß in einem Sessel des kleinen Zimmers,
dicht neben dem Fenster, das einen weiten Blick über die
endlose Industrielandschaft von Andabar gewährte. Doch
derzeit galt seine Aufmerksamkeit nicht den kantigen
Zweckbauten gewaltiger Produktionsanlagen und den zwischen ihnen aufragenden Verwaltungstürmen, sondern der
Medikerin, die einen Infonauten in ihren schmalen Händen
hielt und auf die Anzeigen blickte. Auf dem kleinen Schild
am Kittelhemd stand: IELLA. Für einige Sekunden fragte sich
Tako, welches Leben sich hinter diesem Namen verbarg,
welche Gründe für die Entscheidung ausschlaggebend waren, durch einen neurochirurgischen Eingriff alle Gefühle
neutralisieren zu lassen. War es Iella ähnlich ergangen wie
Orione? Hatte sie zu sehr Anteil genommen am Schicksal
der ihr Anvertrauten? Hatte sie zu sehr gelitten?

Die Medikerin hob den Blick von den Anzeigen des Infonauten, und mit seltsamer Deutlichkeit sah Tako die ersten Falten in ihrem nicht mehr ganz jungen Gesicht. Zeit verstrich, für sie alle, unerbittlich, und sie mussten zu viel davon dem Grakenkrieg widmen.

Tako schob diese Gedanken beiseite. »Können die alten organischen Prothesen nicht durch neue ersetzt werden?«

»Haben Sie mir nicht zugehört, Lanze Karides?«, erwiderte Iella mit einer Kühle, die unangenehme Erinnerungen an Norene weckte. »Das bionische Gewebe, mit dem Sie vor fünf Jahren auf Millennia behandelt worden sind, hat auch die Reste Ihres ursprünglichen Körpers durchdrungen. Für neue Prothesen müsste es vom ursprünglichen Gewebe getrennt werden, und das ist nicht mehr möglich.«

Tako blickte auf die beiden feucht glänzenden, unterarmdicken Stränge aus Knorpel und Muskelgewebe, die im geöffneten Körperpanzer sichtbar waren und seine Beine darstellten. In den wie knorriges Holz wirkenden Gewebemassen zeigten sich an mehreren Stellen die schwarzen Flecken abgestorbener Zellverbände. *Es sieht schrecklich aus,* dachte er und fügte hinzu: Ich *sehe schrecklich aus.* Aber seine emotionale Reaktion darauf hielt sich in Grenzen; andere Dinge waren wichtiger. Wenn er etwas an seinem neuen »Körper« hasste, dann war es dessen *Schwäche.*

»Durch die Schockwelle des Sprungs ist es auf zellularer Ebene zu einer Destabilisierung gekommen«, fuhr die Medikerin fort. »Sie hat einige Zellkomplexe absterben lassen.«

»Können Sie mich ... reparieren?«

»Wir haben bereits eine Regeneration eingeleitet. In einigen Tagen sollte sich das Gewebe wieder stabilisiert haben.« Iella deaktivierte ihren Infonauten, ging zur Tür und blieb dort noch einmal stehen. »Wenn Sie die organischen Prothesen nicht schonender behandeln, kommt es früher oder später zu einer Gewebekrise, die eine umfassende Gangränbildung nach sich ziehen könnte.« Ein wenig Bewegung kam in das sonst so ausdruckslose Gesicht der Lobotomen. »Wenn

ich Ihnen einen Rat geben darf, Lanze Karides: Verzichten

Sie rechtzeitig auf die Reste Ihres ursprünglichen Körpers und lassen Sie Ihr Gehirn in einen Biok übertragen. Das ist langfristig Ihre einzige Chance. Es gibt praktisch keine Kontraindikationen mehr. Die Bioingenieure der Tal-Telassi haben die Technik fast bis zur Perfektion entwickelt.«

Dieser Hinweis führte zu einer emotionalen Eruption. »Den Tal-Telassi verdanke ich meinen Zustand!«

»Ja, ich kenne die Geschichte«, sagte Iella teilnahmslos. »Sehr bedauerlich.« Sie öffnete die Tür.

»Kennen Sie Dargo Dargeno?«, fragte Tako.

Die Medikerin zögerte. »Meinen Sie Ceptar Dargeno, früher Kommandant der Bastion Airon?«

»Genau den. Nach dem Chorius-Desaster vor fünfundzwanzig Jahren war nicht mehr viel von ihm übrig, noch weniger als von mir. Er wurde mit Multifunktionsbionen und tronischen Komponenten ausgestattet. Bei ihm gibt es keine Probleme mit dem Gewebe.«

»Weil die Anpassung seiner organischen Prothesen langsam erfolgte, Lanze Karides. Bei ihm kam es weder zu beschleunigtem Wachstum der Nervenverbindungen noch zu Unterbrechungen der Akzeleration. Es gibt eine klare Trennung von originärem und bionischem Gewebe, und deshalb können die MFBs bei Bedarf ersetzt werden.«

»Das heißt, ich bin schlimmer dran als Dargo?«

Die Medikerin ging nicht auf diese Frage ein. »Wir sehen uns morgen, Lanze Karides. Ruhen Sie sich aus.« Iella verließ den Raum und schloss die Tür hinter sich.

Tako starrte auf das, was seine Beine sein sollten, stellte sich dann vor, wie chirurgische Bioingenieure seinen Kopf öffneten, das Gehirn entnahmen und in einen bionischen Körper verpflanzten. Das Bild vor dem inneren Auge ließ ihn heftig schaudern. Die Benutzung von Bionen aller Art war eine Sache, aber zu einem Bion zu *werden* ...

»Wer hätte das gedacht, Dargo?«, murmelte Tako. »Schlimmer dran zu sein als du ... Und ich habe dich immer bemitleidet.«

Er drehte den Kopf, sah aus dem Fenster und blickte über die weite Industrielandschaft. Andabar. Einer der Planeten der Waffenschmiede, vielleicht der wichtigste. Eine der wenigen Welten, die seit mehr als tausend Jahren vom Krieg gegen die Graken profitierten. Hierher floss ein großer Teil des Geldes, das die Ökonomien der Freien Welten erwirtschafteten. Hier wurden die für Rüstung freigestellten Mittel zur Produktion von Waffen für die Streitkräfte der AFW eingesetzt. In gewaltigen Orbitalwerften, nachts als künstliche Sterne am Himmel zu sehen, entstanden Raumschiffe, die gegen die Kronn in den Kampf zogen. In den Industrieanlagen, die die ganze Oberfläche des Planeten bedeckten und sich auch darunter erstreckten, arbeiteten Millionen von Deneri an der Entwicklung und Herstellung von Waffensystemen aller Art. Die Annihilatoren und Mikrokollapsare stammten von hier, von Andabar. An Arbeit und Ressourcen mangelte es gewiss nicht; trotzdem lebten die meisten Bewohner dieses Planeten und auch der anderen piridischen Welten in bitterer Armut. Sie waren Deneri und arbeiteten als Abhängige in den Fabriken, für einen geringen Lohn. Ihre Arbeitskraft war es, die die piridische Wirtschaft schon in der Zeit vor dem Krieg zu einem wichtigen ökonomischen Faktor in diesem Teil der Milchstraße gemacht hatte.

Tako stellte sich vor, wie sie lebten, geknebelt und gefesselt von einem ausgeklügelten System der Abhängigkeiten, das es nur wenigen von ihnen gestattete, den Denero-Status zu überwinden und selbst Waffenschmiede zu werden. Es *war* möglich; einer von hundert oder vielleicht nur einer von tausend schaffte es. Hoffnung trieb sie alle an. Und während sie hofften, arbeiteten sie in Schichten rund um die Uhr, mehrten mit ihrer Arbeit den Reichtum der Waffenschmiede und der fünfzig Waffenherrn von Andabar. Fünfzig Familienclans geboten über dieses riesige Rüstungsimperium, und als Mitglied des Lunki-Clans gehörte Bergon zu einer von ihnen, Nummer 33. Tako fragte sich, ob Bergon jemals daran gedacht hatte, dass er Macht und Reichtum eben jenen Deneri verdankte, die er so verachtete. In einem normalen Universum, fand Tako, hätten solche Gesellschaften keine Daseinsberechtigung gehabt. Aber das Universum war nicht normal, zumindest nicht dieser Teil davon. Im Krieg gegen die Graken benötigte man jeden Verbündeten, den man bekommen konnte.

Stimmen kamen aus dem Flur, und Tako erkannte die lauteste von ihnen. Es überraschte ihn nicht, als wenige Sekunden später die Tür aufsprang und Bergon hereinkam.

»Was mich dies alles kostet!«, schnaufte der Piride und wankte auf seinen kurzen Beinen herein. »Ein Vermögen, *das* kostet es mich! Ich verschleudere ein Vermögen für die Behandlung der Kranken, Schwachen und all der Deneri, die dumm genug sind, sich bei Arbeitsunfällen zu verletzen!«

Als Bergon die Stränge aus Knorpel und Muskelgewebe sah, zuckte es in seinem Gesicht unter den Falten und Runzeln. »Wir sollten dem Schwachen nicht so viel Platz einräumen!«, zischte er. »Dieser Lunki weiß: Den Starken gehört die Welt. Nur die Starken können hoffen, die Graken zu schlagen.«

Tako schloss die unteren Teile des Körperpanzers und spürte, wie sich Nanowurzeln in die organischen Prothesen bohrten. »Ich kämpfe seit fast dreißig Jahren gegen die Graken und ihre Vitäen. Ich habe an zahlreichen Gefechten im All und Einsätzen auf Verlorenen Welten teilgenommen. Können Sie das auch von sich behaupten?«

Bergon holte tief Luft und ließ den oberen Teil seines birnenförmigen Leibs anschwellen. »Ich bin *Waffenschmied* und nehme noch wichtigere Aufgaben wahr als Sie. Ohne unsere Waffen gäbe es überhaupt keine Freien Welten mehr.«

Tako stand auf, und die Bewegung fühlte sich beruhigend normal an. »Ich habe noch keinen Bericht verfasst«, sagte er und stellte fest, dass der Waffenschmied einen neuen Arm bekommen hatte.

Bergon schnaufte erneut, und seine Augenzapfen verfärbten sich synchron. »Sie haben mir versprochen ...«

»Gar nichts habe ich.« Etwas, das bisher nur als vage Idee in Tako existiert hatte, reifte heran. Wenn er entsprechende Worte formulierte, verstieß er gegen einige seiner ethisch-moralischen Grundsätze, aber besondere Situationen erforderten besondere Maßnahmen, auch wenn es in diesem Fall um eine mehr oder weniger persönliche Angelegenheit ging. Vor dem eigenen Gewissen rechtfertigte er sich mit dem Gedanken, dass er nicht beabsichtigte, den eigenen Interessen Vorrang zu geben. Er wollte nur in der Lage sein, seiner Verantwortung gerecht zu werden, und die erforderte ein hohes Maß an geistiger *und* körperlicher Leistungsfähigkeit.

Er begann mit einer langsamen Wanderung durch das kleine Zimmer, die Bergon zwang, sich zu drehen, um den Blick auf ihn gerichtet zu halten. »Ihre angebliche neue Waffe hat eine Katastrophe bewirkt.«

»Sie hat den Sonnentunnel kollabieren lassen, wie vorgesehen!«

»Und ein unerfreulicher Nebeneffekt bestand darin, dass die Sonne zur Nova wurde. Wir können nicht alle Sonnen explodieren lassen, in denen Feuervögel gesichtet werden. Das Gindal-System war zum Glück unbewohnt; in anderen Sonnensystemen gibt es besiedelte Planeten oder Heimatwelten intelligenter Völker. Dort wäre der Einsatz des Interdiktors ebenso verheerend wie ein Angriff der Graken.«

»Der Phint funktioniert«, beharrte Bergon. »Es müssen nur einige Fehler korrigiert werden. Ich habe bereits mit der Suche nach den Schuldigen begonnen, und sie werden ...«

»Andererseits sehe ich durchaus ein gewisses Potenzial in dem Interdiktor«, unterbrach Tako den Waffenschmied und setzte seine Wanderung fort. »Wenn es gelänge, die Nebenwirkungen zu reduzieren oder ganz zu eliminieren, hätten wir wirklich eine formidable Waffe gegen die Graken.«

»Das ist bestimmt möglich. Dieser Lunki ...«

»Ich frage mich allerdings, ob die AFW viel Geld in ein System investieren sollten, von dem wir nicht wissen, ob es uns jemals mehr nützt als schadet. Viele der Freien Welten stehen kurz vor einem ökonomischen Zusammenbruch, weil seit Jahrhunderten die Streitkräfte einen großen Teil der Ressourcen beanspruchen. Wir dürfen unsere Produktionsmittel nicht vergeuden.«

»Von Vergeudung kann keine Rede sein, Lanze Karides.« Bergon trat plötzlich vor, streckte mehrere seiner sieben Arme aus, unter ihnen ein bionischer, und hielt Tako fest. Seine Augenzapfen neigten sich nach oben. »Was wollen Sie?«

»Sie könnten mir einen kleinen Gefallen erweisen«, sagte Tako. Ein Teil von ihm ging auf Distanz zu seinen Worten, hasste sie. »Sie haben gesehen, in welchem körperlichen Zustand ich mich befinde. Die organischen Prothesen können leider nicht erneuert werden. Medikerin Iella hat mir geraten, in regelmäßigen Abständen zu ruhen, aber ich möchte mich ganz meinen Aufgaben widmen, ohne zu sehr Rücksicht auf mich selbst nehmen zu müssen. Vielleicht können Sie mir helfen.«

Die Augenzapfen wackelten kurz. »Wie?«

»Sie sind sicher mit Kampfkorsetts vertraut ...«

»Vor Jahrhunderten haben wir Waffenschmiede sie bis zur Perfektion entwickelt«, sagte Bergon mit piridischem Stolz. »Sie verloren an Bedeutung, als die Streitkräfte immer mehr Kampfanzüge aus der bionischen Produktion der Tal-Telassi verwendeten. Inzwischen steigt die Nachfrage wieder, denn Bione sind knapp geworden.«

»Ich dachte an eine solche Vorrichtung für mich. Natürlich kleiner, nicht annähernd so auffällig.« Tako löste die kleinen Hände des Waffenschmieds von seinen Armen. »Eine Art Ektoskelett aus Ultrastahl und diversen Servi. Um meinen Körper zu entlasten.« Etwas in ihm kam sich wie ein Verräter an den eigenen Idealen und Prinzipien vor, aber die Worte waren ausgesprochen, ließen sich nicht zurücknehmen.

Bergon schwieg, und Tako glaubte fast zu sehen, wie es hinter der runzligen Stirn des Waffenschmieds arbeitete, wie er deutete und interpretierte, den eigenen Nutzen abschätzte.

Schließlich schnaufte er: »Eine Einzelanfertigung. Nach Maß. Teuer.«

Tako ging zum Fenster und deutete nach draußen. Die Sonne Hyperion, nur eine blasse Scheibe im dichten Dunst, glitt dem Horizont entgegen, und erste Lichter erschienen in der Industrielandschaft. In den zahlreichen Verkehrskorridoren waren tausende von Levitatorfahrzeugen aller Art unterwegs, geleitet von Navigationssignalen. »Teuer? Für einen Lunki? Was wären solche Ausgaben im Vergleich mit den Fördermitteln, die Okomm für Ihren Phint bereitstellen könnte? Wenn ich mich trotz der aktuellen Mängel des Interdiktors dazu durchringe, eine solche Förderung zu befürworten.«

Wieder schwieg Bergon einige Sekunden lang und musterte Tako aufmerksam. »Vielleicht sind Sie doch nicht so schwach«, sagte er und bewegte zwei Arme auf eine Weise, die Tako kannte: eine Geste des Respekts. »Ich werde alles in die Wege leiten, Lanze Karides.«

Damit verließ der Waffenschmied das Krankenzimmer. Zurück blieb ein Tako Karides, der sich elend fühlte und gleichzeitig erleichtert war.

»Haben alle Schiffe das Gindal-System rechtzeitig verlassen?«, fragte Tako den quasirealen Dargo Dargeno.

»Ja«, antwortete der Ceptar. »Nicht ein einziges ist verloren gegangen.«

Tako saß in einer Nische des Kommunikationszentrums von Omnar, wie dieser Teil von Andabar hieß. Es befand sich in einer Kugel mit transparenten Außenwänden, Teil eines Turms, der noch mehr als tausend Meter weiter in die Höhe ragte. Von seinem Platz aus sah Tako Wolkenschlieren über der weiten Industrielandschaft tief unten. Selbst die größten Levitransporter in den Verkehrskorridoren wirkten winzig.

»Wie geht es dir, alter Freund?«, ertönte erneut Dargos rauer Bass aus dem Mundschlitz des Bionen. »Hast du dich gut vom ungeschützten Sprung erholt?«

»Es geht mir ... besser.« Tako fragte sich, ob er Dargo auf seine spezielle Vereinbarung mit Bergon hinweisen sollte, entschied sich aber dagegen. Sein schlechtes Gewissen spielte dabei nur eine untergeordnete Rolle: Er wollte nicht über Projekte sprechen, die noch nicht realisiert waren. »Derzeit bin ich damit beschäftigt, einen ausführlichen Bericht für Okomm zusammenzustellen.«

»Kannst du mir vorab eine Kurzversion geben? Die Informationen wären mir sicher bei meinen Verhandlungen nützlich.«

Hinter Dargo und dem Fenster, vor dem er stand, erstreckte sich die wüstenartige Landschaft eines Planeten, dessen Atmosphäre so dicht war, dass sie in der Übertragung wie eine Flüssigkeit erschien. Geschöpfe mit breiten, hauchdünnen Schwingen schwammen – beziehungsweise flogen – darin.

Nach seiner Beförderung zum Ceptar hatte Dargeno den Status eines Sonderbeauftragten des Oberkommandos bekommen. Er fungierte nicht nur als Verbindungsoffizier zwischen Okomm und den Freien Welten, sondern führte auch die Verhandlungen, wenn es um den Abschluss neuer Verträge und die Änderung alter ging. In den meisten Fällen betrafen die Kontrakte materielle Unterstützung neuer Rüstungsprojekte, Disposition von Ressourcen und Finanzierung der Streitkräfte der AFW. Vermutlich dauerte es nicht mehr lange, bis er Mitglied des Oberkommandos wurde. Verdient hatte er es zweifellos.

»Der so genannte Phint hat den Sonnentunnel kollabieren lassen«, sagte Tako langsam. »Die Graken haben das Gindal-System nicht erreicht.«

»Das Gindal-System existiert nicht mehr.«

»Das ist das Problem.«

»Ist es lösbar?«

Tako zögerte. Es war schwer genug gewesen, den ersten Verstoß gegen seine Prinzipien zu rechtfertigen, und vielleicht hätte er sich nicht darauf eingelassen, wenn ihm klar gewesen wäre, dass er als Konsequenz daraus seinen besten Freund belügen musste. Er entschied sich für einen Mittelweg, zwischen Wahrheit und Lüge. »Das lässt sich derzeit noch nicht sagen. Ich warte auf weitere Daten.«

»Wir könnten einen solchen Interdiktor verdammt gut gebrauchen«, sagte Dargeno.

Und genau darin bestand Takos Hoffnung auf Läuterung. Wenn es den Waffenschmieden gelang, den Phint so zu verändern, dass er einen Sonnentunnel verhinderte, ohne eine Nova zu schaffen ... Dann brauchte er sich nicht vorzuwerfen, aus egoistischen Motiven gehandelt zu haben.

Er wagte sich auf dem unsicheren Terrain der Halbwahrheit noch etwas weiter vor. »Ich glaube, wir haben bei Gindal einen Schritt in die richtige Richtung getan.«

Dargo nickte. »Das klingt gut. Damit kann ich hier auf Hellid etwas anfangen. Die Verhandlungen sind schwierig. Wenn Aussicht auf eine wirkungsvolle Waffe gegen die Graken besteht, kann ich die Hellinen vielleicht eher bewegen, Okomm mehr Mittel zur Verfügung zu stellen.«

Tako presste kurz die Lippen zusammen. »Dargo ...«

»Ja, alter Freund?«

»Hast du nach dem Chorius-Desaster jemals daran gedacht, dein Gehirn in einen Biok zu übertragen?«

Das maskenhaft starre Gesicht veränderte sich nicht, und den Multiplexlinsen fehlte die Ausdruckskraft von Augen. Aber in Dargos Stimme erklang ein seltsamer Unterton, als er sagte: »Ich möchte ich bleiben, Dargo Dargeno. Ich möchte nicht ein anderer werden.«

Tako erinnerte sich an Iellas Worte. »Die Technik soll inzwischen fast perfekt sein. Angeblich gibt es keine Kontraindikationen.«

»Ich höre das ›Fast‹ in dem Satz, Tako. Was die physische Seite betrifft, mag es bei solchen Transplantationen inzwischen keine größeren Probleme mehr geben, aber der psychische Schock führt zu einer schleichenden Veränderung der Persönlichkeit. Ich habe zwei Freunde auf diese Weise verloren, Lorden und Mika. Sie sind mir völlig fremd geworden. Warum fragst du?«

Tako lächelte schief. »Die Desintegration hat nicht viel von mir übrig gelassen.«

»Ich habe ebenso wenig und komme zurecht. Kopf hoch, alter Freund. Denn zumindest ihn haben wir noch, unseren eigenen Kopf.« Dargo beugte sich ein wenig vor. »Es gibt noch einen anderen Grund, warum ich mich mit dir in Verbindung gesetzt habe. Okomm erwägt, dich mit einem neuen Projekt zu beauftragen. Einzelheiten sind mir nicht bekannt, aber es soll eine ziemlich große Sache sein. Ich nehme an, meine Empfehlungen haben einen Teil dazu beigetragen.«

»Danke«, sagte Tako, ein wenig überrascht.

»Nichts zu danken, alter Freund. Es wird höchste Zeit, dass man dir auch von ganz oben Anerkennung zollt. Nun, man bittet dich, bei der nächsten Vollversammlung zugegen zu sein. Sie findet in einem Monat statt, in der Bastion Airon. Es stehen wichtige Entscheidungen an, Tako. Du weißt, wie schlimm die Situation nach dem Fall Millennias geworden ist.«

»Ich werde rechtzeitig da sein«, versprach Tako. »In der Zwischenzeit beobachte ich hier die Verbesserung des Phint.«

Dargo hob die Hand. »Wir sehen uns in vier Wochen.«

Das quasireale Projektionsfeld verschwand, und Tako fragte sich, ob ihm vier Wochen genügten.

Ohne den Körperpanzer fühlte sich Tako so schwach und hilflos wie nie zuvor. Angesichts der fehlenden neuromechanischen Stimulation fiel es ihm sehr schwer, die organischen Prothesen zu bewegen, und schon nach Minuten, nicht erst nach Stunden, breitete sich Taubheit in den bionischen Gliedmaßen aus. Er fühlte, wie kalter Wind über seinen entblößten Leib strich, ihm Tränen in die Augen trieb. War dies nötig, oder erlaubte sich Bergon ein Spiel mit ihm?

Der Waffenschmied schien seine Gedanken zu erraten und sagte:»Dies ist natürlich nur ein Provisorium, Lanze Karides. In der endgültigen Version wird eine tronische Kontaktmembran Ihren Leib bedecken, und meine Ingenieure haben semipermanente Verbindungen vorgesehen. Spezielle neuronale Servi werden Sie in die Lage versetzen, das Mubek wie einen Teil Ihres Körpers zu fühlen.«

»Mubek?«, wiederholte Tako, und seine Stimme war kaum mehr als ein Krächzen.

»Die Abkürzung steht für multifunktionales biotronisches Ektoskelett«, erklärte Bergon. »Wobei die biologischen Komponenten auf ein Minimum reduziert wurden, um Kosten zu sparen. Meine Deneri simulieren bionische Funktionen mithilfe sensorischer Servi. Bestimmt werden die Mubeks bei den Streitkräften der AFW auf großes Interesse stoßen. Eine Serienproduktion könnte ihren Stückpreis unter den von bionischen Kampfanzügen drücken.«

Tako hörte nicht so gut wie mit seinem Körperpanzer, aber er bemerkte die Zufriedenheit in der Stimme des Waffenschmieds, seine Vorfreude auf gute Geschäfte. Auch sein Sehvermögen schien beeinträchtigt zu sein. Er konnte die Sonne Hyperion am Himmel kaum mehr erkennen; die in seiner Nähe arbeitenden Ingenieure nahm er nur noch als huschende Schemen wahr. Manchmal spürte er ein vages Brennen, den Schatten von Schmerz, ohne ihn lokalisieren zu können. Die Kühle des Windes blieb die deutlichste Empfindung.

Motoren summten und surrten in unmittelbarer Nähe, und plötzlich funktionierten Takos Sinne besser. Die Sonne wurde etwas heller am Himmel, blieb aber halb verborgen hinter hohen Dunstschwaden. Die Schemen verwandelten sich in Piriden, ihre birnenförmigen Körper halb unter Werkzeug- und Instrumententaschen verborgen. Tako blickte an sich herab und stellte fest, dass er in einem Gerüst aus Ultrastahlstangen, tronischen Modulen, Rezeptoren und Sensoren steckte.

Offenbar sah man ihm seine Enttäuschung an, denn Bergon trat in sein Blickfeld und sagte: »Dies dient nur dazu, Ihnen die Leistungsfähigkeit des Mubek zu demonstrieren. Darum sind wir hier. Sie sollen einen Eindruck davon gewinnen, wozu Sie bald imstande sein werden. Ich bin sicher, dass Sie dann eine weitere Empfehlung für die Streitkräfte geben können. Ein doppeltes Geschäft, von dem alle Beteiligten profitieren.« Er rieb zwei seiner sieben Hände, ahmte damit eine menschliche Geste nach. »Die endgültige Version, deren Produktion bereits begonnen hat, wird ästhetische Aspekte mit hoher Effizienz vereinen, wie es die piridische Waffenphilosophie lehrt.«

Der Waffenschmied deutete nach vorn, über das ausgedehnte Testgelände hinweg, das den Eindruck erweckte, als hätte hier vor wenigen Tagen eine wilde Schlacht stattgefunden. Explosionen hatten den harten, kalten Boden aufgewühlt. Die Wracks von Kampffahrzeugen und Leviplattformen lagen zwischen Ruinen aus Synthomasse und Stahlkeramik. Es war eine vertraute Szene für Tako; so etwas hatte er während seiner Einsätze auf vielen Welten gesehen. Doch an diesem Ort hatte kein Kampf gegen die Soldaten der Graken stattgefunden. Hier, hoch in Andabars Norden, im Ödland zwischen den Industriekomplexen, testeten die Piriden ihre Waffen.

In der Ferne, vor der grauen, gebirgsähnlichen Silhouette automatischer Fabriken, donnerte es, und Rauch stieg auf.

»Natürlich müssen Sie erst noch mit der Steuerung des Mubek vertraut werden«, sagte Bergon. »Deshalb haben wir ein Programm vorbereitet, das Ihnen gestattet, sein volles Potenzial kennen zu lernen, ohne aktiv in das Geschehen eingreifen zu müssen.« Das hässliche Gesicht des Waffenschmieds kam etwas näher. »Seien Sie auf einige Überraschungen gefasst, Lanze Karides.«

Bergon und seine Techniker wichen zurück. »Das Demonstrationsprogramm wird gestartet.«

Tako spürte, wie er sich in Bewegung setzte, und sonderbare Empfindungen strömten auf ihn ein. Die gerüstartige Vorrichtung lief, ohne dass Tako Einfluss darauf nahm, aber sie weckte in ihm *Lust* darauf, noch schneller zu laufen, das ganze Ausmaß seiner Kraft kennen zu lernen. Sie wurde zu einer Erweiterung seines Körpers: Arme und Beine aus Ultrastahl, unermüdlich und viel widerstandsfähiger als gewöhnliche Gliedmaßen oder voll funktionsfähige organische Prothesen. Die visuelle Wahrnehmung erfuhr eine Erweiterung, vergleichbar mit dem Visier eines bionischen Kampfanzugs. Während er lief und meterweit über Hindernisse hinwegsprang, nahm er nicht nur die Struktur der Umgebung wahr, sondern auch ihre Temperatur und chemische Beschaffenheit. Mubek-Sensoren verarbeiteten die Daten in Echtzeit und funktionierten wie Enzelore, wie Erweiterungen des Gehirns: Sie übermittelten keine einzelnen Informationen, sondern Analyse- und Auswertungsergebnisse, die es erlaubten, sofort auf eine bestimmte Situation zu reagieren.

Tako fühlte sich wie ein Passagier in einem gewachsenen, besseren Körper, dessen kraftvolle Präsenz Gedanken und Emotionen Flügel verlieh. Die eigene Stärke – wenn auch nur beobachtet und empfunden, noch ohne die Möglichkeit, sie zu einem Werkzeug seines Willens zu machen – ließ ihn auf einer Welle der Ekstase reiten. Das Mubek kletterte agil und schnell an Wänden empor, sprang von hohen Mauern, drehte sich in der Luft und landete auf Beinen, die keine Schwäche kannten. Jede einzelne Bewegung veränderte den Informationsstrom, dem Takos Selbst die ganze Zeit über ausgesetzt war – er kam sich vor wie jemand, der mit hunderten von Augen sah und mit ebenso vielen Ohren hörte, während sein Tastsinn alles berührte, was sich im Umkreis von einigen Dutzend Metern befand.

Hinter einem halb eingestürzten Gebäude weiter vorn stiegen mehrere Kampfdrohnen auf, einfache Modelle, wie man sie in den Streitkräften der AFW für die Ausbildung von Rekruten nutzte: konische Maschinen, knapp drei Meter lang, in das matte Glühen von Krümmerfeldern gehüllt.

»Passen Sie gut auf, Lanze Karides«, ertönte Bergons Stimme aus einem nahen Kom-Servo.

Die Drohnen eröffneten das Feuer, mit echten Annihilatoren. Jeder einzelne Strahl traf auf ein separates Schutzfeld, das genau zur richtigen Zeit am richtigen Ort entstand – dadurch hielt sich die energetische Belastung der nuklearen Batterien in Grenzen. Das Mubek sprang im Zickzack, erwiderte das Feuer und schoss eine Drohne nach der anderen ab. Der Schaukampf dauerte nicht länger als zehn Sekunden, aber für Tako dehnte sich diese Zeit; er erlebte sie in einem Strudel aus sensorischen Daten, wilden Emotionen und wirren Gedanken.

Qualmend lagen die abgeschossenen Drohnen zwischen den Trümmern eines vor Wochen oder Monaten explodierten Panzerwagens. Stählerne Beine brachten Tako zu einer von ihnen. Motoren summten, und ein Arm schlug zu – die metallene Faust verschwand so mühelos in den Resten der Maschine, als bestünde sie aus alter, spröder Synthomasse.

Als die Mubek-Steuerung den Arm zurückziehen wollte, veränderte sich das Summen eines Motors, und Tako spürte mit sonderbarer Intensität, wie er das Gleichgewicht verlor. Er kippte zur Seite, fiel auf die Drohne und berührte sie mit den Resten seines organischen Körpers genau dort, wo zuvor ein Annihilatorstrahl Metall geschmolzen hatte. Es zischte laut, als das Gewebe des linken Beins verbrannte.

Schmerz zuckte durch Takos Bewusstsein, eliminierte alle anderen Wahrnehmungen und ließ nur noch Platz für heiße Pein. Als sie Minuten oder Stunden später nachließ, erschien ein Gesicht voller Runzeln und Warzen in Takos Blickfeld, und darüber erstreckte sich kein Himmel mit einer blassen Sonne, sondern das Grau einer Zimmerdecke.

»Ich bedaure den Zwischenfall sehr, Lanze Karides«, schnaufte der Waffenschmied. »Ein Fehler im Steuerungsprogramm. Ich habe den schuldigen Techniker bereits bestraft.«

Das Grau über Tako veränderte sich. Leuchtstreifen erschienen darin, dann Sensorbänder und tronische Augen. Er befand sich nicht mehr im Mubek-Gerüst. Ein Levitatorfeld trug ihn durch ein Laboratorium, und der Waffenschmied befand sich dicht an seiner Seite.

»Ihre organischen Prothesen sind schwer beschädigt worden«, fuhr Bergon fort. »Unter den gegebenen Umständen halten es meine medizinischen und technischen Deneri für besser, Sie sofort mit dem Ektoskelett auszustatten.«

Tako versuchte zu sprechen, brachte aber nur ein Krächzen hervor. Er kam zur Ruhe, und mobile Lampen erschienen über ihm, wie kleine Sonnen, die ihn von allen Seiten beleuchteten. Sein Blickfeld engte sich ein. Bergons Gesicht befand sich plötzlich in einem Tunnel und schwebte von ihm fort.

»Bald sind Sie nicht mehr schwach, sondern *stark*, Lanze Karides. Sie werden mir dankbar sein.«

Tako senkte die Lider ...

... und hob sie wieder. Mattes Licht umgab ihn, aber er musste seinen Blick nur ein wenig *verschieben*, um es subjektiv hell oder dunkel werden zu lassen. An seinen Augen hatte sich nichts verändert, begriff Tako, wohl aber an der Bandbreite seiner visuellen Wahrnehmung. Das Gehirn empfing nun auch die Informationen optischer Nanosensoren, die den infraroten Bereich ebenso abdeckten wie den ultravioletten. Als er den Kopf drehte und aus dem Fenster blickte, sah er Streifenmuster am Himmel, ganz oben hervorgerufen von den Protonen, Alphateilchen und schweren Atomkernen der primären kosmischen Strahlung, weiter unten die durch die Kernreaktionen der Primärstrahlung mit den Luftmolekülen entstehende sekundäre kosmische Strahlung, hauptsächlich aus Myonen und Baryonen. Ein unentwegtes, kontinuierliches Feuerwerk der Natur, und Tako konnte es beobachten – oder auch nicht. Wenn er *wollte*, verschwanden die Streifenmuster hinter einem beliebig konfigurierbaren Wahrnehmungsfilter.

Direkt vor ihm befand sich ein quasireales Feld und zeigte ihm ... eine Gestalt, von vorn, hinten und beiden Seiten. Sie trug keine Kleidung, wirkte aber nicht in dem Sinne nackt. Die Haut war wächsern und grauweiß, bis zum Hals – das Gesicht zeigte einen normaleren Farbton, wenn es auch ein wenig blass und blutarm wirkte. Die Narbe auf der linken Wange wies deutlich auf die Identität der Gestalt hin.

Tako hob die Arme, und die Gestalt im QR-Feld hob sie ebenfalls. Ihm fiel auf, dass die Geschlechtsteile fehlten. Wo sich früher Penis und Hodensack befunden hatten, war jetzt alles glatt.

»Ein Kunstwerk, finden Sie nicht?« Bergon trat an seine Seite. »So habe ich es Ihnen versprochen: Ästhetik und Effizienz, in perfekter Synthese vereint. Maximaler Ausdruck der piridischen Philosophie.« Der Stolz in der Stimme des Waffenschmieds war unüberhörbar.

Tako richtete den Blick auf Bergon und sah die Vorgänge in dessen Körper so, als wäre der birnenförmige Leib gläsern. Zwei Herzen schlugen: Das eine pumpte, das andere saugte. In Magen und Verdauungstrakt verwandelte sich aufgenommene Nahrung in Brei. Wind strömte durch die Lungen, erst in die eine Richtung, dann in die andere. Ein Organ enthielt knospenartige Gewebeklumpen. Tako begriff, dass er sogar in der Lage gewesen wäre, die Stoffwechselvorgänge auf der Zellebene zu sehen.

Er fügte dem Wahrnehmungsfilter ein neues Element hinzu, und aus dem Musterbeispiel piridischer Biologie wurde wieder der Waffenschmied Bergon.

»Wir haben edukative Prionen eingesetzt«, sagte Bergon. »Die programmierten Eiweißmoleküle geben Ihrem Hirn nach und nach alle benötigten Informationen. Die grundsätzlichen Dinge beherrschen Sie bereits instinktiv.«

Tako horchte in sich hinein und hörte ein Flüstern, wie fremde Gedanken zwischen seinen eigenen. Wenn er sich darauf konzentrierte, *wusste* er plötzlich über bestimmte Mubek-Funktionen Bescheid. Zum Beispiel ...

»Ich brauche vor einem Sprung nicht mehr den Hibernationsraum aufzusuchen?«

»Sehr praktisch, nicht wahr? Das Mubek verfügt über einen integrierten Hibernator.« Bergon gestikulierte, und das QR-Feld zeigte nur noch eine transparente Gestalt. Eine Art Skelett wurde sichtbar, aber es bestand nicht aus Knochen, sondern aus Ultrastahl. An bestimmten Stellen bemerkt Tako beulenartige Verdickungen, die unangenehme Erinnerungen an die Organbeutel der Kronn weckten: Motoren, Servo-Module, Kontakt- und Verbindungselemente. Dicht unter dem Hinterkopf, zwischen Stammhirn und Rückenmark, hob das quasireale Feld mit rotem Glühen einen kleinen Zylinder hervor, der am einen Ende ein Bündel aus Nanowurzeln aufwies und am anderen einen Sensorstrang, der zu verschiedenen Servi führte.

Der Waffenschmied klang aufgeregt, als er fortfuhr: »Sie können sich jederzeit in den Transitstupor zurückziehen, Lanze Karides. Zweifellos sehr nützlich, wenn Notsprünge durchgeführt werden müssen. Ich bin sicher, dass die Mubeks ein großer Erfolg werden. Sie sind genau das, was die Streitkräfte nach der dramatischen Verknappung von Bionen und bionischen Kampfanzügen brauchen.« Bergon sprach immer schneller und machte aus seiner Begeisterung keinen Hehl. »Dies ist eine Sonderanfertigung, speziell auf Sie abgestimmt, aber meine Deneri haben bereits damit begonnen, Modelle zu entwickeln, die von ganz gewöhnlichen Personen benutzt werden können, ohne eine individuelle Anpassung. Gute Geschäfte erwarten diesen Lunki, gute Geschäfte!«

Tako rang noch immer mit sonderbaren Empfindungen und fremden Gedanken. Ein Gefühl dominierte alle anderen: das Gefühl von *Kraft*.

»Ihre neue Haut besteht aus molekularflexibler Synthomasse«, sagte Bergon und klang noch immer voller Enthusiasmus. »Mit anderen Worten: Ihre Konsistenz lässt sich verändern, von sehr weich bis sehr hart. Im sehr weichen

Modus simulieren taktile Nanosensoren den Tastsinn. Sie können die Dinge fühlen, die Sie berühren. Im harten Modus fungiert die künstliche Haut wie eine Körperpanzerung. In Ihrem besonderen Fall haben wir auf interne Waffen verzichtet – bei Ihnen stehen nicht die Kampffunktionen im Vordergrund. Es gibt allerdings leistungsstarke Defensivsysteme, unter ihnen ein Krümmer zum Aufbau von Schutzfeldern. Wenn Sie keinen Gebrauch davon machen, halten die beiden nuklearen Batterien des Mubek mindestens zwanzig Jahre. Sie lassen sich leicht austauschen.« Bergon hob erneut die Hand, und das Gesteninterface reagierte. An den Hüften der Gestalt im QR-Feld lösten sich klappenartige Hautlappen, und darunter kamen die Batterien zum Vorschein. »Ihre Ausscheidungen werden zu sechsundneunzig Prozent recycelt, Lanze Karides, deshalb brauchen Sie weniger Nahrung. Die restlichen vier Prozent sammeln sich in einer Darmkammer an, die etwa einmal pro Monat entleert werden muss.« Im QR-Feld öffnete sich ein weiterer Hautlappen, dicht unter der Stelle, an der sich einmal der Bauchnabel befunden hatte.

Tako blickte in das Gesicht, das er kannte, und sah die Narbe, die ihn an Meraklon erinnerte. Dann wanderte sein Blick nach unten, über einen Körper, der jemand anders zu gehören schien. *Dies bin ich,* dachte er inmitten des Flüsterns und Raunens von Prionenstimmen, die etwas anderes behaupteten.

Die leere, glatte Stelle zwischen den Beinen übte eine seltsame, dunkle Faszination auf ihn aus, und er fragte sich, ob er jetzt weniger Mann war. Aber hatte eine solche Frage in seiner Situation überhaupt einen Sinn? Kam es nicht in erster Linie darauf an, dass er *er selbst* war, Tako Karides? Er wusste, dass er Penis und Hoden nicht erst auf dem Testgelände verloren hatte, beim Unfall mit der Drohne. Seine Geschlechtsteile waren vor fünf Jahren Norenes Desintegrator auf Millennia zum Opfer gefallen. Damals hatte er ein bionisches Äquivalent bekommen, das die Funktionen des Originals zumindest teilweise ausüben konnte, dann aber atrophiert war wie die Beine.

»Nun?« Bergon richtete seine Augenzapfen auf ihn und wartete offenbar auf eine Reaktion. »Was halten Sie davon?«

Tako blickte noch immer ins QR-Feld und spürte eine seltsame Distanz zu sich selbst. »Ich werde mich früher oder später daran gewöhnen ... hoffe ich.«

»Das ist alles?«, erwiderte der Waffenschmied enttäuscht. »Kein Wort des Dankes für diesen Lunki? Wissen Sie eigentlich, was mich Ihr Mubek gekostet hat? Ich ...«

Ein akustisches Signal erklang, gefolgt von der synthetischen Stimme eines Kom-Servos. »Eine Mitteilung für Lanze Karides.«

»Ich höre«, sagte Tako.

»Hier spricht Elisa, Tako«, meldete sich der Megatron der im Orbit von Andabar wartenden *Akonda*. »Wenn du Airon rechtzeitig zur Okomm-Vollversammlung erreichen möchtest, müssen wir heute aufbrechen. Es sind zwei lange Sprünge erforderlich.«

Er nickte. »Bereite alles vor. Ich bin in einer Stunde da.«

»Ja, Tako.«

»Du hast dich verändert, Tako«, sagte Elisa, als er durch den Hauptkorridor der *Akonda* schritt. »Deine Bio-Daten sind anders.«

Tako hörte das leise Summen der Motoren, die seinen Körper bewegten. Er betrat den Kontrollraum und nahm dort im Sessel des Kommandanten Platz, obwohl er genauso gut hätte stehen können. Von jetzt an gab es für ihn praktisch keine körperliche Ermüdung mehr.

Andabar schrumpfte hinter der *Akonda*, die sich der nächsten Transferschneise des Hyperion-Systems näherte. Dutzende von Wachschiffen empfingen ihren Prioritätskode und ließen sie passieren.

»Tako?«

»Ich habe dich gehört, Elisa«, sagte er. »Du hast Recht, ich habe mich verändert. Mein Körper ist jetzt anders, und daran muss ich mich erst noch gewöhnen.«

»Fühlst du dich besser?«

»Interessante Frage.« Tako blickte auf die Anzeigen. »Ich bin mir nicht sicher.«

»Du solltest den Hibernationsraum aufsuchen. Der erste Sprung steht unmittelbar bevor.«

»Das ist nicht nötig, Elisa. Die Veränderungen meines Körpers gestatten es mir, hier zu hibernieren.«

»Interessant, Tako. Vielleicht kannst du mir nach den Sprüngen mehr davon erzählen.«

»Gern.« Er lehnte sich zurück, neugierig auf seine Möglichkeiten.

Das Brummen der Krümmerwalzen wurde lauter, als die *Akonda* die Transferschneise erreichte.

»Sprung in zehn Sekunden, Tako.«

Prionenstimmen flüsterten ihm zu, was er wissen musste. Der Wille allein genügte – sein Bewusstsein ruhte.

16

Dominik:
Süßes Versprechen

Dominik fühlte sich anders, als er zusammen mit Norene den Umkleideraum der Therme betrat und damit begann, die Kleidung abzustreifen. Die Furcht hatte er inzwischen überwunden – daran lag es nicht. Nach dem Belauschen der telepathischen Kommunikation zwischen Norene und Zara hatte er mehr als zwei Wochen lang befürchtet, dass die Großmeisterin ihn zur Rede stellte, sich gar eine neue, wirkungsvollere Strafe einfallen ließ als das wahrnehmungslose Dunkel, dem er so leicht entfliehen konnte. Aber nichts dergleichen war geschehen. Dominiks anfängliche Gewissheit, dass sie seine geistige Präsenz irgendwie bemerkt hatte, wich erst hoffnungsvollem Zweifel und dann Erleichterung. Ganz verschwunden war die Furcht nicht – sie regte sich immer dann in ihm, wenn Norene einen ihrer durchdringenden Blicke auf ihn richtete. Natürlich versuchte er, sich nichts davon anmerken zu lassen; immerhin sollte ihm der Bion am Hals dabei helfen, seine Emotionen zu unterdrücken. Während er ein Kleidungsstück nach dem anderen ablegte, sah er mehrmals verstohlen zu Norene, die ihm kaum Beachtung schenkte. Wieder ging von ihrer Blöße ein Reiz aus, der etwas in ihm prickeln ließ, aber Unsicherheit angesichts der eigenen Nacktheit überlagerte dieses Gefühl. Diese Reaktion auf den eigenen Körper erstaunte ihn.

»Heute versuchen wir, die Meditation zu vertiefen«, sagte

Norene, als sie, beide nackt, den Umkleideraum verließen und zum Becken der Therme gingen. Dies war ein öffentliches Bad, das nicht nur den Großmeisterinnen und Meisterinnen zur Verfügung stand, sondern allen Tal-Telassi und auch ihren Schülern. Aber um diese Zeit, spätabends, war das Becken leer. Dankbar dafür sank Dominik ins Wasser, das aus einer der vielen heißen Quellen von Tarion stammte.

»Sie wird dir dabei helfen, dich vom emotionalen Ballast zu befreien und ganz rationaler Intellekt zu sein«, fuhr Norene fort. Dominik stellte fest, dass sie ein wenig abgelenkt wirkte. Hatte sie erneut mit Zara gesprochen, die auf dem fernen Planeten Millennia das Tal-Telas vor den Graken verbarg? »Vielleicht bist du in einigen Tagen bereit, ohne Schmerz den Weg ins Zentrum zu gehen.«

Einmal mehr geriet Dominik in Versuchung, der Großmeisterin zu sagen, dass er die einzelnen Stufen auf andere Weise erreichte, und wieder hinderte ihn etwas daran, sich ihr zu offenbaren. Er schloss die Augen, ließ sich von der Wärme des Wassers entspannen und fokussierte seine Gedanken, so wie er es während der vergangenen Jahre gelernt hatte. Doch anstatt zu versuchen, die Gefühle beiseite zu drängen, begann er mit einer Analyse seines gegenwärtigen emotionalen Zustands.

Auf einer rein intellektuellen Ebene begriff er sehr wohl, was mit ihm geschah. Er steckte in einer Entwicklungsphase, die man Pubertät nannte und den Körper veränderte. Seine Stimme versagte manchmal, und es wuchsen Haare dort, wo die Haut bisher haarlos gewesen war. Er wusste, was es mit der Geschlechtsreife auf sich hatte und dass er sich anschickte, vom Kind zum Mann zu werden; Informationen darüber waren in den Archiven von Tarion frei zugänglich. Doch nichts und niemand hatte ihn auf die tiefen *emotionalen Veränderungen* vorbereitet, die mit den körperlichen einhergingen.

Während Norene die leisen Worte sprach, die ihm bei der Meditation helfen sollten und die er längst nicht mehr brauchte, versuchte Dominik zu ergründen, warum ihn die eigene Nacktheit Norene gegenüber plötzlich verunsicherte, obwohl sie ihm noch vor einigen Monaten völlig natürlich erschienen war. Die Minuten verstrichen, und er dachte noch immer darüber nach, als er plötzlich Stimmen hörte und die Augen öffnete.

Nur einen Meter entfernt lehnte Norenes Kopf am Beckenrand, und mit ihren geschlossenen Augen sah sie genauso aus wie in der Nacht vor drei Wochen. Dominik blickte über sie hinweg und stellte fest, dass die Stimmen aus dem Umkleideraum kamen, wo sich eine Lehrerin und ihre Schülerinnen für das Bad entkleideten. Kurz darauf näherte sich die Gruppe dem großen Becken. Die Lehrerin erwies sich als die sehr jung wirkende Sibillia 7, und ihre Schülerinnen waren Mädchen in Dominiks Alter, unter ihnen ...

Er riss die Augen auf, als er Loana sah, die sich ganz offensichtlich in ihrem intellektuellen Modus befand. Sie wirkte ebenso ernst wie die anderen Mädchen und schien ihn erst gar nicht zu bemerken. Als sie das Becken erreichte und ins warme Wasser stieg, begegneten sich ihre Blicke, und ein Teil des kühlen Ernstes wich aus ihrem Gesicht.

Zum ersten Mal sah Dominik sie völlig nackt. Loas Weiblichkeit hatte zu erblühen begonnen: blasse, makellose Haut; kleine Brüste, hübsch rund; die Hüften bereits geschwungen; die Beine lang. Wie so oft bildete ihr blondes Haar einen langen Zopf, und der Zufall wollte es, dass er genau zwischen ihren Brüsten endete.

Ein Blitz fuhr Dominik in die Lenden und ließ etwas, das bisher klein und schlaff gewesen war, groß und steif werden. Das Wasser, klar wie Glas, verbarg die Veränderung nicht. Das Gesicht der Lehrerin blieb unverändert, aber zwei oder drei der Mädchen vergaßen ihren emotionslosen Ernst, sahen die Erektion und lachten leise.

Norene hob die Lider und sah ebenfalls, was geschehen war.

»Ich habe ausdrücklich darauf hingewiesen, dass Loana

von Dominik getrennt bleiben soll«, wandte sie sich an Sibillia 7.

»Ich bedauere sehr, Ehrenwerte. Ich wusste nicht, dass Sie und der Junge hier sind.«

Norene stand auf. »Komm, Dominik.«

Bis zur Treppe gelang es ihm, im Wasser zu bleiben, das wenigstens etwas Schutz bot, doch dann musste er der Großmeisterin über die Stufen folgen. Seine Lenden glühten noch immer, und es war in aller Deutlichkeit zu sehen, wie wenig er seine Gefühle unter Kontrolle hatte. Als er zu den Mädchen sah, stellte er verlegen fest, wohin sie starrten. Nur Loa nicht. Erneut begegneten sich ihre Blicke, nur für eine Sekunde oder vielleicht noch weniger, doch lange genug für Dominik, um den besonderen Glanz in ihren Augen zu sehen, der ihm so viel bedeutete. Der Hauch eines Lächelns umspielte ihre Lippen, und dann wurde sie wieder ernst.

Im Umkleideraum begegnete ihm Norene mit besonderer Kühle. »Dein Körper gehorcht den Emotionen, nicht dem Intellekt. Das muss sich ändern.«

Dominik spürte ein kurzes Stechen am Hals. Der Bion fiel von ihm ab, blieb verschrumpelt und atrophiert auf dem Boden liegen.

»Du *wirst* lernen, dich von deinen Gefühlen zu befreien«, sagte Norene mit Nachdruck. »Von morgen an suchen wir jeden Tag das Zentrum auf, und für dich wird es jedes Mal ein Weg des Schmerzes sein – bis du lernst, über deine Emotionen hinauszuwachsen.«

Dominik hörte ihre Worte, aber er dachte vor allem an das Lächeln, das er kurz auf Loas Lippen gesehen hatte. Es erschien ihm wie ein Versprechen ...

In jener Nacht fand Dominik keine Ruhe. Fast eine Stunde lang lag er reglos im Bett, starrte im Licht der einen Lampe an die Decke und dachte daran, dass sich die Welt verändert hatte, durch die eigene Veränderung. Seine Gedanken spannen wilde Phantasien: In einer davon sah er sich selbst, wie er sich zusammen mit Loana eine Leviplattform schnappte, zur Hauptstadt flog und sich an Bord eines Raumschiffs versteckte, das den Planeten verließ. Seine beiden größten Wünsche kamen in dieser Vorstellung zum Ausdruck. Er wollte mit Loa zusammen und *frei* sein. Im Lyzeum kam er sich immer mehr wie ein Gefangener vor.

Schließlich hatte er den Anblick der Zimmerdecke satt, schloss die Augen und begann mit einem neuen geistigen Ausflug. Und *als* er damit begonnen hatte, gab es sofort ein Ziel für ihn: Loa.

Er suchte nicht zum ersten Mal nach ihr, aber diesmal durfte er hoffen, sie zu finden, denn er konnte dem mentalen Echo folgen, das sie in der Therme hinterlassen hatte. Das war eine weitere Sache, auf die er ganz allein gestoßen war, ohne Hinweise seiner Lehrerinnen. So wie Lebewesen Schatten im Tal-Telas warfen, so hinterließen Gedanken Echos in der Welt der Materie. Sie verblassten und verhallten nach wenigen Stunden, aber Loas Echo in der Therme war frisch genug, um Dominik als Wegweiser zu dienen. Er folgte der Spur ihrer Seele vom Becken und Umkleideraum aus durch die Flure und Säle des Lyzeums, ließ sich dabei nicht von dem mentalen Flüstern anderer Selbstsphären ablenken. Am Rand der Schule fand er schließlich einen Raum, in dem drei Schülerinnen schliefen, und eine von ihnen war Loana.

Er sah sie mit seinen geistigen Augen in einem der Betten, die Arme unter der Decke, doch der lange Zopf lag obenauf. Der Wunsch, das goldene Haar zu berühren, wurde so stark, dass er die Hand ausstreckte, mit mentalen Fingern über den Zopf strich und *ihn fühlte*, seidig weich. Und ganz deutlich sah er, wie sich die einzelnen Haare bewegten, wenn er sie berührte. Crama: Gedanken, die Materie bewegten. Ohne dass er versucht hatte, vom Zentrum aus die dritte Stufe zu erreichen. Er konnte Loa berühren und …

Eins der beiden anderen Mädchen bewegte sich im Schlaf, und Dominik erstarrte, als wäre er körperlich präsent und müsste eine Entdeckung befürchten. Einige Sekunden verstrichen, während er auf Loa hinabblickte und sich fragte, wovon sie träumte.

Dieser Gedanke brachte ihn auf eine Idee. Er aktivierte zusätzlich zu den mentalen Augen und Ohren andere Bereiche seines Bewusstseins, jene, mit denen er ein anderes Selbst berühren konnte, und vorsichtig, ganz vorsichtig tastete er damit nach Loas Ich.

Vage Bilder zogen durch ihren Schlaf, noch nicht ganz ein Traum. Etwas in Dominik wusste, dass er Loanas Privatsphäre verletzte, aber Neugier und der Wunsch, ihr nahe zu sein, ließen die mahnende Stimme verstummen. Behutsam griff er nach den Bildern und hielt einige von ihnen fest, um sie zu betrachten. Manche zeigten Mitschülerinnen und Lehrerinnen, andere zwei Erwachsene auf einem anderen Planeten, einen Mann und eine Frau, umgeben von Trümmern, und am Himmel einen langsam tiefer sinkenden Moloch, begleitet von Kronn-Dornen. Loas Eltern? Waren sie auf jener verlorenen Welt ums Leben gekommen? Ein anderes Bild zeigte ihn in der Therme, mit Feuer in den Lenden, und diese Erinnerung hatte einen emotionalen Gehalt, trotz der Ausbildung, die auch Loa dazu bringen sollte, sich von ihren Gefühlen zu befreien – Dominik spürte Zuneigung und vages Bedauern. Weitere Bilder zogen vorbei und zeigten fragmentarische Dinge, die für ihn ohne Bedeutung blieben. Er fragte sich, ob er es wagen durfte, Loa zu wecken, um sich ihr mitzuteilen, um ihr zu sagen, dass er den peinlichen Vorfall in der Therme bedauerte. Nein, das stimmte gar nicht. Er *bedauerte* das Geschehen nicht; er *freute* sich, dass er Loa wiedergesehen hatte. Er bedauerte auch nicht die physische Reaktion, die seine Gefühle verriet, sondern allein den Umstand, dass ihn andere Personen dabei beobachtet hatten. Es war eine sehr persönliche Sache, fand er, die nur ihn und Loana betraf.

Und dann hatte er eine zweite Idee, überlegte nicht lange und begann sofort damit, sie in die Tat umzusetzen. Er baute die Welt, in der er während der Dunkelstrafe weilte, nicht nur um sich herum, sondern auch um Loa. Ihr schlafendes Selbst wurde Teil einer geistigen Metastruktur, die eine besondere Art der geistigen Kommunikation gestattete.

Nur mit einer kurzen Hose bekleidet stand Dominik auf einem Strand weiß wie Schnee. Auf der einen Seite erstreckte sich das Meer mit seinen geduldig rollenden Wellen, auf der anderen das üppige Grün tropischer Vegetation. Weiter vorn zeigte sich die bereits vertraute Bucht, darin das Gebäude mit den beiden Türen, von denen sich nur eine öffnen ließ.

Loana lag schlafend im Sand, ihr Haar nicht zum Zopf geflochten, sondern wie eine goldene Wolke ausgebreitet. Sie trug einen roten Badeanzug, und Schweißtropfen glänzten wie winzige silberne Perlen auf ihrer Stirn. Dominik ging in die Hocke und berührte sie am Arm. »Loa?«

Sie hob erst die Lider und dann den Kopf, setzte sich verwundert auf. »Wo sind wir?«

Dominik lächelte. »Keine Sorge, du bist noch immer in deinem Zimmer und schläfst. Das heißt, ein Teil von dir schläft. Den anderen habe ich hierher mitgenommen, in die von mir gebaute Welt.«

»Du hast diese Welt *gebaut*?« Loana stand auf und strich sich Sand von Armen und Beinen.

Dominik richtete sich auf und vollführte eine Geste, die der Umgebung galt. »Dies ist der Grund, warum ich keine Angst vor der Dunkelstrafe habe. Hierher habe ich mich zurückgezogen, wenn mir Norene die Wahrnehmung nahm.«

Loana sah sich um, trat zum Wasser und fuhr mit den Zehen durch den feuchten Sand. »Es fühlt sich echt an. Und es ist doch nur Illusion, Domi?«

Er zuckte mit den Schultern. »Besser als Dunkelheit, oder?«

»Einfache Schüler sollten zu so etwas nicht imstande sein.«

»Hast du vergessen, dass ich kein einfacher Schüler bin? Hast du *Tellarus* vergessen?« Dominik hob die Hände und zeigte die violetten Fingerkuppen.

Sorge erschien in Loanas Gesicht. »Was geschieht mit mir, während ich hier bin?«

»Nichts, nichts, absolut nichts«, erwiderte Dominik in einem beruhigenden Tonfall. »Ich habe dich nur hierher geholt, weil ... weil ich mit dir ... zusammen sein wollte.«

Ein Lächeln huschte über Loanas Lippen. »Ich habe heute Abend gesehen, wie du mit mir zusammen sein möchtest.«

Dominik errötete, und für einige Sekunden hasste er sich dafür. Manchmal waren Emotionen wirklich so, wie Norene sie beschrieb: lästiger Ballast. Er streckte die Hand aus. »Komm, ich zeige dir das Haus.«

Hand in Hand gingen sie über den Strand in Richtung Bucht, dicht an der Wassergrenze entlang. Die Wellen schienen immer wieder zu versuchen, ihre Füße zu erreichen. Loana sah sich mehrmals um und lächelte erneut, etwas länger, nicht so zaghaft.

»Du hast dir eine schöne Welt ... gebaut.«

»Ich habe seine Erinnerungen benutzt.«

»Wen meinst du?«

»Den Mann, von dem ich dir erzählt habe. Der mich auf Kabäa gerettet und fortgebracht hat. Tako Karides. An einem solchen Ort hat er einmal Urlaub gemacht. Mit seiner Frau und seinem Sohn Manuel.«

Eine Zeit lang gingen sie schweigend und näherten sich der Bucht. Im nahen Grün raschelte es immer wieder, und aus der Ferne kamen die Schreie von Tieren.

»Ich weiß nicht, ob dies richtig ist«, sagte Loana nach einer Weile und zog die Hand zurück.

»Was ... *dies*?«, fragte Dominik enttäuscht.

»Dies alles. Du weißt, warum uns die Meisterinnen voneinander getrennt haben. Wir hindern uns gegenseitig daran, über unsere Emotionen hinauszuwachsen.«

»Du drückst es genauso aus wie Norene.«

»Es stimmt, Domi. Wenn ich es nicht schaffe, mich von meinen Gefühlen zu befreien, werde ich nie zu einer richtigen Tal-Telassi.«

»Sieh dich um, Loa. Diese Welt habe *ich* geschaffen. Wir sprechen miteinander, obwohl du in deinem Quartier schläfst und ich in meinem Zimmer im Bett liege. Ich habe dich allein mit der Kraft meiner Gedanken hierher gebracht. Das ist mehr als das Zentrum, von dem aus die einzelnen Stufen erreichbar sind. Ich *habe* die Stufen bereits erreicht, und gleichzeitig stecke ich voller Gefühle!«

Loana hob ihre Hände, betrachtete kurz die blassen violetten Flecken an den Fingerkuppen und ließ sie dann wieder sinken. »Ich bin anders als du. Nein, das ist falsch ausgedrückt: *Du* bist anders als *wir*. Es ist den Meisterinnen noch immer ein Rätsel, wie ein Junge die Kraft des Tal-Telas nutzen kann.«

Sie waren stehen geblieben, und Dominik beobachtete, wie der Wind mit Loanas blondem Haar spielte. Er sah Trauer, Skepsis und Sorge in ihrem Gesicht und hätte das alles gern durch ein weiteres Lächeln ersetzt. Aber er wusste auch, dass Worte allein manchmal nicht genügten – und dass er Loana nicht bedrängen durfte. Dadurch hätte er nicht weniger Distanz zwischen ihnen geschaffen, sondern mehr.

»Komm, ich zeige dir das Haus«, sagte er. »Und später sehen wir uns den Sonnenuntergang an.«

Sie kletterten über Felsen hinweg und erreichten die Bucht mit dem kleinen, unauffälligen Gebäude zwischen den hohen Säulenbäumen.

»Das Haus gehört nicht hierher«, sagte Dominik, als sie wieder über Sand gingen. »Es ähnelt dem Gebäude, in dem Tako Karides einmal gewohnt hat, aber es stammt nicht aus seinem Traum.«

»Aber du hast diese Welt gebaut«, sagte Loana. »Wie kann es hier etwas geben, das nicht von dir stammt?«

»Das weiß ich nicht genau. Norene hat mir so etwas gezeigt, bevor ich damit begann, mir Welten zu bauen. Offenbar gibt es solche Gebäude an vielen Orten der Zweiten Welt.«

»Davon habe ich in der Schule gehört, von der Zweiten Welt.«

»Du bist noch nie in ihr gewesen?«

Dominik musste sehr ungläubig geklungen haben, den Loana erwiderte mit deutlichem Vorwurf in der Stimme: »Ich habe noch nicht einmal das Zentrum erreicht, und das verdanke ich dir!«

»Ich bin den Weg des Schmerzes dorthin gegangen«, sagte Dominik nachdenklich. »Norene wollte mir damit zeigen, dass der Weg des emotionsfreien Intellekts leichter ist. Sie hat angekündigt, mich nach dem ... Zwischenfall von heute Abend jeden Tag den Weg des Schmerzes gehen zu lassen, bis ich meine Gefühle überwinde. Sie ahnt nicht, dass ich das Zentrum und die einzelnen Stufen des Tal-Telas auch so erreichen kann.«

»Wie kann sie davon nichts wissen?«, fragte Loana verwundert. »Sie ist eine Großmeisterin und mehr als dreitausend Jahre alt. Sie hat die zehnte Stufe erreicht!«

Dominik wurde noch etwas nachdenklicher. »Sie konditioniert mich, mit meiner eigenen Kraft. Ich frage mich, was das bedeutet.«

»Wie bitte?«

Er beschloss, ganz offen zu sein. »Manchmal, wenn ich mich langweile, schicke ich geistige Augen und Ohren auf die Reise. Das kann ich schon seit einer ganzen Weile. Dabei habe ich ein Gespräch zwischen Norene und Zara auf Millennia belauscht.« Er berichtete kurz von der telepathischen Kommunikation.

»Du hast die Gedanken einer *Großmeisterin* berührt?«, brachte Loana hervor, wie hin- und hergerissen zwischen Verblüffung und Bewunderung.

320 »Ja«, sagte Dominik geistesabwesend. »Sie stellt irgend-

etwas mit mir an ...« Er bemerkte, dass sie vor dem Gebäude standen, vor den beiden Türen, die neue und die alte.

»Haben eure Lehrerinnen davon erzählt?«, fragte er. »Von der alten Tür, die auf keinen Fall geöffnet werden darf?«

Loana schüttelte den Kopf und starrte Dominik noch immer fassungslos an.

»Ich habe versucht, sie zu öffnen, aber ich konnte es nicht. *Er* hat sie einmal geöffnet. Tako, meine ich.« Dominik erinnerte sich an das eigene Entsetzen und daran, dass er damals die Flucht ergriffen hatte. Zu jener Zeit war sein Trotz noch nicht so groß gewesen wie jetzt. »Versuch *du* es, Loa.«

Sie wandte den Blick von ihm ab. »Was soll so schwer daran sein, eine Tür zu öffnen? Es sei denn natürlich, sie ist verschlossen.«

»Nein, sie ist nicht verschlossen«, erwiderte Dominik und fragte sich, woher er die Gewissheit nahm. Er wusste es einfach. »Versuch es.«

Loana trat vor und streckte die Hand nach dem halb korrodierten Knauf der alten, verwitterten Tür aus. Doch je näher die Hand dem Knauf kam, desto langsamer wurde sie. Wenige Zentimeter davor zitterte sie, und Dominik beobachtete, wie sich Loana vorbeugte, einem unsichtbaren Hindernis entgegenstemmte. Schließlich wankte sie zurück und sah so auf ihre Hand hinab, als wäre sie ein Fremdkörper.

»Ich verstehe das nicht ...«

»Sieh dir dies an.« Dominik trat an ihre Seite, streckte ebenfalls die Hand nach dem Knauf aus, erreichte ihn mühelos und schloss die Finger darum. Aber als er ihn zu drehen versuchte, rührte sich der Knauf nicht von der Stelle.

»Ich habe ein Hindernis gefühlt«, sagte Loana.

»Und ich kann den Knauf nicht drehen. Tako konnte es.«

»Seltsam. Was befindet sich hinter der Tür?«

»Das Meta.«

»Das Meta? Was ist das?«

»Ich habe keine Ahnung. Norene hat es mir nie erklärt. 321

Und Fragen danach weicht sie aus. Aber ich weiß, was sich hinter der anderen Tür befindet. Dies!«

Dominik öffnete sie und führte Loana durch die komfortablen Zimmer eines Urlaubsdomizils. Die Einrichtungen des Lyzeums beschränkten sich auf das Notwendigste; Bequemlichkeit gehörte dort nicht zu den Prioritäten, sah man einmal von den Thermen ab. An der Struktur des Hauses selbst konnte Dominik nichts ändern, obwohl dies seine gebaute Welt war, aber er hatte den ihm offen stehenden Teil mit Dingen ausgestattet, die er für Luxus hielt: große, weiche Sessel; flauschige Teppiche, auf denen man barfuß gehen konnte, ohne dass man kalte Füße bekam; spiegelnde Tische; bunte Bilder an den Wänden; ein Speisezimmer, in dem immer eine fertig zubereitete Mahlzeit auf ihn wartete; ein breites Bett unter einer transparenten Decke.

»Wie stellst du das an?«, staunte Loana, als Dominik sie durch »sein« Haus führte. »So viele Details. Allein die vielen Bilder ...«

»Ich stelle mir die Dinge vor, und dann sind sie da. Es ist nicht schwer.«

Nach einer Tour durch das Haus eilten sie zum Strand und nahmen dort Platz, dicht nebeneinander, die Arme um die Beine geschlungen. Dominik beobachtete, wie die Sonne dem Meer entgegensank und dabei größer wurde, zu einer blutroten Scheibe, aber der größte Teil seiner Wahrnehmung galt der wie elektrisierenden Präsenz Loanas an seiner Seite. Er suchte nach Worten, um etwas zu sagen, das Sinn hatte und intelligent klang, doch eine sonderbare Befangenheit lähmte ihn. Er sprach erst, als die Sonne fast ganz hinter dem fernen Horizont versunken war, und die Worte kamen tief aus seinem Innern.

»Ob Erste oder Zweite Welt, es ist wunderschön«, sagte er langsam. »Und um zu begreifen, wie schön es ist, muss man fühlen können. Auch du bist schön, und da ist noch mehr, und ich kann es nur durch Gefühle erkennen. Der Intellekt reicht nicht aus.« Er drehte den Kopf und begegnete Loanas

Blick, sah das rote Glühen des sterbenden Tages und den Glanz der beiden Monde hoch am Himmel in ihren Augen. »Allein mit dem Verstand erkennen wir nur einen Teil der Welt, und auf diesen anderen möchte ich nicht verzichten.«

Er wusste, es war der richtige Moment, und deshalb nahm er sie vorsichtig in die Arme und küsste sie. Sofort kehrte die Hitze in seine Lenden zurück. Er beugte sich etwas weiter vor, gab einen Teil seiner Zurückhaltung auf ...

Loana wich zurück und erhob sich geschmeidig. »Lass uns schwimmen, Domi.«

Sie schwammen in einem Meer, dessen Türkis im Licht der beiden Monde zu Silber wurde. Diesmal stieg kein leuchtendes Plankton auf, wie damals, als er mit Tako geschwommen war, aber für Dominik hätte es trotzdem kaum schöner sein können. All die Dinge, die ihn im Lyzeum belasteten, fielen von ihm ab, und er fühlte sich unbeschwert, vielleicht zum ersten Mal in seinem Leben.

Später lagen sie im Haus auf dem breiten Bett, blickten durch die transparente Decke, beobachteten die Sterne und freuten sich über einige Sternschnuppen.

»Wie fühlst du dich, Loa?«, fragte Dominik nach einer Weile.

»Ich fühle mich ... gut«, erwiderte sie. »Auch wenn dies alles nicht real ist.«

»Es könnte real sein, wenn wir wollen.«

Sie umarmten und streichelten sich, und einmal berührte Loana sein Glied, aber nur kurz, wie um ihn zu necken. Daraufhin lachten sie beide, gelöst und entspannt, und Dominik begriff, dass es *dafür* noch ein wenig zu früh war. Aber er verlor nichts, indem er wartete, ganz im Gegenteil. Er gewann etwas hinzu, ein süßes Versprechen.

Irgendwann schlief er ein, und als er mitten in der Nacht erwachte, noch immer in seiner gebauten Welt, lag er allein im großen Bett, über ihm die Sterne. Wind flüsterte durchs Fenster, zupfte an den Gardinen, und draußen rollten die Wellen mit rhythmischem Rauschen an den Strand. Dominiks linke Hand kroch dorthin, wo Loana gelegen hatte, und spürte einen Rest ihrer Wärme.

Von jetzt an finde ich dich überall, dachte er. *Ich trage dein Echo in mir.*

Und aus der Ersten Welt kam die Antwort, begleitet von einem mentalen Lächeln: *Halt es gut fest, Domi.*

17

Tako Karides:
Zweihundert Jahre

»Ich habe nie zuvor eine so gewaltige Flotte gesehen.« Tako
blieb an einem Panoramafenster im Außenbereich der Bastion Airon stehen und blickte hinaus ins All. Zahlreiche
dunkle Punkte zeichneten sich vor dem brennenden Band
der Materiebrücke ab, und mit den Mubek-Sensoren sah
Tako noch viel mehr: die Konfigurationen von leichten und
schweren Kreuzern, die energetischen Signaturen von
Schlachtschiffen und fliegenden Festungen.

»Es sind fast vierzehntausend«, ertönte neben ihm Dargo
Dargenos Bass. »Der erste, dritte und sechste strategische
Verband. Und das ist erst der Anfang, alter Freund. In den
nächsten Tagen und Wochen erwarten wir hier fast zwanzigtausend Schiffe. Fünftausend von ihnen werden auf Dauer im Airon-System stationiert bleiben.«

»Fehlen die Schiffe nicht bei den Kontaminationskorrido-
ren?«

»Ja. Aber diese Bastion ist zu wichtig, als dass wir hier ein
Risiko eingehen dürften.«

»Bisher war sie sicher«, sagte Tako und sah noch immer
hinaus ins All. »Was hat sich geändert? Sind neue Transferschneisen entstanden?«

»Nein. Aber die Sonne zeigt erste Anzeichen von Instabi-
lität.«

Takos Blick glitt von der Materiebrücke zur roten Riesensonne vom Antares-Typ. Dargo trat etwas näher ans Fenster und wollte die Kontrollen am Rand betätigten, um Daten einzublenden, aber Tako sagte: »Das ist nicht nötig. Ich sehe es auch so.«

Die Aktivität in Photosphäre und Korona hatte zugenommen. Tako beobachtete den stärker gewordenen Energiefluss, erinnerte sich an Gindals Brodeln und Wabern.

»Wird *hier* mit dem Erscheinen eines Feuervogels gerechnet?«

»Die Sonnenbeobachter und Solaringenieure sind nicht sicher«, erwiderte Dargo. Der Glanz des feurigen Bands zwischen dem roten Riesen und dem gefräßigen Schwarzen Loch spiegelte sich in seinen Multiplexlinsen wider. »Kannst du die Veränderungen mit bloßem Auge sehen? Ich meine ...«

»Ich weiß, was du meinst. Ich bekomme die Informationen von optischen Nanosensoren in der Haut.«

Dargo nickte langsam. »Dein neuer Körper scheint sehr leistungsfähig zu sein. Herzlichen Glückwunsch dazu.«

Tako horchte nach einem Vorwurf, hörte keinen und reagierte mit Erleichterung darauf.

»Ich habe die Spezifikationen deinem Bericht entnommen«, fuhr Dargo fort, »aber wenn man dich so sieht, könnte man vergessen, was in dir steckt. Es war sehr großzügig von Waffenschmied Bergon, dich mit einer teuren Neuentwicklung auszustatten.«

Tako konzentrierte sich kurz auf sein Spiegelbild im transparenten Ultrastahl des Fensters: ein Mann, der die Uniform eines Offiziers der AFW-Streitkräfte trug, das auffälligste Merkmal die Narbe im Gesicht. Er wirkte nur etwas voller als sonst. Von der Haut aus Synthomasse war nicht einmal an den Händen etwas zu sehen, denn er trug Handschuhe.

»Ich bin eine gute Werbung für ihn«, sagte Tako, ohne darauf hinzuweisen, dass noch mehr dahintersteckte. Er deutete nach draußen. »Wenn hier ein Feuervogel erscheint, wenn sich ein Sonnentunnel öffnet ... Die Graken müssten damit rechnen, dass ein Moloch oder eine Kronn-Flotte in den Schwerkraftsog des Schwarzen Lochs gerät.«

»Sie hätten es bestimmt nicht leicht, eine Streitmacht hierher zu schicken, das stimmt. Aber die Graken wissen, dass wir hier sind. Sie kennen auch die Bedeutung, die Airon hat. Von hier aus sichern wir mehrere große Sektoren. Wenn es ihnen gelänge, die Bastion Airon auszuschalten, könnten sie den Krieg schneller gewinnen. Vielleicht wollen sie gar keinen Sonnentunnel schaffen. Möglicherweise geht es ihnen darum, die rote Riesensonne so weit zu destabilisieren, dass sich das energetische Gleichgewicht zwischen ihr und dem Schwarzen Loch verändert. Davon wären auch die stabilen Gravitationspunkte in diesem System betroffen. Die Bastion könnte Gefahr laufen, entweder in den sterbenden Stern oder ins Schwarze Loch zu stürzen.«

Sie setzten den Weg durch den peripheren Korridor der Bastion fort, zusammen mit vielen anderen Offizieren, Adjutanten und zivilen Regierungsrepräsentanten, die alle an der Vollversammlung des Oberkommandos teilnehmen würden. Als sie sich einem der Zugänge des Tagungszentrums näherten, fragte Tako: »Eben hast du gesagt, dass die Graken durch die Zerstörung dieser Station den Krieg schneller gewinnen könnten. *Schneller gewinnen*, Dargo? Ist es so schlimm?«

»Kennst du die letzten Lageberichte?«

»Ich hatte noch keine Gelegenheit, mich auf den neusten Stand zu bringen ...«

»Die bittere Wahrheit lautet: Wir sind am Ende, alter Freund. Die Schiffe dort draußen, die anderen, die hierher unterwegs sind ... Sie haben nur die Aufgabe, den Allianzen Freier Welten eine Atempause zu verschaffen. Wir beginnen bald mit einer groß angelegten Gegenoffensive, aber wir rechnen nicht damit, die Graken und ihre Vitäen auf Dauer von den Kernsektoren fern halten zu können.« So leise, dass nur Tako ihn verstand, sagte Dargo: »Der Grakenkrieg neigt sich seinem Ende entgegen, und wir verlieren ihn. Als hätte es daran jemals Zweifel gegeben. Das wissen auch die Mitglieder des Oberkommandos, und deshalb wird hier und heute eine wichtige Entscheidung getroffen.«

Sie traten durch einen der Zugänge und erreichten einen großen, in der Art eines Amphitheaters angelegten Saal. Dutzende von Sitzreihen stiegen stufenweise an, reichten bis dicht unter die transparente Decke, durch die man den dunklen Schlund sehen konnte, in dem das Feuerband der Materiebrücke verschwand, wie ein Loch im All. Jenseits davon tanzten die Sterne, während der rote Riese Airon und die Bastion das Schwarze Loch mit hoher Geschwindigkeit umkreisten. Für mehr als tausend Personen gab es großzügig ausgestattete Sitzplätze, obwohl das Oberkommando der AFW-Streitkräfte nur aus zweihundertneunzig Markanten und Prioren sowie neunzehn Impri bestand. Die übrigen Anwesenden waren Adjutanten beziehungsweise für diese Vollversammlung eingeladene hochrangige Offiziere wie Tako und Dargo. Zusammen mit anderen Uniformierten nahmen sie in einer der oberen Sitzreihen Platz. Takos Blick wanderte durch den Saal, fand viele bekannte Gesichter und glitt weiter, über Menschen und die Angehörigen anderer Völker hinweg, unter ihnen Muarr, Taruf, Quinqu, Grekki, Ganngan, Horgh, Piriden, Hellinen sowie Ayro und andere, die Ambientalblasen benutzten.

Die Vorbereitungen für die Konferenz hatten bereits begonnen. Im Zentrum des Saals, über dem Redner-Oval in der Mitte, glühten mehrere quasireale Projektionsfelder in verschiedener Größe, präsentierten sowohl Aufzeichnungen von Kämpfen in Sonnensystemen und auf Planeten als auch für verschiedene Sinne und Rezeptoren bestimmtes Datenmaterial. Takos Interesse galt vor allem der Darstellung der Milchstraße. Deutlich waren die vier bisherigen Kontaminationskorridore zu sehen, deren Violett sich weit durch die Galaxis gefressen hatte; einer zielte auf ihren Kern. Der gelbe Bereich war noch weiter geschrumpft, seit Tako ihn zum letzten Mal gesehen hatte – immer mehr Welten fielen den Graken zum Opfer, seit die Aktivität von Schwärmen zugenommen hatte. Die Brut der Graken, gegen die Tako viele Jahre gekämpft hatte, verlor immer mehr an Bedeutung. Wichtiger waren Grakenschwärme, die neue Sonnentunnel schufen und damit weitere Sonnensysteme zum Untergang verurteilten.

Dargo deutete auf die Daten- und Kom-Servi sowie die unterschiedlichen bionischen Komponenten, über die jeder Platz verfügte. »Die aktuellen Berichte sind jederzeit abrufbar. Hier kannst du dir ein genaues Bild von der Lage machen.«

Tako beobachtete die quasirealen Darstellungen. Kronn-Flotten und Moloche kamen aus Sonnen, und die Raumschiffe von Verteidigern warfen sich ihnen entgegen, an Bord Berührte und Lobotome, manche Schiffe allein von Megatronen wie Elisa gesteuert. Sie konnten nicht hoffen, einen Sieg zu erringen; ihre Absicht bestand nur darin, den Evakuierungstransportern genug Zeit zu geben. Verbesserte Waffen, stärkere Krümmerfelder, der Mut der Verzweiflung – nichts half. Die Soldaten der Graken zerschmetterten den Widerstand, während sich Chtai und Geeta zurückhielten, Daten sammelten und den Graken schützten. Große Stachelschiffe der Kronn zerfielen in ihre einzelnen Komponenten, und jeder schwarze Dorn wurde zu einem unerbittlichen Gegner. Sie erschienen über den Planeten der kontaminierten Systeme und eliminierten die dort in Stellung gegangenen Verteidiger, damit der Graken kommen, nach den Träumen der Überlebenden greifen und deren *Amarisk* verschlingen konnte.

Tako bemerkte, dass Dargo ein bionisches Interface benutzte, einen kleinen Enzelor, der seine Nanowurzeln bereits unter dem grauen Bion, der Dargenos Kopf umhüllte, in den Hals gebohrt hatte. Er streckte die Hand aus, um dem Beispiel seines alten Freunds zu folgen, überlegte es sich dann aber anders und berührte stattdessen den Datenservo. Die Nanosensoren in der Synthohaut reagierten auf seinen Wunsch und schufen ein Kontaktinterface, das die Übermittlung von Daten gestattete.

Informationen strömten in Takos Selbst, viel schneller als durch einen Enzelor, schneller und *kälter*. Bionische Daten besaßen einen subtilen emotionalen Hintergrund, der ihre Aufnahme ins Bewusstsein und die Eingliederung ins Gedächtnis erleichterte. Dieser Informationsstrom hingegen war wie eine jähe Flut, die alles, was ihr in den Weg geriet, beiseite drängte oder mit sich riss. Tako schnappte nach Luft, löste den Finger aber nicht vom Datenservo und versuchte, sich auf die wichtigsten Dinge zu konzentrieren. Mit dem Rest konnte er sich später beschäftigen, wenn er Zeit fand, die aufgenommenen Informationen bewusst zu sortieren.

Die Allianzen Freier Welten, einst mehr als viertausend Planeten, damals, beim Erscheinen des ersten Feuervogels. Und jetzt waren kaum mehr als siebenhundert von ihnen übrig, die meisten von ihnen im dichten Zentrum des Spiralarms. Tako empfing ihre wirtschaftlichen Daten und erkannte die bevorstehende Katastrophe. Seit mehr als tausend Jahren stiegen die militärischen Ausgaben, mit dem Ergebnis, dass kaum mehr Mittel für soziale Projekte wie Bildung, Gesundheitswesen und Altersversorgung zur Verfügung standen. Die einseitige Ausrichtung auf Kriegswirtschaft führte nicht nur zu immer schlechter werdenden Lebensbedingungen für einen großen Teil der Bevölkerung, sondern destabilisierte die ganze ökonomische Struktur. Es herrschte ein immer größer werdender Mangel an Konsumgütern; auf einigen früher reichen Welten hatte man längst mit Rationierungen begonnen.

Die tronischen Komponenten von Takos neuem Körper halfen ihm, ganz klar die Tendenzen zu erkennen: Der wirtschaftliche Kollaps drohte nicht nur; er hatte bereits begonnen. Oben am Hang hatte sich bereits Schnee gelöst, und es würde nicht mehr lange dauern, bis eine Lawine daraus wurde.

Und selbst wenn es möglich gewesen wäre, die gegenwärtige Produktion von Kampfschiffen, Waffen und militärischem Ausrüstungsmaterial unbegrenzt beizubehalten: Bei den Kämpfen gegen die Kronn gingen mehr Schiffe verloren, als im gleichen Zeitraum gebaut werden konnten. Die AFW wurden schwächer, während der Einfluss der Graken immer mehr wuchs. Millennias Fall und die als Konsequenz davon wesentlich geringere Produktion von Bionen und bionischem Material beschleunigten die desaströse Entwicklung, denn nicht alle Berührten an Bord von Kampfschiffen konnten ihre Gefühle neutralisieren und gerieten so leichter in den Grakentraum. Es gab zu wenige Gegenträumer und nicht annähernd genug Lobotome. Es gab von *allem* zu wenig, auch von Hoffnung.

Tako begriff mit schonungsloser Klarheit, dass Dargo Recht hatte: Nach mehr als tausend Jahren Krieg stand das Ende unmittelbar bevor. Die Frage lautete nicht mehr, ob und wann die AFW den Sieg erringen konnten, sondern, wie lange die Streitkräfte noch in der Lage waren, das Unvermeidliche hinauszuzögern.

Die militärischen Daten dokumentierten noch deutlicher als die wirtschaftlichen die große Katastrophe. Wo auch immer Graken aus Sonnen kamen, ging das entsprechende System früher oder später verloren. Die unbarmherzige, gnadenlose Wahrheit lautete: Seit dem Beginn des Grakenkriegs war es nicht gelungen, *einen einzigen* Moloch zu vernichten. Über Jahrhunderte hinweg war Prävention das einzige Mittel gewesen, das den einen oder anderen Erfolg erzielt hatte. Wenn die Flotten der Verteidiger groß genug waren, wenn tausende von Schiffen in der Nähe einer kontaminierten Sonne in den Einsatz geschickt wurden, so gelang es *manchmal*, die Kronn zu schlagen und zu verhindern, dass ein Graken aus dem Sonnentunnel kam. Insgesamt dreiundvierzig solche Erfolge hatten die Streitkräfte der AFW errungen, aber dabei waren mehr als dreißigtausend Schiffe verloren gegangen – solche »Erfolge« führten auf geradem Weg zur Niederlage.

Ströme aus Zahlen ergossen sich über die Verbindung mit dem Datenservo in Takos Bewusstsein, und hinzu kamen die

Informationen, die die optischen Nanosensoren in der Synthohaut von den quasirealen Projektionsfeldern im Zentrum des Saals empfingen. Truppenstärke in den verschiedenen Sektoren, die Größe der derzeit operativen Flottenverbände – mehr als sechzigtausend Einheiten –, der zunehmende Mangel an geeigneten Besatzungsmitgliedern, die wachsende Notwendigkeit von Patrouillenflügen, weil die Kronn vermeintlich sichere Routen durch Energieriffe sabotierten, ein Feind, der immer neue Fronten schuf und die Kontaminationskorridore verlängerte ...

Tako konzentrierte sich nicht länger auf die nackten Informationen, lauschte stattdessen den Stimmen zwischen den Datenströmen. Sie stammten nicht alle von Menschen, aber er verstand sie mühelos.

»... musste sich eine Abteilung der Legion von Cerbus nach schweren Kämpfen von Herdon zurückziehen. Ihr Einsatz ermöglichte die Evakuierung von hunderttausend Berührten ...«

Für ein oder zwei Sekunden, nicht länger, kehrten Takos Gedanken in die Vergangenheit zurück, und er fragte sich, was in den vergangenen fünf Jahren aus den Malo-Zwillingen geworden war. Und aus Rinna, von der er seit damals nichts mehr gehört hatte.

»... wissen wir noch immer nicht genau, gegen wen wir eigentlich kämpfen. Bisher haben wir die Graken, Kronn, Chtai und Geeta für eigenständige Spezies gehalten, jede mit eigener Intelligenz ausgestattet, aber die Daten, die wir im Lauf von Jahrhunderten auf zahlreichen Verlorenen Welten gesammelt haben, deuten darauf hin, dass die Verbindungen zwischen ihnen weit über eine Kooperation hinausgehen, die allein der Erreichung eines gemeinsamen Ziels dient. Wir haben die Graken als Oberhäupter gesehen, die Kronn als ihre Soldaten, die Geeta als ihre Kustoden und die Chtai als ihre Wissenschaftler. Neue Untersuchungen weisen jedoch auf die Möglichkeit hin, dass wir es mit einer komplexen Symbiose zu tun haben, und mehr noch: Vielleicht wird das bewusste, zielstrebige Handeln unserer Feinde erst durch die Interaktionen aller vier Spezies möglich, wobei der Graken nicht etwa eine dominante Rolle spielt, sondern eine Art Katalysator ist: Er nimmt *Amarisk* auf, die von der Kollektivintelligenz benötigte Kraft. Wenn die Anzahl der individuellen Kronn, Geeta und Chtai unter ein kritisches Niveau sinkt – etwa zwanzig bei den Soldaten und fünf oder sechs bei den Kustoden und Wissenschaftlern – und sie sich weit genug vom Epizentrum des Graken entfernt befinden, kommt es bei ihren reaktiven Fähigkeiten zu starken Einschränkungen. Bleibt der Kontakt mit anderen Vitäen länger als etwa eine Stunde unterbrochen, sterben die isolierten Individuen. Ihr Tod wiederum scheint eine Art Signal zu sein, denn die Leichen wurden in allen uns bekannten Fällen von Geeta abgeholt.«

Die ersten Repräsentanten des Oberkommandos traten ins Redner-Oval und begannen mit ihren Vorträgen. Tako hörte jedes einzelne Wort, während sein Bewusstsein weiterhin in den Datenströmen schwamm.

»Vielleicht ist der Graken zwar Zentrum der kollektiven Intelligenz, aber gleichzeitig ihre ›dümmste‹ Komponente. Möglicherweise stellt er für die Kronn, Chtai und Geeta eine Art Instrument dar und bleibt darauf beschränkt, ein Sammler für die Kraft des Geistes zu sein. Unser Feind, so scheint es, ist ein Parasitenschwarm mit geliehener Intelligenz ...«

Selbst wenn das wahr wäre, was nützt uns diese Erkenntnis?, dachte Tako, und eine Antwort kam aus den Informationsfluten.

»Wenn es uns gelänge, die mentalen Verbindungen zwischen den Vitäen zu unterbrechen oder zu beeinträchtigen, wäre das Ergebnis eine verminderte Intelligenz des Feindes. Dadurch könnte er verwundbarer werden ...«

Und wie sollen wir das bewerkstelligen?

»Im Jahr 1087 ÄdeF haben die Tal-Telassi auf Millennia mit einem entsprechenden Entwicklungsprojekt begonnen ...«

Selbst wenn jenes Projekt konkrete Fortschritte erzielt hatte – Millennias Fall stellte auch in dieser Hinsicht einen harten Schlag dar.

Tako hörte eine Datenstimme und lauschte ihr für eine Mikrosekunde.

»... sind bisher zu wenige Versuche unternommen worden, eine Verständigung mit den Graken zu erzielen und Frieden mit ihnen zu schließen.« Die Stimme stammte vom Friedensforscher Cainu, einem Quinqu, aber es gab weitere, die in eine ähnliche Richtung zielten. »Vielleicht wären die Tal-Telassi und die Gegenträumer der Muarr imstande, einen geistigen Kontakt mit den Graken herzustellen. Wir könnten vorschlagen, ihnen einen Teil unser Träume zu überlassen. Jede Freiheit hat ihren Preis ...«

»Aber nicht diesen!«, erwiderte eine andere Datenstimme, die tausend und mehr Antworten enthielt. »Wollen Sie allen Ernstes vorschlagen, dass wir uns *melken* lassen?«

Tako zog die Hand vom Datenservo zurück, und die Informationsflut fand ein abruptes Ende. Hunderte von Terabyte an Daten warteten im neuen Verbund von menschlichem Gehirn und tronischen Komponenten darauf, verarbeitet und sortiert zu werden. Tako empfand sie wie ein schweres geistiges Gewicht, das sich schnell verringerte. Während dieser mehrere Sekunden langen Übergangsphase verwirrte ihn seine erweiterte Wahrnehmung mit Bildern aus dem infraroten und ultravioletten Bereich sowie mit akustischen Mustern in Frequenzbereichen, die sich gewöhnlichen menschlichen Ohren nicht erschlossen. Bewusster Wille schuf einen Filter, der eine »normale« Perzeption ermöglichte.

Tako sah in Dargos Multiplexlinsen und sagte leise: »Ich weiß genug.«

»Ich schätze, dich erwartet trotzdem eine Überraschung, alter Freund«, erwiderte Dargeno ebenso leise. »So wie die meisten von uns, mich eingeschlossen. Ich weiß nur, dass es eine große Sache sein wird.«

Mehr als zwei Stunden lang sprachen verschiedene

Okomm-Mitglieder und Gesandte planetarer Regierungen zur Vollversammlung. Ihre Ausführungen zeichneten ein düsteres Bild von der allgemeinen Lage, ohne den von Tako bereits aufgenommenen Informationen wichtige Details hinzuzufügen.

Schließlich trat jemand ins Redner-Oval, den Tako zum letzten Mal vor fünf Jahren in dieser Bastion gesehen hatte: Markant Vandenbeq. Wie damals trug er eine schiefergraue Kombination und einen Bion am Hals, das Quasihirn eines Enzelors. Aber das schmale Gesicht mit den wachen, intelligenten Augen zeigte keine Falten mehr – offenbar hatte sich Vandenbeq einer Revitalisierung unterzogen. Der drahtig gebaute Mann legte einen Infonauten auf das Rednerpult.

»Verehrte Anwesende«, begann Vandenbeq, und seine Stimme ertönte überall im Saal mit gleicher Lautstärke, »die Ihnen vorliegenden Berichte und die Ausführungen meiner Vorredner dürften auch bei den Optimisten unter Ihnen keinen Zweifel mehr daran gelassen haben, dass wir den Krieg gegen die Graken nach elfhundert Jahren verloren haben.«

Stille breitete sich im Saal aus. Ein mentaler Befehl von Tako genügte, um Vandenbeqs Gesicht heranzuholen. Der Markant sah sich ernst um, ließ seinen Blick über die Mitglieder des Oberkommandos und die übrigen Delegierten schweifen.

»Rabada und die anderen Strategen sind sich einig: Wir haben keine Möglichkeit mehr, den Krieg zu gewinnen. Dazu wären wir selbst dann nicht imstande, wenn uns einwandfrei funktionierende Phasenübergangs-Interdiktoren zur Verfügung stünden. Es muss hier und heute ganz klar gesagt werden: Unsere endgültige Niederlage ist unabwendbar.«

Wieder legte Vandenbeq eine kurze Pause ein, und seinen Worten folgte eine Stille, die noch profunder zu sein schien. Ein kurzer Blick ins infrarote Spektrum zeigte Tako gesteigerte physische Reaktionen. Herzen pumpten Blut schneller durch Adern; an bestimmten Körperstellen nahm die Temperatur zu.

»Das Ende ist da«, sagte Markant Vandenbeq. »Wir stehen unmittelbar vor dem Untergang unserer Zivilisationen. Von dieser Erkenntnis müssen wir heute ausgehen, um die wichtigste Entscheidung seit vielen Jahrhunderten zu treffen. Die Frage lautet: Können wir das Überleben unserer Völker gewährleisten?«

Vandenbeq berührte eine Schaltfläche des Infonauten, und die quasirealen Projektionsfelder über ihm in der Mitte des Saals wuchsen zu einem zusammen, das die Milchstraße zeigte. Deutlich waren die Kontaminationskorridore und Verlorenen Welten zu sehen.

»Siebenhundertneun Planeten sind uns geblieben, von mehr als viertausend zu Beginn des Grakenkriegs«, sagte der Markant. Tako nahm zur Kenntnis, dass er keine rhetorischen Tricks anwandte. Er sprach ruhig, mit würdevollem Ernst, doch die Abwesenheit von Dramatik verlieh seinen Worten subtilen Nachdruck. »Und auch diese letzten freien Welten werden fallen, wie Millennia vor fünf Jahren, wenn wir so weitermachen wie bisher. Der Weg, den wir seit Beginn der Ära des Feuers beschreiten, führt ins sichere Verderben. Für uns alle gibt es nur einen Ausweg.«

Die erwartungsvolle Stille im Saal schien Substanz zu gewinnen und greifbar zu werden.

»Nach dem Verlust von Millennia bin ich mit der Ausarbeitung eines Plans beauftragt worden, der unser Überleben garantieren soll«, sagte Vandenbeq. »Ich habe eng mit unseren Strategen, Wirtschaftsexperten und Ressourcenverwaltern zusammengearbeitet, und dies ist das Ergebnis.«

Oben im großen QR-Feld schrumpfte der gelbe Bereich der AFW noch mehr, und die Kontaminationskorridore wurden länger. Ein fünfter kam hinzu, und damit waren die Freien Welten ganz vom Feind eingeschlossen.

»Wir ziehen uns in den inneren Kern zurück«, fuhr Vandenbeq fort. »Auf sechzig zentrale Welten. Alle anderen Planeten werden evakuiert. Wir setzen den Phint, für den ich an dieser Stelle Bergon von den Lunki und Lanze Tako Karides danken möchte, selbst dann ein, wenn er stellare Explosionen verursacht. Unsere Flotten, die Tal-Telassi, das ganze militärische Potenzial der AFW, alle unsere Anstrengungen ... die gesamte Energie unseres Überlebenskampfes muss dem Bestreben gelten, die Graken und ihre Vitäen zweihundert Jahre lang vom inneren Kern fern zu halten. Lange genug, um mit dem Andromedaprojekt zu beginnen.«

Die Milchstraße im großen quasirealen Projektionsfeld wurde kleiner, und eine fast doppelt so große Spiralgalaxie erschien neben ihr.

»Wir können nur überleben, wenn wir die Milchstraße verlassen«, sagte Vandenbeq. »Vor achthundert Jahren hat Okomm mehrere Fernerkunder zum Andromedanebel geschickt. Einer von ihnen ist zurückgekehrt, und deshalb können wir sicher sein: In unserer größeren Nachbargalaxis gibt es keine Graken.«

Diesmal folgte Vandenbeqs Worten keine Stille, sondern ein aufgeregtes Durcheinander aus Stimmen. Der Markant wartete etwa zehn Sekunden und hob dann die Arme.

»Zweihundert Jahre«, sagte er dann, und zum ersten Mal hob er die Stimme. »So viel Zeit brauchen wir für die Vorbereitungen. Fast zwanzig Billionen Personen müssen transportiert werden. Die logistischen Probleme sind enorm, die technischen ebenfalls. Aber unsere Kalkulationen zeigen, dass wir es schaffen und in zweihundert Jahren bereit sein können, die Milchstraße zu verlassen. *Wenn* es uns gelingt, die Graken so lange daran zu hindern, den inneren Kern zu erreichen.« Erneut berührte er ein Schaltelement des Infonauten. »Die Pläne werden Ihnen jetzt übermittelt. Natürlich bieten sie kaum mehr als eine grobe Übersicht. Zahlreiche Details müssen noch ausgearbeitet werden, und darum wird sich der Koordinator des Projekts kümmern.«

Vandenbeq drehte den Kopf und deutete zu einem der oberen Sitze empor. »Hiermit schlage ich dem Oberkommando vor, Lanze Tako Karides zum Leiter des Andromedaprojekts zu ernennen.«

18

Dominik:
Fremde Erinnerungen

2. Februar 1124 ÄdeF

»Ist es nicht erstaunlich, auf wie vielen Planeten sich pflanzliches Leben entwickelt hat?«, fragte Dominik, als er zusammen mit Loana durch den botanischen Garten von Tarion ging, der im Lauf der letzten beiden Jahre entstanden war.

»Die Bezeichnung ›pflanzlich‹ ist eine menschliche Kategorisierung.« Loana blieb an einer braungelben Staude stehen, an der kleine Knorpel wuchsen. Einige von ihnen hatten sich geöffnet, und in ihrem Innern glitzerten winzige Kristalle. »Was terranische Biologen vor langer Zeit unter dem Begriff ›Pflanzen‹ zusammenfassten, sind sehr unterschiedliche Lebensformen, die gelernt haben, das Sonnenlicht als Energiequelle zu nutzen. Wir wissen längst: Wo sich Leben entwickelt – und es entwickelt sich praktisch überall –, lernt ein Teil davon durch die Evolution, eben jene Energie zu nutzen. Wir sprechen auf die gleiche Art und Weise von ›Pflanzen‹, wie wir visuelle Wahrnehmungsorgane ›Augen‹ nennen – es gibt sie bei fast allen Lebewesen.«

»Das klingt nach einem Referat in der Schule«, sagte Dominik ein wenig vorwurfsvoll. Auch bei diesem heimlichen Treffen, wie bei den meisten anderen in den vergangenen Wochen und Monaten, befand sich Loana halb in ihrem intellektuellen Modus, und er suchte nach einer Möglichkeit, ihr andere Hälfte zu wecken. »Sieh nur, wie schön es hier ist.«

Dominik, inzwischen achtzehn Jahre alt, drehte sich um die eigene Achse, und sein Blick glitt über die Gewächse des botanischen Gartens, den Tamira 5 und einige andere Lehrerinnen des Lyzeums geschaffen hatten. Eine der natürlichen Höhlen unter der Stadt war dafür erweitert worden, und die Pflanzen – die vegetativen Lebensformen, verbesserte sich Dominik in Gedanken – wuchsen im Licht zahlreicher künstlicher Sonnen. Wärme und Wasser bezogen sie aus mehreren heißen Quellen. Sie gediehen prächtig; manche von ihnen ragten fast bis zur Decke empor. Ihre Farbenpracht erstaunte Dominik jedes Mal, wenn er diesen Ort besuchte. Es waren alle Farben des Spektrums präsent, und grün dominierte nur in bestimmten Bereichen. In anderen herrschten rote, gelbe oder blaue Töne vor. Die Pflanzen – mehr oder weniger autotrophe Lebewesen – stammten von Dutzenden Planeten, auch von einigen, die inzwischen zu den Verlorenen Welten zählten.

»Dies ist ein gutes Beispiel dafür, dass Schönheit auch ohne Emotion existieren kann«, sagte Loana. »Immerhin haben Tal-Telassi diesen botanischen Garten eingerichtet.«

Dominiks Besorgnis wuchs. Bei jedem Treffen mit Loana hoffte er, das Band zwischen ihnen fester zu knüpfen, aber sie schien bestrebt zu sein, auf Distanz zu gehen. »Du weißt ebenso gut wie ich, dass Tamira 5 nicht völlig ohne Gefühle ist. Das hat sie beim Unterricht selbst gesagt. Sie wird es nie zur Meisterin bringen.«

Die letzten Worte waren ein Fehler, das begriff er sofort. Loana duckte sich unter einem Bündel aus Luftwurzeln hinweg und blieb auf der anderen Seite am Ufer eines kleinen Tümpels mit blubbernden Gasblasen stehen. Dicht über dem warmen Wasser nahmen die rosaroten, wie Fleisch aussehenden Trichter einer betmondischen Anemone das Gas auf.

»Wenn es Tamira 5 nicht zur Meisterin bringen kann, welche Chancen habe ich dann – bei all den Gefühlen für dich?«, fragte Loana.

Die Worte trafen Dominik an einer Stelle, die immer schmerzte, manchmal mehr, manchmal weniger. Er trat ebenfalls zum Tümpel, strich Loana zaghaft übers Haar und umarmte sie dann. Sie blieb steif. »Du schaffst es, Loa, ich helfe dir dabei.«

»Wie denn? Du bist noch nicht einmal Schüler der ersten Stufe!«

»Offiziell nicht, aber was bedeutet das schon, in meinem Fall? Du weißt, wozu ich imstande bin. Ich kann dir zeigen, wie man die anderen Stufen des Tal-Telas erreicht. Du brauchst dich nicht von deinen Gefühlen zu trennen, um zu einer Tal-Telassi zu werden«, fügte Dominik hinzu, obwohl er nicht wusste, ob das stimmte. »Wir haben so oft darüber gesprochen, Loa. Denk an die vielen schönen Dinge, die wir haben, und sie alle bedeuten Gefühl. Willst du darauf verzichten?«

Er streckte eine geistige Hand aus und berührte Loanas Bewusstsein so, wie er zuvor ihr Haar berührte hatte. Für einen Sekundenbruchteil gewann er dabei den Eindruck, noch etwas anderes zu berühren, etwas Kaltes. Er hob den Kopf und sah sich um, aber die dichte Vegetation versperrte ihm die Sicht. Es war mitten in der Nacht; um diese Zeit gab es normalerweise keine anderen Besucher im botanischen Garten.

Dominik brach die Berührung ab und wandte sich einer *Hedriata* von Poseidon zu. Äußerlich hatte die Blume verblüffende Ähnlichkeit mit einer roten Rose; in ihrem Innern jedoch glänzten metallische fraktale Muster. »Wie könntest du die Schönheit dieser Blume ohne Gefühle bewundern, Loa? Schau sie dir an und *genieß* ihre Pracht.« *Und nimm uns,* flüsterten seine Gedanken an ihrem mentalen Ohr. *Denk an all die schönen Stunden während der vergangenen fünf Jahre. Wir sind ein Paar. Für uns ist geteilte Schönheit doppelte Schönheit.* Er fühlte, wie sich die andere Loana zu regen begann, und daraufhin fügte er hinzu: »Etwas Einzigartiges verbindet uns, etwas Kostbares. Willst du das einfach **341** wegwerfen? Du kannst beides haben, Loa. Du kannst deine Gefühle behalten *und* die anderen Stufen erreichen.«

»Nein, das kann sie nicht«, erklang eine kalte Stimme. »Du lügst, Dominik. Zeig ihr deine Lüge.«

Dominik brauchte sich nicht umzudrehen, um festzustellen, von wem die Worte stammten. Norene stand hinter ihm, war dort von einem Augenblick zum anderen erschienen. Fomion: das Verbinden der eigenen Person mit fremden Orten.

Etwas packte sein Selbst und stülpte es von innen nach außen, damit Gedanken sichtbar wurden, selbst für eine Schülerin der Tal-Telassi, die noch nicht Delm erreicht hatte. Und inmitten dieser Gedanken steckte der Zweifel daran, ob Loana es wirklich schaffen konnte, *mit* ihren Gefühlen zur Tal-Telassi zu werden.

Dominik sank auf die Knie, die Hände an die Schläfen gepresst, das Gesicht eine Grimasse.

»Lassen Sie ihn in Ruhe!«, rief Loana.

»Sieh hin! Sieh die Lüge! Er möchte, dass du deine Gefühle behältst, weil es ihm so passt. Es ist reiner Egoismus.«

»Das ... ist ... nicht ... wahr«, brachte Dominik mühsam hervor. Eine eiserne Hand schien sein Bewusstsein festzuhalten und langsam zusammenzudrücken.

»Er hat dich *belogen*, Loana!« Norenes Stimme klang jetzt wie das Zischen eines Geysirs. »Betrachte seine Gedanken und *sieh die Lüge*!«

Durch den Schleier des Schmerzes sah Dominik, wie Loana die Augen aufriss – erkannte sie seinen Zweifel? –, und dann sprang sie an ihm vorbei, auf Norene zu. Er verlor das Gleichgewicht, kippte zur Seite, prallte auf den Boden und beobachtete, wie Loana die Fäuste hob und versuchte, Norene zu schlagen.

»Lassen Sie ihn in Ruhe!«

»Bist du noch immer so sehr in deinen Gefühlen gefangen, dass du die Wahrheit nicht sehen willst, Kind? Muss ich sie dir noch deutlicher zeigen?«

Qualen verschleierten das Bild vor Dominiks Augen, aber er sah, wie Schmerz in Loanas Gesicht erschien – er spürte ihn in ihr, als Norene sie zwang, seine Gedanken zu empfangen, und mit ihm den Zweifel.

In Dominik zerriss etwas. Zorn fegte den Schmerz hinweg und sprengte die eiserne Hand, die sein Selbst gepackt hatte. Während er sah, wie sich Norene überrascht von Loana abwandte, stieg etwas aus seinem Innern empor, etwas Kräftiges und Mächtiges, holte aus und schlug mit einer mentalen Wucht zu, die ihn verblüffte.

Er wusste nicht, woher er die Energie bezog, aber sie genügte, um Norene zu Boden zu schleudern. Als sie dort lag, reglos, den Mund wie zu einem Schrei geöffnet, wirkte ihr weites weißes Gewand wie ein Leichentuch.

Es lastete nicht mehr der geringste Druck auf Dominiks Bewusstsein, aber er fühlte sich schwach und ausgelaugt, als er auf die Beine kam. Loana stand neben Norene und blickte fassungslos auf sie hinab.

»Sie ist eine *Großmeisterin*, und du bist ...« Sie schüttelte den Kopf. »Hast du sie ...?«

»Nein, sie lebt. Und sie wird gleich wieder zu sich kommen, ich spüre es.« Er griff nach Loanas Hand. »Wir sollten besser von hier verschwinden.«

»Willst du dich vor ihr verstecken?«, fragte Loana, als sie durch den botanischen Garten eilten. »Sie wird uns finden, das weißt du.«

»Natürlich. Aber wenn wir uns in der Nähe anderer Personen befinden, sind ihre Möglichkeiten begrenzt. Dann kann sie nicht direkt gegen uns vorgehen.«

Loana schüttelte erneut den Kopf. »Was hast du getan, Domi?«

»Was hat *sie* getan?«, entfuhr es ihm mit einem Rest von Zorn. Sie verließen den botanischen Garten, traten auf eine der kleinen Leviplattformen, die man innerhalb von Tarion verwendete, und flogen durch einen langen, leeren Flur. »Sie hätte nicht einfach so mein Selbst aus dem Kopf zerren und **343** nach außen stülpen dürfen. So etwas verstößt gegen die Regeln der Schwestern.« Weniger vehement fügte er hinzu: »Das war sehr mutig von dir, Loa.«

»Es war *dumm* von mir«, erwiderte sie leise und voller Kummer.

»Du hast versucht, mir zu helfen, und dafür danke ich dir. In jenem Augenblick hast du eine Entscheidung getroffen, dich für mich und deine Gefühle entschieden.«

»Ich habe nicht nachgedacht.«

Sie kamen an den ersten Thermen vorbei, doch sie waren leer. Dominiks Besorgnis wuchs, denn er spürte, dass Norene wieder zu sich kam. Er hatte sie überrascht – nur deshalb war es ihm gelungen, sie zu überwältigen. Gegen eine vorbereitete Großmeisterin hatte er kaum eine Chance, und Norene konnte praktisch nach Belieben mit ihnen verfahren, wenn kein Beobachter in der Nähe weilte. Bei der nächsten Abzweigung steuerte er die Plattform in Richtung der Zyotenfarmen, obwohl es ein Umweg war: Der direkte Weg zum Lyzeum und den Schülerquartieren führte geradeaus, durch weitere Flure, in denen sich um diese Zeit niemand aufhielt.

In der Ferne verdichtete sich die geistige Aura eines erwachenden Bewusstseins. Dominik betätigte die Kontrollen und versuchte, die Leviplattform schneller werden zu lassen, aber ein tronisches Sicherheitsprogramm limitierte ihre Geschwindigkeit.

Eine knappe Minute später erreichten sie das erste Becken, in dem von Millennia stammende Zyoten gezüchtet wurden. Die braunrote Färbung des warmen Wassers wies darauf hin, dass die einzelligen Organismen fast das Stadium erreicht hatten, das es erlaubte, sie zu Zellverbänden zusammenzufassen – die erste Phase bei der Produktion von Bionen. Einige Menschen und Haitari arbeiteten bei den Bassins und sahen der vorbeischwebenden Plattform mit den beiden Tal-Telassi-Schülern erstaunt nach.

»Jetzt sind wir in Sicherheit«, sagte Dominik erleichtert.

»Von jetzt an gibt es nie wieder Sicherheit für uns. Ich

habe eine *Großmeisterin* geschlagen, Domi. Das Mindeste, was mich dafür erwartet, ist die Dunkelstrafe.«

»Nein«, widersprach Dominik mit fester Stimme und steuerte die Plattform an einer Gruppe aus Technikern vorbei. Sie winkten, und er erwiderte den Gruß. »Nein, damit ist Schluss. Ich werde nicht zulassen, dass Norene dir noch irgendein Leid zufügt. Damit ist endgültig Schluss.«

»Wie willst du sie daran hindern?«

Er hob eine Hand. »Hiermit«, sagte er und meinte die violetten Fingerspitzen. »Von jetzt an wird sich alles ändern, was uns betrifft, Loa. Ich habe das Versteckspiel und die Heimlichkeit satt. Wir sind ein Paar, und das ist weder eine Schande noch ein Verbrechen. Ich möchte mich über unser gemeinsames Leben *freuen* können, anstatt immer Entdeckung befürchten zu müssen. Und ich möchte mehr Zeit mit dir verbringen, viel mehr Zeit.« Dominik lächelte bei diesen Worten und legte den Arm um die neben ihm stehende Loana. Die freie Hand blieb an den Navigationskontrollen.

Ein oder zwei Sekunden lang schien Loana mit sich zu ringen, und Dominik befürchtete plötzlich, dass sie sich von ihm abwenden würde. Doch die Angst verflog, als sie sich an ihn lehnte. »Du willst gegen die Regeln verstoßen«, sagte sie.

»Auch Norene hat dagegen verstoßen«, erwiderte Dominik. Die Leviplattform passierte eine lange Reihe aus großen, miteinander verbundenen Brutbottichen, in denen aus Einzellern komplexe Vielzeller wurden. Hier fand die zweite Phase der Bionenproduktion statt. Mehrere Tal-Telassi überprüften Gewebeproben und gaben den wachsenden zyotischen Organismen die Prägung, die später unterschiedlich strukturierte Bione aus ihnen machen würde. Ihre überraschten Blicke folgten den beiden jungen Erwachsenen auf der Plattform. »Außerdem sind es alte Regeln. Sie berücksichtigen nicht die Präsenz eines männlichen Tal-Telassi.«

»Du bist noch kein Tal-Telassi.«

»Offiziell nicht. Aber du hast gesehen, wozu ich imstande bin.« Sie erreichten eine weitere Abzweigung in dem ausgedehnten System aus Fluren, Tunneln und Korridoren. Dominik lenkte die Plattform nach links, in Richtung Lyzeum. Als er nach der Präsenz des erwachenden Selbst horchte, stellte er fest, dass es verschwunden war.

»Ich kann Norene nicht mehr wahrnehmen«, sagte er. »Das bedeutet, sie ist wach.«

Loana sah sich um, als befürchtete sie, dass die Großmeisterin plötzlich hinter ihnen auftauchte.

Dominik beobachtete, wie ihre Furcht zurückkehrte. »Ich spreche mit ihr«, versprach er. »Ich kläre die Sache, für immer. Es wird alles gut, glaub mir.«

Sie nickte, aber die Skepsis stand ihr deutlich ins Gesicht geschrieben.

Schließlich erreichten sie den Wohnbereich des Lyzeums. Hier waren die Korridore wieder still und leer – die Schülerinnen schliefen. Vor der Unterkunft, die Loana noch immer mit zwei anderen Schülerinnen teilte, hielt Dominik an.

Loana hauchte ihm einen Kuss auf die Wange, trat von der Plattform herunter und zögerte.

»Ich spreche mit ihr«, wiederholte Dominik, um ihr Mut zu machen. »Gleich morgen. Von jetzt an verstecken wir uns nicht mehr.«

Loana sah zu ihm auf. »Hast du gelogen?«

»Was meinst du?«

»Bist du wirklich davon überzeugt, dass ich meine Gefühle behalten und trotzdem eine Tal-Telassi werden kann?«

Sie hat es nicht gesehen, dachte Dominik, aber er behielt diesen Gedanken für sich, verbarg ihn tief in seinem Innern. *Norene hat es ihr gezeigt, aber sie hat es nicht gesehen. Weil sie es nicht sehen* wollte?

»Ich werde dir dabei helfen, zur Tal-Telassi zu werden«, sagte Dominik, und diese Worte verstießen nicht gegen die Wahrheit.

Loana nickte erneut, wie um sich selbst etwas zu bestätigen, drehte sich dann nach einem letzten, kurzen Lächeln um und verschwand in ihrem Quartier.

Die Nacht war kurz und doch endlos lang. Im matten Schein einer kleinen Lampe lag Dominik auf dem Bett, ließ seine Gedanken treiben und fürchtete gleichzeitig, wohin sie ihn bringen mochten. Was auch immer geschah: Er wollte nicht auf Loana verzichten – sie war die einzige Person, an der ihm etwas lag, abgesehen von Tako Karides, der ihn damals gerettet hatte.

Er drehte sich von einer Seite auf die andere, ohne Ruhe zu finden. Zuerst blieben seine Augen offen, weil er halb damit rechnete, dass Norene erschien, um ihn zur Rechenschaft zu ziehen. Nichts passierte, aber seine Unruhe wuchs trotzdem. Er spürte, dass er dicht vor einem Wendepunkt in seinem Leben stand. Seit fünf Jahren befand er sich auf Kyrna, inzwischen kein Kind mehr, sondern ein junger Mann, und der kommende Tag würde über den weiteren Verlauf seines Lebens entscheiden.

Schließlich wagte es Dominik, die Augen zu schließen, ohne dass der Schlaf kam – er fragte sich immer wieder, was Norene unternehmen würde.

Ein seltsamer Geruch lag in der Luft, wie eine Mischung aus Chemikalien, langsam verfaulenden Pflanzen und Ingwer: der Duft neuen Lebens. Dominik folgte der von zwei Lehrerinnen angeführten Schülerinnengruppe durch die große Produktionsanlage, wahrte dabei wie üblich einen Abstand von mehreren Metern und hörte den Schilderungen und Erklärungen nur mit halbem Ohr zu. Er war müde und nervös, wollte das Gespräch mit Norene so bald wie möglich hinter sich bringen, aber an diesem Morgen hatte er sie nicht wie sonst in einem der Beratungszimmer angetroffen, wo sie auf Fragen von Schülern einging. Ihm war nichts anderes übrig geblieben, als an der geplanten Tour teilzunehmen, in der Hoffnung, dass sie Norene früher oder später begegneten. **347**

Dominiks Blick wanderte über Becken und Nährkanäle, während die Lehrerinnen erklärten, auf welche Weise die Tal-Telassi an diesem Ort mithilfe biotronischer Anlagen und der Energie des Tal-Telas Einfluss auf die Zellstruktur von Rohbionen nahmen, wie seit Jahrtausenden. In solchen Anlagen planten und entwickelten sie, schufen aus zyotischem Grundmaterial neue Lebensformen, die einen bestimmten Zweck erfüllen sollten. Dominik wusste, dass die meisten Bione, kleine wie große, für die Streitkräfte der AFW bestimmt waren, und die Uniformierten unter dem technisch-wissenschaftlichen Personal erinnerten ihn daran, dass dort draußen ein Krieg stattfand. Manchmal erschien er ihm seltsam fern, wie Teil einer anderen Welt, trotz seiner sehr direkten Erfahrungen damit.

Die jungen Frauen vor ihm, siebzehn und achtzehn Jahre alt, trugen steinerne Mienen zur Schau, aber bei ihnen wirkten die emotionslosen Gesichter noch wie künstlich aufgesetzte Masken. Bei den Lehrerinnen und den anderen Tal-Telassi, erst recht bei den geklonten, gehörte das Eisige, die Abwesenheit von Gefühl, zu ihrem Wesen. Dominik schauderte innerlich, als er sich Loana als eine jener Schülerinnen vorstellte, ihrer fühlenden Innenwelt beraubt.

Er folgte der Gruppe an einem großen quasirealen Projektionsfeld vorbei, das Zellstruktur und Entwicklungsphasen einer neuen Kraler-Version zeigte. Zwei AFW-Offiziere, der eine ein Mensch, der andere ein Taruf, hörten sich dort die Erläuterungen einer Tal-Telassi an. Als Dominik das QR-Feld passierte, bedachte ihn der Mensch mit einem erstaunten Blick und fragte: »Ein männlicher Schüler? Ich dachte, nur Frauen könnten Tal-Telassi werden.«

Dominik achtete nicht auf die Antwort der Wissenschaftlerin und fragte sich kurz, ob er die Offiziere bitten sollte, Tako Karides eine Nachricht von ihm zu übermitteln. Während der ersten Jahre hatte er mehrmals versucht, sich mit ihm in Verbindung zu setzen, aber es war Norene immer gelungen, ihn an einer Kontaktaufnahme zu hindern. Norene ... Sie hatte während der letzten fünf Jahre entscheidenden Einfluss auf ihn ausgeübt, und es wurde Zeit, dem ein Ende zu setzen.

Er wandte sich von der Schülerinnengruppe ab und ging mit energischen Schritten durch einen schmaleren Korridor, vorbei an langen Batterien aus Brutkammern, in denen geprägte Bione heranwuchsen. Das Licht in diesem Bereich der Produktionsanlage war matter, ließ mehr Platz für Schatten und Schemen, aber Dominik achtete nicht darauf. Etwas zwang ihn, in Bewegung zu bleiben, einen Fuß vor den anderen zu setzen, und seine Gedanken trieben dahin wie während der Nacht. Er versuchte gar nicht, sie zu ordnen, denn es waren zu viele, und jeder von ihnen strebte in eine andere Richtung. Während er ihrem Flüstern lauschte, schienen seine Füße ganz genau zu wissen, wohin sie ihn tragen mussten. Es war ein seltsamer Zustand: Dominik kam sich wie ein Passagier in seinem Körper vor, wie ein Beobachter, vor dem sich ein Geschehen entfaltete, das er noch nicht verstand. Und es passierte nicht zum ersten Mal, dass er auf diese Weise empfand. Manchmal, wenn er besonderen mentalen und emotionalen Belastungen ausgesetzt war, regte sich etwas in ihm, das sonst schlief, und in der vergangenen Nacht, bei der Konfrontation mit Norene, war es *richtig* erwacht. Was auch immer es sein mochte: Es hatte ihm die Kraft gegeben, eine Großmeisterin zu überwältigen.

Als Dominiks Aufmerksamkeit aus dem eigenen Innern zur Außenwelt zurückkehrte, fand er sich an einem im wahrsten Sinne des Wortes schmerzlich vertrauten Ort wieder. Um ihn herum ragten dunkle, unregelmäßig geformte Wände auf, wie die einer Höhle, und die Symbole darin bildeten Fünfergruppen. Fünf Nischen enthielten Finsternis, schwarz wie die Nacht, und schwarz war auch der Quader in der Mitte des Raums.

Während der vergangenen Jahre hatte Dominik irgendwann aufgehört zu zählen, wie oft er den Weg des Schmerzes zum Zentrum beschritten hatte. Aber es war nur ein scheinbarer Schmerz gewesen, leicht zu ertragen und nur dort präsent, wo Norene ihn sah – Dominik hatte gelernt, ihn von sich fern zu halten.

Als er sich diesmal dem Quader näherte, fühlte er, dass etwas anders war als sonst. Ein subliminaler Ruf schien von dem obsidianartigen Block auszugehen und lockte ihn näher, veranlasste ihn, die Hand zu heben und den Quader zu berühren, der sich daraufhin so veränderte wie beim Kontakt mit Norenes Fingern. Der schwarze Stein wurde hell und transparent. Dominik beugte sich vor, neugierig geworden, und zunächst sah er nur eine Leere, die ihm beim ersten Mal, vor fünf Jahren, grässliche Pein beschert hatte. Aber dann zeichnete sich etwas in ihr ab, eine Art Linie ...

Plötzlich wusste er, dass er nicht mehr allein war im Raum.

»Dass du ausgerechnet hierher gekommen bist ...«, sagte Norene hinter ihm.

»Ich glaube, dies ist der richtige Ort, um alles zu klären«, erwiderte Dominik. Er sprach leicht, als lägen die Worte bereit und warteten nur darauf, dass er Gebrauch von ihnen machte. »Siehst du, Ehrenwerte? Ich brauche nicht den Weg des Schmerzes zu gehen, um das Zentrum zu erreichen. Ich bin da, ohne Schmerz, und mit meinen Gefühlen. Und du hattest Recht: Das Tal-Telas ist nicht leer.«

Er hörte Schritte, und Norene erschien an seiner Seite, blickte ebenfalls in den transparent gewordenen Quader. Sie schien noch blasser zu werden.

»Hast du die Tür geöffnet?«, fragte sie leise.

Dominik verstand, ohne zu begreifen, woher die Erkenntnis kam. Hatte sein Unterbewusstsein bei dem geistigen Kontakt mit Norene Informationen aufgenommen? Oder stammte sein Wissen aus einer anderen Quelle? »Das hat es mit der Konditionierung auf sich, nicht wahr?«, sagte er, den Blick noch immer auf den Quader gerichtet. Die Linie schien zu zittern, und seltsamerweise ließ sich ihre Farbe nicht feststellen. »Dazu hast du meine eigene Kraft verwendet. Um die alte Tür fest zu verschließen. Um mich daran zu hindern, sie zu öffnen. Und nicht nur mich«, fügte er hinzu und erinnerte sich daran, dass auch Loana nicht imstande gewesen war, die alte Tür zu öffnen. »Es geht allen Schülern des Tal-Telas so, nicht wahr? Die Lehrerinnen und Meisterinnen verwenden bei jeder Schülerin einen Teil ihrer Kraft, um die alte Tür geschlossen zu halten. Warum?«

Dominik drehte langsam den Kopf und begegnete Norenes Blick. In ihren jadegrünen Augen schienen kleine Flammen zu lodern, aber er fürchtete sich nicht davor.

»Warum darf die Tür nicht geöffnet werden, Norene?«, fragte er. »Und was hat es mit der Zeit der Schande auf sich? Was versucht ihr zu verbergen, du und Zara?«

»Du *bist* damals in der Nähe gewesen«, sagte Norene. »Als ich mit Zara sprach. Ich war mir nicht sicher, aber jetzt ... Du hast uns belauscht.«

»Ein dreizehnjähriger Junge, der nichts weiter war als ein ›dummer Schüler, der wie ein Kleinkind reagierte, wenn er nicht seinen Willen bekam‹?«, entgegnete Dominik ironisch. »Wie kann ein solch dummer Junge zwei *Großmeisterinnen* bei einem telepathischen Gespräch belauschen?«

»Mir ist inzwischen klar, dass ich dich unterschätzt habe.« Norene sah wieder in den Quader und bewegte kurz die rechte Hand, woraufhin die Linie verschwand. Der Block wurde dunkel. »Die Zeit der Schande ist etwas, das sich auf keinen Fall wiederholen darf. Deshalb muss jene Tür geschlossen bleiben.«

»Sie ist geöffnet worden«, sagte Dominik. Ein Teil von ihm war noch immer Beobachter und Zuhörer, während der andere Worte sprach, die bereitlagen und nicht gesucht werden mussten. »Damals auf Millennia. Ich bin zusammen mit Tako Karides in einer von mir gebauten Welt gewesen, und dort hat er die alte Tür geöffnet. Es fiel ihm ganz leicht. Damals hatte ich noch Angst vor der Tür, und ich habe sie wieder geschlossen. Aber bevor sie zufiel, hat mich ... etwas berührt.«

Die Flammen in Norenes Augen schienen größer zu werden, als sie aufmerksam zuhörte.

»Genau deshalb habe ich damals alles darangesetzt, dich von Tako zu trennen«, sagte Norene. »Ich wusste, dass er eine Gefahr für dich darstellte.«

»Er hat mich gerettet. Ohne ihn wäre ich auf Kabäa gestorben.«

»Dominik ...« Norenes Stimme veränderte sich ein wenig. Aus der herablassenden Kühle wurde ein Appell an die Vernunft. »Er gehört zu den Normalen, denen die Tiefe des Tal-Telas fremd bleibt. Eine solche Person, die nichts von geistiger Disziplin versteht, in die Zweite Welt mitzunehmen ... Genauso gut könnte man eine scharfe Antimaterierakete abfeuern und hoffen, dass eine Explosion ausbleibt.«

»Damals war ich sehr erschrocken, aber heute ... Ich bin stärker geworden und würde gern sehen, was sich hinter der Tür befindet. Vielleicht kann ich die Konditionierung rückgängig machen.«

Die Schärfe kehrte in Norenes Stimme zurück. »Ein solcher Versuch wird nicht stattfinden.«

»Willst du mich daran hindern?«, fragte Dominik herausfordernd. Er sprach noch immer mit ungewöhnlicher Ruhe, aber in seinem Innern braute sich ein emotionaler Sturm zusammen.

»Glaubst du allen Ernstes, mir gewachsen zu sein, einer über dreitausend Jahre alten Großmeisterin? Im botanischen Garten hast du Glück gehabt. Ich hatte nicht mit einem Angriff gerechnet, aber jetzt ...«

»Jetzt bist du vorbereitet?« Die eigene Identität erschien Dominik verschoben, verdreht und verzerrt, als er fremde Worte aus seinem Mund hörte. Er wandte sich vom wieder schwarzen Quader ab, ging langsam an den dunklen Wänden entlang und strich dabei mit den violetten Fingerkuppen über die zu Fünfergruppen angeordneten Symbole. Vor einer der Nischen blieb er stehen, blickte in die Schatten und glaubte, für einige Sekunden die Konturen einer gedrungenen Gestalt zu erkennen.

Er drehte sich um und sah Norene an, die auf der anderen Seite des Quaders stand. »Was ist die Zeit der Schande?«

»Du wirst mehr darüber erfahren, wenn du zum Großmeister geworden bist. Und wenn du deine Gefühle überwunden hast.«

Dominik schüttelte den Kopf. »Ich möchte vorher Bescheid wissen. Jetzt. Ich möchte wissen, was du vor mir und allen Tal-Telassi zu verbergen hast, Norene. Was ist so wichtig, dass nur Großmeister davon wissen? Und die elfte Stufe, die Ahelia einmal erwähnt haben soll? Was ist damit?«

»Es gibt Dinge, die du jetzt noch nicht verstehen kannst, Dominik.« Norene benutzte erneut den fast nachsichtig klingenden Tonfall. »Glaub mir. Hab Geduld. Folge dem Weg, den ich dir zeige, und ...«

»Nein. Von jetzt an gehe ich meinen eigenen Weg. Zusammen mit Loana.« Das Gefühl der eigenen Identität kehrte zurück, und Dominik sprach wieder Worte, die allein von ihm stammten. »Ich werde meine Gefühle nicht überwinden, sondern sie mit Loa teilen.«

»Höre ich da wieder den dummen Schüler?«, erwiderte Norene. Sie trat hinter dem schwarzen Quader hervor und näherte sich langsam. »Eben jene Gefühle sind es, die dich daran hindern, vernünftig zu sein und einzusehen, dass ich Recht habe. Loana behindert deine Entwicklung, und du behinderst ihre. Ich werde euch endgültig voneinander trennen. Entsprechende Anweisungen sind bereits erteilt. Morgen wird Loana zur Hauptstadt gebracht, wo ein Raumschiff auf sie wartet. Ihre Ausbildung zur Tal-Telassi wird auf einem anderen Planeten fortgesetzt.«

»Nein.«

»In einigen Jahren, wenn du Abstand gewonnen hast und rationaler geworden bist, wirst du mir dankbar sein.«

»Loana wird *nicht* fortgebracht«, sagte Dominik und fühlte die Hitze des Zorns wie einen drohenden inneren Vulkanausbruch. »Sie wird hier bleiben, hier bei mir, und wir werden zusammen wohnen.«

»Du weißt, dass das unmöglich ist.« Norene kam noch einen Schritt näher. »Die Entscheidung steht fest, und glaub mir: Es geschieht zu deinem Besten.«

»Natürlich, genau diese Worte habe ich erwartet. Und ich sage: Du hast lange genug über mich entschieden, Norene. Von jetzt an nehme ich mein Leben selbst in die Hand.« Er trat an der Großmeisterin vorbei. »Ich gehe zu Loana und gebe ihr Bescheid.«

Doch als sich Dominik dem Ausgang näherte, wurden ihm die Beine schwer, und seine Bewegungen schienen auf Widerstand zu treffen.

»Du musst dich fügen«, sagte Norene hinter ihm. »Zu viel steht auf dem Spiel. Und wenn du darauf bestehst, die Stimme der Vernunft zu ignorieren, so lässt du mir keine Wahl ... *Dein Blick zu mir, Dominik!*«

Die scharfe Stimme verlangte Gehorsam, und Dominiks Körper reagierte, noch bevor er ihn daran hindern konnte. Er drehte sich um und begegnete einem feurigen, flammenden Blick, der sich ihm durch die Fenster der Pupillen ins Bewusstsein bohrte. Dies war keine subtile telepathische Sondierung, sondern ein massiver mentaler Angriff, vorgetragen mit der Kraft einer Großmeisterin. Dominik begriff sofort, dass er unter normalen Umständen nicht die geringste Chance gehabt hätte, Norene zu widerstehen. Aber die Umstände waren alles andere als normal.

Das fremde Etwas in Dominik, das ihn seine Worte hatte sprechen lassen, schlief nicht mehr. Es blähte sich jäh auf, schob Dominiks Gedanken wie lästige Hindernisse beiseite, griff nach seinen Gefühlen und ballte sie zusammen, sodass eine heiße Kugel aus ihnen entstand, heißer als die Flammen in Norenes Augen. Und diese Kugel zündete den Vulkan unter den Lagen aus fransiger Rationalität und wirren Emotionen, zündete ein Feuer, das ihn mit dem Tal-Telas verband und Norenes geistige Lanze verbrannte. Beide erstarrten, Schüler und Großmeisterin, während zwei oder drei Sekunden die Länge einer ganzen Minute bekamen.

Dominik, jetzt wieder Beobachter, sah ein Glühen zwischen Norene und sich selbst, ein blasses Funkeln in der leeren Luft, als hätte dort jemand schimmernden Staub verstreut. Es wurde breiter und länger, legte sich um ihn und die Tal-Telassi.

Als das Glühen verblasste, befand sich ein Teil von Dominik in Norenes Selbst und empfing dort Erinnerungen.

Warmes Wasser umgab einen Körper, der mehr als drei Jahrtausende alt war und nicht ihm gehörte, sich aber, hier und jetzt, wie *seiner* anfühlte. Eine telepathische Stimme flüsterte aus der Ferne, über viele Lichtjahre hinweg: die Stimme einer anderen Großmeisterin.

Ich habe erneut in Gelmr die Zeichen gedeutet, Norene, sagte Zara. *Die Muster des Unheils werden deutlicher.*

Ich weiß. Es war seine eigene Stimme, und doch die Norenes.

Gibt es einen Zusammenhang mit Dominik?

Norene zögerte, während sie allein im Bad ruhte, den Kopf an den Rand des Beckens gelehnt. Der beobachtende, lauschende Teil Dominiks fragte sich, wann dieses Gespräch stattgefunden hatte, und sofort bekam er die Antwort: nach dem Zwischenfall im botanischen Garten, vor wenigen Stunden.

Darauf deutet alles hin. Inzwischen hat sich die Situation verändert. Mentale Bilder sprangen durchs All und fanden auf Millennia einen Geist, der sie empfing.

Er ist noch stärker, als wir dachten, sagte Zara.

Ich habe einen Fehler gemacht, erwiderte Norene. Dominik sah nichts, denn Norenes Augen blieben geschlossen. *Ich hätte ihn dauerhaft von Loana trennen sollen. Das werde ich jetzt nachholen. Anschließend verstärke ich die Konditionierung und neutralisiere seine Emotionen nach und nach.*

Er sollte selbst über sie hinauswachsen.

Das dauert zu lange, sagte Norene. *Außerdem ist jetzt eine kritische Phase erreicht. Er könnte seine neue Kraft nutzen, um die Tür zu öffnen, trotz der Konditionierung.*

Vielleicht beziehen sich die Zeichen des Unheils in Gelmr darauf, ertönte erneut Zaras mentale Stimme. Dominik hörte tiefe Sorge in ihr. *Ich dachte zunächst, dass einige von ihnen vielleicht mit den Insurgenten und Innovatoren in Zusammenhang stehen, aber inzwischen haben wir die Lage in den vielen verstreuten Tal-Telassi-Kolonien weitgehend unter Kontrolle. Der Einfluss von Teora 14 und Katyma 9 schrumpft; ich glaube, in diesem Zusammenhang können wir auf drastische Maßnahmen verzichten.*

Diese Entwicklung war vorauszusehen, sagte Norene. *Ohne Myra 27 können sie nicht viel ausrichten. Wie ist die Lage auf Millennia?*

Den sieben Graken hat sich ein achter hinzugesellt, antwortete Zara. *Ihre Wurzeln haben sich tief in den Planeten gebohrt. Die Kronn, Chtai und Geeta suchen noch immer nach uns.*

Norene bewegte sich im warmen Wasser und hielt die Augen weiterhin geschlossen. *Acht Graken ... Und die Feuervögel sind nicht aus Gondahars Korona verschwunden?*

Wir erwarten weitere Graken, sagte die ferne Zara. *Das lassen die Muster in Gelmr deutlich erkennen. Aber wir glauben inzwischen, dass es ihnen nicht um das Tal-Telas geht.*

Ein neuer Schwarm?, vermutete Norene.

Der Eindruck von Sorge verdichtete sich. *Mehr noch*, sagte die andere Großmeisterin. *Ein Superschwarm. Der erste in diesem Krieg, und wahrscheinlich auch der letzte. Er wird Dutzende, vielleicht sogar hunderte von Sonnentunneln schaffen, die direkt in den Kernbereich der AFW führen. Wenn das geschieht, bricht der Widerstand endgültig zusammen.*

Dominik registrierte, wie Norene verstand. *Dem Andromedaprojekt bleibt nicht genug Zeit.*

Wenn sich hier im Gondahar-System ein Superschwarm bildet, und wenn er aufbricht ... Dann wird niemand Gelegenheit erhalten, nach Andromeda zu fliehen.

Dominik hörte zum ersten Mal vom Andromedaprojekt.

Das in Norene weilende Fragment seines Selbst formulierte eine Frage, und er bekam sofort Antwort aus ihren Erinnerungen. Er erfuhr von dem Plan der Allianzen Freier Welten, sich auf die Verteidigung des Kernbereichs zu beschränken und von dort aus nach Andromeda zu fliehen. Zweihundert Jahre waren nötig, um das Projekt vorzubereiten, und organisiert wurde es von ... Tako Karides.

Weiß Okomm davon?, fragten Norenes Gedanken, die Dominik noch immer wie seine eigenen wahrnahm.

Ja. Aber ein Angriff auf das Gondahar-System kommt nicht infrage – mehrere große Kronn-Flotten schirmen Millennia ab. Und der Einsatz eines Planetenfressers ist hier natürlich ausgeschlossen. Er würde das Tal-Telas zerstören.

Dominik spürte, wie Bewegung in Norenes Gedanken kam, wie sie analysierten, die Situation bewerteten und nach einem Ausweg suchten. Die mentalen Vorgänge beeindruckten ihn durch ihre Komplexität.

Die Meisterinnen und ich ..., kamen Zaras Worte aus der Ferne. *Wir sind bereit, uns zu opfern. Wenn es zum Schlimmsten kommt, wenn sich hier wirklich ein Superschwarm bildet und aufbricht ... Dann versuchen wir, das Tal-Telas zu öffnen und die Graken unschädlich zu machen.*

Norenes Reaktion überraschte Dominik: Sie erschrak zutiefst. *Zara, Sie wissen, dass dazu die elfte Stufe erforderlich ist!*

So heißt es in Ahelias Aufzeichnungen. Vielleicht hatte sie Recht; vielleicht auch nicht. Wir wissen nicht einmal genau, ob tatsächlich eine elfte Stufe existiert. Aber wenn sich ein Superschwarm bildet, müssen wir alles daransetzen, ihn aufzuhalten.

Zara ... Für einen Sekundenbruchteil herrschte Chaos in Norene, und dann schuf der kühle Intellekt wieder Ordnung. *Vielleicht können Sie tatsächlich das Tal-Telas öffnen, so wie es einst geschah, aber Sie wären nicht imstande, es zu kontrollieren. Das lehrt uns die Zeit der Schande. Äußerste Vorsicht ist geboten.*

Viele Lichtjahre entfernt »hörte« Dominik so etwas wie traurige Resignation, und das erstaunte ihn, denn angeblich hatten die Tal-Telassi doch ihre Gefühle überwunden, erst recht die Großmeisterinnen. *Wenn ein Superschwarm aufbricht, kommt für uns alle das Ende, denn er würde den Graken endgültig zum Sieg verhelfen. Vielleicht kann Dominik uns helfen. Sein Potenzial scheint tatsächlich sehr groß zu sein, und in unserer fünftausendjährigen Geschichte gab es noch nie einen Großmeister. Aber wenn es ihm nicht gelingt, mit seinen Gefühlen fertig zu werden, wenn er zu einer Gefahr wird … Dann dürfen Sie nicht zögern, drastische Maßnahmen zu ergreifen, Norene.*

Ich kenne die Gebote der Notwendigkeit. Und ich bin wie immer bereit, mich ihnen zu beugen.

Dominik fragte, was mit den drastischen Maßnahmen gemeint war, und wieder erhielt er sofort Antwort: sein Tod.

Ein mentaler Sog ließ Dominik in den eigenen Körper zurückkehren. Er sah Norene auf der anderen Seite des Quaders, dort, wo auch er zuvor gestanden hatte. Das Glühen zwischen ihnen existierte nicht mehr, und die Flammen waren aus Norenes Augen verschwunden, aber dafür bemerkte Dominik jetzt eine Erkenntnis in ihnen: Sie begriff, dass er Bescheid wusste.

Die gedehnte Zeit schrumpfte wieder, aus subjektiven Minuten wurden objektive Sekunden, und Norene trat am dunklen Block vorbei auf ihn zu. An ihrer Absicht konnte kein Zweifel bestehen.

Das fremde Etwas nahm noch immer den größten Platz in Dominik ein und schlug zu, bevor die Großmeisterin angreifen konnte. Ein geistiger Orkan heulte, zerrte an Norenes Selbst und riss es auseinander, und dann nahm er die einzelnen Teile, während sie noch versuchten, wieder zueinander zu finden, und zerriss sie ebenfalls, und anschließend packte er die winzigen Fragmente und schleuderte sie fort. Nichts blieb übrig.

Als es vorbei war, nur Sekunden später, fiel es Dominik

schwer, in die Wirklichkeit zurückzufinden. Das Fremde in ihm, das doch ein Teil von ihm war, zog sich zurück, und Dominiks Gedanken nahmen seinen Platz ein. Mit weichen Knien stand er da, neben dem schwarzen Quader, in einem Raum, der ihm plötzlich sehr kalt und dunkel erschien, den Blick auf die am Boden liegende Großmeisterin gerichtet. Sie regte sich nicht; Blut rot wie Rubin quoll aus Nase und Ohren. Dominik brauchte sie nicht zu untersuchen, um zu wissen, dass sie tot war.

Es dauerte eine Weile, bis er begriff: Er hatte ein mehr als dreitausend Jahre altes Leben ausgelöscht, das einer Groß-meisterin der Tal-Telassi. Er war zum Mörder geworden.

Er wandte sich ab, wankte einige Schritte und würgte. Als die Übelkeit nachließ, atmete er mehrmals tief durch, warf einen letzten Blick auf die Tote und verließ den Raum. Niemand würde glauben, dass er aus Notwehr gehandelt hatte; er war nicht einmal sicher, ob er das selbst glauben konnte. Jetzt gab es nur noch eins: Er musste Tarion verlassen, so schnell wie möglich, bevor Norenes Leiche gefunden wurde. Aber nicht allein.

Er machte sich auf den Weg zu Loana.

Tako Karides: Feuerfraß

19

Feuerblumen blühten im All, aber sie zeigten eine Pracht des Todes und der Zerstörung.

»Der Kampf ist verloren, Tako«, erklang Elisas Stimme im Kontrollraum der *Akonda*.

»Wie so viele andere«, erwiderte er leise und blickte in das quasireale Projektionsfeld, das eine für die normale visuelle Wahrnehmung verwirrende Vielzahl von Informationen bot. Er sah nicht nur eine astrophysikalische Darstellung des Morgob-Systems und empfing Daten über die insgesamt dreizehn Planeten des G2-Zentralgestirns, sondern auch eine taktische Präsentation mit Flugvektoren, Kursanalysen, Geschwindigkeiten und Sprungbereitschaft bei den Transferschneisen. Die *Akonda* driftete in Höhe der Umlaufbahn des achten Planeten, mit genug aktiver Energie in den erweiterten Krümmern, um innerhalb weniger Sekunden die nächste Transferschneise zu erreichen und sich mit einem Sprung in Sicherheit zu bringen. Sie war nicht hierher gekommen, um zu kämpfen. Tako hatte den Flug nach Airon unterbrochen, als ihn die Meldung von einem neuen Grakenschwarm erreichte.

»Viele Soldaten sind bei dem Versuch gestorben, den Flug des Grakenschwarms zu verhindern«, sagte Elisa. Es klang traurig.

Weitere Feuerbälle glühten viele Millionen Kilometer entfernt im All, zwischen den Umlaufbahnen des zweiten und dritten Planeten. Eine aus dunklen Stacheln bestehende Kronn-Flotte vernichtete Schlachtschiffe der AFW, die versuchten, ihren Kordon zu durchbrechen und den letzten Moloch zu erreichen, der sich dem noch offenen Sonnentunnel näherte.

Tako wusste natürlich, dass er Ereignisse beobachtete, die vor einigen Stunden stattgefunden hatten – so lange brauchte das Licht, um die *Akonda* zu erreichen. Die von der Transverbindung übermittelten Nachrichten berichteten von der aktuellen Lage: Der letzte Moloch war im Sonnentunnel verschwunden, der sich hinter ihm geschlossen hatte. Ohne dass die Flotten der Kronn, Chtai und Geeta ihm folgten. Das war ein Novum – normalerweise begleiteten die Vitäen die Graken bei ihrem Flug in einen Sonnentunnel.

Tako beobachtete etwas, von dem er durch die Meldungen bereits wusste, dass es geschehen war: Die Verbände der Kronn schirmten die Schiffe der Geeta und Chtai ab, erlaubten es ihnen, eine der Transferschneisen zu erreichen und in den Transit zu gehen. Wie beiläufig wehrten sie die Angriffe der übrig gebliebenen AFW-Einheiten ab – Tako vermutete, dass es ihnen ein Leichtes gewesen wäre, die Reste der AFW-Flotte völlig aufzureiben –, und schließlich verschwanden sie ebenfalls in der Transferschneise. Sie hinterließen ein Sonnensystem mit zwei kontaminierten Welten. Wer dort noch lebte, würde innerhalb weniger Tage sterben. Die Berührten von Potonis und Arabi hatten nicht die geringste Überlebenschance, und Unberührte gab es dort sicher nicht mehr.

»Dass die Kronn, Geeta und Chtai den Graken nicht in den Sonnentunnel gefolgt sind, kann nur bedeuten, dass woanders ein Angriff geplant ist«, sagte Tako nachdenklich.

»Ich führe eine Situationsanalyse durch und stelle fest, welche Sonnensysteme mögliche Angriffsziele darstellen könnten«, erwiderte Elisa, als sich die Tür des Kontrollraums öffnete und die Lobotome Ithana hereinkam. Sie wirkte noch ein wenig benommen.

»Mach das, Elisa«, sagte Tako. »Und gib eine Warnung heraus.« An seine Assistentin gerichtet fügte er hinzu: »Sie hätten in der Hibernation bleiben sollen, Ithana. Wir setzen den Flug gleich fort.«

Sie nahm im Sessel neben Tako Platz. »Wenn ich mich irgendwie nützlich machen kann ...« Sie sah die Darstellungen des QR-Felds. »Immer wieder das gleiche Bild«, kommentierte sie mit der für Lobotome typischen Ungerührtheit.

Ithana stammte von Kalaho, einer Welt des Kernbereichs, noch vor der Ersten Großen Lücke von Menschen und Quinqu besiedelt. Wie alt jene Kolonie war, wusste niemand genau, aber es gab bis zu elftausend Jahre alte Aufzeichnungen. Damit zählte Kalaho zu den ältesten Welten, auf denen Menschen gelebt hatten und noch lebten. Die menschlichen Bewohner von Kalaho waren besonders langlebig, und mit ihren achtzig Jahren stand Ithana erst am Beginn einer langen Reife. Dennoch wirkte sie seltsam farblos – das schulterlange Haar weißblond, das Gesicht fast so blass wie das einer Tal-Telassi –, und manchmal sah Tako in ihren grauen Augen jene Leere, die ihm auch bei Orione aufgefallen war. Lobotome bezahlten tatsächlich einen hohen Preis für ihre emotionale Immunität gegenüber den Schrecken des Krieges. Am Halsansatz trug Ithana zwei inzwischen sehr teuer gewordene Enzelore, die ihr dabei halfen, ihre Aufgaben als Assistentin des Projektleiters Andromeda zu bewältigen.

Tako und Ithana kannten sich seit zwei Jahren, und zwischen ihnen war so etwas wie eine kühle Freundschaft entstanden. Er hatte ihr sogar von Meraklon erzählt. Aber aus irgendeinem Grund nicht von Dominik.

Tako seufzte erneut. »Es hat keinen Sinn, auf diese Weise zu versuchen, den Flug eines Grakenschwarms zu verhindern. Auch darüber müssen wir in Airon reden, Ithana.«

»Ich setze es auf die Tagesordnung.«

»Wir sollten in Erwägung ziehen, die Sonnensysteme, in denen Grakenschwärme entstehen, mit einem Phint zu vernichten. Retten können wir dort ohnehin niemanden mehr, und auf diese Weise verhindern wir das Entstehen weiterer Sonnentunnel.«

»Eine drastische Maßnahme.«

»Wenn wir keine drastischen Maßnahmen ergreifen, wird in zweihundert Jahren kein Flug nach Andromeda stattfinden. Weil dann niemand mehr lebt, der nach Andromeda fliehen könnte.« Tako deutete aufs QR-Feld. »Dies ist falsch. Wir verzetteln unsere Kraft. Zweihundertelf Schiffe sind bei dem Versuch zerstört worden, einen Graken am Schwarmflug zu hindern. Inzwischen sollten wir wissen, wie sinnlos so etwas ist.«

Ithana deutete auf eine Datenkolonne, deren Informationen Takos Nanosensoren längst aufgenommen hatten. »Die Umstände schienen günstig. Es waren nur einige wenige Schiffe der Vitäen zugegen.«

»Und dann kamen ihre Flotten aus der Transferschneise im Innern des Systems«, sagte Tako. »Eine neue Taktik, auf die wir uns einstellen müssen. Wir brauchen die Schiffe für die Verteidigung des Kernbereichs. Wir müssen uns auf das Wesentliche konzentrieren.«

»Ich werde Ihre Anregungen an die zuständigen Stellen weitergeben, sobald wir Airon erreichen, Lanze Karides.«

Ein neues Datenfenster öffnete sich im quasirealen Projektionsfeld, während im Hintergrund einige letzte Explosionen blitzten. Wieder nahm Tako die Informationen mithilfe seiner Sensoren sofort auf.

»Die Legion von Cerbus war hier?«, fragte er erstaunt. Die bisher übermittelten Berichte enthielten keinen Hinweis darauf.

»Eins ihrer Schiffe nahm an einem Landeunternehmen auf dem dritten Planeten Potonis teil«, sagte der Megatron Elisa und bestätigte damit, was Tako gerade erfahren hatte. »Offenbar wurde es schwer beschädigt. Ich empfange einen schwachen automatischen Notruf; anscheinend steht nur noch wenig Sendeenergie zur Verfügung.«

»Die *Schwert*.« Tako blickte noch immer ins QR-Feld und

empfing Informationen über die Crew. »Zu ihren Besatzungsmitgliedern gehören ...«

»Die Malo-Zwillinge«, sagte Elisa. »Und Rinna.«

Tako traf seine Entscheidung innerhalb von einer Sekunde. »Wir fliegen nach Potonis. Höchstgeschwindigkeit.«

»Ich habe mit dieser Anweisung gerechnet und bereits einen Kurs programmiert. Die Beschleunigung beginnt jetzt.«

Aus dem Bereitschaftssummen der Krümmer wurde ein dumpfes Donnern, und die *Akonda* sprang durchs All, dem dritten Planeten des Morgob-Systems entgegen.

»Ich muss noch einmal darauf hinweisen, dass ich dies für einen Fehler halte, Lanze Karides«, sagte Ithana mit steifer Förmlichkeit. »Sie setzen sich einer unnötigen Gefahr aus. Wenn Ihnen etwas zustößt, kommt es beim Projekt Andromeda zu Verzögerungen.«

»Dies ist eine persönliche Sache, Ithana. Elisa?«

»Ich bringe uns direkt zum Ausgangspunkt des Notrufs, Tako«, sagte der Megatron, als die *Akonda* durch eine Atmosphäre voller Rauchschwaden und Staub flog.

»Sind Kronn in der Nähe?«

»Ich orte keine entsprechenden energetischen Signaturen, Tako. Vermutlich haben alle Vitäen Potonis zusammen mit den Graken verlassen.«

»Lanze Karides ...«, begann Ithana erneut, und ihr Gesicht erschien jetzt völlig blutleer.

»Es ist eine persönliche Sache«, wiederholte Tako, schärfer als vorher. »Sei auf der Hut, Elisa. Gib mir sofort Bescheid, wenn du etwas Ungewöhnliches bemerkst.«

»Ja, Tako.«

Erste Bilder erschienen in den QR-Feldern, zeigten mehrere tausend Meter hohe Tafelberge, deren Gipfel vor Jahrmillionen als Inseln aus einem globalen Ozean geragt hatten. Die Ruinen auf ihnen zeugten von einer alten Zivilisation, die einer Klimakatastrophe zum Opfer gefallen war. Heute gab es auf Potonis keine Meere mehr, nur einige Seen, gespeist von unterirdischen Reservoirs. In vielen Schluchten hatten sich vor Jahrhunderten Menschen und die Angehörigen anderer Völker angesiedelt und bauten wertvolle Rohstoffe ab, die anschließend von automatischen Produktionsanlagen zu Halbfertigwaren verarbeitet wurden. Jene Städte und Industriekomplexe lagen jetzt in Schutt und Asche, während die viel älteren Ruinen auf den Tafelbergen im Vergleich zu ihnen seltsam unversehrt wirkten.

»Wir sind gleich da, Tako.«

»Aktiviere die medizinischen Servi, Elisa. Ich nehme sie mit, um falls nötig sofort helfen zu können.« Tako stand auf. »Sie bleiben hier, Ithana. Ich kehre so schnell wie möglich zurück.«

Er wartete keine Antwort ab, lief durch den langen Korridor der *Akonda* und spürte dabei erneut eine Kraft, an die er sich während der vergangenen viereinhalb Jahre gewöhnt hatte. Als er die Luftschleuse erreichte, stand dort bereits eine kleine Levitationsplattform bereit, und neben ihr schwebten zwei medizinische Servi, die aus einem metallenen Zentralleib und zahlreichen flexiblen Instrumentenarmen bestanden.

Die Außenluke öffnete sich, und nach Rauch und Tod riechende Luft strömte herein. Tako trat auf die Leviplattform und steuerte sie nach draußen.

»Es hat noch niemand auf meine Kommunikationssignale reagiert«, meldete Elisa. Tako empfing die Stimme jetzt direkt, mit dem in sein Mubek integrierten Kom-Servo. Filter in den Atemwegen hielten Staub und Rauchpartikel von den Lungen fern.

»Versuch weiterhin, einen Kontakt herzustellen, Elisa. Ich sehe das Wrack der *Schwert*. Empfängst du die Bilder?«, fragte er und meinte damit den Datenstrom, den seine visuellen Sensoren der *Akonda* schickten.

»Ja, Tako. Auswertung läuft. An diesem Ort scheint ein Moloch seine Wurzeln in den Boden gebohrt zu haben.«

Tako bemerkte die dunklen Öffnungen am Rand einer tiefen, mehrere Kilometer durchmessenden Mulde dort, wo einst Gebäude gestanden hatten: von den Wurzeln des Molochs geschaffene Tunnel, die tief in den Planeten führten. Aber seine Aufmerksamkeit galt vor allem den Resten der *Schwert*, eines asymmetrischen Schiffes mit pyramidenförmiger Grundstruktur. Es war in mehrere Teile zerbrochen, die zwischen den Trümmern geborstener Stahlkeramik-Gebäude lagen, von denen noch immer Rauch aufstieg, dem dunklen Himmel über den Schluchten und Tafelbergen einer toten Welt entgegen. Eins der Wrackteile wies das Symbol der Legion von Cerbus auf: einen Feuer speienden dreiköpfigen Hund mit Schlangenschweif.

Leichen lagen zwischen den Trümmern, einige von ihnen bis zur Unkenntlichkeit verstümmelt. Tako steuerte die Leviplattform über sie hinweg und nahm seine Umgebung in mehreren Spektralbereichen wahr. Er sah komplexe Strahlungsmuster, hervorgerufen von den Waffen der Kronn und den Annihilatoren der Verteidiger, während er durch die vielschichtigen chemischen Strukturen der Luft glitt und auf den Schutz seiner sehr widerstandsfähigen Synthohaut vertraute. Die Temperaturunterschiede präsentierten sich ihm als wildes Durcheinander aus Farben, von einem tiefen Violett bis hin zu einem blutigen Rot – die Stadt auf dem einstigen Meeresgrund bekam dadurch eine surreale Schönheit.

»Ich registriere verdächtige energetische Signaturen in der nächsten Schlucht, Tako«, berichtete Elisa. »Es könnte sein, dass nicht alle Vitäen Potonis verlassen haben.«

»Sei wachsam«, sagte Tako unnötigerweise. »Ich beeile mich.«

Tako orientierte sich anhand der Signale des Notrufs und lenkte die Plattform zum größten Wrackteil, das etwa vierzig Meter durchmaß und im mittleren Bereich erstaunlich unversehrt wirkte. An seinem Rand aktivierte er einen Gravitationsanker, der die Leviplattform stabilisierte, und trat durch einen breiten und noch immer recht heißen Riss in der **367**

Außenhülle, gefolgt von den beiden medizinischen Servi. Draußen war es schon recht düster gewesen, aber im Innern des Wracks herrschte fast völlige Dunkelheit. Die beiden medizinischen Servi schalteten ihre kleinen Lampen ein, doch Tako brauchte kein Licht, um sich zurechtzufinden – die schwachen Signale zeigten ihm den Weg. Er ging durch schmale, verwüstete Korridore, vorbei an aufgeplatzten Wänden und explodierten Aggregaten. In einem kleinen Raum, neben den Kontrollen eines großen Annihilatorgeschützes, fand er die Leichen von zwei Legionären, der eine ein Grekki, der andere ein Mensch, beide im Tod vereint.

Elisa identifizierte sie. »Das sind Tantili und Rebecca.«

Tako ging weiter und stellte fest, dass ihm das Atmen schwerer fiel. Es war ein so ungewohntes Gefühl, dass er sich einige Sekunden Zeit nahm, um es zu analysieren, und daraufhin stellte er die Ursache für die Atemprobleme fest: Beklemmung. Er hatte Angst um Rinna.

Tiefer im Innern des Wracks, in einem kurzen Korridor, fand er die Malo-Zwillinge. Eine der beiden Schwestern lag auf dem Boden, in einer Lache aus kaltem, halb geronnenen Blut; die andere hockte halb über ihr, in sich zusammengesunken. Takos erweiterte Wahrnehmung ließ keinen Platz für Zweifel: Die auf dem Boden liegende Miriam war tot, schon seit mehreren Stunden, wie die Körpertemperatur verriet. Xandra lebte noch, war aber schwer verletzt. Sie versuchte, die Waffe in der rechten Hand zu heben, als er sich näherte.

»Ich bin's, Tako Karides«, sagte er schnell. »Ich bin gekommen, um Ihnen zu helfen.«

Die Hand mit der Waffe zitterte, sank dann wieder herab, in die Blutlache.

»Meine Schwester ist nicht tot«, brachte sie mühsam hervor. »Sie ruht sich nur ein wenig aus.«

Tako trat näher und stellte fest, dass Xandras linke Kopfhälfte schwere Verbrennungen aufwies. Die Mini-Mneme an den Schläfen waren verkohlt. Es grenzte an ein Wunder, dass die Legionärin noch lebte.

Ein medizinischer Servo schwebte auf sie zu und begann damit, Xandra zu untersuchen und erste Hilfe zu leisten.

»Wo ist Rinna?«, fragte Tako.

Xandra sah ihn mit einem Auge an, dem rechten. Die andere Augenhöhle war leer. »Rinna?«, wiederholte sie verwirrt, während sich der medizinische Servo mit ihrem Kreislauf verband und versuchte, ihn zu stabilisieren. Tako fragte sich, wie viel Blut auf dem Boden von ihr stammte. »Oh, ja, Rinna. Sie ruft um Hilfe. Ich habe ihr gesagt, dass es sinnlos ist, aber sie wollte nicht auf ... mich ... hören.« Sie sprach immer leiser und senkte den Kopf. »Miriam? Hörst du mich, Miriam? Es wird alles gut. Rinna holt Hilfe.«

Tako empfing die vom Servo ermittelten medizinischen Daten ebenso wie Elisa, und der Megatron bestätigte seine eigene Einschätzung.

»Sie wird sterben, Tako. Xandra könnte nur dann gerettet werden, wenn eine unverzügliche Behandlung in einem voll ausgestatteten Lazarett möglich wäre. Mit hoher Wahrscheinlichkeit würde sie nicht einmal den Transport zur *Akonda* und in den Hibernationsraum überleben. Soll ich es trotzdem versuchen und dem Servo entsprechende Anweisungen übermitteln?«

Tako trat an den Malo-Zwillingen vorbei und durch die Tür am Ende des kurzen Korridors. »Nein«, erwiderte er. »Lass sie bei ihrer Schwester sterben.« Er seufzte. »Die Malo-Zwillinge haben dies immer wieder herausgefordert. Früher oder später musste es sie treffen. Jetzt ist der Krieg für sie vorbei.«

Ein geborstenes Wandsegment aus Ultrastahl versperrte ihm den Weg. Tako leitete mehr Energie aus seinen nuklearen Batterien in die Mubek-Gliedmaßen und schob das schwere Trümmerstück beiseite.

Im nächsten Raum, eigentlich kaum mehr eine Nische, fand er Rinna, über den Kontrollen eines improvisierten Kommunikationssystems zusammengebrochen. Der zweite medizinische Servo flog sofort zu ihr.

»Tako«, meldete sich Elisa, »die energetischen Signaturen sind jetzt deutlicher. Es handelt sich um zwei Stachelsegmente eines Kronn-Schiffes. Und sie sind auf dem Weg hierher.«

Die verbesserten Waffensysteme der *Akonda* konnten mit zwei Kronn-Dornen problemlos fertig werden. Aber wenn noch mehr Einheiten der Kronn auf Potonis zurückgeblieben waren ... Ein Kampf weckte bestimmt ihre Aufmerksamkeit.

Tako empfing erste medizinische Daten, die Rinna betrafen. Ihr Zustand war sehr ernst, aber nicht so hoffnungslos wie der von Xandra. Sie würde lange genug überleben, um angemessen behandelt werden zu können, wenn es gelang, sie rechtzeitig zur *Akonda* zu bringen und sie dort hibernieren zu lassen.

»Elisa ...«

»Ich weiß, Tako. Ich habe die medizinischen Daten analysiert. Es geht darum, keine Zeit zu verlieren. Ich steige auf, vernichte die beiden Kronn-Segmente und kehre sofort zu dem Wrackteil der *Schwert* zurück, in dem du dich befindest. Halte dich am aufgebrochenen Rumpf bereit.«

»Einverstanden, Elisa. Danke.«

Ein dumpfes Donnern kam von draußen, als der Megatron das hundert Meter lange Trichterschiff aufsteigen ließ. Tako trat zu Rinna, die nun in den metallenen Tentakelarmen des medizinischen Servos ruhte. Ihre Lider zuckten und kamen nach oben. Einige Sekunden blieb der Blick ihrer großen grünen Augen leer, doch dann erkannte sie ihn.

»Tako?«, hauchte sie ungläubig. »Bist du das?«

Der Servo schwebte aus der Nische und hielt Rinna so, dass Tako ihr Gesicht sehen konnte. Das blonde Haar war struppig wie immer, doch in dem an mehreren Stellen aufgerissenen Kampfanzug wirkte Rinna noch zierlicher und zerbrechlicher, als Tako sie in Erinnerung hatte. »Ja, ich bin es tatsächlich.« Er rang sich ein Lächeln ab, was ihm schwer fiel – er hatte seit Jahren nicht mehr gelächelt. »Ich bringe dich in Sicherheit.«

Rinnas Augen bekamen einen feuchten Glanz, und schwach hob sie eine Hand. Tako griff danach, als er dem medizinischen Servo folgte. »Du bist gekommen, um mich zu retten, Tako.« Es klang erleichtert und sehr gerührt. »Nach all den Jahren ...«

In der Ferne fauchte es, gedämpft vom Ultrastahl des Schiffes um sie herum, und dann grollte es, so laut wie beim Ausbruch eines nahen Vulkans.

»Ich habe die beiden Kronn-Segmente vernichtet, Tako«, meldete Elisa. »Aber ich orte weitere energetische Signaturen. Ich fürchte, es befinden sich noch mehr Kronn in den anderen Schluchten.«

»Wir sind unterwegs.«

Rinna, getragen vom medizinischen Servo, sah Tako an und schien es noch immer nicht fassen zu können. Sie öffnete den Mund, um erneut zu sprechen, und begann zu husten. Blut quoll aus dem einen Mundwinkel.

Sie kamen an den Malo-Zwillingen vorbei, und Takos Sensoren wiesen ihn darauf hin, dass Xandra gerade gestorben war. Der Medo-Servo löste sich von ihr.

Trotz der Düsternis bemerkte Rinna die Schwestern und blinzelte mehrmals. »Sie ... sind tot, nicht wahr?«

»Sprich nicht, Rinna«, sagte Tako. »Es strengt dich zu sehr an. Ich bringe dich zur *Akonda*, und dort wirst du hibernieren, bis wir Airon erreichen.«

»Tako ...« Ihr Blick kehrte zu ihm zurück. »Es ... es tut mir Leid, dass ich nicht von dir Abschied genommen habe, damals, als du nach Millennia geflogen bist. Ich ...« Sie hustete erneut. »Ich war so ... wütend. Wie dumm, wie dumm ...«

Während die Lichtkegel der beiden medizinischen Servi über die schiefen Wände strichen, wurde es weiter vorn ein wenig heller, als sie sich der geborstenen Außenhülle näherten. Aber das Licht stammte nicht vom düsteren Potonis-Tag, sondern von der *Akonda*, die auf einem Levitationskissen dicht neben dem Wrack schwebte.

Sie hatten den Riss in der Außenhülle fast erreicht, als

Rinna sagte: »Von jetzt an ... bleiben wir zusammen, nicht wahr ... Tako?«

»Ja«, sagte er. »Ja, von jetzt an bleiben wir zusammen.« Etwas tief in ihm tat weh bei diesen Worten, und er begriff: Selbst wenn seine Worte ehrlich gemeint gewesen wären – er hätte Rinna nicht das geben können, was sie sich wünschte. Dazu war er seit Millennia und Andabar nicht mehr in der Lage.

Die beiden medizinischen Servi erreichten die Öffnung und flogen mit Rinna zur *Akonda*, wo sie eine offene Luke erwartete. Tako folgte ihnen mit der Leviplattform und blickte kurz nach oben. Die Dunkelheit der Nacht zog über den Himmel, verdrängte das letzte Licht des Tages und vereinte sich mit den finsteren Rauchschwaden über der Schlucht. Von anderen Raumschiffen war noch nichts zu sehen.

»Wo sind die Kronn, Elisa?«

»Sie erreichen uns in dreißig Sekunden.«

Tako passierte die Luke und hörte, wie sie sich hinter ihm schloss. »Es kann losgehen, Elisa. Schirme und Krümmer auf maximale Energie. Bring uns so schnell wie möglich von hier fort und zur nächsten Transferschneise.«

Die Absorptionsfelder und Levitatoren der *Akonda* funktionierten einwandfrei: Die künstliche Gravitation blieb unverändert, als das Trichterschiff in den dunklen Himmel über Potonis sprang. Strahlblitze kamen aus nahen Schluchten, und die meisten von ihnen bohrten sich unter der *Akonda* durch die Finsternis. Nur zwei trafen die von den Krümmerwalzen erzeugten Schirmfelder und lösten sich darin auf, ohne Schaden anzurichten. Von einem flackernden Halo umgeben raste das Schiff durch die Atmosphäre, erreichte das All und ging auf volle Beschleunigung. Hinter der *Akonda* vereinten sich mehrere Dutzend Stachelkomponenten zu einem Kronn-Schiff, das die Verfolgung aufnahm.

Tako sah die Ereignisse im Weltraum mit den Augen des Schiffes, mit Elisas leistungsstarken Sensoren – er empfing einen Teil ihres Datenstroms.

»Halt uns die Kronn vom Leib, Elisa«, sagte Tako und steuerte die Leviplattform hinter den beiden Medo-Servi durch den Hauptkorridor der *Akonda*. »Mach von allen Waffensystemen Gebrauch, wenn es nötig ist. Du hast völlig freie Hand.«

»Ja, Tako. Danke.«

Bilder überlagerten sich. Hinter der *Akonda* bildete sich ein feuriger Schweif aus Antimaterieraketen und intelligenten Minen, die mit tronischer Präzision und Geduld nach Zielen suchten. Es blitzte im All, als zahlreiche Strahlen vom Kronn-Schiff ausgingen, nach Raketen und Minen tasteten und sie zur Explosion brachten. Gleichzeitig sah Tako den Korridor und den Zugang zum Hibernationsraum. Er limitierte die visuelle Wahrnehmung auf dieses letzte Bild, während er weiterhin Situationsdaten aufnahm.

Zwei der zehn Ruheliegen waren bereit, die eine für Ithana bestimmt, die andere für Rinna. Die beiden Servi ließen die Schwerverletzte vorsichtig auf die Polster sinken und verbanden sie mit medizinischen Sensoren. Tako sprang von der Leviplattform herunter und war mit einigen raschen Schritten neben Rinnas Liege. Das leise Summen der Hibernationssysteme verlor sich im Donnern der Krümmerwalzen und Annihilatorkanonen der *Akonda*.

Rinna blinzelte langsam und hatte ganz offensichtlich Mühe, die Augen offen zu halten. »Es tut weh«, hauchte sie. »Hier drin.« Sie hob die rechte Hand einige Zentimeter und deutete mit dem Zeigefinger auf den Bauch.

»Gleich spürst du nichts mehr«, sagte Tako sanft und sah, dass die medizinischen Servi, von Elisa gesteuert, die Hibernation einleiteten. »Nur noch einige wenige Sekunden ...«

Rinna hob die Lider ganz. Der Glanz ihrer Augen veränderte sich, als sie mühsam etwas zu sagen versuchte. »Ich ... weiß, wo Dominik ist«, flüsterte sie. Dann fielen ihr die Augen zu, und sie schlief.

Ithana saß steif in ihrem Sessel, als Tako den Kontrollraum betrat. Quasireale Projektionsfelder zeigten den Verfolger, ein mittelgroßes Stachelschiff der Kronn, bestehend aus mehreren Dutzend einzelnen Segmenten, die sich voneinander lösen würden, sobald sie auf Gefechtsreichweite herangekommen waren. Immer wieder blitzte es, und dann raste destruktive Energie durchs All, schneller als die beschleunigende *Akonda*. Doch diese Entladungen verloren an Energie, bevor sie das Trichterschiff erreichten; für die starken Schirmfelder stellten sie kaum eine Belastung dar.

»In zehn Minuten erreichen wir die nächste Transferschneise, Tako«, sagte Elisa. »Es wird sehr knapp. Die Kronn schließen zu uns auf.«

»Sie sollten sich in die Hibernation zurückziehen, Ithana«, sagte Tako geistesabwesend und nahm Informationen aus den QR-Feldern auf, während sich seine Gedanken, seltsam eigenständig und wie außer Kontrolle geraten, um andere Dinge drehten.

Die Lobotome stand auf. »Wir hätten den Flug ohne diesen Abstecher in den Innenbereich des Morgob-Systems fortsetzen sollen.«

Tako sah kurz zu ihr auf. »Wir haben eine Überlebende von Potonis an Bord.«

»Das Projekt Andromeda ist wichtiger, Lanze Karides«, sagte Ithana und verließ den Kontrollraum.

Tako schwieg einige Sekunden, lauschte dem Donnern der Krümmer und beobachtete das Kronn-Schiff, das immer wieder auf die *Akonda* feuerte. Weitere Kampfeinheiten der Kronn kamen vom vierten Planeten Arabi, waren aber viel weiter entfernt und stellten keine Gefahr dar.

»Rinna weiß, wo sich Dominik befindet«, sagte er schließlich.

»Ich habe es im Hibernationsraum gehört«, erwiderte Elisa, während sie weiter mit den Annihilatoren feuerte. Ein QR-Feld zeigte die nächste Transferschneise als leuchtendes Band, das vor ihnen durch die Dunkelheit reichte. Diese Schneise schien recht groß zu sein.

»Leite den Sprung ein, bevor wir in der Schneise sind. Sie

ist groß genug; du kannst sie sicher nicht verfehlen. Dadurch gewinnen wir etwas Zeit.«

»Aber dann ist die Schockwelle noch stärker, Tako«, gab Elisa zu bedenken. »Sie könnte selbst für dich zu stark werden.«

»Das bezweifle ich«, sagte Tako zuversichtlich. Er glaubte inzwischen, das Potenzial seines neuen Körpers gut einschätzen zu können.

Er schwieg erneut, beobachtete das Geschehen und dachte dabei an ganz andere Dinge.

Wieder gesellte sich das Donnern der Annihilatorkanonen dem der Krümmer hinzu, und ein Energiekeil jagte dem Kronn-Schiff entgegen, ohne mehr als ein kurzes Flackern in den Schutzfeldern zu bewirken. Der Gegner erwiderte das Feuer, und diesmal ging ein merklicher Ruck durch die *Akonda.*

»Verzichte auf den Einsatz unserer Waffen und verwende die ganze Energie für die Krümmer, Elisa. Spring, sobald du dazu imstande bist. Gib mir zehn Sekunden vorher Bescheid.«

»Bist du sicher, Tako? Die Belastungen könnten auch für dich sehr groß sein.«

»Ich werde damit fertig.« Er zögerte. »Du empfängst Rinnas Bio-Daten, Elisa. Wird sie überleben?«

»Es geht ihr sehr schlecht, Tako. Sie hat schwere innere Verletzungen erlitten. Aber Airon ist bestens ausgerüstet. Ich kenne die dortigen Biotrone und weiß, was sie leisten können.« Elisa zögerte kurz. »Du möchtest von ihr wissen, wo sich Dominik befindet, nicht wahr?«

»Manchmal glaube ich, du kannst meine Gedanken lesen«, sagte Tako. Die *Akonda* schüttelte sich erneut.

»Ich bin imstande, sie zu erraten, Tako, weil ich dich gut kenne«, erwiderte der Megatron und fügte hinzu: »Bestimmt kann dir Rinna in Airon sagen, wo sich Dominik aufhält.«

»Fast zehn Jahre sind vergangen«, murmelte Tako. »Er ist jetzt kein Kind mehr, sondern ein junger Mann ...«

Das Kronn-Schiff feuerte, und die *Akonda* vibrierte. Die Transferschneise schwoll an, zu einem leuchtenden Tunnel im All.

»Ithana ist in der Hibernation«, sagte Elisa. »Sprung in zehn Sekunden, Tako.«

Er lehnte sich im Kommandantensessel zurück, schloss die Augen und ließ sein Bewusstsein ruhen.

»Sprung erfolgt ... *jetzt*.«

Tako spürte kurzen, stechenden Schmerz, intensiver als erwartet, aber nicht stark genug, um sein Selbst zu bedrohen. Und während die *Akonda* über viele Lichtjahre hinweg nach Airon raste, dachte er an Dominik.

»Die Gesandten werden allmählich ungeduldig, alter Freund«, sagte Dargo Dargeno. »Sie warten schon seit zwei Stunden.«

Tako hörte ihn kaum, während er im Warteraum des Zentrums für intensive Behandlung auf und ab ging. Mit mechanischer Präzision setzte er einen Fuß vor den anderen, spürte dabei das Mubek unter der Synthohaut nicht mehr als etwas Fremdes, sondern als Teil seines Körpers. Manchmal hob er kurz den Kopf und sah durchs Fenster ins ZIB, wo Orione und ihre Mitarbeiter versuchten, Rinnas Leben zu retten.

»Ich verstehe deine Besorgnis«, ertönte erneut Dargos heiserer Bass. »Aber du kannst ihr nicht helfen.«

Tako blieb am Fenster stehen und dachte an seine Aufgaben. Der Planungsstab des Projekts Andromeda hatte sich auf seine eigene Weisung hin in der Bastion Airon versammelt, und jetzt ließ er die Repräsentanten vieler Welten warten. Ithana, Rabada, Bergon und die anderen konnten ihn nicht auf Dauer vertreten.

»Ich muss hier bleiben«, sagte Tako, ohne Dargo darauf hinzuweisen, dass es ihm um mehr ging als Rinna. »Bitte geh zu den AFW-Gesandten und erklär ihnen die Situation.«

Dargo Dargeno, Ceptar und Sonderbeauftragter des Oberkommandos, trat neben ihn und legte ihm kurz die Hand auf die Schulter. »Lass dir nicht zu viel Zeit, alter Freund.«

Wieder hörte Tako die Worte kaum, und erst nach einer Weile merkte er, dass Dargo das Wartezimmer verlassen hatte. Zeit verstrich, während er am Fenster stand, den Blick ins Zentrum für intensive Behandlung gerichtet. Er sah Dinge, ohne sie zu sehen, und spürte, wie etwas in ihm in Bewegung geriet, das nicht geruht, nur gewartet hatte.

Schließlich öffnete sich die Tür, und die kahlköpfige Medikerin Orione kam herein. Das wie schlaff wirkende Gesicht der Lobotomen blieb seltsam leer.

»Es geht ihr sehr schlecht, Lanze Karides, aber sie möchte unbedingt mit Ihnen sprechen.«

Tako war schon an ihr vorbei und eilte zu der Autarken Behandlungseinheit, in der Rinna lag. Grüngelbe Gelmasse umgab Rinna, und Tako erinnerte sich daran, dass er selbst in einer solchen Masse gelegen hatte, auf Millennia.

Aus klaren Augen sah Rinna zu ihm auf.

»Es tut nicht mehr weh«, sagte sie leise. In ihren Mundwinkeln zuckte es; sie schien lächeln zu wollen. »Tako?«

Er beugte sich vor. »Ich höre dich.«

»Du bist irgendwie ... anders.« Dünne Falten bildeten sich in Rinnas Stirn, und Tako hörte, wie sich die flüsternden Stimmen der Medo-Geräte veränderten. »Du bist es doch, oder?«

»Ja, ich bin Tako.« Mit einer Hand, von einem Handschuh umhüllt, strich er über die Narbe in seinem Gesicht.

»Tako ... Ich dachte, ich würde dich nie wiedersehen. Von jetzt an bleiben wir zusammen, ja?«

»Ja, Rinna.« Orione und ihre Assistenten standen in der Nähe, und ein Teil von Tako nahm ihre Besorgnis wahr. »Du hast Dominik erwähnt«, sagte er und versuchte, seine Stimme nicht drängend klingen zu lassen.

»Dominik?« Rinna blinzelte. »Ja, Dominik. Einer von uns, einer von der Legion Cerbus ... ist auf Kyrna gewesen, dem dritten Planeten des ... Kalanka-Systems. Nach der Flucht von Millennia haben die ... Tal-Telassi dort eine Kolonie gegründet. In der Hauptstadt Endiria hat ... der Legionär gehört, dass sich ... Norene und Dominik ... auf jenem Planeten ... befinden ...«

Rinnas Stimme wurde immer schwächer, und Orione trat zu Tako. »Bitte gehen Sie jetzt, Lanze Karides. Das Sprechen strengt Rinna sehr an.«

»Tako ... Wir bleiben jetzt zusammen, nicht wahr?«

»Ja«, sagte er und gab seiner Stimme einen festen Klang. »Ja, Rinna, das tun wir.«

Ihre Augen schlossen sich.

Zwei große Sterneninseln schwebten im Zentrum des runden Konferenzraums, umgeben von kleineren Satellitengalaxien: die Milchstraße und Andromeda, etwa zweieinhalb Millionen Lichtjahre voneinander entfernt.

Tako stand am Platz des Projektleiters und sprach zu den Versammelten, während die neben ihm sitzende Ithana vorbereitete Bilder und Daten projizierte. »Die sieben zentralen Industrieplaneten des Kernbereichs haben die Umstrukturierung ihrer Produktionskomplexe eingeleitet«, sagte er. »In zwei Jahren wird dort mit dem Bau der ersten Andromedaschiffe begonnen. Wir rechnen damit, dass etwa zwanzig Billionen Personen evakuiert werden müssen, und dafür sind eine Million Raumschiffe nötig, die jeweils zwanzig Millionen Passagiere aufnehmen.«

Ein Raunen ging durch die Reihen der Gesandten. Ein neues quasireales Projektionsfeld bildete sich und zeigte einen riesigen, viele Kilometer langen Zylinder, an den sich die kleineren Zylinder von Krümmerwalzen schmiegten.

»Es wird vermutlich die größte Flotte sein, die jemals gebaut wurde«, fuhr Tako fort und bemühte sich um Konzentration – seine Gedanken drohten immer wieder fortzugleiten. »Für ihren Bau brauchen wir unser ganzes industrielles Potenzial; alles andere muss dahinter zurückstehen.«

Daten wanderten durch Informationsfelder, während das

riesige Zylinderschiff schrumpfte. Andere gesellten sich ihm hinzu, und es entstand eine Flotte, die die Milchstraße verließ und sich auf den Weg nach Andromeda machte. An einigen Stellen blinkten Punkte im intergalaktischen Leerraum.

»Die Andromedaschiffe werden etwa dreihundert Jahre benötigen, um den Andromedanebel zu erreichen«, sagte Tako und entnahm den Reaktionen der Gesandten, dass einigen von ihnen erst jetzt die ganze Tragweite des Projekts bewusst wurde. »Wir planen, die meisten Evakuierten in der Hibernation unterzubringen, um Platz und Ressourcen zu sparen. Die Besatzungsmitglieder, denen die Kontrolle der Bordsysteme obliegt, werden nach mehrjährigen Arbeitsphasen durch zuvor ausgebildete Schläfer ersetzt. Bevor die Flotte in knapp zweihundert Jahren aufbricht, müssen im Leerraum zwischen der Milchstraße und Andromeda Versorgungsstützpunkte und Materiallager eingerichtet werden. Vor einem Jahr haben sich erneut Fernerkunder auf den Weg gemacht, wie schon einmal vor acht Jahrhunderten. Diesmal sind die Schiffe bemannt, und ihre Aufgabe besteht darin, im Zielspiralarm der Andromeda-Galaxis nach geeigneten Welten zu suchen. Sie sind mit den stärksten Triebwerken ausgestattet, die wir derzeit bauen können – dafür möchte ich dem Repräsentanten der Horgh an dieser Stelle ausdrücklich danken. Sie werden die Andromedaflotte beim letzten intergalaktischen Stützpunkt in Empfang nehmen und ihnen die endgültigen Zielkoordinaten übermitteln, in vierhundertachtzig Jahren nach dem derzeitigen Zeitplan.«

Wieder versuchten Takos Gedanken sich selbständig zu machen, aber er hielt sie fest, ließ den Blick über die Versammelten schweifen. »Während wir uns auf die große Evakuierung vorbereiten und praktisch unsere ganze wirtschaftliche Kapazität diesem Ziel widmen, findet eine kleinere Evakuierung statt: Wir geben die Außenwelten nach und nach auf und bringen ihre Bewohner in den Kernbereich, auf dessen

Verteidigung wir uns konzentrieren. Ich weiß, dass das für einige von Ihnen große Opfer bedeutet. Aber Sie alle kennen die aktuelle militärische Bewertung der Situation – jene Welten sind nicht zu retten.«

Tako legte eine kurze Pause ein und beobachtete die Andromedaflotte zwischen den Galaxien. Auf sein Zeichen hin veränderte Ithana die Projektion, und in der Mitte des Saals leuchtete der zentrale Bereich der AFW, sechzig bewohnte Welten und dreihundert Ressourcenplaneten. »Markant Rabada wird Ihnen nun erläutern, wie Okomm die Verteidigung des inneren Kerns plant.«

Rabadas Ambientalblase löste sich vom Podium, auf dem die Mitglieder der Planungsgruppe saßen, und stieg einen Meter weit auf. Schillernde Regenbogenfarben huschten über die Außenflächen, und dann wurde die Blase halb durchsichtig. In ihrem Innern zeichnete sich vage die Gestalt des Methan atmenden Strategen ab.

Tako setzte sich. Er kannte den Inhalt von Rabadas Vortrag bereits, und deshalb gab er die strenge Kontrolle der eigenen Gedanken auf und ließ sie treiben. Sie kehrten sofort zu dem Jungen zurück, den er vor fast zehn Jahren auf Kabäa gerettet hatte. Was mochte inzwischen aus ihm geworden sein? Kyrna im Kalanka-System, mehr als siebentausend Lichtjahre von der Bastion Airon entfernt.

Ein akustisches Signal unterbrach den Vortrag des Ayros Rabada. Damit einher ging ein visueller Alarm in mehreren Spektralbereichen: Es wurde heller im Konferenzraum, und gleichzeitig kam es zu einem infraroten und ultravioletten Pulsieren.

»Hier spricht Lanze Comrio«, ertönte die Stimme des Kommandanten der Bastion. »Hiermit erkläre ich die höchste Alarmstufe für Airon und ordne die Notevakuierung der Bastion an ...«

Unruhe breitete sich im Saal aus, während ein großes QR-Feld im Zentrum des Raums entstand, die rote Riesensonne und ihren gefräßigen schwarzen Partner zeigte. Das feurige

Band der Materiebrücke schien stärker zu lodern als sonst. Tako nahm die Daten aus den Informationsfenstern schneller auf als die anderen und begriff: Die energetischen Aktivitäten in der Photosphäre des roten Riesen hatten zugenommen, und zwar aufgrund einer angeregten p-p-Reaktion.

Ein solches Brodeln hatte Tako schon einmal gesehen.

Wie die anderen Konferenzteilnehmer stand er auf und strebte zusammen mit ihnen zum Ausgang, während die aufgezeichneten Worte des Bastionskommandanten immer wieder erklangen. In den Gängen und Korridoren von Airon schien auf den ersten Blick betrachtet ein wildes Durcheinander zu herrschen, aber Tako wusste, dass alle Crewmitglieder und Besucher die ihnen zugewiesenen Evakuierungssektionen aufsuchten. Leviplattformen und Transportkapseln schwirrten umher.

»Ich kann nicht glauben, dass die Graken versuchen, Airon anzugreifen«, sagte Dargo Dargeno, der mit einer Plattform vor Tako erschien. Ithana stand neben dem Okomm-Sonderbeauftragten, und Tako trat zu ihnen. Dargo bediente die Kontrollen, und die Plattform sauste mit vielen anderen durch einen zentralen Verbindungstunnel der Bastion.

Tako sah nach unten und glaubte, bei den vielen Personen für eine Sekunde das hässliche Gesicht des Waffenschmieds Bergon zu sehen, inzwischen elfter Waffenherr von Andabar. »Es ist kein Angriff der Graken«, sagte er. »Die rote Riesensonne wird zur Nova. So wie Gindal. Offenbar haben die Graken herausgefunden, was damals beim ersten Einsatz des Phasenübergangs-Interdiktors geschehen ist. Seit damals versuchen sie, den Spieß umzudrehen.«

Zwei oder drei Sekunden verstrichen.

»Wenn das stimmt«, sagte Ithana langsam, »wenn unsere Bastionen nicht mehr sicher sind, wenn die Graken unsere Sonnen explodieren lassen können ...«

Tako nickte. »Dann sind alle unsere Pläne für das Projekt Andromeda über den Haufen geworfen, weil uns nicht annähernd genug Zeit bleibt.«

Dargo steuerte die Leviplattform in einen kleineren Verbindungstunnel, der an den großen Habitaten Airons vorbei zu den peripheren Sektoren mit den Anlegestellen führte. »Ich setze euch bei der *Akonda* ab.«

»Komm mit uns«, sagte Tako sofort und erinnerte sich daran, wie schnell Gindal zur Nova geworden war. »Vielleicht bleibt dir nicht genug Zeit, dein eigenes Schiff zu erreichen.«

»Jeder von uns hat seine Pflichten«, erwiderte Dargo Dargeno. »Ich muss mich um meine Crew kümmern, alter Freund.«

Hunderte von Leviplattformen hielten auf die Anlegestellen des Sektors zu, in dem die *Akonda* zusammen mit anderen Schiffen wartete. Offene Schleusen nahmen militärisches und ziviles Personal auf.

Dargo hielt an einer leeren Schleuse, klopfte Tako auf die Schulter und sah ihn aus seinen Multiplexaugen an. »Pass gut auf dich auf, alter Freund. Ich wünsche dir viel Glück. Und Ihnen ebenfalls, Ithana.«

In der leeren Schleusenkammer zögerte Tako kurz und sah der Plattform hinterher, erinnerte sich dabei an das Chorius-Desaster. »Auch dir viel Glück, Dargo.«

Als er zusammen mit seiner Assistentin Ithana zum Kontrollraum der *Akonda* eilte, fiel es ihm schwer, seine Empfindungen und Gedanken zu ordnen. Er hatte geglaubt, im Verlauf der letzten Jahre eine unerschütterliche innere Ruhe gewonnen zu haben, die es ihm erlaubte, mit allen Situationen fertig zu werden, aber das stellte sich jetzt als Illusion heraus. Rinna hatte sein emotionales Gleichgewicht zweimal erschüttert, durch das Wiedersehen und den Hinweis auf Dominik. Hinzu kam ein noch größerer Schock angesichts einer völlig neuen Situation, die das Projekt Andromeda unmöglich machen konnte.

Als sie den Kontrollraum betraten, hob Ithana die Hand zu den Enzeloren an ihrem Halsansatz. »Notfallplan einhunderteinunddreißig«, sagte sie und nahm an den sekundären Kontrollen Platz. »Wir sind der Rückzugszone D im Valis-Sektor zugeteilt.«

»Ich bestätige«, erklang die Stimme des Megatrons, der die *Akonda* bereits von der Bastion fortsteuerte.

Tako sank in den Sessel des Kommandanten und fühlte dabei eine sonderbare Müdigkeit. Zu viele Dinge in ihm waren in Bewegung geraten. Er brauchte Zeit, um wieder Ordnung in seinem inneren Universum zu schaffen.

Das zentrale quasireale Projektionsfeld wurde größer und schob die anderen beiseite. Die Bastion Airon hatte als absolut sicher gegolten und war in den letzten Jahren auf einen Durchmesser von sechzig Kilometern angewachsen. Ein großer Teil der Erweiterungen bestand aus Hangars und Werftanlagen, in denen Kriegsschiffe gewartet und repariert wurden. Dies alles war nun plötzlich in Gefahr.

Hinter der Bastion brodelte eine zornig gewordene Sonne und ließ die Materiebrücke anschwellen, die im Schlund des Schwarzen Lochs verschwand. Tako beobachtete, wie tausende von Raumschiffen die Bastion verließen und mit dem Flug zu den beiden Transferschneisen X und Y begannen. Ein Informationsfeld wies darauf hin, dass die *Akonda* Transitpriorität hatte – immerhin befand sich der Leiter des Projekts Andromeda an Bord.

»Ich empfehle Ihnen, Vorbereitungen für die Hibernation zu treffen«, wandte sich Tako an Ithana, als das Trichterschiff beschleunigte. »Ich leite den Transfer so bald wie möglich ein.«

Die Lobotome stand auf. »Wie lange dauert der Flug?«

»Elisa?«

»Etwa drei Wochen«, sagte der Megatron.

Ithana blickte auf die Anzeigen. »Es bleibt noch mindestens eine halbe Stunde Zeit. Was mir Gelegenheit gibt, einen kurzen Bericht zusammenzustellen und Okomm zu übermitteln.«

Tako nickte, und seine Assistentin verließ den Kontrollraum.

»Täusche ich mich, oder ist die Sonne tatsächlich größer geworden?«, fragte er einige Minuten später. **383**

»Die energetischen Aktivitäten in der Photosphäre nehmen stark zu«, sagte Elisa. »Ich fürchte, eine fatale Kettenreaktion steht unmittelbar bevor.«

Tako beobachtete, wie sich weitere Schiffe von dem schrumpfenden dunklen Koloss vor der roten Riesensonne lösten. »Ist Dargo Dargeno bereits gestartet?«

»Nach meinem Kenntnisstand befindet er sich noch in Airon.«

Wieder verstrichen einige Minuten, während die *Akonda* mit hunderten von anderen Schiffen durchs All raste, der X-Schneise entgegen. »Warte nicht zu lange, Dargo«, murmelte Tako. »Bring dich in Sicherheit, alter Freund.«

Lange Protuberanzen wuchsen aus dem gewaltigen Feuerleib der Sonne und leckten wie Zungen nach der Bastion. Doch der Gravitationseinfluss des nahen Schwarzen Lochs krümmte sie, bevor sie Airon erreichten.

Tako beobachtete, wie es bei der Bastion aufblitzte, und plötzlich begriff er, dass Airon noch eine andere Gefahr drohte. Die sich aufblähende rote Riesensonne veränderte die Schwerkraftverhältnisse, und das beeinträchtigte die gravitationelle Stabilität der riesigen Raumfestung.

»Airons Manövriertriebwerke sind solchen Belastungen nicht gewachsen«, sagte Elisa. »Die Bastion treibt auf das Schwarze Loch zu.« Die ins zentrale QR-Feld eingeblendeten Kursdaten bestätigten das.

Ein Kom-Signal erklang. »Ich habe den Bericht übermittelt und beginne jetzt mit der Hibernation, Lanze Karides.«

»In Ordnung, Ithana.«

Fünfzehn Minuten später sagte Elisa: »Transfer in sechzig Sekunden, Tako. Und Dargos Schiff ist gerade gestartet. Es eskortiert die letzte Evakuierungsflotte.«

Warnsignale blinkten in den QR-Feldern, und aus dem roten Leuchten der Riesensonne wurde innerhalb weniger Sekunden ein grelles weißes Gleißen.

»Kettenreaktion«, sagte Elisa. »Die Sonne wird zur Nova. Sprung in dreißig Sekunden, Tako.«

Die *Akonda* begann zu zittern, und Tako beobachtete, wie die Glut der explodierenden Sonne Airon erreichte, die gewaltige Bastion, über viele Jahrzehnte hinweg Hoffnung und Stütze der Allianzen Freier Welten, in einem Sekundenbruchteil verdampfte. Und mit ihr die Schiffe der letzten Evakuierungsflotte.

»Zehn Sekunden, Tako.«

Er versuchte, sein Bewusstsein zu leeren, damit es beim Sprung keinen Schaden nahm, aber diesmal stemmte sich ihm ein seltsamer mentaler Widerstand entgegen – etwas wehrte sich dagegen, in den Ruhezustand einzutauchen.

»Sprung erfolgt ... *jetzt*.«

Takos Ich splitterte.

20

Dominik: Flucht

Auf dem Weg zum Lyzeum fürchtete Dominik jeden Blick und jedes an ihn gerichtete Wort. Er versuchte, langsam zu gehen und nicht den Eindruck zu erwecken, es eilig zu haben. Die ganze Zeit über hatte er das schreckliche Gefühl, dass die Schuld ihm ins Gesicht geschrieben stand, für aufmerksame Augen deutlich zu lesen. Doch niemand zeigte mit dem Finger auf ihn; niemand hielt ihn an, um Rechenschaft zu verlangen.

Die Schülerinnen, denen er in den Fluren des Lyzeums begegnete, reagierten erstaunt auf ihn und setzten dann wieder die Masken kalter Rationalität auf, die bei einigen von ihnen gar keine Masken mehr waren. Dominik grüßte die älteren von ihnen respektvoll, wie es die Regeln verlangten, obwohl er in seiner Entwicklung zum Tal-Telassi viel weiter war als sie. Er verneigte sich auch vor zwei Meisterinnen und fragte sich dabei, wie lange es dauerte, bis sie »Mörder!« riefen. Wie viel Zeit blieb ihm? Jede einzelne Sekunde wurde kostbar, aber er zog nicht die Möglichkeit in Betracht, allein zu fliehen; das kam nicht infrage.

Die Türen der Unterkünfte verfügten über einfache mechanische Schlösser, aber es wurde nur selten von ihnen Gebrauch gemacht. Und selbst wenn die Tür von Loanas Quartier verriegelt gewesen wäre: Dominik hätte sie mit einem schnellen Griff in Crama öffnen können. Das war nicht nötig, wie sich herausstellte. Er betrat die Unterkunft, die Loana mit zwei anderen Schülerinnen teilte, fand sie leer vor und begann mit einer unruhigen Wanderung, die ihn immer wieder um den kleinen Tisch im schlichten Wohnraum führte. Jeder nervöse Atemzug brachte ihn der Entdeckung näher und erschwerte die Flucht. Aber er musste warten – er wagte es nicht, sein Selbst in Delm zu öffnen, um Loana telepathisch zu lokalisieren, denn das hätte vielleicht Aufmerksamkeit erregt.

Einige Minuten vergingen, jede von ihnen bleischwer in Dominiks Gedanken. Schließlich öffnete sich die Tür, und drei junge Frauen kamen herein, eine von ihnen Loana. Alle drei trugen einfache Schülerinnengewänder.

»Bitte zieh dich um«, sagte Dominik. »Wir müssen fort.«

Loana sah ihn verwirrt an. »Was ist passiert? Hast du mit Norene gesprochen?«

Dominik wandte sich an die anderen beiden Schülerinnen und dehnte sein Selbst bis zur achten Stufe. »Legt euch schlafen«, sagte er mit Hilmia – es war so leicht.

Die Augen der beiden jungen Frauen trübten sich, als sie seiner Aufforderung nachkamen und den Wohnraum verließen.

Ärger erschien in Loanas Zügen. »Domi ...«

»Norene ist tot.«

»*Was?*«

»Ich erkläre dir alles, sobald wir Zeit haben. Zieh dich um. Wir müssen Tarion verlassen. Die Leiche könnte jeden Augenblick entdeckt werden.«

Loana trat näher und sah ihn bestürzt an. Dominik stellte geistesabwesend fest, dass ihr langes blondes Haar wieder einen Zopf bildete, der vorn zwischen ihren Brüsten ruhte, so wie an jenem Abend in der Therme, vor fast fünf Jahren.

»Du hast *Norene* getötet? Eine *Großmeisterin*?«

»Sie wollte mich umbringen.« Dominik schauderte. »Etwas

in mir ist ihr zuvorgekommen. Zieh dich um, Loa. Bitte. Wir müssen uns sofort auf den Weg machen.«

Sie sah ihn groß an. »Ich soll hier alles aufgeben? Einfach so?«

Dominik hatte nicht damit gerechnet, dass Loana irgendwelche Einwände erhob. »Norene hat Anweisung gegeben, dich fortbringen zu lassen. Morgen. Dich erwartet eine Tal-Telassi-Kolonie auf einem anderen Planeten.« Worte waren grässlich umständlich. Dominik fasste die wichtigsten Ereignisse zusammen und projizierte sie mit einem Delm-Gedanken. Loana riss die Augen auf.

»Dies ist der Augenblick der Entscheidung«, drängte Dominik. »Entweder trennen sich hier unsere Wege, oder sie führen in eine gemeinsame Zukunft. Wenn ich allein fliehe, sehen wir uns vermutlich nie wieder. Du musst entscheiden, was dir wichtiger ist: deine Zukunft als Tal-Telassi ohne Gefühle und ohne mich, oder ein Leben *mit* deinen Emotionen und mir, ein vollständiges, komplettes Leben, ohne Verzicht auf das Tal-Telas.«

»Und wenn ich mich gegen dich entscheide?«, fragte Loana. »Manipulierst du mich dann so wie eben Melinda und Ekortina? *Zwingst* du mich dann, dich zu begleiten?«

»Niemals, *niemals* würde ich dich zu irgendetwas zwingen, Loa, bitte glaub mir«, sagte Dominik mit Nachdruck.

Loana sah ihm tief in die Augen, und einige weitere kostbare Sekunden verstrichen. Dann seufzte sie leise und eilte los, um sich umzuziehen.

Der Hangar, den Dominik und Loana kurze Zeit später erreichten, enthielt nur eine kleine Transportkapsel, die wie die Leviplattformen vor allem für Flüge in der näheren Umgebung bestimmt war. Für Reisen zu der mehr als fünfhundert Kilometer entfernten Hauptstadt Endiria verwendeten die Tal-Telassi üblicherweise kleine Shuttles.

Dominik öffnete die Luke. »Hier drin ist nicht viel Platz, aber wir haben keine Wahl.«

Er ließ Loana zuerst einsteigen, folgte ihr dann und zwängte sich neben sie. Für jemanden, der an Klaustrophobie litt, musste eine solche Kapsel albtraumhaft sein.

Loana, die inzwischen eine Art Overall mit vielen Taschen trug, rückte so weit wie möglich zur Seite, damit Dominik die Kontrollen erreichen konnte. Er aktivierte das Levitationsfeld, öffnete das Hangarschott und steuerte die Kapsel hinaus, in die Düsternis eines früh zu Ende gehenden Tages – im hohen Norden von Kyrna machte der Winter die Nächte lang. Starke Windböen zerrten an der kleinen Transportkapsel, und Dominik hatte alle Hände voll mit der Navigation zu tun, bis er die Kontrollen für die automatischen Stabilisatoren fand. Er fragte sich, wie viel Zeit seit Norenes Tod vergangen war. Nicht mehr als zwanzig oder fünfundzwanzig Minuten. Es fühlte sich viel länger an.

»Erzähl mir, was geschehen ist«, sagte Loana, als die Lichter von Tarion hinter ihnen in der Dunkelheit verschwanden. Durch das Bugfenster war zu sehen, wie die von den Scheinwerfern der Kapsel ausgehenden Lichtfinger erst über Schnee und Eis strichen und dann durch Leere tasteten, als das kleine Gefährt aufstieg. Die Sterne blieben hinter dichten Wolken am Himmel verborgen. »Erzähl mir den Rest, Domi.«

Dominik schilderte die Geschehnisse und seinen mentalen Kontakt mit Norene, benutzte dabei Worte, die ihm plötzlich primitiv und auf geradezu absurde Weise unzureichend erschienen. Die wortlose telepathische Kommunikation mit Konzepten und Symbolketten übermittelte weitaus mehr Informationen in viel kürzerer Zeit, fand er – und stellte fest, dass dieser Gedanke eigentlich nicht von ihm selbst stammte, sondern von dem Fremden, das seinen Kopf mit ihm teilte.

In seinem Gesicht schien sich etwas gezeigt zu haben, denn Loana fragte: »Was ist mit dir?«

»Ich bin nicht mehr allein hier drin«, sagte er und klopfte an seine Stirn. »Vergangene Nacht im botanischen Garten ist etwas in mir erwacht, etwas, das stark genug war, Norene zu überwältigen. Dieses Etwas war es auch, das sie getötet hat.«

Loana musterte ihn besorgt. »Domi, das klingt fast nach ›Stimmen hören‹ und dergleichen ...«

»Schizophrenie oder so?« Dominik schnitt eine Grimasse, während er in die Nacht blickte. Schneeflocken tanzten im Scheinwerferlicht der Kapsel, und der Wind wurde stärker. »Nein, ich schnappe nicht über.«

»Wissen Verrückte, dass sie verrückt sind?«

»*Herzlichen* Dank für dein Vertrauen.« Dominik hörte die Schärfe in seinen Worten und fügte hinzu: »Entschuldige, Loa. Ich habe es nicht so gemeint. Es ist nur ...«

Sie berührte ihn am Arm, zog die Hand dann wieder zurück. Die Sorge blieb in ihren großen blaugrünen Augen.

»Es hat vor einigen Jahren begonnen, während der Pubertät«, sagte Dominik. »Die seltsame Unruhe, die mich manchmal überkam, eine Gereiztheit, für die ich keine Erklärung fand ... Ich habe es auf die Hormone geschoben. Aber jetzt ist klar, dass mehr dahintersteckt. Sieh dir das an.«

Er löste eine Hand von den Kontrollen und hielt sie so, dass Loana die Innenfläche sehen konnte. Ihre Augen wurden noch größer. Nicht nur die Fingerkuppen – Zeichen eines Großmeistertalents – waren violett. Die Verfärbung reichte bis zum zweiten Fingergelenk und von dort aus in Form von haardünnen Linien bis zur Mitte des Handtellers.

»So etwas habe ich noch nie gesehen«, hauchte Loana.

»Vielleicht ist es ein Zeichen dafür, wie viel Kraft in mir steckt«, sagte Dominik. »Aber es ist nicht *meine* Kraft – oder nicht nur meine. Sie hat Norene getötet. Ich allein wäre dazu nicht imstande gewesen.«

»Wollte sie dich wirklich umbringen?«

»Ja«, erwiderte Dominik. Und dann schränkte er ein: »Ich weiß es nicht genau. Diese Möglichkeit war für den Fall vorgesehen, dass ich ›außer Kontrolle‹ gerate, und ich schätze, das Fremde in mir wollte kein Risiko eingehen.«

Eine Zeit lang schwiegen sie, und jeder von ihnen hing den eigenen Gedanken nach, während draußen die Stimme des Winds lauter und zorniger wurde. Dominik sah auf die

Anzeigen und stellte fest, dass die Belastungsgrenze für die Stabilisatoren erreicht war.

»Dies wird zu einem regelrechten Schneesturm«, sagte er. »Wir sollten besser an einer geschützten Stelle landen und dort abwarten, bis das Schlimmste vorbei ist.«

Er schaltete die aktive Sondierung ein, und über den Kontrollen erschien ein quasireales Projektionsfeld, das ihm eine Miniaturversion der Umgebung zeigte. Die Transportkapsel flog über dem Rücken eines Gletschers, der in den letzten Jahren immer breiter und dicker geworden war. Die von den Tal-Telassi eingeleitete Klimaveränderung durch kontrollierte Vulkanausbrüche ließ die Temperaturen sinken, und dadurch entstanden Eispanzer wie auf Millennia.

»Dort«, sagte Loana und zeigte auf einen schluchtartigen Einschnitt.

Dominik nickte, steuerte die Kapsel in den schmalen, tiefen Riss im Eis und verankerte sie in einer Tiefe von etwa zehn Metern mit einem Gravitationsanker.

Mehrere Minuten lauschten sie dem Heulen des Sturms, der Schnee über den Rücken des Gletschers fegte. Die Bordsysteme der Transportkapsel summten leise im Bereitschaftsmodus.

»Man wird dich suchen«, sagte Loana schließlich.

»Die Galaxis ist groß«, erwiderte Dominik, aber es klang dumm, selbst für die eigenen Ohren.

»Dort draußen findet ein *Krieg* statt, falls du das vergessen haben solltest. Die Freien Völker ziehen sich in den Kernbereich zurück.«

»Es wird uns gelingen, Kyrna zu verlassen und auf irgendeiner anderen Welt einen Platz für uns zu finden.« Dominik rutschte ein wenig zur Seite und suchte nach einer bequemeren Position.

»Solange es Tal-Telassi gibt, werden sie nach dir suchen«, sagte Loana. Halb erschrocken fügte sie hinzu: »Und auch nach mir. Vielleicht halten sie mich für deine Komplizin!«

»Wir finden einen Platz für uns, ganz bestimmt.« Dominik

hob die Hand und strich Loana über die Wange. »Wir fangen ein neues Leben an, irgendwo. Und ich helfe dir, die einzelnen Stufen des Tal-Telas zu erreichen, wie versprochen.« Müdigkeit dämpfte den nervösen Aufruhr in ihm. In der vergangenen Nacht hatte er kaum geschlafen, und die Ereignisse im botanischen Garten und dann im Zimmer mit dem Quader hatten ihn viel Kraft gekostet. Er befand sich nicht mehr in unmittelbarer Gefahr, und mit dem Nachlassen der Anspannung kam Erschöpfung. »Lass uns schlafen, Loa. Ich bin völlig fertig.« Er lächelte matt, als ihm die Augen zufielen. »Morgen ist der erste Tag unseres neuen Lebens.«

Loana berührte ihn mit dem Zeigefinger an den Lippen und sagte etwas, das Dominik nicht mehr hörte – er war bereits eingeschlafen.

Dominik erwachte, als ihn jemand immer heftiger an den Schultern rüttelte. Mühsam hob er schwere Lider und sah Loanas besorgtes Gesicht. Eine halbe Sekunde später kehrte die Erinnerung zurück, und er hob ruckartig den Kopf.

»Was ist passiert?«

»Ich dachte, es geht mit dir zu Ende, Domi! Seit einer Viertelstunde versuche ich, dich zu wecken!«

Dominik ließ den Kopf wieder sinken, hob die Hand zur Stirn und fühlte eine fiebrige Hitze, die langsam nachließ. »Ich habe ... geträumt. Aber ich weiß nicht mehr, was.« Wirre Bilder zogen an seinem inneren Auge vorbei, ohne Einzelheiten preiszugeben. »Wie spät ist es?«

Loana deutete auf die Anzeigen des Chrono-Servos. »In einer Stunde wird es hell. Und der Sturm ist weitergezogen.«

Dominik richtete sich auf. »Hast du ebenfalls geschlafen?«

»Ein bisschen. Bis du angefangen hast zu schreien.«

»Ich habe geschrien?«

»Erinnerst du dich an nichts?«

Er schüttelte den Kopf.

»Du warst wie besessen. Vielleicht ...« Loana sprach nicht weiter.

Dominik sah sie an. »Du glaubst, vielleicht einen Blick auf das geworfen zu haben, was in mir steckt?« Der heiße Schweiß an seinem Leib wurde zu kaltem, und er fröstelte. »Möglicherweise stimmt das sogar«, sagte er nachdenklich.

Als er sich Loana zuwandte, bemerkte er erneut die Sorge in ihrem Gesicht. Und noch etwas anderes – Furcht?

»Bitte hab keine Angst vor mir«, sagte er fast verzweifelt. Die Erinnerungen an Norene erwachten mit neuer Intensität, an ihr telepathisches Gespräch mit Zara, an das Fremde, das sich in ihm aufgebläht, seine Selbstkontrolle einfach beiseite gefegt hatte. Er betrachtete die Innenflächen seiner Hände, die Linien, die von den violett verfärbten Fingern ausgingen und sich in der Mitte des Handtellers trafen. »Ich brauche dich, Loa. Ich habe niemanden, nur dich.«

Die Furcht verschwand aus ihren Augen und wich Wärme. Sie lächelte sogar, griff nach seiner Hand und drückte sie kurz. »Ich schätze, zurück kann ich jetzt nicht mehr.«

Dominik erwiderte das Lächeln und drehte sich dann zu den Navigationskontrollen um. »Heute Nachmittag sind wir in der Hauptstadt und morgen vielleicht schon im All. Es wird alles gut, du wirst sehen.«

Die Höchstgeschwindigkeit der nur für den Kurzstreckenverkehr vorgesehenen Transportkapsel betrug nicht einmal siebzig Stundenkilometer, und als sie Endiria erreichten, neigte sich der kurze, kalte Tag bereits wieder dem Ende entgegen. Dominik hatte die Kommunikationssysteme deaktiviert und auch dafür gesorgt, dass der einfache Datenservo keine automatischen Identifizierungssignale sendete. Er wusste nicht, ob die Tal-Telassi von Tarion nach der Transportkapsel suchten, aber er hielt es für besser, kein Risiko einzugehen.

Endiria war viel größer als der Ort, in dem Dominik die letzten Jahre verbracht hatte. Die alte Stadt erstreckte sich zu beiden Seiten des Kalomak an den Hängen felsiger Hügel: funktionelle Bauten aus Stahlkeramik und Synthomasse, erstaunlich bunt mit vielen roten, blauen, grünen und gelben Tönen. Der breite Fluss zeigte sich nur während des kurzen Sommers; für den Rest des Jahres verbarg er sich unter einer dicken Eisschicht, ebenso wie das nahe Meer, das jetzt im Winter eine bizarre Landschaft aus Schneeverwehungen und ineinander verkeilten Eisschollen bildete. Als nach dem Fall Millennias die Tal-Telassi und ihre Haitari hierher gekommen waren, hatten sie Endiria um mindestens das Zehnfache vergrößert, und die alte Stadt zeigte sich jetzt in Form von bunten Klecksen in einem wohl geordneten urbanen Komplex aus Industrieanlagen und Wohnbereichen. Natürliche Höhlen unter den nahen Gletschern, die sich aus den Bergen in Richtung Meer schoben, waren erweitert worden, und zahlreiche Zyotenfarmen nutzten das warme Wasser der Thermen. Über den inneren Bereichen der Stadt herrschte reger Luftverkehr, vor allem in den Korridoren, die zum Raumhafen führten. Mehrere Schiffe standen dort, unter ihnen ein konischer Frachter der Taruf, der gerade entladen wurde.

Dominik wollte vermeiden, von der Verkehrskontrolle erfasst zu werden, und deshalb steuerte er die Transportkapsel zu einem öffentlichen Hangar am Rand der Stadt, landete dort neben einigen für den planetaren Fernverkehr geeigneten Shuttles. Er überließ Loana den Vortritt, stieg nach ihr aus und reckte sich – zum ersten Mal seit Stunden konnte er sich wieder frei bewegen.

Loana sah sich um. Weit und breit war niemand zu sehen. »Und jetzt?«

»Wir suchen uns ein Quartier für die Nacht. Ich bin noch immer ziemlich erledigt, und du hast noch weniger geschlafen als ich. Wir verschaffen uns einen Eindruck von der hiesigen Situation und ruhen aus.« Dominik ergriff Loanas Hand und ging mit ihr zum Verbindungstunnel, der vom Hangar in die Stadt führte. Wie in Tarion war auch in Endiria der größte Teil der Stadt von der Außenwelt und den Einflüssen des Wetters abgeschirmt. Für den Individualverkehr **395** in den langen, straßenartigen Korridoren und weiten Sälen gab es Expresskapseln und Leviplattformen, die von jedermann benutzt werden konnten. Mehrere solche Plattformen standen am Anfang des Verbindungstunnels bereit. Dominik und Loana traten auf eine davon, und wenige Sekunden später schwebten sie durch den Tunnel und näherten sich den belebteren Teilen der Stadt.

»Glaubst du, dass man nach uns sucht, Domi?«, fragte Loana.

»Nicht unbedingt nach uns, aber nach zwei Tal-Telassi-Schülern.« Dominik deutete auf Loanas Overall. »Du siehst nicht nach einer Schülerin aus, und ich habe nie ein Schülerinnengewand getragen.« Er rang sich ein Lächeln ab.

Loana schwieg, doch ihr Gesichtsausdruck deutete darauf hin, dass sie sich große Sorgen machte. »Wie sollen wir uns ein Quartier beschaffen?«, fragte sie nach kurzer Zeit, als sie den ersten Saal erreichten. Menschen waren dort zu Fuß unterwegs oder saßen am Rand grüner Inseln, wo Pflanzen im stimulierenden Schein künstlicher Sonnen wuchsen. Dutzende von Leviplattformen flogen hier, und Dominik musste sich mehr auf die Steuerung konzentrieren. »Wir haben keinen Identer und keinen einzigen Transtel. Oder hast du daran gedacht, Geld mitzunehmen?«

Dominik schüttelte den Kopf. Er hatte nur daran gedacht, Tarion so schnell wie möglich zu verlassen. »Wir finden irgendeinen Weg«, sagte er zuversichtlich und schlang den linken Arm um Loana, während die rechte Hand an den Navigationskontrollen blieb.

Wenige Minuten später begriffen sie, dass ihre Probleme weitaus größer waren. Neben den Eingängen zu einer Therme, deren viele Becken tausenden von Besuchern Platz boten, zeigten fast fünf Meter große quasireale Projektionsfelder zwei Gestalten, eine junge Frau mit langem blonden Haar, zu einem Zopf geflochten, und einen jungen Mann mit braunschwarzem, zerzausten Haar und großen braunen Augen. Menschen und Haitari blieben stehen, betrachteten die so real wirkende Darstellung und hörten einer eindringlich klingenden Stimme zu, die verkündete:

»Gesucht werden: Dominik, achtzehn, Schüler der Tal-Telassi und Mörder der Großmeisterin Norene 19; und Loana Destri, achtzehn, Schülerin der Tal-Telassi und Dominiks Begleiterin, vielleicht auch seine Komplizin. Achtung: Dominik ist gefährlich. Versuchen Sie nicht, ihn festzuhalten. Wenn Sie ihn erkennen, so wenden Sie sich unverzüglich mit einer entsprechenden Meldung an das nächste Sicherheitsbüro ...«

Loanas Gesicht verlor den Rest von Farbe. »Man wird uns erkennen, Domi!«, brachte sie hervor. »Vielleicht *hat* man uns schon erkannt.«

»Nein.« Dominik steuerte die Leviplattform an den transparenten Kuppeln der großen Therme vorbei und in eine fast hundert Meter breite Passage, in der reger Verkehr herrschte. Auf beiden Seiten gab es zahlreiche kleine und große Geschäfte und Restaurants, deren hell leuchtende QR-Felder die Aufmerksamkeit potenzieller Kunden und Gäste wecken sollten. Hunderte von Plattformen, Transportern und Expresskapseln waren hier unterwegs, und es blieb Dominik nichts anderes übrig, als sich von einem der Verkehrsströme aufnehmen zu lassen. Sie flogen in einer Höhe von etwa zehn Metern über den sehr gepflegt wirkenden Parkanlagen in der Mitte der Passage. »Ich verhindere, dass man uns identifiziert. Wer auch immer den Blick auf uns richtet: Er sieht nicht uns, sondern zwei andere Personen.«

Loana starrte ihn an. »Du kannst die Wahrnehmung so vieler Personen manipulieren?«

»Ja.« Er fügte nicht hinzu, wie schwer es ihm fiel. Was auch immer den Kampf gegen Norene bestritten und sie getötet hatte: Es war noch immer müde und musste neue Kraft schöpfen.

Loana trat etwas näher an ihn heran und hielt den Kopf gesenkt, als sie sagte: »Was ist mit den Überwachungsservi? Sie kannst du wohl kaum daran hindern, uns zu sehen, oder?«

Dominik hatte bereits daran gedacht. Die eigenen Gedanken ... Sie fühlten sich seltsam an, als stammten sie teilweise von einer fremden Person, die doch fest mit ihm verbunden war. »Nein. Aber ich ... spüre, wo sie installiert sind. Zum Beispiel ... hier.« Er senkte ebenfalls den Kopf, wandte sich Loana zu und umarmte sie. Ein harmloses Liebespaar, würde die KI vermuten, die den gewaltigen Datenstrom der Überwachungsservi auswertete und darin nach zwei bestimmten Gesichtern suchte.

»Wir müssen sofort von hier weg, Loa«, sagte Dominik leise in der Umarmung, während er sich mit geistigen Augen umsah – einfach, Berm – und nach möglichen Gefahren Ausschau hielt. »Je länger wir hier bleiben, desto wahrscheinlicher wird unsere Entdeckung. Wir fliegen zum Raumhafen und gehen dort an Bord eines Schiffes. Je eher wir diesen Planeten verlassen, desto besser.« Er spürte, wie Loana zitterte, drückte sie etwas fester an sich und betonte noch einmal: »Es wird alles gut, glaub mir.«

Während der nächsten Stunde sah Loana nicht ein einziges Mal auf und schwieg die ganze Zeit über, als fürchtete sie, sich mit einem falschen Wort zu verraten. Unter ihnen summte die Levitatorplattform, trug sie durch weitere Passagen, die meisten von ihnen hell erleuchtet, einige aber dunkel genug, um durch die Deckenfenster den fernen Glanz der Sterne zu sehen. Dominik entschied sich für einen Umweg durch die Industriegebiete von Endiria, denn er vermutete, dass man dort weniger mit ihnen rechnen würde. Haitari, Menschen und Grekki arbeiteten bei den Zyotenfarmen und überwachten die Produktion der vollautomatischen Fabriken. Der Verkehr bestand hauptsächlich aus für den Transport schwerer Güter bestimmten Leviplattformen, die, von Datenservos gesteuert, Exportwaren zum Raumhafen brachten und anschließend leer zu den Fabriken zurückkehrten. Dominik schloss sich einem solchen Konvoi an und stellte erleichtert fest, dass es in den Industriezonen weniger Überwachungsservi gab, und was noch wichtiger war: In diesen Bereichen hielten sich weniger Personen auf, deren Wahrnehmung er täuschen musste.

Als sie sich dem Raumhafen näherten, überlegte er, wie sie die Kontrollen passieren und an Bord eines Schiffes gelangen sollten. Dominik hatte schon zuvor mit dem Gedanken gespielt, erneut von den Möglichkeiten des Tal-Telas Gebrauch zu machen, von einer Stufe, die einem Schüler normalerweise nicht zur Verfügung stehen sollte: Fomion, das Verbinden der eigenen Person mit fremden Orten. Teleportation. Er hatte so etwas noch nie versucht, geschweige denn zusammen mit einer anderen Person, aber er *wusste*, dass er dazu imstande war. Doch wie viel Kraft würde es ihn kosten, Loana und sich selbst an Bord eines Schiffes auf dem Raumhafen von Endiria zu transferieren? Spielte die Distanz dabei eine Rolle? Und was geschah, wenn der Retransfer an einem Ort stattfand, den bereits andere Materie beanspruchte, eine Wand zum Beispiel? Das Risiko war zu groß, entschied er.

Als der Konvoi aus mit Frachtmodulen beladenen Plattformen langsamer wurde, zeigte sich, dass die erste Hürde relativ leicht zu überwinden war. Ein kleiner Haitari kontrollierte die Behälter, und einige Meter entfernt waren zwei menschliche Techniker damit beschäftigt, die automatischen Kontrollsysteme zu warten oder zu reparieren. Nur drei Personen und keine aktiven tronischen Augen – damit konnte Dominik leicht fertig werden.

»Wir haben Glück«, flüsterte er Loana zu, steuerte die kleine Leviplattform ganz nahe an ein Frachtmodul heran und landete auf dem schmalen Rand der größeren Transportplattform, deren Datenservo das zusätzliche Gewicht sofort durch eine Rekonfiguration des Levitationsfelds ausglich. Loana schwieg noch immer, und Dominik ahnte, weshalb: Sie wäre am liebsten unsichtbar gewesen. Er verband sich mit Delm und Hilmia, tastete vorsichtig nach den Bewusstseinssphären der drei Personen und eliminierte sich und Loana aus ihrer Wahrnehmung, ohne den Rest zu be- **399** einflussen. Der kleine Haitari mit den großen Augen – Dominik erkannte die Stammeszeichen, obwohl er sich nicht daran erinnerte, sie schon einmal gesehen zu haben: ein Kanab – überprüfte die Frachtmodule mit einem biotronischen Sensor, um festzustellen, ob mit den Bionen in ihnen alles in Ordnung war. Er sah Dominik und Loana, ohne sie zu sehen, wandte sich dem nächsten Behälter zu und setzte seine Arbeit fort. Die beiden menschlichen Techniker sprachen leise miteinander, während sie mit ihren Instrumenten hantierten. Ihr Verhalten veränderte sich ebenfalls nicht; niemand schöpfte Verdacht.

Und dann waren sie draußen. Eiskalte Luft schlug ihnen entgegen, als die Transportplattformen mit den Behältern dem konischen Taruf-Frachter entgegenglitten. Wind fauchte, und Loana schlug den Kragen ihres Overalls hoch. Sie trug ebenso wenig eine Jacke wie Dominik, der noch immer mit der vierten und achten Stufe des Tal-Telas verbunden war und in seiner Wachsamkeit nicht nachließ. Auf der linken Seite standen mehrere militärische Schiffe, Kampfeinheiten der Hellinen, u-förmig und voller warzenartiger Waffenkuppeln. Rechts ragte ein Schwerer Kreuzer der Turagon-Klasse auf, der zu den Verteidigungsverbänden dieses Sonnensystems gehörte. So beeindruckend er mit seinen fast dreihundert Metern Länge auch wirkte: Den Stachelschiffen der Kronn war er hoffnungslos unterlegen.

»Ich erfriere, Domi«, hauchte Loana und bebte am ganzen Leib.

Dominik schlang erneut den Arm um sie. »Wir sind gleich da«, sagte er, während er die Gedanken der Personen berührte und manipulierte, die sich auf dem großen Start- und Landefeld des Raumhafens befanden, Menschen, Taruf, Hellinen und andere. Eine Minute später gerieten sie in den Windschatten des Frachters, und das brachte ein wenig Erleichterung. Die Transportplattformen stiegen nacheinander auf und flogen in einen großen Frachtraum etwa vierzig Meter über der Basis des Schiffes – er wirkte wie ein offenes

Maul unter den Wölbungen einer langen Krümmerwalze. Kleine Drohnen schwirrten wie metallene Insekten durch den nicht sehr hell erleuchteten Raum, hefteten sich an die Kontrollfelder der Transportplattformen und übernahmen ihre Steuerung. Dominik wartete, bis die Plattform, auf der er mit Loana gelandet war, einen mechanisch-gravitationellen Verankerungspunkt an der Wand erreichte, woraufhin sich das Frachtmodul von der Plattform löste. Genau in diesem Augenblick ließ er die kleine Leviplattform aufsteigen und lenkte sie zu einer nahen Tunnelöffnung.

»Die Besatzung eines solchen Frachters besteht aus maximal sieben Taruf«, sagte er, während sie durch einen halbdunklen Tunnel flogen. »Ich fühle in Delm, dass sich vier von ihnen in der Zentrale befinden und Startvorbereitungen treffen. Die drei anderen kontrollieren die Bordsysteme und Steuerungsdrohnen.« Er reduzierte die Geschwindigkeit und steuerte die Leviplattform in einen anderen Tunnel, der tiefer ins Schiff führte. Die Wände bestanden hier aus Stahlkeramik und einfachem Synthomaterial. »Ich bringe uns zu einem mit autonomen ambientalen Systemen ausgestatteten Wartungsraum. Dort bleiben wir ungestört.«

»Wieso kennst du dich so gut an Bord eines Taruf-Schiffes aus?«, fragte Loana.

»Ich weiß es nicht, Loa«, antwortete Dominik. »Die Informationen sind ... einfach in mir.«

Loana sah sich um. »Was ist mit den internen Sensoren? Merken die Taruf nicht, dass sich blinde Passagiere an Bord befinden?«

»Nein. Die internen Sensoren sind Teil eines Kontrollsystems für eventuelle Fehlfunktionen. An Bord eines Frachters rechnet niemand mit blinden Passagieren. Aus einem ganz einfachen Grund.«

Loana verstand. »Die Sprünge. Niemand wäre so dumm, sich an Bord zu schleichen und zu riskieren, einen Überlichtsprung bei wachem Bewusstsein zu erleben. Und wir?«, fügte sie besorgt hinzu. »Was ist mit uns?«

Dominik hielt die Leviplattform vor einer Luke an, die manuell geöffnet werden konnte. Dahinter erstreckte sich ein etwa zwanzig Quadratmeter großer, achteckiger Raum mit zahlreichen Geräten, Instrumentenblöcken und Projektionsvorrichtungen. In der Mitte lagen mehrere klumpenartige Gebilde aus einer wie Schaum wirkenden Masse. Alles sah genauso aus, wie Dominik es erwartet hatte. Er stellte sein Wissen nicht infrage, trat zu den ambientalen Kontrollen und betätigte sie. Es wurde etwas heller.

»Ich schütze uns«, sagte er und hoffte, dass ihm dafür genug Kraft blieb. »Ich schirme uns ab.«

Loana sah sich um. »Wir sind auf der Flucht, ohne Identer, ohne einen einzigen Transtel. Wir befinden uns an Bord eines Schiffes, von dem wir nicht wissen, wohin es fliegt und wie lange es unterwegs sein wird. Wir haben nichts zu essen und nichts zu trinken. Und uns stehen Überlichtsprünge ohne Hibernation hervor. Das ist doch Wahnsinn, Domi!«

Dominik schloss sie in die Arme und spürte, wie es bereits wärmer wurde. »Derzeit ist nur wichtig, dass wir Kyrna verlassen. Alles andere ergibt sich. Hab Vertrauen, Loa. Bitte hab Vertrauen.«

Er führte Loana zu den klumpenartigen Gebilden, streckte sich darauf aus und lächelte, als sich der »Schaum« seinem Körper anpasste und eine weiche Unterlage bildete, wie eine Matratze. Einladend streckte er die Hand aus. »Komm.«

Als sie neben ihm lag, sah er ihr in die Augen, berührte ihre Gedanken und baute eine Welt.

Sie lagen nicht mehr an Bord eines Taruf-Frachters, dessen Frachtraumschotten sich schlossen und der auf Levitationsfeldern gen Himmel kletterte, sondern in warmem Sand, so nahe am türkisfarbenen Wasser, dass es ihre Füße berührte. Und Dominik sah Loana in ihrer ganzen Schönheit, denn sie trug nicht einen Fetzen am Leib.

Sie blickte an sich herab. »Das hast du mit Absicht getan!« Sie streckte die Hand nach dem Kleiderbündel neben ihr aus, doch dann zögerte sie und wandte sich erneut Dominik zu. Das Licht in ihren Augen veränderte sich.

Dominik, nackt wie Loana, umarmte sie, und als sich ihre Lippen trafen und füreinander öffneten, spürte er, wie Loas Hände dorthin glitten, wo er brannte, wo etwas wuchs, schnell und voller Verlangen. Es passierte nicht zum ersten Mal, dass sie sich an diesem besonderen Ort liebten, aber Dominik *wusste*, dass diesmal etwas anders war. Irgendwie fühlte sich alles noch realer an.

Später, im Haus an der Bucht, im Haus mit den beiden Türen, die eine alt und die andere neu, liebten sie sich erneut. Während draußen die Sonne unterging und zwei Monde das Türkis des Meeres in Silber verwandelten, erkundeten sie im großen Bett ihre Körper. Wind wehte durchs offene Fenster, strich über heiße, schweißfeuchte Haut. Sie liebten sich so, als hätten sie nie wieder Gelegenheit dazu, mit einer Hingabe, die sie beide erschöpfte, manchmal von Schmerz begleitet, wenn der Taruf-Frachter in der anderen Welt durch eine Transferschneise sprang. Aber es war nur ein kurzes Stechen, das sich in der Hitze der Leidenschaft verlor.

Und noch später, als das rote Glühen der Morgendämmerung durchs Fenster kam, begleitet vom rhythmischen Rauschen der an den Strand rollenden Wellen, sah Dominik im Bett sitzend auf die schlafende Loana hinab. Wie schön sie war, wie kostbar ihre Nähe und das Licht, das in ihrer Seele für ihn schien. Doch in diesem Moment des Glücks, den er gern für immer festgehalten hätte, quollen ihm Tränen in die Augen, denn er *wusste*, dass sich ihre Wege unausweichlich trennen würden. Er wusste es mit der gleichen Sicherheit, mit der ihm auch andere Dinge ganz selbstverständlich vertraut waren, die ihm eigentlich fremd sein sollten.

Er beugte sich zur Seite und hob die Hand, um über Loanas langes blondes Haar zu streichen ...

Ein Dolch aus Schmerz bohrte sich in sein Selbst, und plötzlich fand er sich im Wartungsraum an Bord des Frachters wieder, nackt neben der nackten Loana, die erschrocken zu ihm aufsah.

»Was ist passiert?«

Dominik begriff, dass sie sich auch hier geliebt hatten, in der Ersten Welt, dass deshalb alles noch realer als sonst gewesen war. Aber diese Erkenntnis wich hinter eine andere, wichtigere zurück.

Der Taruf-Frachter erbebte so heftig, dass seine Integrität bedroht war.

»Das Schiff ist mit einem Energieriff der Kronn kollidiert«, sagte Dominik.

Tako Karides:
Spurensuche

Als Tako Karides zu sich kam, lag er in der kleinen medizinischen Abteilung der *Akonda* auf einer Diagnoseliege, umgeben von summenden Apparaten und medizinischen Servi. Als er den Kopf hob, erinnerte er sich an so etwas wie eine geistige Explosion zwischen seinen Schläfen.

»Elisa?«

»Ich bin froh, dass du erwacht bist, Tako. Wie fühlst du dich?«

Er horchte in sich hinein und überprüfte die Mubek-Funktionen. Mit den Resten seines ursprünglichen Körpers und dem Ektoskelett – das diesen Namen eigentlich gar nicht mehr verdiente – unter der Synthohaut schien so weit alles in Ordnung zu sein. Was man nicht unbedingt von seinem Bewusstsein sagen konnte. Dort war etwas durcheinander geraten.

Tako löste die Sensorverbindungen der medizinischen Servi von seinen Armen und Beinen und stand auf. Der neue Körper reagierte wie immer, gab ihm den Eindruck von fast unbegrenzter Kraft, und auch die erweiterte Wahrnehmung funktionierte wie gewohnt.

»Der Körper weist keine Schäden auf«, sagte er. »Aber ich ... denke und fühle anders. Mit meinem Geist scheint irgendetwas passiert zu sein.«

»Ich bedaure sehr, das zu hören, Tako.« Elisa klang besorgt. »Leider befindet sich kein Psychomechaniker an Bord, **405** und ich bin auch nicht mit psychomechanischen Programmen ausgestattet.«

»Ich glaube nicht, dass ich derartige Hilfe brauche. Es ist nur ...« Er schüttelte den Kopf, als könnte er auf diese Weise seine Gedanken ordnen, die eigenen ebenso wie die anderen, die sich sonderbar fremd anfühlten. Wenn er genau hinhörte, wenn er seine gesamte Aufmerksamkeit nach innen richtete ... Dann hörte er, weit entfernt, ein wortloses Flüstern, das nicht von ihm stammte.

Er streifte die in der Nähe bereitliegende uniformartige AFW-Kleidung über und machte sich auf den Weg zum Kontrollraum. »Was ist passiert, Elisa? Wo sind wir? Und wie lange war ich ohne Bewusstsein?«

»Die energetische Stoßwelle der zur Nova werdenden Sonne befand sich noch ein ganzes Stück hinter uns, als der erste Sprung erfolgte«, sagte der Megatron. »Sie kann nicht der Grund für deine Bewusstlosigkeit sein.«

»Ich konnte mich nicht richtig auf den Sprung vorbereiten«, erinnerte sich Tako. »Etwas hinderte mich daran.«

»Nach dem ersten Sprung habe ich den Flug unterbrochen, um dich nicht zu gefährden. Wir sind noch weit vom Valis-Sektor und der Rückzugszone D entfernt. Ich habe die *Akonda* sicherheitshalber aus der Transferschneise herausgebracht, aber ...« Elisa zögerte kurz. »Nach der Flotte, zu der wir gehörten, kamen keine anderen Schiffe von Airon durch die Schneise.«

Tako betrat den Kontrollraum und stellte mit einem Blick auf die quasirealen Projektionsfelder fest, dass sie sich im interstellaren All befanden, an der Peripherie des Spiralarms und mehrere Lichtjahre von der nächsten Sonne entfernt.

»Keine anderen Schiffe? Aber ...« Tako nahm im Sessel des Kommandanten Platz.

»Es sieht sehr schlimm aus, Tako. Während deiner einwöchigen Bewusstlosigkeit ...«

»Ich bin *eine ganze Woche* bewusstlos gewesen?«

»Ja, Tako. Während deiner Bewusstlosigkeit habe ich den

Kom-Verkehr der Allianzen Freier Welten überwacht und einige Mitteilungen von Okomm empfangen. Ich verfüge über die notwendigen Kodes und habe mir erlaubt, sie zu entschlüsseln.«

Tako nickte, weil er wusste, dass Elisa ihn nicht nur hörte, sondern auch sah.

»Der Verlust von Airon wiegt schwer genug«, sagte Elisa. »Aber aus den Okomm-Berichten geht auch hervor, dass zahlreiche Schiffe in die Stoßwellenfront der Nova gerieten und darin ebenso verdampften wie die Bastion.«

Tako erstarrte plötzlich. »Was ist mit Dargo?«

»Es tut mir Leid, Tako. Er ist tot. Ebenso der Stratege Rabada und die anderen Mitglieder des Planungsstabs. Was die Führung des Projekts Andromeda betrifft, gibt es nur zwei Überlebende: du und Waffenschmied Bergon. Es ist eine enorme Katastrophe für die Allianzen Freier Welten.«

Tako nickte erneut und starrte ins QR-Feld, das den interstellaren Weltraum zeigte. Ferne Sterne leuchteten, und zwischen ihnen tobte ein schrecklicher Krieg, seit vielen, vielen Jahren. Ein Krieg, der jetzt zu Ende gehen würde. Die Graken hatten aus ihren Gindal-Erfahrungen gelernt und einen Weg gefunden, ihrerseits gezielt Sonnen in Novä zu verwandeln. Airon war sicher erst der Anfang. Der Fall jener Bastion zeigte in aller Deutlichkeit, dass es für den Kernbereich keinen Schutz gab. Es blieben keine zweihundert Jahre Zeit, um die Überlebenden nach Andromeda zu evakuieren. Die geplante Exodusflotte aus einer Million Schiffen würde es nie geben. Der Menschheit und den anderen Völkern der Freien Welten stand der Untergang bevor.

»Tako?«, fragte Elisa, als er mehrere Minuten still geblieben war.

Empfindungen regten sich in Tako, verbunden mit Gedankenketten, die nur halb ihm selbst gehörten. Rinna und Dargo tot, gestorben mit Millionen anderen, das Projekt Andromeda zunichte gemacht, noch bevor es richtig beginnen konnte ... Verzagtheit erfasste Tako und drohte, sein Selbst zu zermalmen. Und doch gab es etwas in ihm, das zu hoffen wagte – es hatte bereits eine Entscheidung getroffen, die nur noch in Worte gefasst werden musste.

»Wir fliegen nicht zum Valis-Sektor«, sagte Tako und warf einen Blick auf die Hibernationskontrollen. Ithana schlief, ungestört und ahnungslos. »Unser neues Ziel ist Kyrna, dritter Planet des Kalanka-Systems.«

Zwei Sekunden verstrichen. »Ich habe die Flugdaten berechnet«, sagte Elisa. »Die Entfernung beträgt fast siebentausend Lichtjahre, und wir müssen mehrmals die Transferschneisen wechseln. Der Flug wird einen ganzen Monat dauern.«

Tako stand auf. »Zu lange, um im Kommandosessel zu sitzen und darauf zu warten, dass die Reise zu Ende geht. Ich schlafe im Hibernationsraum.« Er verließ den Kontrollraum und ging durch den halbdunklen Hauptkorridor der *Akonda*, umgeben von Schatten und Schemen und begleitet vom leisen Summen der Krümmerwalzen.

»Darf ich dich etwas fragen, Tako?«

»Natürlich, Elisa.«

»Warum hast du beschlossen, zum Kalanka-System zu fliegen? Man erwartet dich in der Rückzugszone D des Valis-Sektors. Ist es nicht gerade unter den gegenwärtigen Umständen wichtig, dass die militärische Disziplin aufrechterhalten bleibt?«

Tako blieb im Korridor stehen, an einer Stelle, die fast ganz im Dunkeln lag. Mit seinen Nanosensoren nahm er das Schiff ringsum wie eine energetische Entität wahr, und Elisa stellte ihr Zentrum dar, Herz und Gehirn gleichermaßen. Der Megatron hatte Recht mit seinem Hinweis – er schickte sich an, gegen eine Standardorder des Oberkommandos zu verstoßen. Aber das Fremde in ihm, das trotz allem hoffte, hielt an seiner Entscheidung fest und überzeugte den Rest von Takos Selbst, dass sie richtig war. »Rinna hat mir gesagt, dass ein Angehöriger der Legion von Cerbus auf Kyrna gewesen ist und gehört hat, dass sich Norene und Dominik dort aufhalten.«

Kurze Stille folgte.

»Ich verstehe«, sagte Elisa dann. »Es geht dir erneut um den Jungen.«

»Er ist inzwischen ein junger Mann.« Tako setzte sich wieder in Bewegung, und jeder Schritt brachte ihn dem Hibernationsraum näher. »Als Großmeister könnte er den Streitkräften der AFW sehr nützlich sein.«

»Dieses Argument verwendest du nicht zum ersten Mal, Tako, und es hat durchaus etwas für sich. Aber bist du sicher, dass da nicht persönliche Gründe überwiegen? Du bist noch immer Leiter des Projekts Andromeda. Du trägst nach wie vor große Verantwortung.«

Tako erreichte den Raum mit den zehn Ruheliegen. Auf einer von ihnen lag Ithana, fast so blass wie eine Tal-Telassi. Er sah einige Sekunden lang nachdenklich auf sie hinab, ging dann zu einer anderen Liege und bereitete sie für sich vor.

»Ich bin sicher, dass uns Dominik eine große Hilfe sein kann. Kyrna ist unser Ziel.«

»Wie du meinst, Tako.«

Als er sich auf der Liege ausstreckte und die Verbindungen mit dem Hibernationssystem herstellte, sagte Elisa: »Ich habe gerade eine weitere Meldung von Okomm empfangen und sie entschlüsselt.«

»Ich höre.«

»Die Solaringenieure haben Airons Nova-Daten sorgfältig analysiert und sind zu folgendem Schluss gelangt: Die energetischen Manipulationen, die den roten Riesen Airon explodieren ließen, fanden mithilfe eines speziellen Sonnentunnels der Graken statt. Es konnte auch der Ursprung des Tunnels festgestellt werden: Millennia.«

Millennia, hallte es in Tako wider, aber es war kein Echo. Er fühlte sich in seiner Entschlossenheit bestärkt, zum Kalanka-System zu fliegen.

»Ich bin so weit, Elisa«, sagte er und schloss die Augen.

»Erster Sprung in dreißig Sekunden ...«

Tako schlief.

Einen Monat später bot sich Tako im Kalanka-System ein Bild dar, das er während der letzten Jahre und Jahrzehnte viel zu oft gesehen hatte: Eine Evakuierung fand statt. Dutzende von umfunktionierten Frachtern und Transportern brachten die Bewohner von Kyrna fort, während die wenigen militärischen Schiffe in diesem abgelegenen System zur Sonne flogen.

»In der Korona von Kalanka befindet sich ein großer Feuervogel«, meldete Elisa, als sich die *Akonda* dem dritten Planeten näherte. »Es könnte sich jeden Augenblick ein Sonnentunnel öffnen.«

»Mit Ihrer Erlaubnis übermittle ich Okomm per Transverbindung einen Bericht«, sagte Ithana.

Tako nickte nur und fragte sich betroffen, ob er erneut die Spur von Dominik verlieren würde, wie vor zehn Jahren bei der Evakuierung von Millennia.

»Ich finde es bemerkenswert, dass die Graken offenbar damit beginnen, auch die peripheren Systeme anzugreifen«, sagte Elisa. »Es sei denn ...«

»Ja«, brummte Tako und blickte in die QR-Felder. »Es sei denn, sie haben irgendwie erfahren, auf welchen Welten sich die Tal-Telassi nach ihrer Flucht von Millennia niedergelassen haben.«

Die *Akonda* wich einem Pulk kleinerer Evakuierungsschiffe aus, die zu der glücklicherweise nicht sehr weit entfernten Transferschneise flogen. Vor Tako drehte sich Kyrna im All, und er sah polares Weiß, das weit bis in die mittleren Breiten reichte. Dichte Wolken aus vulkanischer Asche hüllten weite Bereiche des Planeten in einen Schleier und hatten, wie die eingeblendeten klimatologischen Informationen aus Elisas Datenbanken zeigten, während der vergangenen Jahre die globale Durchschnittstemperatur gesenkt. Die Tal-Telassi auf Kyrna waren bestrebt gewesen, sich ein neues Millennia zu erschaffen, doch jetzt mussten sie wieder fliehen.

»Okomm weiß bereits von der hiesigen Situation«, sagte Ithana, die an den Kommunikationskontrollen saß. »Es können keine Schiffe für die Verteidigung des Kalanka-Systems erübrigt werden. Alle Flotten sind im Kernbereich gebunden, wo es an fünf Stellen zu Angriffen der Kronn gekommen ist.«

Tako nickte erneut. »Mit der Vernichtung von Airon hat eine neue Offensive der Graken begonnen.« *Und sie geht von Millennia aus,* flüsterte es in ihm.

»Auf Kyrna herrscht ein Kommunikationschaos«, sagte Elisa. »Meine Anfragen in Hinsicht auf Norene und Dominik sind bisher ohne Reaktion geblieben.«

Die *Akonda* schwenkte in eine hohe Umlaufbahn.

»Lanze Karides«, begann Ithana in dem steifen Ton, den Tako verabscheute, »ich muss darauf bestehen, dass Sie die Standardorder des Oberkommandos beachten und zum Valis-Sektor fliegen. Man erwartet uns in der Rückzugszone D.«

»Sie haben Okomm eben gerade einen Bericht übermittelt«, erwiderte Tako. »Dort weiß man also, dass wir aus dem Airon-System entkommen und wohlauf sind.«

»Die *Akonda* – und Sie – werden im Kernbereich gebraucht, Lanze Karides«, beharrte Ithana mit einer Kühle, die sehr unangenehme Erinnerungen in Tako weckte.

»Das Defensivkomitee des Kalanka-Systems hat sich mit uns in Verbindung gesetzt«, erklang erneut die Stimme des Megatrons. »Man bittet uns, zur Sonne zu fliegen und bei der Verteidigung des Systems mitzuhelfen.«

Tako seufzte, tief und schwer. »Die Verteidigung dieses Sonnensystems hat keinen *Sinn*, Elisa. Jene wenigen Schiffe haben nicht die geringste Chance gegen die Kronn, wenn sie erscheinen.« Er atmete tief durch. »Hiermit mache ich von meiner Sonderermächtigung Gebrauch. Ich weise die dem Defensivkomitee unterstehenden Raumschiffe an, unverzüglich zum dritten Planeten zurückzukehren und bei der Evakuierung von Kyrna mitzuwirken.«

»Ich übermittle die Anweisung, Tako.«

»Und noch etwas. Ich autorisiere dich, auf alle planetaren Datenbanken zuzugreifen, auch auf die Archive der Tal-Telassi. Als Grund nenne ich einen militärischen Notfall, zu dessen Feststellung ich als Projektleiter Andromeda befugt bin. Such nach Informationen über Norene und Dominik.«

»Ja, Tako. Ich beginne mit der Datenabfrage.«

Tako bemerkte, dass Ithana ihn groß anstarrte. »Sie verstoßen gegen mehrere Regeln und Prinzipien des Oberkommandos, Lanze Karides«, sagte sie mit deutlicherer Fassungslosigkeit, als er einer Lobotomen zugetraut hätte. »Sie lassen sich von egoistischen Motiven leiten.«

Das ist nicht wahr, flüsterte es in ihm. Andere Dinge in seinem inneren Kosmos gerieten in Bewegung, wie Mosaiksteine, die sich langsam zu einem Bild anordneten. »Wir haben es mit einer völlig neuen Situation zu tun, Ithana. Ich bin sicher, dass uns Dominik wertvolle Dienste leisten kann.«

»Bei allem Respekt, Lanze Karides«, sagte die Lobotome, »das sind Ausflüchte. Ich habe den Eindruck, dass es Ihnen allein um persönliche Dinge geht.«

Tako drehte den Kopf und sah seine blasse Assistentin an. »Es gibt Dinge, von denen Sie nichts wissen, Ithana. Sie sind *auch* persönlicher Natur, haben aber eine große Bedeutung für den Krieg.« Er lauschte dem Klang der eigenen Worte und hörte eine fremde Wahrheit in ihnen.

Das zentrale QR-Feld zeigte einen großen Transporter, der mit tausenden von Evakuierten an Bord aus der Atmosphäre des Planeten kam und beschleunigte. Durch Lücken in den dichten Wolken waren Schnee und Eis einer Welt zu sehen, die bald den Graken zum Opfer fallen würde.

»Ich habe Informationen gefunden, Tako«, sagte Elisa. Ein kleineres quasireales Projektionsfeld öffnete sich und zeigte ein Paar, einen jungen Mann neben einer ebenfalls recht jungen Frau mit langem blonden Haar, das zu einem Zopf geflochten war. Tako richtete seine volle Aufmerksamkeit auf die Darstellung. Zehn Jahre waren vergangen, doch die Augen des jungen Mannes ...

»Dominik?«, fragte er leise.

»Ja, Tako«, bestätigte Elisa. »Er hat Norene ermordet und ist auf der Flucht.«

»Wie bitte?«

»So heißt es jedenfalls. Vor wenigen Tagen hat er in einer kleinen Stadt auf Kyrna die Großmeisterin Norene 19 getötet und sich anschließend auf den Weg zur Hauptstadt Endiria gemacht, zusammen mit seiner Freundin Loana, einer Schülerin der Tal-Telassi. Ihre Spur verliert sich in Endiria.«

Takos Gedanken rasten. »Welche Hintergründe hat Norenes Tod? Gibt es darüber irgendwelche Informationen?«

»Leider nein.«

»Wo ist er jetzt?«

Ein weiterer Transporter glitt an der *Akonda* vorbei und flog in Richtung Transferschneise. Während Elisa mit Tako sprach, kommunizierte sie gleichzeitig mit den Tronen an Bord des anderen Schiffes und empfing ihre Daten: Anzahl der Personen an Bord, ihre Namen, Flugziel. Die Informationen erschienen in einem weiteren QR-Feld unter der zentralen Projektion.

»Unbekannt«, sagte der Megatron. »Die Tal-Telassi von Kyrna gehen davon aus, dass es ihm in Endiria nicht möglich gewesen wäre, mehrere Tage lang unbemerkt zu bleiben – es wurde überall nach ihm gesucht.«

Tako begriff sofort, was das bedeutete. »Er hat den Planeten verlassen.«

»Das ist sehr wahrscheinlich.«

»Welche Schiffe kommen infrage?«

»Im betreffenden Zeitraum sind insgesamt achtundsiebzig Schiffe von Endirias Raumhafen gestartet, unter ihnen auch einige Frachter der Hellinen und Taruf.«

»Schiffe der Hellinen können wir aufgrund der besonderen ambientalen Bedingungen an Bord ausklammern«, sagte Tako. »Ruf die technischen Daten der Raumschiffe ab und wähl jene aus, die sich für einen blinden Passagier – für *zwei* blinde Passagiere – eignen.« Ihm fiel etwas ein. »Hat Endiria von den Schiffen im Transit Meldungen erhalten, die auf irgendwelche besonderen Vorfälle an Bord hinweisen?«

»Nein, Tako«, antwortete Elisa zwei Sekunden später. **413**

»Woraus sich der Schluss ziehen lässt, dass die blinden Passagiere nicht entdeckt worden sind. Also muss das Schiff, in dem sich Dominik und Loana versteckt haben, recht groß sein. Das dürfte die Möglichkeiten weiter eingrenzen.«

Das Paar im QR-Feld wich technischen Daten, die zwei Frachter betrafen, der eine mit menschlicher Besatzung, der andere mit einer Crew aus sieben Taruf. Tako nahm die Informationen innerhalb eines Sekundenbruchteils in sich auf und fand in ihnen einen weiteren wichtigen Hinweis. Der von Menschen geflogene Frachter war erst vier Tage nach Dominiks Flucht gestartet, das Taruf-Schiff nach nur einem.

»Die *Ibenau*«, sagte er und nannte den Namen des Frachters.

»Sie ist das einzige Schiff von den achtundsiebzig, das sich nach zwei routinemäßigen Positionsmeldungen nicht mehr gemeldet hat.«

Tako spürte, wie sich etwas in ihm versteifte. Seine Gedanken rasten noch immer, stimuliert und kontrolliert. »Kannst du eine Transverbindung herstellen?«, fragte er Elisa, obwohl Ithana nach wie vor an den Kommunikationskontrollen saß. Sie hatte wortlos zugehört, ihr Gesicht so schlaff wie das der Medikerin Orione, die zusammen mit Dargo, Rinna und all den anderen gestorben war.

Er wartete, während weitere Evakuierungsschiffe von Kyrna aufstiegen. Auch in diesem Fall, wie in so vielen anderen, würde es kaum möglich sein, alle Bewohner des Planeten in Sicherheit zu bringen.

Die Anzeigen in einem der kleinen QR-Felder veränderten sich. Ithana deutete darauf.

»Ein Sonnentunnel hat sich geöffnet. Erste Kampfschiffe der Kronn kommen daraus hervor.«

»Es kann keine Verbindung hergestellt werden, Tako«, erklang Elisas Stimme. »Die *Ibenau* antwortet nicht.«

Die grafischen Darstellungen des taktischen quasirealen Projektionsfelds zeigten den offenen Sonnentunnel und erste Schiffe der Kronn, die aus ihm kamen. Sie formierten sich, beschleunigten und nahmen Kurs auf den dritten Planeten.

»Die Kronn werden in einer Stunde hier sein«, sagte Elisa.

»Lanze Karides«, begann Ithana, »ich rate Ihnen dringend, die Anweisungen des Oberkommandos zu befolgen und Kurs auf den Valis-Sektor zu nehmen.«

»Und ich rate Ihnen, sich erneut in die Hibernation zu begeben«, erwiderte Tako und fühlte wieder, dass etwas in ihm bereits eine Entscheidung getroffen hatte. »Es sei denn, Sie möchten die *Akonda* hier verlassen und an Bord eines anderen Schiffes gehen.«

»Sie tragen große Verantwortung, Lanze Karides. Sie ...«

»Elisa?«

»Ja, Tako?«

»Wir folgen der *Ibenau*. Der gleiche Kurs, die gleichen Transitetappen. Bis wir sie finden. Und diesmal bleibe ich wach.«

»Wie du wünschst, Tako«, sagte der Megatron. »Assistentin Ithana?«

Die Lobotome stand auf. »Ich bleibe an Bord.« Sie ging zum Ausgang des Kontrollraums und drehte sich dort noch einmal kurz um. »Meiner Meinung nach machen Sie einen großen Fehler, Lanze.«

»Selbst wenn Sie Recht haben, Ithana: Es ist *mein* Fehler, nicht Ihrer.«

Nach drei Sprüngen über mehrere Dutzend Lichtjahre hinweg kroch die *Akonda* mit nur zehn Prozent der Lichtgeschwindigkeit durchs interstellare All, in unmittelbarer Nähe einer Transferschneise, die vor allem für den Frachtverkehr genutzt wurde. Es war Tako bei jedem Transit gelungen, sein Bewusstsein in den notwendigen »leeren« Zustand zu versetzen, auch wenn es ihn mehr Mühe gekostet hatte als noch vor wenigen Wochen. Jetzt beugte er sich im Sessel des Kommandanten vor, betrachtete die QR-Felder und ihre Anzeigen.

»Es ist eine neue Art von Energieriff«, sagte Elisa und blendete weitere Ortungs- und Analysedaten ein. »Die Chtai haben einen Weg gefunden, es mit einer kleineren Transferschneise zu verbinden, die vom Hauptstrang ausgeht, und deshalb sehen wir hier keine gestrandeten Schiffe.«

»Das Riff hat sie aus dem Transit gerissen und in die andere Transferschneise geschleudert«, murmelte Tako.

»Ja.«

»Und die energetischen Spuren der *Ibenau* enden hier?« Es war eine rhetorische Frage. Die Daten in den QR-Feldern ließen keinen anderen Schluss zu.

»Ja, Tako.«

Wieder musste eine Entscheidung gefällt werden, diesmal eine sehr gefährliche. Tako horchte in sich hinein und vernahm ein wortloses Flüstern, das von Bereitschaft kündete.

»Wohin ist der Frachter verschwunden, Elisa?«

»Das lässt sich nicht feststellen. Die kleine Transferschneise führt zu einem unbekannten Ziel.«

»Lässt sich ein kontrollierter Transit durchführen?«

»Um diese Frage zu beantworten, muss ich weitere Analysen durchführen, Tako. Bitte hab ein wenig Geduld.«

Während Tako wartete, dachte er an die im Hibernationsraum schlafende Ithana. Er konnte entscheiden, sich selbst in Gefahr zu bringen, aber hatte er das Recht, eine solche Entscheidung auch für die Lobotome zu treffen, ohne ihr Wissen, ohne sie zu fragen? Nein, dazu hatte er kein Recht. Aber welche Alternativen gab es? Die *Akonda* verfügte nicht mehr über Einsatzschiffe in der Art der *Talamo*, nur über einige Rettungskapseln, die nicht für den Flug über lichtjahrweite Entfernungen geeignet waren. Wenn er Ithana in einer solchen Kapsel zurückließ und er anschließend aus irgendeinem Grund nicht rechtzeitig hierher zurückkehren konnte ... Dann starb seine Assistentin, sobald den Lebenserhaltungssystemen die Energie ausgegangen war.

Aber andere Erwägungen schoben sich in den Vordergrund. Irgendetwas sagte Tako, dass die Zeit drängte, dass es schnell zu handeln galt.

Das von den Chtai entwickelte und von den Kronn geschaffene Energieriff zeigte sich als filigranes Gespinst im zentralen QR-Feld, wie ein in die Länge gezogenes Spinnennetz. Es reichte halb in den glühenden Strang der Transferschneise hinein, und in seinem Innern befand sich ein weiterer, viel dünnerer Strang.

»Ein vollkommen kontrollierter Transit durch die zweite Transferschneise ist nicht möglich, Tako«, sagte Elisa. »Aber eine gewisse Kontrolle sollte sich bewerkstelligen lassen.«

Das genügt. Schnell. Zögere nicht länger. Diesmal war das Flüstern deutlicher, wurde fast zu einer Stimme, und ihr Klang erschien Tako vage vertraut. Und wieder *wusste* er, dass es richtig war, auf diese Weise zu handeln.

»Bring uns ins Riff, Elisa«, sagte er.

Dominik:
Konfrontationen

14. Februar 1124 ÄdeF

Oben, über den alten Gräben und Stadtsenken, pfiff ewiger
Wind über die felsigen Schultern eines Planeten, auf dem
einst ein intelligentes Volk existiert hatte. Niemand erinnerte sich mehr an seinen Namen, und die einzigen Hinterlas-
senschaften jenes Volkes bestanden aus Ruinen, die langsam unter dem Staub der Erosion verschwanden. Und aus
seltsamen, hieroglyphenartigen Symbolen, zu Fünfergruppen angeordnet.

Dominik beobachtete, wie Loana mit den Fingerkuppen
über eine solche Symbolgruppe strich, als er die wenigen
Sachen zusammenpackte. Sie hatten in dieser kleinen Höhle
übernachtet, nicht weit von der Oberfläche entfernt, und
derzeit war die Stimme des Winds nur ein Flüstern. Dominik hoffte, dass sie an diesem Tag besser vorankamen und
die große Senke erreichten, die sie während des Absturzes
des Taruf-Frachters gesehen hatten.

Er warf sich den Rucksack über die Schulter; ihre Le-
bensmittel- und Wasservorräte gingen zur Neige. Wenn der
Wind stärker wurde und sie erneut zwang, in einer Höhle
Schutz zu suchen ... Dann gerieten sie in große Schwierigkeiten. Er überlegte kurz, ob er es noch einmal mit Fomion
versuchen sollte, entschied sich aber dagegen. Die Teleport-
tation aus dem abstürzenden Frachter hatte ihn enorm viel
Kraft gekostet, und wenn sie anschließend nicht das kleine

menschliche Schiff mit dem Proviant an Bord gefunden hätten ...

Loana wandte sich von den Symbolen ab. Sie trug wie Dominik einen Schutzanzug aus längst abgestorbenen Biofasern. Die Anzüge stammten aus dem kleinen Transporter, und ihrer war um mindestens zwei Nummern zu groß, ließ sie unförmig aussehen. Aber wenigstens bot die Kleidung ein wenig Schutz vor Wind und Staub.

»Uns bleibt nicht mehr viel, oder?«, fragte Loana und deutete auf den Rucksack.

»Nein. Wir sollten alles daransetzen, es bis heute Abend zu schaffen.«

Sie traten nacheinander durch den schmalen Zugang der Höhle in den Graben davor, stapften dort durch den feinen Staub, der von oben kam, vom ewigen Wind, und bestrebt zu sein schien, alle Gräben und Senken zu füllen. Der Tag war grau, wie auch die vergangenen. Dunkle Wolken zogen schnell über den Himmel, doch nie fiel auch nur ein einziger Tropfen aus ihnen. Alles auf diesem Planeten war trocken und staubig. Aber nicht unbedingt tot. Während des Absturzes hatte Dominik Lichter in der großen Senke gesehen, bei den Wracks von zahlreichen anderen Raumschiffen. Der Schluss lag nahe: Loana und er waren nicht die einzigen Überlebenden.

Die sonderbar schiefen Stufen einer langen Treppe, wie alles andere in den Fels gemeißelt, führten recht steil nach oben. Dominik ging voraus und legte ab und zu kurze Pausen ein, um zu vermeiden, dass er ins Schwitzen geriet – Schweiß hätte die isolierende Wirkung der Kleidung beeinträchtigt, und unter solchen Umständen konnte selbst leichter Wind sehr unangenehm werden.

Kurze Zeit später befanden sie sich beide auf der eigentlichen Oberfläche des Planeten, inzwischen so weit von den Resten des Frachters mit der Taruf an Bord entfernt, dass er nur noch ein dunkler Schatten am Horizont war und dort halb mit dem Grau verschmolz. An anderen Stellen zeichneten sich ähnliche Erhebungen ab, vermutlich die Reste weiterer Schiffe. Dominik benutzte sie als Orientierungspunkte und zeigte nach vorn. »Dort entlang.«

Eine Zeit lang gingen sie schweigend, den Wind im Rücken, an diesem Tag kaum mehr als eine steife Brise und nicht wie sonst fast ein Orkan. Nach einer Weile fragte Loana: »Wie viele Schiffe mögen hier abgestürzt sein? Was meinst du, Domi?«

»Sicher Dutzende, vielleicht sogar hunderte. Aber vermutlich keine militärischen. Das Energieriff befindet sich an einer Handelsroute.«

»Ich habe noch nie von einem Energieriff gehört, das Raumschiffe zu einem Planeten versetzt. Die anderen Riffe dienen dazu, Kampfschiffe der AFW einzufangen.«

»Vielleicht geht es den Kronn darum, den Allianzen die Nachschubwege abzuschneiden.«

Wieder schwiegen sie eine Zeit lang, setzten stumm einen Fuß vor den anderen und lauschten dem Flüstern des Winds.

»Glaubst du, wir schaffen es irgendwie, diesen Planeten zu verlassen, Domi? Wo sind wir überhaupt?«

Dominik deutete zu den dahineilenden Wolken empor. »Das wüsste ich auch gern. Bisher habe ich keinen einzigen Stern gesehen.« Er sah Loana an. »Und ja, wir kommen von hier fort. Irgendwie.«

Zwei Stunden später machten sie die erste Rast, in einer kleinen Bodenmulde, die ein wenig Schutz vor dem wieder stärker gewordenen Wind gewährte. Sie gönnten sich nur einige wenige Minuten, aßen und tranken etwas und brachen dann wieder auf. Gegen Mittag war der Wind so stark, dass Dominik einen neuen Orkan befürchtete, aber als er Gelmr für seine Wahrnehmung einsetzte, zeigte sich ihm ein beruhigendes Muster.

»Wir schaffen es bis heute Abend«, sagte er mit Gewissheit in der Stimme. »Der Wind wird nicht stärker, wird auch nicht die Richtung wechseln. Wir behalten ihn im Rücken.«

Sie zogen die Tücher vor den Mund, um die Atemwege **421**

vor dem Staub zu schützen. Loanas Stimme klang gedämpft, als sie sagte: »Es ist mir noch immer ein Rätsel, wie leicht du die einzelnen Stufen des Tal-Telas erreichen kannst, ohne Meditation. Und mit all deinen Gefühlen.«

Dominik hob eine Hand, die fast ganz violett geworden war.

»Was geschieht mit dir, Domi?«

»Ich werde stärker«, sagte er und wusste genau, dass das nur ein kleiner Teil der Antwort war. Er fühlte, wie das fremde Etwas in ihm wuchs, und er hatte begonnen, sich davor zu fürchten.

Die graue Welt aus Staub, Felsen und Wind wurde dunkler, als sich Dominik und Loana schließlich der großen Senke näherten, nach einem anstrengenden Marsch von etwa vierzig Kilometern. Eine lange Treppe führte dort in ein weiteres Grabensystem hinab, vor vielen tausend Jahren angelegt, und sie empfanden es beide als Erleichterung, den Windböen zu entkommen. Sie stapften durch den Staub, der sich in den Gräben und kleinen Höhlen angesammelt hatte, näherten sich dem Rand der Senke und blieben dort stehen.

Vor und unter ihnen erstreckte sich eine weite Mulde, die aussah wie eine riesige Delle im Felsenmantel des Planeten. Dominik schätzte ihren Durchmesser auf mindestens dreißig Kilometer und die maximale Tiefe auf fast tausend Meter. Halb unter Staub bedeckte Ruinen bildeten konzentrische Kreise, in die sich Wrackteile abgestürzter Raumschiffe gebohrt hatten. Aber es gab nicht nur Trümmer.

Auf der linken Seite, am diesseitigen Rand der Senke, ragte ein großes Stachelschiff der Kronn auf, und nicht weit davon entfernt glänzte ein Facettenschiff der Chtai im Licht zahlreicher mobiler Lampen, die langsam miteinander zu tanzen schienen, als sie umherschwebten und veränderliche Schatten warfen. Einer der wie kleine, eingefangene Sterne wirkenden Leuchtkörper bewegte sich nicht, und sein Licht fiel auf ...

»Sind das Menschen, Domi?«, fragte Loana, während über ihnen der Wind wie klagend ächzte.

In dem erhellten Bereich zwischen den beiden intakten Raumschiffen saßen oder standen mehr als zwanzig Humanoiden. Dominik empfing ihre mentalen Emanationen und wusste, dass es sich tatsächlich um Menschen handelte.

»Ja«, sagte er. »Gefangene der Kronn und Chtai. Überlebende eines oder mehrerer abgestürzter Schiffe.«

»Was soll mit ihnen geschehen?«

Dafür gab es mehrere Möglichkeiten, die eine scheußlicher als die andere. »Was auch immer mit ihnen geschehen soll, wir werden nicht zulassen, *dass* es geschieht«, sagte Dominik. »Wir befreien sie.«

Einige Stunden später, in der Dunkelheit der Nacht, wurde das Heulen des Winds erneut zu einem donnernden Brausen, und es regnete feinen Staub. Wie ein dünner Vorhang lag er in der Luft und machte das Atmen trotz der Tücher vor Mund und Nase zur Qual.

Ein schmaler Graben brachte sie bis auf hundert Meter an das weit aufragende Stachelschiff der Kronn heran, und an seinem Ende verharrten sie im Schatten einer Ruine. In einer Höhe von einigen Dutzend Metern setzten die sternartigen Leuchtkörper ihren trägen Tanz fort, und ihr Licht schien auf den vielen Facetten des Chtai-Schiffes ein sonderbares Eigenleben zu entwickeln, glitt dort schlangenartig umher, wie auf der Suche nach etwas.

Dominik blickte durch die Staubschlieren zum erhellten Bereich, einem kleinen Gefangenenlager, begrenzt von matt glühenden energetischen Barrieren. Er fühlte zunehmende Unruhe bei dem fremden Faktor, der sein Bewusstsein mit ihm teilte, und er fragte sich kurz, ob diese Unruhe seiner Absicht galt, die Gefangenen zu befreien.

Loana spähte an der Ruine vorbei. »Auch wenn wir im Dunkeln bleiben, Domi – die Sicherheitssensoren der Kronn und Chtai entdecken uns bestimmt, wenn wir uns noch weiter nähern. Es führt kein Graben dorthin.«

Dominik fühlte ihre Sorge, hörte sie in der Stimme und

sah sie im Blick, spürte gleichzeitig ihren Wunsch, die beiden Vitäen-Schiffe so schnell wie möglich weit hinter sich zu lassen. Aber das kam für ihn nicht infrage. Hier gab es Menschen, die seine Hilfe brauchten, so wie damals auf Kabäa, als er fast seine ganze Kraft verausgabt hatte, um die Überlebenden in den Höhlen vor dem Grakentraum zu schützen. Diese Erinnerungen erwachten nun mit überraschender Intensität, begleitet von einer anderen Kraft, die sich weiter in ihm ausdehnte, mehr mentalen Platz beanspruchte.

»Die Sensoren können nicht auf uns reagieren«, sagte Dominik. »Ich hindere sie daran.«

Loana sah ihn an, schüttelte kurz den Kopf und blickte wieder zu den Gefangenen. Zwei von ihnen wanderten langsam umher; die anderen saßen und standen fast reglos da.

»Es sind Unberührte«, sagte Dominik, der ihre Gedanken und Gefühle wie flüsternde Stimmen empfing. »Und sie haben Angst. Ich kann sie nicht im Stich lassen.«

Loana schwieg, aber er hörte auch die unausgesprochenen Fragen. *Was soll nach der Befreiung mit uns und den Menschen dort geschehen? Wie sollen wir den Kronn und Chtai entkommen, die bestimmt Jagd auf uns machen? Wo beschaffen wir uns Proviant und Wasser? Wie können wir den Planeten verlassen?*

»Was auch immer geschieht, Loa ...« Dominik schlang die Arme um sie. »Bleib hier. Rühr dich nicht von der Stelle.«

Ihre Besorgnis geriet fast zu Panik. »Was hast du vor?«

»Bleib unter allen Umständen hier. Versprochen?«

Loana nickte.

Dominik ließ sie los, kletterte aus dem Graben und lief. Er öffnete sich dem Tal-Telas, spürte seine brodelnde Kraft und griff hinein, während er gleichzeitig seine Wahrnehmung auf ein neues Niveau hob und die Sinne mit allen Aspekten der Umgebung verband. Alma, Berm und Crama sorgten dafür, dass die Sensoren der Kronn und Chtai nicht sahen, was sie nicht sehen sollten. Delm und Hilmia ermöglichten es Dominik, die Gedanken der Gefangenen zu berühren und in ihrem Empfinden keinen Platz für Verblüffung und Hoffnung zu lassen. Sie sahen ihn kommen, einen Menschen, und sie ahnten natürlich, was er vorhatte, aber er zwang sie, ruhig zu bleiben, die Blicke von ihm abzuwenden, sich nichts anmerken zu lassen. Iremia, Veränderung der Materie, die Manipulation physischer und energetischer Strukturen, erforderte so viel Kraft wie alle acht Stufen darunter zusammen. Aber Dominik hatte die Kraft, sie floss ihm aus jener fremden Quelle zu. Er nahm sie, fühlte das Strömen der Energie in der Barriere und schuf eine Lücke darin, breit genug für einen erwachsenen Humanoiden, sie zu passieren. Fast gleichzeitig machte er erneut von Hilmia Gebrauch, beeinflusste wieder die Gedanken der Gefangenen und veranlasste sie, durch die Lücke zu treten.

Die siebte Stufe – Gelmr, das Erkennen von Mustern – warnte ihn, aber die Warnung kam zu spät.

Das schlangenartig über die vielen Facetten des Chtai-Schiffes kriechende Licht sprang plötzlich, und es sprang zu Dominik, hüllte ihn in einen strahlenden Kokon und hielt ihn fest, nicht nur physisch, sondern auch psychisch.

Eine Öffnung bildete sich in der Außenhülle des glitzernden Chtai-Schiffes, und heraus kam ein weißgelber Strahl, der Dominik traf, ihn anhob und näher zog. *Loana!*, riefen seine Gedanken. *Bleib, wo du bist!* Abrupte Schwärze kam, ein Nichts, das nicht nur die Augen betraf, sondern auch die anderen Sinne, deren Verbindungen zu der Welt um ihn herum jäh unterbrochen wurden. Dominik verlor nicht das Bewusstsein; sein geistiger Zustand glich dem während der Dunkelstrafe, bevor er gelernt hatte, sich eigene Welten zu bauen. Doch diesmal konnte er sich nicht in eine solche Welt zurückziehen, denn etwas Schreckliches war geschehen: Er hatte keinen Zugriff mehr auf die Kraft des Tal-Telas.

Irgendwann wich ein Teil der Dunkelheit zurück, direkt vor Dominik, während sie sich rechts und links noch zu verdichten schien. Er konzentrierte sich und fühlte ganz deutlich, wie die andere Kraft in ihm ihn dabei unterstützte.

Mühelos gelang es ihm, die eigenen Gefühle zu kontrollieren, die Angst an einen Ort zu verbannen, wo sie ohne Einfluss auf ihn blieb. Zum ersten Mal erwog er die Möglichkeit, dass die Großmeisterinnen der Tal-Telassi Recht hatten, dass emotionsfreie Rationalität nötig war, um auf angemessene Weise mit den zehn Stufen des Tal-Telas fertig zu werden. Aber selbst dieser Gedanke spielte keine Rolle angesichts einer Situation, in der nur reiner Intellekt Rettung bringen konnte. Diese Erkenntnis kam von dort, wo das Fremde in Dominik wurzelte, und sie verwandelte seinen Geist in ein Präzisionsinstrument, das nur ein Ziel hatte, die Gewährleistung des mentalen und körperlichen Überlebens.

»Willkommen, Grargrerr«, erklang eine kratzende, knirschende Stimme. Sie sprach kein InterLingua, aber Dominik verstand sie trotzdem.

Eine seltsame Gestalt erschien in seinem schmalen Blickfeld, humanoid und wie aus Dutzenden von stabförmigen weißen Kristallen zusammengesetzt. Dünne schwarze Linien durchzogen die Kristalle der Arme und Beine, wurden im Rumpf und Kopf dicker. Sinnesorgane waren nicht zu erkennen, aber Dominik fühlte die volle Aufmerksamkeit des Geschöpfs auf sich ruhen. Er wusste, dass er einem Chtai gegenüberstand, einem Individuum der wissenschaftlichen Vitäen in den Diensten der Graken.

»Ich bin Dominik«, sagte er und fühlte: Diese drei Worte waren sehr wichtig; er durfte sie nicht vergessen.

Die Finsternis wich noch etwas weiter zurück, und hinter dem etwa zwei Meter großen Chtai wurde eine Wand mit zahlreichen unterschiedlich großen Öffnungen sichtbar. Die Wand selbst wechselte in langsamen Wellen die Farbe: Aus Grau wurde Schwarz, das kurze Zeit später fließend in neuerliches Grau überging. In den Öffnungen hingegen flackerten bunte Lichter, und etwas teilte Dominik mit, dass sie mit den Vorgängen in seinem Bewusstsein in Verbindung standen. Vor der Wand standen ein Kronn – die Organbeutel des Knochenwesens pulsierten langsam – und ein Geeta, wie üblich von einer Blase umgeben, die schon bei der kleinsten Bewegung schillerte.

Vor dem Chtai schwebte der Halbkreis einer virtuellen Konsole, und kristallene Finger berührten ihre Kontrollen. Die Lichter in den Öffnungen der Wand blinkten schneller, und einige von ihnen änderten die Farbe.

»Willkommen, Grargrerr«, wiederholte der Chtai. »Wir haben Seine Rückkehr erwartet. Die Zeichen deuteten darauf hin, und wir haben alle notwendigen Vorkehrungen getroffen. Der Moment des Großen Sprungs rückt näher. Wir brauchen Ihn auf der Welt der Geistessprecher.«

Die Zeichen?, dachte Dominik. Bezogen sich diese Worte auf Gelmr? Konnten die Graken und ihre Vitäen auf die Kraft des Tal-Telas zugreifen? Und die Welt der Geistessprecher? *Millennia*, flüsterte ein Gedanke, der aus den Tiefen von Dominiks Selbst aufstieg, aber nicht von ihm stammte. *Der Chtai meint Millennia.*

Die Finger des Kristallwesens berührten andere Kontrollen der virtuellen Konsole. Der Kronn wich mit baumelnden Organbeuteln zur Seite, ebenso der quecksilberartige Geeta mit seiner schimmernden Blase. Die grauschwarze Wand schien näher zu kommen, und als die Distanz zu ihr schrumpfte, spürte Dominik mit erschreckender Deutlichkeit, wie etwas Dunkles in ihm erwachte. In seinem geteilten Ich bildete sich ein weiterer Selbstaspekt, wie ein langsam wachsender Schatten, ebenso finster wie die Dunkelheit zu beiden Seiten der Wand. Die bereits halbwegs vertraute fremde Präsenz schob Dominiks Ich mit sanftem Nachdruck beiseite, griff nach dem Schatten und hielt ihn fest. *Hab keine Angst*, dachten eigene, fremde Gedanken. *Vertrau mir.*

Wieder knirschte und knarrte die Stimme des Chtai. »Kann Er mich jetzt hören, Grargrerr?«

Dominiks Lippen bewegten sich. »Ich bin Dominik«, sagte er.

Der Chtai – er hieß Rillt und gehörte zu den Primären Katalytern; etwas in Dominik erinnerte sich an ihn – betätigte die Kontrollen der schwebenden Konsole und trat näher. Dominik fühlte sich von einem sondierenden Blick durchbohrt, obwohl er keine Augen sah.

»Er hat uns den Weg zur Welt der Geistessprecher gezeigt«, sagte Rillt. »Er hat uns die Möglichkeit gegeben, alles für den Großen Sprung vorzubereiten. Dafür brauchen wir Ihn nun. Aber mir scheint, Er hat sich noch nicht durchgesetzt.«

Erneut veränderten sich die Lichter, und während sie sich veränderten, zitterte der Schatten in Dominik. Es flackerte in ihm, wie Blitze in Gewitterwolken, und eine mentale Stimme flüsterte: *Du musst jetzt sehr stark sein, Dominik. Wir brauchen unsere ganze Kraft, um ihn zu besiegen.*

»Wir?«, flüsterte er.

Der Chtai vor ihm neigte den kristallenen Kopf zur Seite. Die weißen Finger mit den dünnen schwarzen Linien in ihnen strichen über die Kontrollen der virtuellen Konsole, und Lichtstrahlen kamen aus ihr, woben ein netzartiges Anzeigenfeld mit zahlreichen Symbolen und Bildern. Dominik fühlte sich berührt, wie von einem Wind, der durch ihn strich und beim Schatten verharrte.

»Ich sehe Ihn«, sagte Rillt. »Und ich sehe noch etwas. Er ist nicht allein. Etwas hält Ihn fest und hindert Ihn an Seiner Entfaltung.«

»Ich ... bin ... Dominik«, sagte Dominik langsam und betonte jedes einzelne Wort.

»Gib Ihn frei!«, befahl der Chtai.

»Ich ... weiß nicht, was ... Sie meinen«, erwiderte Dominik in Rillts Sprache, die er perfekt beherrschte.

Es war eine Lüge. Er wusste sehr wohl, wovon Rillt sprach. Das Fremde in ihm, das den Schatten festhielt, wusste es genau. *Wir haben den Graken den Weg nach Millennia gezeigt. Weil wir Ihn in uns getragen haben. Oder zumindest einen Teil von ihm.*

»Gib Ihn frei!«

Dominik versuchte, nach dem Tal-Telas zu greifen und

Kraft daraus zu schöpfen. Er konnte zwar keinen direkten Kontakt herstellen, wusste es aber in der Nähe, in Reichweite. Wenn er die geistigen Hände etwas weiter ausstreckte … *Nein, ich brauche die ganze Kraft, um Ihn zu neutralisieren.*

Die Erkenntnis, dass es darauf ankam, absolut rational zu bleiben, sich nicht von Gefühlen ablenken zu lassen, hatte nichts von ihrer Bedeutung verloren, aber das Entsetzen kam so plötzlich und intensiv, dass es den Intellekt überrumpelte. *Ich trage einen Graken in mir,* dachte Dominik mit einem Grauen, das seine ganze innere Welt erschütterte. *Was ist auf Kabäa geschehen? Was ist dort* wirklich *geschehen?*

Der Schatten des Grakenfragments brodelte und bebte. Das fremde Etwas hielt ihn weiterhin fest und flüsterte: *Du wirst es erfahren. Sei jetzt stark.*

Die Stimme des Chtai knirschte und knarrte. »Schuld«, sagte Rillt und teilte seine Aufmerksamkeit zwischen Dominik und den Anzeigen. »Verantwortung. Negative Emotionalität.«

Und lauter, direkt an Dominik gerichtet, fuhr er fort: »Ja, es ist deine Schuld. Du hast uns den Weg zur Welt der Geistessprecher gezeigt. Es ist deine Schuld, dass wir viele Geistessprecher fassen und sie den Grakenträumen hinzufügen konnten.«

Sei stark, Dominik. Sei stark. Wenn du nachgibst, wenn du in deiner Konzentration nachlässt, reicht meine Kraft nicht aus, um den Graken zu besiegen.

»Wer bist du?«, hauchte Dominik und begann zu zittern.

Ich bin du. Du bist ein Teil von mir. Ich habe jetzt keine Zeit, es dir zu erklären. Wir sind verschiedene Aspekte der gleichen Sache. Hab Vertrauen.

Dominiks Zähne klapperten, als das Zittern heftiger wurde. Konzentration. Rationalität. Das Verdrängen aller Gefühle. Darauf kam es jetzt an; alles andere musste dem untergeordnet werden.

»Du bist schuld«, wiederholte der Chtai. In den Öffnungen der Wand blitzten Lichter und tanzten einen bunten, lautlosen Reigen. Sie spiegelten sich auf der Blase des Geeta wider, bildeten dort kurzlebige Reflexe. Im Anzeigefeld über der virtuellen Konsole ordneten sich die Symbole neu an. »Wenn du nicht nachgibst, wirst du dich noch schuldiger fühlen.«

Rillt drehte sich halb um, woraufhin der Kronn in Bewegung geriet. Rasend schnell ordnete er seine Knochen neu an, ging/rollte in die Finsternis auf der linken Seite und kehrte kurz darauf mit einem Menschen zurück, der eine Energiefessel trug. Dominik erinnerte sich an den Mann: Er hatte ihn im Gefangenenlager zwischen den beiden Vitäen-Schiffen gesehen.

»Willst du noch mehr Schuld auf dich laden, Dominik?«, fragte der Chtai. »Wenn du Ihn nicht freigibst, töten wir diesen Unberührten.«

Der Mann verstand Rillts Worte nicht, aber seine Augen waren voller Angst. Als er Dominik sah, öffnete er den Mund und rief um Hilfe, ohne dass ein einziger Laut erklang.

Sei stark, Dominik. Was auch immer geschieht, gib nicht nach.

Rillt wartete einige Sekunden, gab dann dem Kronn ein Zeichen. An einem Gelenkhöcker glühte es, und ein Energiefinger tastete nach dem Mann, ließ ihn von den Füßen an zu Asche zerfallen. Zuletzt löste sich der Kopf auf; der Mund war zu einem lautlosen Schrei aufgerissen.

Dominik bebte am ganzen Leib, so heftig, dass er sich aus eigener Kraft kaum mehr auf den Beinen gehalten hätte. Aber etwas hielt ihn fest, so wie das Fremde in ihm den Graken festhielt. Eine Auseinandersetzung hatte begonnen: Die Ränder der dunklen Wolke zerfransten, als das fremde Etwas damit begann, das Grakenfragment mit der Energie des Tal-Telas aufzulösen.

Dominik hätte am liebsten die Augen geschlossen, aber dazu war er nicht imstande.

»Willst du, dass weitere Unberührte sterben?«, fragte der Chtai. »Du wärst für ihren Tod verantwortlich.«

Dominik antwortete nicht und kämpfte gegen das Entsetzen an.

Erneut gab Rillt dem Kronn ein Zeichen, und wieder verschwand das Knochenwesen in der Dunkelheit. Diesmal blieb es etwas länger fort, und als es schließlich zurückkehrte ...

Es brachte Loana.

Aus weit aufgerissenen Augen starrte sie Dominik an, und in ihr brannte das Feuer einer Furcht, die nicht dem eigenen Schicksal galt, sondern seinem.

Sei stark, Dominik!

Ich ... kann ... nicht ... Er fühlte noch etwas anderes in ihr, wie ein Licht hinter dem Glanz, der Loana war, ein viel kleineres, schwächeres Licht ...

»Gib Grargrerr frei«, sagte das Kristallwesen.

Loanas Lippen bewegten sich, aber Dominik hörte nicht. »Loa ...«, brachte er hervor.

»Gib Ihn frei«, verlangte der Chtai.

Dominik zitterte noch immer, so heftig, dass es zu ersten Muskelkrämpfen kam. Seine Zähne klapperten heftiger.

Sei stark!

Rillt drehte sich halb um und gab dem Kronn ein Zeichen. Knisternd ordneten sich Knochen neu an, und an einem Gelenkhöcker glühte es auf ...

Hinter Dominiks Schläfen brach von einem Augenblick zum anderen ein mentaler Orkan los. »Loana!«, rief er, und der Schrei zerriss, was ihn festhielt. Er machte einen Schritt nach vorn, auf den Chtai zu, dann gaben seine Knie nach, und er fiel auf kalten Boden, Loanas furchterfüllte Augen so groß vor sich, dass sie fast sein ganzes Blickfeld ausfüllten.

»Wenn du Ihn nicht unverzüglich frei gibst, wird diese junge Menschenfrau sterben«, knirschte der Chtai.

Der Orkan hinter Dominiks Stirn heulte und toste, schleuderte die andere Präsenz in ihm fort, woraufhin die Dunkelheit des Graken sich ausdehnte.

Du machst einen großen Fehler, sagte das fremde Etwas, das behauptete, ein Teil von ihm zu sein. *Es geht um viel mehr als nur um dich und das Mädchen ...* Es versuchte, sich **431** wieder aufzublähen und erneut zum dominanten Faktor in Dominiks innerem Universum zu werden, aber diesmal war er darauf vorbereitet und griff auf seine eigene Kraft zurück, beanspruchte die gesamte mentale Energie allein für sich. Er stieß den Graken beiseite, als der die Kontrolle übernehmen wollte, konzentrierte sich auf den Kronn und das Tal-Telas.

Ein Energiefinger tastete vom Gelenkhöcker des Knochenwesens nach Loana, um sie ebenso zu verbrennen wie zuvor den Mann. Mit Iremia, der neunten Stufe, veränderte Dominik die Ausrichtung des Strahls und lenkte ihn zur Seite, sodass er nicht Loana traf, sondern den Chtai. Der kristalline Humanoide erglühte rubinrot, zerfiel nicht zu Asche, sondern platzte gespenstisch langsam auseinander. Gleichzeitig nutzte Dominik die Kraft der dritten Stufe, Crama, um sich selbst und auch Loana aufsteigen zu lassen, über den Kronn, der erneut schoss. Wieder krümmte Dominik den Strahl und lenkte ihn zur schimmernden Blase des Geeta, die sofort platzte und zu einer Wolke aus Funken und Farben wurde.

Er schirmte Loana und sich vor den Trümmern ab und begriff, dass es nur eine Möglichkeit gab, diesen Ort zu verlassen. Doch als er sich auf Fomion konzentrierte, merkte er, wie viel Kraft ihn insbesondere Iremia gekostet hatte. Er brachte Loana so nahe zu sich heran, dass er die Arme um sie schlingen konnte, und seine Lippen flüsterten: »Hilf mir, Loa. Hilf mir. Allein schaffe ich es nicht.«

Loana öffnete ihren Geist, wie sie es während der Meditation gelernt hatte, und Dominik empfing ihre Energie. Damit brachte er sie beide zur sechsten Stufe des Tal-Telas und verband ihre Person mit ...

Ihm blieb keine Zeit, eine Verbindung zu schaffen, denn der Kronn zielte mit mehreren Waffen auf sie und feuerte erneut.

Dominik teleportierte Loana und sich, blindlings, ohne ein Ziel.

23

Tako Karides:
Wiedersehen

Mit leerem Selbst, geschützt vor den Schockwellen des Transits, blickte Tako in die quasirealen Projektionsfelder und sah verschiedene Darstellungen der Transferschneise, durch die die *Akonda* mit vielfacher Überlichtgeschwindigkeit raste. Seine Augen nahmen die visuellen Daten auf, aber sie spielten kaum eine Rolle im Vergleich mit dem viel größeren Strom an Informationen, die er auf dem Wege direkter neuraler und neuronaler Stimulation empfing. Natürlich war seine Verarbeitungskapazität nicht annähernd so groß wie die des Megatrons, und hinzu kam, dass sich sein Bewusstsein in dem Zustand schützender Apathie befand. Deshalb kam der Hinweis von Elisa, bevor Tako begriff, was geschah.

»Ich kann den Flug kaum mehr kontrollieren, Tako. Es besteht Gefahr für die Integrität des Schiffes. Ich empfehle eine Unterbrechung des Transits.«

Ein Teil von Takos Selbst kehrte in die wache Phase zurück und fühlte die Auswirkungen der Schockwellen, die sich wie Nadeln ins Gehirn bohrten. Er sah das Ziel am Ende der von den Chtai konzipierten Transferschneise, einen namenlosen Planeten in einem namenlosen Sonnensystem, nur noch wenige Flugminuten entfernt.

»Nein«, sagte er mit verändert klingender Stimme. »Nein ... wir fliegen weiter ...«

Die Vibrationen des Schiffes wurden zu heftigen Erschüt-   **433** terungen. Warnende Hinweise erschienen in den QR-Feldern, als erste Bordsysteme ausfielen.

»Ich kann mir kaum vorstellen, dass andere vom Energieriff eingefangene Schiffe den Transfer durch die zweite Schneise unbeschadet überstanden haben, Tako«, sagte Elisa. »Ich fürchte, der Taruf-Frachter *Ibenau* ist auseinander gebrochen, bevor er das Ende der Transferschneise erreichte. Wenn das geschah, gibt es keine Überlebenden.«

Nein.

Es war die Stimme in Tako, und sie schlief nicht. Sie horchte und beobachtete, hielt sich bereit.

Die entscheidende Phase hat begonnen.

»Die ... entscheidende Phase?«

»Tako?«, fragte Elisa. »Ich kann mit deinen Worten leider nicht viel anfangen. Was meinst du damit?«

»Ich ... höre eine Stimme.«

Mehrere Sekunden lang war nur ein Donnern zu vernehmen, das überall im Schiff widerhallte.

»Ich muss den Transfer unterbrechen, Tako«, sagte Elisa dann. »Offenbar kommt es bei dir zu psychischen Fehlfunktionen, die deine Gesundheit beeinträchtigen.«

Tako zwang sich, noch etwas weiter aus der Apathie aufzutauchen, obgleich die Schmerzen dadurch stärker wurden. »Es ... liegen keine Fehlfunktionen irgendeiner Art vor. Setz den Flug fort. Wir müssen unbedingt Dominik erreichen. Das ist wichtig.«

Es ist noch viel wichtiger, als du ahnst.

»Wer bist du?«, flüsterte Tako, die eine Hälfte seines Selbst wach, die andere in der Transferruhe.

Während das Donnern in der *Akonda* noch lauter wurde, während die QR-Felder das Ende der Transferschneise zeigten, wie ein Nadelöhr, kaum groß genug, um ein Raumschiff passieren zu lassen, während die neuen, leistungsfähigeren Sensoren – Elisas Augen – zwei wachsame Kronn-Schiffe am Ende der künstlich angelegten Transferschneise orteten, während der Megatron versuchte, den Flug der *Akonda* zu stabilisieren und gleichzeitig die Waffensysteme vorzubereiten ...

... stand Tako Karides auf der langen Treppe der Terrassenstadt mit dem schwarzen Berg darüber, von dem er inzwischen wusste, dass es sich um ein Schiff der legendären Kantaki handelte. Als er den Kopf drehte, blickte er in ein schmales Gesicht, das einer Faltenlandschaft gleichkam. Eine greise, wie ausgemergelt wirkende Frau stand neben ihm, in eine Aura aus Würde und Eleganz gehüllt. Ihre großen, dunklen Augen sahen ihn an. »Myra?«

Sie lächelte, aber es war ein Lächeln ohne Wärme, ohne emotionale Komponente. Menschen liefen über die verschiedenen Terrassen der Stadt und sprachen miteinander, doch ihre Stimmen waren nicht mehr als ein fernes, wortloses Raunen.

»Es ist bald so weit«, sagte die mehr als viereinhalbtausend Jahre alte Tal-Telassi.

»Was ist bald so weit?«

Mit dem Zeigefinger der rechten Hand berührte die Großmeisterin Tako an der Stirn. »Die letzten zehn Jahre habe ich hier drin verbracht. Zumindest ein Teil von mir. Der Teil, der auf Kabäa überlebt hat.«

Erste Regentropfen fielen, dick und warm. Fast sofort verdampften sie auf den heißen Steinplatten.

»Mein Weg führt mich dorthin«, sagte Myra 27 und deutete zum Kantaki-Schiff empor. »Sie müssen zurückkehren, Lanze Karides. Dominik braucht Sie.«

Tako hielt die alte Tal-Telassi am Arm fest, als sie sich abwenden wollte. »Was geht hier vor? Was hat dies alles zu bedeuten?«

»Es wird nicht mehr lange dauern, bis Sie Antworten auf alle Ihre Fragen bekommen, Lanze Karides.«

»Sie ... sind nicht gestorben? Aber ich habe gesehen ...«

»Sie haben gesehen, was Sie sehen sollten. Ich habe zehn Jahre in Ihnen gewartet, tief unter der Oberfläche Ihres Bewusstseins.« In den dunklen Augen der Großmeisterin erschien ein seltsames Licht, und Tako fühlte sich davon in seinem Innern berührt. »Während ich dorthin gehe ...«, sagte Myra 27 und deutete erneut zum schwarzen Berg über der Stadt, zum asymmetrischen Kantaki-Koloss. »Bringen Sie uns beide zu Dominik. Er braucht uns. Und wir brauchen ihn.«

Tako blinzelte und fand sich im Sessel des Kommandanten wieder, im Kontrollraum der *Akonda*. Ganz deutlich fühlte er Myras Präsenz, so intensiv wie bei der geistigen Verbindung, mit der sie ihn vor dem Grakentraum geschützt hatte. Seine Gedanken überschlugen sich, während er Daten von den Sensoren aufnahm.

»Ein fremder Einfluss hilft mir dabei, die Fluglage der *Akonda* zu stabilisieren, Tako.«

»Myra!«, entfuhr es ihm, während er noch versuchte, Ordnung in seine mentale Welt zu bringen. »Myra ist in mir! Die Großmeisterin der Tal-Telassi. Sie ist nicht auf Kabäa gestorben. Zumindest nicht ganz.«

»Das finde ich ... erstaunlich«, antwortete Elisa.

Das Chaos in Tako wich neuer Entschlossenheit. Er blickte in die QR-Felder und sah die beiden großen Kronn-Schiffe am nur noch wenige Flugsekunden entfernten Ende der Transferschneise, hinter ihnen den Planeten.

»Orten uns die Kronn?«

»Das halte ich für sehr wahrscheinlich, Tako.«

»Wir müssen an ihnen vorbei. Vermutlich rechnen sie nicht damit, dass wir unbeschädigt und voll einsatzfähig aus der Schneise kommen. Diesen Vorteil gilt es zu nutzen.« Er legte die Hände auf die biotronischen Interfaceflächen in den Armlehnen des Kommandosessels, und ein Teil der Synthohaut zog sich zurück, ermöglichte so einen direkten Kontakt. Die neuronalen Stimulatoren funktionierten nicht nur in einer Richtung: Sie empfingen auch seine Gedanken und leiteten sie weiter, über die Interfaceflächen in die Bordsysteme des Schiffes – Tako hatte gelernt, die *Akonda* mit mentalen Impulsen zu steuern.

»Ich übernehme die Navigation, Elisa«, sagte er. »Die offensiven und defensiven Systeme überlasse ich dir.« Er dachte kurz an Ithana in der Hibernation, doch Myras Präsenz schob diesen Gedanken beiseite. *Lassen Sie sich nicht ablenken.*

»In Ordnung, Tako«, bestätigte der Megatron.

Dann erreichten sie das Ende der Transferschneise, und es kam zu einer neuen Schockwelle, als sie aus der Überlichtphase des Fluges austraten. Der Schmerz war geringer als erwartet, was er Myra verdankte ...

Einige Millionen Kilometer entfernt reflektierte ein Planet das Licht seiner Sonne, während rechts und links die Finsternis des Alls ins Schwarz von zwei großen Stachelschiffen überging.

Das All brannte plötzlich.

Die destruktive Energie von Annihilatoren flackerte den Kronn-Schiffen entgegen. Antimaterieraketen folgten, ritten auf Flammenstrahlen durch den Weltraum und lösten sich in den Schutzschirmen der Kronn auf. Doch einige durchschlugen sie an geschwächten Stellen, wo sich energetische Strukturlücken bildeten, und als es dahinter zum Kontakt mit gewöhnlicher Materie kam, waren verheerende Explosionen die Folge.

Die *Akonda* schüttelte sich kurz, als sie von mehreren Energiestrahlen getroffen wurde, aber ihre Krümmerfelder hielten stand. Sie jagte zwischen den beiden Kronn-Schiffen hindurch, die hinter ihr auseinander zu brechen schienen. Unversehrte stachelförmige Komponenten lösten sich von beschädigten, und innerhalb weniger Sekunden bildete sich aus den beiden Schiffen ein großer Schwarm aus schwarzen Stacheln, der der *Akonda* folgte und immer wieder auf das Trichterschiff feuerte.

Tako flog ein Ausweichmanöver nach dem anderen und gab sich alle Mühe, den Kronn ein möglichst schwer zu treffendes Ziel zu bieten. Gleichzeitig brachte er die *Akonda* näher an den Planeten heran und suchte im Datenstrom der

Sensoren nach Hinweisen auf den Verbleib des Taruf-Frachters *Ibenau.*

Ich fühle Dominik, sagte Myra, und ihre Gedanken beschrieben ein Ziel, einen Ort.

Tako änderte den Kurs und musste die Geschwindigkeit reduzieren, was den Kronn Gelegenheit gab, näher heranzukommen. Der Planet schwoll an wie ein Ballon, in den jemand Luft blies, grau wie Schiefer. Die Sondierungssignale der Sensoren durchdrangen die dichte Wolkendecke, und ihre Daten berichteten von einer Welt, über deren felsige Oberfläche heftige Winde heulten. In tiefen Mulden und ausgedehnten Grabensystemen schien es einst eine Zivilisation gegeben zu haben.

»Ich habe insgesamt siebenundvierzig Wracks entdeckt, Tako«, sagte Elisa. »Alles Schiffe der Allianzen Freier Welten. Hinzu kommen zwei Vitäen-Schiffe, ein Kronn und ein Chtai.«

Das Ziel, sagte Myra.

Tako leitete mehr Energie in die Krümmerfelder der *Akonda,* flog ein letztes Ausweichmanöver und steuerte das Trichterschiff dann in die Wolken eines ausgedehnten Sturmsystems. In seinem Innern, inmitten eines tosenden Orkans, schleuste er Dutzende von speziellen Signalbojen aus, die mit der Energie von Minikrümmern davonstoben und im Sturmsystem ein Emissionsgewitter bewirkten.

»Davon lassen sich die Kronn bestimmt nicht täuschen, Tako«, sagte Elisa. »Sie werden nicht glauben, dass wir auseinander geplatzt sind.«

»Es genügt, wenn wir ein wenig Zeit gewinnen«, erwiderte Tako und sprach damit Myras Worte aus.

Sie haben ihn!, erklang es plötzlich in seinem Innern. *Dominik! Er befindet sich in ihrer Gewalt!*

Takos Gedanken zwangen die *Akonda* nach unten, der Oberfläche des Planeten entgegen. Sie erzitterte und erbebte immer wieder, aber nicht annähernd so stark wie beim Flug durch die künstliche Transferschneise. Plötzlich gleißte es in ihrer Nähe, und eine enorme energetische Druckwelle packte das Schiff und schleuderte es durch die Wolkenmassen. Tako nahm die Navigationsdaten in sich auf, reagierte und fing die *Akonda* etwa tausend Meter über dem glatt geschliffenen Fels des Planeten ab. Während er sie steuerte, spürte er zunehmende Aufregung bei Myras Präsenz.

Gefahr!, rief sie, und ein Teil von ihr dehnte sich aus, nicht innerhalb von Takos Selbst, sondern über die Grenzen seines Bewusstseins hinaus.

»Die beiden Vitäen-Schiffe des Planeten steigen auf, Tako«, sagte Elisa. Er sah es in den taktischen quasirealen Darstellungen. »Ihre energetischen Konfigurationen deuten auf Gefechtsbereitschaft hin. Ich muss dich darauf hinweisen, dass wir einem so starken Gegner nicht gewachsen sind.«

»Ich habe jetzt keine Zeit für lange Erklärungen, Elisa«, erwiderte Tako und nutzte das Mubek-Potenzial für eine zusätzliche neuronale Stimulation, die ihn noch schneller denken und reagieren ließ. Er wusste, dass er diese gesteigerte Leistungsfähigkeit seines Gehirns später mit Erschöpfung bezahlen würde, aber darum ging es ja gerade: Es sollte ein Später geben. »Myra weiß, wo sich Dominik befindet und dass ihm Gefahr droht. Halte unsere Gegner von uns fern.«

»Ich gebe mir alle Mühe, Tako.«

Das Donnern der Annihilatorkanonen hallte durch die *Akonda*, als Tako sie tiefer gehen ließ. Die tückischen Lichter von Demolatoren tanzten durch den Sturm, und einer von ihnen traf das Trichterschiff, fraß sich mit energetischem Hunger ins äußere Krümmerfeld. Tako reagierte sofort, deaktivierte es kurz und riss das Schiff gleichzeitig zur Seite, um dem Strahl zu entgehen, der von einem Kronn-Stachel weiter oben ausging und genau der geschwächten Stelle galt. In einer Höhe von nur wenigen hundert Metern raste die *Akonda* über die öde Felslandschaft des Planeten, gefolgt von einem Orkan, den sie selbst erzeugte. Sie war noch immer so schnell, dass sie in einen Mantel aus ionisierten **439**

Molekülen gehüllt blieb. Weit über ihr explodierten die letzten Signalbojen, doch die Kronn ließen sich nicht mehr von ihren Emissionen ablenken. Die QR-Felder vor Tako zeigten, wie zahlreiche Stachelelemente der Kronn näher kamen. Erste Strahlblitze trafen die Krümmerfelder der *Akonda*.

»Tako ...«

»Ich weiß, Elisa.« *Myra?*

Sie schickte ihm ein Bild, ließ es vor seinem inneren Auge entstehen, begleitet von Symbolen, die mehr zum Ausdruck brachten als Worte. Tako begriff sofort, worauf es ankam. Er ließ die *Akonda* schneller werden, und sie jagte dem aufsteigenden Facettenschiff der Chtai entgegen. Dadurch näherte sie sich auch dem großen Kronn-Schiff, das den Chtai-Raumer begleitete.

Tako leitete den größten Teil der Krümmerenergie ins vordere Schirmfeld.

Ich hole sie an Bord, sagte Myra. *Gleich. Nur noch wenige Sekunden ...*

»Sie?«

Dominik ist nicht allein ...

Tako dachte an die junge Frau mit dem langen blonden Haar, die ihm Elisa in einem Projektionsfeld gezeigt hatte. »Sie sind beide hier?«

Und sie sind beide in Gefahr. Ich helfe ihnen ...

Es krachte, und Dutzende von roten Warnsymbolen leuchteten in den QR-Feldern. Destruktive Energie hatte ein geschwächtes Krümmerfeld durchschlagen und sich in die Außenhülle der *Akonda* gebrannt. Tako stabilisierte die Fluglage und hielt weiter auf das Facettenschiff zu, über dessen glitzerndem Rumpf Lichter tanzten. Daneben glühte es an mehreren Stellen des dunklen Stachelriesen.

Etwas zerrte an Tako. In ihm schien sich etwas auszudehnen und wieder zusammenzuziehen, erweitert durch eine neue Präsenz ...

Ich habe sie!, sagte Myra. *Sie sind beide an Bord. Und sie brauchen Hilfe.*

Tako zog die *Akonda* genau in dem Moment nach oben, als Kronn und Chtai das Feuer eröffneten. Es gleißte, so hell wie die Sonne Gindal, als sie zur Nova geworden war, aber zum Glück streiften die Entladungen das untere Krümmerfeld der *Akonda* nur, sonst wäre sie auf der Stelle verdampft. Tako leitete mehr Energie der Krümmer ins Triebwerk, und das Trichterschiff sprang aus der Atmosphäre des Planeten ins All.

»Zwei Personen sind an Bord erschienen, Tako, bei der dritten Annihilatorbatterie.«

»Dominik und seine Freundin Loana.« Er stand auf und eilte zum Ausgang des Kontrollraums. »Bring uns zur nächsten Transferschneise und geh sofort in den Transit, ohne meine Bestätigung abzuwarten.«

Tako verließ den Kontrollraum und lief durch den Hauptkorridor der *Akonda*.

Während ihn die Kraft des Mubek durchs Schiff trug, donnerte es immer wieder, und es kam zu Erschütterungen, eine so heftig, dass Tako das Gleichgewicht verlor und fiel. Er nutzte seine überlegene Kraft, kam sofort wieder auf die Beine und lief weiter, während Elisa die *Akonda* durch den Schwarm aus Kronn-Stacheln steuerte. Als er die dritte Annihilatorbatterie erreichte, wurde das Schiff erneut getroffen, diesmal am Trichter des Hecks. Tako hielt sich an einem Schott fest, als die künstliche Gravitation an Bord ihre Ausrichtung veränderte. Das Licht flackerte und ging aus, was ihn aber nicht bei der Orientierung behinderte – er verlagerte die visuelle Wahrnehmung in andere Frequenzbereiche.

Er fand Dominik und Loana im Raum mit den sekundären Kontrollen für die Annihilatoren, als sich die Gravitation wieder stabilisierte. Eine junge Frau mit langem blonden Haar kniete im Licht der Anzeigen neben einem reglosen jungen Mann. Sie sah furchterfüllt auf, als Tako hereinkam, nahm ihn vermutlich nur als eine dunkle Silhouette wahr. **441**

»Ich bin Tako Karides«, sagte er schnell. »Vielleicht hat Ihnen Dominik von mir erzählt.«

»Ja.« Loana blickte auf Dominik herab. »Er rührt sich nicht. Und er fühlt sich kalt an.«

Fomion-Schock, sagte Myra. *Ich habe versucht, ihm zu helfen, aber die Teleportation war eine enorme Anstrengung für ihn.*

Hinter Tako summte es, und die Lichtfinger von zwei medizinischen Servi tasteten durch die Dunkelheit.

»Danke, Elisa«, sagte er.

»In der medizinischen Abteilung ist alles bereit, Tako«, erklang die Stimme des Megatrons. Das Licht ging wieder an, und Tako sah, wie Loana blinzelte. *Sie ist schön,* dachte ein Teil von ihm, und dieser Teil erinnerte sich an Dalanna. »Wir erreichen gleich die nächste Transferschneise.«

»Leite den Sprung ein, sobald du dazu imstande bist.« Tako sah zu Loana.

So tief Dominik auch schläft – er schützt sie, sagte Myra. *Die Schockwellen stellen keine Gefahr für sie dar.*

Die beiden medizinischen Servi schwebten auf ihren Levitatorkissen an Tako vorbei. Einer von ihnen hob den bewusstlosen Dominik an, und der andere wandte sich Loana zu, die aber den Kopf schüttelte und aufstand.

Das Brummen der Krümmer veränderte sich, und Tako spürte ein kurzes Stechen im Hinterkopf, das aber sofort wieder verschwand.

»Wir sind gesprungen«, meldete Elisa.

Die beiden Servi trugen Dominik zur medizinischen Abteilung, Tako und Loana folgten ihnen.

»Es gibt da noch ein anderes Problem, Tako«, sagte Elisa.

»Ja?«

»Es betrifft Ithana ...«

Tako trat an geborstenen Stützelementen, verformten Wänden und geplatzten Konsolen vorbei. Drei der insgesamt zehn Ruheliegen im Hibernationsraum hatten sich in Schlacke verwandelt, und die sieben anderen waren mehr oder weniger stark beschädigt. An einer von ihnen blieb er stehen und sah auf Ithana hinab.

Die beiden Enzeloren am Halsansatz waren abgestorben, die Haut an der einen Seite des Kopfes verbrannt. Die Frau lebte noch, aber sie hatte innere Verletzungen erlitten. Schlimmer noch: Das Hirngewebe war geschädigt.

Tako starrte auf Ithana hinab, und für einige lange Sekunden fühlte er sich schrecklich. Er glaubte, die Stimme seiner Assistentin zu hören, wie sie ihm vorwarf, gegen die Order des Oberkommandos zu verstoßen und aus egoistischen Motiven zu handeln.

»Können wir ihr irgendwie helfen, Elisa?«

»Ich fürchte, dies geht über die Leistungsfähigkeit unserer medizinischen Servi hinaus, Tako«, antwortete der Megatron.

»Wie weit sind wir vom nächsten gut ausgestatteten medizinischen Zentrum entfernt?«

»Es sind neunhundertvierzig Lichtjahre bis zum Hydra-Lazarett.«

»Wie lange dauert der Flug dorthin?«

»Es ist eine gute Transferschneise, die hohe Geschwindigkeiten erlaubt: etwa fünf Tage.«

Tako wandte sich von Ithana ab – er konnte ihren Anblick nicht mehr ertragen. »Bring uns dorthin, Elisa. Vielleicht können die Mediker von Hydra Ithana helfen.«

Als er durch den Hauptkorridor der *Akonda* ging, hörte er Myras Stimme in seinem Innern. *Es ist nicht Ihre Schuld, Lanze Karides,* sagte die uralte Großmeisterin, und ihre Stimme klang fast traurig. *Der Krieg zerstört alles.*

»Ich hätte sie auf irgendeinem sicheren Planeten absetzen sollen«, sagte Tako leise. Elisa reagierte nicht darauf – sie wusste inzwischen, dass er einen inneren Gesprächspartner hatte.

Dann wären wir nicht rechtzeitig gekommen, um Dominik zu retten, erwiderte Myra. *Und wir brauchen ihn.*

Nicht rechtzeitig ... Ferne Erinnerungen an Meraklon regten sich in Tako, noch immer stark genug, um ihn innerlich schaudern zu lassen.

»Wofür brauchen wir ihn?«, fragte Tako und ging mit kraftvollen Mubek-Schritten in Richtung medizinische Abteilung.

Wir müssen mit ihm nach Millennia, sagte Myra. *Gemeinsam können wir es schaffen.*

»Was können wir gemeinsam schaffen?«, fragte Tako erstaunt. Stimmen kamen aus dem offenen Zugang der medizinischen Abteilung, und eine von ihnen gehörte Dominik – er war erwacht.

Ich glaube, er wird es Ihnen gleich selbst sagen. Er ist fast so weit.

Tako trat durch die Tür, und der junge Mann, zu dem Dominik geworden war, drehte den Kopf. »Wir müssen nach Millennia«, sagte er. Loana saß neben ihm, und er hatte den Arm um sie geschlungen. Mit der freien Hand löste er medizinische Sensoren von seinem Oberkörper.

»Das hat Myra ebenfalls gesagt«, erwiderte Tako und musterte Dominik. Der Glanz in den großen braunen Augen erinnerte ihn an den achtjährigen Jungen, den er damals auf Kabäa gerettet hatte.

Dominik nickte. »Sie ist in dir, ich weiß. Sie hat mir in Fomion geholfen.«

»Fomion?«

»Sie hat mir geholfen, hierher zu teleportieren, an Bord der *Akonda.*« Er hob die freie Hand, und Tako stellte fest, dass sie fast ganz violett war.

»Was hat dies zu bedeuten?«, fragte er. »Ich meine, *dies alles*?«

Wir nähern uns dem Ende eines Weges, der vor über tausend Jahren begann, sagte Myra.

Dominik nickte. »Ich höre Sie, Ehrenwerte.«

Tako bemerkte Loanas Verwirrung. Sie sah erst Dominik an, dann ihn, und ihr Blick stellte wortlose Fragen. Der junge

Mann an ihrer Seite berührte sie an der Stirn, und eine Sekunde später verschwand die Verwunderung aus ihrem Gesicht.

»Ich verstehe«, sagte sie leise.

»Ich würde auch gern verstehen«, fügte Tako hinzu.

Eine weitere körperlose Stimme erklang. »Ich auch, wenn ihr gestattet«, sagte Elisa.

Dominik atmete tief durch. »Ich trage einen Graken in mir.«

»*Wie* bitte?«, entfuhr es Tako.

»Deshalb fanden die Graken und ihre Vitäen den Weg nach Millennia. Der Graken in mir übermittelte die Koordinaten des Planeten, als ich mich dort befand.«

Mehrere Sekunden lang war nur das Brummen der Krümmer zu hören. Loana sah Dominik entsetzt an.

Der junge Mann löste den Arm von ihr und hob beide Hände zu den Schläfen. »Ich habe das Gefühl, dass alles Teil eines großen Plans ist. Eines Plans, der vor über tausend Jahren entstand, kurz nach Beginn des Kriegs. Es ist noch etwas in mir, etwas, das versucht, den Graken zu ... neutralisieren. Und das ist nur auf Millennia möglich, beim Tal-Telas, über das Zara 20 und einige andere Meisterinnen wachen.«

»Ein Plan?«, wiederholte Tako und spürte einen Hauch von Kälte dort, wo er Myras Präsenz fühlte. »Der mehr als ein Jahrtausend überspannt? Was ist das Ziel dieses Plans? Wer hat ihn entwickelt?«

Dominik ließ die Hände langsam sinken und schüttelte hilflos den Kopf. »Ich weiß es nicht. Aber ich glaube, es geht dabei auch um etwas, das die Tal-Telassi ›Zeit der Schande‹ nennen.«

Tako spürte eine mentale Vibration in seinem Inneren – die alte Großmeisterin schien zu erzittern.

»Zeit der Schande?«, kam es leise von Loanas Lippen. »Was bedeutet das?«

»Manchmal habe ich fast das Gefühl, mich daran zu erinnern, was diese Worte bedeuten, so als hätte ich es einmal gewusst. Aber das kann nicht sein, denn offenbar wissen nur die Großmeisterinnen der Tal-Telassi darüber Bescheid.« **445**

»Das ist interessant«, erklang Elisas Stimme. »Ich kenne diesen Begriff. Vor zehn Jahren, Tako, kurz bevor wir Millennia verließen ... Auf deine Bitte hin habe ich mit den dortigen KIs gesprochen und dabei einige Entdeckungen gemacht, von denen ich dir berichten wollte, aber du meintest, wir sollten das auf später verschieben. Aus irgendeinem Grund sind wir nie dazu gekommen, darüber zu sprechen.«

»Was hast du damals herausgefunden?«

»Ich hatte Gelegenheit, mit Horatius Horas Tallbard zu sprechen, dem Bewahrer des Wissens der Tal-Telassi ...«

»Tallbard ist seit vielen Jahrhunderten tot«, warf Loana verblüfft ein.

»Das stimmt«, bestätigte Elisa. »Aber kurz vor dem Tod übertrug er seine Erinnerungen auf einen Mnem und verband ihn mit den tronischen Systemen der Archive von Millennia. Das Ergebnis war eine Künstliche Intelligenz mit menschlichen Erfahrungen. Die Tal-Telassi haben mehrmals versucht, das Pseudobewusstsein des einstigen Bewahrers ihres Wissens zu löschen, doch es gelang ihm, sich den entsprechenden Maßnahmen zu entziehen. Leider kam es dadurch zu Anomalien und Deformationen in der Persönlichkeitsstruktur.«

»Eine verrückte KI?«

»Nicht in dem Sinne verrückt, aber geistig gestört, ja. Die Tallbard-KI sprach davon, dass ihn die Tal-Telassi löschen wollten, weil er über die Zeit der Schande und den Grund für die Großen Lücken Bescheid wusste. Es ginge ihnen darum, einen Zeugen zu beseitigen.«

Die mentale Vibration wiederholte sich, war diesmal noch stärker. Tako horchte in sich hinein. »Myra?«, fragte er laut. »Können Sie uns Aufschluss geben?«

Die Zeit der Schande darf sich nicht wiederholen, und deshalb bleibt das Wissen über sie allein den Großmeisterinnen vorbehalten, erwiderte Myra 27. *Genug davon. Wir müssen nach Millennia.*

Dominik schien die Worte auch diesmal gehört zu haben

und stand auf. »Sie hat Recht. Wir müssen nach Millennia. Und dafür gibt es noch einen anderen Grund. Es gilt zu verhindern, dass von dort aus ein Superschwarm aufbricht. Er wäre das Ende der Allianzen Freier Welten und auch der Tal-Telassi.«

»Zuerst fliegen wir zum Hydra-Lazarett«, sagte Tako. »Ithana braucht Hilfe, die ihr an Bord dieses Schiffes nicht geleistet werden kann.«

Das Hydra-Lazarett befand sich in der Umlaufbahn um einen Planeten, der nie Leben tragen würde und auf dem ewige Nacht herrschte, denn er umkreiste keine Sonne, sondern einen Braunen Zwerg. Die *Akonda* hatte an einem der vielen Zylinder- und Zapfenelemente der mehrere Kilometer durchmessenden Station angelegt, nicht weit entfernt von einem achthundert Meter langen Schlachtschiff der Destruktor-Klasse, dessen Rumpf an mehreren Stellen aufgerissen war. Reparaturdrohnen umschwirrten den Riesen und waren mit mechanischer und tronischer Präzision bemüht, ihn wieder in einen raum- und kampftüchtigen Zustand zu versetzen.

Nicht nur Ithana verließ die *Akonda*, noch immer in der Hibernation. Tako beobachtete, wie sich das junge Paar in der Schleuse umarmte. Loana erweckte dabei fast den Eindruck, sich an Dominik festzuklammern.

Mehrere medizinische Servi steuerten die Autarke Behandlungseinheit mit der schlafenden Ithana durch den Tunnel, der die *Akonda* mit dem Lazarett verband. Tako sah der ABE nach und erinnerte sich dabei einmal mehr an die vorwurfsvollen Worte seiner Assistentin.

Der Krieg verlangt von uns allen Opfer, sagte Myra in ihm. *Und er erfordert Prioritäten.*

Tako fühlte, dass mehr Bedeutung in diesen Worten steckte, als es zunächst den Anschein haben mochte.

»Was hat es mit dem Plan auf sich?«, fragte er leise, während Dominik und Loana noch immer einige Meter entfernt standen, in einer Umarmung vereint.

Ich kann Ihnen nicht in wenigen Worten einen Plan erklä-
ren, der sich über mehr als ein Jahrtausend erstreckt. Viel-
leicht bekommen wir auf Millennia Aufschluss, wir alle.

Ein Offizier der AFW-Streitkräfte trat Tako entgegen, und die Uniform wies den Mann in mittleren Jahren als Lanze aus.

»Sonderbeauftragter Karides ...«, grüßte er. »Sie gelten als vermisst. Man hat Sie in der Rückzugszone D des Valis-Sektors erwartet. Einige Schiffe sind dort noch immer stationiert, mit dem Auftrag, Sie zum Kernbereich zu eskortieren, sollten Sie doch noch eintreffen.«

»Die Umstände zwangen mich, den Kurs zu ändern«, erwiderte Tako und sah an dem Offizier vorbei zu Dominik und Loana. Sie sprachen leise miteinander, und Diskretion veranlasste ihn, nicht von seinen erweiterten Sinnen Gebrauch zu machen. Er wusste ohnehin, worum es bei ihrem Gespräch ging. Loana schien sich gerade mit einer letzten Bitte an Dominik zu wenden, aber Tako wusste, dass er ablehnen und darauf bestehen würde, dass sie die *Akonda* verließ – er wollte sie in Sicherheit wissen.

»Ich bin froh, dass Sie die Zerstörung von Airon überlebt haben, Sonderbeauftragter. Ich werde Okomm sofort eine entsprechende Nachricht übermitteln und ...«

»Das übernehme ich selbst, Lanze. Sobald ich wieder mit der *Akonda* aufgebrochen bin.«

Der Offizier ging, ein wenig verwundert, und Tako hörte, wie Dominik etwas lauter sagte: »Ich komme zurück, Loana. Ich verspreche es.«

Die junge Frau mit dem langen blonden Haar nickte. Ihre Augen glänzten verdächtig feucht, als sie einen letzten Blick auf Dominik richtete, sich dann umdrehte und durch den kurzen Tunnel ging.

Tako trat an die Seite des sehr ernst wirkenden Dominik und beobachtete, wie sich das Schott hinter Loana schloss. Seine Nanosensoren maßen die biometrischen Werte des jungen Mannes: Dominik war voller Anspannung.

»Du wirst sie wiedersehen«, sagte Tako.

Dominik blickte auf seine violetten Hände hinab. »Ich habe es Loa nicht gesagt, aber ... Ich erkenne die Muster in Gelmr. Sie zeigen viel Schatten und nur wenig Licht.«

»Kannst du in die Zukunft sehen?«, fragte Tako erstaunt. Dominiks besondere Fähigkeiten verblüfften ihn immer wieder.

Der Andocktunnel zog sich in die *Akonda* zurück und versiegelte sich automatisch.

»Wir sind so weit«, meldete Elisa.

Tako und Dominik wechselten einen kurzen Blick, als sie durch den Hauptkorridor in Richtung Kontrollraum gingen. *Verlieren wir keine Zeit,* lautete die wortlose Botschaft.

»Zur nächsten Transferschneise, Elisa.«

»In Ordnung, Tako. Das Hydra-Lazarett bittet uns um Kursangaben.«

Wieder kam es zu einem kurzen Blickwechsel. *Je weniger Personen Bescheid wissen, desto besser,* sagte Myra.

Dominik hörte ihre mentale Stimme und nickte. »Sie hat Recht. Die Graken dürfen auf keinen Fall erfahren, dass wir nach Millennia unterwegs sind. In dieser Hinsicht muss jedes Risiko ausgeschlossen sein.«

»Gib irgendeinen Kurs an, Elisa, nur nicht den richtigen.«

»Ich verstehe. Daten werden übermittelt.«

Das Brummen der Krümmer wurde lauter, als die *Akonda* beschleunigte und sich vom Hydra-Lazarett und dem Braunen Zwerg entfernte.

Risiko?, dachte ein Teil von Tako, als sie den Kontrollraum betraten. *Wie groß ist die Wahrscheinlichkeit, dass sich Spione der Graken bei Okomm befinden? Sie dürfte sehr, sehr gering sein.* Er vermutete vielmehr, dass Geheimnisse der Tal-Telassi geschützt bleiben sollten.

Sie nahmen nebeneinander vor den quasirealen Projektionsfeldern Platz und beobachteten, wie sich das Trichterschiff einer interstellaren Transferschneise näherte. Dominiks Blick galt einer grafischen Darstellung des Hydra-Lazaretts, und Tako brauchte keine telepathischen Fähigkeiten, um zu wissen, dass er an Loana dachte.

»Ich kann nicht in die Zukunft sehen«, sagte der junge Mann langsam. »Aber Gelmr, die siebte Stufe des Tal-Telas, zeigt mir Muster, die zukünftige Ereignisse und Entwicklungen betreffen.« Er sah Tako an. »Ich weiß, dass ich nicht zurückkehren werde.«

24

Dominik:
Gefährliche Muster

Datenservi summten in der Nähe, und mobile Sensoren krochen über Dominiks Kopf. Er versuchte, an nichts zu denken, aber das fiel ihm aus mehreren Gründen schwer. Die Trennung von Loana belastete ihn noch immer, eine doppelte Bürde wegen der Überzeugung, dass er sie nicht wiedersehen würde. Er *hoffte* natürlich, sie erneut in die Arme schließen zu können, wenn alles vorbei war – was auch immer *alles* bedeutete –, aber die Muster in Gelmr vermittelten eine klare Botschaft, und normalerweise irrten sie sich nicht. Hinzu kamen die beiden anderen fremden Präsenzen in seinem Innern. Er fürchtete, ihnen durch die Leerung des eigenen Selbst mehr Platz einzuräumen.

»Die Untersuchung ist beendet«, sagte Elisa schließlich.

Dominik hob die Lider und sah Takos Gesicht über sich. Er setzte sich auf, als die Sensoren zu den Datenservi zurückkehrten. »Nun, was ist mit mir?«

Ein quasireales Projektionsfeld entstand vor der Liege in der kleinen medizinischen Abteilung und zeigte ein menschliches Gehirn. Mehrere Areale waren farbig markiert.

»Strukturelle Veränderungen im Gewebe sind nicht erkennbar«, erklang die Stimme des Megatrons, als aus dem Bild des Gehirns eine schematische Darstellung wurde. »Ich muss noch einmal betonen, dass ich nicht mit speziellen psychomechanischen Programmen ausgestattet bin, aber die Sondierung weist auf ungewöhnliche Aktivität im Thalamus hin.«

»Im Thalamus ...« Das bestätigte in gewisser Weise Dominiks Befürchtungen. »Der Thalamus kontrolliert und bewertet die Informationen, die von den Sinnesorganen der Großhirnrinde übermittelt werden. Ganz abgesehen von seiner Bedeutung für Empfindungen und Verhalten ... Wenn die beiden fremden Präsenzen in mir, der Graken und die andere Kraft, dort wurzeln, so könnte all das, was ich in den vergangenen Jahren erlebt habe, einfach eine Illusion sein – manipulierte Erinnerungen.«

»Du vergisst, dass ich einige deiner Erinnerungen bestätigen kann«, sagte der Mann mit der Narbe. »Sie betreffen die Ereignisse auf Kabäa und Millennia.«

»In dir steckt eine Großmeisterin der Tal-Telassi«, erwiderte Dominik. »Sie könnte Einfluss auf dich genommen und deine Erinnerungen ebenfalls gefälscht haben.«

Tako Karides wirkte plötzlich sehr nachdenklich.

Dominik seufzte leise und versuchte, nicht an Loana zu denken, als er die Beine über den Rand der Liege schwang, nach der Kleidung griff und sich anzog.

»Mit diesem Thema beschäftigen sich Menschen seit Jahrtausenden«, sagte Elisa. »Schon die Philosophen der prätechnischen Ära haben sich gefragt, ob die wahrgenommene Realität als solche tatsächlich existiert oder nur ein Traum ist.«

»Hier geht es um mehr als irgendwelche philosophischen Erwägungen, Elisa.«

»In der Tat, Tako. Falls euch das eine Hilfe ist: Meine Erinnerungen lassen sich verifizieren und werden von nichts und niemandem beeinflusst. Ich weiß, dass meine Daten, die Kabäa und Millennia betreffen, korrekt sind.«

Dominik sah Tako an, doch seine Worte galten der Großmeisterin Myra 27. »Wissen Sie, wer ich bin, Ehrenwerte? Wer ich wirklich bin?«

Nein, empfing er Myras mentale Stimme. *Ich vermute etwas. Auf Millennia werden wir Antwort finden.*

»Mehr wollen Sie nicht verraten?«, fragte Dominik, blickte in Takos Augen und stellte sich das blasse Gesicht einer uralten Tal-Telassi vor.

In der gegenwärtigen Situation hat es keinen Sinn, über Dinge zu sprechen, die vielleicht nur als Möglichkeit existieren. Wir müssen uns auf das konzentrieren, was uns auf Millennia erwartet.

»Was *erwartet* uns dort?«, fragte Tako.

»Eine Festung der Graken«, antwortete Dominik leise, der es deutlich in Gelmr sah. »Ein Superschwarm, der bald aufbrechen wird, wenn wir es nicht verhindern. Und das Tal-Telas. Die Graken haben es noch nicht gefunden.« Er spürte bei diesen Worten, wie sich der Graken in ihm hin und her wand – die andere Kraft in ihm hielt den Graken noch immer fest, schien aber nicht imstande zu sein, ihn zu eliminieren.

»Wir nähern uns dem Ende der Transferschneise«, meldete Elisa. »Es sieht nicht gut aus. Ich orte mehrere Kronn-Schiffe vor dem Asteroidenfeld.«

»Haben sie uns bemerkt?«, fragte Tako.

»Noch nicht.«

»Verringere die Geschwindigkeit. Wir sind gleich im Kontrollraum.«

Dominik sah und fühlte die Veränderungen in dem Mann, der ihn damals auf Kabäa gerettet hatte – eine Rettung, die vermutlich Teil eines großen Plans gewesen war. Er wusste inzwischen, dass ein erheblicher Teil von Takos Körper nicht mehr existierte. Unter der synthetischen Haut, die ihm ein halbwegs normales Aussehen gab, steckte die Ruine eines Menschen, der Rest eines zum größten Teil verbrannten Leibs, umgeben von einem biotronischen Gerüst. In seinem Geist sah er Takos altes Trauma von Meraklon, keine offene Wunde mehr wie auf Kabäa und Millennia, sondern Narben, die nur noch gelegentlich schmerzten.

Als sie die medizinische Abteilung der *Akonda* verließen **453** und durch den Hauptkorridor zum Kontrollraum im Bug schritten, öffnete sich Dominik der siebten Stufe des Tal-Telas, betrachtete erneut die Muster in Gelmr und erschrak über das, was er sah.

»Was ist?«, fragte Tako, der in seinem Gesicht etwas bemerkt zu haben schien.

Die Muster sprangen Dominik entgegen, formten ein Bild und zeigten Tako: die Synthohaut zerrissen, nur noch Fetzen an seinem Mubek; Hände aus Ultrastahl, die einen graubraunen Grakenstrang zerrissen; darüber ein Auge, das auf ihn hinabstarrte ...

Neue Strukturen bildeten sich in Gelmr, und Dominik begriff, dass auch Tako Karides nicht zurückkehren würde. Er sah den Mann mit der Narbe an und fragte sich kurz, ob er ihm die Wahrheit sagen sollte. Er entschied sich dagegen.

»Nichts«, sagte Dominik. »Es ist alles in Ordnung.«

Als sie den Kontrollraum betraten und vor den QR-Feldern Platz nahmen, versuchte er einmal mehr, Ordnung in das Durcheinander in seinem Innern zu bringen. Deutlich spürte er, wie Grargrerr, vom Chtai und Primären Katalyter Rillt geweckt, zu wachsen versuchte – er spürte die Präsenz der nahen Kronn und der Graken auf Millennia. Die andere Kraft in Dominik hielt Grargrerr fest und isolierte ihn.

»Der Graken in mir versuchte, Kontakt mit den Vitäen im Gondahar-System aufzunehmen«, sagte Dominik.

Tako richtete einen besorgten Blick auf ihn. »Besteht die Möglichkeit, dass ihm das gelingt?«

»Nein, ich bin stark genug, ihn daran zu hindern.« Dominik lauschte dem Klang der eigenen Worte und gewann eine neue Erkenntnis: Was auch immer den Graken festhielt, es war ein Teil von ihm, kein fremder Faktor.

»Wir geraten gleich in Ortungsreichweite der Kronn«, warnte Elisa.

Die quasirealen Projektionsfelder zeigten fünf große Kronn-Schiffe am Ende der Transferschneise, und jedes von ihnen bestand aus fast tausend stachelförmigen Komponenten – eine gewaltige Streitmacht, mit der es die *Akonda* unmöglich aufnehmen konnte.

»Myra?«

Ich höre dich, Dominik.

»Wir müssen das Schiff abschirmen«, sagte er. »In Iremia.«

Die neunte Stufe erfordert viel Energie ...

»Ich bin bereit.«

»Leider bin ich nicht in der Lage, den vollständigen Dialog zu hören«, sagte Elisa. »Aber es müssen unverzüglich Maßnahmen ergriffen werden. Wenn die Kronn uns orten, können wir ihnen nicht entrinnen.«

Dominik konzentrierte sich, ohne die Augen zu schließen. Er öffnete die Türen und Fenster seines Bewusstseins dem Tal-Telas, und die andere Kraft in ihm, der fremde Teil des eigenen Selbst, half ihm dabei, die Emotionen beiseite zu schieben, unter ihnen eine Loana geltende bleierne Trauer. Der Zugang selbst zu den hohen Stufen des Tal-Telas fiel ihm noch leichter als zuvor. Unterstützt durch die Kraft der Großmeisterin Myra 27 erweiterte er den Geist und tastete sich vor der *Akonda* durch die Transferschneise. Die von den Kronn-Schiffen ausgehenden Sondierungssignale waren wie durch eine lange Röhre kriechende Insekten, und Dominik lenkte sie vorsichtig beiseite, ohne sie zu berühren. In Iremia veränderte er die physischen und energetischen Strukturen in ihrer Nähe, sodass sie um die *Akonda* herumglitten.

Ein kurzes mentales Zerren deutete auf die Schockwelle hin, mit der das Schiff den interstellaren Transit beendete und die Transferschneise verließ. Weiter vorn schwebten fünf schwarze, unregelmäßig geformte Giganten im All, und hinter ihnen erstreckte sich das Asteroidenfeld, in dem die Schlacht um Millennia große Lücken hinterlassen hatte.

Es flackerte im All – Blitze gingen von den großen Stachelschiffen aus, zuckten an der *Akonda* vorbei und verschwanden in der Transferschneise.

»Die Kronn wissen, dass etwas aus der Schneise gekommen ist, aber offenbar orten sie uns nicht«, sagte Elisa.

Das Tal-Telas wies Dominik auf eine wichtige Veränderung vor dem Schiff hin. Mehrere Demolatoren näherten sich, und einer von ihnen flog genau auf die *Akonda* zu. Bevor er selbst reagieren konnte, fühlte er Myras Selbst in Iremia und sogar in Jomia, der zehnten Stufe. Der Raum selbst änderte die Struktur, wie durch ein starkes Krümmerfeld, und der Demolator strich nur wenige Meter entfernt an der *Akonda* vorbei.

Während Dominik noch im Tal-Telas weilte und die *Akonda* vor den Sensoren der Kronn verbarg, spürte er die Nähe der Großmeisterin Myra und sah eine Chance, die er instinktiv nutzte. In Delm teilte er sein Selbst, schickte einen autarken Gedanken in Myras mentalen Kosmos ...

Er stand auf vertrautem weißen Sand, aber es gab kein Meer und auch keine Bucht mit einem Ferienhaus. Die üppige Vegetation des tropischen Walds fehlte. Gleißendes Licht kam von einem Himmel, der zu brennen schien, und es stammte nicht von *einer* Sonne, sondern von *Dutzenden*.

Direkt vor Dominik befanden sich zwei Türen, die eine neu, die andere alt und verwittert. Er sah diese Türen nicht zum ersten Mal, trat näher und versuchte, die zweite zu öffnen, die alte. Er *wusste*, dass sie nicht verriegelt war, aber der Knauf bewegte sich nicht in seiner Hand, so sehr er ihn auch zu drehen versuchte.

Es liegt an der Konditionierung.

Dominik wusste nicht, woher die Stimme kam, aus seinem Innern oder von Myra. Erneut wollte er den Knauf drehen, mit beiden Händen und seiner ganzen Kraft, aber das einzige Ergebnis seiner Bemühungen war ein dumpfes Knirschen.

Als er sich umdrehte, sah er das faltige Gesicht von Myra 27. »Bald«, sagte sie. »Wir müssen noch ein wenig Geduld haben. Es hat mehr als tausend Jahre gedauert, und wir brauchen unsere Kraft nicht nur für das Tal-Telas auf Millennia, sondern auch für Zara und die Meisterinnen. Es gilt, den letzten Widerstand zu überwinden.«

Dominik wusste, dass es keinen Sinn hatte, nach Einzelheiten zu fragen. Der autarke Gedanke in Delm kehrte in sein Bewusstsein zurück, das nach wie vor im Tal-Telas weilte. Myras Präsenz befand sich noch immer in der Nähe, und mit der gemeinsamen Kraft entdeckte er ein gefährliches Hindernis vor der *Akonda*.

»Eine Gravitationsfalle«, sagte er und nannte die Koordinaten.

Tako Karides wandte den aufmerksamen Blick von ihm ab und betätigte die Navigationskontrollen. Das Trichterschiff kroch durch die Reste des Asteroidenfelds und wich den Bereichen aus, wo während der Schlacht um Millennia geborstene Felsen und explodierte Fallen Trümmerwolken aus Gesteinsfragmenten bildeten. Die Krümmerfelder der *Akonda* hätten sie aufgelöst, und vielleicht wären die Kronn in der Lage gewesen, die dabei verursachten energetischen Emissionen zu orten.

Zeit verstrich, und Dominik fühlte die wachsende Anspannung des Mannes mit der Narbe. Er überlegte, was in ihm vor sich ging, und die Frage allein genügte, um ihn Gedanken und Gefühle empfangen zu lassen, ohne dass er sich bewusst in Delm befand. Tako Karides argwöhnte, benutzt worden zu sein, als Werkzeug für etwas, das er noch nicht verstand, und diese Vorstellung gefiel ihm ganz und gar nicht.

Was ist mit mir?, dachte Dominik, während er in den Resten des Asteroidenfelds nach anderen Gefahren Ausschau hielt. Er entdeckte einige kleine Sondierungsschiffe der Chtai und Geeta, aber sie waren zu weit entfernt, um die *Akonda* zu bemerken. *Bin ich ebenfalls ein Instrument?*

Der Graken Grargrerr in seinem Innern erzitterte, als sich die andere Präsenz fester um ihn schloss und verhinderte, dass er mit den Graken im Gondahar-System Kontakt aufnahm. Dominik bekam keine Antwort, doch er *fühlte* sich nicht als Werkzeug, ganz im Gegenteil: Etwas teilte ihm mit, dass er – wie auch immer – maßgeblichen Anteil an dem großen Plan hatte, der nun in seine entscheidende Phase trat.

Die *Akonda* erreichte das Ende des Asteroidenfelds, und Elisa leitete ein vorsichtiges Beschleunigungsmanöver ein. Das Trichterschiff glitt dem inneren Bereich des Sonnensystems entgegen, und einige hundert Millionen Kilometer entfernt reflektierte die Eiswelt Millennia das Licht des Zentralgestirns Gondahar.

Dominik spürte, wie sich Myras Präsenz aus dem Tal-Telas zurückzog, und er hörte Takos Stimme.

»Was ist das, Elisa? Kannst du es mir deutlicher zeigen?«

»Ich rate von einer aktiven Sondierung ab, Tako. Und mit der passiven Sensoren kann ich keine genauen Daten gewinnen – die Entfernung ist noch zu groß.«

Dominik blickte in das quasireale Projektionsfeld, dem Takos Interesse galt, und sah ein großes, künstliches Gebilde, das im Orbit des ersten Planeten entstand, dem heißen Lodern der Sonne ausgesetzt. Hunderte von Schiffen der Chtai und Geeta befanden sich dort, geschützt von einigen Dutzend Kronn-Riesen.

»Ein Sonnenzapfer«, sagte Dominik, ohne bestimmen zu können, woher er sein Wissen bezog. »In einigen Tagen wird er fertig sein, und dann können die Graken die gesamte Energie der Sonne nutzen.«

Tako stellte die Informationen nicht infrage. »Für den Superschwarm?«

»Ja. Auf Millennia befinden sich ... einundsiebzig Graken ...« Er fühlte, wie Grargrerr sie zu erreichen versuchte, aber die andere Präsenz hielt ihn fest, machte ihn stumm. Muster schwebten ihm entgegen, direkt aus Gelmr, und er sah ihre Bedeutung. »In drei Tagen brechen sie auf. Ihre Brut ist bereit, und der Sonnenzapfer wird ebenfalls bereit sein. Es werden sich genug Sonnentunnel öffnen, um Verbindungen zu fast allen Welten des Kernbereichs herzustellen.«

458 »Mit anderen Worten ...«, sagte Tako leise. »Uns bleiben nur noch drei Tage, um den endgültigen Untergang der Allianzen Freier Welten zu verhindern.«

»Es klingt absurd«, ließ sich der Megatron Elisa vernehmen. »Nur wir drei. Und mit nur einem Schiff.«

»Wir müssen zum Tal-Telas«, sagte Dominik und blickte in die QR-Felder. »Wenn wir rechtzeitig dort sind, können wir den Schwarmflug vielleicht verhindern.«

Tako drehte den Kopf. »Ein fataler Traum?«

Dominik begegnete seinem Blick, sah dabei aber nicht den Mann mit der Narbe, sondern die Großmeisterin Myra. »Sie haben es vor zehn Jahren auf Kabäa versucht, Ehrenwerte, ohne Erfolg. Aber diesmal ...«

Es ging mir nicht um einen fatalen Traum, Dominik. Es ging mir um dich. Ich sehe die Muster ebenso klar wie du. Wenn es uns gelingt, zur rechten Zeit am rechten Ort zu sein, können wir den ersten großen Sieg über die Graken erringen.

Als sich die *Akonda* im Schleichflug dem vierten Planeten des Gondahar-Systems näherte, gelang es Elisa, mit der passiven Ortung weitere Daten über den Sonnenzapfer im Orbit des ersten Planeten zu gewinnen. Ein QR-Feld schwoll an und zeigte etwas, das wie ein riesiges Gerüst aussah, bestehend aus stachelförmigen und facettenartigen Komponenten, wie von Schiffen der Kronn und Chtai ausgeliehen.

Tako beugte sich vor. »Das Objekt im Innern des Zapfers ...«, sagte er. »Kannst du es identifizieren, Elisa?«

»Nicht ohne eine aktive Sondierung.«

»Bitte vergrößere die visuelle Darstellung.«

Das Gebilde über den heißen Kratern und Seen aus flüssigem Metall des ersten Planeten schien rasend schnell zu wachsen. Zahlreiche Montageschiffe, offenbar unterstützt von automatischen Mechanismen, waren damit beschäftigt, den Sonnenzapfer zu vollenden. In seinem Innern, durch dünne, netzartige Filamente mit dem Rest der Konstruktion verbunden, schwebte eine dunkle, unregelmäßig geformte Masse, bestehend aus hunderten oder tausenden von einzelnen Objekten, die wie aufs Geratewohl miteinander verbunden waren.

Dominik erkannte die Masse sofort wieder, ebenso Tako Karides an seiner Seite.

»Der schwarze Berg über der Terrassenstadt«, sagte der Mann mit der Narbe langsam. »Ein Kantaki-Schiff.«

»Interessant«, kommentierte Elisa. »Was haben die legendären Kantaki mit den Graken zu tun?«

»Inzwischen dürfte klar sein, dass die Kantaki mehr waren oder sind als nur eine Legende.«

Dominik hörte den Wortwechsel mit einem Ohr und lauschte mit dem anderen ins All, unterstützt von der Kraft des Tal-Telas. Flüsternde Stimmen hallten durch das Nichts, das Raunen der Vitäen, und von Millennia kam das dumpfe Grollen von einundsiebzig Grakenträumen, in ihnen gefangen viele Tal-Telassi und Haitari, die nicht rechtzeitig von Millennia hatten fliehen können: Berührte und Kontaminierte, dem Tod geweiht.

Er empfing Myras Gedanken. *Ich schütze uns vor den Grakenträumen. Verhindere du, dass wir geortet werden. Wir müssen nahe genug an Millennia heran, um Fomion nutzen zu können.*

Dominik nickte und manipulierte die unmittelbare Umgebung der *Akonda*, um Sondierungsstrahlen abzulenken. Als sie nur noch zwanzig Millionen Kilometer vom Eisplaneten Millennia trennten, huschte ein Pulk beschleunigender Kronn-Schiffe an ihnen vorbei, nahe genug, um mit ihrer Gravitation den Kurs der antriebslos fliegenden *Akonda* zu beeinflussen. Der Megatron wartete, bis die Stachelschiffe weit genug entfernt waren, aktivierte dann kurz die Krümmer und nahm eine Kurskorrektur vor.

»In zehn Minuten schwenken wir in eine Umlaufbahn«, meldete Elisa. »Bisher deutet nichts darauf hin, dass man uns bemerkt hat.«

»Halte unsere defensiven und offensiven Systeme in Bereitschaft, Elisa«, sagte Tako.

Zum Glück waren die meisten Schiffe der Vitäen im Bereich des ersten Planeten und bei der Transferschneise am Asteroidenfeld unterwegs. Nur wenige befanden sich in der Nähe von Millennia. Während die *Akonda* der Gletscherwelt entgegenfiel, blieb Dominik mit dem Tal-Telas und der neunten Stufe Iremia verbunden, manipulierte weiterhin die Umgebung des Trichterschiffes, um seine Ortung zu verhindern. Gleichzeitig spürte er in Gelmr, wie sich die Muster verschoben. Bisher feste Strukturen zerfransten langsam und verschmolzen mit anderen, um neue zu bilden. Die sich in der siebten Stufe zeigenden Wahrscheinlichkeitsmuster zukünftiger Entwicklungen waren wie zarte Pflanzen, die schnell wuchsen, dem Licht der Zukunft entgegen und bewegt vom Wind der Gegenwart. Dominik versuchte, die Kardinalpunkte in ihnen zu erkennen, die einzelnen Stellen der Kausalität, deren Wechselwirkungen die Ereignisse in eine bestimmte Richtung lenkten. Verblüfft stellte er fest, dass er selbst eine dieser Stellen war, und Tako eine zweite. Mit einer Mischung aus Trauer und Wehmut nahm er zur Kenntnis, dass seine Rückkehr ebenso unwahrscheinlich war wie bisher – die Muster deuteten darauf hin, dass er auf Millennia blieb und Loana nie wiedersah –, aber es gab auch Hoffnung. Eine von mehreren Möglichkeiten zeigte ihm das Ende von einundsiebzig Graken und einen Sonnenzapfer, der seinen Zweck nicht erfüllen konnte.

Dominik konzentrierte sich auf das Bild und versuchte, die Entwicklung bis zum gegenwärtigen Zeitpunkt zurückzuverfolgen, um festzustellen, welche Ereignisse nötig waren, um jener Möglichkeit ein größeres Wahrscheinlichkeitspotenzial zu geben, um sie Wirklichkeit werden zu lassen. Was er sah, ließ ihn schaudern.

Loana, dachte er. *Es tut mir Leid ...* Er versuchte, die Gedanken an sie zu verdrängen; leicht fiel es ihm nicht.

Die quasirealen Projektionsfelder zeigten den nahen vierten Planeten – Millennias Gletscher und Eiswüsten reflektierten Gondahars Licht.

»Was geschieht, wenn der Sonnenzapfer wie geplant in drei Tagen aktiv wird?«, fragte Tako nachdenklich. »Ich meine, was geschieht dann mit der Sonne?«

Dominik wusste es. »Er wird Gondahars gesamte Energie für die Erzeugung von Sonnentunneln verwenden, die in den Kernbereich der Allianzen Freier Welten führen.«

»Es bliebe überhaupt nichts von ihr übrig?«

Dominik sah erneut die Muster. »Nur ein wenig stellare Schlacke, sonst nichts. Der Kollaps von Gondahars Gravitationsfeld wird dazu führen, dass die Planeten ihre Umlaufbahnen verlassen und als Irrläufer durchs All wandern.«

Das Summen der Krümmer veränderte sich ein wenig, als Elisa die Geschwindigkeit der *Akonda* verringerte. Myra blieb damit beschäftigt, die immerzu suchenden und umhertastenden Ausläufer der Grakenträume von ihnen fern zu halten, und Dominik tarnte die vom Triebwerk des Trichterschiffes ausgehenden Emissionen. Er beobachtete, wie Tako die Kontrollen betätigte.

»Bring uns in sicherem Abstand von der Atmosphäre in eine Umlaufbahn, Elisa. Die Ionisierung würde uns verraten.«

»Ja, Tako«, erwiderte der Megatron. »Wenn ihr mir diese Frage gestattet: Wie wollt ihr auf den Planeten gelangen? Wenn ihr eine Landung plant ...«

»Nein, sie könnte nicht unentdeckt bleiben«, sagte Dominik. »Ich habe vor, erneut Fomion zu nutzen.«

»Fomion?«

»Teleportation«, erklärte Tako. Dominik spürte seinen Blick auf sich ruhen und gewann den Eindruck, dass der Mann mit der Narbe Dinge sah, die er für sich behalten wollte. »Was ist?«, fragte er leise.

Dominik schüttelte den Kopf. »Nichts«, log er und dachte an das letzte Muster in Gelmr. »Ich suche nach einem geeigneten Ort auf dem Planeten.«

Takos Blick blieb auf ihn gerichtet. »Kannst du das Tal-Telas von hier aus wahrnehmen?«

»Nein«, sagte Dominik, während er in Berm und Delm

vorsichtige Gedanken nach Millennia schickte, mentale Sonden, die der Grakenpräsenz auswichen und unter die Gletscher krochen, auf der Suche nach einem Hinweis. »Wenn ich es wahrnehmen könnte, wären auch die Graken dazu imstande. Zara und die Meisterin haben das Tal-Telas gut versteckt und schirmen es ab.«

In einer Höhe von zehntausend Kilometern schwenkte die *Akonda* in einen Orbit um Millennia. Blinkende Symbole in den QR-Feldern wiesen auf Vitäen-Schiffe hin: einige Einheiten der Geeta und Chtai, und Dutzende von Kronn-Stacheln, die sich zu einem Schiff zusammensetzten, das kurze Zeit später zum Sonnenzapfer aufbrach.

»Man hat uns noch immer nicht entdeckt«, sagte Elisa. »Ich finde das wirklich bemerkenswert. Wenn man die Kampfschiffe der AFW mit einem so wirkungsvollen Ortungsschutz ausstatten könnte ...«

»Unter normalen Umständen wäre nur eine Großmeisterin dazu imstande, und davon gibt es maximal drei«, sagte Dominik. »Was mich betrifft ...« Er sah auf seine violetten Hände.

»Daraus ergibt sich eine Frage«, fuhr Elisa fort. »Wenn ihr euch auf den Planeten teleportiert – was wird dann aus mir?«

Dominiks mentale Sonden glitten an schwarzen Molochwurzeln vorbei, durch leere Städte und verlassene Thermen. Hier und dort lagen Leichen, in der Kälte erstarrt. Millennia war zu einer Welt des Todes geworden.

»Ich verstehe«, sagte Tako langsam. Dominik sah einen Schatten von Betroffenheit in seinem Gesicht, während er die Suche unter den Gletschern fortsetzte. »Wenn wir die *Akonda* verlassen, ist sie nicht mehr vor Ortung geschützt.«

»Das stimmt leider, Tako. Die Grakenpräsenz macht mir nichts aus, aber die vielen Vitäen-Schiffe in diesem Sonnensystem ...«

»Du musst versuchen, die Transferschneise zu erreichen.«

»Dort halten fünf große Kronn-Schiffe Wache, erinnerst du dich? Ich hätte keine Chance gegen sie.«

»Vielleicht kannst du dich im Asteroidenfeld verstecken,

so wie im Kuiper-Gürtel des Epsilon-Eridani-Systems, während unseres Einsatzes auf Kabäa. Oder auf einem der anderen Planeten. Du deaktivierst die Bordsysteme, um die energetischen Emissionen so gering wie möglich zu halten ...«

Es folgte kurze Stille.

»Ich habe die Wahrscheinlichkeit dafür berechnet, dass ich drei Tage lang unentdeckt bleibe, bis zur hypothetischen Aktivierung des Sonnenzapfers«, sagte Elisa. »Sie beträgt drei Komma eins neun Prozent.«

Dominik berührte etwas auf Millennia, in einer der toten Städte unter den dicken Eispanzern. Eine Spur im Tal-Telas ...

»Ich habe einen Ort gefunden, wo wir mit der Suche beginnen können«, sagte er.

Tako stand auf. »Verlieren wir keine Zeit. Mit leeren Händen sollten wir aber nicht auf Millennia erscheinen.«

Als Tako Karides und Dominik durch den Hauptkorridor der *Akonda* gingen, in Richtung Ausrüstungsraum, erklang erneut Elisas Stimme.

»Die Vitäen-Schiffe werden die *Akonda* mit an Sicherheit grenzender Wahrscheinlichkeit vernichten«, sagte der Megatron. »Ich werde ... sterben.«

Es ist nur eine Maschine, sagte Myra 27. *Falsches Leben, das im Tal-Telas keinen Schatten wirft.*

»Unsinn«, erwiderte Dominik scharf, und es kam von Herzen. »Megatrone sind eine anerkannte intelligente Lebensform. Dass sie künstlichen Ursprungs sind, ändert nichts an ihrem Bewusstsein und ihrer Individualität.«

»Danke, Dominik«, sagte Elisa, obwohl sie Myras Worte nicht hören konnte. »Es freut mich, dass du so denkst. Es macht es mir leichter.«

»Dich zu opfern?«

»Mir bleibt nichts anderes übrig, Dominik. Ich weiß um die Bedeutung von Einsicht in die Notwendigkeit.«

Im Eingang des Ausrüstungsraums blieb er kurz stehen, von aufrichtigem Mitgefühl erfasst. »Es tut mir Leid, Elisa.«

»Mir auch, Dominik. Ich würde gern am Leben bleiben,

um weiter zu lernen und zu erfahren, ob es euch wirklich gelingt, den Flug des Superschwarms zu verhindern.«

Dies ist lächerlich, ließ sich Myra vernehmen, während sie nach wie vor die Grakenträume vom Schiff fern hielt. *Was nicht lebt, kann nicht um den Verlust seines Lebens trauern.*

Zorn regte sich in Dominik.

Tako öffnete einen Waffenschrank. »Sie sind mehr als viereinhalbtausend Jahre alt, Ehrenwerte«, brummte er. »Was mir beweist, dass Alter nicht vor Torheit schützt.«

Was wissen Sie schon vom Tal-Telas und den Schatten des Lebens darin, Lanze Karides?

»Was wissen Sie von Elisa?« Dominik sah, wie Tako die Ladung eines Annihilators überprüfte und damit begann, Waffen- und Instrumentengurte anzulegen. Die Bewegungen waren knapp und präzise, spiegelten seine militärische Erfahrung wider. »Ich schlage vor, Sie hören auf, Unsinn zu reden.«

Myra schwieg, aber Dominik spürte ein kurzes Brodeln in ihr, wie einen fernen Schatten von Emotionalität. Tako warf ihm einen Kampfanzug zu, und er zog ihn an. Aufgrund der seit Jahren herrschenden Knappheit an Bionen fehlten die bionischen Komponenten, aber das störte Dominik nicht: Seine Verbindung mit dem Tal-Telas war mehr als nur ein Ausgleich.

Die *Akonda* hatte inzwischen ihren Flug in der Umlaufbahn fortgesetzt, und der Ort, den Dominik zuvor berührt hatte, lag weit hinter und unter ihr. Doch das spielte für Fomion eine untergeordnete Rolle. Wichtig war vor allem, dass er eine klare Vorstellung vom Ziel hatte.

»Die Graken und ihre Vitäen rechnen bestimmt nicht damit, dass im Orbit von Millennia plötzlich ein Schiff der Allianzen Freier Welten erscheint«, sagte Tako. Er überprüfte seine Ausrüstung. Einen Schutzanzug legte er nicht an – in die Synthohaut integrierte Thermozellen schützten ihn vor der Kälte auf Millennia. »Vielleicht gelingt dir doch die Flucht.«

»Ich bin dir dankbar dafür, dass du mir Mut zu machen versuchst, Tako, aber wie gesagt: Die Wahrscheinlichkeit ist sehr gering.«

Dominik kontrollierte die Systeme seines Kampfanzugs und nahm von Tako Waffen entgegen. »Du könntest die Beschleunigungsphase einleiten, während wir noch an Bord sind, Elisa.«

»Riskieren wir damit nicht, dass die Entfernung für die Teleportation zu groß wird, Dominik?«

Er horchte kurz in sich hinein, schätzte das Ausmaß seiner Kraft ab und fühlte die wütende Verbitterung des Grakenfragments, dem es nicht gelang, sich mit den nahen Graken auf Millennia in Verbindung zu setzen. »Es ist sehr anstrengend, aber meine Kraft reicht aus. Berechne den günstigsten Kurs für dich, Elisa, und gib mir rechtzeitig Bescheid. Dies ist das Mindeste, was wir für dich tun können.«

»Danke, Dominik.« Eine kurze Pause. »Tako ist mein Freund, Dominik. Darf ich auch dich zu meinen Freunden zählen?«

Dominik hob den Kopf und fühlte etwas Seltsames, fast so etwas wie Schmerz. »Es ist mir eine Ehre, Elisa.«

»Danke, Dominik. Ich berechne den günstigsten Kurs für mich.«

Tako befestigte eine kleine Gravoschleuder an seinem Gürtel und fügte ihr einige Magazine mit Mikrokollapsaren hinzu. Dominik folgte seinem Beispiel.

»Ich glaube, wir sind so weit«, sagte der Mann mit der Narbe. »Wie sieht unser Ziel aus?«

»Eine leere Stadt mit wenigen Überlebenden«, sagte Dominik und sah die Gebäude unter dem Eis deutlich vor sich. »Vor kurzer Zeit haben sich dort einige Tal-Telassi-Meisterinnen aufgehalten.«

»Keine unmittelbare Gefahr?«

Dominik schickte seine Gedanken zu dem Ort, der sich inzwischen auf der anderen Seite des Planeten befand, und hielt dort in Gelmr nach Gefahrenmustern Ausschau. Er sah keine und kehrte aus der siebten Stufe zurück, bevor sich ihm noch einmal die anderen Muster zeigen konnten, die ihn so erschreckt hatten.

»Nein. Aber wir sollten trotzdem auf der Hut sein. Manchmal wirkt sich die Nähe der Graken auf das Tal-Telas aus.«

Als sie in den Korridor traten, ertönte Elisas Stimme. »Ich habe den Kurs berechnet. In zwei Minuten beginne ich mit der Beschleunigung.«

Dominik und Tako blieben an dem Fenster stehen, durch das sie eine der beiden Krümmerwalzen der *Akonda* und die weiße Eiswelt unter dem Trichterschiff sehen konnten.

»Ich wünsche dir viel Glück, Elisa«, sagte Tako. »Danke für alles.«

»Dem schließe ich mich an«, fügte Dominik hinzu. »Ich verlasse mich darauf, dass du Loana einen Gruß von mir übermittelst.«

»Das mache ich gern«, erwiderte Elisa. »Wenn ich Gelegenheit dazu bekomme. Dreißig Sekunden.«

Dominik holte tief Luft, konzentrierte sich und schob störende Gedanken beiseite. In der ersten Stufe Alma verband er seine Gedanken mit dem Ziel und begann damit, Kraft in Fomion zu sammeln.

Das Brummen der Krümmer veränderte sich.

»Beschleunigung hat begonnen«, meldete Elisa.

Durch das Fenster war zu sehen, wie der weiße Planet fortglitt und kleiner wurde.

Dominik ergriff Takos Hand und schloss die Augen. Er fühlte, wie die Entfernung größer wurde, wie sich das mentale Band zwischen ihm und dem Ziel dehnte. Die Geschwindigkeit der *Akonda* wuchs, während sie noch immer vor Ortung geschützt war, und schließlich, als das Band zu zerreißen drohte ...

»Leb wohl, Elisa!«

Dominik teleportierte sich und Tako nach Millennia.

Elisa wusste, dass die *Akonda* in dem Augenblick von den Sondierungssignalen der Vitäen-Schiffe erfasst wurde, in dem die Teleportation erfolgte. Sie erhöhte das energetische Potenzial der Krümmer, ging auf Maximalschub und machte

Gebrauch von der aktiven Ortung, mit der sie mehr Daten gewann. Während Millennia schrumpfte, zu einem Ball und dann zu einem hellen Punkt im All wurde, stellte sie fest, dass fast zwanzig Schiffe der Geeta und Chtai die Verfolgung aufnahmen. Doch gefährlicher waren die Kronn-Riesen beim ersten Planeten, die ebenfalls zu beschleunigen begannen. Die Wachschiffe an der Transferschneise verließen ihre Position nicht, was für Elisa bedeutete, dass ihr die Flucht in den Transit verwehrt blieb. Es gab nur eine Möglichkeit: Sie musste sich verstecken.

Der Megatron überwachte nicht nur den eigenen Kurs, sondern den *aller* Schiffe im Gondahar-System, und er setzte diese Daten in Bezug zu den Eigenbewegungen und der wechselseitigen Dynamik der vielen großen und kleinen Fels- und Eisbrocken des ausgedehnten Asteroidenfelds. Während der Schlacht um Millennia vor zehn Jahren waren durch Explosionen breite Lücken darin entstanden, aber es gab noch immer dichte Bereiche, in denen Ortung und Navigation schwierig waren.

Nach genau vier Minuten und neunzehn Sekunden deaktivierte Elisa Krümmer und Triebwerk, schaltete auch Bordsysteme aus, die für ihre eigenen Funktionen wesentlich waren. Es bedeutete, dass sie zu einem großen Teil taub und blind wurde, denn selbst die passive Ortung beschränkte sie auf ein Minimum.

Das Trägheitsmoment trug die *Akonda* dem Asteroidenfeld entgegen.

Elisa wusste, dass sich die Hüter, Wissenschaftler und Soldaten der Graken nicht so einfach täuschen lassen würden. Das plötzliche Fehlen einer energetischen Signatur nahmen sie bestimmt nicht zum Anlass, von der Zerstörung des AFW-Schiffes auszugehen, und anhand von Geschwindigkeit und Kurs – zwei Konstanten nach der Deaktivierung des Triebwerks – ließ sich leicht die aktuelle Position der *Akonda* feststellen.

Deshalb hatte Elisa einundzwanzig Objekte im Asteroidenfeld ausgewählt, die sie immer wieder auf einen anderen Kurs bringen würden, bis das Schiff, energetisch weitgehend inaktiv, mehrere Lichtstunden von der Transferschneise entfernt ins interstellare All treiben würde. Nur auf diese Weise konnte sie hoffen, dem Gegner zu entkommen.

Hoffnung zählte zu den Dingen, mit denen Elisa seit einigen Monaten experimentierte, nachdem sie neue Erweiterungen erhalten hatte. Die tronische Emulation von Hoffnung und anderen emotionalen Regungen ermöglichte ihr bessere Einblicke in das Wesen organischer Intelligenzen. Elisa glaubte, dadurch zu wachsen und ein neues Entwicklungsniveau zu erreichen.

Zwei Stunden später erreichte sie das erste Objekt, einen fast siebenhundert Kilometer durchmessenden Asteroiden, den die *Akonda*, noch immer rasend schnell, in einem Abstand von nur wenigen Kilometern passierte. Die Schwerkraft änderte wie geplant den Kurs, und das Trichterschiff jagte dem nächsten Objekt entgegen. Mit jedem Kurswechsel wurde es für die Verfolger schwieriger, die Position der *Akonda* zu berechnen.

Der zwölfte Asteroid lag hinter dem Schiff, als etwas geschah, das Elisa die ganze Zeit über für möglich gehalten hatte: Einer der zahlreichen kleineren Felsbrocken, durch die Explosionen vor einem Jahrzehnt auf eine instabile Flugbahn gebracht, kollidierte mit der *Akonda*, die nicht von Schirmen umgeben war. Seine kinetische Energie reichte aus, um nicht nur die Außenhülle zu durchschlagen, sondern das ganze Schiff und eine der beiden Krümmerwalzen. Die explosive Dekompression gefährdete Elisa nicht, aber die Kollision und das entweichende Gas gaben der *Akonda* ein neues, in den Berechnungen nicht berücksichtigtes Bewegungsmoment, und dadurch näherte sie sich einem der größeren Asteroiden.

Elisa stellte fest, dass wichtige tronische Verbindungsstränge an Bord unterbrochen waren – sie konnte weder den zweiten Krümmer noch das Triebwerk aktivieren. Und **469** selbst wenn sie dazu in der Lage gewesen wäre: Ihre Aktivierung hätte die Vitäen auf die *Akonda* aufmerksam gemacht.

Innerhalb von nur neun Nanosekunden kam Elisa zu dem Schluss, dass ihr Tod unausweichlich war.

»Schade«, erklang ihre Stimme im Kontrollraum, dem einzigen Segment des Schiffes, das noch Gas enthielt. »Ich wäre gern am Leben geblieben, um mehr zu lernen. Dominik, Tako ... ich hoffe, ihr seid erfolgreich.«

Elisa fragte sich, ob es ein Leben nach dem Tod gab. Und wenn das tatsächlich der Fall war, entgegen aller Vernunft: Brauchte man eine Seele, um es zu erfahren? Musste man im Tal-Telas einen Schatten werfen, um über den physischen Tod hinaus zu existieren?

Der letzte Gedanke des Megatrons war: *Ich werde es gleich herausfinden.*

Mit einer Geschwindigkeit von vielen tausend Kilometern in der Sekunde bohrte sich die *Akonda* in den Asteroiden und verging in einem gewaltigen Lichtblitz.

Tako Karides:
Fesselndes Licht

Drei halb verweste Leichen lagen neben dem Becken der Therme, deren warmes Wasser aus einer natürlichen Quelle stammte und in der Kälte dampfte. Nur wenige Leuchtelemente glühten in der Nähe; die anderen waren entweder defekt oder empfingen keine Energie. In der Stille ließ sich nur das leise Plätschern des Wasserzuflusses vernehmen.

Tako Karides drehte sich langsam um die eigene Achse, in der rechten Hand einen Annihilator. Für normale Augen wäre dies ein Ort voller Schatten gewesen, aber sein Blick reichte durch die Düsternis, und die Nanosensoren lieferten ihm zahlreiche Informationen. Die wichtigste von ihnen lautete: Es befanden sich keine Kronn in der Nähe.

Dominik wandte sich von den Leichen ab. »Eine Meisterin und zwei Schülerinnen, seit mehreren Monaten tot.« Langsam schritt er am Becken entlang, und seine sicheren Bewegungen deuteten darauf hin, dass er trotz der vielen Schatten fast ebenso gut sah wie Tako.

»Hast du ihre Spuren im Tal-Telas gesehen?«

»Ich bin mir nicht ganz sicher ...« Dominik deutete zum Ausgang. »Vielleicht finden wir im Lyzeum einen Hinweis.«

Als sie an den Leichen vorbeigingen, nahm Tako erneut den von ihnen ausgehenden Geruch wahr. Vor vielen, vielen Jahren hatte Verwesungsgestank Übelkeit in ihm geweckt, aber für den Soldaten Karides war er schnell zu einem Vertrauten geworden, dem er bei fast allen seinen Einsätzen begegnete. Er blickte in halb aufgelöste Gesichter und fragte sich, ob die Frau und die beiden Mädchen den Grakenträumen zum Opfer gefallen waren.

»Konnten sie sich nicht vor den Graken schützen?«

»Vielleicht waren sie zu schwach«, sagte Dominik, als sie die Therme verließen. Seine Stimme klang dumpf, weil er die Atemmaske des Kampfanzugs vor Mund und Nase geschoben hatte – die Temperatur lag hier zwanzig Grad unter dem Gefrierpunkt, und er atmete angewärmte Luft. »Oder irgendetwas hinderte sie daran, sich mit dem Tal-Telas zu verbinden.«

»Steht dir jene Kraft weiter zur Verfügung?«, fragte Tako.

»Ja.«

Auf dem Weg durchs Lyzeum fanden sie weitere Tote: Schülerinnen der Tal-Telassi, offenbar schon vor Jahren gestorben, denn ihr Fleisch hatte sich längst aufgelöst; nur die Knochen waren übrig. Türen standen offen, und Tako blickte in einfach eingerichtete Zimmer, die meisten von ihnen dunkel. In einigen brannten Lampen, die ihre Betriebsenergie aus chemischen Reaktionen oder von Langzeitbatterien erhielten. Einmal blieb er an einem Fenster stehen und sah über die Stadt unter dem Eis hinweg. Weiße Nadeltürme ragten auf, aber viel weniger als in der Hauptstadt Empirion, und offenbar endeten sie am Eis des Gletschers, etwa hundert Meter über dem Ort. Vereinzelt zeigte sich mattes Licht zwischen den Gebäuden.

»Wo sind wir hier?«

»Dies ist Chrimmia«, sagte Dominik. »Wir sind hier zweitausend Kilometer von Empirion entfernt. Vom nächsten Graken trennen uns etwa fünfhundert Kilometer.«

Und doch spürte Tako seine Präsenz, und auch die der anderen siebzig Graken auf Millennia. Wenn er sich auf sie konzentrierte, glaubte er, die dunklen Molochwurzeln zu sehen, die sich tief ins Eis und ins Felsgestein des Planeten gebohrt hatten – die von den Rezeptoren in seiner Synthohaut registrierte Kälte schien *ihre* Kälte zu sein. Ohne die mentale Abschirmung durch Myra 27 hätten die Graken sofort versucht, ihn in ihre Träume zu integrieren und sein *Amarisk* aufzunehmen.

Tako wollte sich gerade vom Fenster abwenden, als er am fernen Stadtrand eine Bewegung bemerkte. Er sah genauer hin und nutzte auch die anderen Spektralbereiche, aber die Schatten blieben unbewegt.

»Stimmt was nicht?«, fragte Dominik.

»Ich dachte, ich hätte eine Bewegung gesehen«, sagte Tako. »Aber vielleicht habe ich mich getäuscht.«

Der junge Mann, zu dem der Knabe geworden war, trat an seine Seite, und Tako bemerkte die Veränderung in seinen biometrischen Werten, als er die Kraft des Tal-Telas nutzte. »Was auch immer du gesehen hast ...«, sagte er leise. »Ich glaube, es stellt keine Gefahr für uns dar.«

Sie setzten den Weg durch das Lyzeum fort, und Tako hielt auch weiterhin den Annihilator schussbereit in der rechten Hand. Kälte, Stille und Dunkelheit begleiteten sie, während sie durch Flure und leere Räume gingen.

»Nichts«, sagte Dominik nach einer Weile. Es klang enttäuscht. »Ich fühle nichts.«

»Wohin könnten Zara und die anderen das Tal-Telas gebracht haben? Gibt es irgendwo auf Millennia einen Ort, der besonderen Schutz vor den Graken bietet?«

»Keine Ahnung«, sagte Dominik. »Ich bin nicht lange genug auf diesem Planeten gewesen, um über solche Dinge Bescheid zu wissen.«

Als sie das Lyzeum verließen und in die Düsternis zwischen den Gebäuden zurückkehrten, hatte Tako eine Idee. »Die Archive«, sagte er. »Vor zehn Jahren hat Katyma mich darauf hingewiesen, dass alle Städte des Wissens auf Millennia miteinander verbunden sind. Gehört auch Chrimmia dazu?«

»Ja, ich denke schon.«

»Wenn von hier aus ein Zugriff auf die Archive möglich **473** ist ...«, sagte Tako. »Vielleicht könnten wir dort einen Hinweis auf das Tal-Telas finden. Eine Spur, die nur für Tal-Telassi erkennbar ist, nicht aber für die Graken und ihre Vitäen.«

Dominik nickte langsam, und in seinem Gesicht erschien neue Hoffnung. »Das ist nicht auszuschließen.« Er sah sich um und versuchte offenbar, sich zu orientieren. »Bis zum hiesigen Archiv ist es nicht weit. Es ist dem Lyzeum angeschlossen.« Er deutete dorthin, wo mehrere Leuchtkörper wie vom Himmel gefallene Sterne in der Dunkelheit glühten. »Dort.«

Sie gingen durch einen Verkehrskorridor zwischen hohen Gebäuden. Hier und dort ragten Nadeltürme auf, aber es schwebten keine Leviplattformen vor ihren Eingängen. Diese Stadt schlief den Schlaf des Todes, von Stille umhüllt.

Aber für Tako blieb es nicht völlig still. Die Mubek-Sensoren ermöglichten ihm eine akustische Wahrnehmung, die weit über die gewöhnlicher Ohren hinausging. Er hörte das leise Knacken des Eises, das sich über der Stadt erstreckte und langsam wanderte. Wie lange mochte es dauern, bis der Gletscher instabil wurde, bis ein Teil von ihm nachgab und auf die Gebäude stürzte, sie unter sich zermalmte? Er vernahm molekulares Flüstern, wo Materie unterschiedlichen Temperaturen ausgesetzt war, meistens dort, wo die Wärme der Thermen mit der Kälte des Gletschereises rang und den Kampf verlor. Und er sah: Selbst die tiefste Dunkelheit enthielt elektromagnetische Strahlung, die seine Nanosensoren für visuelle Wahrnehmung nutzen konnten, und sie zeigten ihm leere Wege, an einigen Stellen weitere Leichen, die meisten längst verwest.

»Gibt es hier überhaupt keine Überlebenden?«, fragte Tako nach einer Weile.

»In drei Tagen brechen die Graken auf«, erwiderte Dominik. »Ich nehme an, es bedeutet auch, dass es hier kaum mehr *Amarisk* für sie gibt.«

474   Tako deutete auf die Lichter. »Die Energieversorgung

funktioniert teilweise noch. Vielleicht gibt es Kontaminierte, die sich darum kümmern. Bist du in der Lage, ihre Präsenz zu ... fühlen? Wenn wir Überlebende fänden ... Möglicherweise wären sie imstande, einige unserer Fragen zu beantworten.«

»Wenn es hier nach zehn Jahren tatsächlich noch Überlebende gibt, so ist ihr Selbst längst Teil der Grakenträume und im Tal-Telas kaum mehr zu spüren. Ich müsste mich von einem Grakentraum aufnehmen lassen, um Gewissheit zu erlangen.«

»Auf Kabäa bin ich dir in einem Grakentraum begegnet.«

»Ja«, sagte Dominik. »Aber wenn ich mich hier einem solchen Traum öffne, besteht die Gefahr, dass sich der Graken in mir mit seinen Artgenossen in Verbindung setzt.« Er hob die Hand und deutete. »Dort ist das hiesige mnemotechnische Zentrum.«

Tako sah eine kleine abgeflachte Pyramide, ihre Eingänge offen, die Fenster dunkel. Mehrere Leviplattformen lagen neben dem zentralen Zugang auf dem Boden, und eine kurze Überprüfung der Kontrollen ergab, dass ihre Akkumulatoren keine Energie mehr enthielten.

Als er das Mnemozentrum betrat, nahm Tako neuerlichen Verwesungsgeruch wahr, aber er stammte nicht von Menschen, sondern von bionischen Komponenten, die für den Zugriff auf die gewaltigen Datenmengen der Archive benutzt worden waren. Tako sah sie in einem von mehreren Ausrüstungszimmern. Viele waren in den Regalen und Fächern atrophiert, sahen aus wie verschrumpeltes Obst. Andere hatten sich halb in alter Nährflüssigkeit aufgelöst oder waren zerlaufen – das Zyotengewebe löste sich langsamer auf als menschliches Fleisch.

Es klapperte im Nebenzimmer, und Licht verdrängte einen Teil der Dunkelheit. Dominik kam mit einer Chemolampe. »Ich weiß, dass du im Dunkeln praktisch ebenso gut siehst wie im Hellen. Ich könnte in Iremia die Umgebung verändern und Licht schaffen, aber die neunte Stufe erfordert viel Kraft, und ich fürchte, dass die Graken das Tal-Telas überwachen und derartige Aktivitäten bemerken könnten.«

»Wären sie dazu imstande?«, fragte Tako und fühlte eine kurze Reaktion bei Myra, nicht mehr als ein mentales Zucken.

»Ja«, sagte Dominik schlicht. Er zögerte kurz. »Wir könnten es hier auf Millennia mit einem weiteren Problem zu tun bekommen.«

»Ich bin ganz Ohr.«

»Es befinden sich einundsiebzig Graken auf diesem Planeten – so viele kamen noch nie zusammen. Und sicher gibt es hier auch Vitäen in großer Zahl.«

Tako glaubte zu verstehen. Er musterte Dominik von der Seite, während sie tiefer ins Innere der Pyramide vordrangen und einen Datenraum erreichten. Das Licht der Chemolampe strich über unterschiedlich hohe Bodensegmente. »Ich kenne die Theorie von der Kollektivintelligenz der Graken, beziehungsweise aller vier Lebensformen zusammen.«

»Es ist keine Theorie, sondern Realität«, sagte Dominik.

»Wieso bist du da so sicher?«

»Ich weiß es.«

Tako bemerkte kurze Verwirrung in den Zügen des jungen Mannes. Sie verschwand sofort wieder.

»Wir haben es hier also mit einem Gegner zu tun, der besonders intelligent ist«, sagte er und sah sich um. »Was für uns bedeutet, dass wir auf unangenehme Überraschungen gefasst sein müssen.«

»Unser Gegner«, sagte Dominik langsam, »ist eine Superintelligenz mit dem Elaborationspotenzial von einigen Dutzend Megatronen. Und durch die Aufnahme von Tal-Telassi in die Grakenträume könnte er Zugriff auf das Tal-Telas erhalten haben.«

Tako verharrte an einer Konsole. »Eine Mischung aus Superintelligenz und Supergroßmeister?«

»Vielleicht.« Dominik schien kurz in sich hineinzuhorchen. »Ich bin mir nicht sicher. Fest steht nur, dass die Graken den Ursprung des Tal-Telas noch nicht gefunden haben. Sonst wären sie längst aufgebrochen.« Er betätigte die Kontrollen der Konsole, aber es leuchteten keine Anzeigen. »Ohne Energie. Versuchen wir es an einem anderen Zugangspunkt.«

Er ging weiter, und das Licht der chemischen Lampe wanderte mit ihm durch den Raum.

Tako folgte dem jungen Mann. »Wenn die Energieversorgung der Archive und mnemotechnischen Zentren von Millennia unterbrochen wird ... Gehen dann die Informationen in ihnen verloren?« Die Vorstellung, dass so viel Wissen einfach verschwand, erschien ihm absurd.

»Es gibt Sicherheitssysteme«, sagte Dominik, der die Kontrollen anderer Konsolen betätigte, ebenfalls ohne Erfolg. »Mit unabhängigen Energiezellen ausgestattet. Außerdem befinden sich die meisten Daten in nicht flüchtigen Speichern.«

»Aber das gilt nicht für die Künstlichen Intelligenzen, die die Archive verwalten.« Tako erinnerte sich an den KI-Avatar Elvin. »Ihr künstliches Bewusstsein braucht Energie, und wenn sie keine mehr bekommen ...«

Dominik blieb kurz stehen und leuchtete in seine Richtung. »Ohne Energie funktionieren die KI-Archivare nicht mehr, und dadurch bricht das ganze Indexsystem zusammen.«

»Mit anderen Worten: Die in den nicht flüchtigen Speichern enthaltenen Daten wären zwar noch vorhanden, aber es ließe sich kaum mehr etwas mit ihnen anfangen«, sagte Tako. »Die Suche nach einer bestimmten Information käme der Suche nach einem einzelnen Sandkorn an einem hunderte von Kilometern langen Strand gleich.« Nach einer nachdenklichen Pause fügte er hinzu: »Ich frage mich, ob auf diese Weise die beiden Großen Lücken entstanden sind.«

Wieder kam es zu einer kurzen Reaktion bei Myra, und Tako fragte sich, was er mit seinen Worten bei ihr berührt hatte.

Es summte leise, und Indikatoren leuchteten – Dominik hatte eine funktionierende Konsole gefunden.

Tako trat näher und entsann sich an seinen eigenen Aufenthalt im virtuellen Universum der Archive. »Es gibt hier keine funktionierenden bionischen Komponenten mehr. Kannst du trotzdem eine Verbindung herstellen?«

Dominik nahm an den Kontrollen Platz. »Ich denke schon«, sagte er und legte seine violetten Finger auf die Interfaceflächen, die eigentlich für die Hände eines Ganzkörperbionen vorgesehen waren. Dann schloss er die Augen und verharrte in Reglosigkeit.

Tako wartete einige Minuten, wandte sich dann ab und begann mit einer Wanderung durch den Datenraum. Eine seltsame Unruhe hatte ihn erfasst, begleitet von einem stärker werdenden Unbehagen. Während er langsam durch eine Dunkelheit schritt, in der er deutlich sehen konnte, versuchte er, seinen seltsamen Empfindungen auf den Grund zu gehen. Er vermutete, dass sie sich auf die Präsenz der Großmeisterin in ihm zurückführen ließen. Sie schirmte ihn vor den Grakenträumen ab, aber Tako war sicher, dass sich ihre Aktivitäten nicht allein darauf beschränkten – sie war noch mit anderen Dingen beschäftigt, die einen mehr als tausend Jahre alten Plan betrafen.

Tako blieb am Skelett eines Taruf stehen und starrte darauf hinab, ohne es wirklich zu sehen. Er fragte sich, ob Myras bis vor kurzem verborgene Präsenz in seinem Innern und ihre Einflussnahme auf sein Denken und Fühlen der Grund dafür sein mochten, dass er während der vergangenen zehn Jahre manchmal recht irrationale, emotive Entscheidungen getroffen hatte. Er ging nicht so weit, an der wahrgenommenen Wirklichkeit zu zweifeln und es für möglich zu halten, dass die tatsächliche Realität ganz anders beschaffen war als jene, die ihm seine Erinnerungen vorgaukelten. Aber er wusste inzwischen, dass er selbst und auch Dominik einen bestimmten *Zweck* erfüllten, über den er gern mehr gewusst hätte und der die Frage aufwarf, ob sie während der vergangenen Jahre – und auch jetzt, hier auf Millennia – aus eigenem Antrieb gehandelt hatten. Vielleicht war jeder ihrer Schritte gelenkt worden.

Das Unbehagen in Tako breitete sich weiter aus. Er wandte sich vom Taruf-Skelett ab, kehrte durch den Datenraum zurück und blieb kurz neben Dominik stehen, der noch immer wie erstarrt an den Kontrollen der Konsole saß. Die Anzeigen deuteten darauf hin, dass er rasend schnell Daten abfragte, fast so schnell, wie es mit einem GK-Bion möglich gewesen wäre.

Die Unruhe veranlasste Tako, sich wieder in Bewegung zu setzen. Er verließ den Datenraum, durchquerte das Ausrüstungszimmer und trat nach draußen, in die kalte Düsternis unter dem Eispanzer. In der Stadt war es so still, dass Tako unter der Synthohaut die flüsternden Stimmen der Mubek-Motoren hörte. Er drehte langsam den Kopf und ließ den Multifrequenz-Blick wachsam über die Gebäude von Chrimmia schweifen, ohne zu wissen, wonach er Ausschau hielt.

Da war es wieder: eine schemenhafte Bewegung, nicht mehr am Rand der Stadt, sondern in ihrem Innern, nicht weit von den zentralen Gebäuden des Lyzeums entfernt. Als Tako sich darauf konzentrierte und mithilfe der Nanosensoren Informationen zu gewinnen versuchte, blieben die Schatten erneut unbewegt. Doch diesmal war er davon überzeugt, sich nicht getäuscht zu haben: Etwas verfolgte und beobachtete sie.

Als Tako ins Mnemozentrum zurückkehrte, drängte sich ihm ein anderer Gedanke auf. *Vielleicht werden wir doppelt benutzt. Hofft die Superintelligenz der hiesigen Graken, durch uns den Ursprung des Tal-Telas zu finden?*

Im Datenraum hastete er zu der Konsole, vor deren Kontrollen Dominik saß, noch immer steif und unbewegt, die Augen geschlossen. Die Lider zuckten.

»Ich weiß nicht, ob du mich hören kannst«, sagte Tako. »Aber du solltest dich bei der Datensuche besser beeilen.« Er wartete kurz, und als Dominik nicht reagierte, eilte er nach **479** draußen, den Annihilator in der rechten Hand. Vor dem Eingang zögerte er, orientierte sich und lief los, viel schneller als ein Mensch. Die Mubek-Beine bewegten sich rasend schnell, und mit einer Geschwindigkeit von fast hundert Stundenkilometern jagte Tako an Wänden aus Stahlkeramik und Synthomasse vorbei. Während er lief, überlegte er kurz, ob er die Kontrollen an seinem Gürtel betätigen und ein Krümmerfeld aktivieren sollte, um sich zu schützen, entschied sich aber dagegen. Er wusste nicht genau, was er gesehen hatte, und die energetischen Emissionen des Krümmers mochten ihn verraten.

Nach einigen Minuten verharrte er im Schatten zwischen zwei Gebäuden und wartete, umgeben von Stille und Dunkelheit. Der Annihilator ruhte in seiner rechten Hand, aktiviert und schussbereit.

Wieder hörte er das Knacken des Eises über Chrimmia, und dann noch etwas anderes, ein Summen, so leise, dass es von gewöhnlichen Ohren nicht wahrgenommen worden wäre. Tako duckte sich, ging hinter einem Stahlkeramiksegment in Deckung und hielt aufmerksam Ausschau.

Ein Schatten kam aus dem dunkelsten Teil der Stadt, schwarz wie die nicht vom Licht erreichten Stellen zwischen den Gebäuden. Ein ovaler Schemen, etwa acht Meter lang und mit einem Durchmesser von drei Metern an der dicksten Stelle. Das nur für Tako hörbare Summen stammte von einem außerordentlich leisen Levitationsfeld, und etwas schien das Objekt zumindest teilweise vor visueller Wahrnehmung zu schützen. Langsam glitt es näher, wie auf der Suche nach etwas.

Tako duckte sich noch etwas tiefer. Ein derartiges Flugobjekt sah er jetzt zum ersten Mal, aber er zweifelte nicht daran, dass es von den Graken oder ihren Vitäen stammte. *Vielleicht eine automatische Sonde, die nach überlebenden Tal-Telassi sucht,* spekulierte er.

In einem Abstand von nicht einmal zwei Dutzend Metern schwebte das schwarze Oval an Tako vorbei, und ein vages

Flimmern ließ seine Konturen immer wieder verschwimmen. Dann verharrte es plötzlich, und ein Finger aus Licht richtete sich auf Tako.

Weg von hier!, rief Myra in seinem Innern. *Es befindet sich eine von den Graken übernommene Tal-Telassi an Bord, und sie lauscht in Delm nach nicht kontaminierten Gedanken!*

Tako bewegte sich bereits und machte von der überlegenen Kraft des Mubek Gebrauch. Die Motoren in seinem Innern brummten, als er sich abstieß und fast fünf Meter weit sprang, bevor er landete und dabei in die Knie ging, um die kinetische Energie des Aufpralls zu absorbieren. Eine halbe Sekunde später sprang er erneut, griff mit der freien Hand nach einem Stützelement aus Ultrastahl, schwang sich daran herum, richtete gleichzeitig den Annihilator auf den Ursprung des Lichts und schoss.

Ein roter Blitz zuckte dem schwarzen Oval entgegen und verschwand in dem sonderbaren Flimmern, ohne Schaden anzurichten. Der Lichtfinger folgte Tako, erreichte ihn aber nicht, denn er war zu schnell. Er sprang immer wieder und lief im Zickzack durch die Dunkelheit, fort vom Mnemozentrum. In einem offenen Bereich verlangte er den Mubek-Motoren der Beine alles ab, beschleunigte auf die Höchstgeschwindigkeit von fast hundertfünfzig Stundenkilometern, sah über die Schulter und stellte fest, dass ihm das schwarze Oval folgte. Er visierte das Ziel an, holte einen Mikrokollapsar hervor und warf ihn.

Er sprintete nach rechts, durch einen Tunnel, von dem er hoffte, dass er stabil genug war.

Hinter ihm donnerte es, als sich ein Teil der Welt nach innen stülpte und von einem künstlichen Schwarzen Loch aufgesogen wurde – der implodierende Mikrokollapsar schuf eine fünfhundert Meter durchmessende Zone der Vernichtung. Aus dem Donnern wurde ein ohrenbetäubendes Krachen, als ganze Gebäude zerbarsten und in der Singularität verschwanden. Ein plötzlicher Orkan toste, als Atmosphäre ins Nichts gesaugt wurde. Tako lief weiter, so schnell es das Mubek und die Umgebung erlaubten, während sich hinter ihm ein Teil des Tunnels auflöste. Dinge flogen ihm entgegen, und den größeren von ihnen wich er aus. Die kleineren trafen seinen Körper, zerrissen die uniformartige Kleidung und hinterließen Dellen und Risse in der Synthohaut.

Der heulende Orkan fand ein jähes Ende, als das künstliche Schwarze Loch verschwand, und auch das Krachen ließ nach. Tako lief noch immer, atmete dabei kaum schneller als sonst. Nach einigen weiteren Sekunden erreichte er das Ende des Tunnels und betrat einen kleinen Platz aus gehärteten Polymeren. Auf der anderen Seite glühte ein Leuchtelement, und sein Licht fiel auf den Zugang einer Therme.

Tako drehte sich halb um, hörte ein nahes, vertrautes Summen und reagierte sofort. Er nahm sich nicht die Zeit, nach dem schwarzen Oval zu sehen und sich zu fragen, wie es die Implosion eines Mikrokollapsars überstanden haben konnte – er lief erneut los und feuerte mit dem Annihilator über die Schulter hinweg.

Doch diesmal kam er nicht weit.

Dicht vor dem Eingang der Therme erreichte ihn der Lichtfinger und hielt ihn fest.

Tako leitete volle Energie in die Mubek-Motoren, aber das Licht hielt ihn wie mit einer eisernen Faust. Das Summen kam näher, und die Nanosensoren in Nacken und Rücken zeigten ihm, wie das schwarze Oval dicht hinter ihm landete. Das Flimmern verschwand, und eine Öffnung bildete sich in der Außenhülle. Heraus kam ein Kronn, näherte sich ihm mit tanzenden Knochen und wackelnden Organbeuteln. Mehrere wie Gelenke wirkende glänzende Höcker leuchteten und richteten sich auf ihn.

Waffen, wusste Tako. Das Licht hielt ihn noch immer fest.
Ich brauche Ihre Hilfe, Myra, dachte er.
Doch die Großmeisterin in ihm antwortete nicht.

Dominik:
Erwachendes Selbst

27. Februar 1124 ÄdeF

Was der Mann mit der Narbe befürchtet hatte, war schon vor Jahren eingetreten: In den virtuellen Universen der Archive von Millennia gab es keine Künstlichen Intelligenzen mehr, die das im Lauf von fünftausend Jahren gesammelte Wissen verwalteten und über ein komplexes Indexsystem zugänglich machten. Dominik fragte mit hoher Geschwindigkeit Daten ab und suchte nach eventuell von den Tal-Telassi hinterlassenen Hinweisen, aber er bekam Informationen, mit denen er nichts anfangen konnte: Fragmente von astrohistorischen Analysen der Lhora und kosmischen Evolutionstheorien der Bhardai; logische Prämissen aus den Philosophien verschiedener Völker und ihre manchmal absurd erscheinenden Konklusionen; chemische und mathematische Formeln, nicht alle von ihnen vollständig; Theorien und Hypothesen; Geschichten, Legenden und Überlieferungen. Dominik schwamm in diesen Datenmeeren, fand aber nirgends Halt. Wohin er auch sah, so sehr er auch suchte: Nirgends gab es etwas, das auch nur den vagen Anschein von kodierten Mitteilungen der Tal-Telassi erweckte.

Während der Suche stellte er fest, dass die KIs und ihre Avatars nicht aufgrund von physischen Schäden oder Energieausfällen verschwunden waren. In einem Archiv entdeckte Dominik durch Zufall die Information, dass die Tal-Telassi vor zehn Jahren, als die ersten Graken nach Millennia gekommen waren, mit der Deaktivierung der Künstlichen Intelligenzen und damit des Indexsystems begonnen hatten. Eine verständliche Maßnahme: Der Feind sollte keine wichtigen Informationen bekommen – es waren sogar einige Archive zerstört worden.

Unersetzliche Daten waren verloren – Dominik fühlte eine Trauer, die aus der anderen Präsenz in ihm kam. Er begriff, dass die Datensuche nicht nur aufgrund des fehlenden Indexzentrums schwierig war. Ihn behinderte etwas, das er bisher für eine schleichende Veränderung in seinem Innern gehalten hatte, sich aber mehr wie ein langsames Erwachen anfühlte, als er sich darauf konzentrierte. Ein Teil – der wichtigere, größere Teil, der seine wahre Identität ausmachte – hatte bisher geschlafen.

Während er weiterhin in den Datenozeanen tauchte und schwamm, sah er Bilder, die ihm nicht vertraut waren, obwohl er wusste, dass es sich um *Erinnerungen* handelte. Einige Szenen brachten Zufriedenheit zum Ausdruck, trotz der expliziten Abwesenheit von Emotion: ein Lyzeum, schlicht eingerichtet, zu einer Zeit weit vor der zweiten Großen Lücke; eine Kluft aus fast fünftausend Jahren trennte Dominik von diesen Bildern, und er sah in ihnen Lehrerinnen, die noch keine Tal-Telassi gewesen waren. Mit fremden und doch eigenen Augen beobachtete er Personen, die zu ihm sprachen; Personen – Menschen und andere –, die sehr alt waren, obgleich viele von ihnen jung wirkten. *Diese Piloten altern viel langsamer als andere, weil sie sich oft außerhalb des Zeitstroms befinden.*

»Piloten?«, flüsterte Dominik im Datenraum des Mnemozentrums.

An ihrer Kleidung fielen ihm Symbolgruppen auf, bestehend aus jeweils fünf Zeichen. Und andere Personen begegneten diesen Piloten mit großem Respekt.

Dominik erreichte ein neues, noch intaktes Archiv, weiter im Innern von Millennia, und dort vernahm er ein vages Flüstern, das Hoffnung in ihm weckte. Während er nach dem Ursprung des Datenraunens Ausschau hielt, empfing er weitere Bilder, die ihm Zugang zu Erinnerungen erlaubten.

In einem Spiegel sah er die zu Fünfer-Gruppen zusammengefassten Symbole auch an der eigenen Kleidung, doch mit dem Gesicht stimmte etwas nicht, denn er sah die Züge eines fünfzehn oder sechzehn Jahre alten Mädchens, ein schmales Gesicht mit großen Augen und von dunklem Haar umrahmt. Für ein oder zwei Sekunden glaubte er, dass sich Erinnerungen an Loana mit diesen sonderbaren Reminiszenzen vermischten, aber etwas sagte ihm, dass es sich nicht um eine Verwechslung handelte. Aus dem Mädchen wurde eine Frau, erst jung und dann reif, und wann immer sich ihm die Augen in einer spiegelnden Fläche zeigten, sah er in erster Linie kalte Intelligenz und kaum Gefühl.

Emotionen sind Ballast. Gefühle behindern den Weg zum Tal-Telas.

»Wer bist du?«, hauchte Dominik und wusste, dass die Frage eigentlich lautete: *Wer bin ich?*

Ein Name tauchte in der Ferne auf, blieb aber undeutlich.

Weitere Bilder folgten, und sie waren seltsam, zeigten ihm eine Abfolge von jungen und alten Frauen, die doch immer die gleiche Person waren. Er spürte das Tal-Telas, aber es war anders beschaffen als heute, und es umfasste noch keine zehn Stufen. Manchmal lief er als Mädchen oder Frau durch eine Welt, in der seine visuelle Wahrnehmung nicht richtig zu funktionieren schien: Immer wieder kam es zu perspektivischen Verzerrungen; lange grauschwarze Gänge, deren Wände aus asymmetrischen Elementen bestanden, wirkten in sich verdreht. Und doch hatte diese oft sehr düstere und klaustrophobische Welt etwas Vertrautes. Dominik begriff: In seiner erweiterten Identität als Mädchen und Frau war er mehrmals an Bord eines Kantaki-Schiffes gewesen.

Aber was bedeutete dies alles?

Du wirst es bald erfahren.

Dominiks Gedanken glitten durch das Archiv und näherten sich dem Flüstern, das nur von erfahrenen Tal-Telassi wahrgenommen werden konnte. Es warnte – *Dieser Bereich ist geschützt!* – und lud ein: *Hinter dieser Barriere haben wir eine Zone der Sicherheit geschaffen.* Es war kein Hinweis darauf, wo sich der Ursprung des Tal-Telas befand, aber jene Tal-Telassi, die bestimmte Daten des Archivs vor dem Zugriff durch die kollektive Superintelligenz der Graken und ihrer Vitäen schützten ... Vielleicht wussten sie, wo sich Zara befand. Selbst wenn Millennias Kommunikationssysteme nicht mehr funktionierten: Bestimmt waren die Meisterinnen in der Lage, sich telepathisch zu verständigen, auf die eine oder andere Art und Weise. Immerhin, erinnerte sich Dominik, hatten sogar telepathische Gespräche über interstellare Entfernungen hinweg stattgefunden, zwischen Zara und Norene.

Dominik näherte sich dem Flüstern, und als er die mentale Hand danach ausstreckte ...

Erinnerungsbilder tauchten auf, Bilder, die ihn als Frau unter Frauen zeigten, neben einem großen, insektenartigen Geschöpf mit langen, dünnen Gliedmaßen, das an eine Gottesanbeterin erinnerte und einen dreieckigen Kopf auf einem ledrigen Hals trug. Zwei multiple Augen wölben sich über die rechte und linke Gesichtshälfte, bestehend aus tausenden von kleinen Sehorganen. An einigen Stellen zeigten sich glänzende Stoffteile am dürren Leib. Das Wesen sprach mit einer klickenden Stimme, aber Dominik verstand die Worte nicht, denn etwas zog ihn fort.

Er öffnete die Augen und sah gleißendes Licht, das ihn durch ein Loch in der Wand des Mnemozentrums zu einem schwarzen Oval zog. Das Schimmern hielt ihn fest, nicht nur seinen Körper, sondern auch den Geist – die Kraft des Tal-Telas befand sich gerade außerhalb seiner Reichweite.

Ein Kronn nahm ihn in Empfang. Das Knochenwesen lenkte den Strahl, der Dominik gefangen hielt und an Bord des schwarzen Ovals brachte. Mehrere Personen befanden sich dort, unter ihnen Tako Karides. Bei den anderen handelte es sich um Kontaminierte, mehrere sehr mitgenommen wirkende Tal-Telassi und einige Schülerinnen. Weiter vorn stand ein Chtai, der alles aufmerksam beobachtete, und neben ihm ruhte eine Tal-Telassi-Meisterin in etwas, das nach einer Art Stützgerüst aussah, jedoch fest mit ihrem Leib verbunden war. Dominik vermutete, dass es sich um einen Apparat handelte, der die Meisterin körperlich und geistig manipulierte.

Die Tal-Telassi sah ihn aus großen Augen an und sagte: »Er ist es.«

Das Summen stammte von einem Levitationsfeld, das die Schwerkraft neutralisierte, aber es gab auch noch etwas anderes darin, ein Geräusch, das Dominik nicht identifizieren konnte und etwas in ihm zu berühren schien. Es zupfte an seinen Gedanken, auf eine Weise, die vage Unruhe in ihm schuf. Für einige Sekunden schob er dieses Empfinden in den Mittelpunkt seiner Aufmerksamkeit und stellte fest, dass ihn das Geräusch – wenn es wirklich ein Geräusch war – im Tal-Telas berührte. Hatten die Graken einen Weg gefunden, diese Kraft anzuzapfen?

Dominik beugte sich im halbdunklen Innern des schwarzen Ovals ein wenig zur Seite und blickte nach vorn, zu der von einem Gerüst umgebenen Meisterin. Er sah ihr Gesicht im Leuchten einer Blase, die einen quecksilberartigen Geeta enthielt. Es war ein ausgemergeltes Gesicht, schmal und hohlwangig, voller Spuren erlittener Qualen, und in den Augen erkannte Dominik nicht vertraute Kühle, sondern einen stummen Ruf um Hilfe.

Nein, die Graken hatten noch keine Möglichkeit entdeckt, direkt auf das Tal-Telas zuzugreifen. Aber es war ihnen gelungen, zumindest eine Tal-Telassi unter ihre Kontrolle zu bringen, und sie benutzten sie, um andere Tal-Telassi zu suchen.

Das Summen veränderte sich, und wieder hatte Dominik das Gefühl, dass etwas an seinen Gedanken zupfte. Diesmal spürte er eine dunkle Präsenz hinter den mentalen Fingern, **487** die versuchten, seine Gedanken zu erreichen, und eine zweite Erkenntnis bildete sich in ihm: Es fand ein Versuch statt, auch ihn unter Kontrolle zu bringen.

Zum Glück fiel es Dominik nicht weiter schwer, ihm zu widerstehen. Was auch immer die Tal-Telassi unterjocht hatte: Es war nicht imstande, ihm seine geistige Freiheit zu nehmen. Er lehnte sich in dem Abteil, das auch die anderen Gefangenen enthielt, an die Wand zurück und merkte erneut, dass ein mattes Glühen jede seiner Bewegungen begleitete. Ein Kraftfeld umgab ihn: Je stärker und schneller er sich zu bewegen versuchte, desto mehr kinetischen Widerstand entwickelte das Energiefeld. Der apathische Ausdruck in den Gesichtern der zehn gefangenen Tal-Telassi-Schülerinnen – ihr Alter reichte von etwa dreizehn bis fünfundzwanzig Jahren – deutete darauf hin, dass sie um die Nutzlosigkeit von Befreiungsversuchen wussten. Zwei von ihnen waren bestrebt gewesen, mit ihm zu sprechen, als sie seine violetten Hände gesehen hatten, doch offenbar behinderte das Kraftfeld nicht nur Bewegungen, sondern auch die verbale Kommunikation: Dominik hatte beobachtet, wie sich die Lippen bewegten, ohne dass er eine einzige Silbe gehört hätte.

Er bemerkte Takos Blick. Der Mann mit der Narbe saß ihm gegenüber, und seine Augen brachten Intensität zum Ausdruck. Seine Lippen bewegten sich wie zuvor die der beiden Schülerinnen, und wieder hörte Dominik keine Worte, nur das Summen, das gelegentlich einen Weg in seinen Kopf fand. Tako starrte ihn an, als erwartete er etwas von ihm.

Dominik glaubte zu verstehen und verband sich mit der vierten Stufe des Tal-Telas. Delm eröffnete ihm Takos Bewusstsein, ohne den mentalen Filter durch das fesselnde Kraftfeld.

Ich kann mich bewegen. Die Worte kamen aus einem Durcheinander von Gedanken und Empfindungen, Früchte eines Selbst, das nie die geistige Disziplin der Tal-Telassi gelernt hatte. *Wir können versuchen, uns zu befreien. Verstehst du mich?*

Dominik deutete ein Nicken an.

Wir müssen etwas unternehmen, solange dieser ... Transporter noch nicht zu seiner Ausgangsbasis zurückgekehrt ist.

Dominik schüttelte den Kopf.

Nein? Was soll das heißen, nein? Begreifst du denn nicht, Dominik? Wohin auch immer wir unterwegs sind ... Am Ziel erwarten uns viel mehr Kronn, Chtai und Geeta. Und Graken. Wir haben nur dann eine Chance, wenn wir schnell handeln.

Dominik schüttelte erneut den Kopf und dachte daran, dass man ihnen die Waffen abgenommen hatte. Aber Tako empfing seine Gedanken natürlich nicht.

Hältst du unsere Situation für aussichtslos?, fragte Tako Karides. Das Äquivalent eines starken mentalen Hintergrundrauschens aus Sorge begleitete diese Worte.

Dominik antwortete erneut mit einem Kopfschütteln, während er in Gelmr die Muster betrachtete, wobei er bestimmten Strukturen keine Beachtung schenkte. Die gefangenen Schülerinnen saßen ebenso im Halbdunkeln wie er, aber einige von ihnen schienen bemerkt zu haben, dass zwischen den beiden Männern eine lautlose Kommunikation stattfand. In den ausgemergelten Mienen der Mädchen und jungen Frauen erschien zwar keine Hoffnung, aber doch Interesse.

Dominik bewertete die Situation auf die Art und Weise eines erfahrenen Meisters. Er nahm die Informationen in sich auf, die ihm die einzelnen Stufen des Tal-Telas übermittelten, und fügte sie zu einem einheitlichen Bild zusammen, das er mit Gelmr verband. Das Ergebnis bestand aus der Gewissheit, dass bald etwas geschehen würde. *Habt ein wenig Geduld,* sagten die Muster.

Hast du Informationen, die mir nicht zur Verfügung stehen?, fragte Tako.

Dominik nickte, unterbrach den Blickkontakt und sah wieder in den vorderen Teil des schwarzen Ovals. Ein Kronn stand dort an den Kontrollen, und ein zweites Knochenwesen blieb an der Seite der Meisterin, deren Gerüst sie zum

Gefangenenabteil trug. Die Blase des Geeta leuchtete gleichmäßig, und der Chtai blickte auf die Anzeigen eines aus Dutzenden einzelnen Komponenten zusammengesetzten Geräts.

Die Tal-Telassi verharrte dicht neben dem Eingang und sah Dominik mit Augen an, aus denen zwei Personen zu blicken schienen – die eine war kalt und sondierend; die andere litt. Dominik versuchte vergeblich, einen mentalen Kontakt mit der Meisterin herzustellen.

»Er ist es«, betonte die unterjochte Tal-Telassi noch einmal. »Es gibt eine andere Stimme in seinem Geist. Er trägt Ihn in sich.«

Der wie aus zahllosen weißen Kristallen zusammengesetzt wirkende Chtai betätigte die Kontrollen des Geräts, und dabei schienen die schwarzen Linien in seinen Armen und Beinen zu pulsieren. Eine knarrende, knirschende Stimme erklang, und wie beim Primären Katalyter Rillt konnte Dominik die Worte verstehen.

»Er hat Grargrerr in sich, ja«, bestätigte das Kristallwesen. »Aber Er ist blockiert. Es erfolgt kein Kontakt.«

Dominik spürte, wie das Zerren an seinen Gedanken zunahm, ohne dass es eine bedrohliche Intensität gewann. Der kalte Blick der Tal-Telassi ruhte weiterhin auf ihm, und hinter der Kälte brannte das Feuer der Verzweiflung – die Meisterin musste den Graken zu Diensten sein, aber ein Teil von ihr wehrte sich.

»Er kann nicht den Träumen hinzugefügt werden wie die anderen«, sagte sie. »Etwas schützt ihn.«

»Er wird uns den Weg weisen, wie schon einmal«, knirschte die Stimme des Chtai.

Von vorn kam ein Grollen, als der Kronn an den Navigationskontrollen sprach. »Wir erreichen gleich Krorkrras Autoritätszone«, verstand Dominik.

Das Prickeln der Unruhe in ihm nahm zu, als er an die Möglichkeit dachte, dass Gelmr ihm falsche Muster zeigte. Der Einfluss, der an seinen Gedanken kratzte und versuchte, sie zu kontrollieren ... Vermittelte er ihm ein falsches Gefühl von Zuversicht?

Es kam etwas mehr Licht ins Gefangenenabteil des schwarzen Ovals, als Tako Karides sich bewegte. Er kämpfte nicht gegen das Fesselfeld an – es ging ihm darum, Dominiks Aufmerksamkeit auf sich zu lenken.

Ich weiß nicht, was vor sich geht, Dominik, dachte er, und hinter diesen bewusst konzentrierten Gedanken toste ein mentaler Sturm aus wachsender Sorge. *Aber je mehr Zeit vergeht, desto größer wird die Gefahr, dass sie dich ebenso unter Kontrolle bringen wie diese Meisterin. Das Energiefeld hält mich nicht fest; mit dem Mubek kann ich mich jederzeit befreien. Wir sollten angreifen, solange sich uns Gelegenheit dazu bietet; ich mit meiner überlegenen Körperkraft und du mit dem Tal-Telas. Das Überraschungsmoment ist auf unserer Seite.*

Dominik sah ihn an und zögerte, während sich neue Erinnerungen in ihm regten – sie stammten aus einer Vergangenheit, die eigentlich gar nicht zu seinem Leben gehören konnte. Er wollte sich nicht ablenken lassen und drängte sie vorsichtig beiseite. Die Muster in Gelmr zeigten einen unmittelbar bevorstehenden Wechsel im Ereignisstrom, und er beschloss, ihnen zu vertrauen. Er glaubte nicht, dass die Graken und ihre Vitäen imstande waren, einen so großen Einfluss auf das Tal-Telas zu nehmen. Es hätte bedeutet, dass sie in der Lage gewesen wären, die freien Tal-Telassi zu finden, Zara und die übrigen Meisterinnen. Und den Ursprung des Tal-Telas.

Er begegnete Takos Blick und schüttelte erneut den Kopf. Diesmal fügte er dieser Mitteilung eine knappe, kaum merklich Geste hinzu.

Tako bemerkte sie. *Soll ich warten? Wird etwas geschehen?*

Dominik nickte.

Die Meisterin kam noch etwas näher, begleitet vom Kronn, dessen Knochen und Organbeutel sich immer wieder neu anordneten. Dominik sah sie an und beobachtete aus dem Augenwinkel, wie die zehn Schülerinnen den Kopf senkten. Er stellte fest, dass sich die Meisterin nicht freiwillig bewegte, sondern bewegt wurde. Das Gerüst war fest mit ihrem Körper verbunden, hatte sich an zahlreichen Stellen in Arme, Beine, Rumpf und auch den Kopf gebohrt. Vermutlich ließ es sich nicht mehr entfernen, ohne dass die Meisterin getötet wurde. Für ein oder zwei Sekunden stellte sich Dominik vor, ein ähnliches Schicksal zu erleiden, doch dann erinnerte er sich an die Gelmr-Muster, die ihn selbst betrafen, und auch den Mann mit der Narbe. Nein, die Zukunft hatte etwas anderes für ihn vorgesehen. Vorausgesetzt, die Entwicklungsmuster mit der höchsten Wahrscheinlichkeit wurden tatsächlich zu Realität. Eine absolute Garantie dafür gab es nicht. In fast jeder Situation konnten Dinge passieren, die dem Lauf der Ereignisse eine neue Richtung gaben.

»Krorkrras Autoritätszone befindet sich direkt voraus«, grollte der Kronn an den Navigationskontrollen, und Dominik wusste, dass damit das Epizentrum eines Graken gemeint war. Er begriff auch, dass er im direkten Einflussbereich eines Graken in Gefahr geraten wäre. Was auch immer ihm Gelmr gezeigt hatte: Es musste *jetzt* geschehen, denn sonst war es zu spät.

Die Knochen des Kronn an den Kontrollen ordneten sich neu an, als Anzeigen aufblitzten. Ein dreidimensionales Bild entstand an der dunklen Wand, wie ein Fenster, das Blick nach draußen gewährte, und Dominik sah mehrere in Kampfanzüge gekleidete Gestalten – einige von ihnen trugen die Insignien der Ehernen Garde von Millennia. Sie hoben Waffen ...

Es donnerte, und der Transporter kippte abrupt zur Seite, begleitet von einem Schrillen, das wie ein Schrei klang. Eine unsichtbare Hand schien die Meisterin im Zugang des Gefangenenabteils zu packen und schleuderte sie an die Wand. Der Kronn umgab sich sofort mit einem Schutzfeld, prallte von der Wand ab und schickte Energie in seine Waffenbeutel.

Mehrere rote Annihilatorstrahlen zuckten durch ein Loch in der Außenhülle, trafen das Schutzfeld des Knochenwesens an einer Stelle und ließen es zusammenbrechen. Der Kronn platzte auseinander, und es klang nach berstendem Ultrastahl. Gardisten sprangen an Bord, und der erste von ihnen hatte plötzlich ein faustgroßes Loch in der Brust, als ihn ein Blitz aus der Waffe des Chtai traf. Eine halbe Sekunde später verwandelte sich das Kristallwesen in eine Splitterwolke, und das Gerät, das es in der Hand gehalten hatte, explodierte mit einem dumpfen Krachen.

Tako Karides stieß sich von der Wand ab, erreichte den Geeta und rammte den rechten Arm bis fast zur Schulter in die Blase. Seine Absicht schien darin zu bestehen, den Geeta zu packen und herauszuzerren, aber es kam zu einer Implosion, die das quecksilberartige Geschöpf auseinander riss. Übrig blieben brodelnde silbrige Lachen am Boden des Transporters.

Der zweite Kronn richtete seine Waffen auf Tako und eine der Gestalten, deren Kampfanzug keine Insignien der Ehernen Garde aufwies. Dominik hatte das Fesselfeld mit Iremia abgestreift, und ein mentaler Befehl in Fomion brachte ihn direkt vor den Kronn. Mit Crama griff er durch das Schutzfeld, packte die Knochen und zerrte sie auseinander. Der Kronn starb, bevor er von seinen Waffen Gebrauch machen konnte.

Dominik drehte sich um.

Die Gestalt ohne Insignien, ihr Gesicht hinter einem Datenvisier verborgen, trat zu der Meisterin im Gerüst, richtete einen Annihilator auf sie und sagte: »Es tut mir Leid, Neija. Es gibt keine Rettung für Sie. Dies beendet Ihren Schmerz.«

Sie drückte ab.

Dominik fühlte den Tod der Meisterin als kurzen, stechenden Schmerz, und mit ihm hörte das Zupfen an seinen Gedanken auf.

Die insignienlose Gestalt trat auf ihn zu und schob das Datenvisier beiseite. Zum Vorschein kam das blasse Gesicht einer Tal-Telassi mit grünblauen Augen.

»Wir bringen euch in Sicherheit«, sagte Katyma 9.

27

Tako Karides:
Alte Gräber

»Die Graken haben damit begonnen, Millennias Daten in großem Maßstab auszuwerten«, sagte Katyma. »Wir bereiten die
Vernichtung aller Archive vor.«

Mehrere Levitatorplattformen summten durch einen langen, dunklen Tunnel, der so steil in die Tiefe führte, dass er
zu Fuß nicht begehbar gewesen wäre. Soldaten der Ehernen
Garde blickten mithilfe ihrer Datenvisiere in die Finsternis
und hielten ihre Waffen bereit.

»Das ist schrecklich«, erwiderte Dominik, und Tako fand,
dass seine Stimme irgendwie anders klang. »Wir haben fünftausend Jahre gebraucht, um all jene Informationen zu sammeln.«

»Wir?«, fragte Katyma erstaunt.

Sie stand an den Kontrollen der Leviplattform, die in der
Mitte des Pulks flog, schob das Datenvisier beiseite und richtete einen sondierenden Blick auf Dominik. Tako hatte sie
vor zehn Jahren zum letzten Mal gesehen, und während dieser Zeit schien sie sich nicht verändert zu haben. Das wie Silber glänzende Haar fiel wie damals auf schmale Schultern,
und die grünblauen Augen erinnerten Tako erneut an die Farben des Meeres von Aquaria. Noch immer umgab eine Aura
aristokratischer Würde die Meisterin.

Dominik ging nicht auf die Frage ein und blickte durch die
vagen grauen Schlieren des niederenergetischen Ambiental-

felds, das alle Plattformen umgab und vor der Kälte schützte. »Wohin sind wir unterwegs?« Er wartete keine Antwort ab und fügte hinzu: »Ich verstehe. Die Zömeterien.«

Diesmal zeigte sich offenes Erstaunen im Gesicht der Tal-Telassi. »Woher weißt du davon? Nur die Meister und Großmeister haben davon Kenntnis.«

Dominik blickte noch immer in die Dunkelheit des Tunnels. Tako beobachtete ihn und sah in seinem Gesicht Züge, die ihm bisher nicht aufgefallen waren. Er gewann den Eindruck, dass unter dem ersten Gesicht ein zweites zum Vorschein kam.

»Ich ... erinnere mich an die alten Gräber, in denen seit Jahrtausenden unsere Vorfahren ruhen. Ich habe sie gesehen und berührt.«

»Du bist nie in den Zömeterien gewesen«, sagte Katyma. »Schüler haben dort keinen Zutritt, wissen nicht einmal davon.«

Dominik drehte langsam den Kopf und sah die würdevolle Tal-Telassi mit Augen an, die viel älter zu sein schienen als nur achtzehn Jahre. »Ich bin nie ein Schüler gewesen. Ich bin ...« Er zögerte, suchte nach einem Wort, einem Namen.

»Gefahr!«, ertönte die Stimme eines Gardisten auf der nächsten Plattform. Sie war nur ein leises Zischen, aber die anderen Soldaten der Ehernen Garde reagierten sofort und hoben ihre Waffen.

Tako blickte in die Finsternis des fast vertikalen Tunnels, und ein Gedankenbefehl rekonfigurierte die Nanosensoren und seine visuelle Wahrnehmung. Sofort bemerkte er Konturen weiter vorn: Eine Molochwurzel, schwarz wie die Leere zwischen den Sternen, blockierte einen Teil des Schachtes, entzog der Umgebung Wärmeenergie und bohrte sich tiefer in den Planeten.

Katyma wandte sich von Dominik ab. »Es darf zu keinem Kontakt kommen«, warnte sie die Gardisten. »Die Graken dürfen nichts von unserem Versteck erfahren.«

Takos Blick glitt über die anderen Leviplattformen, über

die Datenvisiere kampfbereiter Gardisten, über die Gesichter der zehn Schülerinnen. Er fragte sich kurz, was aus den Mädchen und jungen Frauen werden sollte: Vermutlich waren sie kontaminiert, und selbst wenn Katyma sie abschirmte und vor den Grakenträumen schützte: Ihr Schicksal war besiegelt.

Katyma deaktivierte das Ambientalfeld, und sofort schlug ihnen Kälte entgegen. Die Thermozellen in Takos Synthohaut wurden aktiv, um optimale Betriebstemperatur für das Mubek zu gewährleisten.

Die Leviplattformen wurden langsamer, und eine nach der anderen schwebte durch die nur wenige Meter breite Lücke zwischen Tunnelwand und Molochwurzel. Sie kamen dem schwarzen, metallisch glänzenden Strang so nahe, dass Tako mit ausgestreckter Hand in der Lage gewesen wäre, ihn zu berühren.

Kleine Öffnungen zeigten sich in den Tunnelwänden, und die Gardisten richteten ihre Waffen darauf, als sie die Wurzel ohne Zwischenfall passiert hatten und den Flug fortsetzten. Das Ambientalfeld wurde reaktiviert.

»Es ist kein gutes Zeichen, dass Molochwurzeln bis in diese Tiefe reichen«, sagte Katyma. »Wir können nur hoffen, dass die Graken diesen Schacht nicht als Zugangstunnel erkennen. Noch haben sie die Zömeterien nicht entdeckt.«

Tako stellte eine Frage, die ihn schon seit einer ganzen Weile beschäftigte. »Woher haben Sie gewusst, dass wir uns an Bord des Transporters befanden, Ehrenwerte?«

Es knackte in den Tunnelwänden, und eine weitere Öffnung bildete sich in der Mischung aus Felsgestein und Eis.

»Wir haben nichts von Ihnen gewusst«, erwiderte Katyma. »Es ging uns darum, die Schülerinnen zu befreien.«

Takos Blick kehrte zu den Mädchen und jungen Frauen zurück. In der Düsternis nahmen sie ihn nur als Schemen wahr, während er alle Einzelheiten ihrer Gesichter erkennen konnte. »Sie sind kontaminiert, nicht wahr?«

»Die Graken durften keine Gelegenheit erhalten, über sie auf das Tal-Telas zuzugreifen«, sagte Katyma und betätigte die **497**

Kontrollen der Levitationsplattform. Wie nachdenklich fügte sie hinzu: »Sie gehören zu uns und sollen die Zeit, die ihnen noch bleibt, in Freiheit verbringen.«

»Befinden sich viele Tal-Telassi in der Gewalt der Graken und ihrer Vitäen?«, fragte Tako.

»Einige von uns nahmen sich das Leben, bevor sie zu Sklavinnen der Graken werden konnten«, sagte Katyma ernst. Der Tunnel führte nicht mehr ganz so steil in die Tiefe und wurde enger. Die Leviplattformen gaben die Gefechtsformation auf und flogen nun hintereinander. »Andere bekamen keine Gelegenheit dazu. Neija gehörte zu ihnen. Zum Glück ist die Suche der Graken nach dem Tal-Telas bisher erfolglos geblieben.«

»In zwei Tagen ist alles vorbei«, sagte Dominik, der neben den Kontrollen an der vorderen Brüstung der Leviplattform stand und in die Finsternis des Tunnels starrte. Tako fragte sich, was er sah.

Katyma richtete einen Blick auf ihn, der so viel bedeutete wie: *Was ist mit dem Jungen geschehen?* Dann wandte sie sich an Dominik. »In zwei Tagen?«

»Es befinden sich einundsiebzig Graken auf Millennia«, sagte der junge Mann langsam und blickte weiterhin starr voraus. »Ihre Brut ist bereit, und der Sonnenzapfer ebenfalls. In zwei Tagen beginnt der Schwarmflug. Es wird der erste Superschwarm seit Beginn des Grakenkriegs vor mehr als elf Jahrhunderten sein.«

»Offenbar hast du Informationen, die mir fehlen«, erwiderte Katyma. »Was hat es mit dem Sonnenzapfer auf sich?«

Dominik erklärte es.

Die aristokratische Katyma schien noch ernster zu werden. »Zwei Tage ... Wir dachten, die massive Grakenpräsenz auf Millennia bezöge sich vor allem auf die Archive und den Ursprung des Tal-Telas.«

Tako beobachtete Dominik und hörte aufmerksam zu, als dieser sagte: »In zwei Tagen brechen einundsiebzig Graken und ihre Brut zum Schwarmflug auf, und der Zapfer wird genug Sonnentunnel öffnen, um Verbindungen zu fast allen Welten des Kernbereichs herzustellen. Es wird das Ende der Allianzen Freier Welten sein.«

»Wir versuchen seit Jahren, einen wirkungsvollen Widerstand zu organisieren«, sagte Katyma. »Bisher haben wir auf größere Aktionen verzichtet, um nicht die volle Aufmerksamkeit der Graken auf uns zu lenken. Wir versuchen, Schülerinnen und Meisterinnen zu befreien, wenn wir von ihrer Gefangennahme erfahren. Schwierigkeiten bereitet uns vor allem die Kommunikation, auch die telepathische. Manchmal bemerken die Graken unsere Aktivitäten im Tal-Telas. Wir wissen nicht genau, wie sie es anstellen, vielleicht mithilfe von Meisterinnen, die sie ihren Träumen hinzugefügt haben. Bei unseren Kontakten müssen wir sehr vorsichtig sein. Zwei Tage ...« Katyma schüttelte langsam den Kopf, während ihr Gesicht eine kühle aristokratische Maske blieb. »Ich bezweifle, ob sich in nur zwei Tagen eine Aktion vorbereiten lässt, die den Schwarmflug verhindern kann.«

»Ich werde ihn verhindern«, sagte Dominik.

»Du?«, fragte Katyma ungläubig.

Dominik hob seine violetten Hände. »Aber um den Flug des Superschwarms zu verhindern, muss ich zum Ursprung des Tal-Telas. Zara schützt ihn vor den Graken, nicht wahr? Wo ist sie?«

Der Tunnel führte jetzt fast waagerecht durch die Kruste des Planeten, und Tako sah, dass er weiter vorn an einer Barriere aus massivem Felsgestein endete. Er verschob seine visuelle Wahrnehmung in einen anderen Frequenzbereich, aber trotzdem fielen ihm keine Besonderheiten auf. Die vorderen Leviplattformen verharrten vor der Felswand, und die Soldaten der Ehernen Garde hielten erneut ihre Waffen bereit.

»Ich weiß nicht, wo sich Zara aufhält«, antwortete Katyma nach kurzem Zögern. »Sie hat jeden Versuch verboten, mit ihr Kontakt aufzunehmen.«

»Sind Sie trotzdem in der Lage, sich irgendwie mit ihr in **499**

Verbindung zu setzen?« Dominik sah Katyma an, und Tako beobachtete, wie es zu einer seltsamen Veränderung in ihrem Gesicht kam. Die grünblauen Augen wurden ein wenig größer, und die Lippen zitterten kurz. Für eine Sekunde glaubte er fast, einen Hauch von Ehrfurcht in den Zügen der Meisterin zu erkennen.

»Ja«, erwiderte Katyma. »Aber diese Möglichkeit ist nur für einen extremen Notfall vorgesehen. Das Zentrum des Tal-Telas darf nicht in Gefahr gebracht werden.«

»Dies *ist* ein extremer Notfall, Ehrenwerte«, sagte Dominik mit fester Stimme.

Tako beschränkte sich noch immer auf die Rolle des stummen Beobachters und sah, wie Katyma den Blick von Dominik abwandte und auf das Ende des Tunnels richtete. Sie schloss kurz die Augen, und ihre rechte Hand kam ein wenig in die Höhe.

Was wie massives Felsgestein aussah, löste sich auf, und dahinter erschienen zwei insektenartig wirkende Kampfdrohnen mit schussbereiten Annihilatorkanonen und Gravoschleudern. Ein Sondierungsstrahl zuckte über die Leviplattformen hinweg, und die beiden großen Maschinen aus Ultrastahl wichen beiseite.

Die Gardisten ließen ihre Waffen sinken, als die Leviplattformen an den Drohnen vorbeiflogen. Tako drehte den Kopf und sah, wie hinter ihnen – vor den beiden Kampfmaschinen, die ganz offensichtlich als Wächter fungierten – erneut eine Barriere aus Felsgestein entstand, die selbst für seine erweiterten Sinne vollkommen real wirkte.

Die vagen grauen Schlieren des Ambientalfelds verschwanden, und es wurde heller und wärmer. Vor den Plattformen erstreckte sich ein Höhlensystem, das natürlichen Ursprungs zu sein schien. Es bestand aus vielen einzelnen, unterschiedlich großen Kavernen, in denen säulenartige Gebilde Boden und Decke miteinander verbanden. Tako hielt sie zunächst für zusammengewachsene Stalaktiten und Stalagmiten, stellte dann aber mithilfe seiner Nanosensoren fest, dass sie aus besonders festem Felsgestein bestanden. Vielleicht waren hier einst die Wasser eines subplanetaren Stroms geflossen und hatten die weicheren Gesteinsschichten nach und nach fortgespült.

Künstliche Sonnen hingen unter den teilweise recht hohen Höhlendecken, und ihr ungleichmäßig verteiltes Licht ließ reichlich Platz für Schatten. Kleinere Kampfdrohnen flogen umher, auf der Suche nach Eindringlingen; einige von ihnen wirkten improvisiert, wie aus den Resten anderer, zerstörter Drohnen zusammengesetzt. In abgenutzte, teilweise notdürftig instand gesetzte Kampfanzüge gekleidete Soldaten der Ehernen Garde patrouillierten zu Fuß oder mit Leviplattformen. In den kleineren Höhlen bemerkte Tako automatische Fabrikationsmodule, deren Produktionsspektrum von synthetischer Nahrung bis hin zu Synthomasse-Fertigteilen reichte, aus denen die Gebäude in den größeren Kavernen bestanden. Sie schmiegten sich an die Felswände und Säulen, gingen an einigen Stellen ineinander über und türmten sich übereinander, wie Geschöpfe, die sich voller Furcht zusammendrängten. In ihnen wohnten nicht nur Menschen, sondern auch Angehörige anderer Völker, die meisten von ihnen Haitari, wie nicht anders zu erwarten.

In einer der Höhlen landeten die Levitationsplattformen vor einem größeren Gebäude aus Synthomasse, und Tako bemerkte einen kleinen Humanoiden, der ihnen aus den Schatten entgegeneilte. Der Haitari trug keinen Bionenanzug mehr, sondern einen sackartigen grauen Umhang, der jedoch deutlich seine Stammessymbole zeigte.

»Oh, ich bin froh, dass alles gut gegangen ist!«, sagte er und wandte sich an die zehn Schülerinnen, die von den Plattformen kletterten. »Kommt, Kinder«, fügte er hinzu und half dem jüngsten Mädchen von einer Plattform. »Ich kümmere mich um euch. Von jetzt an habt ihr nichts mehr zu befürchten.«

Sie sind kontaminiert, dachte Tako. *Es gibt keine Hoffnung für sie.* Zusammen mit Katyma und Dominik trat er von der Plattform herunter und sagte: »Marklin?«

Der kleine Humanoide hatte die Schülerinnen soeben fort-
führen wollen, zögerte jetzt aber und sah ihn an. Die großen
Augen im braunen, runzligen Gesicht veränderten die Farbe.
»Keil Karides?«, fragte er erstaunt.

»Inzwischen bin ich Lanze Karides, Sonderbeauftragter der
Allianzen Freier Welten. Ich stelle fest, dass Sie Ihrem Stamm
Yrek noch immer Ehre erweisen.«

Der Haitari deutete eine Verbeugung an, hob dann
den Kopf und musterte ihn. »Sie sind ... anders als damals,
Lanze.«

Tako blickte kurz an sich herab. »Zehn Jahre sind vergangen. Und viele Dinge haben sich verändert.«

»Dies ist eine Zeit der Trauer, Lanze«, sagte Marklin, und
seine Stimme klang fast so ernst wie die einer Tal-Telassi.
»Die Graken kommen immer näher. Es wird nicht mehr lange
dauern, bis sie ...« Er erinnerte sich an die Schülerinnen, und
seine Augen veränderten erneut die Farbe, als er sie ansah.
Gelbrotes Schimmern deutete auf Zuversicht hin. »Hier seid
ihr in Sicherheit, Kinder. Kommt, ich bringe euch zu Medikerin Jasmin. Dort bekommt ihr alles, was ihr braucht.«

Er warf Tako noch einen kurzen Blick zu und führte die
Schülerinnen fort.

»Ich möchte die Gräber sehen«, sagte Dominik.

Katyma schien kurz mit sich selbst zu ringen und berührte
dann einen Kontaktpunkt am Kragen ihres Kampfanzugs. Der
Helm erschlaffte und faltete sich im Nacken zusammen.
»Komm«, erwiderte sie schlicht.

Während Tako ihnen folgte, überlegte er kurz, warum sich
Myra schon seit einer ganzen Weile nicht mehr in ihm bemerkbar gemacht hatte. Er zweifelte nicht daran, dass das
Selbst der Großmeisterin noch immer in ihm weilte, aber eine
gewisse mentale Distanz schien ihn jetzt von ihr zu trennen.
War sie noch immer darauf konzentriert, ihn vor den Grakenträumen zu schützen?

Mehrere Gardisten kamen ihnen entgegen und grüßten
Katyma respektvoll, als sie sich einem schattigen Bereich der

Höhle näherten. Hier und dort, inmitten der anderen Personen, die in diesem Höhlensystem eine Zuflucht gefunden hatten, sah Tako weitere Meisterinnen. Sie alle wirkten müde und ausgezehrt, und er vermutete, dass sie die ganze Zeit über damit beschäftigt waren, das Refugium geistig abzuschirmen, um es vor der Entdeckung durch die Graken zu schützen.

Zwischen mehreren Synthomasse-Baracken zeigte sich ein schmaler Einschnitt in der Felswand. Ein kleiner chemischer Leuchtkörper war darüber befestigt, und sein Licht fiel auf Symbolgruppen zu beiden Seiten, bestehend aus jeweils fünf Zeichen.

»Kantaki-Symbole«, sagte Dominik.

Katyma richtete einen weiteren forschenden Blick auf ihn. »Du überraschst mich immer wieder. Kannst du mir eine Erklärung für dein erstaunliches Wissen geben?«

Dominik seufzte leise. »Bitte zeigen Sie mir die Gräber, Ehrenwerte. Es ist lange her, seit ich sie zum letzten Mal gesehen habe.«

Das veranlasste Katyma, die dünnen Brauen zu heben. »Seit du sie zum *letzten Mal* gesehen hast?«

Dominik seufzte erneut, ging an der Tal-Telassi vorbei durch den Einschnitt in der Felswand und trat die Stufen einer langen Treppe hinunter. In unregelmäßigen Abständen gab es Leuchtkörper an den Wänden, einige von ihnen chemischer Natur, andere mit nuklearen Batterien ausgestattet. Ein matter gelbweißer Schein ging von ihnen aus, fiel auf Stufen, die vor Jahrtausenden aus dem Fels geschlagen worden waren und deutliche Abnutzungserscheinungen zeigten. Als sie in die dunkle Tiefe schritten, Dominik einige Stufen vor Katyma und Tako, begannen die Leuchtkörper vor ihnen zu glühen, während die hinter ihnen erloschen. An einigen Stellen bemerkte Tako Wandmalereien, im Lauf von Jahrhunderten verblasst, und eine Szene veranlasste ihn, stehen zu bleiben. Katyma verharrte neben ihm.

Sein Blick galt einem schwarzen, asymmetrischen Koloss,

zusammengesetzt aus hunderten von einzelnen unterschiedlich geformten Segmenten. Er schwebte über etwas, das nach einer Stadt aussah.

»Ein Kantaki-Schiff«, sagte Tako leise. »Wie der Berg über der Terrassenstadt.« Er horchte in sich hinein, aber Myra schwieg noch immer.

»Was ist mit dem Jungen passiert?«, fragte Katyma leise. »Und mit Ihnen?«

»Haben Sie seine Hände gesehen?« Tako wandte den Blick nicht von dem Bild mit dem Kantaki-Koloss ab. Vorsichtig strich er mit den Fingern darüber, als könnte er durch die Synthohaut zusätzliche Informationen gewinnen.

»Ja. Wer ist er?«

»Ich glaube, das findet er gerade heraus.« Tako drehte den Kopf und beobachtete, wie Dominik den Weg nach unten fortsetzte. Licht und Dunkelheit begleiteten ihn, während er eine Stufe nach der anderen hinter sich brachte. Rechts neben der langen Treppe erstreckte sich leere Finsternis, vom Licht unerreicht.

»Wieso weiß er von Dingen, die eigentlich nur Meistern bekannt sein sollten, Lanze Karides? Und wie kommt es, dass Sie von den Kantaki wissen, die allgemein als Legende gelten?«

Während sie Dominik ins tiefe Zömeterium folgten, erzählte Tako mit knappen Worten von Myra 27, dem Grakenfragment in Dominik und der Veränderung des Jungen, der inzwischen zu einem Mann geworden war. Er berichtete davon, dass sie sich offenbar in der Endphase eines Jahrtausendplans befanden.

»Ich habe mindestens hundert Fragen ohne Antworten«, sagte Tako. »Aber ich vertraue Dominik.«

»*Er* hat Millennia an die Graken verraten?«, fragte Katyma, und Tako hörte die Vibration in ihrer Stimme.

»Nicht er, sondern das Grakenfragment in ihm«, sagte Tako.

»Wenn die Vitäen von diesem Versteck erfahren ... Wir

könnten es nur für kurze Zeit verteidigen. Der Feind ist zu stark. Unsere einzige Hoffnung liegt darin, verborgen zu bleiben.«

»Ich glaube, da irren Sie sich, Ehrenwerte«, sagte Tako. »Ihre – *unsere* – einzige Hoffnung liegt in Dominik.«

»Wie können Sie so sicher sein?«

Ich weiß es, flüsterte es in Tako.

»Myra weiß es.« *Myra?,* fragte er lautlos, doch es herrschte wieder mentale Stille.

Tako blickte über das Geländer hinweg, das hauptsächlich aus Felsgestein bestand und an einigen Stellen mit Synthomasse verstärkt worden war. Seltsame Konturen offenbarten sich ihm in der Finsternis, massiv gewordenes Schwarz, das immerzu Struktur und Textur zu verändern schien. Einige Dutzend Meter weiter unten endete die Treppe vor einer ersten Höhle; Dominik hatte sie bereits betreten.

»Wir dachten, die Insurgentin Myra hätte vorschnell gehandelt, als sie sich mit einem falschen Traum auf den Weg nach Kabäa machte. Aber wenn stimmt, was Sie sagen, Lanze Karides, wenn es wirklich einen Plan gibt, der über ein ganzes Jahrtausend reicht ...«

»Norene hat mehrmals betont, dass es keinen falschen Traum gibt«, entgegnete Tako. Er überlegte, ob er Katyma auf Norenes Tod hinweisen sollte, entschied sich aber dagegen. Es musste ihr schwer genug fallen, sich mit der Tatsache abzufinden, dass Dominik – gegen seinen Willen – Millennia verraten hatte. Vielleicht wäre es zu viel für sie gewesen, zu erfahren, dass er außerdem eine Großmeisterin umgebracht hatte.

»Norene ist eine große Verweigerin, ebenso wie Zara«, sagte Katyma. »Wenn es nach ihr ginge, bliebe das Meta den Tal-Telassi für immer verschlossen. Es hat viele, viele Jahre gedauert, bis eine von uns zur Großmeisterin wurde. Wir dachten ...« Die Tal-Telassi sprach nicht weiter.

»Woraus besteht der Plan?«, fragte Tako.

»Ich weiß es nicht, Lanze Karides.«

Tako blieb erneut stehen, nur wenige Stufen vor dem Ende der Treppe und dem Höhleneingang. »Ich glaube, Sie sollten besser Schluss machen mit der Geheimniskrämerei, Ehrenwerte.«

»Ich weiß es wirklich nicht«, sagte Katyma. »Myra zählte zu den Insurgenten, und außerdem war sie sehr eigensinnig. Sie handelte aus eigener Initiative. Nicht einmal Teora 14 wusste, was sie vorhatte.« Die Tal-Telassi war ebenfalls stehen geblieben und sah Tako an. »Wenn ich mit ihr sprechen könnte ... Erlauben Sie mir, in Ihr Bewusstsein einzudringen?«

Er zögerte kurz. »Ja. Versuchen Sie, einen Kontakt herzustellen. Aber mehr nicht«, fügte er hinzu.

»Die Maximen der Tal-Telassi ...«

»In dieser Hinsicht habe ich schlechte Erfahrungen gemacht, Ehrenwerte.«

»Ja, ich erinnere mich«, sagte Katyma erstaunlich sanft. »Ich versichere Ihnen, dass ich Ihr Selbst respektiere.«

Sie sah ihn an, und Tako beobachtete, wie sich ihr Blick veränderte. Er versuchte, nicht an Dominik und Norene zu denken, als er spürte, wie ihn etwas in seinem Innern berührte, nicht weit von der Stelle entfernt, an der Myras mentale Stimme erklungen war. Das Bild vor seinen Augen verschwamm kurz, und für einen Sekundenbruchteil war sogar seine erweiterte Wahrnehmung gestört, als hätte sich etwas zwischen seine Sinne und die externe Welt geschoben.

»Sie ist tatsächlich in Ihnen«, sagte Katyma. »Aber sie reagiert nicht auf meine Kontaktversuche. Andere Dinge nehmen ihre Aufmerksamkeit in Anspruch.«

Tako erinnerte sich an etwas. »Sie sprach von der Zeit der Schande. Was bedeutet das?«

»Die Zeit der Schande«, wiederholte Katyma und schien dem Klang der Worte zu lauschen. »Ich kann Ihnen leider keine Auskunft geben, Lanze Karides. Nein«, fuhr sie fort, als Tako zu einer scharfen Antwort ansetzte, »es geht nicht darum, dass ich Ihnen irgendetwas vorenthalten möchte. Über gewisse Dinge wissen nur die Großmeisterinnen Bescheid.«

»Aber als Myra Großmeisterin wurde ... Hat sie jene Geheimnisse nie mit Ihnen geteilt?«

»Weder mit mir noch mit Teora oder den anderen Insurgenten. Was auch immer sie in Erfahrung brachte: Es muss so wichtig gewesen sein, dass selbst sie Geheimhaltung für notwendig hielt. Obwohl sie mehr als alle anderen für drastische Reformen unseres Ordens eintrat.«

Katyma trat die letzten Stufen hinunter, und Tako folgte ihr in die Höhle.

Tako sah eine lange, breite Galerie, die sich zur rechten Seite hin öffnete: Dort erstreckte sich Dunkelheit, gefüllt von Schatten, die Substanz hatten und sich veränderten, sobald er den Blick auf sie richtete. Links ragte eine glatte Felswand fast zehn Meter weit in die Höhe. Dominik stand dort, im matten Licht von nuklear betriebenen Lampen. Er blickte an der Wand empor, zu den in Nischen ruhenden sarkophagartigen Behältern. Einige von ihnen hatten transparente Seitenflächen, durch die man die mumifizierten Toten sehen konnte. Es handelte sich ausnahmslos um Menschen, wie Tako feststellte.

Ein sonderbares Lächeln lag auf Dominiks Lippen, und er hob die violetten Hände, als wollte er die Toten umarmen. »Es ist lange, lange her«, sagte er und ging langsam an der Wand entlang.

»Was ist dies für ein Ort?«, fragte Tako. »Wer sind die Toten?«

»Ich verstoße gegen die Regeln«, erwiderte Katyma. »Selbst Schülern ist das Betreten der Zömeterien verboten, und Sie sind nicht einmal ein Mitglied des Ordens, Lanze Karides.«

»Unter den gegebenen Umständen haben all jene Regeln ihre Bedeutung verloren, Ehrenwerte. Es geht ums Überleben. Der Rest spielt kaum mehr eine Rolle.«

»Glauben Sie? Ist das Überleben so wichtig, dass man ihm alles opfern darf?«

Tako hielt die Frage für rhetorisch und wartete.

»Sie sehen hier die Anfänge, Lanze Karides«, sagte Katyma und ging mit langsamen Schritten an der Wand entlang. Tako folgte ihr und ließ den Blick über die Mumien in den Särgen schweifen. »Die ältesten Toten ruhen seit mehr als achttausend Jahren hier, seit der Zeit der ersten Großen Lücke.«

»Dominik sprach von ›Vorfahren‹«, sagte Tako. »Aber diese Leute können keine Tal-Telassi gewesen sein, oder?« Er zeigte nach oben. »Das dort ist der mumifizierte Leichnam eines Mannes, und Ihr Orden besteht ausschließlich aus Frauen.«

Das Licht nuklearer Lampen begleitete Dominik, als er durch die Galerie ging und gelegentlich die Hand hob, um einen der Särge zu berühren. Die Nanosensoren in der Synthohaut vermittelten Tako verwirrende Eindrücke: Das schwarze Etwas in der Finsternis auf der rechten Seite schien auf Dominik zu reagieren; die Schatten verdichteten sich so, als wären sie mit den Bewegungen des jungen Mannes verbunden.

»Was ich Ihnen jetzt sage, blieb bisher allein auf unseren Orden beschränkt, Lanze Karides«, sagte Katyma mit feierlichem Ernst. »Dies sind tatsächlich unsere Vorfahren, auch wenn sich die Männer und Frauen damals noch nicht Tal-Telassi nannten.« Sie deutete auf einen Sarkophag, in dem die sterblichen Reste einer Frau ruhten. Der Leichnam war erstaunlich gut erhalten, besser als die anderen. Das Gesicht der Mumie hatte etwas Aristokratisches, und Tako fragte sich, ob er eine ferne Verwandte Katymas sah.

»Diese Frau trug den Namen Diamant und war Pilotin der Kantaki.« Katymas Finger strichen über die zu Fünfer-Gruppen angeordneten Symbole unter der Scheibe des Sarkophags. »Neben ihr liegt Esmeralda. Sie wurden Jahrtausende alt, ohne sich zu klonen, denn sie verbrachten einen großen Teil ihrer Zeit außerhalb des Zeitstroms.« Die Tal-Telassi vollführte eine Geste, die der gesamten Galerie galt. »Dies ist eins von siebzehn Zömeterien auf Millennia, und in ihnen ruhen ausschließlich Kantaki-Piloten. Vor gut achttausend Jahren flohen sie vor einer Katastrophe und versteckten sich auf Millennia, bevor hier eine Eiszeit begann, die den größten Teil des Planeten mit einem kalten weißen Panzer umgab.«

»Piloten der Kantaki ...«, murmelte Tako und blickte an der

Wand entlang. »Wie viele kamen hierher? Vor welcher Katastrophe flohen sie? Und warum waren es ausschließlich Menschen?«

»Es tut mir Leid, aber auch diesmal sehe ich mich außerstande, alle Ihre Fragen zu beantworten, Lanze Karides«, sagte Katyma. Sie setzte sich wieder in Bewegung und folgte Dominik, der inzwischen einige Dutzend Meter entfernt war. Tako blieb an ihrer Seite. »Wir wissen nicht, vor welcher Katastrophe die Kantaki-Piloten damals Zuflucht auf Millennia suchten, und uns ist auch nicht bekannt, warum es ausnahmslos Menschen waren, obgleich auch die Angehörigen anderer Völker als Piloten in die Dienste der Kantaki traten. Aber wir wissen, wie viele kamen: insgesamt dreitausendzweihundertzwölf, in insgesamt sechs Flüchtlingswellen. Sie alle blieben auf Millennia und starben, bevor es möglich wurde, den Bewusstseinsinhalt mitsamt aller Erinnerungen auf bionische Klone zu übertragen. Die ersten von ihnen brachten damals das Zentrum des Tal-Telas mit, und eine ihrer Nachkommen gründete dreitausend Jahre später, fünf Jahrtausende vor unserer Zeit, den Orden der Tal-Telassi.«

»Ahelia«, sagte Tako.

Katyma nickte. »Was auch immer damals geschah, was auch immer die Kantaki-Piloten veranlasste, nach Millennia zu fliehen: Das Wissen darum verschwand in der Ersten Großen Lücke.«

Tako fühlte erneut den Blick der Meisterin. »Nur die Meisterinnen und Großmeisterinnen kennen diese Geschichte. Und jetzt auch Sie. Nicht einmal unsere Archive enthalten entsprechende Informationen.«

»Danke für Ihr Vertrauen«, sagte Tako und fragte sich, ob Katyma ihm traute oder Myra. »Gehe ich recht in der Annahme, dass Ihre Vorfahren nicht nur das Tal-Telas mitbrachten?« Er sah zur rechten Seite, in die Finsternis.

Katymas Kampfanzug knisterte leise, als sie zur Brüstung ging und beide Hände hob. »Sie irren sich nicht«, erwiderte die Meisterin.

Weit oben an der Decke der Höhle, die das Zömeterium enthielt, glühten größere Leuchtkörper. Einige von ihnen lösten sich vom Felsgestein und schwebten tiefer, getragen von Levitatorkissen. In ihrem Licht erschien ein schwarzer, asymmetrischer Gigant, zusammengesetzt aus zahlreichen unterschiedlich geformten Komponenten.

»Ein Kantaki-Schiff«, sagte Tako beeindruckt. Ganz gleich, in welchen Frequenzbereich er seine visuelle Wahrnehmung verschob: Es kam zu perspektivischen Verzerrungen, sobald er den Blick auf eine Komponente fixierte. »Ist es funktionstüchtig?«

»Es schläft.«

»Es schläft? Wie kann ein Raumschiff schlafen?« Tako stützte sich an der Brüstung ab und blickte in etwas, das einst, vor Jahrtausenden, eine Art Hangar gewesen sein mochte.

»Die Flüchtlinge brachten das Schiff damals ohne seinen Eigner und ohne die Besatzung hierher. Nach der Landung reagierte es nicht mehr auf Versuche, es zu starten.« Ein flüchtiges, emotionsloses Lächeln huschte über Katymas Lippen. »Das ist unsere heutige Interpretation. Es wäre durchaus denkbar, dass nach dem Tod der damaligen Piloten ihre Nachkommen nicht mehr in der Lage waren, mit den Bordsystemen des Kantaki-Schiffes umzugehen. Es existiert nur zu einem Teil in unserer Raum-Zeit. Der größte Teil davon befindet sich außerhalb des Zeitstroms in einer Hyperdimension. Um die in seinem Innern schlummernde Energie zu nutzen, sind die besonderen Fähigkeiten eines Kantaki-Piloten erforderlich. Niemand von uns Tal-Telassi weiß, worauf es dabei ankommt.«

Ein rhythmisches Pfeifen störte plötzlich die Stille des Zömeteriums. Tako richtete einen fragenden Blick auf Katyma.

»Die Graken haben unser Versteck entdeckt«, sagte sie und lief los.

Dominik: Rückkehr

28. Februar 1124 ÄdeF

Dem Pfeifen des Alarms folgte ein Rumpeln, dann ein dumpfes Grollen. Der Boden erzitterte, und es knirschte in der Felswand mit den vielen Särgen.

Dominik fühlte sich wie in einem Traum. Das aktuelle Geschehen um ihn herum schien weniger Bedeutung zu haben als die vielen Erinnerungen, die von einem anderen Leben erzählten, das Jahrtausende alt war und einer Person gehörte, die sich ihm während der vergangenen Tage und Stunden immer mehr geöffnet hatte – bis zu der Erkenntnis, dass er selbst und jene Person miteinander identisch waren. Der Name fehlte noch, der letzte Schritt, der endgültig zur neuen – beziehungsweise alten – Identität führte.

Ein Donnern kam von oben über die lange Treppe, hallte durch das Zömeterium und die Kaverne mit dem alten Kantaki-Schiff. Dominik erinnerte sich jetzt daran, als Kind an Bord des schwarzen Riesen gewesen zu sein, nicht als Junge, sondern als Mädchen, damals, als es noch keine Tal-Telassi gegeben hatte. Schon zu jener Zeit war die Gabe so stark gewesen, dass sie nicht nur die Fingerkuppen violett verfärbt hatte, sondern die ganzen Hände.

Dominik blickte darauf hinab, auf die violetten Hände eines jungen Mannes, nicht die einer Frau, die er so oft gewesen war. Wieder erzitterte der Boden unter seinen Füßen, aber jene Erschütterungen waren weitaus weniger wichtig als die in seinem Innern, als das Zittern, mit dem sich das wahre Ich nach langem Schlaf reckte und streckte.

Der Mann mit der Narbe eilte auf ihn zu. »Komm, Dominik!«, rief er. »Die Graken haben das Versteck der Tal-Telassi gefunden. Kronn greifen an. Wir müssen fort von hier.«

Dominik betrachtete die Muster in Gelmr – eins von ihnen wies deutlich auf den Angriff hin. Er fragte sich kurz, ob es besser gewesen wäre, Katyma und die anderen darauf hinzuweisen. Nein, vermutlich nicht. Die Aktion der Kronn war Teil einer Ereigniskette, die in die richtige Richtung führte, und Veränderungen in diesem kausalen Strang mochten zu Komplikationen führen. Dominik begriff, dass er gewissen Geschehnissen ihren Lauf lassen musste, wenn er weiterhin hoffen wollte, den Flug des Superschwarms zu verhindern. Leben gingen verloren, und jedes einzelne von ihnen war ein unersetzlicher Verlust, aber das größere Muster der Kausalität verlangte diese Opfer.

Tako Karides griff nach seinem Arm und wollte ihn mit sich ziehen.

»Die Flucht nach oben hat keinen Sinn«, sagte Dominik. »Katyma wird gleich zurückkehren, zusammen mit den anderen.«

Der Mann mit der Narbe verharrte unschlüssig.

Wieder donnerte es, lauter als zuvor, und es folgte eine so heftige Erschütterung, dass ein haarfeiner Riss im Fenster des Sarkophags direkt neben Dominik entstand. Er strich mit der Fingerkuppe darüber hinweg. »Dies habe ich gesehen, vor fünftausend Jahren. Diesen Riss hier.«

Tako starrte ihn groß an, während weit oben, am Ende der langen Treppe, erste Stimmen erklangen.

»Vor fünf Jahrtausenden habe ich Dinge gesehen, die die Ruhe unserer Ahnen stören würden«, fügte Dominik hinzu. »Damals habe ich die Umstände nicht verstanden, und ich wusste auch nichts vom Situationskontext. Jetzt ist alles viel klarer.«

Er begriff auch, dass es nicht nur darum ging, den Flug

des Superschwarms zu verhindern. Ihn erwartete auch noch eine andere Aufgabe.

Katyma 9 kehrte mit wehendem silbrigen Haar zurück, und ihr Gesicht blieb eine emotionslose Maske, als sie sprach. Dominik hörte ihre Worte, während er dachte: *Damals hielt ich den Weg ohne Gefühl für den richtigen. Gefühle können hinderlich sein, aber sie sind Teil unseres Wesens. Ohne sie sind wir nicht komplett. Auch dies muss sich ändern. Die Tal-Telassi müssen einen neuen Weg beschreiten. Es wird höchste Zeit.*

Katyma sprach noch immer, aber Dominik schenkte ihr keine Beachtung mehr. Er kannte das nächste Glied in der Ereigniskette und wusste, dass ihm noch ein wenig Zeit blieb, einige Sekunden – Zeit genug, um an Loana zu denken.

Trauer erfüllte ihn, obgleich sein Leben als Dominik immer mehr in den Hintergrund rückte, denn es war winzig im Vergleich mit den anderen Leben, die er geführt hatte. Etwas ganz Besonderes hatte ihn mit Loa verbunden, etwas Einzigartiges und Kostbares. Er bedauerte zutiefst, dieses Leben nicht mit ihr teilen zu können, und die Gewissheit, ihr nie mehr in die Augen zu blicken, nie wieder ihr Lächeln zu sehen und nie wieder ihren Körper zu fühlen, verdoppelte das Gewicht der Trauer. Noch einmal betrachtete er die Muster in Gelmr und hielt in ihnen nach einer anderen Möglichkeit Ausschau, nach einer Alternative, obgleich er wusste, dass es keine gab. Die siebte Stufe des Tal-Telas bestätigte ihm: Er würde Millennia nicht wieder verlassen; sein persönlicher Weg, vierundzwanzig Leben lang, endete hier, unter den Eisschilden eines Planeten, auf dem vor acht Jahrtausenden menschliche Kantaki-Piloten Zuflucht gesucht hatten.

Der Name, der seine wahre, größere Identität beschrieb, rückte fast in Reichweite. Es widerstrebte ihm plötzlich, danach zu greifen, denn er wusste: Wenn dieser Name sich ihm offenbarte, hörte er auf, Dominik zu sein.

»Weisen Sie die Gardisten an, die Zugänge zu diesem Zömeterium zu sprengen, sobald alle Flüchtlinge hier sind«, wandte er sich an Katyma.

Schülerinnen der Tal-Telassi erreichten die Galerie, begleitet von mehreren Lehrerinnen – Dominik erkannte zwei Mädchen aus dem Transporter wieder. Es folgten einige Haitari, die nicht versuchten, ihre Emotionen unter Kontrolle zu halten. In ihren Gesichtern wetteiferten Entsetzen und Angst miteinander.

Explosionen krachten, und Dominik glaubte, das wie zornig klingende Fauchen von Annihilatoren zu hören. Weitere Flüchtlinge kamen, unter ihnen eine zweite Meisterin. Dominik erkannte sie sofort wieder: Teora 14, Oberhaupt der Insurgenten, das bläuliche Haar wie vor zehn Jahren zu einem Zopf geflochten. Sie trug ebenfalls einen Kampfanzug, der genauso abgenutzt wirkte wie der von Katyma.

»Wenn wir die Zugänge sprengen, sitzen wir hier unten fest«, sagte Katyma. »Es gibt keine anderen Ausgänge.«

Diese Meisterinnen glauben, alt und erfahren zu sein, dachte Dominik. *Aber im Vergleich zu mir sind sie kaum mehr als Kinder.*

»Die Sprengung gibt uns Zeit genug, ins Schiff zu gelangen«, sagte er.

Katymas Blick glitt kurz zu dem schwarzen Riesen. »Ins Kantaki-Schiff? Seit damals hat sich keine Öffnung mehr in ihm gebildet. Seit fast achttausend Jahren ist niemand mehr an Bord gewesen.«

Irrtum, dachte Dominik. *Ich bin vor fünftausend Jahren an Bord gewesen. Und ich habe damals seine Stimme gehört. Vielleicht ist das Schiff bereit, für mich zu erwachen.*

»Es wird uns Sicherheit bieten«, sagte er. »Lassen Sie die Zugänge sprengen, Ehrenwerte.«

Katyma und Teora wechselten einen Blick, und Dominik spürte ihren kurzen Kontakt in Delm. Er hätte sich nur ein wenig konzentrieren müssen, um ihrem mentalen Dialog zu folgen. Die unteren Stufen des Tal-Telas waren inzwischen so leicht. Während sich seine wahre Identität in ihm entfaltete und er wieder zu der Person wurde, die er einst gewesen war, wuchs seine Kraft immer mehr. Selbst die hohen Stufen ließen sich mit weitaus weniger Mühe erreichen als noch vor wenigen Stunden. Wenn diese Entwicklung andauerte ... Inzwischen reichten seine forschenden Gedanken bis Jomia und stießen dort nicht auf die erwartete Grenze. Gab es eine elfte Stufe des Tal-Telas? Zara und Norene hatten sie bei ihrem telepathischen Gespräch erwähnt.

Dominik schob die Trauer um Loana endgültig beiseite und tröstete sich mit dem Gedanken, dass er bald Antworten auf einige seiner wichtigsten Fragen bekommen würde.

Ein wenig überrascht stellte er fest, dass er sich bereits umgedreht und in Bewegung gesetzt hatte – mehrere Dutzend aus den weiter oben gelegenen Höhlen geflohene Personen folgten ihm durch die Galerie und starrten mit großen Augen auf die mumifizierten Toten. Tako Karides folgte ihm ebenfalls, während er versuchte, Teoras Fragen zu beantworten. *Gib gut auf ihn Acht,* flüsterte es in Dominiks Tiefen. *Wir brauchen ihn.*

Das Krachen und Donnern von Explosionen dauerte an. Als Dominik und seine Schar aus Flüchtlingen die Treppe am Ende der Galerie erreichten, erhellte ein jäher Blitz die große Kaverne mit dem schwarzen Kantaki-Koloss, der sich wie ein eingefangener Berg in der großen Höhle erhob. Das gleißende Licht verschwand sofort wieder, wie verscheucht von einem Grollen, so laut, dass es in den Ohren schmerzte. Dominik wartete, bis die heftigen Erschütterungen nachließen, eilte dann die schmale Treppe hinunter. Den hinter ihm erklingenden Stimmen schenkte er keine Beachtung, vergewisserte sich nur, dass Tako in seiner Nähe blieb.

Felsbrocken lösten sich aus der hohen Kavernendecke und stürzten in die Tiefe, ohne das alte Kantaki-Schiff zu berühren. Etwas schob sie beiseite, wenn sie den schwarzen Segmenten zu nahe kamen, vielleicht eine Art Schirmfeld. Ein großer Felsen verfehlte die Treppe nur knapp, prallte weiter unten auf den Boden und zerbarst.

Katyma erschien an Dominiks Seite, als er das Ende der Treppe erreichte und sich dem schwarzen Riesen näherte.

»Die Zugänge sind gesprengt«, sagte die Meisterin. »Aber es dauert sicher nicht lange, bis die Kronn hierher gelangen.«

Dominik blickte kurz zurück.

Etwa hundert Personen befanden sich in der langen Galerie mit den Sarkophagen, fast ebenso viele Haitari wie Tal-Telassi und ihre Schülerinnen. Aber er schätzte, dass in den Gebäuden der Höhlenzuflucht mindestens dreimal so viele Personen gewohnt hatten.

Einige der auf Levitatorkissen schwebenden Leuchtkörper waren von herabfallenden Felsen getroffen worden, und ihre glühenden Reste lagen auf dem Boden. Andere schwebten noch immer über und neben dem schwarzen Riesen, doch ihr Licht genügte nicht, um die ganze Kaverne zu erhellen. Schatten füllten einen großen Teil der Höhle und schienen bestrebt zu sein, das Kantaki-Schiff einzuhüllen, es vor den Blicken der Flüchtlinge zu verbergen.

Dominik blieb stehen, als er Widerstand spürte – eine energetische Barriere befand sich vor ihm.

»Zwei Meisterinnen sind oben zurückgeblieben«, sagte Teora. Sie und Tako traten zu Katyma und Dominik. Hinter ihnen drängten sich die Flüchtlinge zusammen und blickten an dem Kantaki-Koloss empor. »Sie versuchen, die Kronn aufzuhalten.«

Zwei weitere Opfer, dachte Dominik. *Dies muss endlich aufhören.*

Die Stimmen hinter ihm wichen zurück und wurden zu einem bedeutungslosen Flüstern in der Ferne, als er sich auf die Kraft des Tal-Telas konzentrierte und fühlte, wie sie ihn durchströmte, mit einer Intensität wie nie zuvor. Das Fenster zu Iremia schien von ganz allein aufzuschwingen, ohne die geringste Mühe, und die neunte Stufe zeigte ihm deutlich die Struktur des Schirmfelds, das ihn und die anderen vom Kantaki-Schiff trennte. Es war mehr als eine gewöhnliche energetische Barriere, denn es trennte die vierdimensionale Raum-Zeit von der Hyperdimension abseits des normalen Zeitstroms, in der die Kantaki einst existiert hatten und in der dieses riesige Schiff noch immer existierte. Es fiel Dominik nicht weiter schwer, in Iremia die Struktur des Schirmfelds so zu verändern, dass eine Lücke darin entstand, lange genug, um ihn und die anderen passieren zu lassen.

Auf der anderen Seite der Barriere nahm er etwas wahr, das wie das Seufzen des Winds in hohen Baumwipfeln klang, und er begriff, dass es sich um den Teil des »Meta« handelte, der es den Piloten erlaubt hatte, die Schiffe der Kantaki mit einem Vielfachen der Lichtgeschwindigkeit durch den Transraum zu steuern. Dominik hatte es auch damals gespürt, als er/sie an Bord des Schiffes gewesen war, ohne zu jenem Zeitpunkt zu wissen, worum es sich handelte: die andere Kraft des Tal-Telas.

Weit oben blitzte es auf, als ein Energiestrahl das Schirmfeld traf. Flackernde Lichtfäden tasteten über die Barriere, die den schwarzen Koloss vom Rest des Universums trennte, erloschen dann wieder.

»Die ersten Kronn sind da«, sagte Tako Karides und blickte nach oben. Dominik wusste, dass ihm die Nanosensoren in der Synthohaut eine wesentlich bessere Wahrnehmung ermöglichten.

Er trat unter den schwarzen Berg, der einige Meter über dem Boden der Kaverne schwebte, seit achttausend Jahren. Seine Energie hätte ausgereicht, ihn noch viele Jahrtausende oder sogar Jahrmillionen schweben zu lassen. Sie schlummerte in ihm, wie die Seele des Schiffes, und einige Sekunden lang lauschte Dominik ihrem Raunen, dem energetischen Flüstern des schlafenden Riesen. Diese besondere Stimme war nur ein wenig leiser als damals.

Weitere Energiestrahlen trafen das Schirmfeld, und wieder tasteten flackernder Finger aus Licht umher. Doch diesmal erloschen sie nicht. Es entstanden Verbindungen zwischen ihnen, und sie dehnten sich aus, bis die ganze Barriere einen perlmuttartigen Glanz bekam. Dominik versuchte zu erkennen, was auf der anderen Seite geschah, aber selbst in Berm blieb ihm ein Blick durch das Schirmfeld hindurch verwehrt, und er wagte es nicht, in Iremia eine neue Strukturlücke darin entstehen zu lassen.

»Kannst du etwas sehen?«, fragte er den Mann mit der Narbe.

Tako Karides schüttelte den Kopf.

Dominik blickte wieder nach oben, und sein gedanklicher Befehl genügte, um eine Öffnung in einem zylinderförmigen Segment des Schiffes entstehen zu lassen. Ein sanftes Zerren erfasste ihn, hob ihn an, und kurz darauf stand er in einem Raum, dessen Wände sich ihm entgegenzuwölben schienen, als wollten sie ihn begrüßen.

Er beugte sich vor, sah nach unten und blickte in verblüffte Gesichter. Nur Tako hatte bereits reagiert und sich ebenfalls von dem Levitationsfeld erfassen lassen. »Es ist alles in Ordnung!«, rief Dominik. »Das Schiff nimmt uns auf!«

Katyma und Teora schwebten empor, und in ihren blassen Gesichtern zeigte sich so etwas wie Ehrfurcht. Zwei Haitari folgten, das flammende Rot ihrer großen Augen zeugten von ihrer Aufregung.

Dominik drehte sich um, und dort, wo eben noch eine massive schwarze Wand gewesen war, erstreckte sich ein langer Korridor wie eine leere Vene durch den Leib des Schiffes. »Blicken Sie zu Boden oder schließen Sie die Augen, wenn Sie die perspektivischen Verzerrungen nicht ertragen«, wandte er sich an Katyma und Teora. »Bitte geben Sie diesen Hinweis weiter.«

Er wartete keine Antwort ab und ging los, schritt durch den langen Korridor, der sich vor ihm wand.

Hinter ihm erklang Teoras Stimme. »Wieso nehmen wir Anweisungen von ihm entgegen?«

»Das scheint derzeit das Vernünftigste zu sein, oder?«, erwiderte Katyma. »Bitte bleiben Sie hier, um diesen Leuten zu helfen.« Mit langen Schritten schloss sie zu Dominik und Tako Karides auf. »Wie lange kann uns dieses Schiff Sicherheit gewähren?«

»Lange genug«, antwortete Dominik und bemerkte die Veränderungen in ihrem Gesicht, als der Boden unter ihren Füßen den Eindruck erweckte, zu einer Wand und dann zur Decke zu werden. »Schließen Sie die Augen und orientieren Sie sich in Alma und Berm.«

Katyma beherzigte seinen Rat, und ihre Züge glätteten sich wieder. »Die Kronn werden alles daransetzen, das Schirmfeld zu durchdringen. Früher oder später wird es ihnen gelingen. Sie können praktisch beliebig Verstärkung heranführen.«

»Wie gut sind Sie und die anderen Meisterinnen in Fomion?«, fragte Dominik und wich einem fünfeckigen Keil aus, der weit in den Gang ragte. Dahinter knickte der Korridor nach links ab, wurde breiter und führte nach oben. Licht kam aus Schlitzen in Wänden und Decke, ging manchmal auch von fünfeckigen Säulen aus, die hieroglyphenartige Kantaki-Symbole trugen. Dominik glaubte fast zu verstehen, was sie bedeuteten. Es war wie mit dem Namen, der seine wahre, ganze Identität beschrieb: Er hätte nur seine volle Aufmerksamkeit darauf konzentrieren müssen, um ihn zu erfahren.

»Für mich ist Fomion sehr anstrengend«, antwortete Katyma. »Teora und den anderen Meisterinnen fällt die sechste Stufe etwas leichter.«

Dominik betrat einen Raum, der seltsam organisch wirkte, und wartete, bis sich Teora mit den übrigen Flüchtlingen näherte. Dann wählte er den Gang auf der linken Seite, der kurz darauf in einen großen Saal mit fünfzig oder sechzig Meter hohen Aggregaten führte. Er ließ sich allein von seinem Gefühl leiten, und etwas sagte ihm, dass er den richtigen Weg nahm. Es war jetzt nicht mehr weit.

»Wie viele Meisterinnen sind hier?«, fragte er.

»Außer Teora und mir noch vier andere.«

»Nur sechs ...«, sagte Dominik leise und eilte an schwarzen Maschinenblöcken vorbei. Ein dumpfes, kaum hörbares Summen lag in der Luft. »Es wird eine Weile dauern, aber wir haben Zeit genug. Das Schirmfeld wird lange genug standhalten.«

»Wenn die einundsiebzig Graken auf Millennia ihr ganzes Potenzial nutzen und schwere Waffen einsetzen ...«

»Sie sind mit den Vorbereitungen für den Aufbruch des Superschwarms beschäftigt«, sagte Dominik. Seine Schritte wurden immer länger, als sie den Aggregatsaal verließen und durch weitere Korridore gingen, die nie gerade verliefen. Einmal blieb er kurz stehen und blickte in eine dunkle, fünfeckige Öffnung auf der linken Seite. »Dort geht es zum privaten Bereich des Eigners. Nicht einmal Akuhaschi waren dort zugelassen.«

»Akuhaschi?«, wiederholte Katyma verwundert.

»Bedienstete der Kantaki. Die Besatzungen vieler Kantaki-Schiffe bestanden hauptsächlich aus Akuhaschi.« Dominik eilte weiter, durch einen Korridor, der den falschen Eindruck erweckte, steil nach oben zu führen. »Wir sind gleich da. Wenn alle Flüchtlinge den Pilotendom erreicht haben, sollten Sie damit beginnen, sie mit Fomion-Sprüngen zu einem sicheren Ort zu bringen. Und gestatten Sie mir einen Kontakt mit Zara. Ich muss zum Tal-Telas.«

»Ich kann nur jeweils eine Person teleportieren, die anderen Meisterinnen höchstens zwei«, sagte Katyma. »Und nach jeder Teleportation brauchen wir eine Ruhepause.«

Vor Dominik glitten die fünf Komponenten eines Schotts beiseite. Dahinter lag ein saalartiger, kuppelförmiger Raum mit Dutzenden von buckelartigen Konsolen an den gewölbten Wänden. Die höchste Stelle des Raums befand sich etwa zehn Meter über dem Podium in der Mitte. Fünf Treppenstufen führten dort zu einem leeren Sessel, in dem einst der Pilot dieses Schiffes gesessen hatte.

»Der Pilotendom«, sagte Dominik, näherte sich dem Podium und trat langsam die fünf Stufen hoch. Vor dem Sessel zögerte er kurz, nahm dann Platz und fühlte, wie sich das weiche Material seinem Körper anpasste. Damals, als Mädchen, hatte er davon geträumt, in diesem Sessel zu sitzen.

Weitere Personen kamen durch den offenen Zugang, angeführt von Teora. Der Pilotendom des alten Kantaki-Schiffes füllte sich.

Tako Karides und Katyma standen vor dem Podium und sahen zu Dominik auf.

»Wer sind Sie?«, fragte die Tal-Telassi mit dem wie Quecksilber glänzenden Haar. Sie duzte Dominik nicht mehr und schien zu ahnen, dass er jetzt bereit war, ihre Frage zu beantworten.

Der junge Mann im Pilotensessel atmete tief durch. *Es ist so weit.* Der Name erschien im Mittelpunkt seines Bewusstseins, und Dominiks Ich ging in einem viel größeren Selbst auf.

»Ich bin Ahelia 24«, sagte er.

Tako Karides:
Der Graken

28. Februar 1124 ÄdeF

Tako Karides sah zum Pilotendom empor und beobachtete, wie sich Dominiks Gesicht veränderte. Eine andere Person schien plötzlich aus seinen Augen zu blicken, eine viel, viel ältere und erfahrenere Person. Die erste Großmeisterin. *Ahelia.* Die legendäre Gründerin der Schwesternschaft der Tal-Telassi, die einige Jahrzehnte nach Beginn des Grakenkriegs verschwunden war. Wo und wie hatte sie die vergangenen elf Jahrhunderte verbracht? Und welche besonderen Hintergründe hatte ihre neue, männliche Inkarnation? Das Wissen um Dominiks wahre Identität beantwortete keine Fragen, begriff Tako, sondern warf neue auf. Wieso hatte Ahelia die ersten achtzehn Jahre ihres vierundzwanzigsten Lebens in Form eines kleinen Splitters ihres wesentlich größeren Selbst verbracht, ohne Erinnerung an ihre dreiundzwanzig anderen Inkarnationen? Wieso war sie vor zehn Jahren auf Kabäa in eine so schwierige und gefährliche Situation geraten? *Wenn ich nicht zur Stelle gewesen wäre und Dominik gerettet hätte ...* Was auch immer hinter dem damaligen Verschwinden der Ordensgründerin und dem großen Plan steckte, von dem Tako ein Teil war: Irgendetwas musste schief gegangen sein.

Katyma 9, Teora 14 und die vier anderen Meisterinnen sahen ebenfalls zu Dominik auf, und wenn es noch Skepsis in ihnen gab, so verschwand sie jetzt, denn ein Blick in das Gesicht des jungen Mannes genügte, um zu erkennen: Er war viel mehr als vorher. Die Aura einer neuen, starken Persönlichkeit umgab ihn.

Dominik hob die Hände, violett bis zu den Handgelenken. Dünne, ebenfalls violette Streifen gingen davon aus, reichten an den Unterarmen empor. Tako ahnte, dass die Veränderungen des Jungen, der eigentlich gar kein Junge war, mit dem vollen Erwachen von Ahelias Selbst noch kein Ende gefunden hatten.

»Beginnen Sie damit, Fomion zu nutzen, Schwestern«, sagte Dominik, und auch seine Stimme klang anders. »Wir haben Zeit genug. Suchen Sie eine andere Zuflucht für diese Leute und leiten Sie den Transfer ein. Was Sie betrifft, Katyma: Ermöglichen Sie mir einen Kontakt mit Zara.«

Tako beobachtete, wie Teora und die vier anderen Meisterinnen die Flüchtlinge in Gruppen einteilten, sich dann den Schwächsten unter ihnen zuwandten, sie an den Händen fassten und mit jeweils zwei von ihnen verschwanden. Nach einer knappen Minute kehrten die Tal-Telassi zurück und wirkten sehr erschöpft.

Katyma stand auf dem Podium, neben dem Sessel des Piloten. Sie und Dominik sprachen leise miteinander, aber Tako hörte jedes einzelne Wort und selbst die geringsten Vibrationen in ihren Stimmen. Es lag nicht allein an den Nanosensoren in der Synthohaut, sondern auch und vor allem an Myras Präsenz in seinem Innern. *Hören Sie mich?*, fragte er, aber die Großmeisterin antwortete nicht. Tako fragte sich erneut, welche Rolle sie bei dem Jahrtausendplan spielte. Was auch immer ihre Absichten waren: Sie stand mit dem Tal-Telas in Verbindung, und das ermöglichte ihm, von Dingen Kenntnis zu erhalten, die ihm sonst verborgen geblieben wären.

»Zara befindet sich im Siebten Zömeterium tief unter Talagga«, sagte Katyma. Sie sprach leise, aber Tako verstand sie ganz deutlich, und er wusste auch, dass Talagga eine kleine Stadt auf der anderen Seite des Planeten war. »Die

Graken haben mehrere Meisterinnen unter ihre Kontrolle gebracht und dadurch teilweise Zugang zum Tal-Telas. Deshalb kommt eine gewöhnliche Kommunikation in Berm und Delm nicht infrage. Bei unseren Kontakten verwenden wir einen Tunnel in Iremia und einen speziellen Kode in Delm, den die Großmeisterin entwickelt hat ...«

»Ich weiß«, sagte Dominik. »Ich habe sie mit Norene sprechen hören.«

»Das ist unmöglich!«, entfuhr es Katyma. »Ohne Wissen um den Delm-Kode kann kein derartiger Kontakt erfolgen!«

»Das Tal-Telas ist größer, als Sie glauben«, erwiderte Dominik, und es klang fast traurig. »Viel größer. Stellen Sie den Kontakt her und überlassen Sie den Rest mir.«

Katyma erhob keine Einwände und schloss die Augen. Tako spürte, wie sie sich konzentrierte, wie ihre Gedanken forteilten und in der Ferne, auf der anderen Seite von Millennia, ein fremdes Ich berührten und dabei den Weg wiesen.

Katyma? Zu diesem Zeitpunkt ist kein Kontakt vorgesehen ...

Wo befindet sich der Ursprung des Tal-Telas? Ich brauche unverzüglich Zugang.

Tako spürte sprachlose Verwunderung auf der anderen Seite der mentalen Verbindung. Und dann:

Dominik?

Ein kleiner Teil von mir ist Dominik, doch der wesentlich größere ist Ahelia. Wo hüten Sie das Tal-Telas?

Informationen flossen hin und her, so schnell und komplex, dass Tako keine Einzelheiten empfing und nur einen vagen Eindruck davon gewann, worum es ging. Wieder »hörte« er den Begriff *Zeit der Schande*, und einmal war kurz von *falscher Konditionierung* die Rede.

Dann verdichteten sich Argwohn und Ablehnung auf der anderen Seite des Planeten.

Mörder! Du hast Norene umgebracht!

»Mörder«, kam es von Katymas Lippen, so laut, dass die

Flüchtlinge im Pilotendom sie hörten. »Er hat Norene umgebracht ...«

Tako spürte, wie seine Anspannung wuchs. Langsam trat er die Stufen hoch und blieb auf der anderen Seite des Pilotensessels stehen, bereit dazu, Dominik zu verteidigen.

Und du hast einen Graken in dir! Du hast Millennia verraten und die Kronn zum Zweiten Zömeterium gebracht. Jetzt willst du dem Feind das Tal-Telas ausliefern. Aber das werde ich nicht zulassen! Ich habe bereits mit Vorbereitungen begonnen ...

Myra empfing Symbole, mit denen Tako nichts anfangen konnte. Aber Dominik erschrak.

Sie wollen das Tal-Telas öffnen, ohne die elfte Stufe erreicht zu haben? Es fand schon einmal ein solcher Versuch statt, und Sie wissen, was damals geschehen ist. Soll sich die Zeit der Schande wiederholen, Zara?

Von einem Mörder lasse ich mir keine moralischen Vorhaltungen machen, erwiderte Zara. Tako empfing flüchtige Eindrücke von dem Ort, an dem sie sich aufhielt: weitere Särge und Sarkophage, nicht so alt wie die des Zweiten Zömeteriums. Halbdunkle Gänge, düstere Räume. Nur wenige Personen, alles Meisterinnen, die ein seltsames Objekt bewachten: einen schwarzen Quader, von Kantaki-Symbolen bedeckt, die in Fünfer-Gruppen angeordnet waren.

Die schemenhaften Szenen verschwanden abrupt, und zwei Augen erschienen, grün und kalt. *Du wirst nicht auch das Tal-Telas an die Graken verraten, Dominik,* sagte Zara und unterbrach die mentale Verbindung.

Es herrschte Stille im Pilotendom. Alle Blicke waren auf Dominik gerichtet.

Der junge Mann im Pilotensessel seufzte. »Ich bin Ahelia«, sagte er und hob die Stimme. »Ich bin Ahelia. Dominik hat Norene getötet, aber es geschah in Notwehr. Er benutzte meine Kraft, als ich noch nicht ganz zu mir selbst zurückgefunden hatte. Norene und Zara sind den falschen Weg gegangen, wie viele Großmeisterinnen vor ihr. Ihnen geht es vor allem darum, die Zeit der Schande zu verbergen, aber sie kann sich nur dann nicht wiederholen, wenn wir alle von ihr wissen, wenn wir begreifen, dass einst Fehler gemacht wurden, die sich nicht wiederholen dürfen. Ich bin zurückgekehrt, um den Flug des Superschwarms zu verhindern. Und um den Tal-Telassi den richtigen Weg zu zeigen.«

Tako spürte freudige Erwartung dort, wo er Myra in sich wusste, und diese emotionale Reaktion erstaunte ihn. Außerdem fühlte er Wahrheit in Dominiks Worten, und Katyma und die anderen fühlten sie ebenfalls. Nutzte er die Kraft des Tal-Telas, um seine Zuhörer zu überzeugen? Manipulierte er sie?

»Wenn Zara mir nicht sagen will, wo sich das Tal-Telas befindet ...«

Tako beobachtete, wie Dominik die Hände in die Sensormulden legte.

Der Kantaki-Riese erwachte.

Es wurde heller im Pilotendom, und in halber Höhe an den gewölbten Wänden, über den buckelartigen Konsolen, bildeten sich dreidimensionale Projektionsfelder. Einige von ihnen präsentierten das Perlmutt-Schimmern des Schutzfelds, das den schwarzen Koloss umgab. In anderen erschienen zahlreiche Kronn, die in der Galerie mit den Sarkophagen und auch in der großen Kaverne schwere Waffen in Stellung brachten. Kleine Demolatoren umschwirrten das Kantaki-Schiff und versuchten immer wieder vergeblich, sich durch das Schirmfeld zu bohren. In unregelmäßigen Abständen gingen Energieblitze von kleinen Aggregaten aus, deren Kontrollen von Chtai bedient wurden. Tako vermutete, dass sie dazu dienten, Daten über die Struktur des Schutzfelds zu gewinnen. Einige Kronn flogen zur Decke der riesigen Höhle empor und begannen damit, dort Objekte anzubringen.

»Wie dick und stabil ist Millennias Kruste in diesem Bereich?«, fragte Tako.

»Dick und stabil genug«, erwiderte Dominik. »Selbst wenn es zu starken Explosionen kommt und ein Teil davon auf das Schiff herabstürzt – es droht keine unmittelbare Gefahr, Tako.«

Ein Summen kam aus den Tiefen des Schiffes und wurde langsam lauter.

»Bereite dich vor, Tako.«

»Worauf soll ich mich vorbereiten?« Er sah Katyma nach, die das Podium verließ, um den anderen Meisterinnen dabei zu helfen, die Flüchtlinge per Teleportation in Sicherheit zu bringen. Für Fomion stellte das Schirmfeld offenbar kein Problem dar. »Und was machst du mit dem Schiff?«

»Ich benutze seine Sensoren, um den Ursprung des Tal-Telas zu finden«, erwiderte Dominik. Es fiel Tako schwer, jemand anders in ihm zu sehen, ganz zu schweigen von einer fünftausend Jahre alten Frau. »Zara und die anderen Meisterinnen verbergen es vor mir, aber sie können es nicht vor diesem Schiff verstecken, denn es war einst Teil davon. Wenn ich es gefunden habe, bringe ich uns direkt dorthin.«

»Wozu brauchst du mich?«, fragte Tako und trat noch etwas näher an den Sessel.

Dominik sah zu ihm auf, mit seinem sehr intensiven Blick. »Ich bin konditioniert. Norene hat meine eigene Kraft dazu genutzt, als ich mich nicht wehren konnte. Ich brauche deine Hilfe. Allein schaffe ich es nicht.«

»*Was* schaffst du nicht allein?«

Aber Dominik versteifte sich plötzlich und senkte die Lider. Seine Hände blieben in den Sensormulden. »Die Augen und Ohren des Schiffes sehen und hören wieder, nach achttausend Jahren. Es sucht den Teil, der einst mit ihm verbunden war.«

Tako sah zu den Projektionsfeldern an den gewölbten Wänden und beobachtete die Kronn und Chtai. Funken sprangen von einem Emitter zu der Barriere und krochen wie lebende Wesen über das Schirmfeld, wie auf der Suche nach schwachen Stellen. Aus den Augenwinkeln beobachtete er, wie einige junge Schülerinnen der Tal-Telassi durch Teleportation verschwanden.

Einige Darstellungen an den Wänden des Pilotendoms zeigten, wie die Kronn und Chtai plötzlich zurückwichen. Ein schwarzer Dorn glitt dem Kantaki-Schiff entgegen, verbunden mit einem Aggregatknäuel. Ein gelbliches Glühen ging von den Energiefeldern aus, die Dorn und Aggregate trugen, und als die Entfernung zum Schutzfeld auf wenige Meter schrumpfte, kam es zu einem grellen Blitz, der für einen Sekundenbruchteil jähes Licht durch den Pilotendom schickte.

Tako drehte sich um die eigene Achse und ließ seinen Blick dabei über die zahlreichen Projektionsfelder schweifen. Welche Waffe auch immer die Kronn gegen das Kantak-Schiff eingesetzt hatten: Das Schirmfeld hatte ihre Energie zur Wand der Kaverne reflektiert, in der jetzt ein großes Stück fehlte. Felsen waren herabgestürzt, und Tako stellte mit dunkler Zufriedenheit fest, dass sie mehrere Kronn und auch einen Chtai unter sich zermalmt hatten.

»Ich habe es gefunden!« Dominik öffnete die Augen wieder, löste eine Hand aus der Sensormulde und griff nach Takos Arm. »Fomion bringt uns zum Ursprung des Tal-Telas.«

Vor Tako löste sich der Pilotendom des Kantaki-Schiffes auf, und erneut fühlte er ein sonderbares Zerren an Geist und Körper, wie auch bei der Teleportation von der *Akonda* zum Planeten.

Doch als er tausende von Kilometern entfernt Gestalt und Substanz gewann, wusste er, dass eine Falle zugeschnappt war.

Als Tako wieder sah, fiel sein Blick nicht auf den dunklen Quader des Tal-Telas, sondern auf schwarzes, wachsendes Metall und die braunen Schlangenleiber eines Graken. Ein langsam pulsierender Strang löste sich aus dem zentralen Knäuel, tastete erst nach ihm und dann nach Dominik, der dicht neben ihm stand und sich offenbar ebenso wenig rühren konnte wie er. Kronn, Chtai und Geeta standen zu beiden Seiten des Graken, dessen Namen Tako kannte: Er wusste, dass er Grargrerr vor sich sah.

Heftigere Bewegung kam in das Knäuel. Einige der glatten, meterdicken Stränge wichen beiseite, und eine Öffnung entstand. In den Schatten darin schoben sich Lider nach rechts und links auseinander, und ein Auge starrte.

Tief in Tako erzitterte Myra, und er begriff, dass sie auf diesen Moment gewartet hatte.

Auf den Moment der Niederlage, der endgültigen Katastrophe?

Die Vitäen bewegten sich wie in einem sonderbaren Tanz, und die Stimme des Graken erklang.

»Du hast geglaubt, dich über unsere Vereinbarung hinwegsetzen zu können, Ahelia«, grollte Grargrerr. »Ich habe hier auf dich gewartet. Dein Weg musste dich hierher führen, zurück zu mir. Wir sind eins.«

Tako konnte den Kopf nicht drehen, sah aber aus dem Augenwinkel, wie sich Dominiks Lippen bewegten. »Hilf mir beim Bau der Welt, Tako. Konzentrier dich darauf. Denk an den weißen Strand und das türkisfarbene Meer.«

So lauteten die leisen Worte, die Takos Ohren erreichten. Gleichzeitig hörte er aber auch noch eine zweite, viel lautere Stimme, die ebenfalls von Dominik kam und durch den mentalen Äther hallte.

»Du hast *mich* verraten, Grargrerr«, erwiderte Ahelia. »Du hast mir damals Frieden versprochen. Frieden als Gegenleistung für mein Wissen und mein Selbst.«

Eine wichtige Erkenntnis bildete sich in Tako. Dominik trug nicht einfach nur ein Grakenfragment in sich, was bereits gefährlich genug war. Bei ihrer vierundzwanzigsten Inkarnation hatte sich die Großmeisterin Ahelia direkt mit einem Graken verbunden. Sie war zur einen Hälfte Mensch und zur anderen Graken. Damals, vor über tausend Jahren, mochte sie gehofft haben, mit ihrem Opfer den Frieden zu erreichen, aber letztendlich war sie es, die den Graken jetzt zum endgültigen Triumph verhalf. Durch Ahelia hatten die Graken Millennia gefunden, und auch das Zweite Zömeterium. Jetzt schickten sie sich an, nach dem Ursprung des Tal-Telas zu greifen.

»Wir *bringen* den Frieden«, grollte erneut die Stimme des Graken. Grargrerrs Auge starrte weiterhin, aber sein Blick galt Dominik. Tako versuchte, sich ganz auf die Erinnerungsbilder zu konzentrieren, die ihm Lowanda zeigten, jene Insel des Perlen-Archipels am Äquator von Meraklon, wo er einst, in einem anderen Leben, einige herrliche Tage mit seiner Familie verbracht hatte. Er sah einen Strand aus weißem Sand, an den türkisfarbene Wellen rollten. Er sah das üppige Grün der tropischen Vegetation, stellte sich die Bucht mit dem kleinen Haus vor ...

»Bald brechen wir mit unserer Brut auf«, fuhr Grargrerr fort. »Wir bringen sie zu den anderen Welten, die uns noch Widerstand leisten, und wenn wir alle ihre Bewohner unseren Träumen einverleibt haben, herrscht Frieden in dieser Galaxis.«

»Es ist der Frieden des Todes«, erwiderte Ahelia, während Dominik flüsterte: »Das Bild muss noch deutlicher werden, Tako. Konzentrier dich! Ich schaffe es nicht allein.«

»Es ist Frieden, und so lautete die Übereinkunft. Öffne jetzt das Tal-Telas für uns, wie es schon einmal geschah. Komm zu mir, Ahelia, Teil von mir. Bring uns zum Tal-Telas und öffne es.«

Dominik trat einen Schritt vor ...

Tako konnte sich plötzlich wieder bewegen, fühlte warmen Sonnenschein und kühles Wasser an den Füßen. Er senkte den Blick und stellte fest, dass er auf dem weißen Strand von Lowanda stand; die Ausläufer der Wellen erreichten ihn.

Hinter ihm kauerte Dominik im Sand und zitterte am ganzen Leib.

Tako war mit einigen raschen Schritten bei ihm und zog ihn auf die Beine. Als er ihm in die Augen blickte, sah er dort nur den zum Mann gewordenen Jungen, nicht aber die Präsenz der Großmeisterin.

»Lass uns zum Haus in der Bucht gehen«, sagte Dominik. Er klang sehr müde.

Sie schritten über den Strand, langsam, als hätten sie Zeit genug, und vielleicht stimmte das. Tako fühlte, dass dieser Moment zeitlos war.

»Was ist damals geschehen?«, fragte er und beobachtete Dominik. Schatten lagen auf dem Gesicht des jungen Mannes, trotz des Sonnenscheins, und er zitterte noch immer, schien in einer Kälte zu frösteln, die nur er spürte.

»Ahelia sah die Muster in Gelmr«, sagte Dominik. Das Sprechen fiel ihm schwer, auch das Gehen – er schien am Ende seiner Kraft zu sein. »Sie betrachtete sie kurz nach Beginn des Grakenkriegs und beschloss zu handeln. Wie die anderen Großmeisterinnen war sie den Weg ohne Gefühl gegangen, von dem sie heute weiß, dass er falsch ist. Die Zeit der Schande lag noch nicht lange zurück, und vielleicht trübte das ihren Blick in Gelmr. Sie glaubte, stellvertretend für alle Tal-Telassi büßen zu müssen.«

»Was ist die Zeit der Schande?«, fragte Tako.

»Du wirst es gleich erfahren«, erwiderte Dominik. »Das Meta wird es dir zeigen.«

Sie erreichten die Bucht mit dem kleinen, unauffälligen Gebäude zwischen den hohen Säulenbäumen.

»Das Meta?«, wiederholte Tako.

»Die andere Kraft des Tal-Telas«, sagte Dominik. »Sie zeigt die Wahrheit, die die Großmeisterinnen seit der Zeit der Schande vor der Schwesternschaft verborgen haben. Aber wir müssen die Wahrheit kennen, um aus unseren Fehlern zu lernen. Und wir brauchen das Meta für Kalia, für die elfte Stufe.«

Dominik verharrte kurz. Er war völlig außer Atem, obwohl sie langsam gingen. Noch etwa dreißig Meter trennten sie von dem Haus, das eigentlich nicht an diesen Ort gehörte – es war nicht das Gebäude, in dem Tako mit Dalanna und Manuel gewohnt hatte. Aber inzwischen wirkte es vertraut, mit den seltsamen Linienmustern in den grauen Mauern und den beiden Türen, direkt nebeneinander und weiß wie der Sand. Wie beim ersten Mal war eine glatt und makellos,

mit einem silbernen Knauf. Die andere hingegen wirkte uralt, und ihr Knauf war halb korrodiert.

»Grargrerr war der erste Graken, der zu uns kam, und er
holte sieben weitere, bevor wir das Portal schließen konnten«, sagte Dominik. Er atmete noch immer schwer, setzte
sich aber wieder in Bewegung. Langsam und vorsichtig, wie
ein müder Alter, näherte er sich dem Haus. Hinter ihnen
wurde das Rauschen der Wellen leiser, als rückte das Meer
fort. »Wir Tal-Telassi, meine ich.« Er schüttelte wie verwirrt
den Kopf. »Ahelia ist bei ihm geblieben, bei Grargrerr und
seinen Vitäen, und ich bin wieder ... Dominik. Aber manchmal bringe ich die Dinge durcheinander. Manchmal weiß
ich nicht mehr genau, wer ich bin.« Er seufzte tief, gewann
neue Kraft und hob den Kopf. »Ahelia hielt es für möglich,
Frieden mit den Graken zu schließen. Sie glaubte, entsprechende Muster in Gelmr gesehen zu haben, aber ich weiß,
dass sie sich irrte. Dieser kleine Teil ihrer vierundzwanzigsten Inkarnation weiß es. Sie wollte sich opfern, für die
Schwesternschaft sühnen, für die Vermessenheit von drei
Großmeisterinnen. Sie gab ihr *Amarisk* und ihr Wissen,
und für ihre neue Inkarnation verschmolz sie mit einem
jungen Graken aus Grargrerrs erster Brut in diesem Universum.«

»In diesem Universum?«, fragte Tako erstaunt. »Bedeutet
das ...«

Dominik schien Takos Worte gar nicht zu hören. Er
sprach wie zu sich selbst, als er mühsam einen Fuß vor den
anderen setzte. »Als sie ihren Fehler begriff, als sie einsah,
eine falsche Entscheidung getroffen zu haben, begann sie
damit, ihr Selbst durch die Kollektivintelligenz der Graken
und ihrer Vitäen zu transferieren. Es folgten viele Jahrhunderte der geistigen Flucht, ständig auf der Suche nach einer
Möglichkeit, wieder menschliche Gestalt anzunehmen und
zu den Tal-Telassi zurückzukehren. Ihre Erfahrungen in den
psychischen und physischen Welten der Graken sind außerordentlich komplex und exotisch. Ich sehe sie nur in Form **533**

von sehr wirren Bildern, die ich nicht verstehe. Wenn ich mehr Zeit hätte ...« Dominik seufzte erneut. »Aber ich habe nicht mehr Zeit, um zu ergründen und zu verstehen. Auf Kabäa bekam Ahelia schließlich die Chance, wieder Mensch zu werden. Sie ließ einen Klon mit ihrer genetischen Matrix heranwachsen, doch als sie ihr Bewusstsein auf ihn übertrug, wäre sie fast von einem Graken entdeckt worden. Sie musste sich verstecken ...«

»In ihrem eigenen neuen Körper«, sagte Tako nachdenklich. »Und so wuchs Dominik heran, ohne zu wissen, wer er wirklich war. Niemand wäre auf den Gedanken gekommen, einen Jungen für die neue Inkarnation einer seit vielen Jahrhunderten verschwundenen Großmeisterin zu halten.«

»Ja. Ich hatte violette Fingerkuppen und konnte auf die Kraft des Tal-Telas zugreifen, aber ich wusste nichts von Ahelia und Grargrerr in mir. Wenn du mich nicht auf Kabäa gerettet hättest, wäre ich vermutlich gestorben, und Ahelia mit mir.«

»An dieser Stelle kommt Myra 27 ins Spiel«, sagte Tako. »Sie war es, die es mir ermöglichte, dich zu retten. Welche Rolle kommt ihr zu?«

»Sie ist Teil der neuen Muster in Gelmr«, antwortete Dominik müde und blieb vor den beiden Türen stehen. »Sie hat ihre eigenen Pläne und Absichten, über die ich nur mutmaßen kann, aber ich weiß: Sie wird dich lange genug am Leben erhalten, damit du mir helfen kannst.«

»Sie wird mich lange genug ...?«

Dominik richtete den Blick auf ihn, und für einige Sekunden hatte Tako wieder das Gefühl, dass ihn die uralte Ahelia ansah, über Abgründe aus Raum und Zeit hinweg. »Niemand von uns wird Millennia verlassen. Uns erwartet der Tod, uns beide.«

Eine sonderbare Taubheit dehnte sich in Tako aus und dämpfte alle Gefühle. Die Vorstellung, bald sterben zu müssen, erschreckte ihn nicht, denn die Angst vor dem Tod hatte er schon vor Jahren auf zahlreichen Schlachtfeldern verloren. Der Soldat in ihm war bereit, sich zu opfern – wenn sein Opfer etwas nützte.

Für einen Sekundenbruchteil sah er Dalanna und Manuel vor sich. Vielleicht würde er sie bald wiedersehen ...

»Können wir den Flug des Superschwarms verhindern?«

»Ich werde mir alle Mühe geben«, sagte Dominik. »Ahelia hat sich während der vielen Jahre vorbereitet. Kalia ist Teil ihres Plans. Die elfte Stufe ermöglicht das kontrollierte Öffnen des Tal-Telas. Mit Kalia wird sie versuchen, den einundsiebzig Graken auf Millennia ihr *Amarisk* zu nehmen.«

»Kalia ...«, sagte Tako langsam, lauschte dem Klang des Wortes und spürte eine kurze innere Vibration, die von Myra kam.

»Die Kraft der Kreation und des Lebens«, erklärte Dominik. »Öffne jetzt die Tür.«

Tako wandte sich der neuen Tür zu und streckte die Hand nach ihrem Knauf aus.

»Nein«, sagte Dominik. »Die andere. Öffne die alte Tür. Ich kann es nicht. Die Konditionierung hindert mich daran. Deshalb wollte mich Norene unbedingt von dir trennen, Tako. Weil sie wusste, dass du die alte Tür für mich öffnen kannst, selbst wenn ich konditioniert bin. Alle Schülerinnen der Tal-Telassi erfahren diese Konditionierung. Niemand von ihnen sollte in der Lage sein, das Meta zu erreichen und die Wahrheit zu erfahren. Öffne die alte Tür, Tako.«

Takos rechte Hand bewegte sich wie von selbst, berührte den korrodierten Knauf, schloss sich darum und drehte ihn. Er fühlte keinen Widerstand. Es klickte, und die Tür öffnete sich. Hinter ihr führte eine Treppe in Finsternis hinab.

Dumpfes Pochen kam aus der Tiefe. Jemand ging die Treppe hoch, mit langsamen, schweren Schritten. Eine Gestalt zeichnete sich in der Finsternis ab, überraschend klein und gebeugt. Sie trat Tako und Dominik entgegen, hob den Kopf ...

Tako bekam keine Gelegenheit, das Gesicht zu sehen, denn plötzlich wurde aus der Dunkelheit helles, gleißendes Licht, das alles überstrahlte. Kraft begleitete das Schimmern, eine Energie, von der Tako nur einen winzigen Teil spürte. Sie ähnelte jener Kraft, die er mehrmals bei Myra gespürt hatte und offenbar das Tal-Telas bildete. Beziehungsweise einen Teil davon. Dominik nahm sie in sich auf, und Tako sah, wie der eben noch so erschöpfte und schwache junge Mann mit jeder verstreichenden Sekunde stärker wurde.

Woraus auch immer diese neue Energie bestand: Sie lenkte Takos Blick in die Vergangenheit, und dort beobachtete er, was es mit der Zeit der Schande auf sich hatte.

Drei Großmeisterinnen, unter ihnen Ahelia, glaubten, einen Weg zur elften Stufe des Tal-Telas gefunden zu haben. Sie nutzten das Meta, die Kraft, aus der das Tal-Telas kam, um den dunklen Quader zu öffnen, den das alte Kantaki-Schiff vor achttausend Jahren nach Millennia gebracht hatte. Aber sie fanden nicht etwa Kalia, die legendäre Kraft der Kreation, sondern öffneten einen Tunnel, und durch diesen Tunnel kam ...

»Grargrerr«, sagte Dominik, während sie noch immer von hellem Licht umgeben waren. »Der erste Graken, der in unser Universum kam.«

»Aus einem *anderen* Universum?«, fragte Tako.

»Ich weiß es nicht genau«, erwiderte der junge Mann an seiner Seite, der jetzt nicht mehr müde die Schultern hängen ließ. Ausgeruht und kraftvoll stand er da, bereit für die letzte Konfrontation. »In diesem Zusammenhang konnte Ahelia nie Gewissheit erlangen. Der Ursprung der Graken und ihrer Vitäen bleibt unklar. Vielleicht stammen sie aus einer Art ... parasitären Dimension. Wichtig ist: Ahelia und die beiden Großmeisterinnen ermöglichten es Grargrerr, in unsere Welt zu gelangen, in unsere Galaxis, und er holte sofort sieben weitere, bevor sie das Portal wieder schließen konnten.«

»Die Tal-Telassi haben die Graken zu uns geholt?«

»Ja«, bestätigte Dominik. »Sie sind letztendlich für den Grakenkrieg verantwortlich. Um über diese Schuld hinwegzutäuschen und sie für immer zu verbergen, schufen sie die zweite Große Lücke vor etwa eintausendzweihundert Jahren. Damals gingen viele Informationen verloren, auch die über die Ursprünge der Graken und den Beginn des Krieges.«

»Was ist mit der ersten Großen Lücke?«, fragte Tako. »Geht sie ebenfalls auf die Tal-Telassi zurück? Beziehungsweise auf ihre Vorfahren, die geflohenen Kantaki-Piloten?«

Dominik schüttelte den Kopf, während das Gleißen um sie herum allmählich nachließ. Erste Konturen kehrten zurück, und Tako stellte fest, dass beide Türen offen standen, die alte ebenso wie die neue – die zwei Kräfte des Tal-Telas waren miteinander vereint.

»Auch davon weiß Ahelia nichts«, antwortete Dominik und wandte sich von den Türen ab. Sein Blick glitt über das türkisfarbene Meer der von ihm gebauten Welt. »Die erste Große Lücke umfasst einen Zeitraum von dreitausend Jahren, über den wir fast nichts mehr wissen. Was die Schwesternschaft betrifft, ist nur überliefert, dass ihre Vorfahren, Piloten in den Diensten der Kantaki, vor einer Katastrophe flohen. Aber die Zusammenhänge kennen wir nicht.«

Tako drehte sich ebenfalls um und folgte Dominik, der zum Meer ging und dicht vor der Wassergrenze stehen blieb. »Wie haben die Tal-Telassi damals die zweite Große Lücke geschaffen?«, fragte er und versuchte sich vorzustellen, wie man Wissen auf so vielen Welten verschwinden lassen und dafür sorgen konnte, dass es in Vergessenheit geriet.

»Wahrscheinlich mit der neunten und zehnten Stufe, Iremia und Jomia«, sagte Dominik. »Das vermutet Ahelia. Sie weiß es nicht, denn sie selbst war an jenen Maßnahmen nicht beteiligt.«

»Sie hatte sich bereits auf den Weg zu den Graken gemacht?«

»Ja. Um ihre eigene Schuld zu sühnen, und die der beiden anderen Großmeisterinnen. Seit damals werden alle Schülerinnen der Tal-Telassi während ihrer Ausbildung konditioniert. Das Wissen um die Zeit der Schande bleibt auf die jeweiligen Großmeisterinnen beschränkt, und sie hüten es, indem sie die Tür zum Meta geschlossen halten. Bis jetzt.«

»Grargrerr und sieben andere«, sagte Tako nachdenklich. **537**

»Acht Graken. Und für uns waren sie der Anfang vom Ende. Sie und ihre Nachkommen haben eine Welt nach der anderen unter ihre Kontrolle gebracht, und jetzt schicken sie sich an, den Allianzen Freier Welten endgültig den Todesstoß zu versetzen.«

»Das Portal ist geschlossen, aber der Tunnel existiert noch«, sagte Dominik ernst. »Zara will versuchen, das Tal-Telas zu öffnen, ohne Kontrolle in Kalia. Dadurch könnte sich wiederholen, was damals geschah.«

»Es könnten weitere Graken durch den Tunnel kommen.« Tako blickte auf die an den Strand rollenden Wellen und sah vor seinem geistigen Auge einen langen Tunnel, der durch Raum und Zeit und fremde Dimensionen reiche, vielleicht in ein anderes Universum oder in eine andere Existenzsphäre. Und er stellte sich vor, wie Dutzende, hunderte oder gar tausende von Graken ins Diesseits wechselten. »Wenn das geschieht, spielt es gar keine Rolle mehr, ob wir den Flug des Superschwarms verhindern oder nicht. Es wäre in jedem Fall das Ende der Freien Welten.«

»Ja. Ich muss Zara daran hindern, einen solchen Fehler zu machen. Ich werde das Tal-Telas selbst öffnen. Jetzt bin ich bereit.«

Tako sah ihn an. »Meinst du dich selbst oder Ahelia?«

»Uns beide. Mit der Kraft des Meta bringen wir, Dominik und Ahelia, den Tal-Telassi die Wahrheit. Wir müssen uns endlich unserer Schuld stellen. Und ich werde den Tunnel endgültig schließen. Es sollen keine weiteren Graken Gelegenheit erhalten, in unser Universum zu wechseln.« Dominik atmete tief durch und sah noch einmal übers Meer. »Hier ist alles so friedlich.«

»Es ist der Frieden, den wir uns immer gewünscht haben.«

»Ja. Ich hätte so etwas gern erlebt, zusammen mit Loa.« Ein Schatten huschte über Dominiks Gesicht. »Aber wir können uns unserer Verantwortung nicht entziehen, Tako. Lass uns zurückkehren. Dies muss getan werden; uns bleibt keine Wahl.« Er streckte die Hand aus.

Tako ergriff sie, ohne zu zögern.

Strand und Meer verschwanden. Das schwarze, lebende Metall des Molochs und die braunen Schlangenleiber des Graken kehrten zurück. Doch etwas hatte sich verändert. Die Vitäen beschränkten sich nicht mehr auf einen wortlosen Tanz. Mehrere Kronn standen direkt vor Tako und Dominik, und das Glühen ihrer Waffenbeutel wirkte sehr bedrohlich.

Der Blick des großen Grakenauges war noch immer auf Dominik gerichtet. »Du bist ein Teil von mir, Ahelia, von meiner ersten Brut«, erklang erneut Grargrerrs grollende Stimme. »Aber ich dulde es nicht, dass du dich mir widersetzt. Etwas hindert mich daran, dich ganz zu kontrollieren, und das gefällt mir nicht. Ich werde den Ursprung der Kraft, die ihr Geistessprecher benutzt, auch ohne dich finden. Es ist nur eine Frage der Zeit. Und deshalb ...«

Ein schlangenartiger Strang bewegte sich, schien den Kronn ein Zeichen zu geben.

Aus dem Augenwinkel sah Tako, wie sich der junge Mann an seiner Seite aufzulösen begann.

»Töte Grargrerr«, sagte Dominik noch während der Teleportation. »Er ist das Zentrum des Superschwarms.«

Tako lief los.

Tako Karides / Dominik:
Finales Feuer

1. März 1124 ÄdeF

Die Kraft des Mubek trug Tako an den Kronn und den anderen, immer noch tanzenden Vitäen vorbei, bevor sie zu einer Reaktion fähig waren. Anderthalb Sekunden später konnten die Kronn nicht mehr auf ihn schießen, denn er hatte den Graken erreicht. Die schlangenartigen Stränge krochen umher, und in ihrer Mitte erschien das große Auge mit den beiden seitlichen Lidern. Sein Blick richtete sich auf Tako ...

Schmerz durchzuckte ihn, so intensiv, als tauchte etwas jede Zelle seines Körpers einzeln in siedendes Öl, um anschließend auch noch alle Gefühle und Gedanken zu packen und sie langsam zu zerreißen. Für einen langen, langen Sekundenbruchteil schien der Blick des Graken alles in ihm zu zerfetzen, und dann blähte sich Myras Präsenz jäh auf, wölbte sich um ihn wie das Kraftfeld einer Ambientalblase und schützte ihn.

Sie wird dich lange genug am Leben erhalten, damit du mir helfen kannst ...

Der Graken streckte ihm einige Gliedmaßen entgegen, und sein Auge schien noch größer zu werden. Aber Tako spürte, wie sich seine Aufmerksamkeit teilte, wie ein großes Gedankenbündel des Graken fortglitt und nach Dominik tastete, der sich inzwischen an einem anderen Ort befand, in der Nähe eines schwarzen, von Kantaki-Symbolen bedeckten Quaders.

... Töte Grargrerr. Er ist das Zentrum des Superschwarms.

Tako beobachtete mit den Nanosensoren im Nacken, dass sich die Kronn näherten. Er achtete nicht weiter auf sie, denn er wusste, dass sie keine Gefahr darstellten, solange er sich in unmittelbarer Nähe des Graken befand. Es steckten keine Waffen mehr an seinem Gürtel, aber das spielte keine Rolle – er selbst war eine Waffe.

Mit einem gedanklichen Befehl schaltete er die Synthohaut in den harten Modus, und daraufhin wurde sie zu einem Panzer. Gleichzeitig griff er mit der linken Hand nach einem Strang Grargrerrs, hielt sich daran fest und rammte die rechte hinein.

Unmittelbar zuvor hatte er die taktile Sensibilität der SH-Sensoren verringert, was das Äquivalent von Schmerz auf ein Minimum reduzierte. Braunes, glattes Gewebe gab nach, und die rechte Hand verschwand in einer tiefen Wunde. Flüssigkeit quoll hervor, schwarz wie das wachsende Metall des Molochs.

Ein seltsames Geräusch erklang, wie eine Mischung aus dem Donnergrollen eines Gewitters und dem Heulen einer Sirene – Grargrerr schrie. Myras Präsenz in Tako dehnte sich noch mehr aus und versuchte, ihn weiterhin abzuschirmen, aber etwas stach durch sein Selbst und erreichte den Teil des Bewusstseins, in dem Bilder entstehen konnten.

Tako sah eine endlose Stadt, die sich unter einem Himmel aus Augen erstreckte, und er wusste mit jeden Zweifel ausschließender Gewissheit, dass dieser Ort nicht zu dem ihm vertrauten Universum gehörte. Dies war der Ursprung der beiden Kräfte des Tal-Telas, die wie die beiden Pole der Elektrizität zusammengehörten, und er wusste auch, wie die Bewohner dieser seltsamen Welt sie nannten: Flix. Eine Kraft, die Träume Wirklichkeit werden lassen konnte. Nur ein winziger Teil davon schlug sich im Tal-Telas nieder. Das Flix war viel, viel größer. Seine Kraft ging weit über die elfte Stufe hinaus. Mit ihr konnte man ... ganze Universen erschaffen?

542 Tako Karides, dem Ende seiner Existenz nahe, beobachtete

staunend die Stadt unter dem Himmel aus Augen und fragte sich, ob er die Heimstatt von Göttern sah. Hier wohnten Wesen, die Welten *erschufen*. Durch Myra fühlte er diesen Ort, an dem die Zeit wie Wasser von einem regennassen Blatt tröpfelte. An anderen Stellen strömte sie schnell dahin, wie die schäumenden Fluten von Stromschnellen. Nirgends gab es Stillstand, nirgends gab es ein Einhalten und Besinnen. Alles blieb in Bewegung, im Fluss. *Hier* war alles vom Flix erfüllt, das auf zahlreiche Arten Ausdruck finden konnte, als gewöhnliche oder rekursive Zeit, als Raum, auch in Form einer Nulldimension, die alles verdrängte, was unter welchen Umständen auch immer existieren konnte, die das Nichts schuf. Doch Zeit und Raum und all die anderen Dinge waren eher unbedeutende Manifestationen dieser Kraft. Ihre wichtigste Ausdrucksform hieß *Kreativität*. Wenn das Nichts schon einzigartig genug war, so musste es umso erstaunlicher sein, dass Neues aus ihm hervorgehen konnte. Aus dem Füllhorn des Flix kamen die endlosen Schätze neuer Schöpfung. Das Flix durchdrang die Welt mit dem Himmel aus Augen so wie die Seele die geistige Welt des Lebenden. Alles bestand aus Flix, von Quanten bis Quasaren. Gedanken formten das Flix, und das Flix formte Gedanken. Ohne Anfang und Ende war dieses Gleichgewicht der Schöpfung und Kreativität, aber manchmal ... gab es Kräuselungen dort, wo alles glatt sein sollte.

Einer solchen Kräuselung glitten Takos Gedanken entgegen, und dort sahen sie eine Gestalt, klein und gebeugt wie das unbekannte Geschöpf, das hinter der alten Tür aus der Finsternis gekommen war.

Die Nanosensoren sowie die bionischen und tronischen Komponenten des Mubek übermittelten ihm ständig neue Informationen, und neurale Stimulierung erhöhte die Leistungsfähigkeit des Gehirns. Takos Gedankenprozesse liefen rasend schnell ab, und unter anderen Umständen hätte er dafür später seinen Preis in Form von Müdigkeit und geistiger Erschöpfung zahlen müssen. Aber so viel Zeit würde **543** ihm nicht bleiben. Er merkte, dass die harte Synthohaut splitterte und von ihm abfiel, als Körperstränge des Graken daran zerrten. Der Ultrastahl von Armen und Beinen wurde sichtbar. Immer wieder trat und schlug Tako zu, bohrte Hände und Füße in Grargrerrs Leib, zerriss braunes Gewebe und ließ schwarzes Blut fließen. Der Graken schrie, während er versuchte, Tako zu zerquetschen und eine mentale Brücke zu Dominik zu bauen, der sich anschickte, das Tal-Telas zu öffnen. Es durfte Grargrerr nicht gelingen, einen Kontakt zu ihm herzustellen. Vielleicht hätte er dadurch die Möglichkeit erhalten, das Portal aufzureißen, durch das er damals gekommen war, vor fast eintausendzweihundert Jahren.

Das Bild des kleinen Fremden verblasste, und Tako sah das Auge des Graken direkt vor sich, nicht einmal zwei Meter entfernt. Wenn er in der Lage gewesen wäre, die Hände hineinzubohren ... Doch mehrere Leibesstränge hatten sich wie dicke Schlangen um ihn gewickelt und versuchten, ihn zu zermalmen. Der letzte Teil der Synthohaut löste sich auf, und die Motoren in und unter dem Ultrastahl des multifunktionalen biotronischen Ektoskeletts summten lauter. Langsam schob sich Tako auf das Auge zu, Zentimeter um Zentimeter.

Ein neues Bild entstand, zeigte Tako eine alte, sterbende Welt in der Umlaufbahn einer alten, sterbenden Sonne. Er wusste: Dies war Randrakar, die Letzte Zuflucht, ein künstlicher Planet aus spezieller Zellmasse, materielle Nahrung für die Graken. Hier wuchsen sie heran. Später brauchten sie *Amarisk*, für sich selbst und ihre Brut, aber hier konnten sie wachsen, ohne anderes Leben ihren Träumen hinzufügen zu müssen. Randrakar, letztes Versteck der Graken, nachdem sie das intelligente Leben mehrerer Galaxien einer lokalen Gruppe ausgelöscht hatten. Beim Transfer aus einer leer gefressenen Galaxis in eine andere waren sie auf einen mächtigen Gegner gestoßen. Die Reiyni, verborgen hinter ihren Spiegeln, die sie vor den Grakenträumen schützten, schlossen einen Sonnentunnel nach dem anderen, brachten den Flotten der Kronn mit überlegenen Waffen vernichtende Niederlagen bei, löschten auch die Stützpunkte der Chtai und Geeta aus. Es gelang ihnen sogar, einen Moloch nach dem anderen zu zerstören. Vor ihren Spiegelflotten zogen sich die Vitäen immer weiter zurück, bis nach Randrakar, dem letzten Versteck.

Die Reiyni suchten nach ihnen, und irgendwann hätten sie die geflohenen Graken gefunden. Aber selbst wenn ihre Suche erfolglos geblieben wäre: Der sterbenden Sonne blieben nur noch einige tausend Jahre bis zu ihrem Nova-Tod, und ihre Explosion hätte Randrakar und seine grünen, brodelnden Zellozeane verbrannt, in denen die letzten Graken brüteten, unter ihnen Grargrerr, der mit seinen Vitäen nach einem Ausweg suchte. Und dann kam es zu einer seltsamen Begegnung mit einem Wesen, das aus der Stadt unter dem Himmel aus Augen stammte, und mit ihm kam eine seltsame Kraft, die Wege öffnen konnte. Dieses Wesen zeigte Grargrerr den Tunnel, der zu jener Zeit noch verschlossen gewesen war. *Habt Geduld,* lauteten seine Worte. *Habt ein wenig Geduld ...*

Tako begriff, dass er Erinnerungen von Grargrerr empfing, während der Graken noch immer versuchte, ihn zu zerdrücken. Der Ultrastahl hielt den Schlangenleibern stand, aber Tako kam nicht weiter vorwärts; das Grakenauge blieb außerhalb seiner Reichweite.

Dominik öffnet das Tal-Telas, flüsterte Myra in seinem Innern. *Darauf habe ich gewartet. Ich kann Sie nicht länger schützen, Lanze Karides.*

»Warum?«, ächzte Tako und wusste, dass der Augenblick seines Todes näher rückte. Nichts hätte ihn mehr verzweifeln lassen als die Vorstellung, umsonst zu sterben, ohne etwas zu bewirken.

Ich habe die Muster in Gelmr gesehen, und meinen Platz in ihnen, raunte die Großmeisterin und wich von ihm fort. Andere Stimmen flüsterten, Stimmen aus den Träumen der

Graken auf Millennia. *Ich werde gleich auf die andere Seite wechseln. Das war meine Bestimmung, seit sich mir die Muster offenbarten.*

»Auf die andere Seite?«

Vor Tako blinzelte das Grakenauge wie spöttisch.

Ich trage den fatalen Traum in mir, aber er ist nicht für einen Graken bestimmt, auch nicht für den Superschwarm.

»Randrakar«, murmelte Tako mühsam. »Sie wollen nach Randrakar.«

Ich werde dafür sorgen, dass nie wieder Graken in unser Universum wechseln können, antwortete Myra, und Tako fühlte, dass sie sich bereitmachte. Die mentale Membran, die ihn vor den Grakenträumen schützte, wurde noch dünner, die Stimmen dahinter lauter. *Und ich werde mich auf die Suche nach dem Flix begeben, der Quelle des Tal-Telas. Drei ehrenwerte Schwestern haben das Portal geöffnet, durch das Grargrerr zu uns kam, aber jemand anders zeigte den Graken den Weg. Ich werde ihn finden und zur Rechenschaft ziehen.*

Tako dachte an die kleine, gebeugte Gestalt.

Ich verlasse Sie jetzt, Lanze Karides, fuhr Myra 27 fort, und Tako hörte so etwas wie Bedauern in ihrer Stimme. *Ihre Vermutungen treffen zu: Ich habe Sie benutzt, aber es war nötig, die Muster der Ereignisketten in Gelmr erforderten es. Wir alle sind Teil eines größeren Ganzen. Die Geschehnisse von mehr als tausend Jahren haben auf diesen einen Moment zugesteuert. Dominik öffnet das Tal-Telas, und das gibt mir Gelegenheit, nach Randrakar zu gelangen.*

Tako saß zwischen den braunen Strängen des Graken fest, dicht vor dem Auge, aber nicht nahe genug, um die Hände hineinzustoßen. Der Druck auf sein Mubek nahm weiter zu, doch der Ultrastahl hätte auch weitaus größeren Belastungen standgehalten.

»Wenn Sie mich verlassen, nehmen mir die Graken meine Lebenskraft«, sagte Tako und gab die Bemühungen auf, sich aus dem Griff der Schlangenleiber zu befreien.

Nicht die Graken, erwiderte Myra. *Grargrerr. Er wird versuchen, Ihnen auf einmal das ganze* Amarisk *zu rauben.*

»Ohne Schutz sterbe ich.«

Ja. Das vage Bedauern wiederholte sich.

»Und dann kann sich Grargrerr Dominik zuwenden.«

Sie sind intelligent, Lanze Karides. Ich hatte gehofft, dass Sie allein zu diesem Schluss gelangen.

Tako erinnerte sich erneut an Dominiks Worte: *Töte Grargrerr. Er ist das Zentrum des Superschwarms.* Aber es gab noch einen anderen Grund, warum er Grargrerr töten musste. Um Dominik zu schützen. Um ihm die Möglichkeit zu geben, das Tal-Telas kontrolliert zu öffnen.

Töte Grargrerr ...

»Die nuklearen Batterien«, sagte er.

Ihre Explosion wird den Graken zerfetzen.

»Und mich.«

Ja.

»Aber mein Tod wird nicht umsonst sein«, sagte Tako. »Ganz im Gegenteil.« Und damit stand die Entscheidung fest.

Er hatte genug Bewegungsfreiheit, um die Hände nach unten zu bringen, die Klappen an den Hüften zu erreichen und sie zu öffnen. Seine Finger berührten die Kontrollen ...

Grargrerrs Auge starrte ihn an, und vielleicht verstand der Graken, was er beabsichtigte, denn seine braunen Stränge begannen zu pulsieren, und der von den Grakenträumen ausgehende Druck nahm zu.

Ich verlasse Sie jetzt, flüsterte Myra.

Die schützende Membran löste sich auf.

Die Stimmen wurden zu einem Orkan, der durch Takos Bewusstsein heulte. Sein Selbst zerfaserte, verlor sich in den Träumen von einundsiebzig Graken, doch die Finger bewegten sich, betätigten die Kontrollen an den nuklearen Batterien in der Reihenfolge, die ihn das Prionenwissen vor fünf Jahren gelehrt hatte.

Grargrerrs Auge schwoll vor ihm an und verschlang ihn. **547**

Bei den nuklearen Batterien kam es zu einer superkritischen Überladung – einen Sekundenbruchteil später explodierten sie.

In der Mitte des Grakenknäuels, knapp zwei Meter vom Auge entfernt, erfolgte eine atomare Explosion. Im Vergleich mit militärischen Sprengköpfen setzte sie nur wenig Energie frei, aber die destruktive Kraft genügte, um den Inneren Teil des Graken zu verdampfen und den Rest in Form von Asche und Schlacke fortzuschleudern. Die Temperatur im Zentrum von Grargrerrs Moloch stieg auf fast tausend Grad und verbrannte auch die anwesenden Vitäen, unter ihnen mehrere bewaffnete Kronn.

Tako Karides starb zusammen mit Grargrerr.

Das Ende des ersten Graken, der vor zwölf Jahrhunderten in dieses Universum gewechselt war, riss ein Loch in den Verbund des Superschwarms, der letzte Vorbereitungen für den Aufbruch traf. Die Balance der Träume und des in ihnen enthaltenen *Amarisk* wurde nachhaltig gestört, und es kam zu einer destabilisierenden Kettenreaktion.

Die über ganz Millennia verteilten restlichen siebzig Graken zitterten.

Die toten Gesichter von Kantaki-Piloten blickten aus dem Staub von Jahrtausenden ins Hier und Heute. Ahelia, und Dominik in ihr, fragte sich, was jene Männer und Frauen von der aktuellen Situation gehalten hätten. Sie waren damals vor einer Katastrophe geflohen, von der inzwischen niemand mehr etwas wusste, aber lange nach ihrem Tod war es zu einer zweiten Katastrophe gekommen, die die ganze Milchstraße betraf.

Ahelias Blick glitt über die mumifizierten Leichen hinter den transparenten Seiten der Särge und Sarkophage, wanderte dann über die lebenden Gesichter der fast zwanzig Meisterinnen, die sich zusammen mit Zara an diesem Ort eingefunden hatten, um den Ursprung des Tal-Telas zu schützen. Der schwarze Quader stand in der Mitte des runden Raums, von Kantaki-Symbolen bedeckt, deren Fünfergruppen sich zu verändern schienen, wenn man sie lange genug betrachtete.

Zara kniete vor dem Block, der Teil des alten Kantaki-Schiffes gewesen war, und schickte sich an, die Hand in den Quader zu schieben.

Ahelia beobachtete sie und sah erneut Vermessenheit, wenn auch von anderer Art als jene, die damals sie veranlasst hatte, zusammen mit zwei anderen Großmeisterinnen das Tal-Telas zu öffnen. Es war die Vermessenheit zu glauben, dass die Wahrheit über die Zeit der Schande unter allen Umständen vor Entdeckung geschützt werden musste.

»Die Tal-Telassi sind für den Grakenkrieg verantwortlich«, sagte Ahelia, woraufhin die Meisterinnen die Augen öffneten. Von der alten Zara 20 am schwarzen Quader kam ein leises, fast zornig klingendes Zischen.

In dem Körper eines jungen Mannes trat sie zu der Großmeisterin, die einige Jahrhunderte nach ihr geboren war. Zara starrte sie an, die Hand wenige Zentimeter vom Quader entfernt.

»Wir hätten dich töten sollen, als wir noch Gelegenheit dazu hatten, Dominik.«

Ahelia achtete nicht auf die Worte und trug Zara in Fomion zu den anderen Tal-Telassi. Sie spürte Unschlüssigkeit und Verwirrung bei den Schwestern, aber auch die Bereitschaft, das Tal-Telas zu verteidigen. Die Zeit reichte nicht für lange Erklärungen; es galt, schnell zu handeln.

In Hilmia veränderte sie das Denken und Empfinden der Meisterinnen, machte sie damit zu neutralen Beobachtern des Geschehens. Zara hingegen hielt sie einfach nur fest, körperlich und geistig.

»Das Meta breitet sich aus«, sagte Ahelia durch Dominiks Mund. »Es dauert nicht lange, bis die beiden Kräfte des Tal-Telas wieder eins sind, und dann wird jeder Kontakt mit den einzelnen Stufen den Schwestern die Wahrheit zeigen.«

»Damit beginnt für uns die wahre Zeit der Schande«, stöhnte Zara. »Alle werden uns die Schuld geben.«

Ahelia schenkte ihr auch diesmal keine Beachtung, wandte sich dem Quader zu und schob die Hand hinein. Die Finger durchdrangen das schwarze Material so leicht, als wäre es nicht dichter als Luft.

In der Ferne schrie Grargrerr, als Tako seine Gliedmaßen zerriss. Der Graken blieb abgelenkt und erhielt keine Gelegenheit, seinen siebzig Artgenossen mitzuteilen, wo sich der Ursprung des Tal-Telas befand, nach dem sie seit zehn Jahren suchten.

Ein letzter Blick in Gelmr zeigte die Muster klarer und deutlicher als jemals zuvor: Dies war der entscheidende Moment.

Der schwarze Quader vor Ahelia wurde transparent. Sie sah ihre Hand in ihm, bewegte die Finger und fühlte, wie sie brannten. Heißer Schmerz erfasste sie, wuchs durch den Arm, erreichte die Schulter und dehnte sich von dort durch den ganzen Körper aus. Während die Pein an Intensität gewann und Ahelia Zugang zu Kalia gewährte, der elften Stufe, veränderte sich der Quader. Er schrumpfte an den Seiten und wurde dabei langsam ein wenig höher. Die Kantaki-Symbole blitzten kurz auf, bevor sie verschwanden. Innerhalb von etwa zwanzig Sekunden entstand eine Linie, vertikal und zwei Meter lang. Erst schimmerte sie so weiß wie der Schnee von Millennia, doch dann ließ ihr Glanz nach, und die Linie fand zum ursprünglichen Schwarz des Quaders zurück.

So dünn wie ein Haar war sie schließlich und sank langsam dem Boden entgegen. Als sie ihn berührte, wurde die Linie zu einem Spalt, zu einem Riss in der Luft, und aus seiner Schwärze kam eine Gestalt: klein, der Rücken gebeugt, die Augen groß, die Nase lang und spitz. Sie trat aus dem Spalt in den runden Raum mit den Särgen und Sarkophagen, und sie fragte: »Wer spielt das Spiel mit mir?«

»Hier ist niemandem zum Spielen zumute«, sagte Ahelia

kalt und sprang in dem Augenblick, als Tako starb. Sie prall-te gegen den kleinen Humanoiden, fiel mit ihm in den schwarzen Riss und löste sich in einem Meer von Schmer-zen auf.

Aber nicht ganz.

Für einen Moment sah Ahelia die endlose Stadt unter dem Himmel aus Augen und berührte die Kraft, aus der das Tal-Telas kam, das Flix, die Kraft der Schöpfung – Kalia verband sie damit. Von der kleinen, gebeugten Gestalt war weit und breit nichts mehr zu sehen.

Der Schmerz schickte sich an, den Rest von ihr zu ver-brennen. Das hatten die Muster Dominik und Ahelia ge-zeigt: ein Ende inmitten von Feuer, um die Ära des Feuers zu beenden.

Die Augen über der endlosen Stadt sahen alles und wie-sen ihr den Weg zu dem Tunnel, der zwei Universen mit-einander verband. Mit dem eigenen Feuer verbrannte sie die Brücke des Unheils.

Doch bevor der Tunnel zu Quantenasche zerfiel, wechsel-te ein Selbst auf die andere Seite: Myra 27, auf dem Weg nach Randrakar.

Ahelia starb, und mit ihr Dominik, dessen letzter Gedan-ke Loana galt.

Stille herrschte in dem runden Raum mit den mumifizierten Leichen. Wo eben noch ein schwarzer Riss existiert hatte, vertikal und zwei Meter lang, stand jetzt wieder ein schwar-zer Quader, dessen Kantaki-Symbole glühten. Zara und die Meisterinnen spürten, wie die vereinte Kraft des Tal-Telas von ihnen ausging.

Und sie fühlten noch etwas anderes: Die Graken auf Mil-lennia starben.

Epilog

Plötzlicher Schmerz riss Loana aus dem Schlaf, und für einige Sekunden war sie verwirrt. Mattes Licht fiel aus dem nahen quasirealen Fenster ihrer Kabine an Bord des Hydra-Lazaretts. Sie hob den Kopf, blickte auf den Planeten hinab, der in die Dunkelheit ewiger Nacht gehüllt blieb, sah den Braunen Zwerg und ferne Sterne.

»Dominik?«, fragte sie leise und setzte sich auf.

Das Echo des Schmerzes antwortete, schuf eine plötzliche Leere in Loana, ein Vakuum, das bestrebt zu sein schien, alles in sich aufzusaugen.

»Dominik!«, stieß Loana hervor und wusste, was den Schmerz verursacht hatte: Dominiks Tod.

Er war auf Millennia gestorben, vor wenigen Momenten.

Loana blickte weiterhin ins All, als ihr Tränen über die Wangen rannen. Sie weinte leise, ohne einen Ton von sich zu geben, und nach einer Weile hob sie die Hände ins matte Licht, betrachtete die Fingerkuppen, an denen sich keine violetten Verfärbungen mehr zeigten. Ihr größter Wunsch, zu einer Tal-Telassi zu werden, konnte nicht mehr in Erfüllung gehen.

Aber vielleicht war es gar nicht ihr größter Wunsch.

Die letzten Reste des Schmerzes lösten sich auf, und Loana atmete tief durch, wie um neue Kraft zu schöpfen. Die Trauer blieb in ihr, ein Schatten auf ihrer Seele, aber es gab auch Licht.

Mit der rechten Hand strich Loana sanft über ihren Bauch. Seit zwei Tagen wusste sie, dass sie schwanger war. Sie kannte auch schon das Geschlecht des in ihr heranwachsenden Kinds – es war eine der letzten Informationen, die sie dem Tal-Telas entnommen hatte.

Etwas von Dominik blieb ihr, eine gemeinsame Tochter.

Und schon jetzt, noch nicht einmal ein Fötus, hatte das ungeborene Kind eine starke Präsenz im Tal-Telas.

»Ich werde dich Dominique nennen«, sagte Loana.

17. März 1124 ÄdeF

Keil Mandro, Kommandant der 7. Erkundungsgruppe, veränderte die Justierung seines biotronischen Visiers, als sie einen weiteren großen Raum des Sonnenzapfers erreichten. Aufklärungsservi flogen los, sammelten Daten und übermittelten sie Mandro und den fünfzehn Soldaten, die hinter ihm ausschwärmten. Ihre Waffen blieben einsatzbereit, obgleich sie während der letzten Stunden nicht einen einzigen Schuss abgefeuert hatten.

Weiter vorn, bei den hoch aufragenden Aggregaten, die wie Grakenmoloche aus einer Art lebendem Metall bestanden, wankten einige Vitäen umher. Doch wie alle anderen, denen sie bisher im Sonnenzapfer begegnet waren, wirkten sie apathisch und konfus.

»Mandro an Einsatzleitung. Hier befinden sich weitere Vitäen, aber sie reagieren ebenfalls nicht auf uns.« Neue Daten erreichten das Visier des Kampfanzugs. »Mehrere von ihnen sind tot.«

»Bestätigung. In den übrigen Sektionen sieht es genauso aus.«

Der Kom-Servo übertrug die Stimme eines Wissenschaftlers. »Es existiert keine kollektive Intelligenz mehr. Der Tod der Graken auf Millennia hat die Vitäen vollständig desorientiert. Sie stellen keine Gefahr mehr für uns dar.«

Keil Mandro näherte sich den zentralen Aggregaten und beobachtete, wie einer seiner Leute an einen Kronn herantrat, der versuchte, seine Knochen neu zu ordnen. »Nein,

Mika«, sagte er, als der Mann den Annihilator hob. »Lebend nützen uns diese Geschöpfe weitaus mehr. Vielleicht gelingt es uns, wichtige Informationen von ihnen zu bekommen.« Er beobachtete, wie ein Chtai zu Boden sank und zersplitterte. »Wenn sie lange genug am Leben bleiben. Loris, Birda, macht euch an die Arbeit.«

Mehrere Soldaten begannen damit, die Vitäen in Stasisfelder zu hüllen – keiner von ihnen leistete irgendeine Art von erkennbarem Widerstand.

Mandro beobachtete den Vorgang und empfing gleichzeitig weitere Daten, die er in regelmäßigen Abständen zusammenfasste und der Einsatzleitung an Bord des Destruktors *Impera* übermittelte, wo nach und nach ein deutliches Bild der allgemeinen Situation entstand.

Elmira trat an seine Seite, ihr Gesicht halb hinter dem Visier verborgen. Sie benutzte einen privaten Kanal, als sie fragte: »Was hältst du davon? Was ist hier geschehen?«

Mandro gab der Hoffnung nach, die seit Beginn des Einsatzes vor einigen Stunden in ihm keimte. »Zum ersten Mal seit Beginn des Kriegs sind Graken gestorben, und gleich einundsiebzig. Millennia ist wieder frei, und es findet kein Flug eines Superschwarms statt. Wir haben Gelegenheit, zahlreiche Exemplare aller drei Vitäen-Spezies zu untersuchen. Außerdem ist uns viel Ausrüstung des Feindes in die Hände gefallen. Dies hier ...« Er vollführte eine Geste, die dem ganzen Sonnenzapfer galt. »... gibt uns Einblick in die Technik der Graken. Bestimmt können wir viel daraus lernen.«

Elmira drehte den Kopf, und die Biometrie teilte Mandro mit, dass sie den Blick auf ihn richtete. »Könnte dies wirklich ...«, begann sie, sprach den Satz aber nicht zu Ende.

Mandro nickte langsam, und die Lippen unter dem Datenvisier deuteten ein Lächeln an. Er legte Elmira mit sanftem Druck den Arm um die Schultern, ließ ihn dann wieder sinken. »Ja, dies könnte tatsächlich ein Wendepunkt im Krieg sein. Wir haben einen wichtigen Sieg über die Graken errungen. Und etwas sagt mir, dass es nicht der letzte sein wird.« **555**

Glossar

ABE – Siehe »Autarke Behandlungseinheit«.

Ahelia – Gründete vor 5000 Jahren den Orden der Tal-Telassi. Ihre 23. Inkarnation verschwand einige Jahrzehnte nach Beginn des Grakenkriegs.

Airon – Eine Bastion der Allianzen Freier Welten.

Airon-System – Ein System, das aus einem roten Überriesen und einem Schwarzen Loch besteht, das den Riesen allmählich verschlingt. Nach diesem System ist die Bastion Airon benannt.

Akonda – Takos Raumschiff. Fast hundert Meter lang und trichterförmig.

Allianzen Freier Welten (AFW) – Welten, die sich nicht unter der Herrschaft der Graken befinden (auch von anderen Spezies).

Amarisk – Ein Begriff der Tal-Telassi. Er bedeutet so viel wie »das, was unseren Geist wach hält und unseren Gedanken Kraft gibt« und bezieht sich auf die psychische Energie, die die Graken ihren Opfern entziehen.

Andabar – 2. Planet des Hyperion-Systems, etwa 5000 Lichtjahre von Kabäa entfernt. Urheimat der Piriden, die auf verschiedenen Welten leben und den AFW als Waffenschmiede helfen.

Annihilatoren – Strahlwaffen der AFW.

Antimaterierakete – Waffe der AFW.

Arabi – Besiedelter Planet im Morgob-System (4.)

Astrohistoriker – Wissenschaftler der Lhora.

Auflösung – Todesstrafe bei den Tal-Telassi. Personen werden in der Desintegrationskammer aufgelöst, ohne dass Selbstfragmente für Mneme oder genetisches Material für einen Klon zurückbleiben.

Aufpasser – Nur wenige Millimeter große tronische Augen und Ohren.

Autarke Behandlungseinheit (ABE) – Gleichzeitig Medo-Servo und Hibernationskapsel.

Autoritätszone – Das Einflussgebiet eines Graken.

Ayro – Extraterrestrische, Methan atmende Spezies. Benutzt Ambientalblasen. Rabada ist ein Ayro.

Bartolomeo – Besatzungsmitglied der *Talamo*.

Bauen – So nennt Dominik die mentale Konstruktion eigener Welten.

Bentram – Yenis Bruder auf Kabäa.

Bergon – Waffenschmied von Andabar, aus der Familie der Lunki.

Bhardai – Ein Volk.

Biok – Ein bionischer Körper.

Bione – Von den Tal-Telassi hergestellte künstliche Geschöpfe, dienen unter anderem der Emotionsneutralisierung.

Biotelemetrie – Von Kampfanzügen übertragene biologische Daten des Trägers.

Biotron – Zur Überwachung komplexer biologischer Funktionen (Gehirn usw.) dienender Computer.

Brüter – Gerät, in dem Bione wachsen und heranreifen.

Cainu – Ein Quinqu. Friedensforscher.

Ceptar – Eine Rangstufe über »Lanze«.

Chorius-Desaster – Der vor 20 Jahren erfolgte Angriff der Kronn auf die Verteidigungsstation im Orbit von Chorius war für die AFW eine militärische Katastrophe.

Chrimmia – Kleine Stadt auf Millennia, zweitausend Kilometer von Empirion entfernt.

Chtai – Bezeichnung für die wissenschaftlichen Vitäen in den Diensten der Graken.

Comrio, Lanze – Nach Dargo Dargeno Kommandant der Bastion Airon.

Dalanna – Ehefrau von Tako Karides, im Alter von 42 Jahren auf Meraklon gestorben.

Dargeno, Dargo, Lanze – Kommandant der Bastion Airon und Freund von Tako Karides.

Dellan, Tobar – Tako Karides' Tarnidentität in Sapientia.

Demolatoren – Waffen der Kronn.

Deneri – Piriden wie die Waffenschmiede, leben aber in direkter Abhängigkeit von ihnen; eine Mischung aus Lakai und Leibeigener.

Desintegrationskammer – Siehe »Auflösung«.

Destabilisator – Ein von den Tal-Telassi verwendetes Gerät, mit dem sich Bione deaktivieren lassen.

Destruktor-Klasse – Eine Klasse von Schlachtschiffen, achthundert Meter lang, vorn eine zweihundert Meter durchmessende Kugel, gefolgt von einem Zylinder mit einem Trichterkranz kurz vor dem Heck. Davor befinden sich vier dicke Krümmerwalzen.

Dominik – Ein Junge, den Tako Karides auf Kabäa findet.

Dunkelstrafe – Sensorische Deprivation. Strafe für die Schüler der Tal-Telassi: Entzug aller Sinneswahrnehmungen.

Edukator – Ein Biotron, der zu Lehrzwecken eingesetzt wird.

Eherne Garde – Die Garde von Millennia. Eine Mischung aus Militär und Polizei.

Ekortina – Mitschülerin von Loana.

Elisa – Der Megatron an Bord des Raumschiffs *Akonda*.

Elvin – KI-Avatar in Sapientia.

Empirion – Hauptstadt von Millennia.

Endiria – Hauptstadt des Planeten Kyrna.

Energieriffe – Raumschifffallen, die die Kronn bei wichtigen Transferschneisen anlegen, um Raumschiffe aus dem Transit zu holen.

Enzelor – Ein spezieller Bion, dient als Hirnerweiterung.

Erste Welt – So nennen die Tal-Telassi die äußere Realität.

Facettenschiff –Schiffe der Chtai.

Feuerband – Mischung aus Treffpunkt, Kantine, Restaurant und Kommunikationszentrum in der Bastion Airon.

Ganzkörperbion – Auch: GK-Bion. Ein Bion, der den ganzen Körper des Trägers einhüllt, von Kopf bis Fuß.

Geeta – Bezeichnung für die Kustoden der Graken.

Gegenträumer – Wehrt die mentalen Sondierungen der Graken ab und gestattet es Schiffen, sich einem besetzten Planeten zu nähern.

Geistessprecher – Bezeichnung der Graken und ihrer Vitäen für die Tal-Telassi.

Gindal – Eine G-Sonne, fast siebentausend Lichtjahre von Andabar und mehr als sechstausend von der Bastion Airon entfernt. Dort testet die *Trax* den Phint.

Graken – Geschöpfe, die das Bewusstsein anderer intelligenter Wesen mit ihren Träumen verbinden und ihnen Lebenskraft (*Amarisk*) entziehen. Mentale Parasiten.

Grakenbrut – Nachkommen von Graken. Wachsen in halbtransparenten Blasen heran.

Grargrerr – Name eines Graken.

Gravitationsanker – Auch G-Anker genannt. Energetische Verbindung zwischen zwei Schiffen, z. B. fürs Abschleppen.

Große K – Andere Bezeichnung für die legendären Kantaki.

Große Lücken – Zeiträume, in denen Wissen verloren ging. Zur ersten Großen Lücke kam es vor achttausend Jahren, und sie umfasst einen Zeitraum von drei Jahrtausenden. Die zweite Große Lücke entstand kurz vor Beginn des Grakenkriegs; sie umfasst ein Jahrhundert.

Haitari – Kleinwüchsige Humanoiden mit übergroßen Augen. Erledigen auf Millennia viele Arbeiten für die Tal-Telassi.

Haltalla – Wichtigstes Lyzeum der Tal-Telassi auf Millennia.

Helion – Stützpunkt der Kronn bei der Sagittarius-Schneise.

Hellena – Ein KI-Avatar.

Hellid – Planet mit wüstenartiger Oberfläche und sehr dichter, wie flüssig wirkender Atmosphäre.

Herdon – Im Jahr 1119 ÄdeF musste sich eine Abteilung der Legion von Cerbus nach schweren Kämpfen von diesem Planeten zurückziehen.

Hyperion-Verwerfung – Ein Bereich im All beim zentralen Kontaminationskorridor, nach dem in der Nähe befindlichen Hyperion-System benannt. Fast 5000 Lichtjahre von Kabäa entfernt.

Ibenau – Name eines Taruf-Frachters.

Impera – Ein Destruktor der AFW-Streitkräfte.

Impro – Höchster Rang beim Okomm; steht über »Markant« und »Prior«.

Innerer Kern – Der zentrale Bereich der AFW, bestehend aus 60 Planeten.

Innovatoren – Reformwillige Tal-Telassi, gemäßigt.

Insurgenten – Untergruppe der Innovatoren bei den Tal-Telassi. Extremistische Reformer.

Iri – Ein Quinqu, Mitglied der strategischen Gruppe des Oberkommandos.

Ithana – Takos Assistentin.

Jasmin – Eine Medikerin in einer Höhle auf Millennia.

Kalaho – Eine Welt des Kernbereichs, noch vor der Ersten Großen Lücke von Menschen und Quinqu besiedelt.

Kalomak – Fluss auf Kyrna.

Kampfanzüge – Von den Tal-Telassi hergestellt. Enthalten organische Komponenten, die den Träger ernähren, seine Widerstandskraft erhöhen usw.

Kampfdrohnen – Für den Kampf bestimmte Maschinen.

Kampfkorsett – Eine maschinelle Vorrichtung, die das Kampfpotenzial einer Person beträchtlich erhöht.

Kankrat – Ein Großbion, der mit transparentem Ultrastahl verbunden ist und aussieht wie die halb entfalteten Blütenblätter einer Blume. Werden oft auf den Raumschiffen der Tal-Telassi verwendet.

Kao – Ein Gegenträumer.

Karides, Tako – Offizier bei den Streitkräften der Allianzen Freier Welten, hat auf Meraklon im Pesao-System Frau und Sohn verloren.

Katyma 9 – Eine gemäßigte Innovatorin der Tal-Telassi.

Keil – Rang in den Streitkräften der AFW.

Kernbereich – Knapp hundert bewohnte Welten und etwa dreihundert Ressourcenplaneten.

Knochenwesen – Siehe Kronn.

Kontaminationskorridore – Von den Graken kontrollierte Bereiche des Alls.

Kraler – Ein spezieller Bion, der die *Talamo* vor Ortung schützt.

Kronn – Bezeichnung für die Soldaten-Vitäen in den Diensten der Graken.

Krorkrra – Ein Graken.

Krümmer – Teil der AFW-Antriebstechnik. *Krümmt* das Raum-Zeit-Kontinuum. Krümmerfelder dienen auch als Schutzschirme.

Krümmerwalzen – Große zylinderförmige Aggregate an den Seiten überlichtschneller Raumschiffe.

Kwirm – Ein Planet, aus dessen Ozeanen die Pfeilfische stammen, die im großen Aquarium in Markant Vandenbeqs »Büro« schwimmen.

Kyrna – Eine Großmeisterin, die den anderen Schwestern die zehnte Stufe des Tal-Telas erschlossen hat.

Laggar – Prior und Mitglied der strategischen Gruppe des Oberkommandos. Ein Taruf.

Lanze – Ein hoher Rang bei den Streitkräften der AFW, eine Stufe über »Keil«.

Legion von Cerbus – Eine Art Kriegerkaste. Ihr Symbol ist ein Feuer speiender dreiköpfiger Hund mit Schlangenschweif.

Levitrans – Levitationstransporter.

Lhora – Ein Volk. Astrohistoriker.

Linguator – Ein Übersetzungsgerät.

Loana – Eine Schülerin der Tal-Telassi.

Lowanda – Eine von mehr als hundert Inseln des großen Perlen-Archipels am Äquator von Meraklon.

Malo – Planet. Miriam und Xandra stammen von dort.

Manuel – Tako Karides' Sohn.

Markant – Generals- und Admiralsrang beim Oberkommando.

Marklin – Ein Haitari und Mittler auf Millennia.

Maximen – Wichtige Regeln der Tal-Telassi. Wie Gesetze.

Mediker – Ärzte.

Medo-Tron – Besonders leistungsfähiger Medo-Servo.

Megatron – Ein Tron, der mit einer Künstlichen Intelligenz ausgestattet ist. Die Megatrone haben den Status von intelligenten Maschinenwesen.

Melinda – Mitschülerin von Loana.

Meraklon – Auf diesem Planeten (3. Planet des Pesao-Systems) sind Tako Karides' Sohn Manuel und seine Frau Dalanna gestorben.

Meta, das – Die zweite Kraft des Tal-Telas.

Mewe – Mobile Erweiterungen eines Megatrons.

MFBs – Multifunktionsbione.

Mikrokollapsare – MKs. Waffen der AFW, erzeugen künstliche Schwarze Löcher.

Millennia – Welt der Tal-Telassi, 4. Planet des Gondahar-Systems.

Miriam und Xandra – Die Malo-Zwillinge. Kämpferinnen in der Legion von Cerbus.

Mnem – Ein spezieller Bion zur Aufnahme des Wissens bzw. des Gedächtnisinhalts einer Person.

Moloch – Raumschiff eines Graken, bzw. sein »Mantel«.

Moment des Großen Sprungs – Aufbruch und Transfer des Superschwarms von Millennia.

Morgob-System – Sonnensystem, nur 30 Lichtjahre von den Ophiuchus-Riffen beim zentralen Kontaminationskorridor entfernt.

Muarr – Intelligente Spezies. Viele begabte Gegenträumer sind Muarr.

Mubek – Multifunktionales biotronisches Ektoskelett.

Myra 27 – Eine Großmeisterin der Tal-Telassi, mehr als viereinhalbtausend Jahre alt.

Nemes – Ein Segmenter, Mitglied der strategischen Gruppe des Oberkommandos.

Norene 19 – Eine Großmeisterin der Tal-Telassi, gehört zu den Orthodoxen.

Oberkommando – Leitung der Streitkräfte der AFW, bestehend aus 290 Markanten und Prioren sowie 19 Impri.

Okomm – Umgangssprachliche Bezeichnung für »Oberkommando«.

Omnar – Ein Bezirk von Andabar.

Ophiuchus-Riffe – Ein Bereich des Alls beim zentralen Kontaminationskorridor. Fast 5000 Lichtjahre von Kabäa entfernt.

Orione – Eine Medikerin.

Orte der Stille – Orte der Meditation auf Millennia.

Orthodoxe – Die Tal-Telassi, die streng an den überlieferten Regeln festhalten, angeführt von Norene 19.

Pegasus-Schatten – Ein »kommunikationstoter« Raumbereich zwischen Airon und dem Mirlur-System, in dem keine Transverbindungen möglich sind.

Pesao-System – Sonnensystem mit dem Planeten Meraklon.

Phint – Phasenübergangs-Interdiktor. Waffe, die einen entstehenden Sonnentunnel kollabieren lassen soll.

Pilotendom – Der Raum an Bord eines Kantaki-Schiffes, von dem aus der Pilot das Schiff durch den Transraum steuert.

Piriden – Intelligente Spezies auf Andabar, Waffenschmiede der AFW.

Poseidon – Auf diesem Planeten hat eine Einsatzgruppe unter der Leitung von Keil Tako Karides einige Monate vor Handlungsbeginn eine Grakenbrut vernichtet.

Potonis – Besiedelter Planet im Morgob-System.

Primäre Katalyter – Eine Gruppe der Chtai.

Prior – Rang beim Okomm, unter dem des Markanten.

Psychomechaniker – Auf Kriegstraumata spezialisierte Psychologen.

QR-Felder – Quasireale Felder.

Rabada – Ein Methan atmender Ayro, der meistens in einer Ambientalblase steckt. Mitglied der strategischen Gruppe des Oberkommandos. Gilt als strategisches Genie.

Randrakar – Die Letzte Zuflucht, ein künstlicher Planet aus spezieller Zellmasse, materielle Nahrung für die Graken.

Rebecca – Angehörige der Legion von Cerbus.

Reiyni – Gegner der Graken.

Revitalisierung – Genetische Behandlung, die den gesamten Körper verjüngt, auch »Resurrektion« genannt.

Rillt – Ein Chtai, gehört zu den Primären Katalytern.

Rinna – Eine Berührte, entschlossene Kämpferin gegen die Graken. Mitglied von Takos Einsatzgruppe, die auf Kabäa landet.

Sagittarius-Schneise – Wichtiger Verbindungsweg für die Raumschiffe der AFW.

Saphirmeer – Das eisfreie Meer am Äquator von Millennia.

Sapientia – Die erste Stadt des Wissens auf Millennia, fast so alt wie der Orden selbst (5000 Jahre).

Schleicher – Kleines Schiff für verdeckte Einsätze wie auf Kabäa.

Schwesternrat – Regierende Körperschaft der Tal-Telassi auf Millennia.

Selbstöffnung – Öffnung des Bewusstseins einer Tal-Telassi. Die Angehörigen des Ordens können sich nicht gegenseitig telepathisch sondieren.

Selidon-System – In der Nähe dieses Sonnensystems hat eine aus 59 Kampfschiffen bestehende Flotte der AFW die Kronn daran gehindert, ein Energieriff anzulegen. Nur 17 Schiffe kehrten schwer beschädigt zurück.

Sibillia 7 – Tal-Telassi-Meisterin, Lehrerin im Lyzeum von Tarion, zuständig für kulturhistorische und ethnische galaktische Geschichte.

Solaringenieure – Befassen sich mit den Veränderungen von stellaren Koronen, die den Transfer von Graken und ihrer Helfer ermöglichen.

Sondierer – Angehörige der Chtai, Vitäen der Graken. Wissenschaftliches Personal.

Sonnenbeobachter – Halten in den Koronen von Sonnen nach eventuellen Feuervögeln Ausschau.

Sonnentunnel – Wege der Graken zu neuen Sonnen.

Springer – Kleines Raumschiff der AFW.

Statuskredit – Statuskredite, Verdienste bei der Arbeit für die Tal-Telassi, sind gewissermaßen die Währung auf Millennia.

Superschiff – Manchmal verbinden sich Stachelschiffe der Kronn und werden dann zu einem Superschiff.

Synthokaf – Ein Getränk, von Tako bevorzugt, oft angereichert mit Nährstoffen und Stimulanzen.

Talagga – Kleine Stadt auf Millennia.

Talamo – Name des Raumschiffs, mit dem Tako Karides und seine Gruppe nach Kabäa fliegen.

Tallbard, Horatio Horas – Chronologe der Freien Welten und Bewahrer des Wissens der Tal-Telassi.

Tal-Telas – Die von den Tal-Telassi genutzte Kraft des Seins, die das ganze Universum durchdringt. Megatrone werfen keine Schatten darin und gelten daher als falsches Leben.

Tal-Telassi – Auch »Ehrenwerte Schwestern« genannt. Der Orden hat eine 5000-jährige Geschichte und besteht ausschließlich aus Frauen, die sich selbst klonen.

Tamira 5 – Eine Lehrerin des Lyzeums von Tarion auf Kyrna.

Tantili – Ein Grekki und Angehöriger der Legion von Cerbus.

Tarion – Stadt der Tal-Telassi auf Kyrna, dem 3. Planeten des Kalanka-Systems, mehr als 7000 Lichtjahre von der Bastion Airon entfernt.

Teora 14 – Eine Tal-Telassi. Oberhaupt der Insurgenten.

Thulman – Ein Mond des Gasriesen Sarmaka im Hyperion-System. Dort entstand der erste bekannte Grakenschwarm, fast 400 Jahre vor Beginn der Handlung.

Transferschneisen – Gewissermaßen »Straßen«, denen die Raumschiffe der AFW bei ihren überlichtschnellen Flügen folgen müssen.

Transstellare Kredite (Transtel) – Währung in den Allianzen Freier Welten.

Trax – Ein piridisches Schiff.

Tron – Leistungsstarker Datenservo, zum Teil mit organischen Komponenten.

Turan – Klassenbezeichnung für Jäger der AFW.

Tzeta – Alter Lotse am Ende der Transferschneise im Gondahar-System.

Ultrastahl – Besonders widerstandsfähiger Stahl.

Valis-Sektor – Dort haben die Kronn einmal durch das strategische Genie des legendären Rabada große Verluste erlitten. Sie mussten zu ihrem Helion-Stützpunkt zurückkehren.

Vandenbeq, Markant – Angehöriger des Oberkommandos und Vorsitzender der strategischen Gruppe.

Verlorene Welten – Damit sind alle Welten gemeint, die an die Graken verloren gingen.

Vitäen – Spezies, die mit den Graken in Symbiose leben.

Yeni – Späherin auf Kabäa, berührt und kontaminiert.

Yrek – Ein Stamm der Haitari auf Millennia. Hat viele Verdienste bei der Arbeit für die Tal-Telassi erworben

Zara 20 – Eine Großmeisterin der Tal-Telassi.

Zentrum – Das Zentrum des Tal-Telas.

ZIB – Zentrum für intensive Behandlung (Intensivstation).

Zirkel – Bereich von Millennia, der allein den Tal-Telassi vorbehalten bleibt.

Zömeterien – Katakomben tief unter der Oberfläche von Millennia. In ihnen ruhen seit Jahrtausenden die Vorfahren der Tal-Telassi.

Zweite Welt – So nennen die Tal-Telassi die mentalen Welten jenseits der physischen Realität.

Zyoten – Einzellige Organismen in heißen Quellen unter dem Eis von Millennia. Daraus stellen die Tal-Telassi Bione her.

Die Stufen des Tal-Telas

1. **Alma**: Verbindet die Seele mit dem Gegenständlichen.
2. **Berm**: Gedanke über Materie (geistiges Wandern).
3. **Crama**: Ermöglicht es dem Gedanken, Materie zu bewegen (Telekinese).
4. **Delm**: Ermöglicht es dem Gedanken, andere Gedanken zu berühren (Telepathie).
5. **Elmeth**: Verbindet Materie mit anderen Orten (Teleportation von Objekten).
6. **Fomion**: Verbindung der eigenen Person mit anderen Orten (eigene Teleportation).
7. **Gelmr**: Das Erkennen von Mustern (eine Art Präkognition).
8. **Hilmia**: Das Unterbinden von Gedanken (überlegene Bewusstseinskontrolle).
9. **Iremia**: Veränderung der Materie, Manipulation physischer und energetischer Strukturen.
10. **Jomia**: Wissen und kosmisches Verständnis.
11. **Kalia** (hypothetisch): Einflussnahme auf das Leben. Erschaffen neuer Geschöpfe etc. Die Kraft universaler Schöpfung.

Chronologie der Allianzen

(Auszug, zusammengestellt unter Mitwirkung des Höchstehrenwerten Horatio Horas Tallbard, Bewahrer des Wissens der Tal-Telassi)

Die 1. Große Lücke

Natürlich wissen wir, was vor der 1. Großen Lücke war. Wir wissen, dass sich die Menschheit auf der Erde entwickelte und ihren Planeten im so genannten 21. Jahrhundert verließ, vor etwa achttausend Jahren. Wir wissen *nicht*, ob die Kantaki ihr dabei behilflich waren, wie es in einigen Legenden heißt. Fest steht, dass Menschen im damaligen 21. Jahrhundert Proxima Centauri und etwas später auch das Epsilon-Eridani-System erreichten und dort den Planeten Kabäa besiedelten. Doch was danach kam, geriet in Vergessenheit.

Die 1. Große Lücke umfasst einen Zeitraum von etwa dreitausend Jahren, ein großer weißer Fleck auf der Landkarte unserer Erinnerungen. Geblieben sind Legenden, und angeblich berichten sie von Ereignissen, die tatsächlich stattgefunden haben. Es ist müßig, hier von Dingen zu erzählen, die Spekulationen überlassen bleiben müssen. Deshalb beschränken wir uns auf die wenigen über diesen Zeitraum bekannten Fakten. Wenn wir die Begriffe der alten Zeitrechnung verwenden, dauerte die 1. Große Lücke vom Jahr 2000 bis 5000. Tatsache ist, dass sich die Menschheit während dieses Zeitraums im Orion-Arm der Milchstraße ausgebreitet und zahlreiche Planeten besiedelt hat. Sie begegnete anderen Völkern und lernte, die Technik der Horgh für die überlichtschnelle Raumfahrt zu nutzen. Während dieser drei Jahrtausende muss es zu einem kosmischen Kataklysmus gekommen sein, bei dem heute noch existierende Raum-Zeit-Anomalien entstanden.

Und das ist auch schon alles. Was über diese wenigen Feststellungen hinausgeht, hat nicht mehr Gewicht als Mutmaßungen. Ebenso bleibt es Spekulationen überlassen, was diesen massiven, umfassenden Verlust an Wissen über einen Zeitraum von drei Jahrtausenden hinweg verursacht hat, und zwar nicht nur bei der Menschheit, sondern auch bei anderen Völkern. Kosmische Katastrophen kommen dafür wohl kaum infrage, denn sie hätten auch andere Spuren hinterlassen. Viele Historiker suchen den Grund bei bewussten Manipulationen. Ob sie Recht haben oder nicht, spielt heute kaum mehr eine Rolle. Was auch immer der Grund für die 1. Große Lücke gewesen sein mag: Dreitausend Jahre unserer Geschichte sind unwiederbringlich verloren.

Das Zeitalter der Reife

Die Wurzeln der Allianzen, wie wir sie heute kennen, liegen im *Zeitalter der Reife*, das etwa in den Jahren 5000 bis 8750 (alte Zeitrechnung) anzusiedeln ist. Dieser Zeitraum von fast viertausend Jahren ist gut dokumentiert und gekennzeichnet durch wirtschaftliches, technologisches und moralisch-ethisches Wachstum. Als eine der Grundlagen dafür diente die immer engere Zusammenarbeit der verschiedenen galaktischen Völker trotz teilweise recht beträchtlicher Entwicklungsunterschiede. Spezielle Vereinbarungen ermöglichten praktisch allen technischen Kulturen die Nutzung der Horgh-Technologie, wodurch sich entscheidende Impulse für die weitere Entwicklung der interstellaren Raumfahrt ergaben. Die Tal-Telassi wurden in dieser Zeit nicht nur zu einer wichtigen, wenn nicht gar dominanten philosophischen Kraft, sondern auch zum Hauptlieferanten von Bionen. Ihre Biotechnik übernahm nanotechnische Komponenten und trug maßgeblich zur Verlängerung der menschlichen Lebenserwartung von bis zu zweihundert Jahren bei.

Die 2. Große Lücke

Die zweite Lücke in unserem historischen Wissen ist nicht annähernd so groß und umfasst etwa hundert Jahre, vom Jahr 8750 der alten Zeitrechnung bis 8850. Der Verlust des Wissens betrifft erneut nicht nur die Menschheit, sondern auch die anderen Völker, von denen einige die erste Allianz bildeten, die »Allianz der Welten«. Wie bei der 1. Großen Lücke verzichten wir darauf, über die

Ereignisse während dieser Zeit zu spekulieren, und beschränken uns auf die Nennung einiger weniger Fakten, die aus dieser Zeit bekannt sind.

Bei den Tal-Telassi kam es zu internen Auseinandersetzungen zwischen Orthodoxen, Innovatoren und Insurgenten. In den Zyotenfarmen von Millennia wurden neue Bione entwickelt. Bei den Horgh entstanden die Zwanzig Neuen Sippen, die auch eine militärische Zusammenarbeit mit der Allianz der Welten (AW) anstrebten. Die Tal-Telassi lehnten es ab, ihre Archive zu öffnen, um verlorene Daten wiederherzustellen. Auf ihr Drängen bekam Millennia den Status eines autarken Staates mit Vetorecht im Rat der AW.

Kurz nach dem Ende der 2. Großen Lücke erschien der erste Graken. Wir kennen nicht die genauen Umstände, unter denen es dazu kam, doch jenes folgenschwere Ereignis ging als »Kollma-Infektion« in die Geschichte ein und markiert das Jahr 1 der Ära des Feuers.

Die Ära des Feuers (ÄdeF)

1 ÄdeF (8851 alte Zeitrechnung): In der Korona der Sonne Kollma zeigt sich ein Feuervogel, und kurz darauf erscheint der erste Grakenmoloch, begleitet von Schiffen der Kronn, Chtai und Geeta. Kontaktversuche bleiben vergeblich – die Kampfschiffe der Kronn vernichten alle Raumschiffe, die versuchen, ihnen Widerstand zu leisten.
Kurze Zeit später erscheinen weitere Feuervögel in Kollmas Korona, und sieben zusätzliche Graken treffen ein. Fünf von ihnen lassen sich auf den fünf von Menschen besiedelten Planeten des Kollma-Systems nieder, das zum Ausgangspunkt des zentralen Kontaminationskorridors wird. Die anderen drei verschwinden mit unbekanntem Ziel im interstellaren Raum.

3 ÄdeF (8853): Der Versuch einer Friedensdelegation der AW, Verhandlungen mit den Graken und Vitäen zu führen, hat das »pazifistische Desaster« zur Folge. Die Menschen an Bord der neunzehn entsandten Friedensschiffe werden von den fünf Graken im Kollma-System in ihre Träume integriert und damit zu Kontaminierten ohne Hoffnung.

7 ÄdeF (8857): Streitkräfte der Allianz der Welten unternehmen den Versuch, das Kollma-System zu befreien. Ihre Flotte aus

hundertsiebenundzwanzig Schiffen erleidet eine vernichtende Niederlage. Nur drei Schiffe kehren zur Ersten Flottenbasis auf Tehri im Hatal-System zurück.

41 ÄdeF (8991): Eine Erkundungsgruppe erreicht das Kollma-System, begleitet von einem Muarr und einer Tal-Telassi. Es wird klar, dass es auf den vier kontaminierten Planeten nur wenige Überlebende gibt, die langsam vor sich dahinsiechen. Der Versuch, eine Grakenbrut zu vernichten, bleibt ohne Erfolg. Die Gruppe wird entdeckt, aber einigen Mitgliedern gelingt die Flucht. Sie bringen der AW erste wichtige Informationen über die Graken.

67 ÄdeF (9017): Der Vorschlag, eine zweite, größere Angriffsflotte zum Kollma-System zu schicken, stößt auf heftigen Widerstand bei zahlreichen Mitgliedern des AW-Rates. Sie weisen darauf hin, dass es auf den vier besetzten Planeten ohnehin nichts mehr zu retten gibt. Zahlreiche Angehörige des Rates geben sich der Hoffnung hin, dass das Grakenproblem auf das Kollma-System beschränkt bleibt.

75 ÄdeF (9025): In der Korona von Hailon, nur vier Lichtjahre von Kollma entfernt, wird ein Feuervogel gesichtet. Kurz darauf erscheint auch dort ein Moloch, begleitet von Vitäen-Flotten.

76–100 ÄdeF (9026–9050): Sechs weitere Sonnensysteme werden kontaminiert, und jedes Mal scheitert der Versuch, die Invasion zu verhindern. Aus der Allianz der Welten werden die »Allianzen Freier Welten«. Die planetaren Streitkräfte, zunächst weitgehend unabhängig voneinander, erfahren eine Neuorganisation; aus ihnen entstehen die Streitkräfte der AFW mit einem gemeinsamen Oberkommando, auch Okomm genannt.

101–300 ÄdeF (9051–9250): Das 1. Verteidigungsprogramm der Allianzen Freier Welten wird geplant und verwirklicht. Es sieht den Bau einer schlagkräftigen Flotte und von Bastionen im All vor. Weitere Welten gehen an die Graken verloren, während der Kontaminationskorridor langsam wächst. Im 300. Jahr des Grakenkriegs hat der Feind fünf Sonnensysteme unter seine Kontrolle gebracht. Beim Zentralrat der AFW hofft man noch immer, das Grakenproblem eingrenzen zu können. Im Zuge des 1. Verteidigungsprogramms entsteht die »Barriere«, die den Feind daran hindern soll, dem Kontaminationskorridor weitere Welten hinzuzufügen. Sie besteht aus der Ersten, Zweiten und Dritten Flotte sowie den ersten sieben in Dienst gestellten Stellaren Zitadellen.

315 ÄdeF (9265): Mehrere Flotten der Kronn, bestehend aus fast fünfhundert Superschiffen, durchbrechen die Barriere an vier Stellen und besetzen ein weiteres Sonnensystem. Diese Niederlage geht als »Großes Erwachen« in die Geschichte der Allianzen Freier Welten ein. Der Zentralrat beginnt, das wahre Ausmaß der Gefahr zu erkennen. Er bewilligt dem Oberkommando zusätzliche Mittel, und einige Welten stellen ihre Ökonomie auf Kriegswirtschaft um.

317 ÄdeF (9267): Das Oberkommando der AFW schickt Fernerkunder nach Andromeda.

350–650 ÄdeF (9300–9600): Es wird versucht, die Welten in der Nähe des weiter wachsenden Kontaminationskorridors zu evakuieren, um den Graken *Amarisk*-Quellen zu entziehen und sie gewissermaßen auszuhungern. Die piridischen Waffenschmiede liefern den Streitkräften der AFW neue, leistungsstärkere Waffen. Damit erzielen sie einige kleine Siege über die Kronn, die zwar kaum strategische Bedeutung haben, aber die Moral verbessern. Der Einfluss von Okomm auf Wirtschaft und Politik der Freien Welten wächst.

671 ÄdeF (9621): Chtai und Geeta experimentieren mit einer Raum-Zeit-Anomalie, die sich verändert und zur »Hyperion-Verwerfung« wird, knapp 5000 Lichtjahre vom Epsilon-Eridani-System entfernt. In der Nähe davon errichten die Vitäen ihre erste Raumschifffalle, bei den AFW bald als »Ophiuchus-Riffe« bekannt.

709 ÄdeF (9659): Zum ersten Mal erscheint ein Feuervogel in der Korona einer Sonne, die sich weit abseits des Kontaminationskorridors befindet. Bei Okomm befürchtet man eine neue Expansionsphase des Feindes.

721 ÄdeF (9671): Am Ende des einige Dutzend Lichtjahre langen zentralen Kontaminationskorridors entsteht der erste Grakenschwarm. Auf Thulman, dem Mond eines Gasriesen, treffen sich acht Graken, einer von ihnen mit fast reifer Brut. Myra 25 bedrängt den Schwesternrat der Tal-Telassi vergeblich, einen fatalen Traum gegen die Graken einzusetzen.

713–850 ÄdeF (9663–9800): Abseits des zentralen Kontaminationskorridors entstehen kleinere K-Korridore. Die Streitkräfte der

AFW erzielen den einen oder anderen Erfolg, können den Feind aber nicht daran hindern, sein Einflussgebiet auszuweiten. Nach achteinhalb Jahrhunderten Krieg haben die Graken insgesamt sechsundneunzig Welten infiziert. Manchmal verlassen sie einen kontaminierten Planeten, wenn die letzten Bewohner gestorben sind und kein *Amarisk* mehr zur Verfügung steht. Zurück bleiben tote Wüsten.

851 ÄdeF (9801): Das Oberkommando beauftragt eine Sondergruppe mit konkreten Planungen für das noch geheime »Projekt Andromeda«.

860–1050 ÄdeF (9810–9900): Hunderte von speziellen Einsatzgruppen werden gebildet, mit dem Ziel, auf kontaminierten Planeten die Grakenbrut anzugreifen und zu vernichten. Auf diese Weise soll eine weitere Ausbreitung der Graken wenn nicht verhindert, so doch eingedämmt werden.

1064 ÄdeF (9914): Die Graken übernehmen das Epsilon-Eridani-System mit dem Planeten Kabäa.

1065 ÄdeF (9915): Tako Karides wird geboren.

1094 ÄdeF (9944): Es kommt zum Chorius-Desaster, als die Kronn die Verteidigungsstation über Chorius angreifen. Tako Karides rettet Dargo Dargeno, der fast verbrannt wäre.

1112 ÄdeF (9962): Auf Meraklon sterben Tako Karides' Ehefrau Dalanna und sein Sohn Manuel.

1114 ÄdeF (9964): Tako Karides fliegt mit seiner Einsatzgruppe nach Kabäa im Epsilon-Eridani-System, um dort die Brut des Graken zu vernichten.

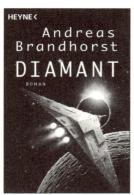

Andreas Eschbach
Quest

3-453-52095-5

HEYNE ‹